MATTEO STRUKUL

Das Erbe der sieben Familien

W0053863

GOLDMANN

Matteo Strukul

Das Erbe
der sieben Familien

Historischer Roman

*Aus dem Italienischen
von Ingrid Exo und Christine Heinzius*

GOLDMANN

Die Originalausgabe erschien 2020 unter dem Titel
»La corona del potere« bei Newton Compton editori, Rom.

Penguin Random House Verlagsgruppe FSC® N001967

1. Auflage
Deutsche Erstveröffentlichung Februar 2023
Copyright © der Originalausgabe © 2020 Newton Compton editori s.r.l., Roma
Copyright © der deutschsprachigen Ausgabe 2023
by Wilhelm Goldmann Verlag, München,
in der Penguin Random House Verlagsgruppe GmbH,
Neumarkter Straße 28, 81673 München
This edition published in agreement with the proprietor through MalaTesta
Literary Agency, Milan
Umschlaggestaltung: UNO Werbeagentur München
Umschlagfoto: © Vadym Honshovskyi/getty images
Redaktion: Christina Neiske
BH · Herstellung: ik
Satz: GGP Media GmbH, Pößneck
Druck und Einband: CPI books GmbH, Leck
Printed in the EU
ISBN: 978-3-442-49345-6

www.goldmann-verlag.de

Für Silvia – Sinn meines Lebens

In den Herzogtümern und den Signorie Italiens erscheint der moderne europäische Staatsgeist zum ersten Mal frei seinen eigenen Antrieben hingegeben; sie zeigen oft genug die fessellose Selbstsucht in ihren furchtbarsten Zügen, jedes Recht verhöhnend, jede gesunde Bildung im Keim erstickend.

JACOB BURCKHARDT
Die Cultur der Renaissance in Italien

Rom bleibt Rom, auch in seinen wildesten heftigsten Gegensätzen; in diesem einen Augenblick ist es ein Fluss, in den sich alle Reichtümer und Herrlichkeiten der Welt ergießen, denen das unglaubliche Elend des einfachen Volks gegenübersteht.

MARIA BELLONCI
Rinascimento privato

Inhalt

Zweiter Teil

Vierter Teil

1503

Die Geschlechter

Mailand (Visconti-Sforza)
Ludovico Sforza, genannt »Il Moro«: Regent, später Herzog von Mailand, Mäzen und Kulturliebhaber
Beatrice d'Este: Ehefrau von Ludovico Sforza und Herzogin von Mailand
Caterina Sforza: Herrin über Imola e Forlì, auch bekannt als Tigerin von Forlì
Gian Galeazzo Maria Sforza: rechtmäßiger Herzog von Mailand
Isabella von Aragón: Ehefrau von Gian Galeazzo Maria Sforza und rechtmäßige Herzogin von Mailand
Bartolomeo Calco: Edelmann und Berater am Hof von Ludovico Sforza
Leonardo da Vinci: Genie, Ingenieur, Mathematiker und Künstler am Hof von Ludovico Sforza
Ambrogio da Rosate: Astrologe und Leibarzt von Ludovico Sforza

Rom (Borgia und Colonna)
Rodrigo Borgia: nahm nach seiner Wahl zum Papst den Namen Alexander VI. an
Vannozza Cattanei: Hofdame und Geliebte von Rodrigo Borgia

Cesare Borgia: Kardinal, später Generalkapitän der Kirche und Herzog von Valentinois, genannt der Valentino, Sohn von Rodrigo Borgia und Vannozza Cattanei

Lucrezia Borgia: Edelfrau, Gräfin von Pesaro, später Herzogin von Bisceglie und Herzogin von Ferrara, Tochter von Rodrigo Borgia und Vannozza Cattanei

Juan Borgia: Herzog von Gandia, später Generalkapitän der Kirche, Sohn von Rodrigo Borgia und Vannozza Cattanei

Jofré Borgia: Prinz von Squillace, Graf von Alvito und Cariati, Sohn von Rodrigo Borgia und Vannozza Cattanei

Fabrizio I. Colonna: Edelmann, Söldnerhauptmann, Vizekönig, Großkonnetabel von Neapel, Herzog von Paliano

Prospero Colonna: Edelmann, Condottiere, Generalkapitän der Kirche, Generalleutnant der neapolitanischen königlichen Armee

Neapel (Aragón)

Alfons II. von Aragón: Herzog von Kalabrien, dann König von Neapel

Truzia Gazella: Mätresse von Alfons II. von Aragón

Ferdinand II. von Aragón, genannt Ferrantino: König von Neapel, Sohn von Alfons II. von Aragón und Ippolita Maria Sforza

Sancha von Aragón: Prinzessin von Squillace, Ehefrau von Jofré Borgia, Tochter von Truzia Gazella

Alfons von Aragón: Prinz von Salerno, Herzog von Bisceglie, zweiter Ehemann von Lucrezia Borgia

Friedrich von Aragón: König von Neapel, Bruder von Alfons II. und Onkel von Ferdinand II.

Gonzalo Fernández de Córdoba, genannt *»El Gran Capitán«:* Oberbefehlshaber im Dienste des Königreichs Neapel, Vizekönig von Ferdinand dem Katholischen, Herzog von Terranova und von Sessa

Ferdinand II. von Aragón und Trastámara, bekannt als Ferdinand der Katholische, König von Sizilien und (als Ferdinand V.) gemeinsam mit seiner Frau Isabella König von Kastilien und León

Venedig (Condulmer)

Antonio Condulmer: oberster Anführer der Spione der Serenissima Repubblica und Botschafter Venedigs in Frankreich

Alessandro Benedetti: Inhaber des Lehrstuhls für Anatomie an der Universität Padua, Magister der Medizin, Chirurg, leitender Feldarzt des konföderierten venezianischen Heeres in der Schlacht von Fornovo

Gianconte Brandolini, genannt »der Skorpion«: Herr über Valmareno, Söldnerhauptmann im Dienste Venedigs

Florenz (Medici)

Piero di Lorenzo de' Medici, genannt »Il Fatuo« (der Unglückliche): Herr über Florenz, erstgeborener Sohn von Lorenzo de' Medici und Clarice Orsini

Giovanni di Pierfrancesco de' Medici, genannt »Il Popolano« (der Volkstümliche): Angehöriger einer Nebenlinie der Medici, deren Oberhaupt Lorenzo il Vecchio war; Ehemann von Caterina Sforza

Ludovico di Giovanni de' Medici, genannt »Giovanni delle Bande Nere«: Söldnerhauptmann

Girolamo Savonarola: Dominikaner, Bußprediger, politischer Begründer der Republik Florenz auf Basis eines theokratischen Modells, Oberhaupt der sogenannten Piagnoni, Anhänger einer bestimmten Glaubensrichtung

Erster Teil

1488
Prolog

Kirchenstaat, Forlì, Rocca di Ravaldino

Sie haben ihn umgebracht, dachte sie. Und sie werden dafür bezahlen. Ludovico und Checco Orsi, seine Mörder. Und auch Ordelaffi und Lorenzo de' Medici, die Komplizen dieses Mordes. Sie würde warten und Tag um Tag ihre Rachlust nähren.

Caterina sah Girolamos Leichnam noch vor sich, wie er von den gierigen Händen der Bürger von Forlì zerfleischt worden war. Nachdem er von den Brüdern Orsi aus dem Fenster des Palastes geworfen worden war, hatten die Männer und Frauen sich wie die Aasgeier auf ihn gestürzt und ihn in Stücke gerissen. Am Ende war das, was von ihm übrig war, auf die Pritsche eines Karrens verfrachtet und zur Via dei Battuti Neri gebracht worden, wo eine Handvoll Ordensbrüder sich um die Beerdigung von Hingerichteten kümmerte. Als sich dann der Karren mit seiner Totenfuhre auf den Weg machte, stürmte die Menge den Palast – wie ein Schwarm beutehungriger Schmeißfliegen. Sie verwüsteten und plünderten, was sie nur konnten.

Vor ihrer Festnahme war es Caterina gelungen, Boten zu ihrem Bruder Ludovico in Mailand und den Bentivoglio in Bologna zu schicken und schließlich durch einen Diener ihren getreuen Kastellan Tommaso Feo zu verständigen, er solle sich in der Rocca di Ravaldino verschanzen.

Sie selbst war mit ihren Söhnen Scipione, Ottaviano und Francesco in den Verliesen der Burg der Orsi eingesperrt worden. Und dort wartete sie immer noch und wurde fast verrückt vor Kälte und Schmerz. Es waren ihre Söhne, die sie am Leben hielten und ihr die Kraft gaben durchzuhalten. Ihre Liebe hatte sie genährt, und so hatte sie weitermachen können; während sie sich Scipiones Vorschläge zur Rache und Ottavianos Versprechungen anhörte, wiegte sie den kleinen, in eine Decke gewickelten Francesco. Sie waren wie junge Hunde, aber willensstark und entschlossen, und so ließ sie ihnen gegenüber ihren eigenen Willen außen vor. Sie hatte einen Plan im Kopf, aber dafür müssten sie sehr mutig und zu allem bereit sein.

Nach ein paar Tagen erschien Giacomo Savelli, der päpstliche Gouverneur von Cesena, vor dem Gefängnisgitter und ordnete an, dass Caterina und ihre Söhne zur Rocca di San Pietro gebracht und dort unter Aufsicht von Bartolomeo Capoferri gestellt werden sollten.

Sie hatte eine stolze, unbeugsame Haltung bewahrt und keinen Laut der Klage von sich gegeben, das Gleiche galt für ihre Söhne. Sie hatte sie schon vor langer Zeit gelehrt, sich nötigenfalls die Lippen blutig zu beißen, um ja nicht den Anschein zu erwecken, klein beizugeben.

Auf der Festung angelangt, hatte Savelli Caterina angesehen und um Geduld gebeten. Er würde das Collegio degli Otto zusammenrufen, das Gremium, das eigens beauftragt war, in der Stadt wieder Ordnung herzustellen, und zu gegebener Zeit würde er ihre Hilfe ersuchen, Tommaso Feo zu überzeugen, die Rocca di Ravaldino aufzugeben.

Und nun befand sie sich unterhalb der Festungsmauern. Müde, erschöpft, von Schmerzen zermürbt, ganz im Bann der Erinnerung an das Blut auf den Gliedern Girolamos. Sie sah immer noch die großen Augen ihrer Söhne vor sich, wie sie auf die Gefängnismauern starrten.

Sie hatte sie als Faustpfand bei den Orsi zurückgelassen, damit sie die Festung allein aufsuchen und versuchen konnte, Tommaso zu überzeugen. Ein metallischer Schmerz durchfuhr ihre Brust und nahm ihr den Atem. Schneeregen fiel vom grauen Himmel und durchnässte ihren Mantel. Das Falltor hob sich, und sie betrat den Hof. Tommaso empfing sie mit einer Verbeugung.

»Mia Signora! Wir haben Euch erwartet!«

»Tommaso, Ihr könnt Euch nicht vorstellen, wie mir das Herz blutet. Doch wir müssen tun, was getan werden muss. Bringt mich also jetzt zum Turm, damit ich mir alles ansehen kann.«

Tommaso blickte sie traurig an, nickte und gehorchte.

»Ich sage Euch, diese Hexe führt uns an der Nase herum!«, polterte Checco Orsi, der der blutrünstigere von beiden Brüdern war. Er war baumlang und hatte ein mächtig breites Kreuz. Auf dem Tisch vor ihm stand ein halb voller Becher Wein.

»Seid damit nicht so voreilig!«, schnappte Giacomo Savelli. »Immerhin haben wir ihre Söhne als Geiseln. Wie sollte sie uns da üble Streiche spielen?«

»Keine Ahnung, aber ich sage Euch was: Caterina hat die Rocca zur sechsten Stunde betreten, und es hat nun schon vor einer Weile die neunte geschlagen!«

»Das ist mir bewusst. Aber ich verstehe nicht, wie …«

»Ich traue ihr nicht!« Checco stand auf. Dann schmiss er den Weinbecher unvermittelt in den Kamin, wo er zerschellte.

»Ich bin der Ansicht, wir müssen dieser Frau begreiflich machen, wer hier das Sagen hat.«

»Und wüsstet Ihr auch wie, lieber Bruder?«, fragte Ludovico.

»Darauf könnt Ihr wetten!«

»Dann lasst mal hören«, forderte Savelli ihn auf. »Ich sage nur, dass wir mit Gewalt nichts erreichen werden.«

»Lasst das meine Sorge sein!«

»Was habt Ihr vor?«

»Bringt mir die beiden großen Brüder. Ich will mit ihnen zur Rocca.«

»Wollt Ihr sie vor den Augen der Mutter bedrohen?«, wollte Ludovico wissen.

»Das werden wir sehen.«

Schwarz gekleidete Männer warteten auf der Esplanade. Der Schneeregen hatte sich in Schnee verwandelt, weiße Tupfer bedeckten nun die braune Erde. Der tiefblaue Himmel wurde allmählich fahl. Bald bräche die Dämmerung herein und würde dann der Nacht weichen.

Durch die Schießscharte erkannte Caterina die Reiter: Es waren die Gebrüder Orsi mit ein paar ihrer Schergen, und der größere der beiden, Checco, saß auf einem riesigen Fuchswallach.

Doch das war es nicht, was ihren Atem stocken ließ – vor Checco saß ihr Ottaviano auf dem Ross. Sie wusste schon eine Weile, was geschehen würde, doch das Wissen darum machte den Anblick nicht weniger furchtbar.

Mit einer blitzartigen Bewegung ließ der Mann die Klinge eines Dolches im Licht der Fackeln an der Kehle des Jungen aufleuchten.

Dann schrie er: »Caterina Sforza! Ich weiß, dass Ihr mich hört! Und das habe ich Euch zu sagen: Wenn Ihr die Rocca nicht sofort übergebt, dann schneide ich Eurem Sohn die Kehle durch! Hier, auf der Stelle! Habt Ihr mich verstanden?«

Caterina blickte unbeweglich auf die Szene. Es schien ihr, als sei ihr das Blut gefroren, und wie versteinert konnte sie weder sprechen noch sich rühren. Sie stand nicht auf, sagte nichts. Doch ihr Herz tief im Innern schrie auf. Sie hatte diesen Jungen zur Welt gebracht und aufgezogen und versucht, ihm eine gute Mutter zu sein. Und nun musste sie tatenlos zusehen, wie ein Mörder, menschlicher Abschaum, drohte, ihm vor ihren Augen die Kehle durchzuschneiden.

Sie empfand tiefe Abscheu vor sich selbst. Übelkeit stieg bis zur Kehle in ihr auf, doch sie drängte sie zurück. Ebenso die Tränen. Mit aller Kraft umklammerte sie ein metallenes Kreuz, bis es sich in ihre Handflächen bohrte. Sie gab keinen Laut von sich. Die Tränen strömten jetzt reichlich über die Wangen. Über ihre Lippen jedoch kam kein Hauch. Nicht anders bei ihrem Sohn, der schweigend auf dem Pferd saß, die Klinge an seiner Kehle.

»Also? Was jetzt? Muss ich ihn wirklich wie ein Zicklein schächten?«

»Messer Orsi«, hörte man eine Stimme, »wenn Ihr nicht sofort geht, schwöre ich bei Gott, dass ich diese Bombarde hier laden und abfeuern werde!«

Caterina erkannte die Stimme, sie gehörte Tommaso.

Sie wartete ab.

»Ich schwöre Euch …«

»Das spielt keine Rolle. Ich weiß, dass Ihr Caterinas Söhne habt. Ich kann sie von hier aus sehen. Aber wenn Ihr glaubt, Ihr könntet mich aufhalten, dann täuscht Ihr Euch.«

Caterina erhob sich, verließ den Raum und stieg die steinernen Stufen hinauf. Sie erreichte die Spitze des Wehrturms. Den anderen zeigte sie sich nicht, aber sie blickte Tommaso in die Augen. Sie nickte.

Einen Augenblick später wandte der sich nochmals an Checco Orsi.

»Also gut! Was ich nun tun werde, ist der Beweis, dass ich keineswegs scherze«, brüllte er.

Kurz darauf hörte man eine Reihe von Kanonenschüssen. Rasch folgte ein heftiger Donner dem nächsten. Die ganze Welt schien in dem endlosen Getöse zu versinken, das die Luft erfüllte.

Als endlich Ruhe einkehrte, stieg Caterina schleppenden Schrittes wieder die Treppe hinunter in das Turmzimmer und schaute weiter durch die Schießscharte. Sie hoffte aus tiefstem Herzen, dass Checco Orsi begriffen hatte, dass sie und Tommaso Ernst machten. Ihr war sterbenselend zumute, doch gleichzeitig wusste sie, dass dies die einzige Möglichkeit war, ihre Feinde zu bezwingen.

»Nun«, hörte sie jetzt, »diese Bombardensalven waren nur ein Vorgeschmack. Wir können die Stadt jederzeit unter Beschuss nehmen. Das wisst Ihr. Nichts und niemand kann uns daran hindern. So lauten die Befehle, die ich von meiner Herrin Caterina Sforza erhalten habe. Ihr könnt machen, was Ihr wollt, aber ich versichere Euch: Wenn ihre Söhne verschont bleiben, wird sie Euch am Leben lassen und Forlì wird nicht dem Erdboden gleichgemacht. Die Entscheidung liegt natürlich bei Euch.«

Die Worte hallten durch inzwischen unbarmherziges Schneetreiben. Sie hingen lange in der Luft, als würde niemand wagen, die kurze Waffenruhe zu stören, als könnte die Stille das Unausweichliche hinauszögern. Schließlich sprach jemand. »Wenn wir tun, was Ihr verlangt, versprecht Ihr dann, die Stadt nicht zu beschießen?«

Caterina erkannte die Stimme. Es war die von Messer Savelli.

»Ihr habt das Wort meiner Herrin.«

»Und wir sollen ...«, konterte Checco Orsi.

»Das Wort von Caterina Sforza ist Gesetz«, schrie Tommaso und schnitt ihm das Wort ab.

»Als sie das letzte Mal etwas versprochen hat, hat sie sämtliche Vereinbarungen missachtet«, gab Ludovico Orsi zurück.

»Tut, was Ihr für richtig haltet. Was ich Euch sagen kann, ist, dass Ihr nicht in der Position seid, irgendetwas zu verlangen.«

Der letzte Satz schien sich in der eisigen Luft des Abends zu verlieren. Caterina sah, wie die Schwarzgekleideten im dichten Schneetreiben die Köpfe zusammensteckten. Dann bemerkte sie, dass Messer Checco den Dolch wieder wegsteckte und sein Pferd zurücklenkte.

Die Übrigen taten es ihm bald nach, und so bewegte sich die Gruppe wieder in Richtung Stadt.

1494

1. Blutsbande

Königreich Neapel, Castello di Squillace

C esare hatte sie gesehen – und war ihr verfallen. Sie hatte von ihm Besitz ergriffen wie eine Krankheit, eine fiebrige Seuche, die ihn verzehrte und doch seinen Hunger nicht stillte; er gierte nach ihr, es war, als könne er nicht weiterleben, bis er sie besessen hatte. Seit sie die Frau seines Bruders geworden war, hatte er sie ständig vor Augen und brannte darauf, wenigstens einen Augenblick mit ihr verbringen zu können. Er würde sich nicht scheuen, zu töten und zu foltern, nur um sie haben zu können. Das hatte er schließlich schon aus nichtigeren Gründen getan.

Sicher, sie hatte Jofré geheiratet. Na und? Es war nicht das erste Mal, dass er ihm eine Frau ausspannte, außerdem würde er es niemals erfahren, und wenn, würde er es akzeptieren. Er hatte sowieso nicht die geringste Achtung vor Jofré. Ebenso wenig wie vor Juan, seinem anderen Bruder, in den sein Vater, der Papst, derart vernarrt war, dass er ihm all seine unverzeihlichen Schwächen nachsah. Im Gegenteil, um ehrlich zu sein hasste er beide. Jofré, weil ihm das Schicksal solch eine schöne Frau geschenkt hatte, und Juan, weil er in der Familie Borgia für eine militärische Laufbahn vorgesehen war. Obwohl er ein Feigling und noch dazu unfähig war.

Er hingegen hatte das Kardinalat abbekommen.

Nicht, dass er sich darüber beklagen müsste: Pfründe und Leibrenten trugen ihm vierzigtausend Dukaten im Jahr ein, und sein Lebensstandard war der eines Fürsten, ganz davon abgesehen, dass er sich keineswegs an das Keuschheitsgebot hielt oder christliche Barmherzigkeit praktizierte. Gewiss nicht! Umso weniger, als sein Vater selbst schon immer ein Mann von unersättlichem sexuellem Verlangen gewesen war. Kürzlich erst hatte er Giulia Farnese zu seiner Geliebten gemacht. Ein Mädchen von neunzehn Jahren, über dreißig Jahre jünger als er!

Sancha von Aragón aber war eine Erscheinung. Ganz zu schweigen davon, dass man sich überall zuraunte, sie sei eine rassige und feurige Liebhaberin, mehr noch, sie sei hemmungslos. Und nun, in diesem Augenblick, nach Völlerei und Gelage, bei dem sich Jofré so betrunken hatte, dass man ihn in seine Gemächer tragen musste, sollte Cesare die unwiederbringliche Gelegenheit erhalten.

Im Vorgeschmack auf die Leidenschaft, die ihn schon bald erwartete, lachte er in sich hinein.

Sancha war unvergleichlich schön, daran bestand für Cesare kein Zweifel. Obwohl er in verbotener und eifersüchtiger Liebe mit seiner Schwester Lucrezia mit ihrem goldenen Haar und den meerblauen Augen verbunden war, musste er doch eingestehen, dass die Prinzessin von Squillace ihn in ihren Bann geschlagen, ihn gleichsam mit unbezwingbarer Zauberkraft betört hatte. Diese nachtschwarzen Haare, die sie wie ein Mantel umgaben, die katzenhaften und tiefgründigen Augen, aus denen eine Wollust sprach, die jeden Mann willenlos machen konnte. Der verlockend rote Mund, der, leicht geöffnet, unsagbare Freuden versprach …

Alles an ihr trug zu einer lodernden, unwiderstehlichen Sinnlichkeit bei.

Cesare hatte sie die ganze Mahlzeit über unverhohlen angestarrt, und sie hatte seinen Blick kühn und herausfordernd lüstern erwidert, was ihn in Wallung versetzte; es war, als ob sie ihn schweigend aufgefordert hätte, zu tun, was immer er mit ihr im Sinn hatte.

Wie ein Dieb, schlimmer noch, wie ein Räuber, hatte er auf den Augenblick gewartet, in dem sie sich zurückzog.

Er nahm eine Fackel und durchschritt enge Flure und prunkvolle Säle; mit seinem Blick ließ er jeden zu Eis erstarren, der es auch nur wagte, ihn anzusehen.

Er war Cesare Borgia, und er hatte es nicht nötig, um Erlaubnis zu bitten. Als er vor der Tür angelangt war, die in Sanchas Gemächer führte, machte er sich nicht einmal die Mühe anzuklopfen. Er trat ein.

Halbschatten empfing ihn, erleuchtet nur vom zitternden Licht der Kerzen, die an verschiedenen Stellen im Raum aufgestellt waren. Einen Moment lang kam es ihm so vor, als befinde er sich in einer Kapelle.

Er war ganz benommen von dieser Atmosphäre zwischen Schatten und Licht, und als er seinen Blick noch auf dem luxuriösen Bett und den Möbeln mit den feinen Intarsien ruhen ließ, schreckte ihn eine Stimme plötzlich auf.

»Ihr habt wahrlich keine Zeit verloren, mein Fürst.«

Cesare sah sich suchend um. Sanchas Stimme war rauchig und verführerisch. Die junge Frau schien sich dessen bewusst zu sein, denn sie sprach wie in einem Singsang, der seine Wirkung nicht verfehlte und den Geist ihres Gegenübers vernebelte. Für Cesare klang diese Stimme wie der betörende Gesang einer Meeresgöttin, und wie so viele vor ihm ergab er sich dem süßen Vergessen, das sich auf einmal auf ihn legte und ihn willenlos machte. Nur mit einem Rest nüchternen Verstandes machte er sich klar, dass Sancha dieses Treffen in die Wege geleitet hatte, seit sie ihn heute zum ersten Mal gesehen hatte, vielleicht sogar länger schon, und nun war er ganz in ihrer Hand.

Schließlich entdeckte er sie. In schwarze Schleier gehüllt, bewegte sie sich, die Hüften wiegend, wie eine Schlange und fixierte ihn mit diesen Augen, denen er nichts entgegenzusetzen hatte.

»Ich habe Euch erwartet«, fuhr sie fort, »ich wusste, dass Ihr zu guter Letzt den Mut finden würdet, zu mir zu kommen.« Ein Hauch von Spott lag in diesen Worten.

Hätte irgendjemand anders so etwas zu sagen gewagt, hätte Cesare nicht gezögert, ihm die Zunge abzuschneiden, aber aus ihrem Mund klang dieser Satz nach einer reizvollen Provokation.

Er sah sie immer noch an, im Halbschatten; ohne jede Eile kostete er den Moment aus. Er spürte, wie das Verlangen in ihm wuchs, bis sie schließlich zu ihm trat und ihn langsam auszog. Er genoss die Berührungen ihrer weichen, schlanken Finger, konnte ein Erschauern nicht unterdrücken, als ihre Zunge über seine Lippen und weiter hinab glitt.

Da legte er ihr die Hände um den Hals, ließ sie weiter ins Dekolleté wandern, das nur dafür gemacht schien, Männer zugrunde zu richten, und zerriss den hauchfeinen Stoff. Er war so dünn, dass er ohne Weiteres nachgab, und so berührten seine Finger ihre glatte und samtige Haut. Er spürte die Wirkung ihrer Kurven, der runden Hüften, der perfekten Brüste, der zarten Kontur ihres Halses, bedeckte die dunkle Haut ihrer Schultern mit hastig hingehauchten Küssen. Dann biss er ihr zärtlich in die Lippen und führte ihre Hand in das wahre Zentrum seines Verlangens, bis er sie, inzwischen auf dem Gipfel der Lust, endlich nahm. Dabei murmelte sie Worte, die Cesare wohl noch nie aus dem Mund einer Frau gehört hatte.

2. Vorahnungen

Herzogtum Mailand, Castello Sforzesco

L udovico schaute in die blutroten Flammen, die im Kamin loderten. Das Holz knisterte laut, die Schatullen des Herzogtums waren noch nie so gut gefüllt gewesen, seine Macht war inzwischen unantastbar. Und doch lauerte etwas Unheilschwangeres in der Frühlingsluft. Seit ein paar Tagen spürte er das schon. Vorahnungen? Davon abgesehen war er der Mann, der durch die Enthauptung Cicco Simonettas auf dem Ravelin, dem Wallschild vor dem Castello di Pavia, an die Macht gekommen war! Er hatte Bona von Savoyen, die Frau seines Bruders Galeazzo Maria und Herzogin von Mailand, aus dem Weg geräumt. Er hatte den Thronerben so lange hinter den Mauern einer Festung eingesperrt, bis auch er aus dem Verkehr gezogen war.

Was hatte ein Mann wie er zu befürchten? Vor wem sollte er Angst haben? Und doch, sagte er sich, war er nur so weit gekommen, weil er wachsam war und anderen gegenüber stets misstrauisch. Nun merkte er deutlich, dass in Rom ein anderer Wind wehte und alles hinfort fegte, was sich ihm in den Weg stellte. Die Wahl Rodrigo Borgias hatte eine ganze Gruppe einflussreicher Leute um diese spanische Familie ins Zentrum der Aufmerksamkeit gerückt. Dieser

Kreis baute die Hegemonie immer weiter aus. Die Ehe Jofré Borgias, des vierten Sohnes dieses sündigen und nepotistischen Papstes, mit der schönen Sancha, Tochter des Königs Ferrante von Aragón, Prinzessin von Squillace, stellte einen weiteren Grund zur Besorgnis dar. Eine neue Allianz entstand und festigte die Macht des Papstes. Ganz zu schweigen davon, dass das schwache Band, das mit jenem Mann vor einigen Jahren durch die Heirat seines Neffen Giovanni Sforza mit dessen Tochter Lucrezia geknüpft worden war, brüchig zu werden drohte. In seinem letzten Brief hatte Giovanni ihm sogar geschrieben, er komme sich am Hof des Papstes wie ein Eindringling vor und würde daher seine Tage lieber in der eigenen Festung in Pesaro verbringen, weit weg von den Ränken der Borgia und ihren Palästen. Und diese Worte hallten heute noch viel beunruhigender in Ludovicos Ohren nach und senkten sich tief in seine ohnehin schon düsteren Gedanken.

Abgesehen davon nährte Giovannis Schwägerin Isabella, Tochter des Königs von Aragón und Ehefrau des jungen Gian Galeazzo, tiefen Hass gegen ihn, geschürt vom Verlangen nach Macht, die ihr seit dem Tag, an dem er *de facto* Herzog von Mailand geworden war, verwehrt blieb. Über diese Titelanmaßung beschwerte sie sich bei ihrem Vater. So stand außer Zweifel, dass die Aragón und die Borgia gegen ihn waren. Florenz war in den Händen Piero de' Medicis und nach dem Tod Lorenzo il Magnificos nur noch ein Schatten seiner selbst. Ferrara zählte kaum, und Venedig war wie immer ein Rätsel.

»Ich weiß nicht, wem ich trauen kann«, sagte er schließlich. »Ich fürchte, uns steht eine Tragödie bevor, wenn wir die Zeichen nicht rechtzeitig deuten.«

»Ich hatte einen Traum, heute Nacht.« Die tiefe Stimme, die ihm antwortete, schien aus den Tiefen der Erde zu kommen. Aus dem Schatten einer Nische löste sich eine hochgewachsene, schwarz gekleidete Gestalt. Der Mann, der gesprochen hatte, hatte grau meliertes dunkles Haar und trug goldene Ohrringe und edelsteinbesetzte Ringe. Es war Ambrogio da Rosate, der Hofastrologe. Seine Augen, die so blau waren wie Delfter Kacheln, funkelten. »Ein Leviathan entstieg dem brodelnden Meer und zerstörte mit seinen Fangarmen Mailand und dann nacheinander Venedig, Ferrara, Florenz, bis er schließlich in Rom ankam. Er verschlang Männer und Frauen und brachte großes Leid mit sich. Schließlich fiel auch Neapel, das letzte Ziel der Reise, unter seine unsägliche Herrschaft.«

Ludovico spürte die Gegenwart des Mannes in seinem Rücken. Aus den Augenwinkeln erkannte er seine hoch aufragende Gestalt, die eindrucksvollen Schultern, die schwarze Toga unter einem Mantel aus Rabenfedern.

»Was Ihr mir da erzählt, Ambrogio, ist eine sehr düstere Vorahnung. Aus dem Wasser also steigt die Gefahr? Venedig?«

»Keineswegs, mio Signore. Die Gefahr lauert eher im Golf von Genua. Im Übrigen waren die Vorzeichen in den letzten Monaten zahlreich und folgten aufeinander. Wie immer habt Ihr sehr wohl verstanden.«

»Spielt Ihr auf Frankreich an?«

»Ich mache keine Anspielungen, Euer Gnaden. Ich stelle fest. Und wie Ihr wisst, gibt es viele Äußerungen, die mich bestätigen. Girolamo Savonarola glaubte kürzlich erst, er habe Schwerter durch die Wolken brechen gesehen, während sich ein enormes schwarzes Kreuz auf Rom herabsenkte. Ich nehme ihm nicht alles ab, er hat die Ankunft eines brutalen und grausamen Eroberers vorhergesagt, der unsere Halbinsel wie eine ägyptische Plage unterwerfen und geißeln wird. Und dann wären da noch die Statuen, die neuerdings in allen Städten des Herzogtums Mailand und der Serenissima Repubblica von Venedig bluten. Nun, ich bin sicher, dass Euer Gnaden sich aufs Schlimmste vorbereiten sollte. Ich weiß genau, dass es nur einen gibt, der von einem empörend irdischen und persönlichen Interesse geleitet wird und entschlossen ist, zum Vernichter unserer Bevölkerung zu werden ...«

»Karl VIII. von Frankreich«, sagte Ludovico schicksalsergeben.

»Ganz genau.«

»Was schlagt Ihr vor, Maestro?«

»Uns mit dem Invasoren zu verbünden.«

»Ist das Euer Ernst?«

»Uns bleibt nichts anderes übrig. Statt eine so starke Macht zu bekämpfen, sichern wir uns ihre Unterstützung.«

»Auf diese Weise haben wir alle gegen uns«, entgegnete Ludovico aufgebracht.

»Mio Signore, Karl von Frankreich führt viele Männer mit sich, ein so großes Heer, dass es die Sonne verdunkeln könnte, und vor allem Geschütze, die seine Feinde zerfetzen werden.«

Ludovico seufzte. »Einverstanden, ich werde auch mit Bartolomeo Calco darüber sprechen und ernstlich in Erwägung ziehen, Unterhändler zu schicken.«

»Tut das, mio Signore, sonst wird nicht einmal diese Festung dem Wüten der Franzosen standhalten.«

Nach diesen Worten hüllte sich Ludovico in tiefes Schwei-

gen. Seine Augen schienen geradezu Funken zu sprühen.
»Einverstanden«, sagte er schließlich. »Ich wäre jetzt gern allein, Maestro.«

»Natürlich, Euer Gnaden.«

Ohne ein weiteres Wort entfernte sich Ambrogio da Rosate. Seine Schritte hallten noch lange in Ludovico nach.

Er spürte das Aufziehen der Tragödie, und die Unruhe, von der er gehofft hatte, sie würde durch das Treffen mit dem Astrologen vertrieben werden, kehrte nun noch heftiger zurück, da das endgültige Wissen darum die Aussicht noch furchtbarer machte.

Schließlich wandte er sich vom Kamin ab und läutete mit einer silbernen Klingel, als hinge davon nicht allein sein eigenes Überleben, sondern das des ganzen Herzogtums Mailand ab.

»Ruft Messer Calco herbei«, trug er dem Diener auf, der sofort erschienen war. »Ich muss dringend mit ihm sprechen.«

3. Aussichten

Herzogtum Mailand, Comer Voralpen, in der Gegend von Mandello

L eonardo begann den Aufstieg, dabei nutzte er vorsichtig die natürlichen Vertiefungen und noch die kleinsten Vorsprünge, die ihm die nötige Sicherheit boten. Er hatte es nicht eilig. Er sah zu, wie die aufgehende Sonne den schwarzen Schleier der Nacht zerriss. Die Schlucht wurde von Licht durchflutet, er sah, wie die ganze Felswand aufleuchtete und der graue Fels unter seinen Fingern silbrig wurde.

Immer wieder prüfte er einen Tritt, ehe er den Körper möglichst gut ausbalancierte und weiterkletterte. Langsam, doch stetig. Ein kleiner Vorsprung im Kalkstein bot ihm den nächsten Halt.

Er atmete tief durch und ruhte einen Moment aus. Unter ihm öffnete sich der Abgrund. Er sah hinunter, als wollte er ihm die Stirn bieten. Er hatte sich nirgends angeseilt und ließ die Beine über den Rand des Abgrunds baumeln. Er würde sich nicht mit dieser Wand anlegen, da würde er am Ende wohl den Kürzeren ziehen; er musste sich den Gegebenheiten anpassen und das Beste aus dem machen, was der Stein ihm zu bieten hatte. Er konnte sich nur auf seinen trainierten Körper verlassen, seinen eisernen Willen und seine ausgeprägte Beobachtungsgabe. Und genau deshalb liebte er es, sich mit dem Fels zu messen.

Mit einer geschmeidigen Bewegung gelang es ihm, sich noch ein klein wenig weiter hochzuziehen. Wenn er von dort weitere Tritte und Griffe ausmachen konnte, könnte er sogar bis zum Gipfel vordringen. Er suchte und fand mit den Händen eine Felsnase, ehe er sie sah; dass sie vor ihm auftauchte, war ein echter Glücksfall, denn sich von dort auf den Vorsprung zu hieven, der wie eine Art Terrasse die Tiefe überragte, wäre keineswegs unmöglich. Im Gegenteil, es wäre geradezu ein Kinderspiel.

Mit Schwung gelang es ihm, das rechte Bein aufzusetzen, sich damit hochstemmend konnte er auch das linke hochziehen. Er brauchte eine kleine Pause und atmete tief durch. Die kalte Luft des Tals schien ihn durch und durch zu reinigen. Dann richtete er sich auf und arbeitete sich weiter vor. Er legte die rechte Hand in eine Öffnung im Fels. Der rechte Fuß kam auf einer kaum wahrnehmbaren Kante zu stehen. Mit der Linken tastete er die Wand ab, bis er auf einen losen Felsbrocken stieß. Der wirkte wenig vertrauenswürdig.

Er testete ihn mit der Handfläche, und es löste sich eine Handbreit krümeliges Gestein, das hinabrollte. Schweiß lief ihm übers Gesicht. Doch Leonardo merkte, dass Hoffnung bestand; nachdem der äußere Rand abgebrochen war, erwies sich der Teil darunter als fest genug, um ihm ein weiteres Hinaufsteigen zu ermöglichen. Er gelangte zu einer Art schmalem Absatz. Wenn er sich von dem aus nach vorn ausstreckte, konnte er sich an den letzten Felssporn klammern und würde schließlich zum Gipfel gelangen.

Er hoffte, dass diese Felsnase sein Gewicht halten würde. Wie ein Wurm kroch er über den Vorsprung. Er hing über absoluter Leere, und mit einer genau bemessenen Drehung des Oberkörpers gelang es ihm, ein Bein auf den felsigen Untergrund zu setzen. Da begriff er, dass er es geschafft hatte, dass er die wilde Schönheit der steilen Schlucht bezwungen hatte.

Nachdem er sich eine weitere Rast erlaubt hatte, stieg er auf einem schmalen Weg rasch wieder hinunter zum Dorf. Dort bog er auf einen Saumpfad ab, der durch das Tal führte. Dieser Weg bot einen wundervollen Ausblick und würde ihm helfen nachzudenken. Die Betrachtung der Natur war wie ein Geschenk. Er befragte sie mit seinem Blick, so wie er es schon in Kindheitstagen gemeinsam mit seinem Onkel getan hatte. Und er erhielt immer die Antworten, nach denen er suchte.

Er schaute auf die verschneiten Gipfel dieser schroffen und unzugänglichen Berge. Und lächelte. Sie gefielen ihm so sehr, dass er sie zum idealen Hintergrund seiner Bilder erkoren hatte. Und das würde er bestimmt auch weiterhin so halten.

Nach einem steileren Stück verlief der Saumpfad nun flacher. Leonardo ließ seinen Blick schweifen. Er sah eine Ansammlung von Häusern, die eins auf dem anderen zu hocken schienen, knorrige Olivenbäume, und ein Stück weiter nach oben gelangt, konnte er das Santuario di Santa Maria ausmachen, das dort wie bekrönend mit der felsigen und verschneiten Bergkuppe verwachsen zu sein schien.

Als er den Blick hob, sah er einen Falken im Flug. Mit weit aufgespannten Flügeln durchschnitt er majestätisch die Lüfte. Dieser Anblick erfüllte ihn gleichermaßen mit

Freude und innerer Ruhe. Ganz deutlich merkte er, wie sich seine Seele beruhigte. Heute Morgen hatte er sich auch deshalb dem Aufstieg in die Wand gewidmet, um nicht an die Enttäuschungen der letzten Tage denken zu müssen. Seit Jahren arbeitete er nun schon hart an der Ausführung eines kolossalen Reiterstandbildes von Francesco Sforza.

Er wusste, wie viel Ludovico daran lag. Doch nach endlosen Berechnungen und Studien, nachdem er in seinem Atelier in der Nähe der Corte Vecchia ein riesiges Tonmodell geschaffen hatte, nachdem er sich lange damit beschäftigt hatte, welche Legierung er wählen sollte, und sich für Bronze entschieden hatte, hatte er erfahren, dass er die ganze Arbeit in den Wind schreiben konnte.

Ludovico fürchtete den Einmarsch Karls VIII. in Italien. Und er hatte allen Grund dazu – mit jedem Tag war die Befürchtung zu dramatischer Gewissheit angewachsen. Und nicht nur das. Er würde alle verfügbare Bronze aufwenden müssen, um dem französischen Monarchen die größtmögliche Anzahl an Kanonen zu garantieren.

Daher war das Projekt gescheitert. Ironie des Schicksals: Das Metall, das für das Werk bestimmt war, das er schaffen wollte, wurde zur Herstellung von Kriegsmaschinen beschlagnahmt. Und zwar genau solcher, die zu entwickeln er bei seiner Ankunft in Mailand selbst angeboten hatte. Ludovico hatte sie nie in Auftrag gegeben und ihn stattdessen gebeten, raffinierte Apparate zur Zerstreuung und für Bühneninszenierungen seiner Festivitäten anzufertigen. Es gab genügend Gründe, verstimmt zu sein.

Doch glücklicherweise wartete in diesen Tagen eine neue Herausforderung auf ihn. Denn Il Moro, der mindestens so enttäuscht war wie er, hatte ihn mit den Fresken für das

Refektorium von Santa Maria delle Grazie beauftragt. Leonardo hatte den Raum gesehen und sich schon genaue Vorstellungen gemacht, wie er vorgehen würde. Er wollte eine neue Maltechnik ausprobieren.

Während er darüber nachdachte, waren die Kirche und das nahegelegene Benediktiner-Hospiz in den Blick gekommen. Er wusste, dass er dort Brot und Wein vorfinden würde, um Körper und Geist zu stärken. Danach würde er sich auf den Heimweg machen.

4. Mutlosigkeit

Alfons schaute Truzia an. Sie sah hinreißend aus mit ihren langen schwarzen Haaren, den Augen wie aus Onyx, den sinnlichen Lippen, und das Kleid, das sie trug, betonte Brust und Hüften. Ihre Tochter Sancha hatte alles von ihr geerbt. In diesem Moment jedoch nahm er die schon fast unverschämte, atemberaubende Schönheit dieser Frau fast nicht wahr, denn er war mit den Gedanken woanders.

Es gab keinen Zweifel mehr. Karl VIII. hatte sich in Bewegung gesetzt und wollte bis nach Neapel vordringen. Er wollte sein Recht auf die Krone geltend machen, das auf einer entfernten Verwandtschaft zu den Anjou über seine Großmutter Maria beruhte.

Er sah, dass Truzia voll und ganz erfasste, wie entsetzt er war. Und wie immer wirkte sie mit ihrer ganzen Energie auf ihn ein. Sie war eine großartige Frau, und sie hoffte, ihn aus dem Zustand der Schwäche reißen zu können, die ihn an dem Tag befallen hatte, als sein Vater gestorben und die Regentschaft auf ihn übergegangen war.

»Was ist los, mio Signore? Fürchtet Ihr das Herannahen des französischen Monarchen? Sagt mir, was Euch bedrückt. Ich schwöre, dass ich an Eurer Seite kämpfen werde, wenn es nötig ist.«

Alfons seufzte. »Ich sehe ihre Leichen vor mir, Liebste.«

»Wessen?«

»Der Barone ... Diese Verschwörung hat in mir solche Spuren hinterlassen, dass meine Seele ganz geschwächt ist. Auch heute Nacht habe ich von ihnen geträumt. Ich sehe immer noch den flehenden Blick von Francesco Petrucci, während ihm der Henker auf dem Marktplatz mit einer Sichel die Kehle durchschneidet. Und wie dann der niedergemetzelte Leichnam an Pferde gebunden und geviertelt wird. Ich sehe seinen Bruder Giovanni Antonio, den Grafen von Policastro, zu Fuß zur Piazza kommen, als dort gerade das Blut fortgespült wird. Ich sehe, wie er schweigend vor mir steht und auf seine Enthauptung wartet. Und später die leeren Augenhöhlen der beiden Brüder, die Augäpfel von Raben herausgepickt. Jede Nacht sehen mich ihre blau angelaufenen Gesichter an, aus ihren Mündern kriechen Maden.«

»Ihr müsst aufhören, Euch damit zu quälen, immer wieder an diese Momente zu denken. Ihr habt richtig gehandelt! Es gab keine andere Wahl. Es war notwendig, Eure Herrschaft zu festigen, und Ihr habt Euren Vater bestmöglich beraten. Was Ferrante getan hat, war seine Entscheidung, und Ihr habt Euch lediglich als das erwiesen, was Ihr seid: ein treu ergebener und mutiger Sohn. Dafür muss man sich nicht schämen.«

»So dachte ich bis vor einiger Zeit auch. Ich war es, der meinen Vater aufgewiegelt hat. Ich habe ihm in den Ohren gelegen, ja förmlich auf ihn eingeschrien, seine Rache solle wie ein Hammer auf das Haupt der Verschwörung niedergehen, auf jene Barone, die seine Macht herausgefordert hatten. Doch nun bin ich so müde. Ferrante ist von uns gegangen, und seither bin ich nicht mehr derselbe. Ich wünsche mir Frieden. Stattdessen muss ich erleben, dass Karl VIII. gegen Neapel zieht, um es uns wegzunehmen. Antonello Sanseverino war es, der ihn gegen mich aufgehetzt hat. Dieser Bastard hat sich nach Frankreich zurückgezogen, abgewartet, und nun will er sich rächen für das, was wir ihm angetan haben!« Alfons war den Tränen nahe, als er das sagte. Er war aufgebracht, unfähig, einen klaren Gedanken zur Verteidigung der Stadt in diesem kompromisslosen Krieg anzustellen, der sich da abzeichnete. Und ihm war unbegreiflich, wie es mit ihm so weit hatte kommen können.

Er sah, dass Truzia ihn voller Mitgefühl anschaute. Er hasste sich dafür, dass er so schwach geworden war. Wie gern würde er das Schwert zücken, auf den Turm der Festung steigen und ganz Neapel zuschreien, dass er es gegen die räuberischen Vorhaben der Franzosen verteidigen würde, aber er wusste, dass er dazu nicht mehr in der Lage war. Jahre voller Verrat und Gewalt hatten ihn zu einem Wurm werden lassen.

Auch wenn er eingestehen musste, ein Feigling zu sein, wusste er, dass Truzia andere Pläne mit ihm hatte.

»Ihr müsst jetzt stark sein, Majestät«, sagte sie und umfasste seinen Arm. »Ich werde Euch gegen jeden verteidigen, der es wagen sollte, Eure Macht oder Eure Autorität infrage zu stellen. Aber Ihr müsst mir helfen. Ihr könnt Euch nicht so gehen lassen. Wir haben mächtige Verbündete. Der Papst ist auf unserer Seite, Venedig ebenfalls – wenn auch nicht ganz klar in seiner Haltung. Außerdem Florenz.«

Alfons schüttelte den Kopf. »Der Papst? Dieser inzestuöse Nepotist Alexander VI.? Was wird der bewirken können? Sein Bastard Juan befindet sich auf spanischem Boden. Und sein Bruder Cesare? Ein Kinderkardinal, der vor allem junge Mädchen entjungfert. Wirklich zwei schöne Beispiele. Florenz? Piero ist nicht mal ein Viertel so viel wert wie sein Vater. Lorenzo de' Medici hat eine Lücke hinterlassen, die nicht aufzufüllen ist. Sein Sohn ist ein Dummkopf, und er wird die Stadt ohne mit der Wimper zu zucken übergeben, darauf gebe ich Euch Brief und Siegel. Venedig wiederum wird sich hüten einzugreifen. In der Zwischenzeit schmieden die Colonna Komplotte gegen den Papst, und Ludovico il Moro hat sich mit dem Franzosen verbündet. Aber was sollte man auch erwarten von einem Usurpator, der meiner Tochter Isabella trotz ihrer Heirat mit dem legitimen Erben verwehrte, Herzogin zu werden? Nein, Liebste, wir haben keine mächtigen Verbündeten. Nicht im Geringsten! Stattdessen haben wir erbarmungslose Gegner. Doch ich will mich ihnen entgegenstellen. Das verspreche ich Euch.«

»Recht so, mio Signore. Endlich!«

»Karls Heer allerdings ist beeindruckend: Mehr als dreitausend Reiter, mehr als fünfzehntausend Infanteristen, darunter Söldner und Gaskogner, weitere zehntausend Bogen- und Armbrustschützen; wir sprechen von insgesamt fast dreißigtausend Männern, ganz zu schweigen von seinen verdammten Kanonen!«

»Und denen begegnet Ihr mit Eurem Heer! Guter Gott, Alfons, man nannte Euch einst Nero! Entsinnt Euch, wer Ihr seid, und nehmt Haltung an! Ihr habt dieses Reich mit Eisen und Blut zusammengehalten, als weit Ehrfurcht gebietendere Feinde gegen Euch und Euren Vater intrigiert haben.«

»Und diese Feinde verfolgen mich heute in meinen schlimmsten Albträumen!«

»Dann tut mir einen Gefallen. Tötet sie ein zweites Mal – in Eurem Geist!«

5. Allianzen

Kirchenstaat, Apostolischer Palast

Und auf diese Weise wollte Ludovico Sforza uns verraten! Indem er sich an die Seite des Invasoren stellt! Aber glaubt mir, mein Freund, das wird Euch teuer zu stehen kommen! Ich weiß, dass es nicht von Euch abhängt, aber seht zu, dass Ihr Euch das bisschen Vertrauen verdient, das ich noch in Euch habe!« Der Papst war außer sich, das war Kardinal Ascanio Sforza vollkommen klar. Umso mehr, weil der Mann, den er vor sich hatte, Rodrigo Borgia war, der den Petersthron als Alexander VI. bestiegen hatte und der für seinen unersättlichen Machthunger bekannt war, für sein unbändiges sexuelles Verlangen und für die unerschütterliche Entschlossenheit, mit der er seine eigene Familie begünstigte. Ascanio Sforza hatte seinerseits nicht die geringste Absicht, seinen Bruder des Verrates zu bezichtigen. Ludovico traf nur eine Schuld: sich geweigert zu haben, gute Miene zum bösen Spiel zu machen. Das erklärte er dem Papst mit Bestimmtheit.

»Eure Heiligkeit, ich verstehe Eure Besorgnis. Andererseits hat es niemand gewagt, meinem Bruder ein Bündnis anzubieten, das diesen Namen verdient hätte. Ludovico hat sicher nicht die Mittel, sich der französischen Invasion entgegenzustellen, und wurde von allen im Stich gelassen. Ich glaube, es wäre richtig, wenn Ihr das zur Kenntnis nehmen würdet.« Sforza wusste genau, dass er sich sehr weit vorwagte. Doch er war an einem Punkt angelangt, an dem er sich nicht mehr für sein eigen Fleisch und Blut schämen wollte. Wenn dieser verdamme Papst ihm den Krieg erklären wollte, sollte er – er würde nicht zurückweichen.

»Ach tatsächlich … wenn das so ist, lasst mich gleich sagen, dass ich mich von nun an hüten werde, mich für Euch einzusetzen!«

»Wieso? Wann hättet Ihr das denn bisher getan?«

»Wie könnt Ihr es wagen! Habt Ihr vielleicht vergessen, wem Ihr es zu verdanken habt, dass Ihr Vizekanzler geworden seid?«

»Keineswegs! Sofern Ihr Euch daran erinnert, dass Ihr den Thron dank der Stimmen bestiegen habt, die ich für Euch gesammelt habe.«

Der Papst erhob sich, vor Wut schäumend. Er war ein kräftiger und dank der Gewänder und Paramente geradezu imposanter Mann. Nun trat er an Sforza heran und sah dem Kardinal tief und herausfordernd in die Augen. »Wie könnt Ihr es wagen, mir so etwas ins Gesicht zu sagen? Die Wahrheit ist, dass Ihr mich nur wegen persönlicher Vorteile unterstützt habt, und auch erst nachdem Eure Aussichten, Papst zu werden, auf null gesunken waren, weil Ihr nicht genügend Stimmen hattet. Das ist weder meine Schuld noch die von jemand anderem, doch nun sehe ich mit aller Deutlichkeit, dass ich mich vor den Sforza hüten muss, mehr noch, ich bekomme Angst bei dem Gedanken, was meiner Tochter zustoßen könnte, die ich auf Euer Drängen hin vielleicht zu leichtfertig Giovanni zur Frau gegeben habe!«

»Heiligkeit, ich bedaure, diese Eure Worte zu hören. Was Giovanni angeht, kann ich Euch versichern, dass er ein Ehrenmann ist und dass er, da er Eure Tochter geheiratet hat, gewiss weder sie noch Euch verraten wird«, gab Kardinal Sforza angewidert zurück. »Soweit ich sehe, lag Euch bis vor Kurzem an einem Bündnis mit meiner Familie mehr als mit jeder anderen. Nun seid Ihr ganz geblendet vom Glanz des aragonesischen Hofes, der dem Königreich Neapel wegen alter Bande der Vasallenschaft verpflichtet ist und wegen der gemeinsamen spanischen Herkunft. Und bei alldem habt Ihr nichts Besseres zu tun, als mir vorzuwerfen, ich sei parteiisch zugunsten meines Bruders. Und das, ich sage es noch einmal, nachdem Ludovico im Stich gelassen wurde. Glaubt Ihr, ich sähe nicht, was Eure Absichten sind?«

»Ich bin gespannt, mehr über sie zu erfahren, da Ihr Euch zum Deuter meiner Gedanken und zum Richter über mein Verhalten erhebt.«

»Ihr zielt darauf ab, den Kirchenstaat um Neapel zu erweitern. Ihr plant, die Romagna zu unterwerfen und Eure Macht, die wahrlich nichts Spirituelles an sich hat, noch weiter auszudehnen, indem Ihr auch Mailand vereinnahmt. Venedig interessiert Euch nicht, auch wenn sie als Mätresse der Meere, die sie nun einmal ist, in solcherlei Gedankenspielen sicher bereit wäre, zu Eurer treuen Untergebenen zu werden. Doch es gibt da eine Schwierigkeit. Ihr habt das Pech, dass Eure Söhne weit weniger tüchtig sind als Ihr, und daher werdet Ihr mit Euren hegemonialen Absichten scheitern, das kann ich Euch garantieren!«

»Mein lieber Kardinal … Ihr solltet Gott und meiner unendlichen Großmut danken, dass ich Euch nicht sofort vom Hauptmann der Garde ergreifen lasse und ihm befehle,

Euch in Ketten legen und ins Gefängnis werfen zu lassen! Ich werde nicht eher ruhen, bis Eure Familie ausgelöscht ist. Ich rate Euch, Rom auf der Stelle zu verlassen, denn morgen früh könnte ich meine Meinung geändert haben und Euch festnehmen lassen. Ihr solltet meinen Akt der Barmherzigkeit zu schätzen wissen, den ich auch gegenüber Eurem Cousin walten lassen werde, indem ich ihm meinen gerechten Zorn über das, was ich gerade gehört habe, erspare. Und nun befreit mich von Eurer Anwesenheit.«

Ascanio Sforza erwiderte bleich: »Ihr begeht einen großen Fehler, Heiligkeit.« Damit begab er sich ohne ein weiteres Wort zur Tür.

6. Im Sold der Franzosen

Kirchenstaat, Palazzo Colonna

Die Cousins sahen einander an. Beiden war klar, dass diese Gesandtschaft nur auf eine Weise enden konnte. Nach einer Weile des Hin- und Herlavierens, sich mal mit der einen, dann wieder mit der anderen Seite verbündend, war der Moment gekommen, sich festzulegen. Und wie immer, wenn es galt, eine solche Entscheidung zu treffen, folgten Fabrizio und Prospero nur einem Kriterium: Wer ihnen die bessere Bezahlung bot.

Die Gesandten Karls VIII. hatten Geschenke und Versprechen mitgebracht. Sie hatten auch besonders hervorgehoben, ihr König habe bereits eine Bündniszusage von Ludovico Sforza. Nun hofften sie auf Verbündete in der Ewigen Stadt, denn es war klar, dass der Papst alles tun würde, was in seiner Macht stand, um ihr Vordringen in Italien aufzuhalten.

Da er das Anliegen des französischen Herrschers voll und ganz erfasste, hatte sich Prospero Colonna sofort bereit gezeigt, zuvorkommend auf die Wünsche einzugehen. Nachdem er den Gruß der Gesandten ebenso entgegengenommen hatte wie die Schwerter, deren Griffkörbe mit Steinen besetzt waren und die Karl VIII. ihm und seinem Cousin zum Geschenk machte, befleißigte er sich, sich willens und zum Handeln bereit zu geben.

»Monsieur de Basche, zunächst möchte ich Euch versichern, dass Ihr Euch in diesem Palazzo in einem geschützten Bereich befindet, zum einen, weil Ihr als Gesandter selbstverständlich unantastbar seid, zum anderen, weil dieser Eurer Gesprächspartner sich Hoffnungen macht, sich ein Freund der Franzosen rühmen zu dürfen. Mein Cousin und ich wissen nicht allein die Geschenke zu schätzen, die Ihr uns brachtet, wir sind auch der Ansicht, dass die Ansprüche Karls VIII. auf den Thron von Neapel vollkommen gerechtfertigt sind.« Bei diesen Worten trat in Prospero Colonnas gierigen Blick ein selbstzufriedener Ausdruck der Genugtuung, als würde ihm die Bekräftigung dieser Tatsache körperliches Wohlbehagen bereiten. Der römische Edelmann erhob sich und durchmaß mit großen Schritten den prächtigen Saal, in dem sie sich befanden. »Doch glaubt mir, wir werden noch mehr tun, um dem Gesagten die Ehre zu erweisen, nicht wahr, Fabrizio?«

Letzterer richtete sich, als sein Name fiel, zu seiner eindrucksvollen Größe auf, die durch seine kräftige, wenn auch schlanke Statur betont wurde. Mit seinem wegen seiner Hakennase leicht raubvogelartigen Blick sah er den französischen Gesandten an und sprach mit der volltönenden Stimme eines Kriegers: »Was mein Cousin soeben sagte, ist vollkommen richtig, denn sobald der König seine Zurückhaltung aufgibt, werde ich für ihn die Rocca di Ostia einnehmen und den vom Papst ernannten Kastellan von dort verscheuchen. Ich gehe davon aus, dass Euer Herr aufgrund seiner Allianz mit Ludovico il Moro und der allgemein bekannten Unfähigkeit Piero de' Medicis und seiner

Stadt Florenz, jedweder Bedrohung etwas entgegenzusetzen, auf seinem Weg auf geringen Widerstand stoßen wird. Und so wird er im Handumdrehen vor den Toren Roms stehen, denn Ostia ist der Schlüssel zur Ewigen Stadt.«

Perron de Basche lächelte. Er war ein schmaler Mann, angespannt wie die Sehne eines Bogens, elegant gekleidet. Die Cousins hatten den Eindruck, dass er ihre Worte mit Erleichterung aufnahm.

»Was Ihr sagt, Signori, beruhigt mich sehr. Euch als Verbündete meines Königs zu wissen, ist der größte Lohn für die Mühen dieser Tage. Ihr sollt wissen, dass Karl VIII., während ich noch hier mit Euch spreche, bereits den Marsch gen Süden befohlen und mit großer Wahrscheinlichkeit schon die Grenze des Herzogtums Savoyen erreicht hat. Dort wird er in Kürze einmarschieren, dank der von Euch erwähnten Allianz mit dem Regenten von Mailand. Wenn es so ist, wie Ihr sagt, ist meine Hoffnung daher, dass Ihr Eure Pläne bereits ab dem kommenden Monat umsetzt, sobald sich, sofern alles wie erhofft läuft, der König in Florenz befindet. Ein Überraschungsmanöver wie dieses könnte übrigens durchaus auch die päpstlichen Truppen destabilisieren, die nach Auskunft meiner Spione bis heute der Meinung sind, sie hätten bei der Verteidigung leichtes Spiel.«

Prospero konnte sich nicht beherrschen, er brach in Gelächter aus. Er schien wirklich amüsiert. Er goss sich einen Becher Rotwein ein und trank in großen Schlucken daraus. Dann wischte er sich mit dem Handrücken über den Mund.

»Seht mir mein Benehmen nach, mein Freund, doch wenn Ihr wüsstet, mit wem wir es hier zu tun haben, könntet Ihr den Grund meiner Heiterkeit verstehen. Der Kastellan der

Rocca di Ostia ist ein Hasenfuß, und ich glaube gern, dass wir mit Leichtigkeit seiner Herr werden. In jedem Fall ist es beschlossene Sache, mit dem Gesagten ist der Pakt besiegelt. Unsere Schwerter und unsere Herzen sind dem König von Frankreich zu Diensten, doch sind wir so kühn, etwas im Gegenzug zu fordern. Ich hoffe, dass diese Worte bei Euch nicht falsch ankommen, doch seht, sich so angreifbar zu machen, wie wir es vorhaben, wird für unsere Familie nicht ohne Folgen bleiben. Wir haben die Borgia gegen uns, so viel steht fest, dann die Orsini und die Aragón, und zwar allesamt, noch ehe Ihr mit Eurem prächtigen Heer hier angekommen seid. Ich denke, ich liege nicht falsch, wenn ich behaupte, dass unser Einsatz ein nicht unerhebliches Risiko mit sich bringt. Wie ich schon sagte, nicht so sehr wegen Ostia, als wegen der Auswirkungen, die das auf die anderen mächtigen Familien, unsere Feinde, haben wird. Den Unmut der Borgia, Orsini und Aragón zu ertragen wird beileibe kein Kinderspiel sein. Und insofern frage ich Euch: Was stellt Ihr Euch als Gegenleistung für einen derartigen Freundschaftsbeweis vor?« Nachdem er dem Gesandten diese alles entscheidende Frage gestellt hatte, strich sich Prospero über seinen dünnen Schnurrbart.

Wenn sich diese Forderung in Perron de Basches Ohren unangemessen angehört haben sollte, ließ er es sich nicht anmerken. Vielmehr schien er seit seiner Ankunft im Palazzo Colonna darauf gewartet zu haben.

So zeigte er keinerlei Zögern, sondern antwortete, als wüsste er schon längst genau, wohin diese Unterhaltung führen würde. »Signori, was Ihr erbittet, ist nicht nur gerechtfertigt, sondern mehr als verdient. Ich möchte Euch daher neben der Auszahlung von fünfundzwanzigtausend

Dukaten, die mein König Euch, Messer Prospero Colonna, garantiert, ankündigen, dass unser Bundesgenosse, der Regent von Mailand, Eurem Cousin dieselbe Summe zahlen wird. Und das ist nur der Anfang. Die Vergabe von Ländereien ist natürlich auch nicht ausgeschlossen, sobald Italien uns zu Füßen fällt.«

Fabrizio nickte Prospero zu. Dann trat er zum französischen Gesandten. »Nun, wenn es sich so verhält, Messer de Basche, dann kann ich Euch ohne Weiteres zusichern, dass wir eine Vereinbarung haben.« Er hielt dem Franzosen seine Rechte hin.

»Das freut mich«, antwortete dieser ebenso zufrieden.

»Bei der Gelegenheit«, meldete sich Prospero zu Wort, »richtet Monsignor della Rovere unsere besten Grüße aus. Wir wissen, wie sehr er Eure Position unterstützt hat, und wir bedauern es sehr, ihn in Frankreich zu wissen, so weit vom päpstlichen Thron, der seiner Anwesenheit noch nie so sehr bedurft hat wie jetzt.«

»Wie im Übrigen auch der von Ascanio Sforza«, hob Fabrizio hervor.

»Wieso? Weilt Kardinal Sforza nicht mehr in Rom?«, fragte Perron de Basche.

»Keineswegs! Seine jüngsten – berechtigten – Klagen haben den Papst veranlasst, ihm zu drohen, und er hat Rom in diesen Stunden verlassen.«

»Verstehe. Nach monatelangem Verhandeln und Intrigieren haben sich die Fronten also geklärt, und die Lager zeichnen sich deutlich ab.«

»Genauso ist es, Messer de Basche: Die Sforza und die Colonna sind auf Eurer Seite, die Borgia, Medici, Este und Aragón haben es darauf abgesehen, Euch das Leben schwer zu machen. Die Einzigen, über die ich nichts sagen kann, sind die Venezianer«, schloss Prospero.

»Oh, um die müsst Ihr Euch keine Sorgen machen«, erwiderte Basche, »Messer Antonio Condulmer, der venezianische Gesandte in Paris, hat die Neutralität der Serenissima zugesichert.«

»Ganz dieselben verdammten Kaufleute wie immer«, polterte Fabrizio, »unbeständig wie das Wasser in ihrer Lagune.«

»Das hätte ich nicht besser sagen können«, scherzte de Basche. »Wie auch immer, Signori, es ist Zeit, unsere Pläne in die Tat umzusetzen.«

7. Karl VIII.

Contea d'Asti, Castello di Annone

Dieser Mann ist der Teufel in Person! Seine Soldaten, um genau zu sein. Sie kämpfen wie die Höllenhunde. Sie haben bei Rapallo die Flotte von Friedrich von Aragón geschlagen, und die Schweizer, die an ihrer Seite kämpfen, haben die Bevölkerung niedergemetzelt. Die Herzöge von Savoyen und die Markgrafen von Saluzzo und Monferrato haben sich ihm an den Hals geworfen. Pah! Wie die Kaninchen vor der Schlange.« Ludovico glaubte beinahe seinen eigenen Worten nicht. Und doch stimmte es. Es war erst ein paar Tage her, dass der Herzog von Orléons die aragonesischen Schiffe in die Flucht geschlagen hatte, während die Truppen von Sanseverino zusammen mit den Schweizer Söldnern und deren Kanonen die Männer von Ibietto dei Fieschi niedergemacht haben – dreitausend Infanteristen. Nach diesem überwältigenden Sieg traten die Helvetier die Hölle los und massakrierten die Männer und Frauen auf den Straßen Rapallos.

»Und am Ende habe auch ich mich mit diesem König eingelassen«, murmelte Ludovico und knallte seinen Zinnbecher auf den Tisch.

Seine Gemahlin Beatrice sah ihn entgeistert an. Sie war

schön, ihr langes kastanienfarbenes Haar trug sie in einem Zopf, in den perlenbesetzte Silberketten eingearbeitet waren. Ihre Augen waren kohlschwarz und voller Glut. Ihr Gesicht war ein perfektes Oval, nun jedoch verriet es Furcht – sie hatte Ihren Gemahl noch nie so besorgt gesehen. Der Bericht von den Taten des französischen Herrschers machte es gewiss nicht besser. Im Versuch, auch die eigene Furcht zu vertreiben, nahm sie es auf sich, ihrerseits darzulegen, was sie gehört hatte. »Es hat den Anschein, als ob der König der Franzosen einen ungeheuer großen Kopf hat. Die wässrigen Augen schwimmen hin und her und schauen in alle Richtungen. Er ist missgestaltet, bucklig und furchtbar. Sein Blutdurst ist unstillbar. Das sagen alle, die ihn gesehen habe. Er ist ein wildes Tier. Ihr tut gut daran, Euch von solch einem Verbündeten fernzuhalten.«

»Das ist mir schon klar! Wenn ich die Wahl gehabt hätte, wäre ich nicht in diesen Krieg gezogen. Man hat mich im Stich gelassen, die einzigen Ausnahmen waren Euer Vater und die Colonna, die, eingesperrt in Ihren Palazzi, nur darauf warten, den Borgia und Orsini im Schutze der Nacht an die Gurgel zu gehen. Wird das reichen? Ich glaube nicht. Aber wir können ganz gewiss keinen Widerstand leisten. Vor allem fehlen uns die Mittel. So furchtbar dieser Herrscher auch sein mag, uns bleibt nichts anderes übrig, als ihm die Ehre zu erweisen, und wir müssen es außerdem überzeugend tun. Morgen darf er nicht den geringsten Zweifel an unserer Loyalität haben, habt Ihr verstanden, Liebste? Sonst geht es nicht mehr nur um unsere Zukunft, sondern um unser Leben.«

»Ich verstehe, mio Signore. Und ich versichere Euch, dass Ihr an mir nicht zu zweifeln braucht. Keine Sekunde.«

»Danke, mein Herz«, sagte Ludovico und umarmte seine Gemahlin mit brennender Dankbarkeit. Er liebte diese Frau, und auch wenn er seine Triebe nicht zügeln konnte und sie ihn häufig die Betten seiner zahlreichen Geliebten aufsuchen ließen, kehrte er doch immer zu Beatrice zurück. Er legte ihr Gesicht an seine Brust und strich ihr zärtlich über das glänzende Haar, ließ seine Hand auf dem perlengeschmückten Zopf ruhen. Dann hob er ihr Gesicht mit Daumen und Zeigefinger an und küsste ihren korallenroten Mund.

»Ihr müsst keine Angst haben, Beatrice, verzeiht mir lieber, dass ich so schwach war und mich so habe gehen lassen. Ich weiß, es gibt keine Entschuldigung. Ausgerechnet ich, der ich Euch vor allen Gefahren und Schwierigkeiten beschützen sollte. Dabei wünschte ich doch nur, ich müsste mich diesem Barbaren, der Italien hinabzieht, allein, um es in Brand zu setzen, nicht ehrerbietig erweisen. Doch nur so kann ich Mailand schützen.«

Sie legte ihm den Zeigefinger auf die Lippen. »Kein Wort, Ludovico. Ihr müsst nichts sagen. Ich verstehe Eure Liebe zu Mailand voll und ganz. Und genau aus diesem Grund braucht Ihr mir nichts zu erklären, denn ich kenne Euch ja und weiß, wie viel Mut in Euch steckt. Und ich bin fest davon überzeugt, dass es keinen besseren Mann geben könnte, um dem König von Frankreich entgegenzutreten. Wenn Ihr es für nötig haltet, ihn in die Irre zu führen, um uns alle zu retten, werden wir das tun. Ich habe nie an Euch gezweifelt, und ich werde bestimmt nicht heute damit anfangen.« Dann spürte er, wie sie ihm über die Wange strich und ihn küsste. Schließlich löste sie sich aus der Umarmung und ging zum großen Fenster des Saales, durch das das Sommerlicht hereinfiel.

Sie wandte ihm den Rücken zu und schaute hinaus.

Ludovico stellte sich vor, was sie sah: den Hof der Burg, die bewaffneten Wachen in Rüstung, die Stallburschen, die die Pferde in die Stallungen brachten. In der Festung herrschte reges Treiben.

»Einverstanden. Ich danke Euch für Eure Worte. Aber vielleicht weiß ich auch einen Weg, wie es sich vermeiden lässt, dem französischen König in diesen elenden Feldzug zu folgen«, schloss Il Moro orakelhaft.

8. Das Feldlager

Contea d'Asti, Feldlager Karls VIII.

Das Feldlager schien endlos. Die Zelte erstreckten sich bis fast zum Horizont, und die Ebene vor der Stadt war wie schwarz überzogen mit all den Rüstungen aus brüniertem Eisen und Leder. Ludovico bewunderte die exakte Ausrichtung und kriegerische Strenge des Lagers. Er sah die großen Kanonen auf riesigem Bronzegestell, die in der Schlacht von Rapallo die Flotte Friedrichs von Aragón zerstört hatten. Noch beeindruckender waren deren Geschosse – Eisenkugeln so groß wie der Kopf eines Mannes. Für einen Augenblick musste er an Leonardo denken, der ihn vor über zehn Jahren gebeten hatte, Kriegsgerät für ihn bauen zu dürfen. Letztlich hatte er seine Sachkenntnis nie überprüfen können. Nun war es vermutlich zu spät. In den Krieg hatte er sich nur widerwillig hineinziehen lassen, schließlich ging er stets lieber den Weg der Intrige und versuchte, wann immer er konnte, ein Blutvergießen zu vermeiden. Es war viel besser, ein Territorium durch List und Komplotte zu beherrschen, als zu den Waffen zu greifen, zumindest war das seine Meinung. Er bemerkte jedoch, dass ein wilder Blutdurst sich im Lager breitmachte, als seien die Soldaten Karls VIII. Raubtiere, im Begriff, ihre

Zähne in das Geripke eines erlegten Beutetieres zu schlagen.

Vom Rücken seines eleganten Rotfuchses mit dem glänzenden Fell aus sah er sich um, gleichermaßen fasziniert wie bestürzt. Er erkannte, dass er sich in der Einschätzung seines Verbündeten vollkommen geirrt hatte: Was er vor sich hatte, war nicht das Heer eines Söldnerhauptmanns, nicht bloß eine Handvoll angeheuerter Kämpfer, bereit, das Lager jederzeit zu wechseln, wenn es schlecht liefe. Nein, nicht im Mindesten: In den Augen dieser Männer war ein Leuchten, das Ludovico Sforza noch nie zuvor gesehen hatte. Sie vermittelten den Eindruck, als seien sie bereit, für ihren König ihr Leben zu lassen. Etwas, das unter seinem Befehl niemals vorgekommen wäre. Darin lagen Reinheit und Perfektion, etwas, das man mit keinem Geld der Welt hätte kaufen können und das, davon war Ludovico überzeugt, den notwendigen Unterschied machen würde, um auf dem Schlachtfeld zu siegen. Das machte ihm Angst. Denn nun wurde ihm mehr denn je bewusst, dass er einem wahren Massenmörder Tür und Tor zur Halbinsel aufgestoßen hatte, einem Mann, der ohne Erbarmen für irgendwen oder -was bis nach Neapel vorrücken würde, koste es, was es wolle.

Als er ihn dann sah, diesen Mann, wurde ihm auch klar, dass er ihn weder würde kontrollieren können, noch Einfluss auf seine Entscheidungen haben würde.

Ludovico war abgestiegen und hatte das Zelt betreten, dort hatte er ihn das erste Mal vor sich.

Karl VIII. schien gerade mit seinen Generälen die Vorgehensweise der nächsten Tage besprechen zu wollen. Als er den Blick hob und sich offensichtlich bemühte, sich zur vollen Größe aufzurichten, hatte Ludovico Mühe, sich seine Abneigung nicht anmerken zu lassen. Der französische Herrscher war ein Mann von außerordentlicher Hässlichkeit. Der große Kopf schien wackelig auf den schmalen und hängenden Schultern zu sitzen, sein Blick war unruhig wie der eines Reptils, und die aschfahle Mähne stand wie die Borsten eines Besens vom Kopf ab. Davon abgesehen war er prächtig gekleidet, und er legte, so gut es ihm möglich war, eine Art vornehmer Zurückhaltung an den Tag. Dazu trugen das goldene Gewand und das Schwert an seinem Gürtel bei, dessen Parierstange aus Silber war und auf dessen Griff ein riesiger Rubin prangte.

Ludovico wurde von einem kleinen Gefolge Adeliger begleitet, doch hatte er sich entschieden, das Zelt nur mit seinem Astrologen und Leibarzt Ambrogio da Rosate zu betreten, der ihm wie ein Schatten überallhin folgte, auch bei den heikelsten Angelegenheiten.

Sollte ihm das missfallen, ließ sich der Franzose das nicht anmerken. Ludovico trat näher und beugte das Knie bis zum Boden, doch Karl bedeutete ihm, aufzustehen und am Tisch Platz zu nehmen. Einige französische Generäle taten es ihm nach, desgleichen der König.

Ambrogio da Rosate reichte Ludovico eine wunderbar gearbeitete goldene Schatulle. Il Moro erhob sich und reichte sie Karl, der sie ohne allzu großen Enthusiasmus öffnete.

Kostbare Edelsteine schimmerten in allen Farben, Diamanten, Rubine, Smaragde und Saphire reflektierten funkelnd das Licht der Kerzen.

Der König ließ sich zu einem schwachen Lächeln hinreißen. Mit einem Nicken dankte er Ludovico und besprach sich flüsternd mit einem seiner beiden Generäle. Letzterer hob den Blick, rief mit ein paar zwischen den Zähnen hervorgequetschten Worten einen livrierten Lakaien zu sich, der in der Ecke des Zeltes stand, und vertraute ihm die Schatulle an.

»Mein lieber Freund«, sagte der König und wandte sich auf Französisch an den Herzog, »ich nehme an, Ihr habt von meinen jüngsten Erfolgen gehört.«

Ludovico, der die Sprache des Königs passabel beherrschte, antwortete hastig: »Natürlich, mio Signore. Die Kunde von Eurem Triumph in Rapallo hat alle Reiche der Halbinsel erzittern lassen.«

Karl VIII. nickte, zum ersten Mal sichtbar erfreut.

»Erlaubt mir, Euch den Mann vorzustellen, in den ich mein größtes Vertrauen setze. General Louis de la Trémoille, einer der klügsten Strategen und zuverlässigsten Heerführer Frankreichs. Mit ihm an meiner Seite habe ich keine Zweifel, binnen zwei Monaten Neapel zu erreichen und zu Fall zu bringen.«

Der Angesprochene – derjenige, der dem Livrierten die Schatulle ausgehändigt hatte, die dieser, kaum sichtbar in seiner Zeltecke, immer noch in Händen hielt – wandte sich Ludovico zu. Sein Blick war bestimmt, er war glatt rasiert und hatte regelmäßige Züge. Das hauchdünne Lächeln war rasiermesserartig und verriet einen eisernen Willen. »Wir wissen, dass wir dank des Bündnisses mit Euch weder Schwierigkeiten beim Durchqueren des Herzogtums Mailand haben werden, noch stellt die Durchquerung Ferraras durch das Hoheitsgebiet von Ercole d'Este ein Problem dar. Somit ist Florenz die einzige Stadt, die uns noch von Rom trennt.«

Ludovico konnte nur mit Mühe ein Lachen unterdrücken. »Ich glaube wirklich nicht, dass Piero de' Medici eine ernsthafte Gefahr für Euer Heer darstellt.«

»Das glauben wir auch nicht.«

»In Rom hingegen könnte die Sache schon ganz anders aussehen.«

»Ich bin mir sicher«, erwiderte Karl, »dass ich die Verteidigungslinien in kaum mehr als einem Tag hinweggefegt haben werde.«

»Was lässt Euch das mit solcher Sicherheit sagen, Majestät?«, wollte Ludovico wissen, der seinen Ohren nicht zu trauen glaubte. Sein Cousin, Kardinal Ascanio, hatte ihn wissen lassen, dass der Papst sich mit Hochdruck auf die Verteidigung vorbereitete.

»Die Colonna werden in diesen Tagen Ostia einnehmen. Von dort werde ich Rom in einer tödlichen Umklammerung zerquetschen.«

Diese Ankündigung machte Ludovico sprachlos. Das Ende Italiens war also schon beschlossene Sache. Nicht allein Neapel befand sich in Gefahr. Diese Tatsache beunruhigte ihn mehr noch als das Bewusstsein, dieser Geißel selbst Tür und Tor geöffnet zu haben, was ihm Ambrogio da Rosate, dessen Blicke er brennend in seinem Rücken spürte, vor wenigen Wochen erst genau so vorhergesagt hatte.

»Ich würde gern unverzüglich nach Vigevano weiterziehen. Ich gestehe, es würde mich freuen, Eurem Neffen Gian Galeazzo Maria und seiner Frau Isabella einen Besuch abzustatten.«

»Natürlich, Majestät. Nur, wenn ich mir die Bemerkung erlauben darf ...«

»Was?«, unterbrach ihn der König brüsk.

»Nun ja, ich habe mich gefragt, mio Signore, ob das wirklich nötig ist. Ich will damit sagen ... Isabella ist immer noch die Tochter von Alfons II. von Aragón, des Mannes, dem Ihr den Krieg erklärt habt und dem Ihr den Thron streitig machen wollt – wenn auch berechtigtermaßen natürlich.«

»Nun, und?«

»Ich frage mich«, fuhr Il Moro fort, »ob es eine gute Idee ist, sie zu treffen. Es wäre nachzuvollziehen, wenn sie Einwände gegen Euren Besuch hätte, meint Ihr nicht?«

»Ganz und gar nicht, denn es ist mir ein Anliegen, ihr klarzumachen, dass meine Ansprüche auf den Thron von Neapel absolut legitim sind, wie Ihr gerade zu Recht angemerkt habt. Daher ist es nichts Persönliches gegenüber ihr oder ihrem Vater. Kurz, ich möchte, dass sie weiß, wie die Dinge stehen, und dass das, was geschehen wird, unausweichlich ist.«

Ludovico räusperte sich und hüstelte verlegen.

»Ich sage Euch noch etwas«, sprach der König weiter, »ich mache Euch für den Erfolg dieser Begegnung verantwortlich, auf die ich großen Wert lege. Sorgt dafür, dass ich sie treffen kann. Andernfalls wäre ich außerordentlich enttäuscht.«

Ludovico holte tief Luft. »Natürlich, Euer Majestät.«

»Und nun geht«, schloss der König lakonisch.

»Majestät?«

»Ihr habt mich gehört. Wir sehen uns morgen, in Asti. Ihr wisst, was Ihr zu tun habt, an Eurer Stelle würde ich keine Zeit verlieren.«

»Wie Ihr befehlt«, antwortete Il Moro und erhob sich. Innerlich kochte er vor Wut.

Als er sich verbeugte, bemerkte er, dass nicht allein der König, sondern auch die beiden Generäle keinerlei Anstalten machten, sich zu erheben, um seinem vornehmen Rang die Ehre zu erweisen.

So verließ er das Zelt, gefolgt von seinem Astrologen.

»Barbaren«, quetschte er zwischen den Zähnen hervor. Seine Gemahlin hatte recht. In allem. Er hoffte bloß, dass er den Gedanken, diesen brutalen König seinem Schicksal zu überlassen, ohne ihn bei diesem Feldzug begleiten zu müssen, in die Tat umsetzen könnte, denn diese Auseinandersetzung versprach blutig zu werden. Zumindest würde er mit dieser unheilvollen Allianz Mailand gerettet haben.

Doch für wie lange?

9. Ostia

Kirchenstaat, Castello di Ostia

Sie hatten die Rocca den ganzen Morgen über mit den Bombarden beschossen.

Doch an den Spitzen der dreieckigen Festung befanden sich jeweils große Geschütztürme, und die unglaublich dicken und robusten Mauern hatten eine spezielle Neigung, die einen senkrechten Aufprall der Geschosse verhinderte und somit die Schlagkraft verringerte.

Nachdem sie festgestellt hatten, dass das Bombardement nicht den erhofften Erfolg hatte, hatten Prospero und seine Männer beschlossen, zum Angriff überzugehen. Sie zogen über die Felder und liefen eine Böschung hinab, an deren Fuß sie fast zwei *braccia* tief im Wasser landeten, denn der Erbauer der Festung hatte dafür gesorgt, dass die Gräben über ein Kanalsystem mit Wasser aus dem Tiber gespeist wurden.

Mit anderen Worten: Anzugreifen war leichter gesagt als getan. Wie so oft. Wenn man bedachte, dass es ausgerechnet Kardinal Giuliano della Rovere gewesen war, der diese Festung bauen ließ! Und es war ihm verdammt noch mal gut gelungen. Doch nachdem er in Frankreich Zuflucht gesucht hatte, um den König gegen den Papst aufzuwiegeln, in der Hoffnung, ihn absetzen lassen zu können, gehörte ihm dieses Kastell nicht mehr. Alexander VI. hatte keine Zeit verloren; er hatte die Festung eingenommen und dort einen eigenen Kastellan eingesetzt. Deswegen war Prospero mit seinem Bruder jetzt hier. Um sich massakrieren zu lassen. Nur um sie zurückzuerobern.

Er lächelte bitter. Dann sah er, wie sich ein Strahl kochenden Öls über seine im Schlamm kämpfenden Leute ergoss, die daraufhin ein vielstimmiges Gebrüll zum düsteren Himmel schickten. Das brennende Gebräu entstellte die Gesichter und versengte das Fleisch. Ein Soldat schlug die Hände vors Gesicht. Der Geruch nach verbranntem Fleisch erfüllte die Luft, als sei dies eine grausame Art Bankett. Als die Arme des Soldaten herabfielen, wurde Prospero Zeuge eines unvergleichlichen Horrors: Die Haut war vollkommen zerstört und das Gesicht des Mannes bloß noch eine Maske des Schmerzes und des Todes.

Zu guter Letzt wälzte er sich bäuchlings im Morast und hauchte in einem Schrei der Verzweiflung sein Leben aus. Prospero hob einen Arm und gab das Kommando zum erneuten Angriff. Er sah weitere Männer in den Graben laufen. Sie trugen lange Leitern mit sich, doch ein Pfeilhagel mähte mindestens die Hälfte nieder. Als seien sie Tiere beim Schlachter. Doch er schüttelte den Kopf, weil er wusste, dass es in diesem Augenblick um den Ausgang der Schlacht ging. Wenn sie nun zurückweichen würden, wären sie nicht mehr in der Lage, den Angriff wieder aufzunehmen. Ganz abgesehen davon, dass sie nach einer derartigen Niederlage die Rocca niemals mehr erobern würden.

Er begriff, dass er unerschrocken und beherzt zur Tat schreiten musste. »Schnell«, schrie er, »wir müssen jetzt da rauf, sonst ist es zu spät!«

Die ersten Leitern wurden an die Bastion gelehnt. Das erwies sich als gar nicht so leicht, da sie zu einem guten Teil im Schlamm steckten. Doch die Grabensohle schien als Untergrund brauchbar zu sein. Prospero feuerte seine Leute an. Er sah, wie sich ein gegnerischer Soldat über die Zinnen beugte, legte die Armbrust an und zielte. Ein Bolzen zischte durch die Luft und bohrte sich im nächsten Augenblick in das Auge des Feindes. Blut schoss aus der Wunde. Dem Soldaten fiel das Schwert aus der Hand, dann beugte er sich vor und stürzte mitten in den Matsch neben einen der Belagerer, der mit wohl durch einen Treffer der Bombarden zerschmetterten Beinen durch den Schlamm kroch.

Ohne noch mehr Zeit zu verlieren, erstürmte Prospero die Leiter. Er wusste, dass er oben keine Zeit mehr haben würde, das Schwert zu ziehen, daher nahm er ein Messer zwischen die Zähne. Hier durfte man nicht lang fackeln. Während er eine Sprosse nach der anderen erklomm, spürte er, wie ihm das Herz in der Brust immer heftiger schlug. Er lächelte resigniert bei dem Gedanken, es könnte versagen. Zu viel Wein und zu viel Wildbret. Na gut, dachte er, wenn er wirklich sterben musste, hatte er zumindest kein Trinkgelage ausgelassen.

Er war fast oben angelangt, als ein Soldat über die Zinnen lugte. Bei Prosperos Anblick legte er einen Bolzen ein, zielte und drückte ab.

Instinktiv ließ Prospero die Linke los und ließ sich mit dem Rücken zur Leiter herabhängen. Während er inständig hoffte, nicht den Halt zu verlieren, spürte er, wie das Geschoss knapp an seiner Brust vorbeizischte und dann im Schlamm des Grabens unter ihm verschwand. Er biss noch fester auf den Griff des Dolches zwischen seinen Zähnen.

Mit einer genau abgezirkelten Drehung des Oberkörpers brachte er auch die linke Hand wieder auf die Leiter und hielt sich so gut fest, wie es ging. Dann löste er die Rechte, nahm den Dolch aus dem Mund und stieß ihn mit einer blitzartigen Bewegung nach oben in die Kehle des Kontrahenten, dort wo die Lederrüstung ihm keinen Schutz mehr bot.

Ohne sich anschließend die Mühe zu machen, die Auswirkung seines Stichs zu überprüfen, stieg er weiter hinauf. Im nächsten Augenblick sah er seinen Gegner hinabsegeln.

Unterdessen hatte er den höchsten Punkt erreicht und kletterte über die Zinnen. Kaum, dass er sich auf dem Wehrgang befand, zog er das Schwert, bereit, jeden in Stücke zu hauen, der in seine Reichweite kam.

Er musste freilich nicht lange warten, denn beinahe augenblicklich kam ihm ein Armbrustschütze entgegen, der seine Waffe lud. Prospero wusste, dass er ihm dazu keine Zeit lassen durfte. Mit ausholenden Schlägen den Abstand aufhebend trennte er ihm mit einem kreisenden Hieb den Kopf sauber vom Rumpf. Das Blut schoss in dickem Strahl heraus und traf ihn als scharlachroter Regen im Gesicht. Der Kopf wirbelte durch die Luft und flog über die Zinnen. Der enthauptete Leichnam fiel bäuchlings auf den Gang, während Prospero blutüberströmt wie ein Besessener nach seinen Leuten schrie.

Als sie ihren Condottiere auf den Mauern der Rocca aufragen sahen, schienen die Männer der Colonna, die unter unendlichen Mühen die Leitern erklommen, unverhofft neue Kräfte zu bekommen. Sie vervielfachten ihre Anstrengungen, wurden gleich viel schneller und kletterten zu

Dutzenden die Sprossen der Leitern empor, drängelnd und fluchend, als gebe es kein anderes Ziel, als oben anzukommen.

Es war höchste Zeit.

Nur mit dieser allerletzten Anstrengung durfte Prospero hoffen, den Ausgang dieser Begegnung beeinflussen zu können. Aus diesem Grund musste er seinen Leuten den größtmöglichen Mut einflößen.

»Colonna!«, schrie er mit aller Kraft.

Großes Gebrüll war die Antwort.

Es waren seine Männer, die wie ein Rudel Wölfe seinen Schlachtruf erwiderten.

»Colonna!«, wiederholte er überschwänglich und hob das bluttriefende Schwert in die Höhe.

Nun sah er, dass einige seiner Leute bereits das obere Ende der Leitern erreicht hatten und sich nun wie Löwen auf die Feinde stürzten, ohne sich um Schwerthiebe oder Pfeile zu kümmern, die weiterhin auf sie niedergingen. Um den ersten beizustehen, ergriff Prospero die Armbrust des Mannes, den er gerade geköpft hatte. Er zielte, drückte ab und beobachtete, wie der Pfeil losschwirrte und sich in die Wange eines Soldaten der Verteidigergarnison bohrte. Der Mann gab einen markerschütternden Schrei von sich. Er drehte das Gesicht zur Seite, aus dem wie eine besonders schreckliche und bizarre Wucherung der Pfeil ragte. Er tastete nach seinem Schwert, doch Prospero griff ihn bereits mit einem Hieb an, der ihn zu Fall brachte. Auf dem Rücken liegend kroch der Mann rückwärts. Prospero hob mit beiden Händen sein Schwert, durchstieß ihm die Kehle und nagelte ihn auf die Pflasterung des Umgangs.

Der Mann gab ein gurgelndes Röcheln von sich.

Als er den Blick hob, sah Prospero, dass sich seine Männer bereits zahlreich auf den Wehrgang ergossen und den Verteidigern den Garaus machten. Unter ihnen erblickte er auch einen Standartenträger. Er ging zu ihm.

»Mio Signore!«

»Soldat, gib mir die Standarte.«

Im nächsten Moment ließ Prospero Colonna die Farben seines Hauses über der Festung wehen: Eine silberne Säule auf rotem Grund mit einer Krone darüber erhob sich vor bleigrauem Himmel über die Mauern der Rocca di Ostia.

10. Ehrgeizige Ziele

Kirchenstaat, Apostolischer Palast

Die Situation wird von Tag zu Tag schlimmer.« Cesare hätte am liebsten geschrien, doch er musste seine Worte maßvoll wählen. Nur so konnte er hoffen, angehört zu werden. Er kannte das Temperament seines Vaters und hatte nicht den geringsten Zweifel, dass das, was er zu sagen hatte, ihm in den Ohren schmerzen würde. Doch er hatte keine andere Wahl. Es war stärker als er. »Juan bleibt in Spanien. Darüber will ich gar nicht diskutieren. Doch es war Eure Entscheidung, für ihn eine militärische Laufbahn zu planen. Und daher frage ich Euch: Wer soll sich nun dem Vormarsch Karls VIII. entgegenstellen? Erst recht jetzt, wo die Colonna die Rocca bezwungen und in Besitz genommen haben?«

Der Papst antwortete nicht. In heilige Paramente gehüllt, saß er auf einem herrlichen Thron mit fein gearbeiteten Intarsien. Der Boden des Wohnraums war mit wunderschönen Orientteppichen belegt. Hier und dort standen und lagen verschiedene Hocker und andere Sitzgelegenheiten sowie samtene Kissen. An den Wänden leuchteten die Gemälde von Landschaften und Gärten von der Hand Pinturicchios. Blasse Sonnenstrahlen drangen durch die großen

75

Fenster und ließen das Gold auf Wänden und Decken aufleuchten. Erlesene Seidentapeten unterstrichen die unvergleichliche Schönheit der Werke des Meisters aus Perugia.

Trotz des Grolls, den er hegte, und obwohl er keine Antwort auf seine bewusst provokativen Fragen erhalten hatte,
konnte er sich der Wirkung dieser Herrlichkeiten nicht
entziehen. Für eine Weile war er regelrecht verzaubert, voller Bewunderung für die Kassettendecken mit den Wappen
der Borgia und den Lünetten mit den zwölf paarweise an-
geordneten Sibyllen und Propheten auf traumhaft blauem
Untergrund.

Alexander VI. bedachte seinen Sohn mit einem rätselhaf-
ten Blick. Cesare hätte nicht zu sagen vermocht, was ihm
durch den Sinn ging. Doch tief im Innern gab es für ihn keinen Zweifel an dem, was zu tun war. Daher blieb er beharr-
lich. Er hoffte, dass Rodrigo zu guter Letzt nachgeben
würde. »Eine Investitur, lieber Vater. Mehr verlange ich
nicht. Ernennt mich zum Generalkapitän der Kirche, und
ich werde nicht nur den französischen Herrscher über die
Alpen zurückjagen, sondern für Euch ganz Italien erobern!
Ich brenne innerlich und finde keine Ruhe. Ich muss mich
in einer militärischen Operation wie dieser beweisen, versteht Ihr das?«

Cesare hatte leidenschaftlich gesprochen. Nichts ließ ihn
mehr entflammen als der Krieg, abgesehen vielleicht von
Sex und Sünde. Vielleicht war das auch vollkommen lo-
gisch, denn beides beruhte im Grunde auf Gewalt.

Rodrigo Borgia räusperte sich, und ein grausames Lächeln, das an ein wildes Tier denken ließ, umspielte seine
Lippen. Schließlich begann er: »Cesare, mein Sohn, ich
habe keinen Zweifel an Eurer Redlichkeit und an der edlen

Gesinnung, die aus diesen Euren Worten spricht. Sie ehren Euch, ganz ohne Frage. Allerdings habe ich Euch aus einem bestimmten Grund zum Kardinal ernannt. Ich sehe in Euch meinen Nachfolger, eines Tages. Und glaubt mir, Eure Qualitäten, die ich sehr wohl sehe und zu schätzen weiß, ohne sie eigens zu erwähnen, sind nicht wenige. Ihr habt es in der Tat richtig erfasst: Ihr seid nicht der Sohn, der eines Tages Generalkapitän der Kirche werden wird. Dafür habt Ihr nicht die richtigen Charakterzüge. Ihr seid trotz Eures jugendlichen Alters bereits ein geschickter Politiker, Ihr wisst Euch Respekt zu verschaffen und Schrecken zu verbreiten – Ihr seid ja auch ein Borgia –, doch mit dem Schwert in der Hand in einem schmutzigen Krieg zu kämpfen ist immer noch eine andere Sache.«

»Aber …«, wagte Cesare anzusetzen, bevor sein Vater ihn unterbrach.

»Ganz zu schweigen davon«, fuhr der Pontifex fort, »dass Juan sich nicht zu seinem persönlichen Vergnügen am Hofe König Ferdinands in Spanien aufhält, sondern um auf meinen ausdrücklichen Wunsch hin Maria Enriquez, die Cousine des Herrschers, zu heiraten. Eine strategische Entscheidung aus guten Gründen, die Euch natürlich entgehen: um unsere Dynastie zu stärken, die, wie Ihr ja sehr wohl wisst, für die Erbsünde büßt, in diesem verfluchten Landstrich Ausländer zu sein, und um die mächtigen Allianzen zu festigen, die durch die Eheschließung zwischen Jofré und Sancha d'Aragón bereits eine Fortführung erfuhren. Doch will ich hoffen, dass eine intelligente Person wie Ihr nicht ignorieren kann, dass es seinen Preis hat, in die Familie der katholischen Majestäten von Spanien einzuheiraten.«

»Das kann ich mir vorstellen.«

»Vergesst Eure Vorstellungen! Ich musste mich in der Auseinandersetzung mit Portugal um die Vorherrschaft in der von Kolumbus entdeckten Neuen Welt für Spanien starkmachen.« Der Papst wurde laut. »Das war zwar nicht schwierig, doch hat es mich Zeit gekostet. Ich weiß nicht, ob Ihr Euch darüber im Klaren seid, was alles damit zusammenhängt. Ich spreche von neuen Rohstoffen, Waren und Erzeugnissen, die den Lauf des zu Ende gehenden Jahrhunderts verändern werden. Venedig, das uns heute noch so große Angst macht, wird erleben, dass seine Mittelmeerrouten an Bedeutung verlieren werden, weil sich ein großer neuer Handelsweg aufgetan hat! Doch ich schweife ab. Juan bleibt in Spanien, weil seine Anwesenheit unsere Allianz mit den Herrschern festigt, und weil er für Nachkommenschaft sorgen muss. Sobald es möglich ist, wird er nach Rom zurückkehren, aber nicht, bevor König Ferdinand sein Placet gegeben hat. Habe ich mich klar ausgedrückt?«

»Natürlich, ich verstehe. Ich bestreite nicht, was Ihr sagt, doch der Punkt ist, dass wir derzeit ohne Schutz sind. Und, schlimmer noch: Die gesamte Halbinsel ist zersplittert. Ich hingegen bin der Ansicht, dass ein fähiger und entschlossener Mann der Waffen sämtliche Republiken und Herzogtümer unter einem Banner versammeln könnte – dem der Kirche. Und ...«

»Und wer soll dieser Mann sein? Ihr, Cesare?«

»Ja, Vater«, entgegnete der junge Mann ohne Zögern.

Doch Rodrigo Borgia war anderer Ansicht. »Ganz schön unbescheiden, mein Sohn!«, polterte er schließlich und erhob sich. »Welche Eitelkeit! Ich frage mich angesichts dieser Worte, ob ich vielleicht doch einen Fehler gemacht habe, mein Vertrauen in Euch zu setzen. Wie dem auch sei, ich bin noch nicht fertig!« Er bewegte sich flink, trotz seines Alters und seiner beachtlichen Leibesfülle. Völlerei und Wollust waren die Laster, denen der Papst zunehmend frönte, und sie waren nicht spurlos an ihm vorübergegangen. Dennoch durchströmte ihn eine unerschöpfliche Energie, als ob die ihm innewohnende Aggressivität es ihm ermöglichte, jedwede physische Grenze zu überschreiten. »Wie ich schon sagte, ist für Euch eine Kirchenkarriere vorgesehen. Ich schätze es gar nicht, wenn man mir widerspricht, und ich rate Euch, meinem Willen Folge zu leisten, er steht nicht zur Diskussion. Hinsichtlich der aktuellen Geschehnisse vertraue ich auf die guten Verbindungen zum Haus Aragón, Spanier wie wir, und schon deshalb loyaler als jede andere Dynastie dieses verfluchten Landes hier, wo jeder unser Feind ist.«

Die Augen des Papstes funkelten vor Zorn. Cesare war bewusst, dass die Unterhaltung eine denkbar schlechte Wendung nahm und dass sie, wie immer, mit einer Niederlage für ihn enden würde. Er konnte nicht verstehen, warum sich sein Vater so gegen seinen natürlichen Drang sträubte, sich mit den Waffen zu messen. Dabei hatte er schon als kleiner Junge keine Fechtstunde ausfallen lassen, und auch wenn Rodrigo es ihm verboten hatte, hatte er nicht gehorcht und sich weiter der anstrengenden Ausbildung unterzogen, durch die er von Tag zu Tag besser wurde. Von klein auf war er besser gewesen als sein Bruder, der sich wahrhaftig in keiner der Kriegskünste hervortat: Im Duell und auf dem Pferd war er gerade mal leidlich, und das einzige Gebiet, auf dem es ihm keiner gleichtat, waren die gesammelten Angebereien, die er seinen Freunden als die reine Wahrheit auftischte. Cesare hingegen war gut im Fechten und ein sehr guter Reiter, und mit der Armbrust konnte er sogar einen Falken im Flug ins Auge treffen.

Der Grund für diese Erfolge war einfach: Während er bis zur Erschöpfung trainierte, war sein Bruder darauf bedacht, so wenig wie nur irgend möglich zu machen. Wenn Cesare mit eisernem Willen bis über seine physischen Grenzen ging, sehnte Juan stets das Ende herbei, unabhängig vom Erreichten. Sie waren wie Tag und Nacht. Rodrigo war dennoch bereit, das Offenkundige zu leugnen, nur um an seiner eigenen Entscheidung festzuhalten, auch wenn die sich als vollkommen falsch erwies. Cesare konnte diese starrköpfige Weigerung nicht verstehen, er sah darin keinen Sinn. Wieso unterstützte man weder Wunsch noch Talent und negierte es stattdessen?

Ein solches Verhalten erschien ihm mindestens dumm, wenn nicht borniert, denn das Offensichtliche zu leugnen war der erste Schritt zur Niederlage. Mit allergrößter Wahrscheinlichkeit würde er der schlechteste Kardinal aller Zeiten sein, mit Sicherheit jedenfalls der unmoralischste, und sein Bruder der schlechteste Generalkapitän, den der Kirchenstaat je hatte.

Er schüttelte den Kopf, echter Verzweiflung nah. »Ich verstehe Eure Vorbehalte mir gegenüber nicht. Dabei versuche ich nur, Euch zu gefallen, Vater, und den Kirchenstaat vor denen zu verteidigen, die wie Geschmeiß über Euch herfallen, und wie wahnsinnig versuchen, Euch den Lebenssaft auszusaugen.«

»Ich bedaure, es mit dieser Deutlichkeit sagen zu müssen, doch was Ihr da sagt, mein Sohn, ist falsch. Ihr versucht nicht im Mindesten, mir zu gefallen, vielmehr sucht Ihr

Eure schändlichsten Gelüste zu befriedigen. Wenn Eure Behauptungen wahr wären, würdet Ihr mit Freuden tun, was ich Euch sage, und Euch der Kirchenlaufbahn widmen. Ihr würdet Euch dem Wort und dem Gebet zuwenden. Ihr würdet Psalmen und heilige Texte auswendig lernen und Euch der christlichen Nächstenliebe widmen. Doch was ich sehe, ist genau das Gegenteil. Ich verlange von Euch weder Keuschheit noch Genügsamkeit, doch ich möchte, dass Ihr wenigstens ein einziges Mal versucht, Euch Euren Aufgaben zuzuwenden. War ich nicht gut zu Euch? Habe ich Euch nicht einen der schönsten Palazzi der ganzen Stadt überlassen? Wohnt Ihr etwa nicht im Palazzo di San Clemente, in Trastevere, genau zwischen dem Heiligen Stuhl und der Engelsburg? Ihr seid nicht einmal zwanzig Jahre alt und bereits Kardinal! Zeigt mir, dass Ihr die Ehre verdient, die ich Euch erwiesen habe!«

Seiner guten Vorsätze zum Trotz merkte Cesare, wie die Wut in ihm aufstieg. Und in solchen Momenten, das wusste er, konnte er einfach nicht den Mund halten. Es war stärker als er. Damit würde er zwar in seinem Vater nur den Willen bekräftigen, ihn vom Schlachtfeld fernzuhalten, doch damit konnte er sich nicht abfinden. »Ich verstehe, was Ihr von mir verlangt. Dennoch bitte ich Euch ein letztes Mal, mir zu vertrauen. Wir wissen beide bestens, dass sich die Kirche in Schwierigkeiten befindet. Giuliano della Rovere und Ascanio Sforza werden alles tun, um sich Euch zu widersetzen. Piero de' Medici wird nichts unternehmen, um den Vormarsch des Königs von Frankreich aufzuhalten. Und wenn alles läuft, wie es zu erwarten ist, dann wird er Florenz übergeben, ohne mit der Wimper zu zucken. Und schon ist der Krieg vor den Toren Roms. Was ich sage, ist umso zutreffender, als Ihr schon beim Sultan um Hilfe ersucht habt!« Nachdem er das gesagt hatte, schwieg Cesare. Er wusste, dass er übers Ziel hinausgeschossen war.

»Dieses Mal seid Ihr zu weit gegangen!«, schrie der Papst. »Ihr müsst lernen, wann es an der Zeit ist zu reden, und wann Ihr schweigen müsst! Über meine Bündnisse entscheide ich, ohne mich mit Euch beraten zu müssen, ist das klar? Vergesst nicht, dass zu meiner Verteidigung meine Leibgarde da ist und vor allem die Engelsburg, die uneinnehmbarste aller Festungen. Sofern es notwendig ist, werde ich hinter den Mauern der Rocca Zuflucht finden, wie schon andere Päpste vor mir. Und das muss Euch genügen. Wenn Ihr mich wirklich glücklich machen wollt, Cesare, dann gehorcht mir! Und zwar gerade jetzt, wo es besonders wichtig ist, dass Ihr in meiner Nähe seid. Ich glaube, mehr ist nicht zu sagen!«

»Vater …«, versuchte der junge Mann noch einen Anlauf.

Doch Alexander VI. wedelte mit der Hand durch die Luft, um zu bedeuten, dass die Unterredung beendet war.

»Lasst mich allein«, sagte der Papst. »Ich muss über vieles nachdenken.«

Und so blieb Cesare nichts anderes übrig, als gesenkten Hauptes, wenn auch widerwillig, zu gehen.

Draußen spürte er, wie ihm das Blut im Kopf pulsierte. Einen Augenblick lang schien er fast das Gleichgewicht zu verlieren. Die Wut verzehrte ihn, und statt sie zu unterdrücken, gab er sich ihr hin, als sei es die unwiderstehlichste Konkubine.

Er würde ein Schwert holen, beschloss er. Dann würde er diese verdammte Soutane abwerfen, Wams und Mantel anziehen und in die Elendsviertel ziehen. Dort würde er mit der erstbesten Lumpengestalt, die ein Schwert hätte, Streit suchen. Er würde denjenigen zum Duell herausfordern und ihm am Ende die Kehle durchschneiden.

Dann würde er sich eins der übelsten Bordelle suchen, zwei der verkommensten Huren bezahlen und sie im Zorn nehmen, mit dem festen und unabdingbaren Vorsatz, ihnen Schmerz zuzufügen.

Er war rasend vor Wut, er musste sich abreagieren. Es war nicht das erste Mal, dass er das tat. Im Gegenteil. Im letzten Jahr war das immer öfter vorgekommen.

Das war es, was passierte, wenn er mit seinem Vater sprach.

11. In Erwartung

Kirchenstaat, Forlì, Rocca di Ravaldino

Caterina zitterte vor Wut. Sie fühlte sich wie ein wildes Tier in Ketten. Sie hatte Ferdinand von Aragón, den Sohn Alfons' II., empfangen, weil sie wusste, dass sie es der Familie ihres Mannes Girolamo schuldig war. Raffaele Riario, der Kardinalkämmerer des Papstes und ihr Schwager, bat sie in seinen Briefen inständig, Partei für die römische Kirche zu ergreifen, die eine Allianz mit den Aragonesen geschlossen hatte. Darüber hinaus erinnerte er sie einmal mehr an ihre Verpflichtung zur Loyalität gegenüber dem Papst als ihrem Lehnsherren.

Auf der anderen Seite machte sich ihr Halbbruder Ludovico mit ebensolchem Einsatz dafür stark, sie solle der Familiendynastie, der sie angehöre, Ehre erweisen. Und das brachte sie in eine schwierige Lage. Einerseits war ihr klar, dass sie nur Herrin über ihre Ländereien bleiben konnte, wenn es ihr gelingen würde, einen Konflikt mit dem Papst zu vermeiden. Andererseits konnte und wollte sie auch die Familienbande nicht verleugnen. Doch die einzig wahre Sorge, die ihr auf dem Herzen lag, war, wie sie ihren Kindern das Leben bewahren sollte. Sie waren das Einzige, was für sie von unverzichtbarem Wert war.

Die Situation wurde nicht besser dadurch, dass der junge aragonesische Prinz vor ihr stand, der in ihren Augen nichts als ein mageres Jüngelchen mit blasser Haut und kastanienbraunem Haar war. Er war für sie wie der Inbegriff der Niederlage, auch wenn er versuchte, sich als Soldat großzutun, mit geradeaus gerichtetem Blick und stolzer Haltung.

Doch Caterina vermochte im Blick eines Mannes zu lesen. Und der von Ferdinand verriet weder Entschlossenheit noch Autorität. Ein etwas verschreckter Junge, mit einem Auftrag, der zu groß für ihn war. Er tat sein Bestes, um nicht schwach zu erscheinen und um die Unzulänglichkeiten eines Vaters zu verbergen, der, seit er den Thron bestiegen hatte, keine Gelegenheit ausgelassen hatte, sein Unvermögen unter Beweis zu stellen.

Trotz der ruhmreichen Streitkräfte von Aragón gab ihr Ferdinand keinerlei Garantien oder Zusicherungen. Da sie ihn auch nicht hinauswerfen konnte, versuchte sie, so gut es ging, Haltung zu wahren und hörte sich an, was der junge Prinz zu sagen hatte.

»Mia Signora«, setzte er an, »ich danke Euch, dass Ihr mich so rasch empfangen habt. Ich kann sagen, dass Eure Gastfreundschaft allein Eurer unvergleichlichen Schönheit nachsteht, von der man sich weit über die Grenzen der Romagna hinaus erzählt.«

Caterina nickte. Es war nicht so, dass ihr Komplimente nicht gefielen, aber da war anderes vonnöten, um sich bei ihr einzuschmeicheln. Insbesondere nach all den Verschwörungen und Komplotten, die sie die letzten Jahre in der Romagna erlebt hatte. Sie bedeutete Ferdinand fortzufahren.

Ermutigt von dieser aufmunternden Geste sprach der junge Prinz weiter. »Ich übermittle Euch die Absicht des

Königs von Aragón, meinem Vater Alfons II., und des Papstes, Alexander VI. Durch mich sprechen also die weltliche und die geistliche Macht der südlichen Reiche Italiens. Ich erlaube mir, diesen Aspekt hervorzuheben, um nicht allein die Befugnisse in Erinnerung zu bringen, die ich innehabe, sondern auch Eure Pflicht zur Loyalität. Ich tue dies nicht so sehr, um hervorzuheben, was Ihr schon wisst, sondern um Euch davor zu warnen, den etwaigen, nachvollziehbaren Gemütsregungen nachzugeben, die die Familie nahelegen könnte.«

»Spielt Ihr auf meinen Halbbruder Ludovico an?«

»So ist es. In diesem Zusammenhang sehe ich mich gezwungen anzumerken, dass Sforza nicht nur das Herzogtum Mailand widerrechtlich an sich gerissen hat, das Eurem leiblichen Bruder Gian Galeazzo zustand, sondern dass er dadurch meine Schwester Isabella von Aragón in schwerste Verlegenheit brachte, die sich nun um den Titel der Herzogin betrogen und, schlimmer noch, sich den Franzosen ausgeliefert sieht. Darüber hinaus bringt Ludovico Sforza mit diesem durch und durch unredlichen Vorgehen ganz Italien in Gefahr, indem er es in die Reiche des Nordens und des Südens aufspaltet und im Begriff ist, Rom und Neapel den Franzosen zu überlassen.«

Nach diesen Worten hielt Ferdinand inne, als hätte er alles gesagt, was er zu sagen hatte.

Caterina wägte das Gehörte ab. Sie musste zugeben, dass der junge Prinz, so unerfahren er auch war, nicht schlecht gesprochen hatte und dass die Gründe, die er angeführt hatte, durchaus ihre Berechtigung hatten.

»Hoheit«, sagte sie, »ich danke Euch, dass Ihr so aufrichtig gesprochen habt. Was die widerrechtliche Machtergreifung in Mailand angeht, würde ich mich an Eurer Stelle hüten, solche Aussagen gegenüber meinem Bruder Ludovico zu treffen, der vor allem anderen doch immer der Bruder des verstorbenen Herzogs von Mailand, Galeazzo Maria Sforza, bleibt. Von daher legt er mehr als jeder andere Wert darauf, sich als Regenten zu bezeichnen, sodass kein Zweifel an seiner Loyalität gegenüber dem rechtmäßigen Herzog Gian Galeazzo aufkommen kann. Andererseits verstehe ich, dass Ihr enttäuscht seid, und ich kann Euch auch nicht widersprechen, was meine Loyalitätspflicht gegenüber dem Papst angeht. Ihr müsst jedoch auch verstehen, dass ich mich in keiner einfachen Position befinde, wenn Ihr von mir verlangt, die Blutsbande außer Acht zu lassen. Erst recht im Lichte dessen, dass es Il Moro war, der seine Männer schickte, um mich zu verteidigen, als Ludovico und Checco Orsi meinen Gemahl töteten, mich ins Gefängnis warfen und meine Söhne als Geiseln nahmen, weil ich es wagte, mich ihnen zu widersetzen. Es ist meinem Kastellan zu verdanken, wenn ich heute Herrin über Forlì bin. Entscheidender aber ist, und daran möchte ich nicht den geringsten Zweifel lassen: Ihm verdanke ich, dass meine Söhne noch am Leben sind, und nichts ist wichtiger für eine Mutter, oder zumindest für eine Mutter wie mich.«

»Mia Signora, ich verstehe Euch, und doch sind es der Papst und seine Verbündeten, denen Ihr verpflichtet seid. Und aus diesem Grund bin ich heute bei Euch.«

»Das weiß ich. Und wie Ihr seht, ist es mir eine außerordentliche Freude, Euch zu empfangen. Doch werdet Ihr mich nun beschützen, wenn das Heer Karls VIII. auf Imola und Forlì marschiert, um dann weiter gegen Rom zu ziehen? Seid Ihr es, der mit mir die Befestigungsmauern meiner Stadt verteidigt?«

»Selbstverständlich. Auch wenn es sehr viel wahrscheinlicher ist, dass der französische Herrscher den Weg über Florenz wählt.«

»Sollte solches Unheil geschehen, so muss ich sagen, hätte der Papst keine Chance.«

»Wieso sagt Ihr das?«

»Weil Alexander VI. dann die französische Streitmacht schneller vor den Toren Roms stehen hätte, als man schauen kann. Die Feigheit und Unfähigkeit Piero de' Medicis ist allgemein bekannt. Manchmal kommt es mir so vor, als habe Il Magnifico in seiner Großartigkeit seinen Söhnen nichts an Größe übrig gelassen. Als sei mit ihm alles an politischem Geschick und Umsicht aufgebraucht worden.«

»Ah. Ich verstehe.« Ferdinand von Aragón war sichtlich beeindruckt von diesen Worten.

»Es tut mir leid, wenn ich Euch mit meinen Aussagen überrascht habe. Aber wenn die Kirche auf Piero de' Medici vertraut, kann sie uns ebenso gut gleich Karl VIII. ausliefern. Doch ich baue darauf, dass der Papst seine Verbündeten gut kennt. Vielleicht werde ich ein wenig Widerstand leisten können und Euch somit genügend Gelegenheit verschaffen, die Verteidigung zu organisieren.«

»Wollt Ihr mir damit sagen, mia Signora ...«

»Dass ich auf Eurer Seite bin, ja. Ich werde mich für die Sache des Papstes einsetzen. Doch erwartet nicht zu viel! Die Niederlage von Rapallo war schmerzlich, und ich würde mich an Eurer Stelle nicht zu früh freuen.«

»Ihr habt recht. Es gibt viel zu tun.«

»So ist es. Und da die Zeit drängt, bitte ich Euch nun, mich zu verlassen. Ihr nutzt Eure Zeit besser, um die Maßnahmen zur Verteidigung von Imola und Forlì vorzubereiten.«

»Ihr habt recht. Habe die Ehre, mia Signora.«

»Bis bald, Prinz. Gebt weiter, was ich Euch gesagt habe. Wir sehen uns auf dem Schlachtfeld.«

12. Furchtbare Neuigkeiten

Herzogtum Mailand, Castello di Pavia

Beatrice schlug unwillkürlich die Hand vor den Mund. Sie und Ludovico waren gemeinsam aus Asti nach Pavia gekommen. Zwei Tage lang hatten sie Karl VIII. beherbergt. Der König hatte dem jungen Herzog Gian Galeazzo einen Besuch abstatten wollen. Dann war er gemeinsam mit Il Moro Richtung Florenz aufgebrochen.

Und nun sah sie Isabella von Aragón mit weit aufgerissenen Augen und zerrauften Haaren vor sich. Voller Hass und Schmerz gleichermaßen starrte sie sie an. Wie eine Furie war sie in ihren Gemächern erschienen und hatte verlangt, sie zu sehen. Und zwar, um ihr die furchtbarste aller Nachrichten zu überbringen.

»Er ist tot! Gian Galeazzo ist tot! Es war Euer Gemahl, der ihn umgebracht hat! Ich weiß es. Tag für Tag hat er seine Seele geschwächt, ihn verdorben, ihn zur Sünde verleitet und ihm das Gift verabreicht, das ihn nach und nach getötet hat.« Dann war sie in Tränen ausgebrochen.

Beatrice machte die Ungeheuerlichkeit der Anschuldigungen fassungslos. Sie wusste jedenfalls nicht, was sie darauf erwidern sollte. Angesichts der echten Verzweiflung, die Isabellas Herz zerfraß, ging sie zu ihr, strich ihr über die

Haare und drückte sie an sich. »Es tut mir leid«, das war alles, was sie zu sagen vermochte.

So blieben sie eine Weile sitzen, Beatrice konnte nicht sagen, ob kurz oder lang, das war nicht wichtig. Isabella blieb an sie geklammert, als sei sie ihre letzte Rettung vor dem Untergang. Die ganze Zeit über streichelte Beatrice sie und versuchte, so gut es ging, den Schmerz zu lindern.

Als die Schluchzer allmählich nachließen, löste sich Isabella aus der Umarmung.

Ihre Augen waren rot und geschwollen. Doch der Blick war nicht demütiger geworden, er blieb hart. »Ich danke Euch. Anders als Ludovico steht Ihr an meiner Seite.«

»Mein Gemahl ist an der Seite des Königs von Frankreich«, erwiderte Beatrice, »sonst befände er sich am Lager Gian Galeazzos.«

»Was sagt Ihr da?«, fragte Isabella ungläubig.

»Wieso sollte er das nicht?«

»Weil er … er hat ihn immer gehasst.«

»Das stimmt nicht. Im Gegenteil, ich verstehe Euren Groll nicht. Und wenn ich mir erlauben darf, Euch einen Rat zu geben – ich glaube nicht, dass es hilfreich ist, die furchtbaren Anschuldigungen zu wiederholen, die Ihr bei Eurem Eintreten vorgebracht habt.«

»Ihr habt gut reden. Das ist einfach, wenn man sich auf der Seite des Siegers befindet. Habt Ihr Euch je gefragt, wieso Gian Galeazzo von Schmerzen gepeinigt wurde, wann immer er in diesem verfluchten Kastell blieb? Und wieso er sich stets besser fühlte, sobald er auf Reisen ging? Habt Ihr je über das Netz von Spionen im Dienste Il Moros nachgedacht? Und darüber, dass erst neulich einer von Il Moros Dienern übertrieben bemüht war, dem Herzog zu trinken zu geben? Und der Astrologe? Dieser Mann macht mich schaudern!«

Da hatte sie allerdings recht. Ambrogio da Rosate war eine undurchsichtige Gestalt. Beunruhigend. Beatrice sah Isabella in die Augen. Sie wollte sie nicht angreifen, oder schlimmer, noch mehr verletzen, als es in diesem Moment ohnehin schon der Fall war, doch konnte sie diesen Tonfall auch nicht länger dulden. »Meine Liebe, ich bin hier – was immer Ihr braucht, Ihr könnt auf mich zählen. Doch ich bitte Euch: Hört auf, solch furchtbare Dinge zu sagen. Ich bin bei Euch in diesem unsagbaren Schmerz über diesen Verlust, der uns alle betrifft, doch ...«

»Ihr habt recht«, sagte Isabella. »Ich bitte Euch um Entschuldigung«, setzte sie noch hinzu, als sei sie in diesem Moment zu sich gekommen.

»Ich werde sofort ein Schreiben aufsetzen, das Ludovico von der Tragödie unterrichtet, die unser Haus getroffen hat«, verkündete Beatrice. »Und ich zweifle nicht, dass er so schnell zurückkehren wird, wie er nur kann.«

Isabella nickte. Sie schien wieder Mut gefasst zu haben.

»Geht nun«, sagte Beatrice. »Geht wieder zu Gian Galeazzo. Ich komme gleich nach und werde mit Euch bis zum Morgengrauen wachen.«

»Einverstanden. Ich danke Euch.« Ohne noch etwas hinzuzufügen, fast traumwandlerisch, entfernte sich Isabella.

Kaum war sie gegangen, rief Beatrice ihre Hofdame, die im Vorzimmer wartete.

»Eleonora, Ihr müsst Consigliere Bartolomeo Calco rufen. Sagt ihm, er soll sofort kommen. Ich muss ihn sprechen.«

»Gewiss, mia Signora.«

»Ich werde mich persönlich darum kümmern, dem Boten die Nachricht zu übergeben, die Seine Gnaden in Kenntnis setzt, mia Signora.« Bartolomeo hob den Blick von dem Sendschreiben, das er soeben mit dem Siegel der Familie Sforza verschlossen hatte. Der Berater war ein Mann von sechzig Jahren mit hellen, klaren Augen. Sein Haar war weiß und lichtete sich, sein Blick strahlte die weise Autorität aus, die ihn bei Hofe so unersetzlich machte. Wie er da an seinem Schreibtisch saß, verkörperte er die ganze politische Macht einer bedeutsamen Größe des Herzogtums. Abgesehen von Ambrogio da Rosate hatte niemand im Umfeld Ludovico Sforzas größere Macht als er. Beatrice wusste das, und deshalb vertraute sie sich ihm an. Den Astrologen hätte sie niemals rufen lassen, denn der war ihr unheimlich.

»Es gibt etwas, das ich Euch sagen muss, Bartolomeo.«

»Ich höre, mia Signora.«

»Isabella geht es nicht gut.«

»Das kann ich mir vorstellen.«

»Nein, Ihr versteht mich falsch: Sie fantasiert. Sie behauptet, mein Ehemann hätte Gian Galeazzo umgebracht.«

Bartolomeo verzog das Gesicht zu einem schiefen Grinsen. »Wir wussten alle, dass der Junge krank war.«

»Natürlich. Doch dieser Wahn muss ein Ende haben. Erst beschuldigt Bona von Savoyen meinen Gemahl, Gian Galeazzo langsam vergiftet zu haben. Und nun Isabella. Ich bin es leid!«

»Wollt Ihr, dass ich sie alle zum Schweigen bringe?«

Beatrice nickte.

»Einverstanden.«

»Doch Ihr dürft Isabella nicht ein Haar krümmen!«

Bartolomeo sah sie befremdet an. »Glaubt Ihr etwa, das würde ich tun?«

»Geht nun. Ich werde noch ein wenig hierbleiben, dann gehe ich zu Isabella, um mit ihr den Tod des jungen Herzogs zu beweinen.«

Bartolomeo erhob sich. Dann entfernte er sich langsamen Schrittes und ließ sie allein.

Als er gegangen war, warf sich Beatrice aufs Bett. Sie verbarg ihr Gesicht in den Kissen. Sie fühlte sich erschöpft, und zum ersten Mal, seit sie Ludovico geheiratet hatte, verspürte sie Angst.

Ihr war, als sei ihr Kopf angefüllt mit kriechenden Schlangen und Glasscherben, die ihr das Hirn zersetzten. Sie dachte an Bona von Savoyen, die die Regentin des jungen Herzogs gewesen war. Hinter vorgehaltener Hand sagten alle, Il Moro habe sie geächtet. Und dies schien tatsächlich recht wahrscheinlich.

Nachdem er sie sich vom Hals geschafft hatte, hatte Ludovico Gian Galeazzo ins Castello di Pavia sperren lassen, und wenn man den Gerüchten glauben wollte, hatte er alles in seiner Macht Stehende dafür getan, um seinen Charakter zu verderben. Er gestattete ihm Laster aller Art, er stiftete ihn sogar zu ungewöhnlichen sexuellen Praktiken und Perversionen an. Böse Zungen behaupteten, dass es Ludovico gelungen sei, den jungen Mann so weit vom rechten Weg abzubringen, dass er sich, als er Isabella heiratete, als impotent erwies. Der Grund schien darin zu liegen, dass ihm junge Männer lieber waren als so eine hübsche Braut wie das lebhafte Mädchen aus dem Hause Aragón.

Die Gerüchte hörten damit nicht auf. Und nun tobten sie in Beatrices Kopf. Als Gian Galeazzo schließlich nicht nur ein, sondern drei Kinder bekam, waren die ersten Schmerzen aufgetaucht – in den Muskeln, im Bauch und im Kopf. Doch merkwürdigerweise verschwanden sie jedes Mal, wenn der junge Herzog sich auf Reisen begab, fort vom Hof der Sforza. So wie Isabella es gesagt hatte.

Beatrice stand auf und ging zum Spiegel.

Sie sah darin ihr glattes und perfektes Gesicht. Das Gesicht der neuen Herzogin von Mailand.

Dann liefen die ersten Tränen über ihr Gesicht.

Sie weinte lange.

13. Ein schwieriges Erbe

Republik Florenz, in der Nähe des Feldlagers von Karl VIII.

Piero war zurückgeblieben. Er wollte in Ruhe gelassen werden. Er wollte mit seinen Gedanken allein sein. So waren einige seiner Männer vorausgegangen. Die Nachhut hatte das Tempo verlangsamt, und zwar so, dass sie ihn im Auge behalten, aber ihm die Illusion lassen konnte, er sei allein.

Die Hufe des braunen Wallachs setzten auf der Straße in ruhigem und gleichmäßigem Rhythmus auf, und dieser gleichmäßige Takt schien die Momente zu zählen, die ihn noch vom Treffen mit dem König der Franzosen trennten.

Er versuchte diesen Augenblick hinauszuzögern, indem er im Vorbeireiten die braune Erde der Äcker betrachtete. Das Geäst der Zypressen war vom kalten Oktoberwind zerzaust. Es lag ein unbestimmbarer Duft in der Luft.

Doch dann zerstörte sein Geist diese Empfindungen. Das Grübeln zerrüttete ihn bis ins Mark. Was sollte er nur tun? Was konnte er tun, wenn alles darauf hindeutete, dass es niemanden gab, der Karl VIII. aufhalten konnte? Die Savoyer sahen in ihm einen Verbündeten. Il Moro hatte ihn mit offenen Armen empfangen. Venedig schaute bloß zu. Die Aragonesen waren in Rapallo vernichtend geschlagen worden. Und nun er? Alle hielten ihn für einen Feigling. Noch ehe sie ihn trafen. Noch bevor man hörte, was er wollte. Er fühlte sich niedergedrückt. Zutiefst gedemütigt von seiner Stadt, von seinem Vater, von diesem übermächtigen Feind, der sich rühmen konnte, mehr als dreißigtausend Krieger im Gefolge zu haben.

Er hatte nicht den Hauch einer Chance.

Gewiss, der Papst hatte gesagt, er würde seine Männer zur Unterstützung nach Florenz schicken. Wem wollte er das aber weismachen? Alexander VI. war damit beschäftigt, sich mit seiner neuen Geliebten, der jungen Giulia Farnese, zu vergnügen. Giulia la Bella nannte man sie. Die kaum fünf Jahre älter war als Lucrezia, die Tochter von Rodrigo. Und viele behaupteten, er habe auch sie besessen. Wie konnte so ein Mann Papst sein? Piero war das unerklärlich. Doch die Tatsache, dass Juan Borgia, der ältere Sohn, sich gerade in Spanien aufhielt, war die beste Antwort auf die Frage, wer bei der Auseinandersetzung zwischen Frankreich und Spanien gewinnen würde. Denn darum ging es letzten Endes. Die italische Halbinsel den einen oder anderen auszuliefern. Wen wollte der Papst für die Sache des Kirchenstaates antreten lassen, wenn sein Lieblingssohn, der sein Heer anführen müsste, nicht einmal in Italien war?

Und nun verlangte man von ihm, sich Frankreich in den Weg zu stellen.

Angewidert spuckte er auf den Boden.

Doch dadurch war das Problem noch nicht gelöst. Was

tun? Die Florentiner Familien erwarteten, dass er verhandelte. Doch was zum Teufel gab es in einer Situation wie dieser zu verhandeln? Es wäre schon ein großer Erfolg, wenn Karl VIII. sie in Ruhe ließe.

Der französische Herrscher hatte den Ruf eines blutdürstigen Barbaren. Und wenn er seinen Kopf forderte? Seine Eskorte war kläglich. Er war im Begriff, seinen Kopf in den Rachen des Löwen zu legen.

Selbst Il Moro war fort. Er war für ein Stück des Weges mit Karl VIII. gezogen, aber dann war er wieder umgekehrt. Der offizielle Grund war der Tod des Herzogs von Mailand gewesen. Des echten. Dem Ludovico den Titel geraubt hatte.

Er brach in Gelächter aus.

Vielleicht würden ihn seine Männer für verrückt halten, aber das machte ihm wenig aus. Sollten sie doch feixen.

Er musste sich um andere Dinge Gedanken machen.

Er sah einen der Soldaten, die ihn begleiteten, auf ihn zukommen. Er gehörte zur Vorhut.

Im Galopp kam er herangeprescht. Als er nah genug war, verlangsamte er und lenkte sein Pferd neben Pieros.

»Mio Signore, wir sind in Sichtweite des Feldlagers von Karl VIII.«

»Was haltet Ihr davon?«

»Ich habe noch nie ein so großes Heer gesehen.«

»Verstehe.«

»Doch es gibt nichts zu befürchten.«

»Ist das Euer Ernst?«

»Wir werden erwartet, mio Signore.«

»Und das beruhigt Euch?«

»Ich denke doch.«

»Und wieso, wenn ich fragen darf?«

»Weil ich andernfalls nicht hier wäre.«

»Das ist wirklich ermutigend«, schloss der Herr über Florenz.

14. Das Refektorium

Herzogtum Mailand, Konvent von Santa Maria delle Grazie

Als die Brüder ihm vor einiger Zeit die große nördliche Wand des Refektoriums gezeigt hatten, war Leonardo skeptisch gewesen. Denn darauf sollte er arbeiten. Sie war gewiss recht groß, doch sonst sprach einiges gegen sie. Zunächst einmal war die Decke recht hoch, und er musste die Frage lösen, wie er bis dort hinauf gelangen sollte. Darüber hinaus war der Saal schlecht belüftet und daher feucht. Und da es sich um ein Refektorium handelte, musste Leonardo trotz seiner Arbeit den Brüdern auch noch ermöglichen, es täglich zu benutzen.

Um ganz oben, wie er es vorhatte, die Wappen von Ludovico Sforza anbringen zu können, hatte er ein Gerüst mit einem Scherenmechanismus gebaut, das es ihm, wo es nötig war, erlaubte, sich bis zu zwanzig *braccia* über dem Boden zu bewegen. Im Grunde war es nicht viel mehr als eine solide Konstruktion aus gekreuzten Leitern, auf der eine Plattform ruhte, die groß genug war, dass er die höchste Stelle der Wand oder sogar des Deckengewölbes erreichen konnte. Durch ein einfaches System aus Flaschenzügen und Umlenkrollen konnte man die Plattform hochziehen oder herunterlassen; zog man die beiden Leitern oder Scheren enger zusammen, bewegte sie sich nach oben, ließ man den Winkel der Scheren zueinander breiter werden, ging es abwärts.

Leonardo war sehr darauf bedacht gewesen, dass dieses merkwürdige Gerüst nicht zu viel Platz einnahm, sodass es den Brüdern möglich war, das Refektorium weiter zu nutzen. Genau wie gewünscht.

Nach und nach hatte er den Rauputz aufgetragen. Zu Beginn hatte er an eine Mischung aus Gips, Sägemehl, Scherstaub und Leim gedacht. Doch am Ende hatte er sich doch für eine eher klassische Zusammensetzung aus Kalk, Sand und Quarz entschieden. Er hatte die kompakte Mischung etwa einen halben Finger dick aufgetragen.

Dann hatte er ein paar Wochen gewartet. Der Rauputz musste trocken sein, ehe man darüber den *intonaco*, den Kalkputz, auftragen und darauf das Fresko malen konnte. Während der Zeit hatten sich die Brüder über den üblen Geruch beschwert. Das Gemisch roch wegen der hohen Feuchtigkeit in dem großen Raum offenbar besonders streng.

Nachdem der *intonaco* auf einer Fläche aufgetragen war, die er innerhalb eines Tages, einer *giornata*, malen konnte, hatte Leonardo begonnen.

Er wusste inzwischen, wie er vorgehen würde. Er hatte eingehend andere Werke studiert, die das Letzte Abendmahl zum Thema hatten, und seines würde anders sein. Auch wenn er sie schätzte, würde er nicht die Vision von Andrea del Castagno wiederholen. Ihm gefiel der Entwurf in der Zentralperspektive, doch hatte er nicht vor, die Figur des Jesus in der Mitte mit Blick von hinten zu zeigen, wenn auch zur Seite gedreht.

Für dieses Werk waren seine Studien noch akribischer als sonst. Er hatte inzwischen Dutzende von Skizzenbüchern, in denen er seine figürlichen Darstellungen festhielt. Die vergilbten Seiten waren über und über angefüllt mit herrlichen Bleistiftskizzen. Er hatte Petrus, Jakobus, Matthäus und all die anderen nach und nach mit den Gesichtern gewöhnlicher Leute wiedergegeben: Marktverkäufer, Kesselschmiede am Ende ihres Arbeitstages, Handwerker und Töpfer, sogar Soldaten. Fast ein Jahr lang hatte er auf der Suche nach dem perfekten Judas die Gegend des Borghetto durchkämmt, eines der verrufensten Viertel der Stadt. Anfangs sollte das Gesicht, das ihm vorschwebte, gleichermaßen ruchlos und bösartig aussehen, mit markanten Zügen, grimmig. Schließlich hatte er das Gesicht eines Mannes mittleren Alters gezeichnet, mit hochgezogenen Augenbrauen, einer krummen Nase, kräftigem Kiefer und einem langen und ausgeprägten Kinn.

Und so hatte er es mit allen anderen gemacht. Denn jedes Gesicht mit seinen jeweiligen Zügen schilderte einen ganz bestimmten Menschen und stellte deshalb eine Persönlichkeit am Tisch des Abendmahls dar.

Diese Gesichter waren in vielen Monaten aufeinander gefolgt und überlagerten sich in einer ganzen Sammlung von Figuren, aus der Leonardo nach und nach die Gesichter der zwölf Apostel herausgefiltert hatte. Diejenigen, die dem entsprachen, was er immer im Kopf gehabt hatte. Und das er auf dem *intonaco* abbilden würde.

Das eigentliche Problem – und das war es, was ihm Kummer bereitete – war das Tempo der Ausführung. Er war nie diese Art von Künstler gewesen, das wusste er genau. Es war ihm nicht möglich, am einen Tag den Kopf einer Figur zu malen und am nächsten die Arme oder den Oberkörper. Und es würde ihm überhaupt nichts nützen, den Entwurf mit einem Vorzeichnungskarton zu übertragen. Nein, er wollte anders arbeiten, jenseits aller Regeln und Gebräuche. Kaum hatte er also begonnen, hörte er auch schon wieder auf.

Nach Vorstudien und einigen Versuchen hatte Leonardo beschlossen, mit einer Mischung aus Ölfarben und Tempera zu malen. Sicher, das war eine ungewöhnliche Technik, wenn auch nicht ohne Vorgänger. Nicht nur, weil er dazu eine theoretische Abhandlung bei Leon Battista Alberti gefunden und auswendig gelernt hatte, sondern auch, weil er deren Anwendung bereits Jahre zuvor in einem wunderbaren Werk von Paolo Uccello und Antonio di Papi gesehen hatte: die *Kreuzigung Christi*, ausgeführt im Refektorium der Basilika San Miniato al Monte. Das Gemälde war von solcher Schönheit, dass es ihn ganz sprachlos machte. Was ihn am meisten beeindruckt hatte, war, welchen Glanz die Farben durch das Öl bekommen hatten. Den sollte sein *Abendmahl* auch haben.

Ganz abgesehen davon, dass die Ölfarben sehr viel langsamer trockneten als die Tempera, was ihm dieses Mehr an Zeit für die Ausführung verschaffte, die er für seine spezielle Arbeitsweise für erforderlich hielt. Er hasste es, mit übertragenen Vorzeichnungen malen zu müssen, gezwungen, eine *giornata* unausweichlich in einem bestimmten Zeitraum auszuführen.

Deshalb hatte er entschieden, mit dieser speziellen Mischung zu malen. Um zu verhindern, dass die Farbe sich zersetzte, hatte er auf den *intonaco* eine Schicht Bleiweiß aufgetragen.

Auch an diesem Tag malte er so, wie er es schon immer am liebsten getan hatte: Er befasste sich mit dem Gewand Christi, und nachdem er eine Schicht Azurit aufgetragen hatte, malte er nun die himmelblauen Nuancen mit einer helleren Farbe, um für die Tiefe und Schattierungen der Faltenwürfe zu sorgen. In den kommenden Tagen würde er auch einen klaren Lack verwenden, um noch größere Glanzwirkung zu erzielen, dachte er.

Es war ihm gleichgültig, wenn er den *intonaco* fast so behandelte, als sei es ein Tafeluntergrund. Er wollte diesem Werk seinen Stempel aufdrücken.

Er vertraute auf das Eiweiß als Bindemittel, das ihm Farbechtheit garantierte und verhinderte, dass der Farbeindruck durch den Untergrund getrübt wurde.

Er war außerordentlich zufrieden mit dem Resultat, er fand, dass die beiden Farbtöne des Gewandes Christi – das Himmelblau und das Zinnoberrot – einen wunderbaren Kontrast ergaben und sich dadurch gegenseitig verstärkten und noch intensiver in den Blick fielen, noch kraftvoller, so als zöge jede Farbe Energie daraus, das Gegenteil der jeweils anderen zu sein.

Er machte so weiter, arbeitete ohne Hast an den Details und wägte jeden einzelnen Pinselstrich in seinem wohlüberlegten Stil ab, so wie er es auch schon bei der *Dame mit dem Hermelin* gemacht hatte, immer mit Blick auf mögliche Verbesserungen. Nach seiner Vorstellung sollte jeder noch so kleine Abschnitt des Gemäldes perfekt und bewusst im Verhältnis zum nächsten gesetzt sein, sodass nicht allein die Figuren, sondern sogar die Farben in ihrem Wechselspiel miteinander in Dialog treten und das Thema des Abendmahls feiern würden.

Als er mit dem Grad der erreichten Intensität und Präzision zufrieden war, hörte er auf zu arbeiten. Er legte den Pinsel beiseite und schaute sich seine Arbeit an. Und was er sah, gefiel ihm.

15. Zweifel und Verdächtigungen

Herzogtum Mailand, Castello Sforzesco

Und so ein unsoldatischer Feigling wie Piero de' Medici hat Florenz ohne Gegenwehr ausgeliefert?« Ludovico mochte selbst nicht glauben, was er da sagte.

»Hattet Ihr etwas anderes erwartet?«, fragte Ambrogio da Rosate mit Nachdruck.

»Ich muss gestehen, ich hatte mehr Widerstand erwartet«, räumte Il Moro ein und ging zum Kamin hinüber. Die Flammen prasselten an diesem kalten und grauen Novembertag, und nach den Unannehmlichkeiten der Reise an der Seite des französischen Königs gab es für ihn keine größere Wohltat als ein schönes brennendes Feuer.

»Ihr wirkt besorgt, mio Signore.«

»Sollte ich das nicht?«

»In Anbetracht der Tatsache, dass Karl Euer Verbündeter ist, würde ich sagen, nein. Oder gibt es etwas, das mir entgangen ist?«

»Was Ihr sagt, klingt natürlich vernünftig. Doch Ihr bedenkt eines nicht: Wenn der französische Herrscher bei der Eroberung der ganzen Halbinsel weiter mit solcher Geschwindigkeit vorgeht, nimmt mir der, der anfangs ein Alliierter war, am Ende vielleicht mein eigenes Herzogtum.«

»Ich verstehe.«

»Was also soll ich tun? Was ratet Ihr mir?«

Ambrogio antwortete nicht sofort. Er ließ die Fragen erst eine Weile in der Luft hängen. Ließ sich Zeit. Schließlich sagte er: »Wartet ab.«

»Abwarten?«

»Das ist das Klügste, was Ihr machen könnt. Ich muss mich korrigieren: Es ist das Einzige, das Ihr machen könnt. Jegliche sonstige Unternehmung wäre momentan voreilig. Im Gegenteil, wenn ich mir die Bemerkung erlauben darf: Am besten nutzt Ihr die Gelegenheit, die sich Euch bietet.«

»Und welche wäre das?«

Der Astrologe räusperte sich. »Infolge der tragischen Umstände, die zum Tode Eures Neffen geführt haben, steht Euch eine ungewöhnliche Option offen: Nämlich einfach zuzusehen, ohne dafür vonseiten Eurer Verbündeten des Verrates bezichtigt zu werden. Was ich Euch rate, ist zu beobachten, was geschieht, wenn der König Neapel erreicht hat.«

»Er steht schon vor den Toren von Rom.«

»Und der Pontifex stellt sich ihm entgegen?«

»Auf diese Frage vermag ich nicht zu antworten.«

»Selbstverständlich, mio Signore. Das ist genau der entscheidende Punkt in dieser Frage. Niemand weiß, was geschehen wird, nicht einmal ich, aber bei aller Unsicherheit rate ich Euch doch, Euch bereit zu halten, Euch auf die für Euch günstigere Seite zu schlagen.«

In Ludovicos Blick blitzte etwas auf. »Werdet deutlicher.«

»Ich glaube, dass Ihr in dieser Phase beide Möglichkeiten in Betracht ziehen solltet, die sich Euch bieten: Ihr könnt an der Seite Karls VIII. bleiben. Diese Allianz ist Euch ohne

Zweifel nützlich, um die Vorherrschaft in Mailand zu behalten. Dennoch könnte die Leichtfertigkeit, mit der er sich seine mutmaßlichen Feinde vom Hals schafft, einen gefährlichen Aspekt beinhalten – nämlich, dass unsere Halbinsel zu einer französischen Provinz degradiert wird. Wie Ihr ja gerade erst angedeutet habt. Wenn das geschehen sollte, dann wäret Ihr plötzlich kein Verbündeter mehr, sondern bloß noch ein Untertan.«

»Und weiter?«, drängte Ludovico, dem diese Aussicht natürlich nicht gefiel.

»Mein Vorschlag ist, die Möglichkeit neuer Allianzen auszuloten. Nicht sofort, versteht sich, doch solltet Ihr für eine solche Möglichkeit offen sein. Unterm Strich sind Venedig, Ferrara, Imola und Forlì bereit mitzuziehen und sich gegen einen neuen Tyrannen zusammenzutun.«

»Venedig?«

»Die Serenissima war immer schon uneindeutig in ihrer Haltung. Wenn es jedoch darum geht, die eigene Unabhängigkeit zu verlieren, würde sie ihr Zaudern sicher bald aufgeben.«

»Da habt Ihr recht.«

»Aus diesem Grund erlaube ich mir, Euch den Gedanken an die Gründung einer antifranzösischen Liga nahezulegen. Nicht sofort. Aber in den kommenden Monaten, sobald die Aragonesen zurückweichen sollten, wäre der richtige Zeitpunkt gekommen.«

»Ihr gebt Rom schon verloren.«

»Mio Signore, es ist vollkommen offensichtlich, dass die Colonna dem Invasoren den Weg geebnet haben. Und welche Waffen hat der Papst zur Verfügung, um ihm den Weg in die Ewige Stadt zu verwehren?«

»Wohl wahr«, gab Ludovico besorgt zu.

»Er kann sich bestenfalls verteidigen. Und das wird er noch dazu schlecht tun.«

»Ihr habt recht. Vor allem, wenn man bedenkt, dass sein Erstgeborener sich unbegreiflicherweise in Spanien aufhält.«

»Ganz genau. Wobei das nicht ganz so unerklärlich ist, um die Wahrheit zu sagen. Ich halte Juan Borgia für unfähig und feige. Ich nehme an, dass er sich erst wieder blicken lassen wird, wenn alles vorbei ist.«

»Auf jeden Fall scheint es die beste Lösung zu sein, Karl bei der ersten sich bietenden Gelegenheit nach Frankreich zurückzujagen«, schlussfolgerte Ludovico.

»Ich werde die Sterne befragen. Für den Augenblick jedenfalls ist die Allianz das Beste. Gleichzeitig jedoch würde ich Vereinbarungen treffen.«

»Ich verstehe. Und mir ist auch klar, dass dies die einzige Möglichkeit ist, das Herzogtum zu retten.«

»So ist es.«

»Doch ich werde bereit sein, zu tun, was zu tun ist, mein Freund, das könnt Ihr mir glauben. Ich frage mich nur, wo ich anfangen soll. Vielleicht wirklich bei denjenigen, die sich bisher so vornehm zurückgehalten haben.«

Ambrogio da Rosate bedachte seinen Herrn mit einem fragenden Blick.

»Venedig«, erwiderte Ludovico.

»Wen wollt Ihr da fragen?«

»Denjenigen, der Karl VIII. besser kennt als jeder andere.« Als der Astrologe nun zum zweiten Mal schwieg, machte sich Il Moro einen Spaß daraus, ihn ein wenig zappeln zu lassen. Schließlich löste er das Rätsel auf: »Antonio

Condulmer, der venezianische Botschafter in Frankreich und Herr über sämtliche Spione der Serenissima Repubblica. Niemand ist vertrauter mit den Intrigen der Macht.«

»Da habt Ihr in der Tat recht.«

»Dann soll es so sein«, bemerkte Il Moro lapidar.

Es war ein anstrengender Tag gewesen. Als er aber die Gemächer von Beatrice betrat, merkte Ludovico deutlich, dass er noch nicht vorbei war. Als sie ihm gesagt hatte, dass sie ihn sprechen wollte, war er sich vollkommen darüber im Klaren gewesen, dass etwas nicht stimmte. Seit er zurückgekehrt war, sagten ihre Blicke mehr als ihre Worte.

Als er zu ihr trat, nahm er eine enorme Spannung wahr. Er versuchte sie zu umarmen, aber Beatrice behandelte ihn kühl.

Er setzte sich wortlos. Sie wandte ihm den Rücken zu. Im Kamin knisterte gemessen die Glut.

»Als Ihr ins Castello di Asti aufgebrochen seid, sagtet Ihr, Ihr hättet vielleicht einen Weg gefunden, Karl nicht bei seinem Feldzug gegen Neapel begleiten zu müssen. Habt Ihr damit auf den Tod von Gian Galeazzo angespielt?«

Darum ging es also! Beatrice hatte ihn im Verdacht.

»Also haben Neid und Groll ihr Werk vollbracht und sogar Euch überzeugt!«, sagte er vorwurfsvoll, seiner Enttäuschung Ausdruck verleihend. In Mailand hatten sich die Gerüchte über seine Mitschuld zu einer unüberwindbaren Mauer verdichtet. Anfangs hatte Ludovico noch Spione und Agitatoren auf die Straßen geschickt, die die gegenteilige Auffassung verbreiten sollten und seine Unschuld beteuerten. Inzwischen jedoch kam ihm das nutzlos vor. Unabhängig davon, was die Wahrheit war. Die schien ohnehin niemanden zu interessieren, denn niemand versuchte sie auch nur herauszufinden. »Ich gebe zu, dass ich gehofft habe, dass wenigstens meine Gemahlin hinter mir steht. Doch ich habe mich getäuscht«, sagte er voll Bitterkeit in der Stimme.

»War es denn nicht so? Antwortet mir!«, verlangte sie.

»Warum sollte ich? Auf solche Verleumdungen antworte ich nicht.«

Jäh drehte Beatrice sich um. Große Tränen rannen ihr über das Gesicht. Sie umklammerte einen Becher Wein.

»Sagt es! Sagt, dass es nicht stimmt, Ludovico! Und ich werde mich zugrunde richten lassen, um Euch zu verteidigen. Aber Ihr müsst mir in die Augen sehen und es bestätigen!«

»Was denn?«, fragte er verärgert. »Dass ich Gian Galeazzo nicht umgebracht habe? Wieso glaubt Ihr, dass ich das gewesen sein könnte? Und warum? Welchen Grund sollte ich gehabt haben?«

»Nun«, sagte sie in sarkastischem Ton, »den wichtigsten von allen!«

»Ihr seid doch betrunken. Und ungerecht!«, erwiderte er voller Empörung.

»Was hatten Eure Worte damals dann zu sagen?«

»Welche Worte?«

»Das wisst Ihr doch: ›Vielleicht habe ich einen Weg gefunden, dass ich dem französischen König nicht in diesen verfluchten Feldzug folgen muss.‹ Sie haben sich mir ins Gedächtnis eingebrannt. Ich erinnere mich, dass ich dachte, dass sie sich seltsam anhören, zumindest in meinen Ohren. Geradezu rätselhaft«, sagte Beatrice, und diese letzten Worte klangen aus ihrem Munde wie die unendliche

Wiederholung einer boshaften Anspielung. Vielleicht wollte sie das nicht, aber so war es.

»Und Ihr glaubt, ich hätte Gian Galeazzo allein deshalb umgebracht, damit ich hierbleiben kann?«, schrie er.

»Ich glaube gar nichts! Ich bitte Euch lediglich inständig, mir die Wahrheit zu sagen. Zu bekennen, dass Ihr nichts mit dem Tod von Gian Galeazzo zu tun habt. Ihr werdet mir zustimmen, dass Euch die Sache sehr gelegen kam. Sie hat Euch des Problems der Erbfolge im Herzogtum enthoben, es für Euch erforderlich gemacht, zurückzukehren und Euch einen Grund verschafft, den König der Franzosen seinem Schicksal zu überlassen.«

»Das reicht! Ich werde mir das keinen Augenblick länger anhören! Ihr seid erschöpft und tief betroffen von den tragischen Ereignissen dieser Tage, und nun gebt Ihr mir die Schuld. Doch damit das klar ist: Ich werde mir hier nicht länger Eure absurden Vorwürfe gefallen lassen. Seit Monaten suche ich nun nach einer Möglichkeit, Mailand zu retten. Ich mochte den Jungen und habe ihm alles gegeben, was er wollte, auch dann, wenn das, was er wollte, keineswegs erbaulich war. Selbst wenn es moralisch nicht zu vertreten war. Vielleicht war das mein Fehler. Er war krank. Aber daran bin ich nicht schuld. Das kommt dabei heraus, wenn man jemanden zu sehr mag!«, sagte er schließlich wütend. »Doch seid unbesorgt, ich werde Euch augenblicklich von meiner Anwesenheit erlösen«, schloss Il Moro und wandte sich ohne ein weiteres Wort von ihr ab.

»Ludovico …«, stammelte Beatrice unter Tränen, »ich wollte nicht …«

Doch ihr Gemahl war bereits an der Tür.

Und blieb nicht stehen.

Lautstark schmiss er die Tür hinter sich zu.

Er begab sich zur Sala delle Colombine. Während er durch die Gänge und Säle des Castellos eilte, hatte Ludovico den Eindruck, dass die Welt um ihn in Stücke fiel. Er hatte Feinde innerhalb und außerhalb von Mailand, und trotz allem versuchte er die Zügel im Herzogtum in seiner Hand zu behalten. Aber vielleicht waren all seine Bemühungen vergebens, der schillernde Reflex einer glorreichen Vergangenheit, die allmählich verblasste wie die Farbe auf einem alten Gemälde. Als er in der Sala angekommen war, hob er den Blick zur Decke. Er sah die Taube, die ins Zentrum einer strahlenden Sonne gemalt war. Das Motto *A bon droit* prangte darunter wie eine Mahnung. Francesco Petrarca hatte Gian Galeazzo Visconti diesen Wappenspruch zu Ehren seiner Familie vorgeschlagen. Dieses Mal raubte ihm die Schönheit der Farben den Atem. Beim Betrachten der Symbole wahrer Größe hatte Ludovico den Eindruck, bessere Laune zu bekommen.

Dann fiel ihm ein, dass sein Vater Francesco Sforza mit Mut und Einfallsreichtum die schwierige Aufgabe gemeistert hatte, sich nicht nur die Insignien, sondern auch die Macht der Visconti anzueignen.

Und so dachte er, dass nun nicht er derjenige sein würde, der Mailand verlor; er würde es nicht zulassen, dass die Sforza von Herren und Herzögen zu erbärmlichen Ausgegrenzten degradiert würden, zu Machthabern, die man aus der eigenen Stadt vertrieb.

Das Versprechen gab er sich beim Anblick des Sonnenrades der Radia Magna.

16. Die Ewige Stadt

Kirchenstaat, Engelsburg

H ier, hinter diesen Mauern, fühlte er sich endlich sicher.

Er konnte nicht begreifen, wie der französische König
schon vor den Toren der Ewigen Stadt stehen konnte, aber
auch wenn er es nicht glauben mochte, sprachen die Tatsachen eine deutliche Sprache.

Jedenfalls konnte er nun herausfinden, was der König
wollte. Robert Briçonnet, der Erzbischof von Reims und
Pair von Frankreich, war gerade erschienen, um zu prüfen,
ob bei den Verhandlungen besondere Vertragsgegenstände
zu berücksichtigen wären.

Er war ein Mann von beachtlicher Größe und schlankem
Körperbau, mit warmen, dunklen und durchdringenden
Augen. Er trug eine Lederrüstung und eine blaue Samtjacke
mit aufgestickten Goldlilien und einem großen roten
Kreuz – die Farben der Erzdiözese von Reims. Der pur-
purne Mantel und die langen Lederstiefel, die bis zum Knie
gingen, gaben dem Kirchenmann ein recht martialisches
Aussehen. Cesare wäre begeistert, dachte der Papst. Ein
kriegerischer Erzbischof war zwar ungewöhnlich, aber kein
Ding der Unmöglichkeit. Vielleicht war das die Lösung für

den Kummer mit seinem Sohn? Vielleicht, dies war jedoch gewiss nicht der Moment, um darüber nachzudenken.

Als er schließlich vor Rodrigo Borgia stand, verneigte Briçonnet sich so tief, dass er den Pantoffel des Pontifex küssen konnte. Der Papst hatte es nicht eilig, ihn sich wieder aufrichten zu lassen, er ließ sich alle Zeit, die ihm erforderlich schien. Und das dauerte, schließlich wollte er seine Macht demonstrieren.

Doch dann erlaubte er dem Erzbischof beinahe widerstrebend aufzustehen. Er hingegen blieb bequem auf seinem Lehnstuhl sitzen. Er forderte Briçonnet nicht auf, Platz zu nehmen.

Und als er mit ihm sprach, hütete er sich, ihm in die Augen zu schauen. Er hatte nicht die Absicht, ihm seine Aufgabe zu erleichtern. »Nun, Erzbischof? Euer König hat entschieden, der höchsten spirituellen Instanz der bekannten Welt den Krieg zu erklären?«

Briçonnet heuchelte ein Lächeln. »Heiligkeit, das muss ein Missverständnis sein.«

»Ach, wirklich? Und von wem sind die dreißigtausend Krieger, die vor den Toren Roms lagern? Vom Kaiser vielleicht? Vom Herzog von Mailand? Der Serenissima Republica von Venedig?«

»Keineswegs, Heiligkeit, keineswegs«, beeilte sich Briçonnet zu sagen, dabei hob er die Hände, als wollte er sich vor den Worten schützen, die auf ihn niederprasselten, und zwar mit nicht geringer Verachtung. »Natürlich sind das die Männer des Königs von Frankreich.«

»Ah!«

»Aber der Grund, aus dem mein Herr und Herrscher nach Italien einmarschiert ist, ist ein anderer.«

»Dann lasst ihn mich hören, helft mir, es zu verstehen, Erzbischof! Denn um ehrlich zu sein, neige ich dazu, Euren König mit sofortiger Exkommunikation zu strafen.«

»Das wäre ein Skandal, Eure Heiligkeit.«

»Es ist weitaus skandalöser, bewaffnet vor den Toren des Kirchenstaates aufzutauchen, da werdet Ihr mir zustimmen. Ich rate Euch daher, Eure weiteren Worte mit Bedacht zu wählen.«

Der Erzbischof von Reims holte tief Luft. Auch wenn er sich möglichst zurückhaltend gab, behielt er doch seine Kühle bei. »Einverstanden. Zunächst einmal hat der Souverän keinerlei Absichten, Seiner Heiligkeit den Krieg zu erklären, wahrlich nicht. Im Gegenteil, sein Ziel ist genau das Gegenteil und fällt mit der Niederlage der Türken und der Befreiung des Heiligen Grabes zusammen. Aus diesem und keinem anderen Grund bittet er um eine Unterredung mit Euch. Bei der Gelegenheit bittet er um Passiererlaubnis und Verproviantierung in den von Eurer Heiligkeit regierten Gebieten. Auf diese Weise wird er bis zum Königreich Neapel vorrücken, wo er sich ins Heilige Land einschiffen wird. Deshalb erlaube ich mir, darauf zu verweisen, dass am Auftreten meines Königs nichts Verwerfliches ist, da er lediglich beabsichtigt, im Sinne Seiner Heiligkeit zu handeln.«

Rodrigo Borgia fixierte Briçonnet und legte größtmögliche Ungläubigkeit in seinen Blick. Die Arroganz dieses Mannes ärgerte und erstaunte ihn gleichermaßen. »Wenn es wirklich so wäre, wie Ihr sagt, dann wäre Karl VIII. nicht mit einer Streitmacht von Frankreich aus aufgebrochen und hätte nicht sämtliche Städte der Halbinsel geplündert. Oder gehört das auch zum Plan, die Ungläubigen zu besiegen? Ganz zu schweigen davon, dass er – und das weiß ich genau – aufgrund der Bitten der Kardinäle Giuliano della Rovere und Ascanio Sforza darüber nachdenkt, ein Konzil einzuberufen, nur zu dem Zweck, mich abzusetzen! Könnt Ihr das leugnen? Ihr wisst, dass allein das schon ein hinreichender Grund wäre, ihn zu exkommunizieren? Wie ich Euch bereits andeutete, kann ich mir den Grund aussuchen. Ist Euch das bewusst?« Der Papst spürte, wie sein Zorn mit jedem Augenblick größer wurde. Der französische Erzbischof glaubte offensichtlich, er könne herkommen und ihn wie einen Verrückten und Träumer behandeln ... Wie konnte er es wagen? Und vor allem, wem glaubte er das weismachen zu können? Vielleicht war ihm nicht klar, mit wem er es hier zu tun hatte. Nun, er würde schon dafür sorgen, dass sich das änderte.

Doch als er erneut seinen Blick auf ihn heftete, erkannte der Papst, dass dieser Mann aufrichtig wirkte. Mehr noch, er wirkte betont sachlich. Er fuhr einfach mit seinem Vermittlungsauftrag fort, als hätte er nichts gehört. »Mir ist bewusst, dass Eure Heiligkeit meinen Souverän mit Fug und Recht exkommunizieren könnte, sollte dieser wirklich vorhaben, Euch Schaden zuzufügen. Und Ihr tätet in dem Fall gut daran, möchte ich mir erlauben hinzuzufügen.«

»Das ist das erste weise Wort aus Eurem Mund, seit Ihr mir unter die Augen getreten seid.«

»Doch nichts von dem, was Ihr geäußert habt, mio Signore, hat mit den tatsächlichen Absichten meines Königs zu tun«, fuhr der Erzbischof von Reims fort. »Wie ich bereits sagte, ist sein einziges Ziel, das Königreich Neapel in Besitz zu nehmen und sich dort ins Heilige Land einzuschiffen, das er mit seiner Armee befreien will. In diesem Zusammenhang hat er mir nahegelegt, Euch um die Aushändigung des türkischen Prinzen Cem zu bitten, von dem wir wissen, dass Ihr ihn in Eurem Gewahrsam habt. Dieser könnte unserer Ansicht nach eine nicht unbedeutende Rolle bei der Erringung eines Sieges gegen Sultan Bayezid spielen. Cem hasst ihn, weil er sein Bruder ist und ihm das Reich entrissen hat; allein um ihn zu besiegen, wäre er nur allzu bereit, seine Getreuen zu sammeln und den christlichen Rittern zu helfen, die Heilige Stadt Jerusalem zurückzuerobern.«

Das also war das Spiel, das sie spielten! Sie wollten ihm die Geisel nehmen, die ihm ein jährliches Einkommen sicherte, so war es mit dem Sultan persönlich vereinbart. Und er, der sich verpflichtet hatte, ein unschuldiges Leben zu erhalten, wenn auch das eines Ungläubigen – war er wirklich bereit, ein formelles Abkommen zu brechen, das einen Waffenstillstand zwischen den beiden Religionen darstellte? Worauf vertrauend? Auf die falschen Versprechen eines Invasoren, der behauptete, seine Eroberungspläne zugunsten eines Kreuzzuges aufzugeben? Also bitte! Er würde sie auf ihren Platz verweisen, so viel war sicher. »Briçonnet!«, rief er aus. »Ich verbiete Euch, Euch noch länger über mich lustig zu machen. Ihr beleidigt meine Intelligenz! Und zwar aus zwei Gründen. Erstens glaube ich keine Sekunde daran, dass der Prinz Euch helfen würde, Jerusalem zurückzuerobern. Eher würde er sich umbringen. Er hasst seinen Bruder, das ist richtig, aber nicht so sehr, dass er dafür seinen Glauben verraten würde. Der zweite Grund ist der, dass mir die wahren Motive Eures Königs für diesen schändlichen Vormarsch die italische Halbinsel hinunter vollkommen klar sind. Und sie haben nichts mit dem zu tun, was Ihr mir bisher gesagt habt. Ihr seid arrogant und dreist genug gewesen. Ihr wollt nur meinen Segen dafür, dass Ihr Euch das Königreich Neapel einverleibt, während mich wiederum Alfons von Aragón gebeten hat, das Haus Valois abzusetzen und ihm jedweden Anspruch auf den Thron abzusprechen. Damit nicht genug! Ihr verlangt von mir, den Prinzen Cem auszuhändigen, dabei wissen wir beide genau, dass das Beste, das ihm in Euren Händen widerfahren kann, der Tod ist!«

»Ihr werdet zugeben, Euer Heiligkeit, dass sich diese Behauptung ein wenig befremdlich anhört.«

»Wie könnt Ihr es wagen, Euch zu solchen Urteilen aufzuschwingen?«, unterbrach ihn Alexander VI. »Für wen haltet Ihr Euch? Ihr, die Ihr den Krieg bis an die Mauern von Rom herantragt! Ihr, die Ihr das Königreich Neapel ins Chaos stürzen wollt! Ihr, die Ihr Euch zu den Verteidigern des christlichen Glaubens erklärt und den Anführer ebendieser Religion in Gefahr bringt! Und Ihr erlaubt Euch sogar, Forderungen vorzubringen! Ihr sollt wissen, dass ich Euch nur deshalb nicht auf der Stelle den Klingen meiner Wache übergebe, weil Ihr das Kreuz tragt, obwohl es mir, wie ich gestehe, unbegreiflich ist, dass ein Mann von Eurem Charakter solch heilige Gewänder tragen darf! Es ist vollkommen offensichtlich, dass Eure Haltung ein Auflehnen Frankreichs gegen die Kirche begünstigt. Was mich erbittert, ist, dass solche Ruchlosigkeiten bei Euresgleichen ja nichts Neues sind. Wir wissen doch, was bis vor nur sechzig Jahren noch in Avignon los war. Welche Schamlosigkeit ich an Euch entdecke, Erzbischof! Ihr seid vom selben Stamm der Kirche, der das schwerwiegendste Schisma der Geschichte ins Leben gerufen hat! Und Ihr kommt zu mir und wollt mir erzählen, was richtig ist und was nicht! Ihr solltet besser zuhören, statt Forderungen zu stellen«, zischte Alexander VI., inzwischen völlig in Rage.

Er stand auf. Der Lehnstuhl, auf dem er gesessen hatte, stand auf einem Podest. So überragte er, auch dank seiner beeindruckenden Statur, Robert Briçonnet. »Hört mir zu, hört mir gut zu, Erzbischof! Im Augenblick sehe ich Euren König als meinen Feind an. Wenn Karl VIII. also tatsächlich beabsichtigt, den Kirchenstaat friedlich zu passieren, wie er behauptet, und dafür sogar Proviantierung seiner Truppen verlangt, so wird er sie gewiss nicht durch Arroganz und Lügen bekommen! Sagt ihm das ruhig. Was mich angeht, kann ich mich in den uneinnehmbaren Mauern der Engelsburg verschanzen, so lange ich will. Für unsere nächste Begegnung rate ich Euch, einen anderen Ton anzuschlagen.«

»Aber ...«, fing Briçonnet an, der das erste Mal in dieser Unterhaltung zu zögern schien.

»Die Unterredung ist beendet! Wachen!«

Im nächsten Augenblick erschienen die Wachen des Pontifex im Saal.

»Geleitet diesen Mann hinaus!« An Briçonnet gewandt fügte er hinzu: »Denkt an das, was ich Euch gesagt habe!«

Ohne etwas erwidern zu können, verneigte sich der Erzbischof von Reims. Dann wurde er von den Wachen hinausbegleitet.

Alexander VI. sah ihm mit blutunterlaufenem Blick nach.

17. Lucrezia

Kirchenstaat, Rocca di Pesaro

Lucrezia war zutiefst erschüttert. Zum ersten Mal, seit sie hier auf der Rocca di Pesaro war, hatte sie das Gefühl, dass die Dinge sich allzu sehr überstürzten.

Ihr Vater befand sich in Rom, hinter den Mauern der Engelsburg, Gefangener in seiner eigenen Stadt, belagert von dreißigtausend französischen Soldaten.

Ihr Gemahl, Giovanni Sforza, gehörte trotz der wiederholten Treuegelöbnisse dem Pontifex gegenüber doch immer noch dem Geschlecht an, das ihn verraten hatte, indem es sich mit dem französischen Herrscher verbündete.

Und als sei das alles noch nicht genug, war die Geliebte ihres Vaters, die zugleich ihre beste Freundin war, nicht etwa dort an seiner Seite, sondern auf der Stelle nach Capodimonte aufgebrochen, um ihrem Bruder Angelo Farnese beizustehen, der schwer erkrankt war. Konnte sie ihr das vorwerfen? Auch ihre Cousine Adriana war mit ihr gegangen, von der sie von klein auf großgezogen worden war.

Sie seufzte und griff sich ins goldfarbene Haar. In ihre hellen Augen trat ein Leuchten. Sie biss sich auf die Lippen. Sie befand sich in einem kleinen, kalten Raum, dem Vorzimmer der eigentlichen Gemächer der Herzogin. Das Feuer im Kamin brannte mit ein paar schwachen Flämmchen, denen es kaum gelang, die wie zu einem Eishauch gefrorene Luft zu erwärmen.

Lucrezia empfand ein Gefühl der Unentrinnbarkeit und Angst, und die Stille machte diese Furcht nur noch bedrückender. Ihre Kehle war wie zugeschnürt. Sie vermisste Rom und dieses düstere Kastell. Diese geisterhaften Tage und die Entfernung zu den Brüdern machten den Schmerz noch schärfer, so als würde ein Metzger seine Klinge an der weichen Rundung ihres Herzens wetzen.

Giulia war nun schon seit Monaten fort, und soviel sie wusste, hatte es ihr nichts genützt, ans Lager des Bruders geeilt zu sein, denn nicht nur hatte sie ihn tot vorgefunden, sie war auch noch ihrerseits erkrankt, sodass ihr Vater seine eigenen Ärzte geschickt hatte, um sie und ihren ebenfalls infizierten anderen Bruder, Alessandro, zu behandeln.

Die Tragödie der französischen Invasion war wohl nicht genug, denn es war eine weitere dramatische Situation hinzugekommen, wegen der der Papst nun die Rückkehr seiner jungen Geliebten verlangte, die, da sie nun genesen war, sich aus keinem Grund der Welt mehr in Capodimonte aufhalten müsse.

Lucrezia war niedergeschmettert. Nichts war so gelaufen wie erhofft. Sie ging zum Schreibtisch, setzte sich und griff nach einem Siegel von ungewöhnlicher Form. Mit einer raschen Bewegung loste sie einen Mechanismus aus, der einen Schlüssel zum Vorschein brachte. Mit zwei Umdrehungen öffnete sie damit die erste Schreibtischschublade.

Sie entnahm ihr einen noch unangetasteten Brief. Sie hatte noch keine Zeit gehabt, ihn zu lesen, aber sie ahnte, was darin stand. Nun erbrach sie den Siegellack und entfaltete das Blatt Pergamentpapier.

Sie erblickte eine enge und feine Handschrift.

Der Brief war von ihrem Vater.

Sie übersprang die Vorrede und ging gleich zum Wesentlichen über.

... ich frage mich, wie Ihr, Lucrezia, meine Tochter, Giulia so gehen lassen konntet. Ich empfinde für sie, wie Ihr wisst, eine tiefe, aufrichtige Liebe, ganz ähnlich der, die ich immer für Euch empfunden habe. Damit habt Ihr, mein Liebes, den Wahn genährt, der Giulia manchmal innewohnt. Seit Wochen schon flehe ich sie an, nach Rom zurückzukehren, denn Ihr werdet wohl begreifen, dass sie dort, wo sie ist, gewiss nicht in Sicherheit ist. Nicht mehr, seit dem Vormarsch Karls von Frankreich in unsere Hoheitsgebiete, die nun in seiner Hand sind. Schlimmer noch, nicht einmal mit der Androhung der Exkommunizierung konnte ich sie überzeugen, nach Rom zurückzukommen. Gott verhüte, dass ihr etwas geschieht, denn sonst, das könnt Ihr mir glauben, müsste ich Euch, sosehr ich Euch auch seit jeher liebe, dafür verantwortlich machen, dass Ihr sie gehen ließt!

Als sie das las, hob Lucrezia den Blick. Welche Wut sie den Worten ihres Vaters entnehmen konnte, und wie ungerecht er ihr gegenüber war! Sie zweifelte seine Liebe nicht an, aber sie ertrug es nicht, dass er sie in dieser Weise beschuldigte. Er warf ihr vor, Giulia ziehen gelassen zu haben, als sie sich nichts sehnlicher wünschte, als bei ihrer Familie zu sein. Wie hätte sie übers Herz bringen sollen, sie davon abzuhalten?

Sie lächelte, auch wenn darin keinerlei Freude lag, nur Bitterkeit und Trübsinn. Ihr Blick fiel auf die glatte, glänzende Oberfläche eines venezianischen Spiegels. Sie sah ihre langen blonden Haare, die sie an diesem Tag mit schimmernden Perlenschnüren zusammenhielt, und zwar so, dass eine niedliche kleine Locke über die Wange fiel und die vollen, roten Lippen streifte, die einen kleinen Schmollmund bildeten. Das Oval ihres Gesichtes war perfekt: eine fast mondweiße Haut, die von ihren himmelblauen Augen noch betont wurde. Doch das genügte nicht, dachte sie bitter. Wenigstens ihrem Gemahl nicht. Der schien das Bett zu fliehen, wann immer er konnte, als hätte er Angst vor ihr.

Was war falsch an ihr? Es gab doch so viele, die schwören würden, dass sie eine der schönsten Frauen von Rom sei. Wie oft hatte sie die Wachen des Apostolischen Palastes, aber auch die Edelleute und sogar die Kardinäle dabei ertappt, wie sie sie zu lange anstarrten und dabei Leidenschaft und Verlangen erkennen ließen.

Doch bei ihrem Gatten war das anders. Seit Giovanni sie zur Frau genommen hatte, hatte Lucrezia sich viele Male gefragt wieso.

Der Graf von Pesaro war kein böser Mensch. Doch sie hatte schon einige Zeit den Verdacht, dass er schwach war und vor den Borgia Angst hatte. Nicht vor ihr, aber vor ihrem Vater und noch mehr vor ihrem Bruder Cesare. War es das, was sich hinter Giovannis Eiseskälte verbarg? Hatte Cesare ihm vielleicht gedroht, falls er auch nur versuchen sollte, sie anzufassen? Womöglich war das der Grund. Es wäre nicht das erste Mal, dass ihr Bruder, krank vor Eifersucht, jemanden bedrohte.

Doch nicht allein das. Cesare pflegte ihr gegenüber eine kranke Art von Besitzanspruch, die leicht in Zorn und Gewalt umschlagen konnte. Ihr älterer Bruder war der schönste und charismatischste Mann, den sie kannte, und er übte eine große Faszination auf sie aus, die sie aber zugleich zutiefst erschreckte. Doch bei genauerer Betrachtung war es genau das, was ihn so unwiderstehlich machte. Lucrezia wusste, dass er sie unter Einsatz seines Lebens beschützen würde, gleichzeitig war sie aber sicher, dass er bereit wäre, jedem die Kehle durchzuschneiden, der sich ihr näherte.

Wie also sah ihre Zukunft aus? Verlassen in den kalten Mauern einer Burg, weit weg von Rom, vom Vater beschuldigt, seine junge Geliebte dazu gebracht zu haben, ihn zu verlassen, und von ihrem Bruder auf eine Weise behütet, die sie erstickte?

Sie wusste nicht mehr weiter. Giovanni war noch ein recht junger Mann, nicht besonders helle, aber auch kein Dummkopf. Er würde sich schon aus reinem Opportunismus auf die Seite des Papstes schlagen, doch das war reine Fassade. Im Übrigen konnte sie seine Hilflosigkeit verstehen: Er war schließlich immer noch ein Sforza und konnte seiner Familie nicht einfach den Rücken kehren. Wie musste er sich in diesem Augenblick fühlen? Im Wissen darum, dass der Vater seiner Gemahlin dank der Eheschließungen von Juan und Jofré Allianzen mit dem König von Spanien und dem Königshaus von Aragón geschlossen hatte? Und womöglich eben bedroht von Cesare? Der nach dem Papst der mächtigste Mann der gesamten italischen Halbinsel war?

Deshalb erlebte sie Giovanni nicht leidenschaftlich entbrannt. Er war kalt, distanziert – so wie ihr jetziger Aufenthaltsort, an dem sie gegen ihren Willen leben musste.

Wenn es wirklich so war, dann würde sie sich ihr Leben zurückholen. Niemand, weder ihr Vater noch ihr Bruder, konnte sich erlauben, ihr vorzuschreiben, wer sie sein sollte. Das Schicksal hatte ihr einen Ehemann gegeben, und sie war einsam und verlassen in diesem elenden Kastell, weit weg von Rom. Trotz der Briefe und Versprechen war die einzige Person, die ihr in diesem Augenblick eine Stütze sein konnte, ihr Gemahl.

Und deshalb schwor sie sich selbst, ihn sich zu nehmen.

18. Savonarola

Republik Florenz, Piazza del Duomo

Man hatte die Medici vertrieben. Wer es nicht geschafft hatte, sich in Sicherheit zu bringen, dem war der Kopf abgeschnitten oder er war im mittlerweile blutroten Arno ertränkt worden. Der Palazzo in der Via Larga war von der aufgebrachten Menge gestürmt und geplündert worden, die Stadt glich einem Scheiterhaufen. Die Häuser von Pieros Anhängern waren bloß noch ein Haufen rauchgeschwärzter Steine. Bewaffnete Banden verprügelten jeden, der es wagte, sich mit den Abzeichen eines Herrschergeschlechtes zu zeigen, das sich in der entscheidenden Stunde der Wahrheit als ungeeignet erwiesen hatte. Piero hatte den König der Franzosen ohne irgendwelche Bedingungen durchziehen lassen, er hatte sogar die Festung von Pietrasanta ausgehändigt. Er hatte alles akzeptiert, und die Florentiner fühlten sich überrannt, ohnmächtig und einem barbarischen König, oder jedem, der sonst vielleicht noch in die Stadt wollte, völlig ausgeliefert. Fassungslosigkeit und ein Gefühl der Beschämung beherrschte die Gemüter der Leute, so als hätte die Kapitulation ihnen die eigene Unzulänglichkeit vor Augen geführt, als stünde Pieros Untauglichkeit für die der gesamten Stadtgemeinschaft, die zum ersten Mal begriff, dass sie sich selbst untreu geworden war. Und eben diese Bewusstwerdung trieb vielen die Tränen in die Augen.

Karl VIII. war wie ein römischer Konsul durch die Stadt gezogen, der, vom Schlachtfeld heimkehrend, gerade seinen grandiosen Sieg über ein Barbarenvolk verkündet hatte.

Und nun krächzte Girolamo Savonarola einer Krähe gleich vom Altar von Santa Maria del Fiore, als wollte er den Verlust der Würde eigens hervorheben.

Der Dom war übervoll mit Leuten, der gewaltige Kirchenraum schien die Menschenmenge nicht fassen zu können. Durch die geöffneten Kirchentüren ergoss sich die Menge auf den Vorplatz und die vorgelagerte Piazza.

Was dies besonders beeindruckend machte, war, dass in dieser Schar zerlumpter verwahrloster Seelen aufmerksame Stille herrschte.

Es war, als gebe es nach all den Vergewaltigungen und Plünderungen, nach unmenschlicher und blindwütiger Gewalt plötzlich ein Bedürfnis nach einer Reinigung. Und vielleicht war es noch mehr als das. Es war nicht nur die Gewalt der letzten Wochen, die wiedergutgemacht, entschuldigt, verstanden werden wollte. Es handelte sich vielmehr um einen groß angelegten kollektiven Exorzismus, geeignet, Florenz für immer von den Medici zu befreien. Auf dass sie nie mehr zurückkehrten. Denn trotz des Durchmarschs des französischen Königs schien ihre Gegenwart immer noch in der Luft zu hängen, ein nicht wirklich greifbarer Aufzug von Gespenstern.

So als würden die Toten und die Verbannten sich mit Zähnen und Klauen an die Mauern der niedergebrannten Häuser klammern.

Die Medici. Diejenigen, die ihre Herrschaft, die Signoria, errichtet hatten, wo zuvor eine Republik gewesen war; die ein Netz der Macht gewoben hatten, das für alle anderen unerreichbar war; die sogar eine eigene Sprache entwickelt hatten: Sie war neuartig und aus Schönheit geschaffen, gewiss, dank der bewundernswerten Werke der Malerei und der Bildhauerei, und doch huldigte sie einer heidnischen, auf Laster gegründeten Welt. Eine Symbolik aus verborgenen Bedeutungen, die dazu gedient hatte, die Korruption einer Seuche gleich überallhin zu tragen; der Handel mit Stimmen, Verrat und Sodomie bildete die Gelenkstücke in einem Regierungssystem, in dem alles, und zwar ausschließlich, bei ihnen zusammenlief.

Während in diesem Augenblick also in Florenz Männer und Frauen den Blick senkten und es leid waren, so zu tun, als würden sie nichts sehen, war ein Mönch im Begriff, eine Predigt zu halten, die sich gleichermaßen wie eine Anklage und wie eine Amnestie anhören würde.

Dieser Mann war der prominenteste und schärfste Widersacher der Medici von Florenz, denn zehn Jahre schon bot er ihnen stolz die Stirn und wetterte von der Kanzel von San Lorenzo. Doch an diesem Tag erging sich Girolamo Savonarola überraschenderweise nicht in der Verurteilung seiner verhassten Feinde, denn diese waren aus Florenz verbannt worden, und ihre Anhänger waren zum Schweigen verdammt.

Voll väterlichen Mitgefühls ließ er seinen forschenden Blick über die endlose Menge schweifen; ein aufmerksamer Beobachter hätte darin jedoch auch einen Hauch Verachtung entdeckt. In seinem Blick blitzte blanker Fanatismus auf, auf seinen fleischigen feuchten Lippen glänzte der

Speichel. Die Kapuze rahmte das Oval seines Gesichtes, das so mager war, dass es einem Totenschädel glich. Savonarola setzte die Kapuze ab und entblößte die Tonsur. Dann hob er, ganz der Prediger, die Hände zum Himmel.

»Singet dem Herrn ein neues Lied«, hob er an, »denn er hat Florenz aus der Gefahr errettet, in der es sich befand. Preiset den Namen unseres Herrn, denn aus seiner Gnade sind wir heute gerettet und frei. Wer das leugnet, ist töricht, blind oder verstockt in seinem bösen Geist! Der Herr verlangt als Zeichen der Dankbarkeit nichts als die Liebe eures Herzens. *Praebe mihi cor tuum, fili mi* – schenke mir dein Herz, mein Sohn. Und denkt daran, dass die Sintflut noch nicht vorüber ist, sondern gerade erst beginnt. Doch erinnert euch an die Antwort, die Noah seinen Söhnen gab, als diese ihn fragten, was nach der Sintflut käme. Er erwiderte, dass durch selbige die Welt erneuert würde, so wie durch die Plage, die Florenz in diesen Zeiten erduldet hat, sich die Kirche und unser Glaube in Christus erneuern wird. Und ihr, meine Kinder, die ihr in der Arche errettet werdet, seid zahlreich, und ich verspreche euch, dass wir die Kirche erneuern werden! Denn sie wird von Grund auf eine andere werden, das ist gewiss!«

Nach diesen Worten machte Savonarola eine Pause. Er wollte, dass die Ermahnungen sich im Volk festigten und als Warnung dienten, damit alle zu gegebener Zeit daran dachten. »Seht, meine Kinder, der König der Franzosen ist die Flut, die uns fortgerissen hat und auch Rom mit sich reißen wird. Und so wird er die Kirche erneuern, denn sie ist korrupt und trachtet nicht mehr nach Gemeinwohl, nach der Reinheit des Geistes, sondern ergeht sich stattdessen in Lastern und Orgien! Wir hingegen müssen der Eigenliebe entsagen und die göttliche Liebe willkommen heißen. Wir werden uns weigern, uns wie Heiden zu benehmen, uns an Astrologen zu wenden, doch ebenso werden wir jenen aus dem Weg gehen, die Andachten und Gottesdienste abhalten, denn gerade jene, die geistige Führer sein sollten, sind hingegen bloße Larven, Lastern und Ruchlosigkeiten zugetan, und haben nichts mehr zu lehren.«

Dann schloss Savonarola die Augen und verharrte in Schweigen, als suche er in den verborgensten Winkeln seiner Seele nach den richtigen Worten. Schließlich fuhr er fort: »Und nun wende ich mich an euch, ihr Männer und Frauen von Florenz: Erneuert euren Geist und Verstand, den ihr verloren zu haben scheint. Wendet euch in allem an Gott und habt weder Angst vor den Armeen noch vor dem Perserkönig Cyrus, der gegen Babylon oder Jerusalem marschiert und somit gegen die Herrscher der italischen Halbinsel und der Kirche, denn zu zerstören, was schlecht gebaut ist, bedeutet doch, es zu erneuern. Florenz entsagt jedwedem Aberglauben *et a signis coeli noli metuere*, die Zeichen des Himmels sollst du nicht fürchten, wie es in der Heiligen Schrift heißt. Folgt nicht dem Willen der Gestirne. Singt *Domino canticum novum* und erneuert euer Leben gemäß den guten Sitten. Jagt hinfort die Einflüsterer, den Aberglauben, die Wahrsager und all jene, die sich nicht von ihren Missetaten lossagen wollen, denn sonst kehrt ihr in die Hölle zurück, von der ihr euch gerade mit Mühen erholt. Entscheidet euch für eine andere Art zu leben, wenn ihr euch Hoffnungen auf eure Rettung machen und neu erstarken wollt. Erlasst ein Gesetz, dass niemand mehr Oberhaupt werden kann, oder diese neue Stadt wird auf Sand gebaut sein. Doch seid im Einklang mit dem Gesetz Gottes, ehe ihr neue Gesetze macht, denn das Innere hat Vorrang vor dem Äußeren, so wie die Seele Vorrang vor dem Körper hat!«

Savonarola hielt ein weiteres Mal inne, während der Weihrauch in duftenden Wolken den Rauchfässern entströmte und Tränen über die Gesichter rannen. Männer schlugen sich gegen die Brust, und Frauen verharrten mit gesenktem Blick.

»Und doch kann man sagen, dass sich das Wort erfüllt hat: *misericordia et veritas obviaverunt sibi*, dass also Barmherzigkeit und Wahrheit sich in Florenz begegnet sind; einerseits ist da die Geißel, andererseits das Erbarmen – *et iustitia et pax osculatae sunt*, Gerechtigkeit und Frieden haben einander umfangen. Gott wollte dir Gerechtigkeit widerfahren lassen, Florenz, und dir dann Barmherzigkeit erweisen. Fürchtet Gott, seid demütig und erinnert euch, meine Kinder, tuet Buße und haltet die Fastenzeit ein in dieser ersten Adventswoche und den folgenden. Führt ein Leben als gute Christen und kommt zu den Predigten, macht es nicht wie die Tyrannen, die der Meinung sind, dass man eine Stadt nicht mit dem Vaterunser regiere. Wenn ihr die Regierung eurer Stadt wirklich erneuern wollt, dann haltet euch an diese drei Prinzipien: Demut, Nächstenliebe und Bescheidenheit. Haltet euch also an die Demütigen und nicht an die Hochmütigen, denn Erstere werden das Laster vertreiben, die Gerechtigkeit wahren und so wieder Eintracht in die Stadt bringen. Diejenigen, die Güte walten lassen, werden darum bemüht sein, das eigene Volk mit Wohlwollen zu behandeln, Steuern und Abgaben zu verringern; auch im Einfachen können sie gut wirtschaften und sind sparsam. So werden sie über größere Mengen Kapital verfügen, das sie für die Verteidigung der Stadt aufwenden können, wenn dies notwendig ist. Behaltet also diese drei Grundsätze guter Regierung im Sinn und wisset: Der Herr ist gekommen, Italien zu richten, und wie ich schon sagte und noch einmal hervorheben möchte, die Flut steigt. Sie wird Rom mit sich reißen, dann Neapel und schließlich ganz Italien. Die Reichen mögen sich vom Überfluss befreien und den Armen geben. Priester und Nonnen sollen als Erste mit gutem Beispiel vorangehen und auf das viele verzichten, dass sie in den letzten Jahren angehäuft haben. Die Armen schließlich ermahne ich: Seid gut, sonst seid ihr die Almosen nicht wert, die man euch gibt. Denkt daran: Gott sieht euch, und wenn sich in seinen Augen in Florenz nicht wirklich etwas ändert, dann wird er andere Geißeln, Übel und Unheil schicken und euch mit Plagen verfolgen, wie er es in Ägypten tat. Achtet also auf das, was ihr tut, und behaltet meine Worte im Gedächtnis, meine Kinder. Ich habe Vertrauen in euch, und ich segne euch im Namen des Herrn!«

Nach diesen Worten schwieg Girolamo Savonarola. Am Ende seiner eindringlichen Rede verharrten die Menschen lange und rührten sich nicht, als hätten sie Angst, dass der Segen zunichtegemacht würde, wenn sie den Dom verließen und die vom Pater in Aussicht gestellte neue Hoffnung verloren ginge.

Florenz stand an einem Wendepunkt. Nach all der Angst und Gewalt hielt es den Atem an und sog die Worte dieses Mannes auf wie das reinste Wasser direkt aus der Quelle der Wahrheit.

Es herrschte ein großes Bedürfnis danach – nach der fast hundertjährigen Herrschaft, die ihr von den Medici auferlegt war. Viele wirkten so befreit, als wollten sie wirklich ein neues Lied anstimmen, so wie der Mönch Savonarola es verlangt hatte. Bemäntelt mit dem Glanz pastoraler Predigt, übte dieser Mann doch ungeheuren Einfluss auf die Leute aus, das war ganz offensichtlich. Dennoch war dieses Gefühl der Befreiung spürbar. Es war, als hätte diese Predigt die Luft vom letzten Pesthauch der Medici befreit. Ihre Sprache war einfach und außerordentlich wirkungsvoll, sie arbeitete mit Bildern, die sofort verständlich waren und viel auslösen konnten.

Aus einer Nische trat eine Gestalt hervor. Es hätte ebenso ein Kaufmann wie ein Dieb sein können, ein Diakon oder auch ein Krieger, es war einfach ein Mann, der in einen dunklen Mantel mit Kapuze gehüllt war. Niemand beachtete ihn, alle waren verzückt und in Tränen aufgelöst, ganz im Bann der Predigt des Paters, und so konnte derjenige ungestört aus dem Dom hinaushuschen und sich unter die Menge mischen.

19. Erste Vereinbarungen

Republik Venedig, Dogenpalast, Saal der Audienzen

Antonio Condulmer trat ein. Er freute sich, dass der Doge diesen Saal für das Treffen ausgewählt hatte, und zwar aus einem einfachen Grund – er verfügte über einen riesigen, prächtig verzierten Kamin aus Carraramarmor. Nach der Kälte dieses Dezembermorgens, an dem manch einer prognostizierte, dass die Lagune zufrieren würde, war die Wärme, die die kräftigen Flammen verströmten, genau das Richtige.

Antonio ahnte, was der Doge im Sinn hatte, und er konnte ihm nicht widersprechen. Die Lage war verzweifelt. Sicher, die Venezianer hätten auch eher daran denken können, etwas zu tun, statt es so weit kommen zu lassen, aber er wusste auch, dass die Serenissima es lieber vermied, sich den wirtschaftlichen Herausforderungen eines Krieges zu stellen, und dass Neutralität in solchen Fällen immer die bessere Wahl war.

Er war nicht gerade begeistert gewesen zu erfahren, dass Venedig nicht den geringsten Einspruch gegen den Vormarsch Karls VIII. erhoben hatte, andererseits hatte Mailand als Verbündete der Franzosen ihnen Tür und Tor geöffnet. Und Florenz letztlich ebenso, auch wenn es auf der anderen Seite kämpfte. So gesehen hatte sich Venedig unterm Strich nicht einmal des größten Vergehens schuldig gemacht.

Ganz zu schweigen davon, dass Florenz, soviel er davon mitbekommen hatte, nun in die Hände eines Mönchs gefallen war, der schon immer ein Feind der Medici gewesen war und der dank der manipulativen Züge seiner Predigten drohte, weite Teile der Bevölkerung zu beeinflussen und sie zu fanatischen Anhängern zu machen. Und er war beinahe sicher, dass diese Anhängerscharen im Namen eines theokratischen Prinzips einen Absolutismus einführen würden, der auf einer, vorsichtig ausgedrückt, dogmatischen Moral fußte und sich daher gewiss als mindestens ebenso hasserfüllt und schrecklich erweisen würde wie die Vorherrschaft der Medici. Dabei spielte es keine Rolle, dass diese eigenwillige Form der Predigt und der ethischen Neubegründung sich den Namen Republik gab, denn etwas Republikanisches hatte sie nun wirklich nicht an sich. Antonio hatte ein paar Tage zuvor Savonarolas Worte gehört, sein Donnerwetter im Dom, das Dutzende von Männern und Frauen tief bewegt hatte. Und als er, in seinen Mantel gehüllt, sich seinen Weg durch die Menge gebahnt hatte, waren ihm Schauer über den Rücken gelaufen, denn er hatte gespürt, wie aus dem Schweigen eine eigenartige, sich einschleichende Unnachgiebigkeit aufstieg, die schon bald zu einer grausamen Geißelung der Sitten führen würde.

Doch die drängendere Frage war der Vormarsch Karls VIII. in Italien. Da Antonio lange als Botschafter Venedigs in Paris gewesen war, waren ihm die räuberischen Absichten des französischen Herrschers und erst recht der Adeligen aus seinem Gefolge bestens vertraut. Sie waren nichts anderes als ein Schwarm von Aasgeiern, stets bereit, sich auf ihre Beute zu stürzen, um ihre Gier nach Eroberungen zu stillen.

Und dem verdrossenen Gesicht Agostino Barbarigos nach zu urteilen war er nicht der Einzige, der diesen Eindruck hatte. Der Doge saß auf einem hölzernen Thron. Er war in golddurchwirkte fürstliche Gewänder gekleidet. Sein Autorität ausstrahlendes Antlitz war von einem weißen Bart gerahmt – gipsweiß geradezu –, und auf dem Kopf trug er einen purpurroten Corno Ducale, die typische Kopfbedeckung der venezianischen Dogen, auch dieser war goldgesäumt. Dieser Mann war der Inbegriff venezianischer Besonnenheit.

Er sprach mit ruhiger, fester Stimme, und Antonio wusste sich sogleich in guten Händen.

»Messer Condulmer, willkommen, ich hoffe, Ihr hattet eine gute Reise!«

»Absolut, Eure Durchlaucht.«

»Das freut mich. Es ist wohl unnötig, Euch zu sagen, warum ich Euch herkommen ließ, lieber Freund.«

»Weil ich mich am französischen Hof gut auskenne?«, fragte Antonio scheinbar verlegen, doch in Wahrheit wusste er genau, aus welchem Grund er einbestellt worden war.

»So ist es. Und wegen Eurer nicht unbedeutenden diplomatischen Fähigkeiten. Seid Ihr nicht außerdem auch derjenige, der die Spione der Serenissima unter seiner Aufsicht hat und befehligt? Wer also könnte mich besser über das unterrichten, was gerade vor sich geht?«

»Ich verstehe.« Natürlich! Der Doge verstand es immer, auf sehr subtile Art, ihn auf seine Pflichten hinzuweisen und auf das, was er von ihm erwartete. Um die Wahrheit zu sagen, war dieser Auftrag für ihn ein Glücksfall; er nützte ihm in vielerlei Hinsicht, auch weil er im Laufe der Zeit begriffen hatte, dass Informationen eine Macht verliehen, die die Macht aller Königreiche, Republiken und Herzogtümer bei Weitem übertraf, denn diese waren untereinander uneins und unfähig, sich in auch nur irgendeiner Form zusammenzuschließen. Informiert zu sein bedeutete hingegen, über die Möglichkeiten und die Fähigkeiten zu verfügen, eine Neuigkeit schneller, umfassender und treffender zu erfahren als alle anderen. Durch ein dichtes Spionagenetz und den geschickten Einsatz der geflügelten Himmelsbewohner hatte Antonio sein Vermögen aufgebaut, obwohl seine übrige Familie, die nicht weniger als zwei Päpste hervorgebracht hatte und mit einem dritten verschwägert war, inzwischen in Ungnade gefallen war. Er hingegen war, in seiner fast klösterlichen Einsamkeit – denn Frauen waren, so wunderbar sie auch sein mochten, für einen Mann der Ursprung der Schwäche und des Verderbens –, vielleicht der einzige Condulmer, der imstande war, eine bedeutungsvolle Stellung in der Serenissima Repubblica von Venedig zu erreichen. In der Tat wandte sich der Doge heute mehr denn je an ihn.

»Wie ich schon sagte, Eure Fähigkeiten werden uns von großem Nutzen sein, angesichts dessen, dass das Herzogtum Mailand uns um eine Audienz ersucht hat.«

»Ich werde mein Bestes geben, Eure Durchlaucht.«

»Daran habe ich keinen Zweifel. Ludovico il Moro hat seinen vertrautesten Berater geschickt, Bartolomeo Calco. Und da er gerade in der Stadt ist, habe ich auch Piero de' Medici dazugebeten.«

»Mailand und Florenz also.«

»So ist es. Auch wenn der Florentiner Spross übel aus der Stadt gejagt wurde, die einmal seine war.«

Antonio Condulmer wusste genau, was dem Sohn von Lorenzo il Magnifico widerfahren war. »Ich habe davon gehört. Man hat ihn vertrieben, wenn ich es richtig verstanden habe. Ich war vor ein paar Tagen in Florenz.«

»Tatsächlich? Ihr wart in Florenz? Gut für Euch, mein Freund. Dann wisst Ihr also bereits, dass Piero de' Medici verbannt wurde. Man sagt, dass, während er die Porta San Gallo passierte, die Stadt über seinen Palazzo in der Via Larga herfiel. Er und seine Familie drohten gelyncht zu werden.«

»Wenn Ihr erlaubt, Eure Durchlaucht, ich habe in Florenz noch Schlimmeres entdeckt«, sprach der Herr der Spione.

»Ach wirklich? Was denn?«, fragte Agostino Barbarigo ungläubig.

»Ich erlebte zum Beispiel, wie Pater Savonarola eine seiner Predigten im Dom hielt, und seine Worte waren durchtränkt von einem süßen Gift. Zwar hatte es den Anschein, als rufe er zu einer Rückkehr zur Moral auf, doch wiegelte er die Männer und Frauen mit solchem Nachdruck zu derart unnachgiebiger religiöser Strenge auf, dass es schon nach Fanatismus aussah.«

»Ich kann Eure Befürchtungen nachvollziehen«, gab der Doge zu. Er schwieg einen Moment und gab damit dem Schwerwiegenden des Geschilderten noch mehr Gewicht. »Nun gut«, sprach er weiter, »lassen wir also unsere Gäste eintreten. Lasst uns herausfinden, ob es möglich sein wird, eine gemeinsame Linie zu finden, die, wenn auch vielleicht nicht zu einer Allianz, so doch zumindest zu irgendeiner Übereinkunft führen kann, die es uns ermöglicht, uns gegen den schlimmsten Feind, dem wir hier seit Langem gegenüberstehen, zusammenzuschließen.«

Mit einem Zeichen bedeutete der Doge der Palastwache, die beiden Gäste hereinzubringen.

Piero de' Medici war besorgt. Auf seiner Flucht aus Florenz war er nur mit knapper Not dem Wüten seiner Mitbürger entkommen. Von den Oberen geächtet und nach Bologna verbannt, hatte er sich nach Venedig begeben, wo er sich in einem seiner dortigen Palazzi verschanzt hatte. Hier hatte er versucht, die Einzelteile zusammenzusetzen. Mit etwas Mühe konnte er sich sogar einreden, dass sein Schicksal dem seines Urgroßvaters Cosimo glich. Aber Piero wusste, dass das auch schon der ganze Trost war. Er sah keine Chance, in absehbarer Zeit in seine Stadt zurückzukehren. Erst recht, wenn man bedachte, dass dieser verdammte Ordensbruder mit jedem Tag an Macht gewann. Savonarola hatte die Medici mit Beharrlichkeit besiegt. Er hatte abgewartet, aber sich niemals geschlagen gegeben. Als dann Il Magnifico gestorben war, waren seine Predigten feuriger geworden, von der Kanzel herab hatte er gewettert. Und wie der stete Tropfen, der schließlich den Stein höhlt, war es ihm am Ende gelungen, den Sieg davonzutragen.

Gewiss, es war Karl VIII. gewesen, der den Sieg für sich beansprucht hatte. Doch die Klugheit eines Mannes zeigt sich daran, wie gut er in der Lage ist, das Beste aus den Gelegenheiten zu machen, die sich ihm bieten.

Piero schnaubte. Zumindest diese Zusammenkunft im Dogenpalast gab ihm Hoffnung. Venedig war den Medici immer freundschaftlich verbunden gewesen. Vielleicht nicht unbedingt gegenüber Florenz, aber wie dem auch sein mochte, vielleicht ergab sich aus dieser Einladung eine willkommene, wenn auch unsichere Perspektive. Piero hatte das Gefühl, dass etwas Wichtiges geschehen könnte. Die Anwesenheit eines anderen Mannes, der wie er im Vorzimmer wartete, schien dieses Gefühl zu bestätigen. Ganz offensichtlich handelte es sich um einen Gesandten oder einen Berater bei Hofe. Über seinem Wams trug er einen schweren Mantel in dunklem Rot und um den Hals eine dicke, glänzende Goldkette. Sein Blick war offen und ehrlich, auf dem wohlfrisierten Haar saß eine Kappe aus weichem Samt.

Sie hatten einander mit einem Kopfnicken begrüßt, ohne sich eingehender vorzustellen, das wollten sie dem Dogen überlassen.

Nachdem er den anderen Gast in Augenschein genommen hatte, hatte es sich Piero daher zum Warten auf einem Polstersessel bequem gemacht.

Er war mit einer Peata, einem typisch venezianischen Lastenkahn, gekommen, und war beeindruckt vom kalten Nebel, der die Lagune einhüllte. Diesen speziellen weißen Dunst, der sich so kalt anfühlte wie ein Leichentuch und aus dem ganz unverhofft die Fassaden der Palazzi auftauchten wie in einer nordischen Sage, nannten die Venezianer *Caìgo*, hatte ihm Sante, der Bootsmann, erklärt.

Dieser Begriff hatte sich dem jungen Medici eingeprägt, und er wiederholte ihn in einer merkwürdigen Art von Gedankenkarussell; vielleicht lag es am Warten, vielleicht lag es aber auch an der eigenwilligen Faszination des Venezianischen, das so wirkte, als würden alle Einwohner der Serenissima in Zauberformeln sprechen. Wie verschieden es doch vom Florentinischen war, dachte er.

So oder so, dem Anschein nach hatte das Warten ein Ende. Eine Wache trat auf ihn zu und bedeutete ihm einzutreten. »Der Doge Agostino Barbarigo erwartet Euch.«

Der Mann überließ ihm den Vortritt. Piero war sicher, dass er ihn kannte.

Und so geschah etwas, das er niemals erwartet hätte. Antonio träumte nicht. Der wichtigste Berater von Ludovico il Moro und Piero de' Medici betraten gemeinsam den Audienzsaal des Dogenpalastes. Einer nach dem anderen. Damit waren sozusagen Mailand, Venedig und Florenz unter einem Dach versammelt. Antonio hätte nicht sagen können, ob das jemals zuvor vorgekommen war, doch nun war es so. Einen Augenblick lang schien es ihm, als gebe es einen Funken Hoffnung.

Der Doge, wie immer ein Mann von großem Pragmatismus, ging sofort zur Vorstellung über.

»Signori, in meiner Eigenschaft als Doge von Venedig habe ich die Ehre, Euer Gastgeber zu sein. Ganz besonders danke ich Messer Piero de' Medici, heute zu uns gekommen zu sein, obwohl dies für ihn keine schöne Zeit ist.«

An den Florentiner gewandt fuhr er fort: »Ich möchte Euch vielmehr meine Bestürzung über das Geschehene zum Ausdruck bringen. Ich glaube jedoch fest an Eure baldige Rückkehr nach Florenz.« Dann richtete er den Blick auf den anderen Gast und fuhr fort: »Ich bin glücklich über die Anwesenheit von Messer Bartolomeo Calco, dem obersten Berater des Herzogs von Mailand. Dieser Umstand verspricht uns große Aussicht auf Erfolg bei unserem Vorhaben.« Die Edelmänner tauschten zum Gruß einen Blick. »Und nun, meine werten Gäste, möchte ich Euch Antonio

Condulmer, meinen Vertrauensmann und Gesandten am französischen Hof, vorstellen. Ich übergebe ihm das Wort.« Während Bartolomeo Calco und Piero de' Medici sich verneigten, um sich dann zu setzen, legte Antonio die in Frage stehenden Punkte dar. »Signori, erlaubt mir die Bemerkung, dass Eure Anwesenheit in der Tat ein gutes Vorzeichen für die Zukunft ist, insbesondere angesichts dessen, was gerade auf unserer in Aufruhr befindlichen italischen Halbinsel geschieht. Ich möchte nicht versäumen anzumerken, dass wir alle den französischen König unterschätzt haben. Ich will an dieser Stelle gar nicht nach den Gründen suchen, die uns alle zu unterschiedlichen Einschätzungen gebracht haben. Mir genügt es zu wissen, dass wir uns heute hier im Audienzsaal des Dogenpalastes befinden. Dabei scheint es mir offenkundig, dass der Grund dafür im Vorsatz besteht, eine gemeinsame Linie des Handelns zu finden, mit der wir hoffentlich einer Allianz näher kommen, wenn nicht gar eine schließen, oder die uns zumindest zu einer gemeinsamen Absichtserklärung führt. Doch nun zum aktuellen Konflikt. Es wird Euch nicht entgangen sein, dass der König der Franzosen mit der ihm eigenen Raserei jedes Heer vernichtet hat, das sich ihm entgegenstellte, und dasselbe gilt für jede Ansiedlung, die versucht hat, Widerstand zu leisten.«

»Seine Kanonen machen den Unterschied, und die Grausamkeit seiner Soldaten ist bereits legendär«, merkte Calco an.

»Allerdings«, pflichtete Condulmer bei.

»Aus diesem Grund habe ich es vermieden, mich den Streitkräften Karls VIII. entgegenzustellen«, ergänzte Piero.

»Aus Sorge um meine Stadt. Ich wollte sie retten. Meine

Mitbürger jedoch haben das zum Anlass genommen, mich und meine Familie aus der Stadt zu jagen.«

»Ich verstehe. Und ich muss sagen, dass mich diese Tatsache sehr erschüttert hat, Messer de' Medici. Doch ich bin wie Seine Durchlaucht der Meinung, dass diese Situation, so schrecklich sie auch ist, nicht lange andauern wird. Man hat schon einmal versucht, Euch aus Florenz zu vertreiben, und Ihr seid stärker als zuvor zurückgekehrt.«

»Das ist richtig. Wollen wir also hoffen, dass dieses Treffen das beste Vorzeichen für künftige Allianzen ist.«

»Das ist unser Wunsch. Auch, weil die Situation von Tag zu Tag dramatischer wird. Und ich sage Euch noch etwas: Wir gehen davon aus, dass der Pontifex Widerstand leisten will. Sollte er das tun, würde Rom dem Erdboden gleichgemacht und bis auf die Grundmauern niedergebrannt.«

Calco ergriff nun das Wort. »Mit Verlaub, Eure Durchlaucht, an der Stelle möchte ich gern die Haltung Mailands in der derzeitigen Situation erläutern.«

»Das haben wir gehofft«, erwiderte der Doge Barbarigo.

»Nun«, fuhr Calco fort, »wie Ihr wisst, hat Ludovico il Moro den Vormarsch Karls VIII. unterstützt, denn es war die einzige Möglichkeit zu verhindern, dass unsere Stadt verwüstet würde. Mir ist bewusst, dass sich das nach einer schlechten Ausrede anhört, aber es ist die Wahrheit. Mailands militärische Ressourcen hätten niemals ausgereicht, um es mit dreißigtausend gut ausgebildeten, mit mörderischen Kanonen ausgestatteten Männern aufzunehmen. Wie Ihr Euch gut vorstellen könnt, hätte Mailand aufgrund seiner geografischen Lage den ersten und besonders mörderischen Angriff zu ertragen gehabt. In gewisser Weise unterscheidet sich das Verhalten Mailands nicht sehr von dem des Herrn über Florenz, wenn mir die Bemerkung erlaubt ist.«

Piero de' Medici beschränkte sich auf ein Nicken, und Bartolomeo Calco fuhr fort: »Auf das jüngste tragische Ereignis, den Tod des jungen Gian Galeazzo Sforza, werde ich jetzt nicht eingehen. Das ändert nichts daran, dass die Situation bereits jetzt intolerabel ist, denn alles deutet darauf hin, dass die gesamte Halbinsel unter das französische Joch zu geraten droht, falls Karl VIII. Neapel erreichen sollte.«

»Auch weil Alfons von Aragón weder über Männer noch über die nötigen Mittel verfügt, dem Invasoren Widerstand zu leisten«, bestätigte Condulmer.

»Und noch etwas will ich Euch mitteilen. So wie es aussieht, denken die Aragonesen über eine Flucht nach.«

»Das hatten wir befürchtet.«

»Caterina Sforza hat es uns bestätigt. Sie hatte Ferrantino, Alfons' Sohn, ihre Unterstützung zugesagt in der Erwartung, dass Karl durch die Romagna marschieren würde. Doch als der König sich entschied, seinen Weg über Florenz zu nehmen, zog sich der Aragonese, weit davon entfernt, in die Schlacht zu ziehen, zurück und begründete dies damit, dass seine Anwesenheit in Neapel erforderlich sei. Die Herrin über Forlì stellte auch fest, dass Ferrantino sich anschickt, das Zepter von Aragón zu übernehmen. Unsere Spione haben uns ferner berichtet, dass Alfons nicht imstande wäre, die Verteidigung zu führen.«

»Also wäre der junge Prinz von Aragón zumindest die bessere Wahl«, entgegnete Condulmer.

»Natürlich. Doch kann ein junger unerfahrener Mann wohl einem Heer von dreißigtausend Mann standhalten, das mit den furchtbarsten Kanonen aller Zeiten vorrückt?«

»Wohl nicht.«

»Was also sollen wir tun?«, fragte Piero de' Medici.

Der Doge erhob sich. »Eine antifranzösische Liga gründen, meine Freunde, und ein Heer aufstellen.«

»Das braucht seine Zeit«, sagte Calco.

»Selbstverständlich«, erwiderte der Doge, »aber wenn Ludovico il Moro einverstanden ist und Messer de' Medici uns wenigstens von außen unterstützen kann, denke ich, können wir verdeckt arbeiten und in ein paar Monaten so weit sein.«

»In ein paar Monaten? Bis dahin werden die Franzosen Neapel bestimmt ausgelöscht haben«, versetzte der Mailänder Berater bitter.

»Und? Habt Ihr eine bessere Alternative?«, wollte der Doge wissen.

»Leider nein.«

»Also teilt Eurem Herrn mit, dass Venedig bereit ist, ein Heer auszuheben und mit ihm und mit Unterstützung der Medici gegen Karl VIII. in den Krieg zu ziehen. Davon abgesehen habe ich den Eindruck, dass die Zahl unserer Verbündeten im Laufe der Monate zunehmen wird.«

»Das denke ich auch«, schloss sich Bartolomeo Calco an.

»Nun geht, Signori«, sagte der Doge und verabschiedete den Mailänder Gesandten und Piero de' Medici. »Wir werden uns so bald wie möglich wiedersehen, um die Einzelheiten des Abkommens zu besprechen.«

20. Verführung

Kirchenstaat, Rocca di Pesaro

Giovanni schaute Lucrezia an. Sie war wirklich eine atemberaubende Schönheit. Aber er hatte bei seinem Besuch in ihren Gemächern nicht mit solcher Angriffslust gerechnet: Bei anderer Gelegenheit hatte sie ihm bereits zu verstehen gegeben, dass sie genommen werden wollte, doch er hatte sich immer zurückhalten können. Nicht, weil er sie nicht begehrt hätte, sondern weil er guten Grund dazu hatte. Die Angst hatte stets das Verlangen besiegt.

An diesem Abend jedoch schien es unmöglich, ihr zu widerstehen.

Lucrezias Gesicht war wie Schnee. Von heller, fast blasser Haut und doch lieblich, und strahlend durch das dunkle Blau ihrer Augen. Die glänzenden tiefroten Lippen waren nie begehrenswerter; ihr zarter Schwung vollendete die Vollkommenheit ihres Gesichtes. Sie waren zart benetzt, denn Lucrezia hatte gerade Trauben gegessen. Als wollte sie ihn noch mehr reizen, nahm sie mit ihren alabasterweißen Fingern eine dunkle Weinbeere und führte sie zum Mund. Ohne den Blick von ihm abzuwenden, nahm sie die Frucht zwischen die Lippen, saugte ein wenig daran und zerbiss sie dann mit ihren strahlend weißen Zähnen.

Giovanni war von diesem Anblick gefesselt und völlig in den Bann geschlagen, unfähig sich zu wehren. So musste es den Seeleuten ergangen sein, wenn sie den Gesang der Sirenen vernahmen. Das lange Hemd aus changierendem Stoff legte sich zart wie eine Wolke um die kleinen weißen Brüste. Lucrezia gewährte Einblick in ihren Ausschnitt, sodass man den zarten Kurven folgen und die rosigen Knospen ahnen konnte, deren Spitzen sich in erkennbarer Erregung aufrichteten. Sie hatte begonnen, sich zu liebkosen und schob sich die Finger zwischen die entblößten Schenkel, während sie weiter auf dem Bett kniete und ihren Gemahl unverwandt ansah.

Giovanni meinte, er müsse verrückt werden. Er konnte nicht länger widerstehen und trat zu ihr, getrieben von einem alles verzehrenden Verlangen, das den letzten Rest seines Willens auslöschte.

Lucrezia war atemberaubend schön.

Er legte das Wams ab und zog das Hemd aus. Als er ihre Finger auf der nackten Brust spürte, war es, als stünde seine Haut in Flammen.

Lucrezia hatte die völlige Kontrolle über jede seiner Handlungen. Es war, als wüsste sie genau, was er tun würde. Er fühlte sich ihr völlig ausgeliefert, und das machte das Vergnügen noch viel intensiver.

Er sah, wie sie sich die Hand auf den Bauch legte und sie dann hinabgleiten ließ. Sein Wille gehorchte ihm nicht mehr, und er überließ sich ihr ganz und gar.

»Warum habt Ihr so lange gewartet?«, fragte Lucrezia. Ihre großen leuchtenden Augen ließen sich nicht täuschen. »Bin ich für Euch nicht schön genug?«

Giovanni lachte auf. Sie hatte den Kopf auf seine Brust gelegt, und er genoss es, ihr zum Spaß zärtlich die weizenblonden Haare zu zerzausen. »Ich glaube, ich hätte mir keine attraktivere Frau wünschen können; um ehrlich zu sein, weiß ich gar nicht, wie ich zu solch einem Glück gekommen bin.« Lucrezia hob den Kopf und sah ihn an. »Ist das Euer Ernst?«

»Natürlich.«

»Und warum seid Ihr mir dann bis heute immer aus dem Weg gegangen?«

Giovanni seufzte. Dann gab er widerstrebend zu: »Weil ich ein Feigling bin.«

»Im Ernst? Aber wieso?« In ihr reifte der furchtbare Verdacht der letzten Tage zur Gewissheit heran. »Hat Euch jemand bedroht?«, fragte sie mit hauchdünner Stimme.

Giovanni hüllte sich scheinbar ewig lang in Schweigen. Es war zu merken, dass es ihn große Überwindung kostete, den wahren Grund für sein Verhalten zu nennen. Schließlich tat er es doch: »Euer Bruder«, sagte er knapp. »Auch wenn es meinen Stolz verletzt, das zuzugeben, muss ich gestehen, dass ich Angst hatte.«

Lucrezia sah ihn eindringlich an und nickte. »Es war sehr klug von Euch, Angst zu haben. Fühlt Euch deswegen nicht schlecht. Vor Cesare sollte jeder Angst haben.«

»Mag sein. Auch wenn mich das nicht im Geringsten rehabilitiert. Ihr seid wahrhaftig großmütig, dass Ihr meine Entscheidung rechtfertigt, doch deswegen fühle ich mich trotzdem gleichermaßen erniedrigt wie feige.«

»Sagt so etwas nicht. Das stimmt doch nicht. Versucht die Frage außerdem einmal aus einem anderen Blickwinkel zu betrachten: Nun habt Ihr mich.«

»Das ist wahr.«

»Was kümmert es Euch also? Ihr werdet Eure vermeintliche Unzulänglichkeit vergessen, sonst werde ich dafür sorgen.«

»Darauf baue ich.« Giovanni lächelte.

»Jedenfalls gibt es nur eine Waffe, die ich bei Cesare anwenden will. Die einzige, die funktioniert, und zwar immer schon.«

»Und das wäre?«

»Die Tatsache, dass er meinem Willen nie widerspricht. Und, Giovanni, das müsst Ihr mir glauben, das was ich will, seid Ihr. Auch jetzt gerade. Ich will Euch wieder und wieder, die ganze Nacht lang.«

Mit diesen Worten näherte sie ihre Lippen den seinen und ließ ihre Zunge sich mit seiner vereinen. Giovanni umfing sie in einer zärtlichen Umarmung, doch sie entwand sich ihm, bedeckte seine Brust mit Küssen und machte sich erneut daran, ihn zu verwöhnen.

21. Unsicherheit

Königreich Neapel, Castel Nuovo

Eilig war Ferdinand zurückgekehrt. Er hatte eine Reihe von Dingen überprüft. Er hatte sich vergewissert, dass die Verteidigungsanlagen in drei Tagen einsatzbereit sein würden, er hatte die Männer überprüft und sich vom perfekten Zustand der Verteidigungsmauern überzeugt. Er hatte die Bauern ermahnt, dafür zu sorgen, dass die Kornspeicher voll waren, er war nicht müde geworden zu betonen, dass große Mengen an Vorräten und Verpflegung eingelagert werden müssten, denn nur so würden sie die Belagerung überstehen können. Er wusste, dass Karl VIII. nicht lange auf sich warten lassen würde. Bis Weihnachten würden sie vielleicht noch durchkommen, aber spätestens zu Beginn des neuen Jahres wären die Franzosen bestimmt da.

Was ihn jedoch wirklich beunruhigte, war zu hören, dass nicht wenige neapolitanische Barone dabei waren, die Dämonen der Unsicherheit und der Rebellion zu nähren. Die beschwichtigten Aufwallungen des Blutes von vor wenigen Jahren machten sich erneut bemerkbar, erst recht jetzt, wo dieser König, der einen bedeutenden Anteil an den Schikanen hatte, die den Adeligen seinerzeit zugemutet wurden, sich schwach zeigte und sich ganz auf ihn, seinen jungen und unerfahrenen Sohn, verließ. Er mochte zwar sein Bestes geben, fürchtete aber, für einen Erfolg nicht garantieren zu können.

Als er schließlich ankam, war Ferdinand schweißnass und schlammbedeckt.

Sobald er den Thronsaal betreten hatte, der leer war wie der Himmel dieses eisigen und erbarmungslosen Herbstes, erblickte er seinen Vater. Ferdinand hatte nicht erwartet, ihn in dieser Verfassung vorzufinden: In einen schweren Mantel mit Pelzkragen gehüllt, zitterte er wie Espenlaub. Und er zitterte nicht vor Kälte.

Angst fraß ihn Stück für Stück auf. Seine Augen hatten dunkle Ränder, er war müde, spindeldürr und ausgezehrt vom Warten und von der Furcht, und er war sich bewusst, dass er den Anforderungen des Augenblicks absolut nicht gewachsen war.

Ferdinand konnte nicht glauben, dass der Mann, den er vor sich hatte, der König von Neapel war. Er hatte Mitleid. Und empfand Scham. Es tat ihm weh, ihn so zu sehen, und er wusste, wie sehr seine Mutter früher versucht hätte, ihn daran zu erinnern, wer er war. Doch auch sie hatte sich mittlerweile ergeben.

Das Schlimmste war, dass Alfons mit ganz anderen Dingen beschäftigt zu sein schien – als hätte er es völlig aufgegeben, sich mit der anstehenden Verteidigung der Stadt zu befassen.

»Ihr stinkt, Ihr seid bedeckt mit Schweiß und Schlamm und taucht so vor mir auf?«

Bei diesen Worten verlor Ferdinand die Geduld. »Ja, ich stinke«, brüllte er aus Leibeskräften, »ich bin von Sonnenaufgang bis zu ihrem Untergang geritten, ich habe die Laufgräben, die Strebemauern und die Verteidigungsanlagen inspiziert, ich habe die Vorräte an Lebensmitteln und Verpflegung und die Verfassung der Männer überprüft. Ich hatte keinen Augenblick Ruhe, deshalb ist es so, wie Ihr sagt. Aber einer muss ja den Anschein erwecken, als sei er der Herr über diese Stadt, meint Ihr nicht?« Er schleuderte den Helm auf den Boden. Laut polternd knallte das Eisen der Sturmhaube auf den Marmor.

Der König erbleichte. Er schien zumindest noch blasser zu werden, als er ohnehin schon war. Er riss die Augen auf, als könne er den Zorn seines Sohnes nicht fassen. »Wie könnt Ihr es wagen, so mit Eurem Vater zu sprechen, Ferdinand?«

»Wie ich es wagen kann? Habt Ihr mir zugehört? Meine Mutter hat es inzwischen aufgegeben, mit Euch zu sprechen, und ich kann es verstehen. Ihr seid ein Schatten des Mannes, der Ihr einmal wart, und Ihr lasst keine Gelegenheit aus, um diese Schwäche zur Schau zu stellen. Das Verrückte daran ist, dass Ihr überhaupt nicht krank seid, Ihr habt nicht die geringste Beeinträchtigung.«

»Sprecht nicht in diesem Ton mit mir! Ich bin Euer Vater. Und vor allem bin ich der König!«

»Ah, nun fällt es Euch wieder ein, richtig? Schön! Ihr sollt wissen, mein König, dass sich die Barone hinter Eurem Rücken verschwören und das Volk Angst hat. Karl VIII. hat Kanonen von einer Schlagkraft, die wir uns nicht einmal vorstellen können. Unsere Flotte wurde in Rapallo vernichtet, und sosehr ich mich auch darum bemühe, die Armee zu vergrößern – sogar Kinder habe ich rekrutiert –, werden wir nicht einmal die Hälfte der Zahl seiner Männer erreichen. Und Ihr wisst gut, aus welchem Holz diese Franzosen sind. Von den Schweizern erst gar nicht zu sprechen, diesem blutdürstigen Bergvolk, das gegenüber nichts und niemandem Erbarmen hat. Die Feinde stehen innerhalb und außerhalb des Reichs. Und Ihr, was unternehmt Ihr, um die Angst einzudämmen, die sich Tag für Tag wie die Pest in der Stadt ausbreitet? Habt Ihr Euch auch nur ein einziges Mal Euren Untertanen gezeigt? Habt Ihr versucht, die Rüstung anzulegen, und wenigstens einmal die Rolle einzunehmen, die Euch von Rechts wegen zukommt?«

»Ferdinand, Ihr versteht das nicht ...«

»So ist es! Da habt Ihr recht, das verstehe ich nicht! Oder vielleicht verstehe ich es nur allzu gut«, schloss er bitter.

»Neapel ist bereits verloren ...«

»Das ist es, was ich an Euch nicht ertrage! Dass Ihr es nicht einmal versucht! Ihr habt bereits aufgegeben, bevor Ihr überhaupt angefangen habt.«

»Nein, mein Sohn. Ihr seid es, der hier etwas nicht versteht. Die Gesichter meiner getöteten Feinde verfolgen mich jede Nacht. Ich kann nicht schlafen, weil sie mich ansehen, mich anklagen und lachen bei dem Gedanken, dass mich Karl VIII. nun vernichten wird. Ich zahle für all das Böse, das ich getan habe, dass ich meinen Vater aufgehetzt habe, blutrünstig und erbarmungslos gewesen bin. Nun ist es zu spät, um Güte und Barmherzigkeit vorzugeben; um zu hoffen, dass die Feinde von einst vergessen haben könnten, was ich ihnen angetan habe«, sagte Alfons mutlos. »Ich war jung und habe Fehler gemacht. Jetzt, nachdem Jahre vergangen sind, ernte ich, was ich gesät habe. Aber Ihr, Ferdinand, verdient etwas Besseres als das, was mich erwartet. Euch trifft keine Schuld. Ihr wäret ein guter König. Euer

Unglück ist es, mein Sohn zu sein. Aber eines kann ich noch für Euch tun, das einzige Gute, das ich tun kann ...«

»Ach wirklich, Vater? Und was wäre das?«, fragte Ferdinand, der diesem merkwürdigen Redeschwall, der den ganzen Wahnsinn in Alfons' Kopf widerspiegelte, nicht recht Glauben schenken mochte.

»Aber natürlich! Es gibt etwas, das ich für Euch tun kann.«

»Sprecht!«, schrie Ferdinand, der dieses seltsame Rätselraten nicht länger ertrug.

»Nun gut, mein Sohn: Ich kann Euch zum König ernennen.«

»Mich zum König ernennen?«

»Das sagte ich. Denkt doch mal darüber nach, es wäre perfekt. Mit Euch hätte Neapel eine echte Chance!«

»Aber ...«

»Ich verstehe Euer Zögern, aber ich glaube, das ist die beste Lösung, mehr noch, die einzige Lösung, um die Wahrheit zu sagen.« Alfons schüttelte den Kopf. »Ich bin müde«, gestand er. »Etwas in mir ist schon vor langer Zeit zerbrochen. Und ist nicht mehr geheilt. Eure Mutter weiß das. Und sie würde meine Entscheidung gutheißen. Fürchtet Euch nicht, wir stehen Euch nahe, aber Ihr seid jung, schön und stark. Mein Vater sagte mir einmal: Neapel kann man nicht beherrschen, man muss es verführen. Wie eine wunderschöne Frau. Daher will ich Euch heute sagen, dass es Karl VIII. nicht leicht haben wird, selbst wenn er uns besiegen sollte. Wie schon andere vor ihm glaubt er, er könne sich diese Stadt mit Gewalt nehmen. Sie zähmen zu können wie ein wildes Pferd. Aber so wird man nicht König von Neapel, glaubt mir. Es ist richtig, um sie zu kämpfen. Aber nur, wenn man sie dann tief und aufrichtig liebt. Wenn man imstande ist, ihre Schönheit zu würdigen, ihren langsamen und schaukelnden Rhythmen zu folgen, die wahre Natur ihrer Bewohner zu verstehen. Wenn man dazu nicht bereit ist, dann soll man es lassen. Denn dann werdet Ihr sie Euch niemals wirklich zu eigen machen können.«

Ferdinand hörte, was sein Vater sagte. Er begriff den Sinn der Worte nicht völlig, doch er fühlte, dass Alfons diese Stadt besser verstanden hatte als irgendjemand sonst und dass sich in seinem sonderbaren Monolog die Seele Neapels enthüllte.

»Einverstanden«, sagte er schließlich. »Wenn das Euer Wunsch ist, dann stehe ich bereit, wann immer Ihr mir den Thron überlassen wollt.«

»Sehr gut«, sagte sein Vater und lächelte zum ersten Mal an diesem Abend.

22. Pläne für eine Lösung

Kirchenstaat, Engelsburg

Dieser Mistkerl hat gedroht, mit seinen Kanonen die Engelsburg unter Beschuss zu nehmen! Vater, ich weiß, wie schwierig das für Euch ist, aber wir müssen eine Lösung finden.« Cesare Borgia war voller Groll und unterdrückter Wut, und das hatte mit der völligen Machtlosigkeit zu tun, der er ausgesetzt war. Wenn nur jemand den Mumm gehabt hätte, diesen elenden Herrscher aufzuhalten, dem alle Tür und Tor öffneten! Und dabei hätte er es so gern versucht – wäre er nicht dazu verdonnert worden, Kardinal zu werden.

»Ich weiß, Cesare. Die Lage ist verzweifelt. Während wir hier miteinander reden, trifft dieser Bastard alle mir feindlich gesinnten Kardinäle im Palazzo San Marco. Colonna, Della Rovere, Sforza, pah«, sagte der Papst angewidert. »Sie träumen von einem Konzil, um mich abzusetzen. Aber das können sie nicht. Sosehr sie mich auch hassen mögen, wissen sie doch genau, dass ich ganz regulär vom Konklave gewählt wurde. Wenn sie nicht selbst diejenigen sein wollen, die ein neues Schisma herbeiführen, sollten sie sich in Acht nehmen.«

»Die Franzosen haben ihr Lager links des Tiber aufgeschlagen, Vater. Es ist eine Frage von Tagen, bis die Soldateska sich in Schändungen und Plünderungen ergeht. Die Stimmung ist aufgeheizt, die Luft ist geschwängert von Gewalt. Der kleinste Vorfall kann genügen, um ein Inferno zu entfesseln. Wir müssen einen Weg finden, mit dem dafür gesorgt ist, dass Karl auf der Stelle nach Neapel zurückkehrt.«

»Zweimal ist Robert Briçonnet zu mir gekommen, und zweimal habe ich ihn fortgeschickt.«

»Was wollte er?«

»In erster Linie den Prinzen Cem. Er behauptet, dieser sei der perfekte Verbündete, um im Heiligen Land Jerusalem zu befreien und Bayezid zu stürzen.«

»Glaubt Ihr wirklich, dass Karl zu einem neuen Kreuzzug aufrufen will? Und dass Cem sich mit den Christen verbünden würde?«

»Ganz bestimmt nicht. Ich habe Briçonnet das ganz klar gesagt, doch offenkundig lügt er. Sollte ich ihm den Prinzen jemals ausliefern, wäre die einzige Gewissheit, die ich dabei hätte, die, die fünfundvierzigtausend Scudi zu verlieren, die mir der Sultan jährlich dafür zahlt, dass der Prinz in Sicherheit ist.«

»Verstehe. Im Verhältnis zur Rettung Roms erscheint mir diese Summe jedoch recht gering.«

»Natürlich. Aber wie ich Euch schon gesagt habe, ist das nicht allein eine Frage des Geldes. Ich stimme mit Euch überein, dass dies kein unüberwindbares Problem wäre. Das fehlte noch! Aber wir dürfen nicht vergessen, dass es für den Prinzen Cem sehr wahrscheinlich den sicheren Tod bedeuten würde, wenn wir ihn den Franzosen aushändigten.«

»Und wenn es so wäre? Was sind wir ihm denn schuldig?«, beharrte Cesare.

»Was soll das heißen? Ich bin immer noch der Papst! Ich wundere mich über Euch! Ich soll einen Menschen skrupellosen Kriegern aushändigen, die bereit sind, ihm die Kehle durchzuschneiden? Für wen haltet Ihr mich? Glaubt Ihr, ich würde ihn benutzen *wollen*, um den derzeitigen Sultan zu stürzen, und mich so zum Komplizen einer Verschwörung machen, die das fragile Gleichgewicht zwischen dem Okzident und dem Osmanischen Reich gefährdet? Das kann ich mir nun wirklich nicht erlauben! Karl VIII. hat nicht die geringste Absicht, zu einem Kreuzzug aufzurufen; und selbst wenn er es ernst gemeint hätte, ist ein Kreuzzug derzeit das Letzte, was wir brauchen können. Seine Behauptungen sind so schamlos gelogen! Aber das ist noch nicht alles«, fuhr der Papst fort, »denn Briçonnet hat mich um noch etwas gebeten.«

»Und zwar?«

»Ihr sollt in der Eigenschaft als päpstlicher Legat den König nach Neapel begleiten.«

»In dem Fall wäre ich mehr oder weniger eine Geisel.«

Der Pontifex nickte.

»Und wenn es während der Reise einen Zwischenfall gäbe?«

»Was für einen?«, fragte Alexander VI., in seiner Stimme schwang Überraschung mit.

»Wenn es mir zum Beispiel gelänge zu fliehen?«

»Das wäre großartig. Aber wie? Seid Ihr sicher, dass Ihr ein solches Risiko eingehen wollt? Ich möchte mir nicht einmal vorstellen, was dieser Bastard von einem König mit Euch anstellen könnte, sollte man Euch wieder aufgreifen!«

»Genau deshalb muss die Flucht bestmöglich organisiert sein. Überlasst das nur mir, Vater. Es wird leichter sein zu lügen, wenn Ihr die Einzelheiten nicht kennt, sollte Karl Euch vorwerfen, Ihr wüsstet, wohin ich geflohen bin. Denn so wird es kommen.«

»Ich würde mein Einverständnis geben, wenn ich nicht Angst um Euch hätte. Ich habe das Gefühl, dass wir den vermaledeiten Franzosen unterschätzen.«

»Vertraut mir.«

Der Papst seufzte. »Gut, das werde ich tun.«

»Gebt mir nur ein paar Tage, um meinen Plan zu perfektionieren, dann könnt Ihr den König treffen. Sagen wir bis zum Ende des Jahres. Dann könnt Ihr den Herrn einbestellen«, sagte Cesare verächtlich.

»In der Zwischenzeit könnte ich einen meiner Abgesandten schicken, er soll bekanntgeben, dass ich in drei Wochen bereit bin, ihn zu treffen.«

»Das erscheint mir unumgänglich. Auch um zu verhindern, dass er sich in irgendeiner Weise berechtigt fühlt, Gewaltakte gegenüber der Bevölkerung zu dulden oder dazu zu ermuntern.«

»Da habt Ihr recht, Cesare.«

»Auf diese Weise geben wir vor zu tun, was Karl will.«

»Er hat auch verlangt, Briçonnet zum Erzbischof von Saint Malo zu ernennen. Ich werde zustimmen. Ich werde das Konsistorium einberufen, auf diese Weise gewinnen wir Zeit.«

»Ausgezeichnet. So kann ich den perfekten Plan ausarbeiten. Sobald ich ihn umsetzen kann, werde ich in der Rocca di Spoleto Zuflucht nehmen.«

»Dein Cousin Juan Borgia Lanzol wird dich gerne beherbergen …«, sagte der Papst.

»Gewiss. Und wenn die Wogen sich geglättet haben, kehre ich nach Rom zurück, und dort werden wir dann sehen, was weiter zu tun ist.«

»In Ordnung. Wir werden auf Grundlage dessen entscheiden, was sich in Neapel ergibt.« Mit diesen Worten trat der Papst zu seinem Sohn.

Schließlich umarmte er ihn. »Cesare ... heute habt Ihr mich stolz auf Euch gemacht.«

»Mehr verlange ich nicht«, sagte der junge Kardinal. Im Innern platzte er fast vor Stolz, und zugleich spürte er eine scheue Hoffnung keimen: Wenn sein Vorhaben gelingen sollte, würde er seinen Vater vielleicht doch noch überzeugen, dass er ein großer Krieger sein könnte.

1495

23. Velletri

Kirchenstaat, Velletri

Der Empfang war geradezu königlich. Beim Eingang in die Stadt hatte Velletri sich geschmückt mit Triumphbögen präsentiert, auf deren imposantestem und prächtigstem stand: *Carolo Francorum Regi invictissimo honor et gloria* (Ruhm und Ehre Karl von Frankreich, dem siegreichsten aller Könige). Aus den Springbrunnen strömte Wein, Ritter und Edeldamen trugen ihre vornehmsten Kleider, und der Podestà hatte Karl VIII. mit größtmöglichem Pomp in der eigenen Burg empfangen. Der oberste Zeremonienmeister war Kardinal Giuliano della Rovere, Bischof von Velletri, der mit Eifer und nicht ohne Bangen dafür sorgte, dass Karl mit allem zufrieden war.

Aufgeblasen und eitel wie der französische König war, hatte ihm gefallen, wie man ihn in Velletri feierte. Das Mittagsmahl war nachgerade lukullisch, und sämtliche Begleiter des Herrschers hatten den Trinkgelagen gefrönt. Der Wein floss in Strömen, gefülltes Gebäck, Pasteten, Braten, Wildbret und gedünstetes Gemüse sorgten für alles Übrige.

Ähnliche Feierlichkeiten zogen sich bis in den Abend, und nachdem sich der König ein wenig von der Prasserei erholt hatte, empfing er Antonio Fonseca, den Botschafter der Majestäten von Spanien. Dem Gespräch wohnte auch Kardinal della Rovere bei.

Die Aufmerksamkeit war also weniger groß. Darauf hatte Cesare Borgia gebaut. Außerdem hatte er, noch bevor er im Gefolge des Königs aus Rom aufgebrochen war, dafür gesorgt, dass einige der Edelleute von Velletri, Freunde der Borgia, in Alarmbereitschaft waren, um ihm bei der geplanten Flucht behilflich sein zu können. Cesare reiste in Begleitung von Francesco dello Scacco, seinem persönlichen Stallburschen, und Michelotto, seinem Leibwächter, der in Situationen wie diesen immer bei ihm war. Letzterer war ein baumlanger Hüne; über dem Wams trug er eine Lederrüstung mit Ziernägeln. Sein Haar trug er lang, der Bart war ungepflegt, wie es sich für einen echten Schergen wie ihn gehörte.

Cesare wusste genau, dass er nichts anderes war als ein Gefangener, trotz des Titels des päpstlichen Legaten, den Karl VIII. sich für ihn ausgedacht hatte und der dem König in diesen Tagen des Marsches Anlass für Hohn und Spott geboten hatte.

Wie er ihn hasste! Doch das würde ihn teuer zu stehen kommen, dachte Cesare. Am Ende wäre er derjenige, der lachte.

Als ob er seine Gedanken erraten hätte, näherte sich Messer Lodovico Monticelli. »Eminenz, welche Freude, Euch zu treffen. Ich habe mich gefragt, ob es Euch interessieren würde, die Bibliothek der Burg zu besichtigen, bis der König sein Gespräch mit dem spanischen Botschafter beendet hat.«

Cesare, der nur darauf gewartet hatte, antwortete im gleichen Tonfall: »Ich wäre geehrt, Messer Monticelli.«

Dann machte er Michelotto ein kaum wahrnehmbares Zeichen, ihm zu folgen.

Messer Monticelli führte ihn durch lange Gänge des Kastells wie versprochen in eine beeindruckende Bibliothek. Viele Bücherbände und Kodizes füllten die bis zur Decke reichenden Regale. Nachdem er die Tür hinter sich geschlossen hatte, trat der Edelmann ohne zu zögern an eines der Regale und studierte die Buchrücken. Schließlich entschied er sich für einen in dunkelbraunes Leder geschlagenen Band und zog ihn heraus. Im selben Augenblick war ein mechanisches Geräusch zu hören, woraufhin sich das Regal von der Wand löste und einen Hohlraum freigab.

»Schnell«, sagte Messer Monticelli, »folgt mir.«

Cesare und Michelotto ließen sich das nicht zweimal sagen. Sie gelangten in einen Vorraum. Während ihr Komplize die Regaltür wieder schloss, bemerkte Cesare, dass jemand so umsichtig gewesen war, dort ein Bündel zu deponieren. Er fand darin die Kleidung eines Stallburschen.

»Zieht das an«, sagte Monticelli an ihn und Michelotto gerichtet. »Wir müssen uns beeilen.«

Rasch legte Cesare die Kardinalsrobe und den Mantel ab und zog die Kleider an. Michelotto tat es ihm nach.

»Gehen wir!« Messer Monticelli nahm eine Fackel aus einer Halterung an der Wand. Vom Vorraum aus gelangten sie auf eine Art Balustrade, von der aus eine recht schmale Treppe hinabführte. Monticelli ging voraus. Die Stufen waren steil und schienen ins Nichts zu führen. Das schwache Licht beleuchtete die Wände aus rauem Stein. Schließlich gelangten sie ganz nach unten, an einen Ort, der ein Geheimnis vermuten ließ. Doch Monticelli blieb nicht stehen. Er ging weiter. Die Fackel verbreitete einen schwachen Schein.

Cesare und Michelotto sahen im Vorbeigehen Zellen mit eisernen Gitterstäben. Sie stellten keine Fragen, sie wollten nur so schnell wie möglich wieder weg. Schließlich standen sie vor einer Zellentür. Monticelli nahm einen Schlüssel, der ihm an einer Kette um den Hals hing, und öffnete.

Ein Geruch nach Urin und Heu, gestampftem Boden und Stroh, Pferdegewieher war zu hören: Sie waren in den Ställen der Burg.

Messer Monticelli schloss die Tür und hob die Fackel an. Ein Mann stand wartend in einer Ecke. »Endlich«, sagte er leise und kam ihnen entgegen. »Eminenz, ich bin Giovanni Lerice, ich gehöre zu den Honoratioren von Velletri. Es ist mir eine Ehre, Euch helfen zu können.«

Cesare nickte.

Messer Lerice zeigte auf drei bereits gesattelte Pferde. »Und nun wollen wir aufsitzen. Ich werde Euch zum Stadttor führen, wo Euer Stallbursche auf Euch wartet.«

Als sie im Sattel saßen, wandte sich Cesare an Monticelli: »Danke für das, was Ihr getan habt, mein Freund. Mir wird bestimmt etwas einfallen, wie ich es Euch vergelten kann.«

»Ihr schuldet mir nichts, Eminenz. Denkt nur daran, Euch in Sicherheit zu bringen. Ich kehre dahin zurück, woher ich gekommen bin, um keinen Verdacht zu erwecken. Ihr seid jetzt in den guten Händen von Messer Lerice.«

Cesare verabschiedete sich mit einem Nicken. Dann presste er die Fersen in die Flanken seines Rosses, das sich in Bewegung setzte. Gemeinsam mit den anderen beiden verließ er die Stallungen. Er ließ sich zurückfallen, damit Messer Lerice ihm und Michelotto vorausreiten konnte. Sie durchquerten den Hof. Die Zugbrücke war heruntergelassen, und ihr Anführer grüßte die Wache, die mit einem

Nicken antwortete. Dann führte Lerice sie im Schritttempo durch finstere Gassen Richtung Porta Romana.

Nach einer Weile waren sie fast am Ziel.

»Und wie machen wir nun weiter?«, fragte Cesare.

»Keine Sorge«, antwortete der Notabile, »ich habe einen vom Hauptmann der Wache unterzeichneten Befehl: Ich führe drei Stallburschen mit mir, die den Auftrag haben, ein paar Reitpferde aus dem Lager der Franzosen zu holen, mit denen der Kardinal Cesare Borgia den Podestà von Velletri ehren möchte.«

»Großartig.«

»Folgt mir, Eminenz.«

Bald darauf waren sie beim Stadttor. Dort wartete Francesco di Scacco, der Stallbursche von Cesare.

Fackeln und Feuerschalen beleuchteten schwach das Tor, dessen beeindruckendes Ausmaß man ahnen konnte.

»Wache!«, rief Messer Lerice gebieterisch.

Ein paar Soldaten kamen herbei.

»Ich bin Messer Giovanni Lerice, der Herr über Poggi d'Oro. Ich begleite hier Stallburschen von Kardinal Cesare Borgia, um ein paar Pferde zu holen, die der Sohn des Papstes dem Podestà von Velletri zum Geschenk machen möchte.«

»Um diese Zeit?«

»Der Kardinal möchte morgen bei Anbruch des Tages für eine Überraschung sorgen.«

Die Wache seufzte. »Diese Kirchenmänner. Ich frage mich, warum die sich nicht mit was anderem beschäftigen.«

Cesare, hoch zu Ross, erbebte. Die Sache zog sich hin. Er hoffte, Messer Lerice würde sich beeilen.

»Es steht Euch nicht zu, Fragen zu stellen, Ihr sollt lediglich unseren Geleitbrief prüfen«, schnitt dieser der Wache das Wort ab.

»Ihr habt recht, ich bitte um Verzeihung«, erwiderte der Waffenträger. »Könnt Ihr mir Euren Passierschein zeigen?«

»Hier ist er«, sagte Lerice und reichte ihm ein Bündel Papiere.

Im Licht der Fackeln und Feuerschalen erbrach die Wache das Siegel. »In Ordnung, Ihr könnt gehen.« Er gab den vier Männern zu Pferd ein Zeichen. »Lasst sie passieren!«, schrie er den anderen bewaffneten Wachen am Tor zu, während das große Falltor sich öffnete.

Ohne weitere Zeit zu verlieren, waren die vier hindurch. Sie ritten ein Stück der Straße im Galopp. Als sie an eine Wegzweigung bei einem Brunnen kamen, hielten sie.

Messer Lerice verabschiedete sich von Cesare Borgia.

»Eminenz, wenn Ihr den rechten Weg nehmt, kommt Ihr nach Rom. Das Lager der Franzosen haben wir bereits hinter uns gelassen. Was mich angeht, werde ich für eine Weile verschwinden. Sie haben mich gesehen und werden daher nach mir suchen, aber sie wissen nicht, wo sie mich finden können.«

Cesare ergriff die Hand von Messer Lerice.

»Mein Freund, ich stehe in Eurer Schuld.«

»Aber nein, Eminenz, es war mir eine Ehre. Doch nun rate ich Euch aufzubrechen. Mit jedem Augenblick, der verstreicht, naht der Moment, in dem der König Eure Flucht bemerken wird, und je größer der Abstand ist, den Ihr zwischen Euch und ihn bringt, desto aussichtsreicher ist es, nicht gefasst zu werden.«

»Ihr habt recht. Also lebt wohl!«

Ohne eine Antwort abzuwarten, wendete Cesare das Pferd und ließ es auf der Straße nach Spoleto in Galopp fallen. Michelotto und Francesco taten es ihm nach.

Sie schauten nicht mehr zurück.

24. Schnee

Kirchenstaat, Forlì, Rocca di Ravaldino

Caterina stand auf dem Bollwerk der Festung. Jeder Stein dieser Mauern schien in innigem Kontakt mit ihr zu stehen, erst recht, seit diese Festung vor sieben Jahren Zeuge von einem der schwierigsten Momente in ihrem Leben geworden war. Es hatte zu schneien begonnen. Flocken so groß wie Silbermünzen fielen vom Himmel. Doch ihr war nicht kalt. Eng in den dicken Mantel mit Fuchspelzkragen gehüllt, schaute sie zum Horizont, mit ihrem Blick dem eisengrauen Himmel trotzend.

Sie zog die Schultern hoch. Eine neue Zeit brach an, sie spürte es genau. Alfons von Aragón hatte zugunsten seines Sohnes Ferrantino abgedankt, dieses Jüngelchens, das sie vor einem Monat erst besucht und sie um Hilfe gebeten hatte. Cesare Borgia hingegen war mit einer besonders gewitzten List aus den Fängen Karls VIII. entkommen und hatte den König in Rage versetzt. Womit er außerdem bewiesen hatte, dass selbst die mächtigsten Kanonen und Bombarden nichts gegen Schlauheit und Intelligenz ausrichten konnten. Das waren die Waffen, die man gebrauchen musste, um Karls Herr zu werden, und dieser Teufelskerl von einem Kardinal hatte bewiesen, dass er ein harter

Hund war. An Mut und Kaltblütigkeit fehlte es ihm gewiss nicht.

Er wäre ein ausgezeichneter Gegner, dachte sie bei sich.

»Mutter«, hörte sie hinter sich.

Sie rührte sich nicht und blickte weiterhin zum Horizont.

»Ja?«

»Ist Euch nicht kalt?«

»Kommt her, Bianca.«

Das Mädchen kam näher. Ihre Mutter trat beiseite, dann umarmte sie die Kleine von hinten. Obwohl sie in den letzten Monaten gewachsen war, war Caterina noch mindestens zwei Handspannen größer als sie.

»Was seht Ihr?«, wollte die Herrin über Imola und Forlì wissen.

»Gefrorene Felder, braune Erde«, sagte Bianca.

»So ist es, mein Kind. Wem gehören sie?«

»Ottaviano.«

»Falsch.«

»Euch?«

»Nein, Bianca, unserer Familie. Vor Euch erstrecken sich die Ländereien der Familie Riario-Sforza. Wenn ich Eurem Bruder den Titel des Herrn über Imola und Forlì überlassen habe, habe ich das nur getan, weil es angebracht zu sein schien, denn er ist der erstgeborene Sohn Eures Vaters.«

»Ja.«

»Doch die Familie ist es, auf die es ankommt, Bianca. Immer. Es gibt verschiedene Aufgaben und Hierarchien, doch nie geht es nur um den Einzelnen.«

»Ich habe den Eindruck, das, was Ihr sagt, gilt nicht für meinen Bruder. In letzter Zeit hat er vor niemandem mehr Respekt.«

»Ottaviano ist unbesonnen und impulsiv. Und dass Giacomo ihn in der Öffentlichkeit geohrfeigt hat, hat er ihm nie verziehen und seither einen Groll entwickelt, der mir manchmal Angst macht.«

Bianca seufzte. »Giacomo Feo ist nicht sein Vater.«

»Er ist auch nicht Euer Vater, wenn es darum geht. Doch er ist der Mann, den ich liebe.«

»Das weiß ich. Aber Ottaviano hasst ihn.«

»Das tut mir leid für ihn, doch wie ich schon sagte: Es gibt Hierarchien. Und auch wenn ich ihm den Titel zuerkannt habe, heißt das noch lange nicht, dass er der Herr über diese Ländereien ist.«

»Die Familie hat Vorrang vor allem.« Bianca zeigte, dass sie ihre Lektion gelernt hatte.

»Ganz genau. Und wisst Ihr, was das bedeutet?«

»Nein, aber ich höre, Mutter«, erwiderte das Mädchen.

»Dass auch Ihr Rechte beanspruchen könnt. Ihr gehört zu diesem Herrscherhaus und müsst vor niemandem Angst haben. Nicht einmal vor Eurem Bruder.«

Bianca nickte.

»Ich liebe den Schnee«, sagte Caterina. »Seine Reinheit erinnert mich an Euch, meine Kleine. Aber er hat auch die Macht der Kälte, die sich alles untertan macht und alles beugt, bis selbst die stärksten Äste brechen und herabfallen, wenn es nötig ist. Ihr müsst lernen, wie der Schnee zu sein und Eure Stärken zu kennen, Ihr habt viele. Meine Großmutter hat mich gelehrt, die zu sein, die ich bin. Bianca Maria Visconti war eine außergewöhnliche Frau, Ihr könnt Euch gar nicht vorstellen, wie sehr sie mir fehlt.«

»Ihr habt mich nach ihr genannt.«

»So ist es. Sie war eine Kriegerin, wisst Ihr? Stellt Euch

nur vor, dass die Schmiede von Mailand Schwerter und Rüstungen für sie herstellten, die sie auf dem Schlachtfeld trug!«

»Wirklich?«

»Selbstverständlich. Sie war meine erste Waffenmeisterin. Apropos: Wie geht es mit Euren Stunden voran?«

»Messer Tancredi sagt, dass ich mich gut mache.«

»Ihr müsst herausragend sein, meine Kleine. Wenn Ihr nicht die Beste seid, werden die Männer Euch nicht ernst nehmen. Auch wenn das manchmal von Vorteil ist, erweist es sich doch weit öfter als ein Problem. Jemanden von seinem Wert zu überzeugen ist ein ermüdender Kampf. Viel besser ist es, von Anfang an klarzumachen, dass man nicht bereit ist, sich unterkriegen zu lassen. Dann werden sie Euch eher respektieren. Und wenn sie das tun, Bianca, heißt das, dass sie Angst vor Euch haben werden. Ihr könnt mir glauben, es gibt nichts Schöneres, als ab und an einem Mann Angst einzuflößen.«

»Wirklich?«

»Es ist genau wie mit dem Schnee. Er ist rein, hüllt die Landschaft in Weiß und macht alles schöner, aber wenn er dicht fällt, kann er die Schritte verlangsamen, den Orientierungssinn trüben und auch den mutigsten Helden durch seine eisige Kälte töten.«

»Aber ich will nicht, dass die Leute Angst vor mir haben.«

»Nur manchmal, Bianca. Wenn es nötig ist. Ich sage es zu Eurem Besten. Ihr werdet sehen, eines Tages werdet Ihr mir dafür dankbar sein. Morgen werde ich mir ansehen, wie Ihr mit dem Schwert umgeht. Eventuell zeige ich Euch auch noch ein paar Tricks.«

»Einverstanden«, sagte Bianca und lächelte.

»Und nun gehen wir wieder hinein.« Mit diesen Worten nahm Caterina die Hand ihrer Tochter, und gemeinsam machten sie sich auf den Weg.

25. Ischia

Königreich Neapel, kurz vor Ischia

Ferrantino weinte bittere Tränen. Er hatte gehofft, er
würde einen Weg finden, den Vormarsch des großen
Königs der Franzosen aufzuhalten. So nannten sie ihn.
Doch das war ungerechtfertigt, denn er hatte herzlich wenig getan, um sich diesen Namen zu verdienen. Alle Königreiche, Herzogtümer und Republiken, die seinen Vormarsch
hätten verlangsamen müssen, hatten sich vor ihm aufgetan
wie die Wasser des Roten Meeres vor Moses.

Und jetzt hatte auch er Neapel dem französischen Bastard ausgeliefert, ohne auch nur eine einzige Lanze gebrochen zu haben.

Mitten in der Nacht, zerfressen von Groll und Ohnmacht, hatte er Castel Nuovo verlassen. Er hatte keine andere Wahl gehabt, da sich fast alle Barone gegen ihn aufge-
lehnt hatten. Nicht offen, sondern im Verborgenen, durch
Winkelzüge, unvollständige Wörter, Halbsätze, Anspielungen – ganz wie echte Feiglinge eben. Sie ließen mehr oder
weniger offen durchblicken, dass sie zur Verteidigung Neapels keinen Mann und kein Schwert beisteuern würden.

Sie hatten sich den Franzosen dargeboten wie Opferläm-
mer. Er würde sich nun zu seinem Vater und seiner Mutter

auf die Insel Ischia begeben, die so uneinnehmbar und stolz war wie die Festung, die hoch oben über ihr thronte.

Dieser Rückzug stieß ihm bitter auf und machte sein Herz schwer. Andererseits hatte er nun plötzlich ganz klar ein Ziel vor Augen: Besser Neapel für eine gewisse Zeit in der Hand der Franzosen lassen, bis er eine Streitmacht mobilisiert hatte, die es wirklich mit dem Feind aufnehmen konnte.

Auf seinem langen Marsch durch Italien hatte Karl in den Festungen von größerer strategischer Bedeutung Männer und Kanonen zurückgelassen. Somit waren seine Streitkräfte Stück für Stück verringert worden. Ferrantino hätte nicht sagen können, in welchem Umfang genau, aber auf der Grundlage dessen, was ihm Spione und Beobachter berichteten, konnte er wohl davon ausgehen, dass sich das französische Heer um mindestens ein Drittel verkleinert hatte.

Während die Galeere die dunklen Wasser des Golfs durchpflügte und ihn allmählich immer näher zur Insel Ischia trug, begann Ferrantino daher, einen Plan zu entwerfen, wie er die erlittenen Demütigungen für sich nutzen und sich schließlich die Stadt, die er so sehr liebte, zurückholen könnte.

Es war Frustration, die ihn quälte, das wusste er. Seit dieser verfluchte Krieg begonnen hatte, war dieses elende Gefühl Tag für Tag größer geworden, angefangen bei der schmerzhaften Niederlage, die sein Onkel bei Rapallo erlitten hatte, und dann wegen der nutzlosen Scharmützel in der Romagna, die nichts gebracht hatten, da sich Florenz Karl ausgeliefert hatte wie die lüsternste Hure aller Zeiten. Als Nächstes hatte er es mit der Unzulänglichkeit seines

Vaters aufnehmen müssen und mit der Untreue der Barone, ganz zu schweigen davon, dass der Papst ihn doch tatsächlich im Stich gelassen hatte, obwohl, um der Wahrheit die Ehre zu geben, er doch derjenige war, der sich mehr als alle anderen bemüht hatte, den Franzosen Widerstand zu leisten. Der Papst! Es war unglaublich.

Während die Gischt an Deck spritzte, wegen der rauen See, durch deren ungestüme Wellen sich die Galeere bahnte, beschloss Ferrantino, sich keinen Augenblick länger diesem Gefühl zu überlassen, das im Innern an ihm nagte wie ein Höllentier.

Er begriff vielmehr, dass er sein jugendlich heißblütiges Gemüt in einer vornehmen Tugend schulen musste: der Geduld. Nur so würde er als Sieger hervorgehen.

Eines also war sicher: Karl hatte mindestens ein Drittel seines eigenen Heeres eingebüßt. Vielleicht sogar noch mehr – das wäre das Erste, zu dem er Genaueres in Erfahrung bringen musste. Als Zweites würde er seinen Großonkel, Ferdinand II. von Aragón, um Hilfe bitten. Er könnte sich zu ihm begeben. Er würde ein Schiff von Ischia nach Messina nehmen und sich von dort hinauf nach Kalabrien begeben, wo er auf die Franzosen und ihre Schweizer Söldner treffen würde.

Er musste Ferdinand zudem ein Schreiben schicken, dass dieser die spanische Krone um ihr Eingreifen und ihre Unterstützung der Unternehmung durch ein Kontingent Soldaten bitten solle.

Nichts durfte man dem Zufall überlassen, der Plan musste mit Geduld und Sorgfalt ausgearbeitet werden; doch wenn erst einmal ein Heer aufgestellt war, würde er die Oberhand über die Franzosen erlangen, da war er sich sicher. Man musste nur abwarten können. Und währenddessen dennoch nicht auf der faulen Haut liegen.

Er würde diesen Rückzug strategisch nutzen.

Er war nicht das Ende, sondern der Weg zum nahen Sieg, dachte er bei sich. So betrachtete Ferrantino, während sich die Galeere der Insel näherte, Ischia auf ganz andere Weise. Sein Blick richtete sich auf die Burg, die sich wie ein Adlerhorst auf dem steil zum Meer abfallenden Felsvorsprung abzeichnete. Umgeben vom rosafarbenen Licht der Morgenröte, offenbarte sich ihm die Festung in ihrer beeindruckenden Pracht. Er sah die ausladenden Mauern, die entlang des Felsvorsprungs verliefen, die Kuppel der Kathedrale dell'Assunta und schließlich die steinerne Brücke, die die Insel mit der Burg darauf mit dem Hafen verband.

Es war ein wunderbarer und herrlicher Anblick. Angesichts dieses Meisterwerks einer befestigten Zitadelle begriff Ferrantino, dass es noch Hoffnung gab.

26. Investitur

Republik Venedig, Dogenpalast

Der Doge empfing seinen Generalkapitän mit herzlicher Dankbarkeit. Francesco II. Gonzaga war ein Militär von hohem Rang. Sein Eintreten verriet forsche Selbstgewissheit. Der Blick war bestimmt, der Gang gebieterisch, seine Energie war in jeder Muskelbewegung spürbar. Ein enormer, nach oben gezwirbelter Schnurrbart verlieh seinem Kriegergesicht etwas noch Aggressiveres.

Nachdem er sich vor seiner Exzellenz verbeugt hatte, blieb der Kapitän abwartend stehen. Seine Hand hielt den Griff seines Schwertes fest umfasst, als müsse er es von einem Moment auf den nächsten ziehen und irgendeine unsichtbare, fantastische Kreatur in Stücke hauen.

»Kapitän«, sagte der Doge, »danke, dass Ihr sofort gekommen seid. Ich habe Euch rufen lassen, um Euch etwas sehr Wichtiges mitzuteilen.«

»Mio Signore, ich höre.«

Der Doge lächelte. Der Mann gefiel ihm. Er machte wenige Worte. Niemals ließ er sich unaufgefordert zu irgendwelchen Anmerkungen oder Beobachtungen hinreißen. Dies war für ihn als Dogen, der es allzu oft mit Magistraten oder Senatoren zu tun hatte, eine ebenso wertvolle wie seltene Eigenschaft. »Also, Kapitän, vor einiger Zeit hat unsere Republik Verhandlungen mit Mailand und der Familie Medici aus Florenz aufgenommen, mit der Absicht, eine Vereinbarung zu erzielen, die zur Gründung einer Liga führen soll. Aufgabe und Zweck derselben war und ist es, ein Heer aufzustellen, das den Franzosen von Karl VIII. entgegentreten soll, die sich unterdessen in unerträglicher Weise in vielen Ländereien unserer geliebten Halbinsel als die Herren aufspielen.«

»Endlich«, äußerte der Kapitän, »auf diese Nachricht warte ich schon lange.«

Der Doge hob eine Augenbraue. »Wirklich?«

»Natürlich«, antwortete Gonzaga.

»Das freut mich«, erwiderte der Doge. »Dann werdet Ihr noch mehr erfreut sein zu erfahren, dass nicht nur Venedig, Mailand und die Medici diese Übereinkunft erzielt haben, sondern dass auch der Papst dieser Allianz den Segen einer Heiligen Liga gegeben hat. Ganz zu schweigen davon, dass sogar Kaiser Maximilian den Pakt unterstützt und bald auch Ferdinand II. von Aragón mit von der Partie sein wird.«

»Das hieße, Karl zu zeigen, dass er nicht ungestraft in Neapel bleiben kann.«

»Genauso ist es. Wenn Ferdinand gemeinsam mit Ferrantino, der noch ungeduldiger ist als Ersterer, die Franzosen zunächst in Kalabrien angreift, dann ist beinahe sicher, dass der König ernsthaft darüber nachdenken wird, sich wieder in Richtung Norden zurückzuziehen. Dabei kommt uns aber auch das Schicksal zu Hilfe, insofern, als sich seit ihrer Ankunft eine Epidemie in Neapel ausgebreitet hat, der viele von Karls Soldaten, aber bedauerlicherweise auch von den armen Neapolitanern, zum Opfer fallen. Wahrscheinlich waschen sich die Söldner in Karls Gefolge so wenig, dass sie diese Krankheit hervorgebracht haben.«

»Ich habe so etwas in der Art gehört. Man nennt es die französische Krankheit.«

»So ist es«, stimmte der Doge zu. »Doch dabei vergessen wir gerade den entscheidenden Punkt in dieser verdammten Angelegenheit«, rief er aus. »Hiermit ernenne ich Euch nämlich zum Generalkapitän des Heeres der Liga. Ich hoffe, Euch damit den Tag zu versüßen und vor allem, dass Karl so schnell wie möglich nach Frankreich zurückgejagt wird.«

Die Neuigkeit bewegte den Kapitän aufrichtig. Er beugte ein Knie zum Boden und senkte das Haupt. »Eure Durchlaucht – Ihr erweist mir heute die allergrößte Ehre.«

»Kapitän, Ihr habt in der Vergangenheit gezeigt, dass Ihr Euch klar für eine Seite zu entscheiden vermögt. Als Ludovico il Moro und Ercole d'Este die Franzosen unterstützten – auch wenn sie sie jetzt so schnell wie möglich wieder loswerden wollen –, habt Ihr Euch zwar angehört, welche Angebote die Abgesandten Karls VIII. zu machen hatten, doch wichtiger ist: Ihr habt sie niemals angenommen.«

»Wie hätte ich das tun können, mio Signore? Als Befehlshaber des venezianischen Heeres?«

»Gewiss! Auch wenn ich in meinem Alter, das kann ich Euch sagen, viele Anführer habe die Fahnen wechseln sehen. Von daher, das muss ich Euch wirklich sagen, wundere ich mich inzwischen über gar nichts mehr. Auf alle Fälle«, fuhr der Doge fort, »bin ich glücklich, Euch den Posten zu übertragen. Desgleichen bestätige ich Euch, dass Euer Vertrag mit der Serenissima Republica hinsichtlich der Heeresleitung verlängert wird, und zwar vergütet mit einer Summe von vierundvierzigtausend Dukaten ab dem kommenden Jahr. Ihr werdet mir beipflichten, dass dies eine hübsche Summe ist.«

Der Hauptmann legte eine Hand aufs Herz. »Mehr kann ich nicht verlangen.«

»Sehr gut, Kapitän, und nun steht auf.«

Gonzaga gehorchte umgehend. »Womit wollt Ihr anfangen? Wir dürfen keine Zeit verlieren!«

»Über wie viele Männer werde ich verfügen?«

»Gute Frage. In Anbetracht der Tatsache, dass das Heer zu einem Großteil von der Serenissima finanziert wird, kann ich Euch sagen, dass die Zahl der Männer, die wir bezahlen und Euch somit zur Verfügung stellen können, sich auf etwa zweitausendfünfhundert Lanzenträger, achttausend Infanteristen und ein paar Tausend Stratioten, also Söldnereinheiten vom Balkan, beläuft, wobei zu diesen noch etwa weitere tausend Lanzenträger hinzuzurechnen sind, dank der Unterstützung von Mailand und dem Kirchenstaat.«

»Und es könnten noch die der Aragonesen dazukommen.«

»Das denke ich auch. Und daher wiederhole ich meine Frage: Womit wollt Ihr anfangen?«

»Ich denke, ich werde in der Gegend von Parma die Winterquartiere aufschlagen und dort Karl VIII. erwarten. Als Erstes müssen wir dafür sorgen, dass er sich in Neapel nicht mehr sicher fühlt. Da Ferrantino bestrebt ist, das Königreich zurückzuerlangen, das man ihm genommen hat, würde ich vorschlagen abzuwarten, dass er sich zu einem

Angriff von Süden entschließt, sodass Karl gezwungen ist, die Halbinsel hinauf zurückzuweichen. So werden wir ihn mit Einsetzen der heißen Jahreszeit an einem günstigen Ort erwarten können und die Bedingungen für das Aufeinandertreffen schaffen.«

»Ein Vorschlag von großer Klugheit, wie mir scheint, Kapitän.«

»Das Vorgehen könnte noch wirksamer sein, wenn Venedig zugleich eine kleine Flotte zusammenstellen würde, die in der Adria auf der Höhe von Apulien patrouillieren könnte und die die Anjou, die sich derzeit für die Herren der Welt halten, noch etwas mehr in Alarmbereitschaft versetzen würde.«

»Ich werde diesen Vorschlag mit dem Admiral besprechen, aber ich kann jetzt bereits sagen, dass ich mehr als bereit bin, ihn anzunehmen.«

»Ich danke Euch, mio Signore.«

»Keine Ursache, Kapitän, ich habe Euch zu danken.«

»Wirklich, Exzellenz? Wieso das?«

»Weil Ihr loyal geblieben seid. Glaubt mir, diese Eure Loyalität ist für Venedig ein äußerst kostbares Gut.«

Francesco Gonzaga verbeugte sich nochmals vor dem Dogen. Trotz seiner schon legendären Unterkühltheit ließ er doch eine gewisse Zufriedenheit erkennen. »Ich bin Eurer Durchlaucht zutiefst dankbar für diese Worte.«

»Bestens, Kapitän. Und nun geht. Vertreibt diesen Haufen Barbaren.«

Francesco nickte bloß; er küsste den fürstlichen Siegelring und verabschiedete sich.

27. Der Prior

Herzogtum Mailand, Santa Maria delle Grazie

Der Prior war einigermaßen besorgt. Ludovico konnte seinem Blick nicht ausweichen und wusste zugleich, dass seine Vorwürfe Leonardo gegenüber nicht ganz von der Hand zu weisen waren.

Kurz zuvor war Ludovico im Konvent angekommen. Er hatte gebetet, Almosen gespendet, und nun unterhielt er sich wie gewöhnlich mit dem Prior. Dabei flanierte er zwischen den Säulen des großen Kreuzgangs, an dem die Zellen der Brüder lagen. Der Tag war kalt, doch eine blasse Sonne beschien diesen Ort des Friedens und der Meditation.

Bruder Vincenzo Bandello war ein Mann von nunmehr sechzig Jahren, mit einem langen Gesicht, einem kräftigen Kinn und perfekt rasiertem Bart. Ludovico wusste, dass er dessen Anmerkungen gebührende Aufmerksamkeit schenken musste.

Umso mehr, als ihn mit der Kirche und dem Konvent von Santa Maria delle Grazie eine innige Liebe verband. Die jüngsten Arbeiten von Bramante an der Empore des Chores würden diesen Ort tiefer Frömmigkeit noch mehr verschönern. Darüber hinaus plante der Herzog, an dieser Stelle eines nicht allzu fernen Tages eine Begräbnisstätte für sein

Herrschergeschlecht einzurichten. Daher war ihm an der Meinung des Priors sehr gelegen, und er versuchte dessen Bitten im Rahmen des Möglichen zu berücksichtigen.

Sicher, das befremdliche Benehmen von Leonardo, das auch ihn schon so manches Mal überrascht hatte, war in dieser speziellen und heiklen Lage nicht gerade hilfreich.

»Mio Signore«, begann der Prior skeptisch, »Messer Leonardo ist erst mittags, zur sechsten Stunde, hier angekommen, und das in aller Seelenruhe. Er ist auf das Gerüst hinaufgestiegen und hat lange seine bisher geleistete Arbeit begutachtet. Und er hat sich mit seinem Helfer über dies und das unterhalten.«

»Dem, der sich Salaj nennt?«, fragte Il Moro und ließ seine Besorgnis erkennen.

»Ganz genau«, bestätigte der Prior. »Ich muss zugeben, dass mir dieses Subjekt nicht im Mindesten gefällt. Mir scheint, dass er einen äußerst schlechten Einfluss auf den Maler aus Vinci hat. Dabei ist er doch noch fast ein Junge.«

Ludovico schwieg. Er mochte Vincenzo Bandello nicht zustimmen, aber er konnte ihm auch schlecht widersprechen. Noch weniger allerdings konnte er verstehen, dass sich Leonardo mit Gehilfen wie diesem Salaj umgab. Mäßige Handwerker von geringem Talent, die ihm bei seiner Arbeit kein bisschen helfen konnten. Zudem war dieser junge Bursche mit dem blonden Haar und dem frechen Grinsen von maßloser Gier. Und er hatte einen seltsamen Einfluss auf den Maestro. Bei mehr als einer Gelegenheit hatte Il Moro sogar das Gefühl gehabt, er könne Leonardo in schon beschämender Weise manipulieren.

»Dann hat sich Leonardo zu ein paar Pinselstrichen entschlossen, um anschließend wieder vom Gerüst herabzusteigen und alles so zu lassen, wie es war«, fuhr der Prior fort. »Er ist weit vor der neunten Stunde wieder gegangen. Nun ist es nicht meine Aufgabe, die Arbeit eines Künstlers zu kontrollieren, doch man kann wohl sagen, dass sein Betragen ein wenig befremdlich ist.«

»Dem stimme ich zu«, bemerkte Il Moro.

»Ich habe in meinem Leben schon andere Maler bei der Arbeit gesehen, muss ich sagen. Und keiner hat ein solches Benehmen an den Tag gelegt. Üblicherweise teilen sie ihre Arbeit in *giornate* ein, und niemals lassen sie Farben und Pinsel ruhen, ehe sie fertig sind. Ich sage es nochmals, ich habe nicht die Absicht, schlecht über Messer Leonardo zu urteilen, denn das sind nur meine persönlichen Ansichten, doch in diesem Tempo wird die Arbeit niemals fertig werden.«

»Da habt Ihr recht. Und es wäre nicht das erste Mal«, sagte der Herzog schlecht gelaunt. »Ihr habt keine Vorstellung, wie sehr er mir bei der Frage des Reiterstandbilds zugesetzt hat. Wie viel Zeit er auf die Pferdestudien und die Farbigkeit der Bronze verwandt hat. Um dann am Ende die Arbeit nicht auszuführen.«

»Das glaube ich ohne Weiteres«, betonte der Prior mit leichtem Groll.

»Und das ärgert Euch?«

Bei dieser Frage schien Pater Vincenzo Bandello sofort zurücknehmen zu wollen, was er gesagt hatte. »Ob mich das ärgert, Exzellenz? Nicht im Mindesten! Nichts liegt mir ferner, als die Arbeitsweise eines Künstlers anzuzweifeln. Doch sind es nun schon zwei Monate, dass Messer Leonardo sich derart seltsam benimmt. Und so frage ich mich, wie er auf diese Weise ein so langwieriges und komplexes

Werk zu Ende zu bringen gedenkt. Den ersten Teil, muss man sagen, ist er mit großem Eifer angegangen, aber jetzt wirkt es so, als wolle er das Ende hinauszögern, als würde es ihm Unbehagen bereiten, fertig zu werden. Es ist eigenartig, ich könnte nicht sagen, wieso, aber es hat den Anschein, als habe er für das *Letzte Abendmahl* eine sonderbare Art der Obsession entwickelt. So als suche er nach einer Perfektion in der Ausführung, die nicht von dieser Welt ist.«

»Doch was denkt Ihr von dem, was Ihr bisher gesehen habt?«

»Mio Signore, was er bisher gemacht hat, ist überwältigend. Daran gibt es gar keinen Zweifel.«

»Ah! Also stimmt Ihr mit mir überein, dass dieser Mann ein Genie ist!«

»Gewiss. So viel ist sicher. Die Leuchtkraft der Farben, die Klarheit der Linienführung, der Sinn für die Proportionen. Alles an ihm spricht für ein Wissen, das weit über die reine Kunst hinausgeht. Doch mit Verlaub, mio Signore, ist genau das auch sein Fluch. Denn er strebt dabei nach äußerster Vollendung. Jeder neue Schritt verlangt nach einer Anpassung des vorangegangenen, nach einer Korrektur, einer Überarbeitung. Doch wir haben auch erlebt, wie Bramante in der Kirche gearbeitet hat, das machte einen völlig anderen Eindruck.«

»Bevorzugt Ihr die Arbeitsweise von Bramante?«

»Nein, das will ich nicht gesagt haben, Exzellenz, doch gab es in seinem Fall wenigstens kontinuierliche Fortschritte, einen fast wissenschaftlichen Pragmatismus, eine Einteilung der Arbeit, die zu sichtbarem Vorankommen in überschaubaren Zeiträumen führte. Bei Messer Leonardo leben wir in größter Unsicherheit. Ich wiederhole, das sage ich nicht, weil es für uns Unannehmlichkeiten bedeuten würde, aber ...«

»Nun, wenn Eure Sorge darin besteht, dass er sie mir bereitet, müsst Ihr Euch keine Gedanken machen. Ich kenne Leonardo und weiß, wie er ist. Und doch glaube ich, dass er am Ende, wie Ihr richtig bemerkt habt, dieses Fresko zu einem wahren Meisterwerk gestalten wird. Mir genügte es schon zu sehen, was er aus einigen Porträts gemacht hat, die ich bei ihm in Auftrag gegeben hatte. Einfach ganz wunderbar! Und ich sage Euch noch etwas: Ich bin sicher, dass er dieses Werk vollenden wird, denn ungeachtet aller sonstigen Einschätzungen hat er mir anvertraut, dass es ihm ungeheuer viel bedeutet. Darüber hinaus ist die Malerei die Kunst, in welcher er sich selbst am meisten wiedererkennt und die er als seine eigene empfindet, ganz so, als wäre es ihm möglich, in der luftigen Leichtigkeit der Farben, der Schattierungen und Farbkontraste einen unabdingbaren Teil seiner selbst zum Ausdruck zu bringen.«

Der Herzog von Mailand hielt inne und sah dem Prior tief in die Augen: »Ich glaube, dass Leonardo uns dieses Mal in Erstaunen versetzen wird. Wir sollten ihm unser Vertrauen schenken. Es wird sich bestimmt lohnen.«

28. Kriegsvorbereitungen

Königreich Sizilien, Hafen von Messina

Der Hafen war ein einziges Geschrei und Getöse. Das Kreischen der Möwen, die Schreie der Seeleute, das Gelächter der Betrunkenen, das aus den Tavernen entlang der befestigten Mole drang: Alles war eine Abfolge aus Stimmen und Geräuschen, die einander in der Luft dieses flirrend heißen Morgens zu jagen schienen. Der Geruch nach Vogelmist raubte einem den Atem, über dem klaren Wasser hing schwer der salzhaltige Dunst des Meeres, wohingegen der strenge Geruch nach Pferdepisse die Nasen der Neuankömmlinge auf eine harte Probe stellte.

Fischerboote und Lastkähne verschiedener Formen und Größen drängten sich an den Kais. Die weißen Segel waren eingeholt. Kaufleute und fliegende Händler bildeten kleine Grüppchen und scheuten sich nicht, zu drängeln und zu schubsen, um sich den frischesten Fisch zu sichern: In den Eimern schimmerten silbrig Sardinen und Makrelen, feurig rot leuchteten die Garnelen und orange die Meerbarben. Auf Holzbrettern lagen ein paar riesige Schwertfische.

Doch nicht nur Fischerboote hatten hier festgemacht. Weiter hinten, an den größeren Kais, lagen nicht weniger als zehn spanische Galeonen vor Anker, flankiert von mindestens fünf Feluken. Es waren Schiffe von majestätischer Größe. Die Segel waren teils eingeholt, die Fahnen mit den vier *Barras de Aragón,* den vier roten Streifen auf goldenem Grund, flatterten in der schwül-heißen Luft dieses Morgens. Auf den Decks und entlang der Kais herrschte reges Treiben, Männer und Pferde verließen die Schiffe, Verpflegung und Kanonen, Rüstungen und Rüstungsteile wurden entladen. Es wimmelte von Menschen, die auf den Kaianlagen hin und her eilten.

Es war, man konnte es nicht anders sagen, ein faszinierendes Schauspiel des Kriegshandwerks, sodass die Einwohner von Messina mit echtem Staunen verfolgten, wie die Verteilung von Männern und Gerät mit großer Präzision und absolut wohlgeordnet vonstattenging.

Auch Fabrizio und Prospero Colonna waren in diesen Hafen gekommen, einen der größten der bekannten Welt, und das allein zu dem Zweck, ihre Kampfkraft in den Dienst von Ferdinand II. von Aragón zu stellen, um Ferrantino bei der Rückeroberung des Königreichs Neapel zu helfen. Die Cousins hatten der Sache Karls VIII. den Rücken gekehrt, denn sie hatten erkannt, welch enorme Schwierigkeiten dem französischen Herrscher in Kürze bevorstehen könnten. Es war ihnen nicht entgangen, dass er bald ziemliche Prügel beziehen würde, denn er saß in der Falle. Von der einen Seite bedrohten ihn die Aragonesen, und auf der anderen wartete schon das Heer der Heiligen Liga unter der Führung Venedigs.

Die Cousins jedenfalls waren bei Tagesanbruch im Hafen angekommen. Prospero sorgte umgehend dafür, dass ihre neapolitanischen Pferde ohne Zwischenfälle von Bord kamen. Fabrizio hingegen hatte sich etwas gescheut, den Vizekönig Giovanni Lanuza aufzusuchen. Dieser hatte ihn mit der seinem Rang gebührenden Etikette empfangen und ihm dann mitgeteilt, dass König Ferdinand II. gemeinsam mit Ferrantino und einem Großteil der spanischen Flotte und des Heeres bereits die Straße von Messina überquert hatte. Nicht nur das: Es war ihm sogar gelungen, sich Reggio Calabria wiederzuholen. Und genau dort erwartete er sie. Fabrizio hatte es nicht versäumt, die für ihre Unterstützung vereinbarte Summe zu kassieren. Dann war er in den Hafen zurückgekehrt; ihm war klar, dass er nach dem, was der Vizekönig ihm gesagt hatte, das Entladen nun abbrechen musste.

An den Kaianlagen angekommen, ließ er seinen lebhaften und wachsamen Adlerblick schweifen und sah sich nach dem Mann des Königs um, an dessen Seite er kämpfen sollte. Es dauerte nicht lange, bis er ihn entdeckt hatte.

Er ritt einen wunderschönen Andalusier. Das Fell des Pferdes war grau, seine Haltung elegant, durch die dunkle Mähne fuhr der Wind. Es war schnell und ließ ein zahmes und folgsames Wesen erahnen. Fabrizio war so beeindruckt von diesem Pferd, dass er es am liebsten sofort gekauft hätte. Er bezweifelte jedoch, dass das möglich war.

Denn derjenige, der auf ihm saß, hatte einen harten, entschlossenen und wilden Gesichtsausdruck.

Gonzalo Fernández de Córdoba war ein Mann von kräftigem Körperbau, seine langen schwarzen Haare glänzten und waren sehr gepflegt. Abgesehen von einer Weste aus verstärktem Leder mit herrlichen silbernen Beschlägen, die in der Sonne glänzten, trug er keinerlei Rüstung. Seine Stiefel reichten ihm bis zum Knie; seinen weiten rot-goldenen Mantel mit dem Wappen von Aragón blähte eine Windbö.

»Er macht den Eindruck eines erbarmungslosen Soldaten, eines echten Halsabschneiders, trotz seiner Stellung«, bemerkte Prospero, der unterdessen neben ihm stand und die Zügel seines Tieres ergriffen hatte.

»Soldat ist er, und was für einer, mein Guter«, erwiderte Fabrizio, »er hat sich bei der Eroberung Granadas durch Blutrünstigkeit hervorgetan.«

»Nicht möglich!«, sagte Prospero mit gewisser Ironie. »Die war wohl noch schlimmer als die von Ostia?«

»Darauf könnt Ihr wetten. Daher nennen Ihn heute alle *El Gran Capitán*«, endete Fabrizio, der in der Zwischenzeit sein eigenes Pferd bestiegen hatte. »Auf geht's, reiten wir ihm entgegen und schauen, welchen Tod wir sterben müssen.«

»Ich glaube, es ist besser, am Ende der Mole auf ihn zu warten, Cousin, so kann er mit Glanz und Gloria an den Bürgern von Messina vorbeireiten, ich möchte nicht fälschlich den Eindruck erwecken, ihm den Weg zu versperren.«

»Kluger Einwand, vor allem wenn man bedenkt, was wir ihm zu sagen haben«, stimmte Fabrizio zu.

»Und zwar?«, wollte Prospero mit gewisser Besorgnis wissen.

»Dass der König bereits Richtung Kalabrien in See gestochen ist. Er hat die Meerenge überquert und Reggio in Besitz genommen.«

»Aber das ist ja wirklich eine ganz schlimme Nachricht! Wir müssen die Männer aufhalten, bevor sie entladen, was dann wieder an Bord zurückgetragen werden muss.«

»Genauso ist es.«

»Messer Caetani!«, rief Prospero einem seiner Leutnants zu. »Stellt augenblicklich die Arbeiten ein und sagt den Männern, sie sollen mit dem Entladen warten.«

»Natürlich, Exzellenz.«

»Und nun?«, fragte Prospero.

»Und nun werden wir uns, wie Ihr vorgeschlagen habt, zum unteren Ende der Mole begeben und dort auf *El Gran Capitán* General Gonzalo Fernández de Córdoba warten.«

So machten sie sich auf den Weg. Der General, in dessen Gefolge sich eine größere Zahl der besten Ritter Spaniens befand, brauchte nicht lange, bis er sie erreicht hatte, und ganz so, als hätte er alte Freunde wiedererkannt, begrüßte er sie mit einem Grinsen, das auch ein Lächeln hätte sein können.

»Ah«, rief er aus, »da sind ja die furchterregenden Cousins Colonna!«

»So ist es, Exzellenz. Wir entbieten Euch unseren Willkommensgruß«, begann Prospero. »Fabrizio und ich haben uns erlaubt, uns Eurer Sache mit einer Hundertschaft Lanzenträgern anzuschließen«, fügte er hinzu und wies mit dem Kopf in Richtung der beiden Fuste, mit denen sie gekommen waren und deren Besatzung aufgrund der eben erst erteilten Befehle mit dem Entladen von Lebensmitteln, Ausrüstungsgegenständen und Hausrat aufgehört hatte.

»Ihr seid natürlich herzlich willkommen. Der König hatte mich über Euren Sinneswandel kürzlich bereits unterrichtet«, sagte der General mit bissigem Spott in Anspielung auf den Wechsel der Colonna in den Sold des spanischen Herrschers, unter Verstoß gegen die vorherigen Vereinbarungen mit dem französischen.

»Es sind schwierige Zeiten, General«, erwiderte Prospero, der in dieser heiklen Angelegenheit aufgrund seiner Begabungen im Verhandeln und in der Gesprächsführung für beide Cousins sprach. »Und römische Edelleute wie wir können es sich nicht erlauben, es allzu genau zu nehmen. Wie dem auch sei, es ist, wie es ist, wir haben natürlich Fehler begangen. Auch deshalb sind wir hier und stellen uns unter Euer Kommando – um Wiedergutmachung zu leisten.«

»Ihr führt große Reden, Messer«, sagte der General. »Darf ich daher annehmen, dass Euer Cousin bei Euch beiden der Mann der Waffen ist?«

Ein paar der spanischen Ritter grinsten bei diesen Worten unverhohlen.

»Wir sind beide in der Lage zu kämpfen, so wie wir beide sagen, was wir denken«, äußerte Fabrizio, der sich angesprochen fühlte.

»Ah, bestens! Nun, Signori, wie ich schon sagte, freue ich mich, Euch an unserer Seite zu haben. Wir begeben uns nun zum königlichen Palast, so können wir mit dem Vizekönig unverzüglich das weitere Vorgehen besprechen.«

Erneut ergriff Fabrizio das Wort. »General, ich bezweifle, dass Euer Vorschlag in die Tat umzusetzen ist.«

»Ach, wirklich, Messere? Und wieso?«

»Der Grund ist einfach. Ferdinand II., König von Aragón, und Ferrantino, der entmachtete Herrscher von Neapel, haben sich bereits nach Kalabrien begeben, wo sie unverzüglich Reggio zurückerobern werden.«

Für einen Augenblick war der General völlig verblüfft. Dann brach Gonzalo de Córdoba mit bewundernswerter Geistesgegenwart in großes Gelächter aus, seine Leute stimmten augenblicklich ein.

»Sehr gut, meine Freunde! Ausgezeichnet! Hauptmann Moncada!«, rief er dann in völlig verändertem Ton.

»Ja, mein General!«, erwiderte ein hochgewachsener Offizier. Er war stark, aber gertenschlank, hatte tiefgründige schwarze Augen und einen gezwirbelten Schnurrbart.

»Gebt Befehl, nichts auszuladen, und sagt den Männern, sie sollen sich bereithalten. Wir werden einen Tag Rast machen und morgen früh wieder aufbrechen. Wir werden die Straße von Messina überqueren und schnell in Reggio Calabria sein. Teilt den Männern mit, was ich angeordnet habe.«

»Zu Befehl.« Gleich darauf machte sich Hauptmann Moncada erneut auf den Weg, um die Anweisungen des Generals weiterzugeben.

»So, Messeri«, richtete er sein Wort an die beiden Colonna. »Angesichts der langen Reise und nach der Überraschung, die wir gerade erlebt haben, sollten wir zusehen, eine geeignete Taverne zu finden. Ich muss sagen, ich sterbe buchstäblich vor Hunger. Ich lade Euch zum Essen ein! Den Vizekönig werde ich später aufsuchen.«

Und so machte sich *El Gran Capitán*, gefolgt von den Colonna und einer Handvoll Getreuer, auf zur Hafentaverne.

29. Orvieto

Kirchenstaat, Orvieto

Cesare konnte Orvieto bereits sehen. Die befestigte Stadt erschien ihm wunderschön und uneinnehmbar, unerreichbar thronte sie wie ein Adlerhorst auf dem Felsen. Ein atemberaubender Anblick. Er freute sich, dass der halsbrecherische Ritt mit einem solchen Anblick belohnt wurde. Er liebte diese Stadt. Er blickte auf die Mauern, die steil über dem Fels aufragten und die Stadt umgaben, es war beinahe sogar so, als seien sie aus den Felshängen emporgewachsen. Über sie hinausragend konnte er die zinnenbewehrten Türme der Rocca Albornoz und die Glockentürme der Kirchen ausmachen.

Er lächelte.

»Na los!«, schrie er. »Wir sind da. Schon bald könnt Ihr Euch den Annehmlichkeiten der päpstlichen Gastfreundschaft hingeben!«

Es wurde auch Zeit. Er hatte das Äußerste aus seinem Pferd herausgeholt und hatte die Strecke von Rom in etwas mehr als zwei Stunden zurückgelegt. Den neuesten Nachrichten nach hatte Karl VIII. sich in Richtung der Ewigen Stadt auf den Weg gemacht. Der große König der Franzosen hatte sich aus Furcht, dass Neapel der Untergang seiner

Unternehmung sein könnte, tatsächlich in Bewegung gesetzt und zog mit seinem Heer Richtung Norden. Seine Absicht war, in Rom haltzumachen, um noch einmal den Papst zu treffen, aber Alexander VI. hatte sich dieses Mal in weiser Voraussicht gehütet, dass Karl ihn im Vatikan antraf, und war bereits zwei Wochen zuvor nach Orvieto gereist.

Schweiß- und staubbedeckt erreichte Cesare, begleitet von seinem getreuen Michelotto und ein paar seiner Gefolgsleute, rasch die Porta Maggiore. Als dort die Schildwachen von ihm verlangten sich auszuweisen, tobte und schrie er vor Wut und drohte allen den Kopf abzuschneiden, wenn sie Kardinal Cesare Borgia nicht augenblicklich das Tor öffnen würden.

Als man ihn daraufhin erkannte, gehorchte man ihm unverzüglich.

Kaum hatte er die Stadt betreten, begab er sich spornstreichs zur Rocca Albornoz. Stetig rückten die Türme der quadratischen Festung in ihren majestätischen Ausmaßen näher. Beim Wassergraben angelangt, wurde auf sein Rufen hin die große Zugbrücke herabgelassen; Cesare verfolgte, wie sie sich mit knarrenden Ketten herabsenkte. Er ließ sein Pferd in Galopp fallen, seine Leute taten es ihm nach. Die Hufe der Pferde donnerten übers Pflaster. Auch die übrigen Tore gaben ihm den Weg frei.

Im großen Hof der Festung stieg Kardinal Borgia schließlich vom Pferd und übergab es den Stallburschen. Ohne Zeit zu verlieren, stürmte er zur Freitreppe, die zu den Gemächern des Papstes führte.

Weil er es nicht erwarten konnte, seinem Vater mitzuteilen, was vor sich ging, rannte er die Stufen hinauf, sodass ihm das Herz bis zum Hals schlug. Oben angelangt, eilte er weiter durch Säle und enge Flure. Vor der Tür zu den Gemächern sah er sich zwei Wachen in Lederweste und mit Hellebarde gegenüber.

»Aus dem Weg«, donnerte er. »Ich muss mit meinem Vater, dem Papst, sprechen.«

»Exzellenz«, antwortete ihm einer der beiden Soldaten, »der Papst ist augenblicklich nicht in seinen Gemächern.«

»Ach, wirklich? Und wo ist er dann?«, fragte Cesare den Mann mit funkelndem Blick.

Ohne mit der Wimper zu zucken, antwortete die Wache: »Heute Morgen hat Papst Alexander VI. darauf bestanden, in den Dom zu gehen. Er sagte, er sei es leid, hinter den Mauern der Festung zu versauern.«

»Na, schön! Dann werde ich ihn dort aufsuchen.« Er drehte sich um und machte sich auf die Suche nach seinem Vater.

Rodrigo war voller Bewunderung für das, was er sah. Er liebte Rom, denn seiner Meinung nach gab es keine andere Stadt, die auf so außergewöhnliche Weise den Geist der Macht verkörperte. Mit der Pracht der vergangenen Jahrhunderte hatte sich in ihr Schicht für Schicht der Inbegriff der *auctoritas* abgelagert und wurde in der spirituellen Dimension des Religiösen geheiligt.

Doch was er nun vor sich hatte, machte ihn wirklich sprachlos. Er wusste nicht mehr, wie lange er schon da war. Bestimmt schon eine Weile. Früh am Morgen war er aufgebrochen, als Ordensbruder verkleidet, um nicht erkannt und in seiner harmlosen kleinen Zerstreuung belästigt zu werden. Das hätte er nicht ertragen. Zwei Wachen waren ihm in diskretem Abstand gefolgt, ohne ihn aus den Augen zu verlieren.

Nun erging er sich in Kontemplation. Und schien nicht genug davon zu bekommen.

Die Fassade des Doms von Orvieto war ein solch gewaltiger Anblick, dass er die Augen gar nicht abwenden mochte. Er war davon völlig gefangen genommen, es raubte ihm den Atem. Bei der Betrachtung der Fassade begriff er, welch überaus große Kunstwerke der Mensch sich auszudenken und zu verwirklichen vermochte, und als ihm das ein weiteres Mal zu Bewusstsein kam, gab er sich selbst das Versprechen, seine Vision der Macht in solch aufsehenerregende, wesenhafte Größe zu überführen. So wie Lorenzo Maitani und Andrea Pisano diese unglaubliche Fassade geschaffen und die Architektur auf ein nie zuvor gekanntes Niveau gehoben hatten, so würde er der Familie Borgia zu einer neuen Dimension von Herrschaft verhelfen.

Unterdessen blieb er dort verzaubert stehen und bewunderte weiter die drei Spitzen der Wimperge, die von drei Giebeln überragt wurden, die am Himmel zu kratzen schienen. Und das perfekte Rund der Fensterrose aus der Hand von Andrea di Cione, eingesetzt in die Mitte des oberen Teils der Fassade. Auch die aufstrebenden Säulen betrachtete er eingehend, die sich ganz wunderbar fast bis in die Wolken erhoben, die Fassade in drei große Abschnitte unterteilten und in Fialen ausliefen.

Er ließ seinen Blick auf den Gewänden der Portale ruhen, auf den gedrehten Säulen, die sie durchzogen, und auf den Bildfeldern zwischen den Portalen mit biblischen Szenen aus dem Alten und Neuen Testament sowie dem Jüngsten Gericht.

Die Mosaike in den Giebelfeldern blendeten einen mit ihrer Schönheit – rot und tiefblau hoben sich die Figuren vom goldenen Grund ab. Rodrigo wusste beinahe nicht, wohin er schauen sollte, und dabei fühlte er sich wie ein Kind, bar aller Titel und Bestrebungen; es schien beinahe, als habe der Ehrgeiz, dieser unstillbare Durst in ihm, dieser unersättliche Dämon ausnahmsweise einmal die Waffen niedergelegt, wenigstens für einen Augenblick.

Plötzlich wurde die Magie dieses Augenblicks gestört.

»Vater«, hörte er eine Stimme hinter sich.

Er erkannte sie. Langsam drehte er sich um.

Und erblickte Cesare. Ungläubig stand der vor ihm, als sei er nicht darauf vorbereitet, ihn in dieser Kleidung zu sehen.

»Was macht Ihr da?«, fragte ihn sein Sohn.

»Ich versenke mich in der Schönheit. Dieses eine Mal nur, ganz ohne irgendwelche Absichten. Gebe mich ihr einfach hin. Ist das vielleicht ein Verbrechen?«

Cesare schienen die Worte zu fehlen. Zögerlich deutete er an, berichten zu wollen, was in diesen Tagen in Rom geschehen war, doch Rodrigo wollte in diesem Augenblick nichts davon wissen. »Kommt her, mein Sohn, kommt an meine Seite und schaut. Kennt Ihr irgendetwas, was dieser Pracht gleichkäme?«

Cesare stellte sich neben ihn und betrachtete mit ihm die Fassade des Doms.

»Seht Ihr, hier wollte ich heute Morgen sein und die Sonne genießen, die von hoch oben dieses absolute Meisterwerk erstrahlen lässt. Könnt Ihr mir das vorwerfen?«

»Nein, wirklich nicht«, erwiderte Cesare, »wirklich nicht.«

»Eben.«

»Ich dachte bloß ...«

»Nicht jetzt, mein Sohn. Für heute habe ich beschlossen, Stille zu wahren. Was immer es ist, es kann warten, angesichts von dem allen hier.«

30. Fornovo

Herzogtum Mailand, Schlachtfeld von Fornovo

S eid Ihr da sicher?«, fragte Alessandro Benedetti. »So sicher, wie die Sonne strahlend am Himmel steht«, war die Antwort von Antonio Condulmer. »Glaubt Ihr, so etwas könnte ein Heer schwächen?«

»Im Augenblick habe ich nicht genügend Informationen.«

»Nach dem, was unserer Spione sagen, verbreitet sich die französische Krankheit jedenfalls mit derselben Geschwindigkeit wie die Pest, mit Auswirkungen, die wir uns noch nicht einmal vorstellen können.«

»Die da wären?«

»Wer die Soldaten Karls VIII. gesehen hat, sprach von schweren, manchmal sehr schweren Beeinträchtigungen wie abgefallenen Nasen und zerstörten Augen. Was ich Euch sage, ist so wahr, dass der Doge selbst Euch beauftragt hat, einen Bericht über diese Schlacht anzufertigen, oder täusche ich mich da?«

»Nein, Ihr täuscht Euch nicht. Und ich tue, was man mir aufgetragen hat. Ich hoffe, ich kann den Ruhm Venedigs mehren und zugleich dieses Phänomen genauer betrachten. Letztlich liegt der Schwerpunkt meiner Arbeit in der Beobachtung der Wirklichkeit. Das ändert nichts daran, dass das, was Ihr mir berichtet, schreckenerregend ist.«

»Schreckenerregend, ja, das ist es.«

»Ich frage mich, was zur Verbreitung der Krankheit geführt haben mag.«

»Ihr könnt Euch vorstellen, dass ich nicht die richtige Person bin, derartige Informationen zu liefern.«

»Natürlich, natürlich, mein Freund. Man kann nur hoffen, dass eine solche Krankheit sich nicht ausbreitet wie Lepra oder die Pest. Daher bitte ich Euch, niemandem ein Wort davon zu sagen. Ich fürchte, dass die Moral der Männer besorgniserregend leiden würde, wenn sich das herumspricht.«

»Der Meinung bin ich auch, und das ist genau der Grund, weswegen ich mit Euch darüber gesprochen habe«, sagte Condulmer. »Seht ihr, Maestro, wie es der Zufall will, ist einer dieser Spione kürzlich aus der Terra di Lavoro zurückgekehrt. Soweit ich weiß, wurde er isoliert und sicher untergebracht. Andernfalls wird er eine noch furchtbarere Krankheit verbreiten als die gallische Pest selbst. Er bat darum, mit einem Mann der Wissenschaft sprechen zu können, denn er sucht verzweifelt nach Antworten. Er verzehrt sich im Gebet, doch hat er das dringende Bedürfnis, von einem echten Maestro der Anatomie gehört zu werden, und so kann ich nicht anders, als ihn mit Euch sprechen zu lassen. Es ist meine Pflicht, Euch zu sagen, dass auch Messer Gonzaga anwesend sein wird, der verständlicherweise über alles, was vor der Schlacht geschieht, auf dem Laufenden sein möchte.«

»Von welcher Schlacht sprecht Ihr?«

»Von der, die genau hier stattfinden wird, da unser General diesen Ort ausgesucht hat, um den großen König der Franzosen vernichtend zu schlagen.«

»Ah! Nun gut, dann schauen wir uns Euren Spion mal an, Messere, und hören, was er uns zu erzählen hat.«

»Ich bringe Euch hin.«

Francesco Gonzaga befand sich im Zelt. Der Mann, den er vor sich hatte, schien dem Delirium anheimgefallen zu sein. Er zitterte wie Espenlaub. Der Oberbefehlshaber wünschte, es wäre einfach nur Fieber, aber etwas Schlimmeres schien von ihm Besitz ergriffen zu haben: wahrer, unsagbar großer Schrecken – als sei er Zeuge einer Apokalypse gewesen.

Die Augen des Mannes namens Malachias waren weit aufgerissen, die Zähne klapperten, und er sagte, er sei die ganze Strecke von Neapel bis herauf nach Fornovo im Galopp geritten, so groß sei seine Angst gewesen. Im Lager angekommen habe er nach dem venezianischen Edelmann Antonio Condulmer verlangt, dem Herrn über die Spione der Serenissima.

Gonzaga hatte ihn rufen lassen. Der Venezianer war sehr darum bemüht gewesen, seinen Mann zu beruhigen, doch dieser bat darum, einen Arzt sehen zu dürfen. Gonzaga hatte befohlen, sofort nach einem zu suchen, aber Condulmer war ihm zuvorgekommen, indem er darauf verwies, dass er in seinem Gefolge einen Absolventen der Universität von Padua habe, einen begnadeten Anatomen und intimen Kenner der medizinischen Heilkunst.

Also forderte der Generalkapitän ihn auf, ihn holen zu gehen und so schnell wie möglich zum Zelt zurückzukehren.

Daher war er erleichtert, als er Condulmer in Begleitung eines schwarz gekleideten Mannes mit dichtem Bart und lebhaften Augen eintreten sah. Er war nicht allzu groß, doch die schulterlangen, weiß melierten Haare und sein offener Blick verliehen ihm natürliche Autorität.

Beim Eintreten verneigte er sich tief vor Kapitän Gonzaga, der seinerseits keine Zeit mit Höflichkeitsfloskeln verschwendete. »Maestro, ein Glück, dass Ihr gekommen seid. Ihr müsst mir glauben, dass Eure Anwesenheit von außerordentlicher Dringlichkeit ist.«

»Exzellenz«, sagte Alessandro Benedetti, »Ihr seid zu großzügig.« Und an den zähneklappernden Mann mit den aufgerissenen Augen gewandt: »Ihr müsst Messer Malachias sein, richtig?«

»J-Ja«, brachte der Mann abgehackt hervor. Seine kurzen Haare waren schweißnass, seine Wangen hohl und er selbst spindeldürr.

»Ich habe Euch etwas mitgebracht, Mastro Malachias«, sagte der Anatom, »und Ihr werdet sehen, dass es genau das Richtige ist. Sobald Ihr es genommen habt, wird es Euch besser gehen, das verspreche ich. Doch ehe ich es Euch verabreiche, bitte ich Euch, mir zu erzählen, was Ihr gesehen habt.«

»U-und d-dann sorgt Ihr dafür, dass es mir wieder g-gut geht?«

»Ich habe es versprochen, und ich halte immer, was ich sage«, fuhr Benedetti fort, ganz so, als spräche er mit einem Kind.

Der Kapitän musste schon an sich halten, doch ihm war andererseits vollkommen klar, dass der Anatom auf diese Weise Stück für Stück das Vertrauen des Mannes gewann, der so sehr vom Schrecken aufgewühlt war. Denn das war das Letzte, was sie im Lager jetzt brauchen konnten, speziell am Vorabend einer Schlacht, die die alles entscheidende zu werden versprach – er hätte es mit jedem beliebigen Gegner aufnehmen können, aber nicht mit dem, was sich da in den Reihen des eigenen Heeres einnistete, noch dazu genährt vom Aberglauben und der unbestimmten Furcht eines Mannes, den die Panik ritt.

»Nicht nur das«, fuhr der Arzt fort, »um Euch zu beweisen, dass ich das nicht einfach so daher sage, seht her!« Damit zog er aus einer Tasche seines schwarzen Gewandes ein Glasfläschchen, das allem Anschein nach eine wundersame Mixtur enthielt. »Wenn Ihr versprecht, mir zu erzählen, was Euch ängstigt, dann werde ich Euch diesen Trunk verabreichen und garantiere Euch, dass Ihr in sanften Schlummer fallen werdet.«

»E-einverstanden.« Der Mann war immer noch ganz verstört, aber schien durch die Worte des Arztes doch ein wenig beruhigt zu sein.

»Ich werde tun, was Ihr sagt.«

»Nun denn, mein Freund, wenn Ihr uns allen hier im Zelt berichten könntet, was Euch so erschreckt hat, dass Ihr nur noch stottern könnt, wären wir Euch sehr dankbar.«

Malachias sah den Maestro an und schien seine Antwort lange abzuwägen. Während im Zelt ein geradezu erdrückendes Schweigen herrschte, dachte Francesco Gonzaga darüber nach, dass die Stimme des Arztes etwas Besonderes an sich hatte. Sie war sanft und schmeichelnd und schien seine Zuhörer gleichsam einzulullen. Sogar er selbst würde sich dem Willen dieses Mannes fügen, wenn er in einem so geschwächten Zustand wäre, wie es Malachias ganz offensichtlich war. Er konnte nicht genau ausmachen, worin die Macht der Worte des Arztes bestand, doch sprach er in einem bestimmten Singsang, der Stück für Stück jedweden Widerstand auszuräumen schien, egal bei wem. Es verblüffte und faszinierte ihn gleichermaßen.

»Die Männer Karls VIII. ...«

»Die französischen Soldaten ...«, ergänzte Benedetti.

»Nein, die Söldner, die Schweizer. Bei manchen war der Körper voller Wunden.«

»Also die Pest?«

»Nein, es ist noch etwas anderes. Es sind keine Beulen. Es sind keine ... Beulen«, wiederholte er. »Die von der Pest habe ich gesehen. Aber das hier ist noch eine andere Krankheit.«

»Wirklich?«

»Ja. Ihre Haut ist mit Hunderten entzündeter Wundmale überzogen. Das Fleisch ist wund und blutet. Die Männer sterben Stück für Stück, sie fallen förmlich auseinander.«

»In welchem Sinn?«, wollte der Arzt wissen, während Kapitän Gonzaga und dem edlen Condulmer kalter Schweiß auf die Stirn trat.

»In dem Sinn, dass ich Männer gesehen habe, die einen abstoßenden Anblick boten, die reinsten Ungeheuer. Ohne Nase. Ohne Augen. Ohne Zunge. Als hätte die Krankheit sie Stück für Stück verschlungen.«

»Ich verstehe«, sagte der Maestro nur und nickte verständnisvoll. Trotz der bewundernswerten Ruhe, mit der Benedetti diesem Bericht folgte, schien sich die Empfindung von etwas Üblem auszubreiten und in der Luft des Zeltes zu hängen, als sei die Krankheit Malachias auf seinem langen Ritt gefolgt, um sich im Lager der Heiligen Liga einzurichten.

»Gab es Prostituierte im Gefolge des Heeres von Karl VIII.?«

»Na, und ob! Eine Menge!«

»Habt Ihr jemals einen Leprakranken gesehen?«

»Ja.«

»Würdet Ihr sagen, dass diese Krankheit der Lepra gleicht?«

»Maestro, soweit ich das sagen kann, ist das, was ich gesehen habe, schlimmer.«

»Gut, gut, mein Freund«, schloss Benedetti. »Ihr habt uns mehr als genug erzählt, und ich bitte Euch um Verzeihung, dass ich Euch so lange und eindringlich befragt habe.«

Ohne noch etwas hinzuzufügen, nahm der Arzt einen Becher von einem kleinen Tisch in der Ecke des Zeltes. Er gab zwei Finger der Mischung aus dem Fläschchen hinein, dann reichte er den Becher Malachias, der ihn mit beiden Händen entgegennahm.

»Trinkt, mein Freund«, sagte Benedetti.

Der Spion gehorchte.

»Und nun ruht Euch aus.« Der Arzt trat zu ihm und half ihm, sich hinzulegen. »Ich komme bald noch einmal und schaue, ob Ihr Euch besser fühlt.«

»Danke, Maestro«, erwiderte Malachias.

»Wir warten noch, bis Ihr eingeschlafen seid, um sicher zu sein, dass mein Trank auch wirkt. Dann lassen wir Euch in Ruhe schlafen.« Der Arzt schaute den Kapitän an. Gonzaga rührte sich ebenso wenig wie Condulmer. Beide nickten.

Als sie hörten, dass Malachias gleichmäßig atmete, verließen sie das Zelt.

Kaum waren sie draußen, ergriff der Kapitän das Wort. »Maestro«, sagte er an Alessandro Benedetti gewandt, »ich vertraue Euch den Patienten an, ich bitte Euch, Euch um ihn zu kümmern und vor allem, ihn so weit wie möglich von den anderen fernzuhalten. Sollte das, was er berichtet hat, meinen Soldaten zu Ohren kommen, bräuchte ich die Schlacht, die sich am Horizont abzeichnet, gar nicht erst anzutreten.«

»Das verstehe ich vollkommen, mio Signore.«

»Habt Ihr eine Ahnung, worum es sich handelt?«

»Bei meiner Treu, ich kann es nicht sagen. Die Pest hat der Mann ausgeschlossen.«

»Und Lepra auch«, ergänzte Condulmer.

»Richtig, wobei er sich auch irren könnte, meint Ihr nicht?«, fragte der Kapitän. Man merkte seiner Stimme an, dass er unbedingt hoffte, er könnte recht behalten.

»Mag sein. Aber er schien sich seiner Sache recht sicher zu sein. Und wenn wir Pest und Lepra ausschließen, dann ist mir in drei Teufels Namen nicht klar, womit wir es hier zu tun haben«, sagte der Anatom hörbar frustriert.

»Gott steh uns bei«, schloss der Kapitän, »denn sonst ist gewiss, dass die Krankheit bewirkt, was das Schwert vielleicht nicht vermag.«

31. Seminara

Der König war ernsthaft überrascht. Kaum hatten sich die Schweizer Pikeniere jenseits des Flüsschens auf drei Reihen aufgeteilt, hatte Bernard Stuart d'Aubigny, der Kommandant der französischen Streitkräfte, auf der rechten Seite seiner Kavallerie den Befehl zum Angriff gegeben, und die Männer waren ohne zu zögern in vollem Lauf durch das Wasser galoppiert, um die spanischen Streitkräfte genau gegenüber anzugreifen.

Ohne sich aus der Ruhe bringen zu lassen, hatte General Gonzalo de Córdoba daher seinen *jinetes* befohlen, den Übertritt um jeden Preis zu verhindern. So strömten diese ihrerseits im Galopp zum Ufer und schleuderten befehlsgemäß ihre Lanzen, die daraufhin wie ein Gewittersturm aus Eisen über der französischen Kavallerie niedergingen und entscheidende Lücken rissen.

Nach Erfüllung ihres Auftrags zogen sich die von Ferrantino koordinierten *jinetes* geordnet zurück und überließen einer Gruppe leichter Kavallerie das Feld, die erneut Lanzen auf die Franzosen einhageln ließ.

Angesichts dieser wohlgeordneten, geschlossenen Aktion war der König hochzufrieden mit der geistesgegenwärtigen Schlagkraft, die *El Gran Capitán* unter Beweis gestellt hatte.

»Gonzalo, ich gratuliere Euch, wir haben das Feld ganz wunderbar gehalten!«

»Wohl wahr. Ich hatte keinen Zweifel an unseren altgedienten Kämpfern. Die *jinetes* sind leicht bewaffnet, sie sind deshalb wendiger und schneller und können die schwere Kavallerie erst einmal verlangsamen, doch können sie sie nicht ewig aufhalten. Wir müssen jetzt hoffen, dass die Kalabresen ihr Bestes geben. Wenn ich ehrlich sein darf, Majestät – was mir wirklich Sorgen bereitet, ist die unerträgliche Hitze in diesem verdammten Land.«

Der König nickte. Von den Platten der Rüstungen der *Gendarmerie Française* wurden die Sonnenstrahlen glühenden Pfeilen gleich zurückgeworfen und blendeten ihn und seine Männer geradezu. Da gab der General den Kalabresen den Befehl vorzurücken. Die Männer der ersten Reihen, Freiwillige vom Land, Männer ohne militärische Disziplin und Ordnung, stürzten sich mit großem Kriegsgeschrei auf die Schweizer Söldner, die sie auf der anderen Seite des Flusses in aller Gemütsruhe erwarteten, als ginge es sie gar nichts an.

Aus Angst vor einem Pfeilhagel beeilten sich die Kalabresen, durch den Fluss zu kommen, doch nicht ein einziger Pfeil wurde auf sie abgeschossen, und sie konnten die Strecke ungehindert überwinden.

In dem Augenblick wurde dem General klar, dass etwas nicht stimmte. Auch Prospero Colonna wollte seinen schlimmsten Befürchtungen Ausdruck verleihen. Der römische Edelmann war bei der Nachhut geblieben, nun kam er gemeinsam mit seinem Cousin herbei. »Der Igel!«, schrie er. »Jetzt machen sie sie fertig!«

»Was?«, fragte der König, der nicht verstand, was der römische Edelmann gesagt hatte.

»Die Schweizer Igelformation«, sagte Gonzalo Fernández de Córdoba kopfschüttelnd. »Ihr werdet es gleich sehen. Darum ist es für mich wichtig, dass sie zusammenbleiben. Sie werden in diese Stellung eindringen müssen, und das wird nicht einfach sein!«

Als sie den Fluss überquert hatten, warfen sich die zweitausend irregulären kalabrischen Soldaten, teils zu Pferd, teils Fußsoldaten, wie ein Rammbock aus Leder und Eisen gegen die drei Reihen der Schweizer Söldner.

Als sie sich sicher waren, dass die Feinde das Tempo ihres Ansturms nicht mehr drosseln konnten, senkten die Schweizer plötzlich ihre achtzehn Fuß langen Piken.

Und dann geschah das, was Prospero Colonna vorhergesehen hatte und von dem Gonzalo de Córdoba gehofft hatte, dass es nicht passieren würde.

Kalabrische Reiter wie Infanteristen wurden gleichermaßen von den extrem langen Piken aufgespießt. Die eisernen Spitzen durchbohrten Rüstungen, rissen das Fleisch auf, zerfetzten das verstärkte Leder, hoben die Soldaten vom Boden hoch, schwenkten sie durch die Luft und zerfetzten sie schließlich wie Lumpenpuppen.

Sie vernichteten sie. Einen nach dem anderen.

Doch das Schlimmste sollte noch kommen. Denn die zweitausend Kalabresen blieben nicht zusammen, ihre Formation gab nach wie Butter unter der Klinge eines heißen Messers.

Diejenigen, denen der Bauch nicht aufgeschlitzt worden war, flohen in rückwärtiger Richtung.

Doch hinter ihnen wartete die Hölle.

Denn die Schweizer machten natürlich keine Anstalten stehen zu bleiben. Sie rückten weiter vor, und dann geschah etwas noch weit Schrecklicheres.

»Was passiert da?«, fragte der König, der ohnmächtig zusah, wie die ersten Reihen der Kalabresen aufgerieben wurden.

El Gran Capitán mochte seinen Ohren nicht trauen. »Sie singen«, sagte er mit brüchiger Stimme.

32. Farben und Bekenntnisse

Herzogtum Mailand, Castello Sforzesco

Leonardo wusste, was ihn erwartete. Und wenn er ehrlich war, freute er sich über diesen Auftrag. Er hegte eine große Leidenschaft für Beatrice. Er wusste, dass Ludovico eine gewisse Zuneigung für sie empfand, vielleicht war es sogar so etwas wie Liebe, doch hinderte das, um der Wahrheit die Ehre zu geben, den Herzog von Mailand nicht daran, eine ganze Schar von Geliebten zu haben. Was wiederum Leonardo großen Schmerz bereitete. Denn die Gemahlin von Il Moro war ihm seit dem Tag, da er sie kennengelernt hatte, als treue, intelligente, kultivierte, faszinierende und ganz bestimmt sehr schöne Frau erschienen. Er konnte nicht verstehen, wieso der Herzog sie wie aufgrund einer angeborenen Schwäche auf jede erdenkliche Weise hintergehen musste, unfähig, einem sexuellen Verlangen zu widerstehen.

Den eigenen Charakter durch Willenskraft zu formen war freilich eine ziemliche Herausforderung. Angesichts der Tatsache, dass er die angenehmen Seiten des Lebens kannte, darunter so unwichtige wie seine Leidenschaft für elegante und ausgesuchte Kleidung, für die er ein Vermögen ausgab, war er selbst nicht unbedingt ein Musterbeispiel an

Tugend, doch war es ihm nicht möglich, einen solchen Mangel an Respekt für eine Frau wie die Herzogin von Mailand zu rechtfertigen.

Dies trat ihm umso deutlicher vor Augen, als sie ihm angekündigt wurde und er sie sah. Beatrice d'Este bot einen herrlichen Anblick: Sie trug ein feuerrotes Samtkleid, auf das über die gesamte Länge Perlen aufgestickt waren. Die indigoblauen Ärmel wiesen Schlitze auf, die in einem subtilen Spiel der Verführung nackte Haut sehen ließen. Gesteigert wurde der Effekt noch durch kleine bunte Bänder, die den Stoff rafften und ihn perfekt am Arm anliegen ließen. Beatrices kastanienbraunes Haar war in einem langen Zopf zusammengefasst. Es kam unter einem weichen Netz aus Silberfäden hervor. Im perfekten Oval ihres Gesichtes leuchteten tiefschwarze Augen. Das fein geschnittene Näschen verlieh ihr natürliche Nobilität; um die tiefroten Lippen spielte ein Lächeln, das einen brillanten und hintergründigen Geist verriet. Um die Stirn zog sich ein schmaler Kronreif, in dessen Mitte ein herzförmiger Verschluss aus großen Rubinen saß, der die Strahlen der Sonne, die blass durchs Fenster des Saales fielen, blutrot reflektierte.

»Maestro«, begrüßte sie ihn freudig, »endlich seid Ihr da! Wie lange habe ich auf Euch gewartet!«

»Ich bin so rasch gekommen, wie es mir möglich war, mia Signora«, sagte er und verbeugte sich. »Zu spät, das gebe ich zu, in Anbetracht Eurer Schönheit, von der ich ganz geblendet bin.«

»Ach, Leonardo«, seufzte Beatrice, »welch ungewohnte Galanterie für eine Frau wie mich.«

Diese Worte verrieten Leonardo eine Art resignierte Melancholie. Doch er wollte Beatrice nicht betrübt sehen, ganz im Gegenteil. »Madonna, es ist ein heller Tag, und zwar genau auf die richtige Art, denn seht Ihr? Die Wolken, die die Sonne verdecken, lassen ein vages Licht herein, ein weiches, zartes Licht, nicht zu hart. So ist es ideal, um Euch als den schönsten Stern am Firmament herauszustellen. Ich habe Pinsel und Farben mitgebracht, so wie Ihr wolltet, daher ...«

Beatrice klatschte in ihre kleinen Hände wie ein glückliches Kind. »Hurra!«, rief sie mit ihrem schönsten Lächeln, »Ihr könntet also in Erwägung ziehen, mich zu porträtieren?«

»In Erwägung ziehen? Es ist mir eine Ehre. Ich danke Euch, mich darum gebeten zu haben.«

»Ich habe keinen Gedanken an einen anderen Künstler verschwendet. Wisst Ihr, Leonardo, mit Euch zu sprechen fällt mir so leicht. Ich spüre, dass ich Euch alles anvertrauen könnte – meine Hoffnungen, meine Freuden, meine Ängste.«

»Was sind denn Eure Hoffnungen?«

»Dass dieser elende Krieg endet, mein Freund«, antwortete Beatrice prompt.

Leonardo schaute sie intensiv an. »Ihr habt recht, Madonna, diese Auseinandersetzung ist der reinste Wahnsinn.«

»Ihr sagt es.«

»Die Situation ist ganz klar außer Kontrolle geraten. Besser gesagt – es hätte niemals dazu kommen dürfen. Und doch gab es Leute, die glaubten, sie beherrschen zu können. Um dann, als es zu spät war, festzustellen, dass sie sich geirrt hatten.« Während er das sagte, bereitete Leonardo die Staffelei, den Tisch, die Pinsel und die Farben vor, um ja keine Zeit zu verlieren. Er fuhr fort: »Das eigentliche Problem ist jedoch die Uneinigkeit zwischen den verschiedenen Reichen und Republiken. Solange die fortbestehen, werden wir nie etwas anderes sein als die Beute Frankreichs und Spaniens.«

»Ihr macht Euch keine Vorstellung, wie sehr ich Eurer Meinung bin. Ich meine sogar, dass wir vereint vor niemandem Angst haben müssten«, gestand Beatrice.

»Doch lassen wir diese tristen Gedanken beiseite. Erlaubt mir, Eure Schönheit im Bild festzuhalten. Bin ich denn nicht deswegen hier?«

»Einverstanden«, sagte sie sanftmütig.

»Aus diesem Grund möchte ich Euch bitten, Euch in die Mitte des Saals zu begeben. Seht Ihr, mia Signora, das Licht, das silbrig durch die großen Fenster fällt, schafft die ideale Beleuchtung, sodass Eure Gestalt eingehüllt wird wie in einen Nimbus, ohne von Kontrasten verändert zu werden. Auf diese Weise wird Eure Anmut viel natürlicher wirken, weil das Licht sie ideal zur Geltung bringt.«

Beatrice gehorchte Leonardo und ging zu der von ihm angewiesenen Stelle. Die *pianelle*, die Stelzenschuhe, die sie trug, verliehen ihr eine bemerkenswerte Größe, obwohl sie nicht groß gewachsen war.

»Würdet Ihr es mir übelnehmen, wenn ich Euch bäte, in dieser Haltung so lange zu bleiben, wie es Euch möglich ist?«

»Nicht im Geringsten«, antwortete sie mit Bestimmtheit.

»Darf ich Euch auch noch bitten, die Arme so natürlich wie möglich zu halten, also sie an den Seiten herabhängen zu lassen?«

Beatrice tat wie geheißen.

»Ich danke Euch unendlich, mia Signora«, sagte Leonardo, der inzwischen begonnen hatte, feine dünne Linien zu ziehen – für eine erste Vorzeichnung, die es ihm erlauben würde, im Anschluss zum Malen überzugehen. Er freute sich, eine Palette aus Pappelholz gefunden zu haben, glatt, ohne Knoten, die er mit Tierleim und ganz fein verdünntem Gips präpariert hatte. Er hatte mehrere Schichten aufgetragen, um eine perfekte Oberfläche zu erhalten.

Er wusste, dass er noch mehrere Unterhaltungen mit Beatrice führen würde, denn er nahm sich gerne viel Zeit für die Ausführung seiner Porträts. Die Verwendung von Ölfarbe lag auf der Hand. Er wollte den Gesichtszügen die gebührende Aufmerksamkeit schenken. Er wusste, dass er großzügig mit Schattierungen arbeiten müsste, um die Lineatur der Züge auszugleichen, die von den präzisen Konturen seiner Zeichnung vorgegeben war. Er wollte unbedingt Beatrices Anmut und den Gemütsregungen ihrer sanften und freundlichen Seele gerecht werden, ohne jedoch die Verschmitztheit außer Acht zu lassen, die in ihren Blicken und dem schönen, leicht schmollenden Lächeln erkennbar war.

»Ich könnte Euch tagelang betrachten, mia Signora«, sagte Leonardo, »Ihr müsst mir glauben, wenn ich Euch sage, dass es für einen Mann keine schönere Entlohnung geben kann.«

Diese Worte ließen sie erröten. Beatrice war nicht unempfänglich für Leonardos Charme. Er war ein gut aussehender Mann, groß gewachsen, mit langen blonden Haaren und einem gepflegten, wallenden Bart. Er hatte angenehme Gesichtszüge, breite Schultern, eine freundliche Stimme –

doch was sie am meisten für ihn einnahm, war dem zuzuhören, was er sagte. Seine Komplimente waren nie dreist, vulgär oder gar abgedroschen. Er nahm sie ernst, er wollte wissen, was sie dachte, und mit ihr die Schlussfolgerungen aus ihren Ansichten und Ideen erörtern.

Außerdem nahm sie an Leonardo eine aufrichtige Bewunderung für Frauen war, und das verlieh den gemeinsam verbrachten Stunden eine Dimension, die über das allgemein übliche Vergnügen hinausging. Wenn er sie ansah, war es ihr, als könnte sie unbekannte Räume durchfliegen, so als würde sein Blick sie in die Lüfte heben und antreiben. Er kannte die Untiefen der Seele, und die Sorgfalt und Aufmerksamkeit, mit der er den Moment vorbereitete, in dem er ihre Züge für alle Zeit festhalten würde, nahm ihr den Atem, denn sie wusste, dass er es zu etwas machen würde, das einzigartig und zugleich für die Ewigkeit bestimmt war. Und diese strebsame Hingabe seitens des Maestro löste in ihr unglaublicherweise sogar ein körperliches Wohlgefühl aus. Es war, als berühre sein Blick sie tiefer als jede andere liebevolle Geste. Es war nicht allein der Künstler, der das, was er sah, bestmöglich wiederzugeben versuchte, es war vielmehr ein komplizenhaftes Spiel, ein Teilen von Blicken und intimen Momenten. Sie hatte das Gefühl, in seinen Augen versinken zu können.

Obwohl er sie gebeten hatte, stehen zu bleiben, merkte sie gar nicht, wie die Zeit verging. Sie war in eine andere Dimension versetzt und spürte, wie ihre Brust unter dem roten Samt des Kleides bebte. Es war, als stünde sie in Flammen, während sich ihr Ausdruck unter seinen wachen Blicken und ihrer zarten Tändelei ständig änderte – mal sehr präsent, dann wieder träumerisch oder entzückt.

Beatrice hatte schon einige seiner Gemälde gesehen, und sie war immer tief beeindruckt von der Eleganz und Anmut im Umgang mit der Farbe, der Zartheit der Formen, speziell der weiblichen, die weich, nuanciert, vornehm erschienen, als ob er sich selbst ganz in den Dienst der Frau stellte. Als wollte er ihnen unvergleichliche Ausstrahlung verleihen, indem er es vermied, ihnen allzu scharf umrissene, klare Konturen zu geben, wie sie es hingegen bei anderen Malern schon gesehen hatte.

Ganz zu schweigen davon, dass sie diesen Auftrag ohne Ludovicos Wissen erteilt hatte – allein das versetzte sie in Euphorie. Sie war sich sicher, dass Leonardo ihr Geheimnis niemals verraten würde, dass er es im Gegenteil eifersüchtig wahren würde, mit ritterlich standhaftem Sinn.

Sie seufzte und dachte bei sich, dass sie einen solchen Augenblick der Ergriffenheit noch nie erlebt hatte und noch nie so erfüllt gewesen war von Glück.

Und als Leonardo sich schließlich verabschiedete, wünschte sie sich, dass er so schnell wie möglich zurückkehren würde.

33. Bittere Lehre

Königreich Sizilien, Ebene von Seminara

S ie sangen.

In diesem Inferno aus Eisen und entfesselter Wut schienen die Schweizer guter Dinge zu sein. Und das ließ *El Gran Capitán* das Blut in den Adern gefrieren. So etwas hätte er niemals erwartet. Nicht einmal in seinen schlimmsten Albträumen.

Die Wirklichkeit war jedoch die, dass die irregulären kalabrischen Kämpfer um ihr Leben rannten und dabei mitten in der Flussdurchquerung auf die zweite Linie der Vorhut trafen, die sich gerade in entgegengesetzter Richtung auf die Schweizer zubewegte. Die beiden Gruppen trafen im Wasser aufeinander und sorgten für totales Durcheinander, im Zuge dessen die Reihen derer, die noch weiter voranzudrängen versuchten, aufgerissen wurden. Das Ergebnis war, dass sie auseinandergedrängt wurden, ehe es ihnen in irgendeiner Form gelungen war, einen Widerstand zu formieren. Die Schweizer hingegen rückten weiter vor, dabei sangen sie aus voller Kehle und reichten einander Flaschen mit Wein. Und nebenbei machten sie mit ihren mörderischen Piken, die sie wie Rammsporne gebrauchten, wie eine todbringende Phalanx alles nieder, was ihnen unterkam.

Auch die beiden Colonna standen wie versteinert in ihren Steigbügeln, außerstande, irgendwelche Lösungen aufzuzeigen.

Doch was dann folgte, war noch schlimmer. Denn während die Kalabresen niedergemäht wurden wie reifes Korn, war es der *Gendarmerie Française* gelungen, den Fluss zu überwinden; sie griffen nun die *jinetes* an und zerlegten sie dank der verheerenden Kraft ihrer Lanzen.

Die vierhundert Reiter der schweren Kavallerie ließen die Erde erbeben. Hinter ihnen kamen weitere achthundert leicht Bewaffnete, was diesen Angriff noch tödlicher machte. Kaum am Ufer angelangt, durchbrachen sie buchstäblich die erste und zweite Angriffslinie, schickten die spanischen Pferde zu Boden, durchtrennten Gliedmaßen, zerschmetterten Köpfe und vernichteten mit diesem Angriffsschlag ohnegleichen das Heer Ferdinands II.

El Gran Capitán erkannte sofort, dass die Schlacht verloren war.

»Mio Signore«, sagte er an seinen König gewandt, »wir haben nicht die geringste Aussicht, diese Schlacht noch zu unseren Gunsten zu wenden. Wir haben einen Fehler begangen, als wir die Schweizer Pikeniere unterschätzten. Die Igelformation rückt weiter vor und lässt uns keinen Raum. Die schwere Kavallerie erledigt den Rest. Ich bitte Euch um Erlaubnis, den Rückzug zu befehlen, bevor wir nicht nur diese Schlacht, sondern auch alle Männer verlieren, die ich mitgebracht habe. Wenn wir jetzt nach Reggio Calabria zurückkehren, werden wir vielleicht zweitausend unserer alten Kämpen retten, und das wird uns erlauben, diesen Feldzug mit einem Zermürbungskrieg noch in die richtige Richtung zu lenken.«

»Erteilt den Befehl, General, wir haben keine Zeit zu verlieren«, seufzte der König, merklich mit Wut und Ärger in der Stimme.

Das war auch Zeit, dachte Fabrizio Colonna. Noch länger zu warten wäre reiner Selbstmord gewesen. Er sah, wie ein Reiter aus dem Sattel geworfen wurde und zu Boden fiel. Nicht weit entfernt wurden zwei Kalabresen von den Piken der Schweizer aufgespießt und verendeten unter Schreien, die nichts Menschliches mehr an sich hatten. Die schottischen Bogenschützen unter dem Kommando von d'Aubigny nahmen den Rückzug unter heftigen Beschuss. Nicht weit von ihm entfernt fiel ein spanischer *rodelero* auf die Knie, in seinem Hals steckte ein Pfeil. Das Blut schoss im Strahl heraus.

»Schnell, schnell!«, schrie sein Cousin. »Wir müssen hier weg!«

»Geht Ihr nach vorn, ich decke den Rückzug des Königs!«

»Ich bleibe bei Euch, Cousin!«, gab ihm Prospero zur Antwort, und während Ferdinand II. sein Pferd wendete, gab Fabrizio alles, um die königliche Flucht zu schützen. Es bestand ohnehin keine Möglichkeit zum Gegenangriff. Gegen die Schweizer Igelformation vorzugehen hieß sich selbst aufzuspießen; der Versuch, es mit der Gendarmerie aufzunehmen, kam dem Untergang gleich. Fabrizio in seinem Plattenharnisch fürchtete die Franzosen jedenfalls nicht. Obwohl er allein war, machte er einen Reiter der schweren Kavallerie aus, schmiss sich ihm aus Leibeskräften schreiend entgegen. Er senkte das Visier des Helms, nahm vom Sattel den Streitflegel und ließ die dornenbesetzte Stahlkugel in der Luft kreisen. Der Franzose, der von diesem mutigen, fast heroischen Akt wohl überrascht war, war auf den Aufprall nicht vorbereitet. Da er gerade dabei gewesen war, seine Lanze in die Brust eines Gegners zu rammen, hatte er kaum die Zeit, das Schwert zu ergreifen, als er sich Fabrizio Colonna gegenübersah. Der ritt wie der Teufel. Er ließ die Eisenkugel ein letztes Mal durch die Luft kreisen, dann schoss sie wie ein Blitz durch die Luft und schlug gegen den Hals des Franzosen. Die Kugel zerfetzte Eisen und Fleisch, riss den Hals des Ritters auf, der auf seinem Pferd zusammensackte und dann zu Boden sank.

Bestärkt durch seinen ersten Erfolg, erblickte Fabrizio einen zweiten Gendarmen zu Fuß und galoppierte auf ihn zu.

Er wusste, dass er auf diese Weise riskierte, den Zorn der Feinde auf sich zu ziehen, die ihn angesichts ihrer Überzahl bequem hätten vernichten können, doch hatte er nicht vor, auch nur einen Augenblick länger zu bleiben als nötig war, um den Mann zu erledigen, den er vor sich hatte. Er tat das allein zu dem Zweck, Zeit für die Flucht des Königs zu gewinnen.

Er gab dem Pferd die Sporen. Er spürte, wie es in seinem Kopf hämmerte, als wollte der ihm unter dem Helm explodieren. Wegen der Hitze, die durch all das Eisen, das ihn von Kopf bis Fuß bedeckte, noch verstärkt wurde, klebten ihm die Haare an der Stirn. Die Pfeile, die unaufhörlich aus diesem entflammten Himmel herabprasselten, die Infanteristen, die am Ufer unter ersticktem Röcheln und vor Schmerz stöhnend mit dem Tod rangen – alles um ihn herum schrie in einem Wirbel des Wahnsinns.

Er ließ nicht nach, er galoppierte wie der Blitz. Er kam dem Fußsoldaten immer näher. Er sah ihn mit über den

Kopf erhobenen Armen, wie er das Schwert mit beiden Händen umklammert hielt, im Begriff, den *rodelero* am Boden zu richten. Sein Gesicht war zu einer Mischung aus Wut und Triumph verzerrt. Dieses Gesicht würde er tilgen. Die Welt, wie er sie durch den langen engen Schlitz des Helms sah, eingeengt auf eine vertikale Linie, erschien wie in die Länge gezogen.

Fabrizio erhob ein weiteres Mal den Streitflegel. Die Kugel rotierte furchterregend in der Luft. Noch indem er den metallbedeckten Arm ausstreckte, sah er, wie sie mit dumpfem Ton gegen den Gesichtsknochen des Gendarmen krachte, den halben Oberkiefer und den ganzen unteren Teil des Gesichtes wegfegte.

Er hielt sich nicht auf und stürmte weiter, ließ sein Pferd eine Rechtswendung machen, dorthin, wo er hergekommen war. Dabei hörte er die Schreie, den Kampflärm und die Flüche der Franzosen. Sie in der Nähe wissend gab er dem Pferd die Sporen.

Das Tier legte die Strecke mit donnernden Hufen zurück, das verbleibende Stück zerstob schier wie mit Funkenflug.

Fabrizio sah, wie er Prospero, der königlichen Wache, Ferrantino und dem General Gonzalo de Córdoba immer näher kam. Sie hatten sich im Halbkreis aufgestellt und standen schützend um den König herum.

Alles wird gut, sagte er sich im Irrsinn dieser Augenblicke, alles wird gut.

Hinter sich hörte er immer noch die Schweizer singen.

34. Die Wut

Kirchenstaat, Rocca di Pesaro

Ich sage Euch, ich traue ihm nicht«, rief Cesare aus. Er war am Abend zuvor aus Orvieto gekommen. Nun, da Karl VIII. begriffen hatte, dass ein Treffen mit dem Papst nicht möglich war, war er bis in die Emilia hinaufgezogen, in der Hoffnung, sich so einem Angriff seitens der Heiligen Liga entziehen zu können. Und der junge Kardinal Borgia hatte seine Schwester in der Burg ihres Gemahls besuchen wollen. Er hatte sie so lange schon nicht mehr gesehen. Und wie er gerade gesagt hatte, hatte er keinerlei Vertrauen in Giovanni Sforza.

»Er ist mein Ehemann, und dies ist sein Haus. Achtet auf Eure Worte!«

»Wie?«, fragte Cesare verblüfft. »Ihr seid auf seiner Seite? Ihr würdet Eure Familie verraten?«

»Meine Familie soll verflucht sein!«

»Lucrezia, ich bitte Euch, was redet Ihr da?«

»Ihr habt mich gehört! Was hat meine Familie denn schon für mich getan? Sie hat mir einen Ehemann ausgesucht, gewiss! Allein zu dem Zweck, ein Bündnis mit den Sforza einzugehen. Doch nun ist dieses Abkommen zum Hindernis geworden, nicht wahr? Doch Vorsicht, Cesare, meine Geduld ist nicht endlos. Ich habe mit der Zeit auch gelernt, Giovanni eine gute Gemahlin zu sein. Und ich schaue Euch in die Augen und sehe, dass Ihr ihm etwas Böses antun wollt – so wie Ihr ihn schon in der Vergangenheit bedroht habt.«

»Woher wisst Ihr das?«, platzte er heraus und gab damit zu, dass seine Schwester recht hatte.

»Er hat es mir gesagt, nachdem wir das Bett miteinander geteilt hatten.« Sie hob diesen Umstand hervor, von dem sie wusste, dass er ihren Bruder ärgern würde.

»Ihr habt mit ihm geschlafen?«, fragte Cesare und riss die Augen auf.

»Was hätte ich Eurer Meinung nach tun sollen? Keusch bleiben? Und für wen? Für den nächsten Ehemann, den Ihr mir aussucht, wenn dieser Euch nicht mehr in den Kram passt?«, fragte Lucrezia voller Verachtung. »Ich habe Euch gern, Bruder, Ihr könnt Euch nicht einmal vorstellen, wie sehr, doch ertrage ich es nicht, wie Ihr nach Eurem Belieben über mein Leben bestimmt. Ich dulde es nicht, wenn unser Vater dies tut, wie sollte ich es da von Euch ertragen können!«

»Schweigt!«, rief er und kam näher.

»Sonst? Was werdet Ihr dann mit mir machen? Wollt Ihr mich umbringen? Glaubt Ihr, ich sei eins von Euren Weibsbildern, mit denen Ihr die Ehe brecht trotz Eures …«

»Genug!«, wiederholte Cesare zornesrot. »Nicht in diesem Ton. Ihr seid zu weit gegangen.«

»Ihr gewöhnt Euch besser daran, denn diesen Ton werde ich Euch gegenüber immer anschlagen, wenn Ihr meint, Ihr könntet über mein Leben verfügen.«

Cesare begriff, dass er so direkt nicht viel erreichen

würde, daher versuchte er die Frage aus einer anderen Richtung anzugehen.

»Einverstanden. Der entscheidende Punkt ist, dass Ihr nicht versteht, dass ich mit dem, was ich sage, nur Euer Bestes will. Schaut, Lucrezia, die Dinge haben sich leider geändert. Das ist nicht die Schuld Eures Ehemannes, doch ...«

»Doch ...?«

»Doch meine Schuld ist es ebenso wenig. Oder die unseres Vaters. Was ich Euch zu sagen versuche, ist, dass Ludovico il Moro der Erste war, der sich mit dem König von Frankreich verbündet hat, und auch wenn er heute zu jenen zählt, die die Heilige Liga unterstützen, ist seine Position schwer kompromittiert. Die von Giovanni ebenso. Wie ich Euch schon sagte, mache ich ihm deswegen keinen Vorwurf, aber es ist eine Tatsache. Und es will mir einfach nicht in den Kopf, dass ihm seine Stellung mehr am Herzen liegt als Eure. Was mich angeht – ob Ihr es glaubt oder nicht –, mir geht es einzig und allein um Euch!«

»Aber genau das ist der Punkt. Ihr glaubt, dass ich eine bestimmte Position habe oder vielleicht auch er. Ihr stellt Euch dieses Leben wie ein Schlachtfeld vor, auf dem jeder nur das eine Ziel hat, die Borgia zu bedrohen. Wahrscheinlich ist das so, das will ich gar nicht bestreiten. Aber ich will kein Teil davon sein. Ich will bloß für die Zeit, die mir mit ihm gegeben sein wird, bei meinem Gemahl sein.«

Cesare seufzte. »Na schön, ich sehe schon, Ihr wollt mir nicht zuhören. Nun denn«, er hob resignierend die Hände, »es ist zwecklos. Wenn der Zeitpunkt gekommen ist, vertraue ich darauf, dass Ihr wisst, auf welcher Seite Ihr zu stehen habt.«

»Ich werde mich für die Familie entscheiden, das wisst Ihr. Meine Loyalität steht nicht zur Diskussion«, erwiderte Lucrezia. »Aber solange es nicht unbedingt nötig ist, bleibe ich bei meiner Meinung. Und wagt es nicht noch einmal, Giovanni zu bedrohen!«

Cesare schüttelte den Kopf. Seine Schwester war wirklich ein harter Brocken.

Dann überraschte sie ihn. »Nun umarmt mich«, sagte sie, »oder glaubt Ihr, dass ich auf Eure Liebe verzichten könnte? Ihr wisst, dass Ihr mir lieb und teuer seid wie kein anderer!«

Der junge Kardinal Borgia war etwas verwirrt durch diesen plötzlichen Stimmungsumschwung. Er hatte das Gefühl, dass seine Schwester während der ganzen Unterhaltung nie die Kontrolle verloren hatte.

Das hätte ihm klar sein sollen.

Also machte er gute Miene zum bösen Spiel und nahm sie in die Arme.

Er liebte Lucrezia sehr, doch hatte er gerade etwas Wichtiges begriffen. In Zukunft würde er nicht mehr versuchen, sie zu überzeugen, mit Dialektik konnte man ihr nicht beikommen. Er würde sie vor vollendete Tatsachen stellen.

Nur so konnte man sich durchsetzen. Und die Borgia vor den Einfällen dieser jungen Frau schützen, die entschlossen war, ihren Willen durchzusetzen.

35. Die Schlacht

Herzogtum Mailand, Fornovo sul Taro

Karl VIII. hatte sich nicht zurückgezogen. Das war eine Tatsache, und sie verdiente Beachtung. Also würde es zur Schlacht kommen, so viel war sicher. Und zwar bis zum letzten Blutstropfen, wenn man den Ruf der Franzosen in Betracht zog. Die hatten es bei ihrem Weg die Halbinsel hinauf nicht an Gemetzel, Bränden, Vergewaltigungen und Plünderungen fehlen lassen. Wie eine Heuschreckenplage waren sie über das Land gezogen, die alles kahl frisst, was ihr unterkommt. Doch schien die Geißel, die sie mit sich trugen, sie verseucht und ihrerseits ausgezehrt zu haben, als hätte das Böse, deren Botschafter sie waren, sie von innen aufgefressen und würde sich Tag für Tag weiter seinen Weg bahnen, bis es sie völlig verschlungen hätte.

Antonio Condulmer, oberster Anführer der Spione Venedigs, verstand es zu kämpfen, wenn es nötig war, und er war sich einer Sache sicher: Er wollte gewiss nicht wie ein Feigling dastehen. Nicht, nachdem er gesehen hatte, was mit Malachias geschehen war, einem seiner besten Männer. Die Neuigkeiten, durchgesickert dank der Spionagearbeit seiner Männer, waren alles andere als beruhigend. Trotz der Toten, Kranken und all denen, die in den Festungen des

Südens zurückgelassen worden waren, um die eroberten Ländereien zu kontrollieren, konnte Karl immer noch auf mindestens zehntausend Männer zählen, wovon tausend erbarmungslose Schweizer Söldner waren, Profis im Umgang mit der Pike, unbezähmbares Bergvolk, das selbst mit zehn Pfeilen im Körper kein Stück Boden preisgab. Echte Bestien also.

Er war daher leicht bewaffnet mit einer Handvoll Venezianer zu Aufklärung und Störmanövern aufgebrochen, kaum dass die Franzosen im Gebiet der Emilia angekommen waren, wo das Heer von Francesco II. Gonzaga bereits auf sie wartete. Letzterer hatte sich entschieden, seine Männer nördlich von Fornovo aufzustellen, rechts des Flusses Taro. Nach den Plünderungen von Neapel, Rom und Florenz und nachdem sie Pontremoli dem Erdboden gleichgemacht hatten, hatten die Franzosen, mit ihrer Kriegsbeute beladen, den Apennin überquert. Dabei zogen sie unter der sengenden Sonne auch ihre Kanonen über den Pass von Cisa.

Das eigentliche Problem bestand darin, dass seit nunmehr zwei Tagen ein sturzbachartiger Regen fiel, der den Fluss hatte anschwellen lassen und die Ebene in eine einzige riesige Schlammlandschaft verwandelt hatte. Dies könnte dem Heer der Liga von Nutzen sein, weil die französische Kavallerie unter diesen Bedingungen nicht im Vorteil war. Dasselbe galt für die Kanonen. Die Igelformation aus Schweizer Piken hingegen war die ideale Waffe in solchem Gelände. Es herrschte also eine Pattsituation, denn Karl VIII. konnte zwar nicht vorrücken, hatte zur Verteidigung jedoch den Vorteil, dass er den Apennin hinter sich hatte.

Das Heer der Liga hätte ihn also zunächst aufstöbern müssen, wenn es ihn wirklich vernichten wollte. Nach dem jedoch, was die Spione Antonio Condulmer berichtet hatten, waren die Franzosen, so unbeugsam sie auch sein mochten, nunmehr müde und erschöpft von den Gewaltmärschen und verzehrt von der Krankheit. Malachias Erzählungen entsprachen der Wahrheit. Er selbst hatte, wie ein Tier im Gebüsch versteckt, die von Wundmalen übersäten Gesichter und Körper gesehen; Gesichter, denen die Augen fehlten oder deren Nase völlig entstellt war.

All das machte die Sache natürlich nicht leichter, und obwohl die Nachrichten, die von den Kommandanten der Liga kamen, recht ermutigend waren, hatten Letztere sich doch gehütet, den Angriff zu befehlen. Als Karl ihnen seine Botschafter mit der Bitte geschickt hatte, ihm den Weg für einen Rückzug nach Frankreich freizugeben, hatten sie sogar ausweichend reagiert. Wie zur Bestätigung ihrer Zweifel.

Bei einer Zusammenkunft, die am Tag zuvor im Zelt von Francesco II. Gonzaga abgehalten worden war, hatte die Einigung in einem Vorschlag von Melchiorre Trevisan, dem Leiter des venezianischen Senates, bestanden, nur dann einzugreifen, wenn Karl VIII. sich zum Angriff entschließen würde.

Und so wartete man weitere zwei Tage im strömenden Regen, der die unfassbare Hitze der vergangenen Wochen abkühlte, aber auch das Gelände der Begegnung schwieriger machte.

Antonio Condulmer schaute in den Himmel und sog den Duft des Regens ein. Blitze rissen das dunkle Himmelsgewölbe auf, und das Donnergrollen schien das kommende

Dröhnen der Kanonen vorwegzunehmen. Als er ins Lager zurückkehrte, lauschte er dankbar dem Trommeln der Regentropfen auf den Stahl seines Schwertes und das armierte Leder der Rüstungen, denn er wusste, dass er später höchstwahrscheinlich nichts mehr hören würde.

Er genoss diese Augenblicke in vollen Zügen, ehe es dafür zu spät war.

Francesco II. Gonzaga beobachtete ihr Vorrücken und sah, wie sie an die Stelle gelangten, wo das Tal sich öffnete, in unmittelbarer Nähe zum Taro. Damit war klar, dass er nicht länger warten konnte. Karl VIII. würde jeden Moment angreifen. Er gab das Signal, und auf seinen Befehl hin begaben sich die Mailänder Reiter, an ihrer Spitze der Graf von Caiazzo, hinab zum Ufer und durchwateten den Fluss. Weiter stromaufwärts, dort, wo der Taro schmaler wurde, taten die zweitausend Stratioten unter dem Befehl von Antonio Condulmer dasselbe. Ihre Absicht war, die Flanke der französischen Nachhut durcheinanderzubringen, den Tross mit der Verpflegung zu verwüsten und anschließend das Heer Karls VIII. zu überraschen.

Während der Graf von Caiazzo schon auf dem Weg durchs Wasser war, wurde Francesco Gonzaga klar, dass eine Durchquerung an dieser Stelle einigermaßen heikel war, denn das, was eigentlich ein mit Wucht geführter Angriff hätte sein sollen, erwies sich im Gegenteil als ein Kampf ums Überleben. Mit dem Ergebnis, dass die Mailänder, als sie endlich auf der anderen Seite des Taro angekommen waren, einiges an Schlagkraft eingebüßt hatten. Die *Gendarmerie Française* hatte leichtes Spiel, den Angriff nicht nur abzuwehren, sondern den Gegner sogar zurückzutreiben. Kapitän Gonzaga war bewusst, dass die Schlacht verloren wäre, bevor sie überhaupt angefangen hätte, wenn er noch länger wartete, und befahl daher seinen Leuten vorzurücken.

Im nächsten Augenblick befand er sich bis zu den Hüften im reißenden Wasser des Taro, der durch den immer noch anhaltenden Regen angeschwollen war. Sein Pferd kam nur mühsam voran. Knappen und Sergeanten, die ihn begleiteten, kamen noch langsamer vorwärts und der ganze Rest der Kavallerie ebenso. Den kaiserlichen Infanteristen, angeworben unter dem Banner Maximilians I. von Habsburg, reichte das Wasser schon bis zu den Schultern. Mehr als einer wurde von der Strömung mitgerissen oder geriet in einen Strudel und ertrank jämmerlich.

Schwer gegen das Wasser ankämpfend gelang es Francesco Gonzaga, die Uferböschung wieder emporzuklimmen, doch war er völlig erschöpft davon, der rohen Kraft des Stromes standgehalten zu haben. Hinter ihm rückten seine Reiter weiter vor. Mit letzter Kraft kämpften sie sich zu einem Punkt vor, an dem sie des Schlachtgetümmels zwischen der *Gendarmerie Française* und den Männern des Grafen von Caiazzo ansichtig wurden, die sich wie zwei Meuten Höllenhunde ineinander verbissen hatten und wie in einem Karussell des Todes umeinander kreisten und sich gegenseitig zerfetzten.

Der Hauptmann preschte mit der Lanze im Anschlag los, einen der Franzosen im Blick; er gab seinem Pferd die Sporen und merkte, wie er nach und nach erstaunliches Tempo aufnahm. Der Gegner kam immer näher. Durch den schmalen Schlitz im Helm sah er, dass er ihn schon fast berühren konnte, bis schließlich die Spitze der Lanze die Schulter erreichte und sich durch das Eisen und alles darunter bohrte. Er sah den Oberarmknochen des Franzosen zersplittern und das blutige Mark. Der Franzose wurde aus dem Sattel gehoben und flog mindestens zehn Schritt weit, ehe er heftig auf dem Boden aufschlug. Weil er nach diesem ersten Schlag so in die Enge geraten war, dass er zu wenig Platz hatte, um die Lanze zu manövrieren, zog Francesco Gonzaga sein Schwert von links nach rechts durch, wobei er einen Bogen aus Regentropfen durch die Luft zog. Im nächsten Augenblick hob er den Schild, um einen Schlag abzuwehren, der wer weiß woher gekommen war. Gleich darauf führte er einen Schlag von oben nach unten, der von seinem Gegner abgeblockt wurde. Letzterer war urplötzlich und wie aus dem Nichts vor ihm aufgetaucht. Dessen ungeachtet traf ihn Francescos Schlag mit solcher Wucht, dass der Feind das Gleichgewicht verlor. Mit der Linken führte der Kapitän einen zweiten Schlag und zerschmetterte den eigenen Schild, mit dem er den Ritter seitlich traf, der daraufhin von seinem Pferd rutschte und unter den Hufen der anderen Pferde zermalmt wurde.

Antonio Condulmer führte seine Stratioten weit weg vom Schlachtfeld, nur um die Franzosen von hinten zu erwischen. Von dort wollte er den Weg frei machen, indem er diese Krieger vorschickte, die nicht viel auf Regeln gaben. Sie würden die Reihen des feindlichen Heeres mit Streitaxt- und Sturmsensenhieben niedermähen wie eine Rotte blutrünstiger Holzfäller.

Nachdem er sich ein gutes Stück flussaufwärts begeben hatte, war Condulmer auf eine Stelle gestoßen, an der sich der Taro bestens durchqueren ließ, denn dort war er sehr viel schmaler als im Tal.

So waren seine Gefolgschaft und er ohne Probleme auf die andere Seite gelangt. Die Neigung des Abhangs für sich nutzend, stürmten sie wie ein Keil aus Eisen und Leder hinunter und fielen dem französischen Heer in den Rücken, das ihre Ankunft erst bemerkte, als es schon zu spät war. Der Aufprall wirkte sich verheerend aus, und die Stratioten durchbrachen die hinterste Flanke der von Karl VIII. befehligten Armee wie eine gewaltige Welle. Die französischen Infanteristen wurden von diesem menschlichen Mahlstrom niedergestreckt. Die Stratioten rissen enorme Lücken in die Reihen der unvorbereiteten Gegner. Selbst zusätzlich geschützt durch ihre eisernen Kettenhemden, trennten sie mit ihren Äxten und Stangenwaffen Glieder von Körpern und schlugen Köpfe ab. Die Franzosen fielen verstümmelt und schreiend auf die Knie, sie wurden von diesen Kriegern in ihrem Blutrausch und der Lust am Leid in Stücke gerissen. Antonio trieb sie wie eine Furie an und erkannte bald, dass er eine Bresche in das Dickicht des französischen Heeres geschlagen hatte, die ihm erlaubte, es in zwei Teile zu teilen. Jetzt war der Moment gekommen, sie endgültig zu vernichten.

Da geschah es.

Francesco Gonzaga wusste nicht, was los war. Wo zum Teufel waren die Stratioten? Sollten sie nicht wieder hochkommen, nachdem sie die hinteren Truppenteile fertiggemacht hatten? Der Plan hatte doch eigentlich darin bestanden, den Feind zu umzingeln! Stattdessen musste er erleben, dass die kaiserlichen Fußtruppen auf der rechten Seite unter dem Beschuss durch die Franzosen fielen wie die Fliegen, und seiner Kavallerie gelang es nicht, die Reihen der Gendarmerie zu durchbrechen. Sodass aus dieser Verderben bringenden Mischung aus Schlamm und Blut schließlich – beinahe überflüssig, es zu sagen – die verfluchten Schweizer Pikeniere als Sieger hervorgingen. Gewiss, sie wichen zurück, doch geordnet, geschlossen, und die Verluste, die sie der Liga beibrachten, waren doppelt so groß wie die eigenen.

Er wich einem Schlag aus. Duckte sich. Glitt zur Seite. Einen Augenblick später fand er das Gleichgewicht wieder, kreuzte das rechte Bein vor das linke und führte mit seinem Schwert einen diagonalen Schlag zur gegnerischen Schulter, mit dem er den Feind am Schultergurt seiner Rüstung traf. Dem war es nicht gelungen, den Schlag mit seinem Schild zu parieren, er rutschte im Matsch aus und landete auf allen vieren. Francesco packte das Schwert mit beiden Händen und trieb die Klinge in den Nacken des Franzosen, womit er ihn förmlich am Boden festnagelte.

Er drehte sich um. Er hatte keine Ahnung, wo sein Pferd war. Um ihn herum sah er nur Tod und Zerstörung – gestürzte Pferde, sterbende Männer, zerrissene Fahnen, Lanzen, die in Eingeweiden steckten. Sein Blick huschte kurz über den gespaltenen Helm eines Feindes, ohne Visier. Er sah ein völlig entstelltes Gesicht. War das der Albtraum, von dem dieser Mann gesprochen hatte, der im Dienst von Antonio Condulmer stand?

Überhaupt: Wo zum Teufel war dieser Venezianer abgeblieben?

Antonio sah, wie die Stratioten sich auf die Überreste des Versorgungstrosses stürzten – eine Ansammlung zerstörter Wagen, armierter Truhen, Kanonenlafetten, Schwerter, Armbrüste, Zeltstangen, Tuchballen. Mitten in diesem

Chaos an Gegenständen und Material wühlten die Stratioten voller Gier und rasend vor Zorn, blutbesudelt wie die Kampfhunde, in Kisten und Kästen, zerrten Goldmünzen hervor und Geschmeide. Ein habgieriges Grinsen im Gesicht, ein bösartiges Flackern im Blick, die raffgierigen Hände bereit, alles, was irgendwie von Wert war, sich in die Taschen zu stecken, in die Stiefel, überallhin, wo sich Münzen und Schmuck hinstopfen und verstecken ließen.

»Halt!«, brüllte Antonio, doch sie hörten ihn nicht einmal. »Das war erst der Anfang. Wir müssen jetzt wieder zu den Männern von Francesco Gonzaga, mitten ins Getümmel!« Seine Worte verloren sich zwischen den Leibern der Toten und dem Geräusch des Regens, der weiter vom Himmel rauschte.

Er trat an einen der Stratioten heran, doch der hielt ihn von sich fern, indem er ihm das Schwert an die Kehle setzte. Antonio hob die Hände; er mochte nicht glauben, was sich vor seinen Augen abspielte. Ihm war klar, dass das bisschen Zeit, das sie durch das Meucheln der Franzosen gewonnen hatten, nun dahin war. Und wirklich, als sie dieser Plünderung gewahr wurden, sammelten die Männer Karls VIII. sich erneut. Davon abgesehen kam das im Rückzug befindliche Zentrum des Heeres immer weiter auf sie zu.

Ohnmächtig musste Antonio mit ansehen, wie die Stratioten das Schlachtfeld verließen, einfach wegliefen, und dahin zurückkehrten, woher sie gekommen waren. Stumm sah er ihnen nach, wie sie den Weg zur weiter oben gelegenen Furt durch den Taro zurückrannten.

Inmitten von Geschrei, Kampflärm und Schwerthieben sah er die Franzosen auf sich zukommen.

Etwas traf ihn an der Schulter. Ihm war, als hätte ihn ein Rammbock nach vorn geschleudert, geradewegs auf den Feind zu, der auf wahren Wogen aus Eisen und Wut zurückkehrte.

Schließlich stürzte er vornüber in den Schlamm.

Zwischen die Toten.

Zweiter Teil

1497

36. Blinder Schmerz

Herzogtum Mailand, Castello Sforzesco

Ludovico wollte nicht glauben, was gerade vor sich ging. Kniend hielt er Beatrices Kopf in seiner Rechten und streichelte ihr mit der Linken das Gesicht. Sie sah ihn mit verschwommenem Blick an, als ob Stück für Stück das Leben aus ihr wiche und mit jedem Augenblick das Licht ihrer großen, dunklen Augen verlöschen ließe.

»Ich bitte Euch, verlasst mich nicht, mein Herz«, sagte der Herzog mit zitternder Stimme und musste daran denken, wie sehr er sie in den letzten beiden Jahren verletzt hatte. Er liebte sie über alles, doch war es ihm nicht gelungen, seine Leidenschaft für andere Frauen im Zaum zu halten, Lucrezia Crivelli war seit dem letzten Jahr seine neueste und gewiss nicht die letzte Eroberung. Er kam sich wie ein Wurm vor. Er empfand Abscheu vor sich selbst und schämte sich. Umso mehr, weil ihm bewusst war, wie scharf der Schmerz war, den es für Beatrice bedeutete, für eine andere links liegen gelassen zu werden.

Er jedoch war nicht imstande gewesen zu verzichten. Nicht einmal im Namen der Liebe, die er für sie empfand. Denn nun, wo er sie für immer verlieren sollte, begriff er, wie sehr er sie brauchte, wie lieb und teuer sie ihm war. Es schien ihm, als würde ihm das Herz aus dem Leib gerissen, so sehr litt er, unsagbarer Schmerz peinigte ihn ohne Unterlass.

Er hatte alles Gute, das ihm geblieben war, weggeworfen, denn keine Frau, das wusste er, würde ihm jemals das geben, was sie ihm gegeben hatte, und nun fühlte er sich leer, ausgelaugt, gebrochen.

Er konnte kaum sprechen.

»Ludovico«, sagte sie mit hauchdünner Stimme, »ich bitte Euch um Verzeihung, wenn ich Euch nicht immer die Frau sein konnte, die ihr Euch gewünscht hättet.«

Ludovico schluchzte. Darauf war er nicht vorbereitet. Es war herzzerreißend und zutiefst ungerecht, dass sie sich einen derartigen Vorwurf machte. Ihr war keinerlei Vorwurf zu machen. Er, er allein war schuld.

»Sagt so etwas nicht, meine Liebste. Nie, niemals habt Ihr mich enttäuscht. Im Gegenteil, Ihr seid mein Grund zu leben, Ihr seid das Licht, der Leuchtturm an diesem Hof und in meinem Leben. Ich bin es, der für so vieles, viel zu vieles um Verzeihung bitten muss.«

»Was immer Ihr getan habt, welches Unrecht Ihr mir angetan zu haben glaubt, ich vergebe Euch, mein Liebster.«

Ludovico küsste sie auf die Stirn.

Er glaubte, verrückt zu werden vor blindwütigem, übermächtigem Schmerz.

»Versprecht Ihr mir, den Kindern meinen Gruß auszurichten und ihnen zu sagen, dass sie mir sehr fehlen werden?«

»Was immer Ihr wollt, meine Liebste. Ich werde sie rufen lassen …«

»Nein, Ludovico, ich bitte Euch. Ich bin schon fast tot. Und ich will nicht, dass sie mich so sehen.«

»Sagt so etwas nicht, Ihr werdet Euch gleich besser fühlen, Ihr werdet sehen, Ihr müsst nur ein wenig ruhen.« Noch während er diese Worte aussprach, nahm Ludovico ganz klar wahr, wie falsch sie sich selbst in seinen Ohren anhörten. Er hätte schreien mögen, doch er konnte es nicht, weil Bitterkeit und Schuldgefühle ihn niederdrückten, ihm mit unsichtbarer Faust die Kehle zudrückten.

»Ich hätte Euch so gerne unser drittes Kind geschenkt, doch seht Ihr …« Ihre Stimme erstarb, als ihr kleiner, magerer Körper von schmerzhaften Krämpfen gebeutelt wurde.

Ludovico schwieg. Er mochte ihr nicht sagen, was er in diesem Augenblick empfand. Hätte er es getan, so hätte er nur Groll zum Ausdruck bringen können. Dieses kleine Wesen, das geboren werden wollte, raubte ihm das Reinste, das er je besessen hatte. Das Schönste. Das Leuchtendste. Und das konnte er nicht verzeihen. Jetzt nicht und auch in Zukunft nicht.

Bei diesem Gedanken erschrak er vor sich selbst, er hatte Angst und empfand Selbstmitleid wegen seines Elends als schwacher Mann, unfähig, seine Gemahlin zu lieben und zu verehren, wie sie es verdient hätte, und das Kind lieb zu haben, das sie ihm raubte.

Sie griff nach seiner Hand und drückte sie so schwach wie ein kleines Mädchen. Und er spürte, dass Beatrice in diesem Moment von ihm ging.

Er merkte, wie ihre schlanken Finger seine suchten, sah ihre helle, blasse Haut – dann schien sich ein zarter, kaum wahrnehmbarer Schleier über ihre Augen zu legen. Ihr Blick war unverwandt auf ihn gerichtet.

Als Ludovico begriff, dass Beatrice in genau diesem Augenblick bereits gegangen war, war er tief bestürzt.

Er hielt sie fest in seinen Armen, küsste sie ein letztes Mal. In Strömen rannen die Tränen über seine Wangen. Und ihm blieb nichts mehr, an dem er sich festhalten konnte.

37. Neid

Kirchenstaat, Apostolischer Palast

Hasserfüllt sah Cesare seinen Bruder Juan an, den Herzog von Gandia. Er bemühte sich nicht einmal zu verbergen, was er empfand, so offensichtlich war es. Er konnte ihm nicht verzeihen, dass ihr Vater ihn vorgezogen hatte als Generalkapitän des päpstlichen Heeres. Doch der Papst hatte sich verschätzt, denn Juan hatte sich als vollkommen unfähig erwiesen: Er hatte es tatsächlich fertiggebracht, auf geradezu schmachvolle Weise, das konnte man nicht anders sagen, von den Orsini besiegt zu werden, obwohl sein Heer an Stärke und Ausrüstung weit überlegen gewesen war. Ganz zu schweigen davon, dass das Scheitern bei Bracciano am hartnäckigen Widerstand lag, den eine Frau organisiert hatte: Bartolomea Orsini. Es wäre zum Lachen gewesen, wäre es nicht eine solche Tragödie, denn diese Niederlage hatte alle Bestrebungen zur Ausdehnung der Grenzen seitens des Kirchenstaates zunichtegemacht. Schließlich war der päpstlichen Armee in Soriano eine Niederlage beigebracht und Guidobaldo da Montefeltro gefangen genommen worden.

Trotz dieses völligen Scheiterns – und das war der Grund für den abgrundtiefen Hass, der Cesare erfasst hatte –,

hatte Alexander VI. vor, die Sache auf sich beruhen zu lassen und die Schuld für diese schwere militärische Niederlage Montefeltro zuzuschreiben, der auch selbst dafür sorgen musste, sich – aus seinen eigenen Mitteln – freizukaufen.

Und nun saß da am Tisch die gesamte Familie vereint: Rodrigo, Juan, Lucrezia, Jofré und seine Frau Sancha, die nach Rom gekommen waren, um hier zu leben, und natürlich Cesare.

»Eins möchte ich Euch sagen«, begann der Papst, »ich bin wirklich glücklich, Euch alle wieder beisammen zu sehen. Vor einem Jahr wäre es undenkbar gewesen, das auch nur zu hoffen! Doch nun sind meine Kinder alle hier, und nichts könnte mir größere Freude bereiten.«

»Manch einer hätte vielleicht besser daran getan, nicht zurückzukehren, zumindest nicht auf diese Weise«, sagte Cesare, der seine Verachtung für den Bruder nicht verhehlen konnte.

»Worauf spielt Ihr an?«, fragte Juan, dem das bösartige Aufblitzen in Cesares Blick nicht entgangen war.

»Das wisst Ihr ganz genau. Auch wenn Ihr so tut, als wüsstet Ihr von nichts!«

»Nein wirklich, ich wüsste nicht!«

»Cesare!«, donnerte der Papst.

»Was ist? Euch mag es gleichgültig sein, dass Juan sich mit dem Feldzug gegen die Orsini zum Gespött gemacht hat, doch was mich angeht, zeigt eine derartige Niederlage vor allem eines in aller Deutlichkeit: Dass er der Stellung, die er innehat, nicht gewachsen ist.«

»Das ärgert Euch, nicht wahr? Dass unser Vater sich für mich statt für Euch entschieden hat«, sagte Juan bissig. Der

Herzog von Gandia hatte ein außerordentliches Talent dafür, seinen Bruder zu provozieren.

»Darauf könnt Ihr wetten! Ich hätte das mit der Hälfte, ach, was sage ich, mit einem Drittel Eurer Männer besser hinbekommen!«

»Genug!«, brüllte der Papst.

Aber Cesare hatte gerade erst angefangen. »Eine Frau, Juan! Ihr seid von einer Frau geschlagen worden!«

»Wenn Guidobaldo …«, setzte der Herzog von Gandia an, doch er wurde unterbrochen.

»Sicher, es ist immer die Schuld der anderen, nicht wahr? Ihr seid Generalkapitän des päpstlichen Heeres, doch das geht bei Euch nicht mit dem entsprechenden Verantwortungs- oder Ehrgefühl einher. Wie auch, Ihr merkt ja nicht einmal, wenn Ihr Euch lächerlich macht.«

Juan lächelte. »Bedauerlicherweise wird mir erst jetzt klar, wie frustrierend das für Euch sein muss, *Kardinal!*« Den Titel betonte er, als sei es die schlimmstmögliche Beleidigung.

Rasend vor Wut zückte Cesare ein Messer und rammte es in den Tisch.

Lucrezia schlug die Hand vor den Mund. Sie war wirklich schockiert.

»Bruder«, sagte sie dann bestimmt, »hört auf damit, seid Ihr denn verrückt geworden?«

Auch Jofré riss die Augen auf. Nur Sancha lächelte unmerklich, ganz hingerissen von solchem Sturm und Drang.

»Cesare«, sagte der Papst schließlich und erhob sich, »damit seid Ihr zu weit gegangen!«

»Dasselbe könnte ich von Euch sagen.«

»Versteht Ihr denn nicht, dass Euer Benehmen Gift für unsere Familie ist, lieber Bruder?«, beharrte Lucrezia, die sich Cesares Wutausbrüchen nicht unterwerfen wollte.

»Ihr wisst, wie sehr Ihr mir am Herzen liegt. Doch ich lasse nicht zu, dass Ihr diesen Augenblick ruiniert. Juan ist nach Wochen aus dem Krieg zurückgekehrt. Jofré und Sancha sind endlich bei uns in Rom, und alles, was Ihr zu sagen habt, ist, dass Juan unfähig sei? Ich muss mich über Euch wundern!«

»Ich habe gehofft, dass wenigstens Ihr auf meiner Seite wärt, Lucrezia«, sagte Cesare enttäuscht und verbittert. Zum ersten Mal klang er ein wenig weicher, fast als bitte er seine Schwester um Unterstützung.

Juan schüttelte hingegen den Kopf, als hätte er es mit einem Verrückten zu tun.

»Lucrezia hat recht, Cesare, seht Ihr das nicht? Und ich habe es Euch auch schon unzählige Male gesagt.« In der Stimme seines Vaters lag eine gewisse Hilflosigkeit, in der Resignation mitschwang. So, als ob er es inzwischen gänzlich aufgegeben habe, sich mit diesem Sohn voller Groll und Neid auf den Bruder auseinanderzusetzen.

Cesare hob die Hand, als wolle er ihm Einhalt gebieten. »Ich weiß schon, die Familie über alles! Doch gerade in ihrem Namen ist mein Leben zur Hölle geworden. Ich musste auf alles verzichten, was mich ausmacht, um Euren Erwartungen zu entsprechen, dem, was Ihr Euch für mich vorgestellt habt. Dafür habt Ihr mir meinen Stolz und meine Ambitionen geraubt, weil Ihr mich zu Eurer Marionette machen wolltet, einem Mann der Kirche, wo Ihr doch wisst, dass in dieser Brust das Herz eines Kriegers schlägt! Ich habe Euch nur um eine einzige Sache gebeten, eine einzige! Doch Ihr wolltet mir nicht einmal die zugestehen.«

»Cesare …« Die Stimme des Papstes war kaum zu hören.

»Im Namen der Familie habt Ihr uns alle geopfert! Auch meine Schwester, die diesen Schlappschwanz heiraten musste! Von Juan habt Ihr verlangt, was er Euch nicht geben konnte, dabei spielt es keine Rolle, ob er sich dessen bewusst ist oder nicht. Mich habt Ihr dazu verdonnert, den Kardinalspurpur zu tragen. Die Familie! Die Familie, Vater. In dieser Familie, fürchte ich, werden wir uns noch gegenseitig umbringen!«

»Hört sofort damit auf!«, verlangte der Papst nochmals lautstark.

»Aber ja!«, sagte Cesare schließlich. »Ich höre ja schon auf. Ich gehe! Bejubelt Ihr nur ruhig weiter den Ruhm von diesem Trottel«, sagte er an Juan gewandt, der ihn weiter unverwandt ansah und lächelte. »Überhäuft ihn mit Titeln, Ländereien, Lehen, ernennt ihn zu was auch immer, erweist ihm alle Ehren, doch alles, was er zustande bringen wird, ist, Niederlagen zu kassieren.« Mit diesen Worten nahm Cesare den Dolch wieder an sich und steckte ihn zurück in den Gürtel, dann stand er vom Tisch auf.

»Cesare …«, begann der Papst, schüttelte dann aber den Kopf, weil er wusste, dass es sinnlos war.

Kardinal Borgia hatte das Zimmer bereits verlassen.

38. Vertrauliches unter Freundinnen

Kirchenstaat, Palazzo Borgia

Lucrezia sah Sancha eindringlich an. »Liebe Freundin, was haltet Ihr davon?«

Die Prinzessin von Squillace hob eine Augenbraue. »Wovon genau?«

»Von dem, was in meiner Familie geschieht. Vom Hass zwischen Cesare und Juan.«

Sancha stand auf und ging zum Fenster. Schnee fiel auf Rom in diesem kalten und schrecklichen Januar. »Warum fragt Ihr mich das?«

»Weil ich mit Sicherheit weiß, dass Ihr die Geliebte von beiden seid.« Lucrezia war direkt zum Punkt gekommen, ohne lange um den heißen Brei herum zu reden. »Also gehe ich davon aus, dass niemand sie besser kennt als Ihr. Nicht einmal ich.«

Sancha drehte sich abrupt um, die Augen zusammengekniffen. »Ihr glaubt doch wohl nicht …« Doch sie wurde unterbrochen.

»Ich bitte Euch, es ist unnötig zu lügen. Eine Frau weiß bestimmte Dinge. Und ich habe nicht vor, darüber zu sprechen. Es bräche Jofré das Herz. Er war sicherlich nicht der richtige Mann für Euch. Ihr seid nicht die Einzige, die einen Mann geheiratet hat, den sie nicht wollte. Auch ich betrüge meinen Ehemann, von daher habe ich Euch wenig vorzuwerfen. Ich frage mich allerdings schon, wieso es beide sein müssen. Wieso Ihr Euch nicht einfach einen von beiden ausgesucht habt. Aber ich sage es noch einmal, so seltsam es sein mag, ich bin Eure Freundin. Ihr macht Euch keine Vorstellung davon, wie sehr ich in dieser Geschichte den Rückhalt einer Frau brauche, und ich werfe Euch nichts vor. Ich stelle Euch nur eine einfache Frage: Warum hassen sie sich?«

Sancha schien nachzudenken. Nicht aus Kalkül. Sie war intelligent. Und sie wusste genau, dass sie ertappt worden war. Vielleicht wollte sie einfach nur eine aufrichtige Antwort geben.

»Cesare ist ehrgeizig und kann die Vorstellung nicht ertragen, beiseitegeschoben zu werden. Er wird Eurem Vater niemals vergeben, ihm die Möglichkeit genommen zu haben, ein Heer zu befehligen. Juan ist da vollkommen anders. Er ist ein Freigeist, gedankenlos, auch oberflächlich, aber amüsant und scharfsinnig. Ein Krieger ist er nicht. Aber er versteht es, eine Frau zu lieben. Euer Vater scheint weit davon entfernt, den Neigungen seiner Söhne nachzugeben, er ignoriert sie, schlimmer noch: Er tritt sie mit Füßen. Cesare fällt es schwer zu akzeptieren, dass er die Hände in den Schoß legen soll, wo er doch lieber ein Heer befehligen und andere Nationen erobern würde, so wie es eben sein Name nahezulegen scheint. Juan hingegen möchte keine Verantwortung übernehmen. Wenn man ihm erlauben würde, einfach nur ein hoher Würdenträger zu sein oder edler Fürst, der keine Ergebnisse vorweisen muss, würde er sein Bestes geben, stattdessen wird er vor den Erwartungen erdrückt. Das ist das, was ich darüber denke.«

Lucrezia sah Sancha an. Sie versank beinahe in deren dunklen Augen. Sie war wirklich beeindruckt davon, wie genau die Freundin ihre Brüder durchschaut, mit welcher Klarheit sie ihr Wesen analysiert hatte. In ihren Worten klang alles so einleuchtend. »Deshalb also hassen sie sich? Weil jeder lieber an der Stelle des anderen wäre?«

»Ganz genau. Doch nicht nur das. Cesare wäre natürlich gerne Generalkapitän der Kirche, das scheint mir offensichtlich, doch gleichzeitig wäre es Juan lieber, Eurem Vater nichts beweisen zu müssen. Ganz zu schweigen davon, dass jeder im anderen stets das sieht, was ihm selbst fehlt, das, was ihm sein Leiden ersparen würde. Stellt Euch nur vor, wie sich Juan fühlen würde, wenn er nur einen Bruchteil von Cesares Ehrgeiz und Intelligenz hätte, und wie viel besser es Letzterem ginge, wenn er ein wenig von der sorglosen Heiterkeit Juans hätte. Gewiss, er würde das niemals zugeben, doch das heißt nicht, dass er sich in seinem tiefsten Inneren nicht wünschen würde, anders zu sein. Die Strenge und die Disziplin, die sich Cesare Tag für Tag auferlegt, sind auch eine Art Gefängnis. Er wurde so erzogen. Juan hingegen bekam von Eurem Vater viel zu viel Zuwendung und weiß nichts damit anzufangen, er hat nicht einmal darum gebeten. Während Cesare zu wenig bekam und es nicht erträgt, dass an seinen Bruder ging, wovon er zu Recht oder zu Unrecht glaubt, er selbst habe rechtmäßigen Anspruch darauf. Damit nicht genug, Lucrezia, ich muss Euch sagen« – bei diesen Worten trat Sancha an die Freundin heran und streichelte ihre Wange –, »ich fürchte mich vor Cesare. Ich habe Angst, dass sein Ehrgeiz und seine Wut uns alle ins

Verderben treiben werden. Und doch finde ich diesen Hang zum Bösen so faszinierend, dass ich ihm nicht widerstehen kann. Es ist wie ein Bann, glaubt mir. Aber hütet Euch vor ihm. Cesare hat etwas so Satanisches in sich, dass er abscheulichste Dinge tun könnte. Wenn Euer Vater nicht einsieht, dass er seinen Griff lockern muss, könnte das furchtbare Auswirkungen haben.«

Lucrezia seufzte und ergriff die Hand der Freundin. »Ich weiß genau, was Ihr meint, Sancha. So viele Male schon bin ich mit meinem Bruder aneinandergeraten, und ich musste immer den mutigsten Teil in mir zu Hilfe rufen, um da wieder herauszukommen. Ich weiß nicht, ob mir das noch einmal gelingt, denn mir scheint es von Mal zu Mal schwieriger zu werden. So als würde ein Berg, den man erklimmen will, von Tag zu Tag steiler. Für mich ist sein Geist unergründlich. Versteht mich nicht falsch, ich meine, ihn zumindest ein bisschen zu kennen, und ich kann Euch sagen, dass ich ihn auch sehr gernhabe, aber dasselbe gilt für Juan. Und dem ist bei all seiner Unvollkommenheit und seinen Fehlern nicht einmal ein Bruchteil der Bösartigkeit und Grausamkeit von Cesare eigen. Sicher, er kann ebenfalls hasserfüllt sein, wenn er will, doch er ist auch sanft und freundlich, wenn man ihn zu nehmen weiß. Cesare hingegen bleibt in gewisser Hinsicht undurchdringlich.«

»Genau das denke ich auch, und darum bitte ich Euch um Verzeihung für das, was ich getan habe.« Sancha wirkte sehr aufrichtig. »Doch versucht, auch mich zu verstehen: Wie sonst hätte ich überleben sollen? Ich bin allein am mächtigsten Hof Italiens. Mein Vater und meine Mutter wurden von einem Usurpator vertrieben und sitzen nun auf einer Insel fest. Auch ich muss auf die ein oder andere Weise zusehen, am Leben zu bleiben. Und die Schönheit ist die einzige Waffe, die ich habe. Ich habe niemanden, Lucrezia.«

»Ihr habt Jofré.«

»Er ist bloß ein Jüngelchen. Er wäre doch gar nicht imstande, mich zu beschützen, das wisst Ihr genau. Und ich will nicht in Angst leben. Ich will Jofré nichts Böses, aber ich kann mich auch nicht auf ihn verlassen. Selbst wenn Ihr mich darum bitten solltet, werde ich das nicht tun.«

»Das verstehe ich. Doch Ihr habt auch mich«, antwortete die Freundin.

»Das stimmt, und dafür danke ich Euch. Doch soll ich Euch etwas sagen?«

»Ich höre.«

»Wir sind Frauen, liebe Freundin. Und aus diesem Grund zählen wir nicht so viel wie ein Mann. Ihr könnt natürlich den Gegenbeweis antreten, doch was mich angeht, habe ich in diesen Jahren eines begriffen: Wirklichen Schutz bietet nur ein Mann. Der einzige Weg, eine derartige Hierarchie zu untergraben, bestünde darin, sie alle auszurotten. Aber ich bin keine Kriegerin. Und selbst wenn ich es wäre, habe ich Zweifel, dass mir das gelingen würde, ganz einfach, weil es zu viele sind. Die einzige Möglichkeit, die mir bleibt, ist, sie in der Hand zu haben. Und wenn mich das zu einer Ehebrecherin und zu einer unanständigen Person macht, dann ist das eben so. Ich habe keine Zeit, mich für die Art und Weise zu rechtfertigen, mit der ich dafür sorge, dass ich diejenigen überlebe, die mit einem Fingerschnipsen mein Leben auslöschen könnten.« Während sie dies sagte, war Sanchas Blick ebenso stolz wie erbarmungslos.

Sie ist wahrhaftig die Prinzessin von Squillace, dachte Lucrezia. Sie bewunderte sie. Wie sich doch der Blickwinkel verändert hatte, seit sie ihr Gespräch begonnen hatten. Und wie sehr Sancha recht hatte!

»Kommt her«, sagte Lucrezia. Dann nahm sie sie in den Arm und versenkte ihr Gesicht in den schwarzen langen Locken. Sie hatte das Gefühl, in einem Meer der Schatten zu versinken. »Wir werden immer Freundinnen sein, egal was auch geschieht, gemeinsam werden wir alles überstehen, das schwöre ich.«

39. Die Krankheit

Republik Venedig, Universität Padua

Alessandro Benedetti sah den obersten Anführer der Spione an. »Die Situation ist erschreckend, Exzellenz.«

Antonio Condulmers Miene verfinsterte sich. Das war nicht das, was er zu hören hoffte. »Wirklich? Seid Ihr sicher?«

Der Professor für Anatomie wartete einen Augenblick, ehe er antwortete, als könnte dies die Wirkung dessen, was er zu sagen hatte, abschwächen. Condulmer beschloss, ihn nicht zu drängen und ihm die Zeit zu lassen, die er brauchte. Er betrachtete die Säulen des Hofes, der das neue Kernstück der Universität von Padua darstellen sollte. Sie flanierten unter einer herrlichen Loggia.

Schließlich nahm Alessandro Benedetti einen Anlauf. »Ich beschäftige mich nun seit zwei Jahren mit der Krankheit, und mehr als deutlich ist, dass dies die Krankheit dieses und auch des nächsten Jahrhunderts sein wird. Ich habe noch nichts Vergleichbares gesehen. Nicht einmal Lepra ist so verheerend. Oder die Pest.«

»Berichtet mir, was Ihr entdeckt habt.«

»Es ist eine tückische und schleichende Krankheit. Sie

lauert im Vergnügen, das Männer und Frauen miteinander teilen können. Ihr versteht, was gemeint ist?«

Antonio Condulmer seufzte. »Eine venerische Erkrankung?«

»Ganz genau. Doch mit einem Tripper hat es nichts zu tun. Darum bitte ich mit Nachdruck darum, nicht nur an Hingerichteten, sondern auch an denen, die an der Krankheit sterben, Obduktionen durchführen zu dürfen, um die Anatomie und den Zustand der Organe untersuchen und somit die Auswirkungen einer solchen Krankheit besser verstehen zu können.«

»Meint Ihr, die Möglichkeit, solche Untersuchungen öfter durchzuführen, würde Euch helfen?«, fragte der Herr aller Spione.

»Ungeheuer. Ich will Euch ein Geständnis machen, wenn Ihr es für Euch behalten könnt.«

»Ihr habt mein Wort.«

»Nun gut, in den Tagen nach der Schlacht bei Fornovo hatte ich Gelegenheit, mir ein paar Leichen zu beschaffen.«

»Die gab es zuhauf«, bemerkte Condulmer, der die Geschehnisse noch klar vor Augen hatte. Er erinnerte sich gut, dass er dem Tod wie durch ein Wunder entkommen war.

»So ist es.«

»Und Ihr habt Euch …«

»Ein paar Leichen französischer Soldaten beschafft, und ja, ich scheue mich nicht, das zuzugeben«, merkte Mastro Benedetti an, »auch von Prostituierten. Während das Heer der Liga das weitere Vorgehen plante und sich daranmachte, das Lager abzubauen, habe ich in meinem Zelt Leichen seziert.« Darauf hielt der Arzt inne, unsicher, ob er dem Mann trauen konnte, der vor ihm stand.

»Ihr habt mein Wort, Maestro, ich höre Euch zu«, beeilte sich Antonio Condulmer zu sagen, um ihn zu beruhigen.

»Schön, ich will Euch vertrauen. Folgendes habe ich entdeckt.«

Alessandro Benedetti schien sich die Tatsachen in Erinnerung zu rufen, die ihn so erschüttert hatten. Obwohl er zweifellos an diese Tätigkeit gewöhnt sein musste, hatte ihn seine Entdeckung, gelinde gesagt, immens beeindruckt, seiner düsteren Miene nach zu urteilen.

»Es ist schlimmer, als ich gedacht hätte, viel schlimmer.«

»Erzählt!«

»Oh, da gibt es nicht viel zu sagen, gesehen habe ich Folgendes: Die Knochen dieser Körper, auch die Organe waren, wie soll ich sagen, sie waren ... sie wirkten deformiert, in manchen Fällen wie explodiert. Manche Körper waren so zerfallen, als hätte die Krankheit sie von innen ausgezehrt. Es ist offensichtlich, dass viele dieser Männer und Frauen sich die Krankheit in einer besonders ansteckenden Form zugezogen haben müssen; die verheerende Intensität haben sie wahrscheinlich noch durch Wege der Ansteckung verschlimmert, die, wie ich bereits sagte, ihren Ursprung unbestreitbar im Sexualakt haben. Dabei verbreitet sich diese Krankheit meiner bescheidenen Auffassung nach über die Vermischung der Körperflüssigkeiten von Mann und Frau, in denen sie offenbar angesiedelt ist.«

»Verstehe.«

»Nein, ich glaube nicht, dass Ihr das verstehen könnt, besser gesagt, der eigentliche Punkt ist, dass in Anbetracht der Promiskuität zwischen den Dirnen und den Soldaten, anders ist es ja nicht möglich – also daher rate ich, alle Prostituierten an einem einzigen Ort oder einem Viertel zu isolieren, damit die Soldaten, die sich mit der französischen Krankheit angesteckt haben, sie nicht noch weiter verbreiten. Das zu tun ist unumgänglich, denn sonst, glaubt mir, wird es die Republik verheeren … Wenn sich der Senat von Venedig nicht zu solch einer Lösung durchringen kann, garantiere ich für nichts. Die Isolierung ist die einzig wirksame Gegenmaßnahme, denn ich fürchte, man wird der Truppe die Kopulation nicht verbieten können. Und stellt Euch nur vor, was geschähe, wenn auch die Edelleute eine dieser Prostituierten aufsuchen sollten – und wir wissen, dass Derartiges öfter vorkommt, als uns lieb ist. Ich möchte Euch vielmehr warnen, sollte auch nur ein Einziger sich anstecken, könnte das dazu führen, dass sich die Krankheit in der ganzen Stadt ausbreitet. Und ich muss Euch doch nicht daran erinnern, was beim Karneval los ist, oder?«

»Nein, wahrlich nicht«, erwiderte der Herr der Spione, dem nun der kalte Schweiß ausbrach.

»Ich möchte noch einmal betonen, dass nicht einmal Lepra oder Elefantiasis solch verheerende Auswirkungen haben können. Nach Fornovo konnte ich auch einige andere Fälle beobachten. Die Schmerzen, von denen sie im Laufe der Nacht heimgesucht werden, sind so fürchterlich, dass sie ohne Unterlass schreien. Nach einiger Zeit scheint die Krankheit abzuklingen, doch kehrt sie in der Folge umso erbarmungsloser zurück. Der Körper ist mit riesigen Pusteln überzogen, bis sie dann mit dem Fortschreiten der Krankheit in das Fleisch eindringen und die inneren Organe befallen, auch äußerlich zersetzt sich der Körper. Augen, Nase, Hände und Füße fallen ab wie verfaultes Obst. Genau das geschieht nämlich. Der Körper verfault und zerfällt buchstäblich.«

»Genau wie Malachias es gesagt hatte.«

»Richtig. Ihr erinnert Euch?«

»Er war zutiefst entsetzt. Wie sollte ich das vergessen? Mir selbst fehlten damals die Worte und dem Herzog von Mantua ebenso.«

»Ganz recht«, bestätigte der Anatom. »Deshalb beeilt Euch, das, was ich Euch gesagt habe, dem Senat, und wenn es nötig ist, auch dem Dogen persönlich zu berichten, es ist keine Zeit zu verlieren. Sorgt nach Möglichkeit dafür, dass ich die größtmögliche Freiheit erhalte, die Besonderheiten der Krankheit besser zu erfassen.«

»Das werde ich tun. Doch wie kann ich Euch sonst noch helfen, abgesehen davon, die Erlaubnis zur Sektion der Leichen Erkrankter zu erwirken?«

»Bittet darum, mir die Erlaubnis zur Errichtung eines anatomischen Theaters zu erteilen.«

»Von was?«

»Keine besonders aufwendige Sache. Ich möchte nur die Genehmigung zur Errichtung einer mobilen Konstruktion bekommen, die den Studenten der Medizin erlaubt, meinen Lektionen in Anatomie zu folgen. Dafür schwebt mir vor, eine Art Theater mit Sitzreihen bauen zu lassen. Ich habe schon einige Konstruktionsskizzen angefertigt, und ich glaube, ich werde es in diesem Hof errichten lassen, denn er ist groß genug, er wäre geradezu perfekt. Wie Ihr vielleicht wisst, war dieser Palazzo bis vor einigen Jahren nichts anderes als ein Gasthaus, und nun ist er dazu bestimmt, in Kürze zum neuen Sitz der Universität von Padua zu werden. Auf diese Weise wird es möglich sein, die Studenten an einem einzigen Ort zu versammeln, in Vortragssälen, die so groß angelegt sind, sie alle aufzunehmen, und mit Blick auf die Loggien darüber.« Alessandro Benedetti wies mit einer Geste nach oben. »Doch dafür brauche ich unbedingt das *Placet* der fürstlichen Autoritäten. Ich brauche das Einverständnis von Seiner Durchlaucht Agostino Barbarigo, damit meine chirurgischen Eingriffe nicht als sittenwidrig erachtet und verboten werden. Versteht Ihr, was ich meine?«

»Vollkommen.«

»Wisst Ihr, mir ist klar, dass sich das Sezieren von Leichen für die meisten nach einer barbarischen, wenn nicht sogar bestialischen, Praxis anhört, doch glaubt mir, wenn ich Euch sage, dass diese Methode wesentliche Informationen zur Analyse und zum besseren Verständnis einer Krankheit liefert. Und je mehr ausgebildete Personen sich darin üben können, indem sie meine Vorlesungen über Anatomie besuchen, desto größer ist die Wahrscheinlichkeit, das Böse zu besiegen.«

»Ihr habt mein Wort, Maestro, ich werde tun, was in meiner Macht steht, um Euch zu helfen, vertraut mir.« Dann blickte er sich um und bewunderte den Hof. »Und das hier war bis vor einiger Zeit ein Wirtshaus, sagtet Ihr?«

»So ist es. Das *Hospitium bovis,* so nannte es sich. Sicher, es ist noch einiges zu tun, um das Gebäude umzubauen. Doch bald wird es fertig sein, und der neue Sitz der Universität kann eingeweiht werden.«

»Donnerwetter! Ja, Ihr habt recht, in diesem Hof kann man Euer Theater wirklich sehr gut unterbringen, das ist eine brillante Idee.«

»Ich danke Euch, Exzellenz.«

»Nicht doch, Maestro, ich bin es, der Euch zu danken hat. Entschuldigt mich jetzt, für mich ist es Zeit zu gehen.«

»Überbringt dem Dogen meine ehrerbietigen Grüße.«

»Das werde ich tun«, sagte Antonio Condulmer. Er legte zum Gruß die Hand an die Kappe aus schwarzem Samt. Dann wandte er sich ab und nahm den Weg, der aus dem Hof hinaus führte.

40. Das Karussell der Reue

Herzogtum Mailand, Corte Vecchia

Leonardo war vor Schmerz am Boden zerstört. Beatrice war tot. Und Mailand schien sich in dumpfem Schmerz zu ergehen. So als fehle der Stadt plötzlich ihr strahlendstes Licht. Und wenn man ehrlich war, war es auch so. Ganz zu schweigen davon, dass mit dieser Tragödie noch etwas viel Schrecklicheres sich schleichend in der Stadt einzunisten drohte und sich seine Opfer suchte, so als würde die kalte Winterluft eine unsichtbare und heimtückische Krankheit mit sich bringen.

Doch soweit Leonardo es verstehen konnte, lag der Grund dafür, dass die französische Krankheit sich ausbreitete, nicht in der Luft, sondern zwischen den Schenkeln der Prostituierten. So sagte man zumindest.

In Wahrheit, so schien es ihm, gab man immer den Frauen die Schuld an etwas, das eigentlich ganz andere Gründe haben musste. Er glaubte nicht an solche Geschichten, auch wenn es eine Tatsache war, dass es zahlreiche Prostituierte mit entstelltem Gesicht gab. Das Gleiche galt jedoch auch für Männer. Man sagte, sogar der Papst hätte sich angesteckt.

Diese Geschichte mochte stimmen oder nicht, es war jedoch nicht die französische Krankheit, mit der er sich in diesem Augenblick zu befassen hatte. Ludovico il Moro stattete ihm einen Besuch ab, und was immer der Grund war, es war bestimmt nicht von geringer Bedeutung.

Der Herzog hatte es sich in einem Sessel aus abgewetztem violettem Samt bequem gemacht, der beim Kamin stand. Die Flammen loderten tüchtig, und eine willkommene Wärme schuf eine angenehme Atmosphäre, die etwas Eigentümliches hatte wegen all der Teppiche, der mit Papieren überladenen Tische, den endlos aufgehäuften Skizzen und Zeichnungen und den Unmengen von Inkunabeln und Buchbänden, die sich in riesigen Stapeln bis zur Decke aufzutürmen schienen.

Leonardo hatte viele Tugenden, aber Ordnung und Disziplin zählten nicht dazu. Dieses Durcheinander übte jedoch eine eigenartige Faszination aus, die es ihm erlaubte, alles hinter sich zu lassen und die Konzentration zu finden, die er unbedingt brauchte, um seinen eigenen Obsessionen nachzuhängen. Dieser Umstand erschreckte seine Besucher und Auftraggeber oft. Einige von ihnen fragten sich, was zum Teufel seine Gehilfen machten. Gerüchte über Salajs Nachlässigkeit und seine absurde Gier machten die Runde. Leonardo kümmerte das kein bisschen. Auch wenn dieser Junge in vielerlei Hinsicht ein Draufgänger war, hegte er doch große Sympathien für ihn. Das galt jedoch nicht für den Herzog von Mailand. Und gerade das war der Grund ihrer tiefen Freundschaft – der Umstand, dass Ludovico il Moro Leonardo nicht nach dem Augenschein beurteilte. Für ihn hatte es keine Bedeutung, dass er Bart und Haare lang trug, seine Kleidung farbenfroh war, sein Sarkasmus beißend sein konnte oder er einen wunderschönen, aber gänzlich unmoralischen Burschen als Gehilfen hatte.

Diese Aufgeschlossenheit mochte Leonardo sehr. Sie war auch einem anderen guten Freund eigen gewesen: Lorenzo il Magnifico. Er fehlte ihm. Und ihm fehlte Beatrice. Und seine Mutter, die im Jahr zuvor gestorben war.

Daher empfing er den Herzog von Mailand mit schwerem Gemüt.

Doch er bemerkte bald, dass Ludovicos Stimmung noch düsterer war als seine eigene.

»Leonardo«, sagte er mit einem Becher Glühwein in der Hand, »ich bin so müde. Und völlig am Ende. Wer immer mir nahesteht, stirbt: Meine Frau Beatrice, mein Cousin Gian Galeazzo, mein Sohn.«

»Beatrice ...«, sagte Leonardo.

»... war schwanger«, führte der Herzog den Satz zu Ende.

»Und das Kind?«

»Ist mit ihr gestorben.«

Leonardo blieb stumm. Was sollte er auch sagen? Es war einfach schrecklich.

»Was noch schlimmer ist – ich hasse das tote Kind, denn wäre es nicht geboren worden, wäre Beatrice heute noch am Leben. Ich werde diesen furchtbaren Gedanken einfach nicht los, doch ich möchte ihn gerne beichten, denn er verfolgt mich überallhin, und einem Freund wie Euch, das spüre ich, kann ich es sagen. Ich empfinde Abscheu vor mir selbst. Aus diesem und aus vielen anderen Gründen.«

»Das dürft Ihr nicht sagen, Ludovico. Ihr ...« Doch Leonardo wurde unterbrochen.

Der Herzog war in Fahrt. »Mailand ist inzwischen ein schäbiger Vorposten Frankreichs. Ich weiß es, ich spüre es: Karl wird wiederkommen und diese Stadt in Schutt und

Asche legen. Ich glaubte, ich hätte einen Verbündeten gefunden, stattdessen habe ich Mailand einem Henker überlassen. Und nun muss ich die Konsequenzen für meine Kurzsichtigkeit tragen. Ich habe das deutliche Gefühl, der Tod, der mich umgibt, sei Ausgeburt meiner schrecklichen Fehler. Ich glaube, dass die Epidemie, die Italien in die Knie zwingt, ihre Ursache darin hat, dass die Moral gering geachtet wird, und in der Unfähigkeit, über die eigenen Grenzen hinaus zu schauen, da kein Herzogtum, keine Republik, kein Königreich imstande scheint, mit den anderen Allianzen zu schmieden oder Vereinbarungen zu treffen, die dieser Bezeichnung würdig sind. Selbst meine Nichte Caterina scheint von einer unersättlichen Begierde erfasst, da nun ja schon ihre dritte Ehe beschlossene Sache ist. Nicht genug, dass ihre beiden früheren Ehemänner anderen Verschwörungen zum Opfer gefallen sind, nein! Sie musste sich ja auf diesen Schnösel Giovanni il Popolano einlassen, der nichts anderes ist als ein unbedeutender Spross aus einer Nebenlinie der Medici. Und das ist nicht die einzige entzückende Flause, mit der sie mich und die Heilige Liga in Verlegenheit bringt, denn ihr Sohn Ottaviano wurde gerade erst Condottiere und steht im Sold von Florenz, und sie unterhält eine Korrespondenz mit dem wild gewordenen Irren von Girolamo Savonarola. Doch weit schlimmer ist, mein Freund: Ich weiß, dass ich an alldem eine erhebliche Mitschuld habe. Seht, Leonardo, deshalb bitte ich Euch, mir zu verzeihen, denn ich kann nichts weiter tun, als diesen Sack voll Sorgen vor Euch auszukippen.«

Leonardo blickte den Herzog an. Wenn er Mitgefühl oder Zuneigung für den Freund empfand, ließ er es sich nicht anmerken: »Ich verstehe, was Ihr sagt, sogar so weit, dass ich glaube, dieselbe Schuld zu tragen. Ich habe das Gefühl, dass wir unseren Egoismus unterschätzt haben, und so hat er uns schließlich eingeholt. Ich denke nicht, dass diese Epidemie eine andere Ursache hat als Unzucht und mangelnde Hygiene. Das Zusammenspiel aus Schmutz und Verderbtheit. Und so apokalyptisch das auch klingen mag, in diesen beiden Worten liegt viel vom Geist dieser Zeit. Ich denke nicht, dass Ihr für das verantwortlich seid, wovon Ihr gesprochen habt. Ihr habt Mailand nicht verkauft, der Meinung bin ich ganz und gar nicht. Wenn Ihr Euch jedoch erhofft, von mir Absolution zu erhalten, so denke ich nicht, sie Euch geben zu können. Ich bin kein Mann der Kirche, und davon abgesehen hätte ich nicht die Absicht, sie Euch zu erteilen, nicht einmal, wenn ich könnte. Ich denke, Ihr habt Eurer Gemahlin wirklich Leid zugefügt, und doch bin ich weiterhin fest davon überzeugt, dass Ihr sie auch sehr geliebt habt. Ihr macht keine halben Sachen, das habt Ihr nie. Sicher, Ihr seid ein geschickter Politiker, Ihr habt es verstanden zu warten. Und Eure Zeit ist gekommen. Doch wenn ich mir die Bemerkung erlauben darf – ich fürchte, nun endet sie.«

Der Herzog hob den Blick. Er war voller Bitterkeit. »Ich glaube, Ihr habt recht, Leonardo. Man muss kein Wahrsager oder Astrologe sein, um das sagen zu können. Bei allem Respekt für Ambrogio da Rosate. Sogar er wendet sich in letzter Zeit von mir ab. Ich denke, genau deshalb habe ich Euch aufgesucht, ich spüre, dass sich meine Zeit dem Ende neigt. Ich weiß noch nicht, wie lange ich Euch schützen kann, stellt Euch nur vor, ich weiß nicht einmal, ob ich mich selbst werde schützen können. Ich spüre, dass meine Kräfte schwinden und dass Mailand kurz davor ist, in einen Abgrund zu stürzen. Niemand wird meiner geliebten Stadt zu Hilfe eilen. Es mag sein, dass ich sie mir zu eigen gemacht habe, doch muss ich auch sagen, dass ich ihr viel gegeben habe, trotz all meiner Fehler und Irrtümer, und im Gegenzug habe ich nicht immer bekommen, was ich verdient gehabt hätte. Wenn Ihr mir deshalb nur eins versprecht, Leonardo ...«

»Was immer es ist, sagt es nur.«

»Vollendet für mich das *Letzte Abendmahl*.«

»Das werde ich tun.«

»Danke, das ist viel mehr, als ich erwartet habe.«

»Denkt Ihr, ich hätte Euch einen solchen Wunsch abgeschlagen? Was noch dazu Euer gutes Recht ist?«, fragte Leonardo ungläubig.

Der Herzog sah ihn lange und eindringlich an. »Ich glaube einfach, dass es eine fast unzumutbare Verpflichtung darstellt, von Euch zu verlangen, diese Arbeit fertigzustellen. Seht Ihr, Leonardo, ich habe, was Euch angeht, in all den Jahren eines gelernt: Ihr entwickelt Eure Werke auf eine so symbiotische, persönliche, ja beinahe sentimentale Art und Weise, dass es Euch geradezu schmerzt, ans Ende zu gelangen. Und so verbessert Ihr sie ständig weiter, überprüft und bearbeitet sie, stets auf der Suche nach einer Vollkommenheit, die längst erreicht ist, denn das, was Ihr tut, hat in gewisser Weise etwas Göttliches: die Farben, das Licht, die Formen, die von Anmut erfüllte Schönheit. Doch die Arbeit zu beenden würde bedeuten, sich von den Figuren zu trennen, von ihren Geschichten, und das wäre für Euch unerträglich. Aus diesem Grund danke ich Euch, denn ich weiß, wie viel Euch dieses Versprechen kostet.«

Bei diesen Worten erwiderte Leonardo den Blick des Herzogs. »Ludovico, Ihr habt aus meiner Malerei die Beschaffenheit meiner Seele herausgelesen. Das hat vor Euch noch niemand geschafft.«

»Nun, so habe ich zumindest etwas Gutes getan, was meint Ihr?«

Endlich lächelte Leonardo.

Doch es war ein bitteres Lächeln.

41. Ratschlag
eines Exkommunizierten

Kirchenstaat, Forlì, Rocca di Ravaldino

Ängstlich überflog Caterina die Zeilen des Briefes. Die letzten Tage waren schwierig gewesen, und die Korrespondenz mit Girolamo Savonarola, die in den letzten Monaten besonders intensiv gewesen war, hatte ihr Erleichterung verschafft. Die Worte des Mönchs vermochten ein Gefühl des Friedens und der Einfachheit zu vermitteln und die Ängste zu lindern, die in ihr schlummerten.

Sie wusste, dass sie zu viel gewagt hatte. Nach dem Tod ihres zweiten Ehemannes, Giacomo Feo, der bei seiner Rückkehr von einer Jagdpartie mit einer Hellebarde erschlagen worden war, hatte Caterina den Wachen befohlen, Straßen und Häuser von Forlì zu durchkämmen und die Verschwörer vor sie zu bringen. Daraufhin hatten viele von ihnen ihr Leben gelassen, diejenigen, die etwas glücklicher dran waren, wurden verbannt.

Doch als die Wahrheit ans Licht kam, zerriss die Ironie des Schicksals ihr das Herz. Denn sie musste entdecken, dass der Kopf dieser Verschwörung ihr älterer Sohn Ottaviano gewesen war, der Giacomo wegen seiner Arroganz hasste, und weil er einmal von ihm geohrfeigt worden war.

Vor einiger Zeit nun hatte sie Giovanni il Popolano geheiratet, den Florentiner Botschafter, der einer Nebenlinie der Medici entstammte und vor ein paar Jahren von Piero di Lorenzo il Magnifico ins Exil geschickt worden war. Die Vertreibung von Piero und die Ausrufung der Republik unter Beteiligung von Savonarola hatten es Giovanni ermöglicht, in die Stadt zurückzukehren, doch um zu vermeiden, dass er mit den verhassten Medici in Verbindung gebracht werden konnte, hatte er seinen Namen geändert.

Mit ihm war Caterina wieder glücklich, doch da sie Skandalen und dem Klima der Gewalt, das sich ein Jahr zuvor ausgebreitet hatte, um jeden Preis aus dem Weg gehen wollte, hatte sie die Beziehung geheim gehalten, wenigstens so lange, bis ihrem Sohn Ottaviano eine Condotta von Florenz übertragen worden war. Zu diesem Zeitpunkt kamen Gerüchte auf, und ihr Onkel Ludovico hatte es nicht versäumt, ihr Vorhaltungen zu machen.

Da hatte Caterina Trost in den Worten Girolamos gesucht. Und genau aus diesem Grund verschlang sie nun das Geschriebene.

Die Vorreden übersprang sie und las Folgendes:

Da Ihr mich, wie schon in vorangegangenen Briefen, um Hilfe gebeten habt, Zuflucht bei Gott finden zu können, hier nun, was ich Euch dazu in aller Aufrichtigkeit sagen möchte. In Anbetracht dieser dunklen Zeiten und der dramatischen Geschehnisse, die über die Menschen kommen, und nicht zuletzt der Epidemie, die in den letzten Monaten reihenweise überall dort Opfer fordert, wo man sich hemmungslos der Wollust hingibt, lautet meine erste Empfehlung: Zeigt

*Reue für Eure Sünden und bittet daraus folgend um
Vergebung, und zwar nicht allein im Gebet, sondern
auch durch fromme Werke wie Almosen an die Armen,
denn diese, mia Signora, reinigen und tilgen wie Wasser und Feuer.*

*Darüber hinaus empfehle ich bei der Ausübung der
Regierungsgeschäfte und in der Führung Eurer Unter-
tanen, Euch auf die Lehren Gottes zu besinnen und sei-
nem Wort zu folgen, denn Euch dementsprechend von
Sünden fernhaltend werdet Ihr ohne Zweifel eine ge-
rechte und vom Volk geliebte Herrscherin sein. Zudem
werdet Ihr am Ende Eurer Zeit auf Erden nach Eurem
Lebenswandel gerichtet werden – alles Gute, das Ihr zu
Lebzeiten getan habt, wird gewogen werden und möge
Laster und Leid überwiegen, das Ihr verursacht habt.*

*Ich glaube, nur auf diese Weise werdet Ihr wieder zu
Euch selbst finden und zur Harmonie in Eurer Familie.
Eure Söhne sind der Segen unseres Herrn. Seid ihnen
mit untadeliger Lebensführung ein Beispiel und hütet
Euch, der Versuchung anheimzufallen.*

*In der Hoffnung, Euch eine Hilfe gewesen zu sein,
grüße ich Euch …*

Caterina seufzte. Wie sollte sie die Belehrungen des guten
Paters in die Tat umsetzen? Und wie lange noch würde sie
Trost in seinen Worten finden können? Gerade in diesen
Tagen war Girolamo Savonarola die Exkommunizierung
angedroht worden. Die offizielle Begründung war der Verdacht der Häresie, aber in Wahrheit, das wusste Caterina
genau, bestand der Grund im Hass, den die Borgia gegen
ihn hegten. Und wie schon im Fall der Medici kreuzte nun

eine andere Dynastie den Weg des Mönches aus Ferrara. Doch Caterina hätte wetten mögen, dass Savonarola dieses Mal nicht obsiegen würde. Manche sagten, nicht der Papst, sondern sein Sohn, der Kardinal Cesare Borgia, habe die Exkommunikation ausgesprochen; der nämlich gewann immer mehr an Macht im Kirchenstaat. Ob das nun stimmte oder nicht, Caterina hatte Angst. Denn die Romagna, in der sie lebte, war ein Durchgangsland, dazu ein kirchliches Lehen. Auch wenn sie sich von jeglicher Einmischung emanzipiert hatte. Sie wusste, dass sie früher oder später für diese Unabhängigkeit, die ihr als ein Akt der Rebellion ausgelegt wurde, würde zahlen müssen. Andererseits hatte sie nie auf irgendwelche Hilfe bauen können. Sie kam sich vor wie ein Beutestück, Herrin über ein Land, das alle möglichen Begehrlichkeiten weckte.

Ihr Glück war es, eine Frau zu sein. Der Adel der Region hatte geglaubt, sie sei schwach, verwundbar und hätte ein weiches Herz. Stattdessen sahen sie sich einer Kriegerin gegenüber, bereit, bis aufs Blut zu kämpfen, sogar imstande zu akzeptieren, dass ihre eigenen Söhne vor ihren Augen in Stücke gerissen würden, nur um Herrin dieses kleinen Reiches zu bleiben. Allein beim Gedanken daran überlief sie ein Schauder. Zum Glück war es dazu bisher nicht gekommen.

Jedenfalls waren die Gewalttaten, die sie verübt oder zugelassen hatte, für sie kein Grund zur Genugtuung oder Selbstzufriedenheit, ganz im Gegenteil! Doch an diesem Punkt musste sie die Maske fallen lassen, denn die Überraschung konnte nur ein einziges Mal funktionieren. Dass man sie für schwach gehalten hatte, mochte sich für eine gewisse Zeit als Vorteil erwiesen haben, doch nun konnte sie es nicht länger zulassen, dass man sie aufgrund ihres Alters oder wegen ihrer Kinder für angreifbar hielt.

Sie stand allein da.

Die Allianz mit Florenz, die sie dadurch errungen hatte, dass sie zunächst Giovanni verführt und dann dafür gesorgt hatte, dass Ottaviano in der Eigenschaft als Hauptmann der Republik die Condotta erhielt, war Teil eines präzisen Plans, der vorsah, dieses Bündnis so auszubauen, dass sie von den Ambitionen der Este, dem päpstlichen Einfluss und Uneinigkeiten innerhalb ihrer eigenen Gebiete verschont blieb, die wie Unkraut mit schöner Regelmäßigkeit wiederkehrten.

Sie seufzte.

Wie gerne hätte sie Girolamo Savonarola geantwortet. Ihn gefragt, wie die Hingabe an Gott in Einklang zu bringen war mit der Notwendigkeit, die zu schützen, die man liebte, oder beim Verwalten seiner Stadt der Verantwortung gerecht zu werden, die man für seine Untertanen empfand, ohne Gesetze zu erlassen und Steuern und Beschränkungen aufzuerlegen.

Die Wahrheit war, dass sie dafür keine Lösung hatte.

Zwar wollte sie die eigene Regierung nach Gottes Lehren ausrichten, so wie der gute Pater es ihr geraten hatte, auch weil sie spürte, dass ihr die Zeit davonlief und ihr Körper Jahr für Jahr ein wenig schwächer wurde, ein bisschen weniger flink, ein bisschen anfälliger dafür, wie ihr Kälte, Wind und das Gezeter der Männer zusetzte.

Das alles trotz steter körperlicher Ertüchtigung, obwohl sie sich mit ihrem Waffenmeister im Schwertkampf übte, jeden Tag ausritt, zur Jagd ging, stets dem Vorbild ihrer Großmutter Bianca Maria Visconti Sforza nacheifernd.

Doch das genügte nicht.

Es würde nie genügen.

Und in diesem Bewusstsein rieb sich Caterina Tag für Tag auf, denn sie wusste, dass früher oder später jemand kommen und vorgeben würde, sie zu zähmen, als sei sie ein wildes Tier.

Die Balance, in der sie ihr Leben hielt, war anfällig, und manchmal kam es ihr vor, als ginge sie über dünnes Eis, das zu brechen drohte. Was würde geschehen, wenn ihre schlimmsten Albträume Wirklichkeit würden? Wenn diese Vorahnungen graue, bleischwere Realität würden und noch mehr Männer und Rüstungen sie am Ende überwältigten? Was würde aus ihren Söhnen? Denn um sich selbst machte sie sich unterm Strich wenig Sorgen. Deshalb war ihr klar, dass sie wenigstens noch eine Weile durchhalten musste, denn Ottaviano war zwar inzwischen erwachsen, doch war er schon erwachsen genug, um die Familie zu schützen – seine Familie?

Da war sich Caterina nicht so sicher. Jetzt war er Söldnerhauptmann geworden, Condottiere, und das würde dazu beitragen, seinen unbeständigen Charakter zu festigen, sodass aus ihm vielleicht ein Krieger wurde und nicht bloß ein simpler Verschwörer, wie in der Vergangenheit; ein Mann, der auch im Lichte der Sonne handeln könnte und nicht nur im Schatten, auf Geheimnisse setzend, geflüsterte Worte, auf Erpressung und Korruption. Nie wieder! Jetzt hatte Ottaviano wirklich Gelegenheit, sich im Kriegshandwerk zu beweisen. Den Geschmack von Eisen und Blut zu kosten, dem Feind in die Augen zu sehen, die blanke Klinge des Schwertes zu zücken und sich selbst gegenüber einem würdigen Gegner zu beweisen.

Dann, dachte sie, könnte sie sich eines Tages vielleicht ein wenig Ruhe gönnen. Sie war so müde. Doch sich selbst immer wieder solche Dinge in Aussicht zu stellen hatte den Beigeschmack von Halbwahrheiten. Sie hatte immer allein kämpfen müssen. Immer.

Ihr kam in den Sinn, was ihre Großmutter ihr stets gesagt hatte. So trat sie zum Bücherregal und nahm das Bestiarium heraus, das sie so viele Jahre zuvor studiert hatte. Behutsam blätterte sie es durch. Endlich gelangte sie zu ihrem Lieblingsbild – dem des Tigers.

Ihre Augen füllten sich mit Tränen. Sie erinnerte sich, wie sie ihrer Großmutter erzählt hatte, was sie über dieses wilde und edle Tier gelernt hatte, und über die Jäger, die seine Jungen raubten und dann spiegelnde Kugeln hinter sich verteilten, sodass das Raubtier beim Anblick seines verkleinerten Abbildes auf der glänzenden Oberfläche glaubte, seine Jungen wiedergefunden zu haben. Und weil die Tigerin sich um sie kümmern wollte, ließ sie die Jäger entkommen.

Und was hat diese Geschichte zu bedeuten?, hatte die Großmutter gefragt. Und sie hatte folgsam geantwortet, dass es sich um eine Allegorie handelte: Die Jäger waren Dämonen und versuchten mit falschen Versuchungen und Hinterlist, die Tigerin zu täuschen, die das Wahre und Gute repräsentierte. Und sie brachten sie dazu, sich selbst untreu zu werden.

Während ihre Tränen reichlich flossen, schwor sich Caterina, dass sie nicht denselben Fehler begehen würde. Denn sie kannte die Geschichte und würde sich nicht täuschen lassen.

42. Niedertracht

Kirchenstaat, Palazzo Borgia

L ucrezia hatte ihn in großer Hast herankommen sehen, als sei ihm eine Meute kläffender Köter auf den Fersen. Wieder einmal sah sie ihren Gemahl voller Furcht. Nur, dass sich irgendetwas in all der Zeit verändert hatte, sie wusste zwar nicht genau, was in ihr vorging, doch sie wusste, dass sie es leid war, ihn beschützen zu müssen. In der Vergangenheit hatte sie das getan, aber jetzt wünschte sie sich, dass sich jemand für sie einsetzte; dabei fürchtete sie sich zugleich davor zu entdecken, dass das, was sie sich vorstellte, im nächsten Augenblick wahr würde.

Giovanni verbeugte sich vor ihr. Dann setzte er ein Knie auf den Boden, als ob die heilige Jungfrau vor seinen Augen erschienen wäre. Sie reichte ihm die Hand, und er küsste sie, als hinge sein Seelenheil davon ab. Er war so furchtbar formell und kalt. Und distanziert. Er schien alles Mögliche zu sein, nur nicht ihr Ehemann.

»Madonna, ich komme, um Euch zu sagen, dass ich Rom verlasse.«

»Aber wieso das?«, fragte Lucrezia und tat erstaunt.

»Ich habe das Gefühl, mein Leben ist in Gefahr.«

»Aber wenn ich doch hier bei Euch bin! Wie soll das da möglich sein? Ihr wisst doch, solange ich an Eurer Seite bin, habt Ihr nichts zu befürchten. Ich war es, die Euch über die Machenschaften meines Vaters und meiner Brüder informiert hat, Ihr könntet wenigstens mir gegenüber ein wenig Vertrauen haben und bei mir bleiben, meint Ihr nicht?«, sagte sie in schon schärferem Ton. Was zum Teufel sollte sie nur mit Giovanni machen? Sie hätte ihn ohrfeigen mögen für seine Feigheit, die er noch nicht einmal zu verbergen versuchte. Etwas mehr Würde hätte ihm nicht geschadet.

»Mia Signora, ich sehe mich wirklich gezwungen, mich zu verabschieden.«

Da wusste Lucrezia, dass sie ihn satthatte. Sollte Cesare ihr gegenüber nochmals irgendwelche Drohungen vorbringen, würde sie keine Sekunde mehr für ihren Ehemann verschwenden, und das würde sie ihm auch sagen. »Wenn Ihr jetzt aus dieser Tür hinausgeht, dann tut das ohne mich, denn ich habe gewiss nicht die Absicht, mein Haus zu verlassen, und ich glaube nicht, dass ich Euch das verzeihen werde.«

»Dann fürchte ich, dass ich Euch enttäuschen muss, mia Signora«, sagte Giovanni kühl. Er zögerte nicht einmal.

»Ihr wollt Euch also davonstehlen wie ein Dieb in der Nacht, und mich hier allein zurücklassen?«

»Ich würde Euch gerne einladen, mit mir nach Pesaro zu kommen, aber Ihr sagtet mir soeben, dass Ihr nicht die Absicht hättet fortzugehen, und ich kann Euch nicht mit Gewalt dazu zwingen.«

»So ist es«, sagte Lucrezia und legte alle Verachtung, derer sie fähig war, in diese wenigen Worte. Es lag bereits so viel Tadel und Enttäuschung in ihrem harten und eisigen Blick, dass jedwede sonstige Aussage die Abscheu, die sie in diesem Augenblick empfand, nur hätte abschwächen können. Sie bekräftigte nur ein letztes Mal, was für sie unanfechtbar feststand. »Ich habe nicht vor, von hier wegzugehen, denn wir sind nicht in Gefahr. Weder ich noch Ihr!«

»Wenn Ihr doch wenigstens einmal zuhören würdet«, platzte Giovanni ungeduldig heraus.

»Wenn Ihr doch einmal sprächet wie ein Mann, statt zu wimmern wie ein Wurm!«, polterte sie, aufbrausend vor Wut. Sie hatte versucht, sie im Zaum zu halten, doch hatte sie wirklich den unbändigen Wunsch, ihn hinauszuwerfen.

Giovanni hob den Blick. »Euer Vater hat von mir verlangt, Anfang des Jahres herzukommen. Als ich nicht sofort geantwortet habe, hat er mir ein Ultimatum von zwei Wochen gestellt. Als wäre ich ein Untertan oder ein einfacher Soldat!«

»Ihr seid mein Ehemann, Giovanni! Ist Euch das wenigstens klar? Findet Ihr es normal, dass wir unter verschiedenen Dächern leben, noch dazu, wenn es keine militärischen Gründe dafür gibt, dass Ihr Euch entfernt habt, sondern nur eine vermeintliche Lebensgefahr, die Euch umtreibt, seit wir uns kennengelernt haben? Ihr seid ein Hasenfuß! Was mich angeht, könnt Ihr machen, was Ihr wollt. Ihr habt keine Ahnung, wie sehr ich Euch satthabe.«

»Es tut mir leid, das zu hören, doch wie ich bereits sagte, habe ich keine andere Wahl. Ihr wisst genau, wie schlecht angesehen meine Familie in dieser Stadt mittlerweile ist. Und doch war für mich die Entscheidung immer klar, auf wessen Seite ich stehe.«

Bei diesen Worten brach Lucrezia in Gelächter aus. »Auf Eurer eigenen, wie immer. Nichts liegt Euch mehr am Herzen als Ihr selbst!«

Giovanni Sforza erhob sich.

Er schwieg. Er wagte es nicht einmal mehr, seine Gemahlin anzusehen. Wie ein Feigling wich er ihrem Blick aus.

Dann drehte er sich um und wandte ihr den Rücken zu.

Als er die Tür erreicht hatte, schwor sich Lucrezia, dass sie ihn aus ihrem Leben streichen würde.

43. Die Ankündigung

Republik Venedig, Dogenpalast

Antonio Condulmer befand sich in der Sala del Consiglio dei Dieci. Die Ratsmitglieder in ihren scharlachroten Roben mit den schwarzen Schärpen sahen ihn verstohlen von der Seite an. Wie die Falken hockten sie auf ihren Sitzen, mit besorgten Mienen, ihre Blicke huschten über ihn hinweg, als müssten sie entscheiden, ob sie ihn von einem Augenblick zum nächsten zum Tode verurteilen sollten. Einer von ihnen, Luigi Venier, betrachtete ihn eine Weile schweigend, ehe er dann das Wort ergriff: »Verehrte Kollegen! Antonio Condulmer, der Gran Maestro der Spione der Serenissima, hielt es für angebracht, uns über die Vorgänge, die seiner Ansicht nach äußerst schwerwiegend sind für die Sicherheit unserer Republik, Bericht zu erstatten. Ich bin daher der Ansicht, wir sollten uns anhören, was er zu sagen hat, und dem, was er darlegt, größtmögliche Aufmerksamkeit schenken; andernfalls, ist er der Ansicht, wird ganz Venedig schwer leiden müssen. Ist es nicht so, Messer Condulmer?«, sagte der Consigliere, während die anderen zustimmend nickten.

»Besser hätte ich es nicht sagen können, Exzellenz«, beeilte sich Antonio zu bestätigen. »Doch lasst mich Euch rasch ein umfassendes Bild davon geben, worin die Bedrohung im Einzelnen besteht.«

»Ihr könnt es halten, wie es Euch angebracht erscheint«, gestand ihm Venier mit ausladender Geste zu.

»Sehr gut«, sagte der oberste Herr über die Spione. »Dann will ich damit beginnen: Einige Zeit vor der Schlacht von Fornovo war einer meiner Spione auf dem Rückweg von Neapel. Als er das Lager erreichte, war er in erschreckender Verfassung. Er war nicht verwundet, nichts in der Art, doch ich hätte ihn als zutiefst verstört beschrieben. Zu meinem Glück war Alessandro Benedetti, oberster Feldarzt des venezianischen Heeres, mit mir im Lager. Bevor dem Mann ein Beruhigungstrank verabreicht wurde, teilte er uns mit, dass in Neapel, woher er kam, eine Epidemie einer unbekannten Krankheit ausgebrochen sei, die die Gesichter und Körper der Opfer entstellte. Wenngleich seine Beschreibungen Ausgeburt des Deliriums waren, in das er versunken schien, waren sie unserer Ansicht nach doch erschreckend und erhielten Bestätigung durch das, was wir tags darauf in der Schlacht zu sehen bekamen. Einige der Soldaten des französischen Heeres hatten die Augen verloren, andere die Nase, wieder andere waren mit einer Unzahl roter Pusteln bedeckt.«

»Messer Condulmer, ich bitte Euch, könntet Ihr die grauenhaften Einzelheiten auslassen?«, bat Angelo Michiel mit hauchdünner Stimme.

»Keineswegs«, verlangte Venier, »ich verlange, dass uns über jedes Detail berichtet wird, wenn auch in zusammenfassender Darstellung der Fakten.« An Condulmer gewandt sagte er aufmunternd: »Fahrt fort.«

Das ließ sich der Gran Maestro der Spione nicht zweimal sagen. »Ich habe erfahren, dass diese abscheuliche Krankheit, die Alessandro Benedetti in den folgenden Tagen und Monaten zu untersuchen Gelegenheit hatte, aufgrund der Tatsache, dass sie durch das Heer Karls VIII. im Raum Neapel und in der Folge auf der gesamten Halbinsel verbreitet wurde, den Namen ›gallische Krankheit‹ oder ›Franzosenkrankheit‹ trägt. Die weiteren Studien des Maestro bestätigten, dass die Krankheit beim Sexualakt weitergegeben wurde, wenn das Glied des Mannes mit dem verunreinigten Samen der Frau in Kontakt kam. Und das bringt uns zu Alessandro Benedettis jüngsten Überlegungen, die ich Euch nun darlegen will. Davon ausgehend, dass die hygienischen Gegebenheiten sexueller Promiskuität, die in erster Linie bei der Eingrenzung der Ursachen der Ansteckung heranzuziehen sind, von der wiederum zuallererst natürlich diejenigen betroffen sind, die den Beruf der Prostituierten ausüben, hat er sich dafür ausgesprochen, diese in einer Zählung zu erfassen und sie an einem einzigen Ort oder einem Quartier außerhalb der Stadt unterzubringen, damit die durch sie infizierten Soldaten nicht noch weiter zur Ausbreitung der Franzosenkrankheit beitragen. Ganz abgesehen davon, dass, wie wir bestens wissen, nicht nur sie die Damen des Gewerbes aufsuchen.«

»Was wollt Ihr damit andeuten?«, wollte Marco Foscari wissen, einer der einflussreichsten unter den zehn Ratsmitgliedern.

»Einfach nur das, was ich gesagt habe. Dass ein einziger Kontakt mit einer der infizierten Prostituierten genügt, um sich anzustecken. Ganz zu schweigen davon, dass man, da dies ja auch für die bereits angesteckten Soldaten gilt, nicht ausschließen kann, dass die Krankheit bereits in die Stadt eingesickert ist. Mastro Benedetti ist der Auffassung, dass das erste Stadium der Krankheit sich innerhalb von drei Wochen in Form einer Wunde zeigt, aus der dann ein Geschwür wird, das üblicherweise den männlichen oder weiblichen Fortpflanzungsapparat angreift.«

»Wenn ich es richtig verstanden habe«, sagte Luigi Venier, »schlägt Messer Benedetti vor, dieselben Maßnahmen anzuwenden, die für den Umgang mit Pestepidemien gelten.«

»Ganz genau.«

»Und wo schlagt ihr vor, die Soldaten sowie die Prostituierten, die Köche, die Hufschmiede und alle, die ihnen unweigerlich folgen, unterzubringen, während sie auf die Fortsetzung des Feldzugs warten?«

»In Mestre. Weit entfernt von der Lagune. Wir werden dafür sorgen, dass auch die Dirnen ihr Gewerbe nur dort ausüben, um die Ausbreitung der Krankheit so gut wie eben möglich einzudämmen. Meinen Schätzungen nach arbeiten mehr als zehntausend Prostituierte in der Stadt, doch ich nehme an, dass die Inspektoren im Gesundheitswesen bestimmt genauere Zahlen liefern können. Damit fordere ich Euch auf, mit größter Dringlichkeit und Tempo vorzugehen, andernfalls werden wir erleben, dass sich die Bevölkerung der Republik halbieren wird. Ganz zu schweigen davon, dass die Art und Weise, in der der infizierte Körper verfällt, einfach furchtbar ist. Man könnte sagen, er verzehrt sich von innen heraus. Nicht einmal Lepra hat so schreckliche Auswirkungen.«

Ein nervöses Gemurmel kam auf. Der Consiglio dei Dieci war von den Worten des Gran Maestro der Spione noch nicht überzeugt. Die Krankheit breitete sich aus, gewiss, jedoch nicht in beunruhigender Weise. Allerdings waren die

Soldaten, die derzeit in den Winterquartieren lagerten, häufig bei den Prostituierten anzutreffen, und das erhöhte die Wahrscheinlichkeit der Ausbreitung. Daher war es notwendig, schnellstmöglich Gegenmaßnahmen zu ergreifen, ehe es zu spät war.

»Wir werden die sechs Signori della Notte in Kenntnis setzen. Zudem werden wir mit den Provveditori della Sanità, der Gesundheitsaufsicht, sprechen, und wir werden Bestimmungen erlassen, die dazu beitragen, die Ausbreitung der Krankheit einzudämmen. Ihr könnt Euch darauf verlassen, Messer Condulmer, wir werden keine Zeit mehr verlieren«, versicherte Luigi Venier. »Wir sind Euch vielmehr unendlich dankbar für Euren Einsatz, den Ihr in dieser Frage dank Eurer Beziehung zu Messer Alessandro Benedetti gezeigt habt.«

»Etwas anderes hätte mir ferngelegen.«

»Selbstverständlich«, bestätigte Luigi Venier. »Doch nun zu einem ganz anderen Thema, ich möchte Euch fragen: Was wisst Ihr über Caterina Sforza? Müssen wir uns vielleicht wegen ihrer jüngsten Vereinbarungen mit Florenz Sorgen machen?«

»Meint Ihr die Condotta, die die Republik Florenz dank Caterinas Verhältnis zu Giovanni il Popolano ihrem Sohn Ottaviano anvertraut hat?«

»So ist es.«

Der Herr der Spione seufzte. »Ich werde Euch sagen, was ich denke: Caterina befindet sich auf einem Gebiet, das sie faktisch dem Kirchenstaat abgenommen hat. Vor nicht allzu langer Zeit lief sie Gefahr, beim Vormarsch Karls VIII. angegriffen zu werden, der sich dann für einen anderen Weg entschieden hat, wie Ihr wisst. Sie ist gewiss eine Frau von außergewöhnlicher Standfestigkeit, doch nach den Informationen, die ich gesammelt habe, stellt sie keinerlei Bedrohung für die Heilige Liga dar. Sicher, wenn Ihr es aus Gründen eines ausgewogenen Verhältnisses zum Kirchenstaat in Erwägung zieht, sie anzugreifen und damit unter Beweis zu stellen, dass Venedig der Sache von Rodrigo und Cesare Borgia ergeben ist, dann ist das natürlich etwas anderes.«

»Nein, so ist es nicht. Wie Ihr ja wisst, hat Venedig kein Interesse daran, sich in irgendeiner Weise in die Ansprüche des Kirchenstaates einzumischen, zumindest nicht zum gegenwärtigen Zeitpunkt.«

»Also, ich denke, Abwarten ist in diesem Stadium die beste Lösung.«

»In Ordnung, Messer Condulmer. Danke für Eure Einschätzung. Ihr seid entlassen.«

Der Gran Maestro der Spione nickte und verbeugte sich tief.

Dann begab er sich rückwärts gehend zur Tür.

44. Der Disput

Herzogtum Ferrara, Palazzo Estense

Ercole d'Este war sehr neugierig auf die Debatten, denen er und sein Hofstaat beiwohnen würden. Er war im Übrigen der Meinung, dass dieser akademische Disput alles andere war als eine bloße Abhandlung, in der es nur darum ging, der einen oder anderen These den Vorzug zu geben; er würde stattdessen zu einem besseren Verständnis des Übels beitragen können, das das Leben seiner Untertanen bestimmte.

Seit sich die Franzosenkrankheit mindestens so sehr wie die Lepra oder die Pest in Ferrara ausgebreitet hatte, war die Stadt in Angst und Schrecken versunken. Nicht nur, weil man kein Mittel dagegen kannte, sondern auch, weil ihre Ursache aus dieser Krankheit in kürzester Zeit ein Leiden voller Scham und Vorhaltungen machte. Im benachbarten Florenz hatte es Girolamo Savonarola nicht an Vorwürfen und apokalyptischen Szenarien fehlen lassen. Und dieser Wind der Verdammung wehte auch in Richtung seiner Stadt.

Der Herzog hoffte auf diese Weise ein unsichtbares, aber dennoch tödliches Übel in ein Phänomen zu verwandeln, das sich von Medizin und Wissenschaft analysieren ließ und somit eingeordnet werden konnte – um zu einer Perspektive zurückzufinden, die nicht wie von einem Wind des Wahnsinns getragen wurde, der auf den schwarzen Schwingen der Panik heranwehte.

Zu diesem Disput also waren vor ihm und dem gesamten Hof zwei einzigartige und herausragende Meister ihres Faches erschienen. Einerseits Niccolò da Lonigo, auch bekannt als Leoniceno, Dozent an der Universität Ferrara und Begründer der humanistischen Medizin. An diesem Tag war er, wie immer bei derartigen Anlässen, schwarz gekleidet, mit einer Toga und einem wallenden Umhang. Die Kleidung, das griechische Profil, die hochgewachsene Statur und der schmale und drahtige Körperbau machten ihn, einem dünnen, zitternden Schatten ähnlich, bereit, sich mit der wuchtigen Leibhaftigkeit seines Gegners zu messen, nämlich Sebastiano dal Foroli, besser bekannt als Sebastiano dell'Aquila. Letzter war in der Tat ein korpulenter Mann mit breiten Schultern und ausladendem Bauch. Sebastiano, gehüllt in den dunkelbraunen Samt seines Mantels, war seinerseits Dozent für Medizin und Philosophie an der Hochschule von Ferrara. Seine Thesen zur Franzosenkrankheit waren naturgemäß konträr zu denen von Leoniceno.

Ercole d'Este saß auf dem Thron. Er war inzwischen in die Jahre gekommen, doch das schön geschnittene Gesicht mit den regelmäßigen, von dichtem weißen Haar umgebenen Zügen verlieh ihm eine Ausstrahlung von unerschöpflicher Energie, die durch die ausgesuchte Kleidung noch betont wurde: ein Wams in Schwarz und Silber und geschlitzte, mit Perlen bestickte Ärmel, die den Blick auf ein Hemd aus feinstem Batist freigaben. Ein Krieger durch und durch, bereits mit drei Jahren ordentlicher Ritter des blutrünstigen

Drachenordens, Zeit und Alter zählten für ihn nicht. Die goldene Kette um seinen Hals fing ein paar der Sonnenstrahlen auf, die durch die Fenster des Palazzos drangen. Der Herzog war ein vitaler und ebenso eleganter Mann, der einen eher einzigartigen als erlesenen Sinn für Kunst und Kultur hegte, wie dieser Disput zeigte. Hinter ihm aufgereiht saßen hohe Würdenträger und Honoratioren des Hofes, sodass sie zu beiden Seiten Flügel bildeten. Vor ihm sah man außer den beiden eigentlichen Kontrahenten kleine Gruppen Ferrareser Akademiker, und zwar aus jeder der beiden Schulen jeweils gleich viele Schüler. Sobald Ruhe eingekehrt war, forderte der Herzog mit einem Kopfnicken in ihre Richtung die beiden Dozenten auf, ihre Argumente vorzutragen. Niccolò Leoniceno machte den Anfang.

Der humanistische Arzt schwankte einen Moment, verbeugte sich vor dem Herzog, hob dann den Blick und richtete sich zu seiner ganzen eindrucksvollen Größe auf, um dann unverzüglich zu beginnen: »Mit Dank an meinen Herrn, Ercole d'Este, den großartigen Herzog von Ferrara, für diese Gelegenheit, möchte ich ihm und seiner Familie und des Weiteren den freundlichen Damen und noblen Herren seines Gefolges die Ehre erweisen und sogleich den Gegenstand meines Vortrags benennen, der im Studium der Ursachen und Eigenarten der französischen Krankheit besteht, einer Erkrankung, die in diesen Tagen unter den Untertanen des Herzogtums Ferrara so viele Opfer fordert.

Um meinem Herrn und seinem Hof zu erklären, worum es sich handelt, muss ich jedoch noch einen Schritt zurückgehen – nämlich bis zu der Auffassung von Medizin, die direkt auf den Schriften von Dioskurides, Aristoteles, Theophrastus und Galen fußt und nicht auf den fragwürdigen und fehlerhaften Interpretationen, die Plinius und Avicenna später hinzugefügt haben. Um es also klar zu sagen: Jegliche Sekundärliteratur ist ab sofort untersagt, wir gehen zu den Ursprüngen der Medizin zurück, wie sie den vorgenannten Gelehrten entsprechen, ohne irgendwelche weiteren Einflüsse. Nur wenn wir uns vom unverfälschten Gedankengut her annähern, werden wir meiner Meinung nach in der Lage sein, Ursachen und Maßnahmen zur Abhilfe der Franzosenkrankheit zu finden. Zu diesem Zweck erinnere ich daran, dass es in der Medizin, wie Galen zu Recht feststellt, unumgänglich ist, die Ursache aufzudecken, die die krankhaften Veränderungen bewirkt hat, um daraus die richtige Behandlung abzuleiten. Mit anderen Worten, es geht immer um die veränderte Beschaffenheit eines Organs oder eines Körperteils, die seine normale Funktionalität einschränkt. Diese Ursache ist jedoch nach den Worten Galens allein noch nicht hinreichend, sie muss stets in Zusammenhang mit der Primärursache im Sinne eines äußeren Reizes gesehen werden – beispielsweise extremer Hitze oder Kälte, eines Giftes, eines Tierbisses – sowie einer vorausgehenden Ursächlichkeit, die in der inneren Prädisposition eines Individuums liegt. Die Verbindung dieser drei Ursachen liegt also der Krankheit zugrunde.«

An diesem Punkt machte Leoniceno mit der großen Erfahrung eines meisterlichen Redners eine dramatische Pause. Mit seiner kräftigen und leidenschaftlichen Stimme hatte er das Publikum gefesselt. Seine Schüler auf ihren geschnitzten Holzbänken nickten, während auf der anderen Seite Sebastiano dell'Aquila und seine Studenten ihn wutschäumend und kopfschüttelnd ansahen. Trotz des akademischen Rahmens nahmen die Professoren der Medizin diesen Disput dramatisch ernst. Es wäre nichts Außergewöhnliches gewesen, wenn in den Straßen tags darauf bei Krawallen und Prügeleien Blut geflossen wäre. In der Vergangenheit waren schon für weniger Köpfe eingeschlagen und Nasen gebrochen worden.

Leoniceno hingegen nahm den Faden seiner Einlassung wieder auf: »Wenn es sich jedoch so verhält, geht daraus klar hervor, dass die Franzosenkrankheit ihre Ursache nicht in übernatürlichen Phänomenen der Gestirne haben kann oder, schlimmer noch, in widrigen Absichten von Geschöpfen wie Teufeln, in dämonischen Handlungen oder gar Bestrafungen und Züchtigungen religiösen Ursprungs aufgrund eines sündigen Lebenswandels. Umgekehrt gilt, dass die primäre Ursache in den äußeren, besonders widrigen Gegebenheiten der letzten Zeit auszumachen ist: ein ungünstiges, besonders feuchtes Klima, verschlimmert durch die jüngsten Überschwemmungen und in deren Folge wiederholte Hungersnöte. Dies also ist die Primärursache. Die vorausgehenden Ursachen hingegen sind in Unterernährung, Hunger, allgemeiner Schwäche zu sehen, die einen Großteil der Bevölkerung betreffen, insbesondere aber diejenigen, die von Geburt an Träger eines verseuchten Samens sind, welcher der eigentliche Auslöser ist. Trägt man die verschiedenen ursächlichen Voraussetzungen zusammen und identifiziert den Sexualakt als die Art der Ansteckung, mit anderen Worten die Vereinigung von einem unreinen Samen – üblicherweise dem der Prostituierten – mit einem reinen Samen, dann verstehen wir, wie es zu einer so extremen Verbreitung einer Krankheit kommen konnte, die, das sei ganz klar gesagt, in keiner Weise auf etwas bereits Bekanntes zurückzuführen ist, sondern als etwas vollkommen Neues angesehen werden muss. Als Heilmittel halte ich mit Blick auf die Merkmale der einzelnen Stadien der Krankheit die Anwendung von Aderlass und Abführmitteln für sinnvoll, in Verbindung mit einer leicht verdaulichen Kost und bei sofortigem Verzicht auf Fleisch und Wein. Absehen würde ich hingegen von Quecksilberverreibungen. Doch damit möchte ich nun nicht noch mehr Zeit und Raum in Anspruch nehmen und übergebe das Wort daher gerne an meinen Gegner.« Nach diesem Schlusswort überließ Niccolò Leoniceno unter frenetischem Applaus und zustimmendem Nicken der Zuhörerschaft nun Sebastiano dell'Aquila die Arena.

Als Mastro dell'Aquila sich erhob, schien er den gesamten Saal auszufüllen, so eindrucksvoll war seine Bühnenpräsenz. Im Unterschied zu Leoniceno hatte er eine tiefe Stimme, vielleicht weniger leidenschaftlich, aber dennoch gut moduliert und in der Lage, sich in einem eigenwilligen Singsang auf und ab zu bewegen. »Auch mein Dank gilt dem hochwohlgeborenen Herrn von Ferrara, Herzog Ercole d'Este, und ebenso seinen Söhnen Alfons und Ferrante sowie dem Hof und Euch allen, die Ihr so zahlreich zu diesem öffentlichen Disput erschienen seid. Auch ich möchte von Anfang an eines klarstellen: Ich habe nicht die Absicht, Mastro Leonicenos Darlegungen in Bezug auf das ursprünglich von Galen erkannte Prinzip der Ursachen infrage zu stellen, die von ihm selbst als stoische bezeichnet werden. Hinsichtlich der Präexistenz dieser Krankheit und somit der Formen ihrer Therapie jedoch sehe ich mich gezwungen, meinem Kontrahenten zu widersprechen. Damit komme ich zum Punkt: Unter den bekannten Krankheiten gibt es eine, die sich gut in das Symptombild der gallischen Krankheit fügt, gemeint ist namentlich die Elefantiasis.«

Von den Bänken Leonicenos und seiner Anhänger kamen Unmutsäußerungen und ungläubige Ausrufe, als könnten sie die soeben gehörten Dummheiten nicht ertragen. Auf die Ausführungen Sebastiano dell'Aquilas schienen diese halblauten Zwischenrufe und das unterdrückte Geschrei keinen Eindruck zu machen, er fuhr fort, als sei nichts gewesen.»Ja, ich wiederhole, die Elefantiasis, und ich will erklären, warum. Aus einer aufmerksamen Begutachtung der Krankheit und unmittelbarem Augenschein geht hervor, dass sie in einer ersten Phase zu einer bedeutsamen Schwellung des Geschlechtsorgans führt, auf welchem sich kleine Verwundungen der Haut zeigen. Kurz, wir sehen eine Hauterkrankung, die alles in allem auf die Elefantiasis zurückzuführen ist, wie sie Galen beschrieben hat. Gleichzeitig leidet die betroffene Person an einem ausgeprägten Schwächegefühl, Abgeschlagenheit, Erschöpfung, Fieber. Die Krankheit führt dann im Laufe der Zeit zu großen Schwellungen und im letzten Stadium zum Tode. Aus diesem Grund bin ich der Ansicht, dass das Heilmittel notwendig in der Anwendung von Quecksilberpackungen besteht, die auf die geschädigte Stelle aufgebracht werden, sowie Einreibungen mit einer Salbe auf der Basis von Gänseschmalz unter Zugabe von Myrrhe, Mastix, Koralle, Armenischer Tonerde, Euphorbium und Kampfer. Damit würden wir die Methode anwenden, die schon erfolgreich von Celsius erprobt wurde, welcher stets empfahl, bei vermeintlich neuen, tatsächlich aber bereits bestehenden zurückführbaren Krankheiten wie im vorliegenden Fall auf schon gebräuchliche Heilmittel zurückzugreifen. Zugleich wird für eine äußerst strenge Diät zu sorgen sein, bei der lediglich Brühe und gelegentlich gehaltvollere Suppen verabreicht werden. Das ist meine aufrichtige Meinung zur Franzosenkrankheit. Ich glaube, bei Anwendung der soeben erwähnten Maßnahmen, können die betroffenen Personen bestimmt in angemessener Zeit geheilt werden.«

Kaum hatte der Maestro seinen Vortrag beendet, war im Saal ein Applaus von der gleichen Stärke wie bei seinem Vorgänger zu hören.

Ercole d'Este war sichtlich zufrieden mit dem, was er gehört hatte. Dieses Thema lag ihm umso mehr am Herzen, als alle seine drei Söhne von der Krankheit betroffen waren, und er vertraute darauf, dass die vernünftigen und gelehrten Überlegungen der beiden Maestri dazu beitragen würden, ein Heilmittel zu entwickeln, das die Krankheit ausrotten konnte.

Aber dieser Gelehrtenstreit war offenbar noch nicht beendet, denn Leoniceno hatte sich soeben erhoben und wandte sich zunächst an den Herzog und dann an seinen Gegner. »Mio Signore, ich freue mich, dass Mastro Sebastiano dell'Aquila hinsichtlich des ersten Parts meine Ansichten teilt. Ich muss jedoch anmerken, dass meine jüngsten Untersuchungen von Erkrankten es zwingend ausschließen, dass diese Krankheit auf die Elefantiasis zurückzuführen ist. Sehen Sie, Signori«, sagte er an dieser Stelle ans ganze Auditorium gewandt, »was mein Kontrahent hinsichtlich des ersten Stadiums sagt, trifft nicht zu. Ich stütze mich auf die Tatsache, dass durch die Gärung der Säfte, die, wie ich erklärte, den Samen verderben, Pusteln entstehen, die das Gesicht und den gesamten Körper überziehen und unverkennbar Hirsekörnern ähneln. Sie verursachen einen unwiderstehlichen Juckreiz, und dass sich

zudem auch eine Entzündung im Bereich des Geschlechtsorgans einstellt, wie Sebastiano dell'Aquila sagte, ist unbestritten. Nach ihrem ersten Auftauchen verschwinden
diese Pusteln im Laufe eines Monats, kehren jedoch in
einem zweiten Ausbruch zurück, der sich in großen Wunden zeigt, die nochmals den gesamten Körper betreffen und
bis zu einem Jahr bleiben können, wenn sie nicht in angemessener Weise behandelt werden. Ganz zu schweigen davon«, fuhr Leoniceno fort und begleitete seine Anmerkung
mit einem Grinsen, »dass der Maestro dell'Aquila vergisst,
dass es bis heute keine Infizierten gibt, die sich die Krankheit zugezogen hätten, ohne zuvor mit einer Frau oder
einem Mann im Geschlechtsakt vereint gewesen zu sein.
Dies scheint mir, so leid es mir tut, ein ausschlaggebender
Kritikpunkt zu sein, denn wir alle wissen, dass der Vollzug
des Geschlechtsaktes als Moment der Ansteckung bei der
Elefantiasis nicht erforderlich ist. Und dies scheint mir in
abschließender Betrachtung meine Auffassung zu rechtfertigen, dass dieses Leiden als ein neues, noch nicht dagewe-
senes anzusehen ist. Und das ist im Weiteren der Grund,
aus dem ich vom Gebrauch des Quecksilbers bei der Behandlung abrate. Ihr habt nicht gesehen, in welcher Verfassung sich einige der Patienten befinden, die ich begleite.
Nichts von dem, was wir bis dato kannten, ist damit ver-
gleichbar.« So wie er die letzten Worte aussprach, mit gra-
vitätischer Ernsthaftigkeit, schien die schmale, in Schwarz
gehüllte Gestalt Leonicenos einen Augenblick lang an die
des Todes zu erinnern.

Sogar der Herzog der Este konnte sich eines Schauderns
nicht erwehren, als er diese Prognose hörte, die einer apokalyptischen Vision allzu nahekam. Er richtete schließlich

den Blick auf seine Söhne, die zum ersten Mal seit Beginn des Disputes ihre Besorgnis nicht länger verhehlen konnten, insbesondere beim Gedanken an Sigismondo, der in diesem Augenblick von der Franzosenkrankheit aufs Lager geworfen war.

45. Machenschaften

Kirchenstaat, Palazzo Borgia

Lucrezia hatte nicht erwartet, ihn hier zu sehen. Ihr Vater verließ fast niemals den Apostolischen Palast. Doch an diesem Tag war er gekommen, um sie zu besuchen. Und das freute sie natürlich.

Als sie den kleinen Salon betrat, in dem sie sich im Frühjahr immer gerne aufhielt, fiel ihr auf, wie alt er geworden war. Dabei hatten sie sich erst drei Wochen zuvor gesehen. Es war, als hätten die Jahre sich entschieden, über ihn herzufallen, alle auf einmal, Komplizen der Exzesse, denen er sich seit allzu langer Zeit hemmungslos hingab. Er war ein imponierender Mann mit breiten Schultern, doch der Bauch war üppig, das Gesicht aufgedunsen und gerötet, der Atem keuchend. Das waren die untrüglichen Zeichen körperlichen Verfalls, dem ihn Völlerei und Orgien ausgeliefert hatten. Dazu kamen die allmählich schütteren Haare, die Falten auf der Stirn – die gewiss von den Sorgen herrührten, die das Amt des Papstes mit sich brachte. Allein in den tiefschwarzen Augen war noch das Feuer vergangener Tage, dort schien sich all der Lebenshunger zu sammeln, der ihm noch geblieben war und der trotz allem von einer Intensität war, die alles überstrahlte.

Sie sah, dass er humpelte. Er stützte sich auf einen Stock – auch das war eine schmerzliche Neuerung.

Sie ging auf ihn zu, um ihm zu helfen, doch er beruhigte sie mit der Liebe und Milde eines fürsorglichen Vaters: »Keine Sorge, Lucrezia, bemüht Euch nicht, ich komme allein zurecht.«

Dennoch ging sie ihm voraus und rückte einen bequemen Sessel zurecht, sodass er es sich auch ja gemütlich machen konnte. Als er sich endlich gesetzt hatte, schnaufte der Papst. »Ich bin wirklich müde, Lucrezia.«

»Wovon, Vater?« Sie ahnte, dass die Gründe für diese Erschöpfung vielfältig waren, doch sie wollte es von ihm hören. Es würde ein langer Nachmittag werden, dachte sie.

»Cesare vor allem. Er hat mit der Hilfe eines Fälschers ein Dokument zur Exkommunikation vorbereiten lassen, um diesen verdammten Savonarola zu vernichten. Euer Bruder ist ein Stachel im Fleisch. Ich weiß nicht, warum er mich so hasst, doch wenn ich mit ihm zusammen bin, kommt es mir vor, als sei ich der *poena cullei* unterworfen.«

»Der *poena* …?« Lucrezia wusste nicht, was es damit auf sich hatte.

Ihr Vater lächelte. »Die *poena cullei*, die Säckung, wurde von den alten Römern bei Verwandtenmord verhängt.«

»Worin bestand sie?«

»Das war wahrscheinlich die schlimmste Strafe. Der Verurteilte wurde bis aufs Blut ausgepeitscht und dann in einen *culleus*, einen Sack, eingenäht, zusammen mit einer Schlange, einem Affen, einem Hahn oder einem Hund. Der Sack wurde auf die Ladefläche eines Karrens gelegt, der von einem schwarzen Ochsen gezogen wurde, und so bis zum Tiber gebracht. Wenn der Sack geöffnet wurde, war der Mann für gewöhnlich schon tot, zerfleischt von dem Tier. Seine sterblichen Überreste wurden in den Fluss geworfen. Und so komme ich mir vor, wenn ich mit Eurem Bruder im selben Raum sein muss. Ist Euch klar, was er getan hat? Hatte Savonarola bisher bloß gegen die Kirche von Rom gewettert, wird er seine Anstrengungen jetzt vervielfältigen. Ich habe mir diesen Verrückten von Cesare schon zur Brust genommen, aber ich kann ihn nicht öffentlich beschämen, nicht einmal, wenn ich wollte. Nun ist der Schaden angerichtet. Deshalb werde ich Florenz mit einem Interdikt drohen müssen. Auf diese Weise haben wir uns einen mächtigen Feind geschaffen. Nicht, dass er das nicht schon vorher gewesen wäre, doch Savonarola ist ein unbeugsamer Widersacher. Was hat er nicht alles getan, um die Medici zu vernichten! Sicher, Karl VIII. hat das Seinige dazugetan, aber Lorenzo il Magnifico wurde von diesem Mann in die Knie gezwungen; und Lorenzo, das könnt Ihr mir glauben, war eine Größe.«

Der Papst seufzte.

»Wollt Ihr einen Becher Wein oder vielleicht frisches Wasser, Vater? Habt Ihr Hunger? Möchtet Ihr etwas essen?«

»Habt Ihr immer noch diesen guten Weißwein aus Frascati?«

»Ich lasse ihn Euch sofort bringen.« Lucrezia läutete mit einem Silberglöckchen. Einen Augenblick später erschien eine ihrer Dienerinnen. »Pentesilea, lasst einen Krug Frascati und zwei Becher bringen. Und wo Ihr schon mal da seid, auch Weißbrot und grüne und schwarze Oliven. Und ein bisschen von dem Käse, den ich Euch gestern vom Markt holen ließ«, sagte Lucrezia, die die Wünsche ihres Vaters richtig zu deuten wusste.

»Ihr verwöhnt mich, meine Tochter«, sagte der Papst, während die Dienerin verschwand.

»Ich kenne Euch. Ihr seid müde und müsst Euch erholen.«

»Ich muss Euch öfter besuchen kommen«, schloss er und lächelte das erste Mal, seit er gekommen war.

»Die Sache mit Savonarola quält Euch also. Und Cesares Unternehmungen.«

»Richtig. Aber nicht nur das.«

»Ich höre Euch zu«, sagte Lucrezia.

»Seht Ihr, mein gutes Kind, Euer Ehemann ist noch so ein Grund, der mir Kopfzerbrechen bereitet.«

»Giovanni?«

Der Papst nickte, während die Dienerin ein herrliches Silbertablett mit einem Krug, zwei randvollen Bechern, Weißbrot, Oliven und aromatischem Cacio mit Feigenmarmelade auf den Tisch stellte.

Mit einem Nicken gab Lucrezia ihr zu verstehen, sie wieder allein zu lassen.

Rodrigo beugte sich vor und nahm einen der Becher. Er leerte ihn in einem Zug. »Er ist kalt und köstlich, ganz wunderbar. Das bringt mich wieder zu Kräften.« Mit diesen Worten goss er sich einen zweiten Becher ein. »Seht Ihr, Lucrezia, Giovannis Stellung hier in Rom ist im Laufe der Zeit immer heikler geworden. Der Grund ist rasch genannt: Er ist mehr abwesend als anwesend, und das ist umso unbegreiflicher, als es sich nun mal um Euren Ehemann handelt.«

»Ich könnte sagen, dass Cesare daran nicht ganz unbeteiligt ist, schließlich hat er ihn mehrere Male bedroht.«

»Das will ich nicht bestreiten. Ich habe Euch ja bereits gesagt, was ich von Cesare halte, doch ein Mann, der nicht imstande ist, bei seiner Gemahlin zu sein, taugt meiner Meinung nach nichts. Erst recht, wenn er, statt sie zu beschützen, von ihr beschützt wird, wenn Ihr versteht?«

»Vollkommen.«

»Hinzu kommt, dass die Sforza jetzt eindeutig in Schwierigkeiten sind. Ludovico il Moro ist nicht mehr der, der er einmal war. Es ist viel Übles herausgekommen bei seiner Allianz mit Karl VIII. Auch dass er es geschafft hat, sich wieder an die Seite Venedigs und der Streitkräfte der Heiligen Liga zu stellen – dafür hat er Geschick, das muss man ihm lassen –, ändert nichts daran, dass sein Ansehen, seine Glaubwürdigkeit und nicht zuletzt seine Macht großen Schaden genommen haben. Ich fürchte, Mailand bereitet sich darauf vor, sich den Franzosen zu ergeben. Ich könnte mich natürlich auch täuschen. Fest steht jedenfalls, dass Kardinal Ascanio Sforza, sein Cousin, hier in Rom immer weniger Einfluss hat und damit auch seine gesamte Familie. Die Einzige, mit der es anscheinend stetig aufwärtsgeht, ist diese Hexe von Caterina in Forlì, die sich aufführt, als sei sie die Herrin über diese Ländereien, statt uns die Ehre zu erweisen, wie sie es müsste. Doch ich will mit Euch natürlich nicht über sie sprechen. Ich sage das, um Euch begreiflich zu machen, dass ein Mann wie Giovanni Sforza sich immer weniger als Ehemann für Euch eignet.«

Als Lucrezia diese Worte hörte, erstarrte sie. Ihr Vater merkte es gar nicht, so sehr war er in Schwung. Aber ihr war vollkommen klar, was er vorhatte. Und sie wusste auch, dass Cesare von nun an noch mehr als vorher darauf beharren würde. Was sie nicht ertragen konnte, war die Tatsache, dass es niemandem wirklich um sie ging, sondern immer nur darum, dass sie als Besitztum interessant blieb.

Da sie eine Frau war, billigte man ihr nicht zu, Ziele zu haben, Gefühle, Wünsche, Ambitionen. Gewiss, sie war sehr enttäuscht von Giovanni, und zuerst hatte sie ihn gehasst, als er sie verließ, um wie ein Dieb nach Pesaro zu fliehen. Doch das hieß nicht, dass andere über ihre Zukunft bestimmen konnten. Für ihren Vater und ihren Bruder war sie nur ein Tauschobjekt, eine Spielfigur in einem Spiel, das mehr oder weniger lohnenswerte Allianzen sichern konnte, ausgerichtet an den Bedürfnissen der Männer der Familie Borgia. Diese Tatsache erfuhr durch die nachfolgenden Worte Bestätigung.

»Seht Ihr, Lucrezia, ich denke gerade bloß laut nach, gewiss, aber Ihr müsst einsehen, dass unter diesen Umständen die Annullierung Eurer Ehe wünschenswert wäre. Ich bin diesbezüglich darum bemüht, gemeinsam mit Eurem Bruder natürlich, herauszufinden, wie man diese Schlussfolgerung am besten umsetzen kann. Auf welcher Grundlage könnte man eine solche Maßnahme durchsetzen? Nun, ich glaube, dafür eine Lösung gefunden zu haben.«

Lucrezia spürte, wie es in ihr aufloderte. Nach außen hin blieb sie eiskalt, doch im Innern kochte sie vor Wut. Dennoch ließ sie ihren Vater weitersprechen, um zu sehen, wie weit er gehen würde. Und tatsächlich, nachdem er sich noch mehr Wein eingegossen und ein paar Oliven auf dem Weißbrot zerdrückt hatte, fuhr Rodrigo fort.

»Es ist wohl unbestritten, dass Ihr und Euer Ehemann Euch selten seht. Ich will jetzt nicht indiskret sein, doch ich stelle mir vor, dass Ihr somit auch nicht häufig, wie soll ich sagen, beieinander sein könnt, wenn Ihr versteht, was ich meine. Nun, gestern kam mir dann in den Sinn, dass Gregor IX. die Annullierung der Ehe für zulässig erklärt hat, sofern diese nicht vollzogen wurde. Ich habe mich also gefragt, ob der beste Weg, Euch aus dem Joch einer solchen Verbindung zu befreien, sagen wir, die Impotenz Eures Mannes sein könnte. Die Ehe könnte also wegen seiner Unfähigkeit, sie zu vollziehen, angefochten und daraufhin annulliert werden, womit Euch eine erneute Eheschließung möglich wäre. Ihr könntet eine Erklärung abgeben, dass es zu keiner Vereinigung mit ihm gekommen ist, und ...«

Bei diesen Worten sah Lucrezia rot. »Wie könnt Ihr es wagen, etwas Derartiges von mir zu verlangen?«, schrie sie unvermittelt. »Ist Euch klar, was Ihr da sagt? Oder zählt in dieser Familie nur das, was Ihr und mein Bruder Cesare wollt?«

»Lucrezia – ich verstehe ja, dass ...« Doch Rodrigo wurde erneut unterbrochen.

»Nicht im Geringsten! Gar nichts versteht Ihr«, sagte sie eisig, »sonst wäret Ihr nicht gekommen, nur um mir so etwas vorzuschlagen. Ihr sagt mir, ich solle mit einer Erklärung an die Öffentlichkeit gehen, in der ich etwas Falsches behaupte, lieber Vater. So wenig Euch das auch gefallen mag, mein Ehemann und ich waren vereint, und wie! Ganz zu schweigen davon, dass es für ihn ein Leichtes sein wird, seine Männlichkeit zu behaupten, da doch seine vorherige Ehefrau im Kindbett gestorben ist! Doch selbst wenn ich das ausspare – was mich am meisten schmerzt, ist, wieder und wieder feststellen zu müssen, dass das, was Euch am Herzen liegt, nicht mein Wohlergehen ist, sondern einzig und allein das dieser verdammten Familie, für die ich nichts weiter bin als ein Objekt, ein Tauschgegenstand, eine Gebärmaschine!«

»Lucrezia! So könnt Ihr mit mir nicht sprechen!«, schrie der Papst, schlug mit der Faust auf den Tisch und ließ alles erbeben, was darauf stand.

»Wagt es nicht, mir vorzuschreiben, was ich sagen oder nicht sagen darf! Nicht nach dem, was Ihr mir befohlen habt!«

»Ich habe nichts befohlen ...«

»Oh, und ob Ihr das habt! Das habe ich sehr wohl gehört. Doch ich kann es einfach nicht akzeptieren, benutzt zu werden. Wie man es mit einer Dienerin tun würde, einem Pferd, einem Jagdhund. Ihr kommt hierher, um mir zu sagen, was Ihr für mich entschieden habt, und fragt mich noch nicht einmal nach meiner Meinung. Wir wissen gut, dass Euch an einer Allianz mit dem Hause Aragón gelegen ist, denn, wie Ihr mich freundlicherweise habt wissen lassen, sind die Sforza nun in Ungnade gefallen. Ihr braucht meine Erklärung, sagt Ihr. Einverstanden, wir werden sehen. Eines ist gewiss, ich habe nicht die Absicht, mir hier auch nur noch ein einziges Wort mehr anzuhören.«

Der Papst machte Anstalten aufzustehen.

»Bemüht Euch nicht, bleibt ruhig, wo Ihr seid. *Ich* gehe.«

Ohne noch etwas hinzuzufügen, begab sich Lucrezia zur Tür und ließ Rodrigo Borgia verblüfft und sprachlos zurück.

46. Anschuldigungen

Herzogtum Mailand, Castello Sforzesco

Ludovico wusste nicht, was er sagen sollte. Er hatte soeben einen Brief seines Neffen Giovanni erhalten, und ihm war klar geworden, dass die Lage inzwischen verzweifelt war. Nachdem er die wenigen, mit einer engen und nervösen Schrift bedeckten Blätter gelesen hatte, hatte er nach seinem treuen Berater Bartolomeo Calco rufen lassen, der unverzüglich gekommen war.

Sobald er ihn sah, breitete Il Moro die Seiten des Briefes aus und machte seinem Herzen Luft.

»Die Welt um uns bricht zusammen, Bartolomeo, und wir merken es nicht einmal!«

»Mio Signore«, sagte der Consigliere, »was beunruhigt Euch?«

»Mein Neffe Giovanni, verdammt! Meine Nichte Caterina, mein Bruder Ascanio. Zusammen sind es einfach zu viele! So können wir nicht weitermachen – oder ich schwöre bei Gott, dass ich noch irgendeinen Kopf abschneiden werde!« Der Herzog von Mailand schäumte vor Wut. »Doch bleiben wir beim heutigen Problem. Dies ist ein Brief von Giovanni Sforza. Wisst Ihr, was geschehen ist?«

»Nein, mio Signore, da Ihr mir noch nichts erzählt habt.«

»Dann lest!«, schrie der Herzog und warf ihm die Papiere vor die Füße. Er war wirklich außer sich vor Zorn.

Wortlos bückte sich Calco und hob die verstreuten Blätter auf. Trotz seiner alten Tage verfügte er noch über bemerkenswerten Elan. Er warf einen raschen Blick auf den Inhalt des Sendschreibens. Seine Augenbrauen hoben sich immer mehr, je weiter er in der Lektüre kam.

»Also?«, drängte Il Moro.

»Sehr schlechte Neuigkeiten.«

»In der Tat.«

»Schlimmer, als ich gedacht hätte.«

»So ist es.«

»Es sieht nach einer ausweglosen Situation aus«, schloss Calco.

Doch das wollte der Herzog gewiss nicht hören. Der fegte mit einer Hand alles vom Tisch, was darauf stand: Weinbecher, Obstschalen und Krüge zerschellten krachend auf dem Boden; die Stimme des Herzogs jedoch übertönte es noch. »Sagt mir etwas, das ich noch nicht weiß! Erklärt mir sonst, warum zum Teufel ich Euch habe rufen lassen!«

Messer Calco schluckte schwer. Ludovico bemerkte es. Er platzte fast vor Wut und hätte sie gern an jemandem ausgelassen. Dass er es noch nicht getan hatte, lag daran, dass er seinen Consigliere sehr schätzte und dessen ehrwürdiges Alter respektierte.

»Euer Neffe behauptet, dass der Papst ihn der Impotenz bezichtigt. Und dass er aus diesem Grund beabsichtige, auf der Grundlage der von Gregor IX. erlassenen Regelungen die Ehe mit Lucrezia Borgia annullieren zu lassen. Formell ist daran nichts auszusetzen. Eine Lösung, denke ich, bestünde darin, zu argumentieren, dass er keineswegs impotent sein kann, da ja seine vorherige Frau von ihm schwanger war und dann bei der Geburt gestorben ist. Doch so wie es aussieht, hat der Papst diesen Einwand bereits mit der Behauptung zurückgewiesen, dass diese Schwangerschaft aus einem außerehelichen Verhältnis hergerührt haben müsse. Und jetzt verlangt der Papst, dass Giovanni seine Männlichkeit vor einem päpstlichen Gesandten beweisen soll.«

»Ganz genau!«

»Ich erlaube mir, Euch zu fragen, mio Signore: Ist es völlig ausgeschlossen, dass Euer Neffe einem solchen Wunsch nachkommt?«

»Ich kann ihn natürlich fragen«, sagte Ludovico, »aber wie Ihr Euch wohl vorstellen könnt, wird Giovanni eine derartige Beleidigung, eine solche Anprangerung, nicht akzeptieren. Das kann ich gut verstehen, Ihr nicht auch? Ist Euch klar, was sie von ihm verlangen? Vor einem Gesandten des Papstes einer Frau beizuwohnen! Er soll vor den Augen eines Fremden eine Frau nehmen, um seine Männlichkeit unter Beweis zu stellen. Kann es für einen Mann etwas Demütigenderes geben? Für einen Sforza?«

»Nun, es ist gewiss nicht das, was man sich wünscht, aber wenn es dazu dient, sämtliche Zweifel zu zerstreuen ...«

»Ich fürchte, das steht nicht zur Diskussion!«, betonte Il Moro. »Ich kann zwar versuchen, ihn zu fragen, aber ich kann mir seine Antwort schon vorstellen, und für den Fall müssen wir bereits eine andere Lösung parat haben.«

»Besteht denn Hoffnung, dass Lucrezia Borgia uns behilflich sein könnte?«

Der Herzog von Mailand schüttelte den Kopf. »Sie hat sich ins Kloster zurückgezogen und will niemanden sehen, schon gar nicht ihren Ehemann.«

»Das hilft uns nicht.«

Ludovico brach in sardonisches Gelächter aus. »Bartolomeo, ich bitte Euch, hört auf, mir Offenkundiges zu sagen, sonst lass ich Euch, bei Gott, vierteilen«, sagte der Herzog, der definitiv die Kontrolle verlor.

Der Consigliere begann heftig zu schwitzen, die Situation wurde ernst. Die Zeit verstrich, und ihm fiel nichts ein. Keine brillante Lösung, kein Überraschungscoup. Nichts. Doch der Herzog hatte es selbst gesagt, er erwartete von ihm irgendein Wunder, die Zerschlagung des gordischen Knotens. »Nun ja, mio Signore, vielleicht könnte man das Ganze, irgendwie, umgehen ... Vielleicht ist es nur eine Möglichkeit, den fatalen Moment hinauszuzögern, doch zumindest gewinnen wir Zeit.«

»Sprecht!«

»Nun ja, Lucrezia ist im Kloster. In Ordnung. Wir können mit Sicherheit sagen, dass sie, wenn die Dinge wirklich so liegen, wie es der Papst behauptet, den Sachverhalt ihrerseits auch so schildern müsste, oder irre ich mich?«

»Nicht im Geringsten.«

»Perfekt. Wir könnten also den Papst ersuchen ...«

»... dass zunächst seine Tochter erklären soll, dass die Ehe nicht vollzogen wurde«, unterbrach ihn der Herzog, der genau verstanden hatte, worauf sein gewitzter Berater hinauswollte.

»Exakt«, sagte Calco nickend und erlaubte sich die Andeutung eines Lächelns, so erleichtert war er in diesem Augenblick.

»Auf diese Weise würde die Beweislast, dass die Ehe nicht vollzogen würde, wieder auf sie zurückfallen.«

»Nennt es die Umkehrung der Beweislast, wenn Ihr wollt. Doch da sie es sind, die behaupten, dass die Ehe nicht vollzogen wurde, und weil dies aufgrund der Regularien, die Gregor IX. erlassen hat, die Annullierung der Ehe zur Folge hätte, so ist es auch an ihnen zu erklären, dass die Eheleute niemals vereint gewesen seien. Ich glaube nicht, dass eine Frau wie Lucrezia Borgia gern ein solches Dokument unterschreiben würde, Ihr könnt Euch die Demütigung vorstellen – doch sollte sie es tun, hieße das, dass die Borgia gewonnen hätten und kein weiterer Vorteil darin läge, länger mit ihnen verbündet zu sein, mio Signore. Bis dahin aber kann Eurem Neffen und ganz allgemein den Sforza kein Vorwurf gemacht werden. Es ist jedoch auch offensichtlich, dass wir uns, so wie die Dinge stehen, bei Bedarf um neue Bündnisse bemühen müssen.«

»Natürlich!«, sagte der Herzog, der wieder ein wenig Vertrauen gefasst hatte. »Bartolomeo, Ihr seid ein großer Politiker.«

»Wenn Ihr einverstanden seid, mein Herzog, würde ich mir erlauben, das Antwortschreiben persönlich zu formulieren.«

»Ich wollte Euch gerade darum bitten. Lest es mir vor, und ich werde es unterschreiben, aber schreibt Ihr es, mit all den Spezifizierungen und Klauseln.«

»Sehr wohl. So werde ich es machen«, schloss Calco mit einer Verbeugung, während Il Moro ihn mit einem Nicken entließ.

47. Der Weinberg

Kirchenstaat, Weinberg von San Pietro in Vincoli

Das Frühjahr ging in Sommer über. Der Tisch war reich gedeckt. Das leuchtende Grün des Gartens war eine Wohltat für das Auge, Cesare fand, seine Mutter Vannozza habe sich als eine Frau von großer Weisheit erwiesen. Nachdem sein Vater sie vom Hof entfernt hatte, hatte er sie entschädigt, indem er sie mit Geschenken und Apanagen überhäuft hatte, und sie hatte sie gut genutzt, indem sie sich ihr Exil vergoldete und ihre Tage sorgenfrei genoss.

Cesare fiel auf, dass er sie beneidete. Sie hatte ganz offensichtlich eine Harmonie gefunden, die ihm und seinen Brüdern verwehrt zu bleiben schien. Er wusste, dass diese Art zu leben nichts für ihn war, aber dennoch wünschte er sie sich. Er betrachtete die duftenden bunten Blumen, die sorgfältig beschnittenen Bäume, die perfekt gepflegten Hecken. Dieser Ort war einfach wunderbar.

Seine Mutter umarmte ihn herzlich. Obwohl sie die fünfzig schon überschritten hatte, war sie noch eine absolut faszinierende Frau, vielleicht ein bisschen zu üppig, doch das regelmäßige Gesicht, das füllige, wohlfrisierte Haar, die glatte Haut und die wohlgeformte Büste machten sie immer noch zu einer echten Schönheit.

»Cesare, wie schön, Euch zu sehen, und welche Freude, Euch hier bei mir zu haben. Wir haben auf Euch gewartet.« Tatsächlich waren auch Juan und Jofré da sowie Sancha, die ihm einen lasziven Blick zuwarf. Carlo Canale, Vannozzas Gemahl, kam ebenfalls auf ihn zu. Letzterer war ein angenehmer und sanftmütiger Mann, mit intelligentem Blick und – im Gegensatz zu seiner Frau – eher schmächtigem Körper, der von einer Ehe zu profitieren wusste, die vom Papst gestiftet worden war. Wodurch er regelmäßige Geldzuflüsse von tausend Scudi jährlich erlangt hatte und an das Amt des Sollecitatore apostolico gekommen war. Carlo war immer gut und freundlich zu Cesare und seinen Geschwistern gewesen, und Cesare mochte ihn gern.

Er war nicht sonderlich froh, Juan wiederzusehen, besonders jetzt, wo der Vater ihn mit dem Herzogtum Benevento und den Städten Pontecorvo und Terracina belehnt hatte, um ihn für Dienste zu entschädigen, die er nie erbracht hatte. Ganz zu schweigen davon, dass die Veräußerung derart wichtiger päpstlicher Städte dazu führte, dass selbige zu einem erblichen Lehen des Herzogtums von Gandia würden, was schon in sich einen Skandal darstellte, der nicht zu tolerieren war. Demgegenüber war die Ernennung zum Legaten bei der Krönung König Friedrichs in Neapel eine Ehre von zweitrangiger Bedeutung, obwohl sein Vater es in einem geheimen Konsistorium beschlossen hatte, um auch ihn zu begünstigen. Doch diese Titel waren im Vergleich zu den Einkünften und Reichtümern, die Juan zugedacht worden waren, geringfügig.

Vannozza musste gemerkt haben, dass Cesare in Gedanken versunken war, und so fragte sie ihn: »Ist alles in Ordnung, mein Sohn?«

»Ja, Mutter«, beeilte er sich zu antworten, denn er wollte die heitere Stimmung dieses Abends nicht verderben. Kerzen beleuchteten den großen Tisch, Blumenkränze schmückten ihn, Gemüsepasteten und mit gebratenem Fleisch gefüllte Pasta warteten nur darauf, probiert zu werden.

»Na, dann setzt Euch zu mir und erzählt mir von diesen aufregenden Tagen. Könnt Ihr mir sagen, wie es Lucrezia geht?«

»Ich glaube, sie beabsichtigt, weit weg von Rom eine Zeit der Abgeschiedenheit und der Meditation zu verbringen.«

»Stimmt es denn, was man über ihren Ehemann sagt?«

»Nun ja, sagen wir, es ist auf alle Fälle wahr, dass Giovanni Sforza ohne sie nach Pesaro gegangen ist. Ich will nicht über etwas sprechen, von dem ich nichts weiß, doch ich habe das Gefühl, dass die Liebe zwischen ihm und Lucrezia schon seit einiger Zeit verloschen ist.«

»Das tut mir sehr leid.«

»Nicht immer begreift unser Ehemann, was wir brauchen, ist es nicht so?«, warf Sancha ein. »Es sei denn, wir haben das Glück, den richtigen Mann zu finden, wie in meinem Fall«, setzte sie hinzu und lächelte Jofré an, der sie voller Hingabe auf die Wange küsste.

Cesare bemühte sich, nicht laut loszulachen. Er wollte es seinem Bruder gegenüber nicht an Respekt fehlen lassen, aber wenn der gewusst hätte, wie Sancha zwei Nächte zuvor vor Vergnügen geschrien hatte, wäre er vielleicht anderen Sinnes. Sanchas unverfrorene Art, etwas Falsches vorzugeben, war noch aufregender als das, was sie zwischen den Laken zu tun wusste. Als hätte sie seine Gedanken gelesen, sah die schöne Prinzessin von Squillace ihn von der Seite an. Ihre langen Wimpern schienen wie dafür gemacht, einen Mann zu verführen, und ihr maliziöses Lächeln war eine reine Offenbarung der Wollust.

»Und Ihr, Juan?«, wandte sich Vannozza an den anderen Sohn. »Ich habe von Eurer kürzlich erfolgten Ernennung zum Herzog von Benevento gehört, ich gratuliere Euch.«

»Ich danke Euch, Mutter«, antwortete Juan mit dem gewohnten halben Lächeln und sah Cesare dabei wie üblich herausfordernd an.

Aber Cesare beachtete es nicht weiter und ließ sich vom Mundschenk einen weiteren Kelch Weißwein bringen. Er war eisgekühlt. »Köstlich«, sagte er und wechselte das Thema. »Woher bezieht Ihr einen solchen Nektar, Carlo?«

»Das müsst Ihr Eure Mutter fragen, sie ist es, die sich an diesem wunderbaren Ort um alles kümmert.«

Vannozza lächelte. »Ich lasse ihn direkt aus der Gegend von Lapio kommen, es ist ein herrlich aromatischer Fiano, und ich stelle mich immer gut mit meinen Bauern, damit er mir nie ausgeht. Ich wusste, dass Ihr ihn mögen würdet, lieber Cesare.«

»Ihr seid wirklich eine außergewöhnliche Frau, Mutter«, sagte Kardinal Borgia mit aufrichtiger Begeisterung. Und es stimmte – denn trotz der Enttäuschungen, die ihm sein Vater bereitete, und der zur Schau gestellten Genugtuung seines Bruders, der nur darauf aus war, ihn zu demütigen, versuchte Vannozza ihn immer mit vielen kleinen Aufmerksamkeiten zu erfreuen, die sein Herz auch immer zu besänftigen wussten. Ohne also länger auf Juans Lügengeschichten und Prahlereien zu achten, überließ sich Cesare der trägen Brise des Frühlings, dem kühlen Wein, der angenehmen Gesellschaft.

Sie waren in die Gegend von Ponte Sant'Angelo gelangt. In ihrer Begleitung befanden sich vier Spießgesellen ihres Vertrauens. Es war Nacht. Fackeln erleuchteten die Wegkreuzung. Cesare beugte sich auf seinem herrlichen neapolitanischen Pferd leicht hinüber und sah seinen Bruder im schwachen Licht der Flammen von der Seite an. »Also, wenn ich es richtig verstanden habe, trennen sich hier unsere Wege.«

»Wie ich schon sagte, ich werde erwartet.«

»Ich will nicht weiter nachfragen«, sagte Cesare. »Aber seid Ihr sicher, dass Ihr nicht lieber Michelotto mitnehmen wollt?«, fragte er und wies mit dem Kopf auf den Schergen, der ihn immer begleitete. »Rom ist dieser Tage nicht sehr sicher, und soweit ich weiß, genießt keiner von Euch beiden besonders große Gunst bei unseren Mitbürgern.«

»Glaubt Ihr, ich hätte Angst?«

»Das behaupte ich ja gar nicht. Ich mache mir bloß Sorgen um Euch, das ist alles«, antwortete Cesare pikiert.

»Ach, kommt schon, ich wollte Euch nicht verärgern«, sagte Juan ausnahmsweise zuvorkommend. »Ich danke Euch für Eure Aufmerksamkeit, doch ich denke, ich kann alleine weiterreiten. Ich werde auf der Piazza Giudea darauf warten, dass mein Stallbursche mit der leichten Rüstung zurückkommt, die ich im Apostolischen Palast gelassen habe.« Er gab seinem Mann ein aufforderndes Zeichen.

»Also gut. Bis morgen«, sagte Kardinal Borgia teilweise beruhigt.

»Bis morgen, Bruder.«

Nachdem sie sich verabschiedet hatten, sah Cesare, wie Juan vom Dunkel der Nacht verschluckt wurde. Sein Stallbursche schlug den Weg zum Apostolischen Palast ein.

»Nun denn, wenn das der Wille meines Bruders ist, soll es so sein«, schloss Cesare. »Und jetzt nach Hause! Nach Trastevere.«

Als er sich auf den Heimweg machte, kam es ihm einen Augenblick lang so vor, als sei eine maskierte Gestalt – der Mann, der, soviel er wusste, für seinen Bruder die Kurtisanen beschaffte – aus dem Schatten aufgetaucht.

48. Geisterhafte Gestalten

Kirchenstaat, Apostolischer Palast

J uan war unauffindbar. Er schien verschwunden, von der römischen Nacht verschluckt. Rodrigo Borgia fand keine Ruhe. Er war sicher, dass etwas nicht stimmte, und aus diesem Grund befragte er Cesare immer und immer wieder, was in der Nacht zuvor geschehen war.

»Und Ihr habt ihn gehen lassen? Allein?«

»Ich habe ihm meine Eskorte angeboten, und als er davon nichts wissen wollte, nur Michelotto.«

»Ja, sicher«, sagte der Papst. »Aber er hat abgelehnt.«

»Genau.«

»Und kam Euch das nicht ungewöhnlich vor?«

»Er sagte mir, er müsse allein gehen. Ich habe gedacht, er wolle eine Frau treffen und wolle mir, aus Gründen, die Ihr Euch wohl vorstellen könnt, ihren Namen nicht nennen.«

»Natürlich.«

»Ich sah übrigens, als er ging, einen maskierten Mann, der für gewöhnlich für Juan Treffen mit den schönsten Frauen von Rom organisiert. Von daher, versteht Ihr, glaube ich, dass die Sache sich einfach nur etwas länger hinzieht als vorgesehen. Kurz, Juan ist ein Borgia, er wollte sich bestimmt die nötige Zeit nehmen.«

»Natürlich!«, sagte der Papst, der an einem wunden Punkt erwischt wurde, doch er schüttelte weiter den Kopf. »Aber das ergibt keinen Sinn! Um die Zeit müsste er zurück sein. Doch die Diener, die ich geschickt habe, sagen mir, er sei nicht zu Hause.«

»Ihr werdet sehen, dass er noch kommt. Auch der Stallbursche, der ihm die Rüstung auf der Piazza Giudea übergeben sollte, hat vergeblich gewartet und ist zum selben Schluss gelangt wie wir«, sagte Cesare seufzend.

»Das hoffe ich wirklich, mein Sohn, aber ich muss Euch sagen, dass dieses Warten ein recht tristes Vorzeichen ist, ich habe Angst, dass der Junge in der Nacht von Rom verloren gegangen ist. Und ich frage mich, ob es gut war, dass Ihr ihn habt gehen lassen. Schließlich seid Ihr der größere Bruder.«

»Es gibt Dinge, bei denen auch ein größerer Bruder nichts ausrichten kann.«

»Es ist gewiss so, wie Ihr sagt, doch dadurch fühle ich mich nicht besser. Den ganzen gestrigen Tag schon wird Juan vermisst. Und heute hat Burckard, mein Zeremonienmeister, Männer losgeschickt, die die Straßen durchkämmen sollen.« Nach diesen Worten hüllte sich der Papst in ein dumpfes und hartnäckiges Schweigen. Cesare musste sich eingestehen, dass an diesem seltsamen heißen Nachmittag wirklich etwas Beunruhigendes aus dem Tiber aufstieg, als ob die schwüle, mit den Ausdünstungen des beginnenden Sommers geschwängerte Luft sich zu unsichtbaren Dampfsäulen auftürmte, die bis zu dem Ort reichten, an dem sie sich gerade befanden.

Als wollte er ihren schlimmsten Vorahnungen Ausdruck verleihen, kündigte sich mit größtmöglicher Diskretion

Johannes Burckard an. Der Zeremonienmeister war ein Mann, der inzwischen seine Lebensmitte bereits überschritten hatte, und dennoch machten sein strenges Gesicht, seine eisgrauen Augen, die vor Energie sprühten, und sein rheinisches Temperament aus ihm einen loyalen und wertvollen Berater, der die Wünsche des Papstes zu deuten wusste.

Er hüstelte, da er wusste, dass er in einem heiklen Augenblick kam. Man sah seinem Blick sofort an, dass die Nachrichten, die er brachte, keine guten waren.

»Eure Heiligkeit«, sagte Burckard, »die Männer, die wir heute Morgen auf Euren Wunsch hin ausgesandt haben, die Stadt zu durchkämmen, sind zurückgekehrt.«

»Nun, und?«

»Nun ja, wir haben einen Mann getroffen, der mit Euch sprechen möchte. Er ist ein Holzhändler. Die Nachrichten, die er hat, sind dergestalt, dass ich Euch bitten möchte, ihn vorzulassen.«

»Haben sie etwas mit Juan zu tun?«, fragte der Papst mit einem Hauch von Schicksalsergebenheit.

»Ich fürchte ja, Heiligkeit«, bestätigte Burckard. Man sah ihm seine Betroffenheit an.

»Lasst ihn eintreten. Hören wir uns an, was er zu sagen hat.«

Einen Augenblick später verschwand der Zeremonienmeister hinter der Tür, um in Begleitung eines Mannes von mittlerer Größe wieder aufzutauchen, nicht mehr jung, dafür nervös und mager, mit einem großen vorspringenden Kinn und einem grimmigen Gesicht. Burckard ließ ihn vortreten. Dann sagte er: »Messer Schiavo, der Papst hört Euch zu. Sprecht, Ihr habt jetzt die Erlaubnis.«

An dieser Stelle war sich Cesare Borgia, der während der ganzen Unterhaltung geschwiegen hatte, sicher, dass nichts mehr so sein würde wie vorher.

Der Mann trat vor und beugte das Knie zum Boden. Er wagte es nicht, sich dem Papst noch weiter zu nähern, um ihm den Pantoffel zu küssen. Er beobachtete ihn genau. Der Mann war sich der schrecklichen Nachrichten bewusst, die er überbringen würde, und wünschte, man hätte ihn nicht in diesen Saal vorgelassen. Andererseits wusste er nicht, was er sonst tun sollte, also versuchte er mit seinen einfachen Manieren so taktvoll wie möglich zu sein.

»Eure Heiligkeit«, sagte er mit ruhiger Stimme, »bei meiner Arbeit lade ich täglich Holz am Ufer des Tibers in der Nähe von San Gerolamo degli Schiavoni ab. Gestern sah ich – es war noch vor der Morgendämmerung und ich ruhte in meinem Boot – zwei Männer aus der Gasse links vom Ospizio degli Schiavoni kommen und zur öffentlichen Straße entlang des Tibers gehen. Sie lehnten sich über die Brüstung, und nachdem sie sich umgesehen hatten, sind sie dorthin zurückgegangen, woher sie gekommen waren.« Der Mann machte eine Pause, als würde ihm das Sprechen Qualen bereiten. Schließlich fuhr er fort: »Kurz darauf kamen sie mit drei weiteren Männern zurück. Einer der drei saß auf einem weißen Pferd, und etwas lag quer über dem Sattel. Erst wusste ich nicht, was das war, aber dann begriff ich, dass es sich um einen Mann handelte.« An dieser Stelle unterbrach sich Mastro Schiavo, als ob er nicht weitermachen könne, selbst wenn er wollte. Er tat einen tiefen Seufzer.

Der Papst konnte unterdessen die Tränen nicht mehr zurückhalten, die ihm unbarmherzig über die Wangen rannen. Kardinal Cesare Borgia hingegen blieb ungerührt.

»Ich bitte Euch, fahrt fort«, forderte ihn der Papst auf.

»Wie ich schon sagte, es war ein Mann«, merkte Mastro Schiavo an, fast als wollte er sich selbst in Erinnerung rufen, worüber er sprach. »Als ich genau hinsah, erkannte ich, dass auf einer Seite des Pferdes die Beine und auf der anderen der Kopf und ein Arm herabhingen. Zwei der vier Schergen gingen zu beiden Seiten, um sicherzustellen, dass der Leichnam nicht vom Rücken des Tieres rutschte. Der Reiter ließ das Pferd wenden, das ein paar Schritte rückwärts machte; die beiden Männer packten darauf die Leiche an Händen und Füßen und warfen sie in den Tiber. Da sie an der Oberfläche blieb, befahl der Reiter den beiden, dafür zu sorgen, dass sie unterging. Aus diesem Grund begannen ihre Begleiter, die zu ihren Kumpanen aufgeschlossen waren, die Leiche mit Steinen zu bewerfen, um sie dazu zu bringen unterzugehen. Als nicht einmal mehr der Mantel zu sehen war, machten sich die fünf auf den Weg durch die Gasse, die zum Ospizio di San Giacomo führt, und waren verschwunden.«

»Juan ...«, sagte der Papst inzwischen ganz aufgelöst.

»Heiligkeit«, sagte Cesare, »wir haben diesbezüglich noch keinerlei Gewissheit.« Dann, an Mastro Schiavo gewandt, sagte er: »Was Euch betrifft, wie kommt es, dass Ihr Eure Aussage nicht schon früher gemacht habt?« In seiner Stimme lag die Andeutung einer grausamen Drohung, als hoffte er, damit diesen armen Mann strafen zu können, dessen einzige Schuld darin bestand, hergekommen zu sein und zu berichten, was er wusste.

»Mio Signore, weil es nicht das erste Mal war, dass ich so etwas zu sehen bekam, im Gegenteil, wenn ich das sagen darf, dergleichen habe ich bestimmt schon ein Dutzend Mal gesehen und konnte mir nicht vorstellen, dass es diesmal etwas anderes sein sollte als sonst.«

»Es ist nicht Eure Schuld, Mastro Schiavo«, sagte der Papst, der in diesem Moment wieder zu sich zu kommen schien. »Ich bin dankbar für das, was Ihr berichtet habt, mehr noch, ich werde den Zeremonienmeister anweisen, Euch mit einer Börse Gold für das Gesagte zu entschädigen. Wenn es sonst nichts weiter gibt, bitte ich Euch zu gehen.«

Der Mann nickte nur und schwieg.

Burckard hüstelte, um Aufmerksamkeit zu erlangen.

»Nur zu, Kardinal«, sagte der Papst, »erzählt Ihr die Geschichte zu Ende.«

»Eure Heiligkeit«, sagte Letzterer, »es tut mir unendlich leid, Euch sagen zu müssen, dass ich vor dem Hintergrund dessen, was dieser Mann geschildert hat, und Eurer wiederholten Nachfragen heute Morgen angeordnet habe, den Tiber absuchen zu lassen. Dafür habe ich allen Fischern und Bootsleuten von Rom eine Belohnung in Aussicht gestellt. Es schmerzt mich also zu bestätigen, dass heute um die sechste Stunde ein Fischer namens Battistino da Taglia in der Nähe der Kirche Santa Maria del Popolo in seinem Netz den leblosen Körper eines elegant gekleideten jungen Mannes geborgen hat. Letzterer trug noch Handschuhe und hatte eine Börse am Gürtel, in der sich dreißig Dukaten befanden. Der Leichnam wies neun Dolchstiche auf, und zwar am Kopf, am Hals, an der Brust und an den Beinen. Der Leichnam ist leider ...«

»... der meines Sohnes Juan«, schloss der Papst und unterdrückte mit Mühe ein Schluchzen. »Signori«, sagte er an seine Gesprächspartner gewandt, »ich möchte Euch jetzt bitten, mich mit meinem Schmerz allein zu lassen.«

Niemand wagte auch nur zu atmen, nicht einmal Cesare Borgia. Zuerst entfernte sich Mastro Schiavo, dann Burckard und schließlich Kardinal Borgia, während der Papst sich dem Leid überließ, das ihm ganz plötzlich das Herz zerriss.

1498

49. Angst und Mut

Kirchenstaat, Kloster San Sisto

Lucrezia hatte Angst – ein Gemütszustand, der sie im Übrigen niemals ganz zu verlassen schien. Sie hatte sich in der Hoffnung, sich den Machtspielen ihres Vaters entziehen zu können, ins Kloster zurückgezogen, kurz darauf jedoch hatte die Nachricht von Juans Ermordung sie erreicht. Sie hatte geweint, denn ihr Bruder war in der Blüte seiner Jahre gestorben, außerdem ging ihr nicht aus dem Kopf, dass Cesare in der einen oder anderen Weise involviert sein könnte. Gerüchte, nach denen die Orsini schuld seien, waren selbst zu ihr vorgedrungen, doch in der Tiefe ihres Herzens gelang es ihr nicht, diesen aufkeimenden Albtraum abzustellen. Und im Laufe der Tage und dann der Monate war diese Empfindung nicht nur geblieben, sondern, sofern das überhaupt möglich war, noch stärker geworden. Umso mehr, als sie einige Monate nach diesem tragischen Vorkommnis trotz ihrer wiederholten Einwände gezwungen worden war, das Dokument zu unterschreiben, mit welchem sie erklärte, niemals mit ihrem Ehemann Giovanni Sforza vereint gewesen zu sein.

Es war Cesare selbst, der sie dazu gezwungen hatte. Sie hatte immer noch seinen Blick vor Augen, wie von einem tollwütigen Hund, das Gesicht zudem überzogen von einem Gespinst geröteter Wunden, die seine Wangen zerfraßen.

Die französische Krankheit hatte auch von ihm Besitz ergriffen, als er in Neapel, als Abgesandter bei der Krönung Friedrichs von Aragón, sich den verderbten Liebkosungen der Prostituierten in den Spanischen Vierteln hingegeben hatte.

Er hatte sie angeekelt. Sein sonst so schönes Gesicht war von diesem fürchterlichen Ausschlag verunstaltet, die ganze Haut war mit diesen hirsekörnerähnlichen Pusteln übersät. Er hatte sie angesehen, sie am Handgelenk gepackt und ihre Hand geführt, um mit Tinte die Unterschrift auf das Dokument zu setzen, das sie und ihren Ehemann demütigen würde.

Denn wie sie befürchtet hatte, glaubte niemand an die in die Welt hinausposaunte Impotenz von Giovanni, im Gegenteil, von mehreren Seiten verbreiteten böse Zungen das Gerücht, dass der Grund für die Annullierung dieser Ehe mit ihren inzestuösen Beziehungen mit dem Vater und mit Cesare in Verbindung stünden.

Sie fühlte sich gebrandmarkt. Wie die letzte Hure. Nein, schlimmer noch, wie eine Zuchtstute, wie ein Tier, das man gekauft und dann im Stall der Brunst der Hengste überlassen hat.

Und nun – beschimpft, beleidigt und der eigenen Würde beraubt, geopfert auf dem Altar der Borgia – sah sie nach diesem verfluchten Tag in den dunklen Ecken und Nischen des Klosters Gespenster. Also hatte sie sich wieder in die Stille und Kontemplation der Natur zurückgezogen, die, struppig und abweisend, im Garten des Klosters wucherte wie eine winterliche Fantasie flämischer Meister.

Doch das war nicht ihr einziger Trost. Vor einiger Zeit hatte sie einen guten Mann kennengelernt, der sie besuchen kam, er war ein paar Jahre älter als sie. Es war Pedro Calderon, der Kammerdiener des Papstes, der auf Geheiß von Alexander VI. über ihre klösterliche Klausur wachen sollte. Pedro war ein gut gebauter und gut aussehender Mann von rauer, fast wilder Schönheit. Seine von brennender Leidenschaft durchdrungene Aufmerksamkeit für sie hatte sie vom ersten Tag an erobert, und kraft der Autorität, die sie als Tochter des Papstes hatte, hatte Lucrezia für die nötige Abgeschiedenheit sorgen können, um dem Begehren nachzugehen, das sie verzehrte.

Der bloße Gedanke an seine Küsse, seine Zärtlichkeiten, die starken Muskeln, den Duft nach Moschus und Minze, der ihn wie in eine Dunstwolke unbändigen Verlangens zu hüllen schien, sorgte dafür, dass sich die rosigen Spitzen ihrer Brüste unter dem Stoff ihres Kleides aufrichteten. Auch in diesem Augenblick erfassten sie diese Empfindungen, und beim bloßen Gedanken an die Nächte mit ihm konnte sie nicht anders, als sich selbst Genuss zu verschaffen, sie konnte einfach keinen Augenblick länger warten.

Doch diese Momente des Glücks waren bald von einem erschreckenden Wissen getilgt worden, das für sich gesehen ein Grund zur Freude hätte sein sollen, doch in der Situation, in der sie sich befand, nur nach weiterer Verdammnis klang.

Denn inzwischen wuchs seit Monaten ein Kind in ihr heran. Anfangs war sie sich nicht sicher gewesen. Doch nach und nach erwiesen sich die Anzeichen als eindeutig. Auch um sich vor dem Geschwätz der Nonnen zu schützen, hatte sie zunächst weitere Kleider getragen, um die Schwangerschaft zu verbergen, die zu keinem unpassenderen Zeitpunkt hätte kommen können.

Sie legte eine Hand auf den Bauch, dorthin, wo das Kind schlief. Der Rücken tat ihr weh, wie die ganzen letzten Tage schon. Im Laufe der Zeit hatte das Gewicht zugenommen und war immer schwerer zu tragen. Zum Glück kümmerte sich Pentesilea mit zartfühlender Aufmerksamkeit um sie, jeden Abend und jeden Morgen war sie froh und dankbar dafür.

So groß ihre Angst auch sein mochte, dieses Leben, das in ihr wuchs, gab ihr auch neue Hoffnung.

Selbst in diesem Moment, mit dem Blick auf kahle, von Raureif überzogene Äste, spürte sie eine eigentümliche, unerklärliche und überwältigende Kraft. Als Mutter würde sie sich für ihr Kleines in Stücke reißen lassen, und dieses neue Bewusstsein war so erfüllend, wie sie es nie zuvor verspürt hatte. Mit dieser wunderbaren Empfindung schwebte sie in einem unaufhörlichen Hochgefühl.

Als dann das erste Aufleuchten winterlichen Lichtes sich seinen Weg durch den morgendlichen Himmel bahnte, befand sie sich in einem Wechselbad der Gefühle. In Verbindung mit dem Geruch nach Schnee, der in der Luft lag, durchlebte sie alle Angst und allen Mut, deren sie fähig war, und verlor sich ganz in diesen beiden gegensätzlichen Gefühlen, durch die sie sich so lebendig fühlte wie nie zuvor.

Sie ging zwischen den Säulen des Kreuzgangs umher, in der Hand das hölzerne Kruzifix, das sie in den Monaten der Klausur nie abgelegt hatte. Sie könnten ihr alles nehmen – die Würde, die Ehre, ihr Ansehen, doch niemals ihr Kind. Sie hatte keine Ahnung, was sie dann tun würde, doch wenn man sie fragen würde, wäre ihre Antwort: alles, was nötig ist. Sie setzte sich und atmete tief ein. Sie kostete diese Gewissheit aus, die mit der Macht eines Wirbelsturms in ihr anschwoll. Nur eine Stunde zuvor, als sie aufwachte, hatte sie Angst und Unsicherheit empfunden, doch jetzt, wenn sie die Hand auf den Bauch legte, diesen Bauch, den inzwischen auch die Nonnen akzeptieren mussten, spürte sie eine Wärme, die geradezu Hitze entwickelte.

Es war egal, welche Pläne ihr Vater mit ihr hatte. Sie hatte keinerlei Interesse an Alfons von Aragón, der höchstwahrscheinlich ihr nächster Gemahl werden würde.

Sie hatte immer noch Angst, das schon, sie wusste, dass Cesare außer sich sein würde, wenn er entdeckte, was geschehen war. Doch das interessierte sie nicht. Sie würde kämpfen. Bis zum letzten Blutstropfen.

Für ihr Kind.

Für dieses neue Leben, das ihr mit seiner Geburt ihr Leben wiedergeben würde. Jenes, das ihr wenige Monate zuvor entrissen worden war.

50. Die Ordnung

Kirchenstaat, Wirtshaus Zum Falken

Cesare war besorgt. Und zwar so sehr, dass er den Wirt um das kleine Zimmer gebeten hatte, das für ihn reserviert war, für den Fall, dass er allein sein wollte. Er hatte sich aufs Land begeben, weil er dort zumindest keine Angst davor haben musste, belauscht zu werden. Seine Feinde und die seines Vaters waren überall, und auch wenn ihm so leicht niemand Angst machte, vermied er lieber jegliches Risiko im Hinblick auf den Plan, den er in die Tat umsetzen wollte. Ihm gegenüber saß Michelotto Corella, der wie ein Vielfraß sein Essen in sich hineinschaufelte. Seine Hände trieften vor Soße, während er ein paar gebratene Hühner verschlang, als hinge sein Leben davon ab.

Cesare hatte vollstes Vertrauen zu diesem Mann. Er war immer an seiner Seite, sprach wenig und führte haargenau aus, was man ihm aufgetragen hatte. Er war der beste Scherge, den man sich denken konnte. Die Situation, in der er sich befand, verlangte genau nach einem Mann wie ihm.

»Ihr habt also verstanden«, sagte Cesare.

»Ich soll einen Mann umbringen.«

»Und eine Frau.«

»In Ordnung«, sagte Michelotto und goss sich einen Becher Wein ein.

Cesare Borgia bewunderte seine Kaltblütigkeit. Nicht, dass er daran gezweifelt hatte, doch es bestätigt zu bekommen machte seinen Tag gleich besser.

»Wer ist es?«, fragte Michelotto.

»Der Mann ist bei meinem Vater der Mann fürs Grobe. Er ist nicht wichtig, er hat keine besondere Rolle. Ein Höfling wie tausend andere. Aber er stellt ein Problem dar.«

»Ich verstehe. Und die Frau?«

»Sie ist die Gesellschaftsdame meiner Schwester Lucrezia.«

Michelotto nahm einen Schluck Wein. Schnalzte mit der Zunge. Brach ein Stück Brot ab und stopfte es sich in den Mund. Dann zerpflückte er mit den Händen das zweite Hühnchen und verschlang einen Schenkel.

Cesare lächelte. Michelottos Appetit war ansteckend. Auch er bekam Hunger, wenn er ihm beim Essen zusah. Dann dachte er, dass er keine andere Wahl hatte. Er musste Pentesilea und Pedro Calderon umbringen lassen. Er konnte einfach nicht zulassen, dass sie am Leben blieben. Niemand durfte wissen, dass Lucrezia schwanger war. Es tat ihm zwar leid um die Dienerin seiner Schwester, die ihn darüber unterrichtet hatte, doch ihre Loyalität musste mit dem Tod vergolten werden. Es gab keine andere Lösung. Er kannte die Waffen des Verrats und der Erpressung zu gut, um es auf sich beruhen zu lassen.

»Wo kann ich sie überraschen?«

»Sie treffen sich fast immer in der Nähe von San Sisto.«

»Das Kloster bei der Porta Latina?«

»Genau. Pentesilea – das ist der Name der Dienerin – und Pedro Calderon kommen jeden Tag bei der Vesper zusammen. Um keinen Verdacht zu erregen, treffen sie sich in einer der Gassen gleich vor der Porta, dann betreten sie das Kloster, und Pedro widmet sich meiner Schwester. Ihr kennt die Dienerin, stimmt's?«

»Ja.«

»Also werdet ihr sie erkennen.«

»Natürlich.«

»Der Mann, den Ihr bei ihr seht, ist Pedro Calderon. Er wird wie ein Page gekleidet sein. Ihr müsst sie beide töten«, sagte Cesare.

»Das ist mir klar.«

»Wie wollt Ihr vorgehen?«

»Ich werde mit einem Karren hingehen. Ich schneide ihnen die Kehle durch und lege sie auf die Ladefläche, unter eine Plane. Dann warte ich die Dunkelheit ab und werfe sie in den Tiber.«

»Perfekt.«

Michelotto riss einen Flügel vom Hühnchen und nagte ihn sauber ab bis auf den Knochen.

»Denkt daran, dafür zu sorgen, dass die Leichen untergehen«, betonte Cesare.

»Ich werde Steine dabeihaben.«

»Das ist klug«, schloss Cesare. »Ihr könnt jetzt weiteressen.«

»Ihr geht, mio Signore?«

»Ich muss zurück in den Vatikan.«

Michelotto wollte aufstehen.

Cesare hielt ihn davon ab. »Ich habe Euch gesagt, Ihr sollt bleiben. Macht Euch keine Umstände. Ihr tut mir den größten Gefallen, wenn Ihr tut, was ich Euch gesagt habe.«

Und ohne sich noch länger aufzuhalten, stand er vom Tisch auf und begab sich zum samtenen Vorhang, der den Raum vom Rest des Gasthauses trennte.

51. Politisches Kalkül

Königreich Neapel, Castel Nuovo

Im ganzen Königreich gab es nicht noch einmal zwei Leute, denen er so vertrauen würde. Ohne zu zögern hatten sie in Seminara an der Seite des Gran Capitán gekämpft und beim verzweifelten Versuch, das Königreich Neapel für das Haus Aragón zurückzuerobern, mit ihm gemeinsam eine schmerzhafte Niederlage erlitten. In den darauffolgenden Jahren hatten sie aus ihren Fehlern gelernt und waren erfolgreich gewesen. Ihnen also hatte er die Krönung zum Souverän zu verdanken. Und Ferrantino, der über ein Jahr zuvor frühzeitig verstorben war. Dem Papst jedenfalls bestimmt nicht. Und nicht nur das, die Dankbarkeit, die er den Cousins Fabrizio und Prospero Colonna schuldete, war so groß, dass er ernsthaft darüber nachdachte, Ersteren zum Gran Connestabile zu ernennen, ihm also das protokollarisch höchste Hofamt zu übergeben, und Letzteren – ach, für den würde ihm auch noch etwas einfallen. An Titeln und Ländereien herrschte kein Mangel. Was ihn aber beunruhigte, war diese Ehe, auf der der Papst bestand und die, so schien ihm, nur der erste Schritt zu ganz anderen Banden war.

Während er darüber nachsann, versuchte Friedrich I. von Neapel, der Souverän des Königreichs, sein erhitztes Gemüt mit einem Glas eines gut gekühlten Weißweins von den Phlegräischen Feldern zu besänftigen, auch wenn der Tag nicht der beste gewesen war. Jedenfalls brachten ihn mühsam zurückgehaltene Wut und Frustration heftig zum Schwitzen. Aus diesem Grund erschien ihm die Anwesenheit der beiden Colonna wie eine Vorsehung, denn ihm war bewusst, wie gut die Cousins den Papst und seine Familie kannten und dass ihn also niemand besser beraten könnte als sie.

Fabrizio und Prospero trugen elegante ochsblutrote Wämser, zweifarbige *calzebrache* und um den Hals eine goldene Kette. Außerdem trugen beide ein Kurzschwert am Gürtel, wie um ihre natürliche Berufung zum Krieg hervorzuheben, die sie immer schon ausgezeichnet hatte.

»Seht Ihr, meine Freunde«, sagte der König, »wie Ihr wisst, hat mich der Papst mit der Krönung durch Kardinal Cesare Borgia offiziell als Souverän des Königreichs Neapel legitimiert. Nun aber verlangt er im Gegenzug, meinen Neffen Alfons mit seiner Tochter Lucrezia zu verheiraten. Dem könnte ich natürlich zustimmen, obwohl der Ruf des Mädchens sicherlich nicht tadellos ist, doch ich befürchte, dass dies nur ein Vorwand ist, um die Verbindung mit meinem Geschlecht zu verstärken und in Wahrheit auf die Verheiratung seines Sprösslings und falschen Kardinals mit meiner Tochter Carlotta abzuzielen.«

In Prosperos Blick blitzte es auf. »Ich verstehe Eure Vorbehalte, Majestät«, sagte er mit einer gewissen Besorgnis im Blick. »Ich gestehe, dass mir dies ein Manöver zu sein scheint, mit dem eine weitere mögliche Allianz verschleiert werden soll – außer der mit Euch, könnte der Papst auch mit Frankreich eine Einigung erzielen.«

»Meint Ihr? Meines Erachtens besteht der Grund im unbändigen Verlangen Kardinal Borgias nach meiner Tochter. Ich kann es ihm nicht verdenken – Carlotta ist eine wahre Schönheit und dank ihrer Erziehung eine junge Frau von exquisiter Eleganz. Sie ist die Nichte von Karl VIII. von Frankreich. Doch im Endeffekt, jetzt, wo Ihr es mir sagt, könntet Ihr recht haben. Alexander VI. ist gewiss nicht für seine Loyalität bekannt. Wie auch immer, ich muss tatsächlich zugeben, dass mir diese mögliche Heirat zu denken gibt. Es stimmt, dass Cesare Borgia bald seine geistliche Würde ablegen wird, das scheint mir inzwischen ausgemacht; von mehreren Seiten wird mir das bestätigt. Erst recht in Anbetracht des Todes seines Bruders. Das ändert jedoch nichts daran, dass die Bedingungen, die mir vom Papst diktiert werden, und sein wiederholt zum Ausdruck gebrachter Wille, mir all seine Bastardkinder als Sippschaft aufzudrängen, mich nicht gerade mit Begeisterung erfüllt.«

»Ich verstehe die Überlegung vollkommen, Euer Majestät«, antwortete ihm Prospero. »Und ich verstehe andererseits die Absicht Alexanders VI., um jeden Preis die Bündnisse mit dem Königreich Neapel zu bekräftigen.«

»Natürlich! Doch Ihr seht sicher auch, dass diese Doppelhochzeit mich ein Vermögen kosten wird. Ich musste Alfons schon das Herzogtum Bisceglie überlassen, nun verlangt man auch noch die Ländereien von Corato von mir, während der Papst lediglich vierzigtausend Dukaten Mitgift geben wird. Ganz zu schweigen davon, dass er ausdrücklich verlangt hat, dass Lucrezia von der Pflicht freigestellt wird, sich in Neapel niederzulassen. Alfons hingegen wird im ersten Jahr der Ehe seinen Wohnsitz in Rom nehmen müssen.«

»Wenn es für Euch ein Trost ist, Euer Majestät, können wir es gern übernehmen, auf Euren Neffen aufzupassen, während er in Rom ist«, sagte Fabrizio, der von den beiden Cousins der Mann der Tat war; deswegen mochte Friedrich ihn sehr. Auch Prosperos feinsinnige Strategien wusste er zu schätzen, doch in Fabrizio begegneten ihm eine Handfestigkeit und Tatkraft, die ihn ungeheuer beruhigten.

»Das wäre wunderbar«, bestätigte der König.

»Oh, das würde uns keinerlei Umstände bereiten, es würde uns freuen«, betonte Prospero.

»Signori, das würde mich unendlich erleichtern. Wisst Ihr, auch wenn Alfons nicht mein Sohn ist, so ist er doch mein Neffe, und ich will Euch nicht verheimlichen, dass es mir ganz und gar nicht gefällt, ihn in den Klauen der Borgia zu wissen. Zum Glück wird auch Sancha bei ihm sein, aber zu wissen, dass ich auf Euren wachsamen Blick zählen kann, wäre mir doch eine große Beruhigung.«

»Das ist das Mindeste, was wir tun können, Euer Majestät. Wie Ihr wisst, liegt uns das Königreich Neapel sehr am Herzen, daher haben wir uns seinerzeit auf die Seite des großen Gonzalo Fernández de Córdoba geschlagen.«

»Und dafür kann ich Euch nicht genug danken. Doch ich verspreche Euch, ich werde es bald wettmachen. Ermöglicht mir, aus diesem elenden Ehegeschäft auszusteigen, und ich garantiere Euch, dass Ihr beide angemessen für Eure Treue entlohnt werdet. Der eigentliche Punkt, das lässt sich nicht leugnen, ist der, dass ich dem Papst nicht traue. Es lässt sich nicht bestreiten, dass es besser ist, ihn zum Verbündeten zu haben statt zum Gegner, dennoch ist mir dabei nicht wohl. Ich vertraue jedoch darauf, dass mein Cousin mir zu Hilfe eilen wird, sollten sich die Dinge zum Schlechteren wenden. Und mit ihm auf unserer Seite, Signori miei, nehme ich mit jedem den Kampf auf. Dieses Königreich bereitet mir jetzt schon zu viel Kopfzerbrechen. Wenn ich nur daran denke, dass es eigentlich an meinen Neffen Ferrantino hätte gehen sollen, der, Friede seiner Seele, vor allem angesichts seines jungen Alters auf die ungerechteste Weise von uns gegangen ist …«

»Auch uns fehlt er sehr«, beeilte sich Prospero zu sagen.

»Er war ein tapferer junger Mann, er brannte vor rechtschaffenem Eifer, und ich versichere Euch zu wissen, dass er von einem Leiden dahingerafft wurde, für das es keinen Ausweg gab, erfüllt mich immer noch mit Trauer.«

Die Cousins Colonna sahen sich an und wussten nicht, was sie darauf sagen sollten. Der König achtete nicht darauf und ließ Schmerz und Trauer über den Verlust weiter aufleben.

»Das Leben ist ungerecht. Oft sind es die Jüngsten, die uns verlassen, und unser Bitten und Flehen nützen nichts. Während ich es also noch zu tolerieren vermag, meinen Neffen den Borgia auszuliefern, will ich davon nichts hören, wenn es um meine Tochter geht. Allein der Gedanke, sie einem Mann wie Cesare zu geben, erfüllt mich mit Abscheu. Wisst Ihr, dass er, so wie es aussieht, sich hier die Franzosenkrankheit zugezogen hat? Und dass er deshalb jetzt Bart trägt, um die Narben zu verdecken, die sein Gesicht verwüsten? Man muss sagen, dass diese Krankheit uns alle umzubringen droht. Verflucht sei Karl VIII. mit seiner Räuberbande! Auch aus diesem Grund, meine Freunde, müssen wir vorbereitet sein. Neapel muss in der Hand der Aragonesen bleiben, und mein Haus wird in Euch, die Ihr die Krönung des Geschlechtes der Colonna seid, die wertvollsten Verbündeten haben.«

»Gemeinsam, Eure Majestät, werden wir uns dem Schicksal und den schändlichen Entscheidungen dieses Papstes widersetzen«, schloss Fabrizio.

»Ach, wie recht Ihr doch habt! Nun, dann werde ich dem Papst antworten, dass ich bereit bin, die Vereinbarungen zur Vermählung von Alfons zu unterzeichnen, doch dass ich mir Zeit lassen werde, was Carlotta angeht, und das Urteil und die Entscheidung darüber ihr überlassen werde. Wenn sie Cesare will, gut für sie, doch wenn sie jemand anderen heiraten möchte, werde ich ihren Willen respektieren und mich darauf berufen, um eine Ablehnung zu rechtfertigen. Am Ende sind diese Borgia nichts anderes als Krämer und Bettler, sie sind nicht von edlem Geblüt, sind nichts als Angeber, die sich etwas auf ihre Macht einbilden, die sie durch Betrug und Korruption erlangt haben. Also, meine Freunde, wir werden es ihnen schon zeigen!«

Mit diesen Worten gewann der König von Neapel seine gute Laune zurück.

52. Tränen

Kirchenstaat, San Sisto

Seit zwei Tagen war Pentesilea verschwunden. Pedro ebenso. Sie hatte die Nonnen befragt, aber keine konnte ihr etwas sagen. Lucrezia hatte Maddalena, die andere Dienerin, zum Palazzo geschickt, um herauszufinden, ob etwas geschehen war.

Im tiefsten Innern hatte sie jedoch schlimmste Vorahnungen, die von Stunde zu Stunde deutlicher wurden, sodass Lucrezia gezwungen war, sich ins Gebet zurückzuziehen, um nicht daran zu denken. Doch es nützte nichts. Diese Stille und die Ungewissheit setzten ihr zu, und sie fürchtete sich vor dem, was noch passieren könnte.

Als sie später in den Kreuzgang ging und dort Cesare kommen sah, brach sie in Tränen aus, noch ehe sie wusste, was er ihr zu sagen hatte.

Ihr Bruder machte ein ernstes Gesicht. Der dunkle Bart, den er sich hatte wachsen lassen, um die Narben zu verbergen, die die französische Krankheit verursacht hatte, gab ihm ein noch düstereres Aussehen, ebenso die Augen, die so schwarz waren wie die verdammte Seele, die ihm innezuwohnen schien.

Es hatte eine Zeit gegeben, in der sie ihn geliebt hatte,

und zwar so sehr, dass sie ihn am liebsten geheiratet hätte, wenn es möglich gewesen wäre, doch als sie größer wurde, hatte sie begriffen, wie sehr sein übermäßiger Ehrgeiz alles verschlang, was in seine Nähe kam. Anfangs hatte sie mit Wut und Verachtung auf seine stetigen Übergriffe und Anmaßungen ihr gegenüber reagiert; wie eine tägliche Dosis Gift waren sie, und noch bitterer und tödlicher als die Manöver des Vaters. Doch mit der Zeit hatte sie davor kapituliert, dass Cesare in seinen Obsessionen nach und nach immer grausamer geworden war; auch die ständige Konkurrenz mit Juan hatte ihn noch zynischer und erbarmungsloser werden lassen, als er es früher war.

Und nun hatte auch sie, wie zuvor schon Giovanni Sforza, Angst vor ihm.

Denn Cesare verband die reinste Boshaftigkeit mit einer derartigen Unberechenbarkeit und Doppelzüngigkeit, dass niemand imstande war, die Absichten dahinter zu begreifen.

Lucrezia versuchte, die Tränen zu unterdrücken. Sie wollte sich vor ihm nicht schwach zeigen. Nicht auch das noch.

Als er sie erreicht hatte, zischte Cesare mit gebleckten Zähnen und halblauter Stimme: »Verdammt, gibt es denn hier keinen abgeschiedenen Ort, um etwas zu besprechen?«

Lucrezia sah sich um: Der Kreuzgang war vollkommen leer. »Die Schwestern sind beim Gebet. Wir sind allein. Wenn Ihr etwas zu sagen habt, könnt Ihr es hier tun. Oder geht dorthin zurück, woher Ihr gekommen seid.«

Cesare seufzte, als hätte er es mit einem launischen Kind zu tun. »Na schön.« Dann verdüsterte sich seine Miene wieder. »Ich bringe Euch eine schlechte Nachricht.«

»Was ist es?«, fragte Lucrezia mit hauchdünner Stimme.

»Pedro Calderon ist tot. Sie haben ihn heute Morgen auf dem Grund des Tibers entdeckt.«

Lucrezia schlug eine Hand vor den Mund. Die Tränen flossen nun ungehemmt.

»Nicht weit entfernt fand man auch den Leichnam von Pentesilea. Eine Tragödie, doch …«

Cesare kam nicht dazu, den Satz zu beenden, denn Lucrezia schlug mit den Fäusten auf seine Brust ein. Stumm, nicht fähig zu sprechen, weil der Schmerz ihr die Kehle zuschnürte. Er umfasste ihre Fäuste mit seinen großen Händen und verlangsamte ihre Schläge, bis sie schließlich innehielt. »Es tut mir leid, Lucrezia«, sagte er, und nun klang seine Stimme brüchig. »Aber was Ihr getan habt, war nicht länger zu tolerieren. Ihr seid die Tochter des Papstes und könnt nicht immer nur das tun, was Euch beliebt. Ihr habt Verpflichtungen. Ihr müsst Alfons von Aragón, den Prinzen von Salerno, heiraten, und seid jetzt schwanger. Unnötig, Euch zu sagen …«

Lucrezia weinte. Sie lehnte ihren Kopf an seine Brust, und Cesare streichelte ihr goldenes Haar.

Er sah sie am Boden zerstört. Als ob er ihr ein Schwert bis zum Anschlag in die Brust gebohrt hätte. Lucrezia schien in seinen Armen dahinzusterben, bis sie ihm schließlich zu Füßen zu fallen drohte, doch er fing sie noch rechtzeitig auf.

»Tut das nicht«, sagte Cesare, »Ihr müsst stark sein. Ich werde mich um alles kümmern. Dem Kind wird es gut gehen.« Doch sie schien ihn nicht zu hören. Als sie sich schließlich von ihm löste, erschienen ihre Augen Cesare wie aus Glas: kalt, abwesend, distanziert.

»Sprecht mit mir«, sagte er, doch Lucrezia schwieg. »Ich weiß, dass Ihr mich jetzt hasst, und ich kann Euch das nicht verübeln, doch bald, meine Schwester, werdet Ihr verstehen, dass wir zum Besten aller gehandelt haben. Wenn Ihr in den Palazzo zurückkehrt, werdet Ihr von allen gefeiert werden. Und mit ein bisschen Glück wird sich Alfons als ein besserer Ehemann und Vater erweisen als alle Männer, die Ihr bisher hattet.«

Sie neigte den Kopf, und mit ihren großen, geröteten Augen sah sie fast aus wie ein Kind, dem man einen Traum genommen hatte. »Warum stirbt alles, das mir zu nahe kommt?« In dieser Frage lag alle Verzweiflung, die man sich nur denken konnte. Lucrezia war von dieser Enthüllung wie zerstört und schien nicht akzeptieren zu können, was für Cesare immer klar gewesen war. Sie existierten nur als Kinder des Papstes und als Mitglieder des Geschlechtes der Borgia. Es gab keinen eigenen Willen. Nicht einmal ihr Vater konnte sich den erlauben. Dennoch widersetzte sich Lucrezia dieser einen und einfachen Regel. Seit ihrer Geburt.

Jetzt jedoch hatte sich etwas verändert. Cesare war sich darüber im Klaren. Nichts würde mehr so sein wie vorher, und auch wenn verborgen in der Tiefe seiner Seele noch ein Funken Schmerz glomm, begriff er doch, dass es sich um etwas kaum Wahrnehmbares handelte, als ob es ihm am Ende gelungen sei, sich auch vom letzten Ascherest an Menschlichkeit freizumachen. Um zu tun, was er sich vorgenommen hatte, das wusste er, konnte er sich in keiner Weise erlauben, Gefühle oder gar Sentimentalität zuzulassen, und auch wenn Lucrezia in ihm gerade ein Monster sah, würde sie doch bald einsehen, dass er sie zum zigsten

Male vor den Eingebungen törichter Leidenschaft bewahrt hatte, die sie einen Fehler nach dem anderen begehen ließ.

Sicher, er konnte sich in diesem Moment keine Hoffnung machen, sie zu überzeugen. Das wäre zu viel verlangt gewesen.

»Das dürft Ihr so nicht sagen«, entgegnete er ihr schließlich. »Es stimmt nicht, dass alles stirbt, was Euch nahe ist, im Gegenteil«, er deutete auf das Kind, das in ihrem Bauch wuchs, »ich verspreche Euch, dass es wohlbehütet sein wird und es ihm an nichts mangeln wird. Doch wir müssen dafür sorgen, dass es nicht so aussieht, als sei es Eures. Ich werde es als mein Kind ausgeben. Ihr müsst Euch bei der Hochzeit mit Alfons als unbescholten präsentieren.«

Lucrezia brach in Gelächter aus. Dieses Gelächter hatte etwas Überzogenes und Haltloses an sich; Cesare gefror zum ersten Mal das Blut in den Adern, als er das hörte.

»Glaubt Ihr wirklich, dass mir das gelingen würde? Nach einer Schwangerschaft?« Lucrezia sprach die letzten Worte aus wie eine Kriegserklärung.

»Niemand wird Euer Wort in Zweifel ziehen.«

»Richtig, denn sollte es jemand tun, werdet Ihr Euch darum kümmern, ihm die Kehle durchschneiden zu lassen, nicht wahr? Wer hat Pedro umbringen lassen? Und Pentesilea?«

»Lucrezia, bitte, versucht, nicht so zu schreien!«, sagte Cesare gereizt.

»Warum? Weil Ihr sonst noch sicherer in der Hölle landen werdet, als Ihr es ohnehin schon tut, oder? Ihr, Gott im Himmel, Ihr, ein Kardinal! Aber so wie ich Euch kenne, habt ihr Euch gewiss gehütet, die Verantwortung zu übernehmen und Euch die Hände mit Blut zu besudeln. Wen habt Ihr beauftragt? Michelotto, stimmt's? Aber lasst Euch gesagt sein, dass es Euch vor dem Gericht Gottes nicht schützen wird, dass Ihr die Tat nicht selbst begangen habt.«

Einen Augenblick lang war Cesare sprachlos. Dann reagierte er: »Seit wann kümmert Euch das Gericht Gottes? Seid Ihr vielleicht ohne Sünde?«

»Keineswegs, da habt Ihr recht, ich bin ebenso verloren wie Ihr. Auch wenn meine Vergehen, mit Verlaub, weit geringer sind als Eure. Meine Schuld ist es, nicht stark genug gewesen zu sein, um die Gewalttaten zu verhindern, die Ihr an der Welt verübt. Jeden Tag. Nun lasst mich allein. Ich werde in die Kirche zurückkehren und für meine Seele beten. Eure, fürchte ich, habt Ihr mit jener letzten Tat, die mich erschüttert und mich aller Kraft beraubt, ausgelöscht.«

Ohne auch nur einen Moment länger zu bleiben, wandte sie sich um und begab sich zur Kirche San Sisto.

Wie er sie so ansah, fühlte er sich immer einsamer, doch wenn er in sein schwarzes Herz hineinfühlte, erkannte er, dass es genau das war, was er wollte: allein sein und den Weg gehen, für den er sich entschieden hatte. Am Ende würde er mit ein bisschen Glück sein Geschick selbst in die Hand nehmen. Entgegen dem Willen seines Vaters.

53. San Marco

Republik Florenz, Basilika San Marco

Savonarola schüttelte den Kopf. Die Situation hatte sich verschlechtert, seit Dolfo Spini die Macht in seiner eigenen Fraktion errungen hatte und die Compagnacci kommandierte, eine Gruppe junger Männer, die sich über seine Predigten lustig machten und sich ihnen auf jede mögliche Weise entgegenstellten, und das mit einem ausgeklügelten System von Denunzianten und vor allem geschickten Agitatoren. Seine Anhänger, die Frateschi, von den Florentinern Piagnoni genannt, befanden sich schon in Schwierigkeiten, weil die Arrabbiati unter der Führung von Guido Antonio Vespucci, der die florentinischen Adelsfamilien unter seinem Kommando vereinte, immer verbissener wurden, ganz zu schweigen von den Palleschi, die die Rückkehr der Medici in die Stadt unterstützten. Mit mindestens hundertfünfzig Compagnacci gegen sie im Rat der Republik hatten seine Frateschi nun keine Chance mehr.

Er sah zu Francesco Valori, der ihn anlächelte. Aber im Blick dieses mutigen Mannes, der eine Lederrüstung trug, am Gürtel ein Schwert und eine Armbrust, sah er absolute Verzweiflung. Sie hatten sich in der Kirche San Marco eingeschlossen, in der Hoffnung, dem zu widerstehen, was die

Arrabbiati und Palleschi zu einer wahren Belagerung machten.

»Versucht zu beten, mein Sohn«, sagte der Mönch in einem fatalistischen Tonfall, »nichts anderes kann uns jetzt retten.«

»Das verstehe ich, mio Signore«, sagte Francesco. »Ich habe meine Männer mitgebracht und werde versuchen, Euch so gut wie möglich zu verteidigen.«

Savonarola nickte. »Das kann ich natürlich nicht gutheißen, ich will nicht, dass in meinem Namen und mit dem einzigen Ziel, mich zu retten, Blut vergossen wird.«

»Das verstehe ich. Aber Euch zu beschützen bedeutet auch, mich selbst und meine Familie zu beschützen.«

»Nun, so tut, was Ihr für richtig haltet, um den Glauben zu verteidigen und auch die Vision einer Republik, in der Gott allein der Vater unserer Seelen ist. Der Herr wird es Euch danken.« Dann sah er die anderen Mönche an, die bei ihm waren und ihn verängstigt und zweifelnd ansahen, unsicher, was sie tun sollten. »Brüder, fürchtet Euch nicht«, sagte er. »Ich bin bei Euch und sage Euch, betet zum Herrn, denn nur er kann uns im letzten Moment retten. Kommt, folgt mir.«

Während der Mönch sich mit den Seinen entfernte und die Bibliothek betrat, bemühte sich Francesco, die Verteidigung zu organisieren. Er wusste, dass die anderen ihnen zahlenmäßig überlegen waren. Nicht bloß, weil die Arrabbiati, ihrem Namen alle Ehre machend, bereits mit einem Rammbock gegen das Kirchentor anrannten, sondern weil sicherlich auch die Palleschi bei ihnen wären. Die wenige Monate zuvor erfolgte Hinrichtung von Bernardo Del Nero, Niccolò Ridolfi, Lorenzo Tornabuoni, Giannozzo

Pucci und Giovanni Cambi, weil die sich heimlich für eine mögliche Rückkehr der Medici in die Stadt eingesetzt hatten, hatte die Opposition verschärft, und nun würden sich alle gegen sie stellen. Ganz abgesehen davon, dass diese fünf Familien zu den mächtigsten in Florenz gehörten.

Die Schläge gegen das Tor hallten düster wider, während die Glocken Sturm läuteten, in dem Versuch, alle Parteigänger Savonarolas herbeizurufen, anscheinend ohne jeden Erfolg. Francesco wusste, dass er keine Verstärkung bekommen würde und dass die Holzbalken, mit denen sie den Eingang verbarrikadiert hatten, Vespuccis Männer nicht ewig draußen halten würden.

Er rief seinen Stellvertreter.

»Biagio«, sagte er, »verteilt die Armbrustschützen an den Fenstern. Hier dagegen«, er deutete mit einer weiten Geste auf den Kreuzgang, »will ich die Männer mit den Hellebarden und den Arkebusen. Sie werden eine unüberwindliche Linie darstellen. Zumindest hoffe ich das.«

Der Mann nickte und erteilte wie angewiesen die Befehle.

Guido Antonio Vespucci war hoch zu Ross. Er beobachtete seine Männer, wie sie die Klostertür aufbrachen. Aus den Fenstern regnete es Pfeile, die den Angriff verlangsamten, aber sobald einige der Knappen getroffen zu Boden fielen und Blut auf die Piazza floss, nahmen andere ihre Stelle mit blinder Wut ein.

Der Zorn baute sich schon seit Wochen auf. Und der Hauptmann der Partei der Arrabbiati ritt auf dieser Welle. Er hatte keinerlei Absicht, sie zu zügeln, im Gegenteil, er wünschte sich innig, dass sie ein notwendiges Ventil fand, und zwar in einem kollektiven, kathartischen Ritus. Die

Gewalt konnte ein wunderbarer Balsam sein, um in den folgenden Monaten eine neue Ordnung zu finden. Er würde diese Männer nicht aufhalten, eher würde er sie noch anfeuern. Überall leuchteten Fackeln. Wie die roten Augen von Höllendämonen. Das Tor erzitterte unter den Stößen des Rammbocks, bald würde es nachgeben.

»Auf die Fenster!«, rief er und zeigte auf die Feinde, die von oben Pfeile hinabschossen. Daraufhin sah er ungefähr zwanzig seiner Armbrust- und Arkebusenschützen Position einnehmen. Erstere feuerten eine Salve Pfeile ab. Letztere stopften mit dem Ladestock Kugel und Schießpulver nach und zündeten dann die flackernden Zündschnüre an. Sie drückten ab und warteten darauf, dass das Pulver aus den Pfannen das Pulver im Verschluss der Arkebuse entzündete. Die Funken verzehrten nach und nach die Lunten aus Hanf.

Schließlich folgten die Detonationen und die Schüsse.

Ein paar der gegnerischen Armbrustschützen legten eine Hand an die Brust, stürzten auf das Pflaster der Piazza und rissen so Löcher in die Abwehr.

In diesem Augenblick gab die Tür nach.

»Nieder mit ihnen!«, brüllte Guido Antonio Vespucci. »Aber verschont Savonarola und seine beiden Kumpane: Die will ich lebend für den Prozess! Verstanden?« Die Männer antworteten mit Gebrüll und stürmten voraus durch die Bresche in der Klostertür.

Savonarolas Männer empfingen die Arrabbiati mit Pfeilen und Bleikugeln, die die erste Linie des Angriffs sofort niedermähten. Der Angriff wurde zurückgeschlagen, während der Rauch der Schüsse sich verzog. Durch diesen Rauch und das Dunkel der Nacht, das nur von den Stichflammen der Armbrüste, dem flackernden Licht der Fackeln und Kohlenbecken an den vier Seiten des Klosters erhellt wurde, wurde fast blind gekämpft. Aber all das schien den Arrabbiati egal zu sein, die ihrem Namen alle Ehre machten und nur darauf versessen waren, den Getreuen Savonarolas den Bauch aufzuschlitzen. Nach den ersten Toten warfen sich die anderen Angreifer noch erbitterter auf Francesco Valori und seine Männer.

Sie zückten Schwerter und Dolche, und schon bald blitzten die Klingen finster auf, Schreie zerrissen die Stille, Blut bedeckte die Steine. Im Kloster San Marco wütete ein harter und grausamer Kampf.

Kaum, dass er das Schwert gezogen hatte, parierte Francesco fast instinktiv einen Säbelhieb. Er verteidigte sich weiter. Zu seinem großen Glück hielt er in der Rechten das Schwert und in der Linken eine Fackel. Sobald sich die Möglichkeit ergab, beschrieb er mit der Fackel vor sich einen leuchtenden Bogen. Der Gegner hob automatisch das Schwert, um sich vor diesem Feuerprojektil zu schützen, und durch den fehlenden Verteidigungsschutz hatte Francesco leichtes Spiel und traf ihn an der Brust. Die Schneide drang fast bis zum Griff ein. Als er sie wieder herauszog, fiel der Mann auf die Knie, dann stürzte er zu Boden. Überall um sich herum sah er, wie seine Männer niedergemetzelt wurden. Einer nach dem anderen fiel der überwältigenden Überzahl der Feinde zum Opfer. Er befreite sich schnell von einem weiteren Gegner, und da ihm inzwischen bewusst war, dass er nichts tun konnte, um diese blutrünstige Horde aufzuhalten, zog er sich ungesehen zurück, nutzte die Dunkelheit, um die Kirche zu betreten. Von dort würde er einen

Weg finden, nach Hause zurückzukehren. Er musste unbedingt seine Familie in Sicherheit bringen.

Als er zusammen mit Domenico Buonvicini und den wenigen noch übrig gebliebenen Mönchen in den Kreuzgang kam, wurde Savonarola sich des Gemetzels bewusst, das zwischen den Säulen und dem Garten stattgefunden hatte. Der Anblick dieser auf dem Bauch liegenden, zerteilten Leichen raubte ihm den Atem.

»Was habt Ihr getan?«, brüllte er Guido Antonio Vespucci an, während der Hauptmann im Schatten wölfisch grinste.

»Ihr seid der Grund für all das«, erwiderte der Hauptmann der Arrabbiati, »Ihr und niemand anderes habt Unglück über Florenz gebracht, indem Ihr verlangt habt, aus der Stadt ein Kloster zu machen, indem Ihr die Kunst erniedrigt und die schönsten Gemälde verbrannt habt, indem Ihr unschuldige Menschen der Wollust und Unzucht bezichtigt habt, indem Ihr Hass gesät und das Volk in Gruppen aufgespalten habt, die bereit sind, sich bis auf den Tod zu bekämpfen! Und Ihr wagt es nun, mich zu fragen, was ich getan habe? Habt Ihr denn keinen Funken Ehre mehr im Leib?«

Savonarola wollte seinen Augen nicht trauen. Die wässrigen Pupillen, der müde Blick, die eingefallenen Wangen: Alles an ihm sprach von einer tiefen Müdigkeit und, vielleicht zum ersten Mal überhaupt, von einem Gefühl der Kapitulation, nachdem er jahrelang den Adel und die Kirche mit unbeugsamem Eifer angegriffen hatte. Jetzt jedoch, angesichts dieses Massakers, begriff er: Was auch immer seine Absicht gewesen war, er war zu weit gegangen. Sein

Fehler war zu glauben, dass die Menschen fähig wären, die eigenen Fehler zu verzeihen oder wenigstens daraus zu lernen. Als Karl VIII. vor den Toren stand, hatte Florenz gezittert und sich dann mit dem Ritus der blinden, schamlosen Gewalt gereinigt, als die Medici verjagt wurden, die Schinder, die zu lang ihre Reißzähne ins Fleisch der Stadt getrieben hatten. Eine Weile hatten seine Predigten, seine Gebete, sein Sermon die Florentiner über einen dunklen Weg der Reue und Vergebung geführt. Seine so gramerfüllten und aufrichtigen Worte hatten eine republikanische Regierung inspiriert, die die Stadt ganz nach dem Willen Gottes lenken wollte, aber der Mensch war von Natur aus wankelmütig und brutal. Er hatte den Adeligen gezeigt, dass eine Alternative möglich war, dass Unzucht und Machtmissbrauch wie wilde Bestien in einen Käfig gesperrt werden konnten, doch das Einzige, was er erreicht hatte, war, Neid, Ungläubigkeit und schließlich Angst zu wecken. Angst, die Macht zu verlieren, die anderen Schichten nicht mehr regieren zu können, für immer dem Laster entsagen zu müssen.

Und das hier war das Ergebnis seines Traums. Als er diese Männer in ihrem Blut betrachtete, die Augen voller Brutalität und Schrecken, konnte Savonarola nicht mehr und begann zu weinen.

Er tat es, weil er begriff, dass der Traum geplatzt war.

Und weil es für die Menschheit keine Hoffnung mehr gab.

»Der Tag wird kommen«, sagte er, »an dem eine Geißel über Euch hereinbrechen wird, und über Rom, über die Kirche und die Adeligen und dann über alle, die einen Bund mit der Dunkelheit dem Licht Christi vorgezogen haben, und an diesem Tag wird die Finsternis kein Mitleid haben, sie wird mit großen Flügeln aus der Hölle auf Euch herabsinken und das auslöschen, was Ihr gewesen seid.«

»Bis dahin«, sagte Guido Antonio Vespucci, »warten wir ab. In der Zwischenzeit kommt Ihr mit mir, Bruder Girolamo, zum Palazzo della Signoria. Dort werdet Ihr gerichtet, gemäß der Anklage, die gegen Euch erhoben wird.«

»Und das wäre?«

»Ketzerei.«

»So lasst uns gehen«, erwiderte der Bruder mit der Ruhe des Gerechten, »denn ich habe niemals etwas verkündet, das nicht das Wort Gottes ehrt.«

»Das werden wir ja sehen«, lautete die Antwort.

54. Instabiles Gleichgewicht

Republik Venedig, Dogenpalast

Antonio Condulmer war erst kürzlich aus Frankreich zurückgekehrt. Auch wenn er immer noch der oberste Anführer der Spione der Serenissima war, hatte er von früheren Erfahrungen profitiert und war von der Republik Venedig ausgesandt worden, um die Absichten des neuen Herrschers Ludwig XII. in der Außenpolitik zu erkunden. Die Neuigkeiten waren nicht die besten.

Nach dem überraschenden Tod Karls VIII., der sich den Kopf an einem steinernen Türsturz gestoßen hatte, als er zu einer Partie Federball ritt, hatte der neue König vor, Ludovico il Moro den Krieg zu erklären. Er wollte sich das Herzogtum Mailand einverleiben und begründete seinen Anspruch damit, Enkel von Valentina Visconti zu sein, der Tochter von Gian Galeazzo, dem früheren Herzog der lombardischen Stadt.

Das Spiel war, kurz gesagt, dramatisch einfach: Frankreich würde gegen Ludovico Sforza ziehen unter Geltendmachung legitimer Ansprüche auf das Herzogtum. Il Moro hatte in dieser schwierigen Lage allerdings nicht klug reagiert. Er war bereits isoliert, denn er war zuvor Verbündeter von Karl VIII. gewesen, etwas, das trotz seines kürzlichen Fahnenwechsels wohl kaum unbeachtet geblieben war, und wurde nun erneut zum Verräter: Er erwog, Venedig bei der gemeinsamen Verteidigung Pisas gegen die florentinischen Bestrebungen aufzugeben.

Darüber sprach Antonio Condulmer mit dem Dogen Agostino Barbarigo, der ihn durchaus besorgt fragte: »Messer Condulmer, verzeiht meine Eile, Euch nach Neuigkeiten zu fragen, aber es ist deutlich geworden, dass die Situation in der Toskana nicht einfach ist, habt Ihr dazu Nachrichten?« Der Herr der Spione hatte gerade erst am vorigen Abend von seinen Männern Auskünfte erhalten. »Eure Durchlaucht, soweit ich weiß, arbeitet Il Moro aktiv mit der Republik Florenz zusammen, um Pisa zurückzuerobern. Wir hingegen unterstützen sie bei ihrer Rebellion.«

»Der Herzog von Mailand gehört also erneut zu unseren Feinden.«

»So scheint es.«

»Aber Ihr seid gerade erst aus Frankreich zurückgekehrt, welchen Eindruck hat der neue Herrscher auf Euch gemacht?«

»Mio Signore, wenn Ihr erlaubt, so lasst mich ein umfassenderes Bild der aktuellen Situation auf dem komplexen Schachbrett der Politik zeichnen.«

»Ich höre«, sagte der Doge nur.

»Nun, Folgendes wurde mir zugetragen. Ludwig XII. hat sicher die Absicht, auf Mailand zu marschieren und es durch Belagerung zu erobern. Das scheint offensichtlich ein erster Schritt zu sein, um die gesamte Halbinsel zu seiner Kolonie zu machen, daher müssen wir aufmerksam beobachten, was mit unserem Nachbarn Ludovico Sforza geschieht. Morgen schwebt sein Herzogtum in Gefahr, aber übermorgen könnte es unsere Republik treffen, auch wenn ich, wie Ihr sehen werdet, zuversichtlich bin, dass dies nicht passieren wird. Das sage ich, weil wir, abgesehen von den klaren Absichten des neuen Königs, nach Rom blicken müssen, um wirklich ganz die möglichen Entwicklungen in naher Zukunft zu verstehen. In Florenz sind die Tage Savonarolas und der Republik gezählt. Ich denke, dass der Pontifex schon bald eine Möglichkeit findet, den Mönch wegen Ketzerei zu verurteilen.«

»Er hat ihn bereits exkommuniziert.«

»Allerdings war das eine kunstvolle Fälschung seines Sohns Cesare.«

»Korrekt. Aber jetzt haben die Arrabbiati ihn in den Turm von Arnolfo di Cambio geworfen.«

»In dieselbe Zelle wie Cosimo de' Medici, wenn ich das anmerken darf«, kommentierte Antonio halb scherzhaft, halb passend zugespitzt.

»Die Florentiner sind Barbaren, das ist sicher«, unterbrach ihn der Doge.

»Da kann ich Euch nicht widersprechen, aber erlaubt mir, zu Cesare Borgia zurückzukehren, Eure Durchlaucht. Er ist der Dreh- und Angelpunkt. Anscheinend steht seine Abfahrt nach Frankreich unmittelbar bevor, dort will er eine Frau suchen und sich dann dem Gefolge Ludwigs XII. anschließen, um dessen Stellvertreter in Italien zu werden und die Halbinsel unter dem Wappen der Borgia zu vereinen. Dies ist das hegemoniale Gesamtkonzept des Königs der Franzosen. Sicher, er hat mich seines Desinteresses für Venedig versichert, und ich habe keinen Grund, an ihm zu zweifeln, aber wir müssen einen kühlen Kopf bewahren und die Ohren spitzen.«

Erstaunt hob der Doge eine Augenbraue:»Cesare Borgia? Der Kardinal Cesare Borgia?«

»Nicht mehr lange, mio Signore. Der Tod des Herzogs von Gandia hat den Papst inzwischen davon überzeugt, auf eine militärische Karriere von Cesare zu setzen, der schon immer von Eroberungen geträumt hat.«

»Dann kam ihm der Tod des Bruders gelegen.«

»So sehr, dass böse Zungen schon länger über seine Beteiligung am tragischen Mord spekulieren.«

»Und Ihr glaubt, das sei wahr? Denn das wäre eine Ungeheuerlichkeit!«

»Was ich glaube, Eure Durchlaucht, ist völlig irrelevant. Es geht um etwas ganz anderes: Einerseits plant Alexander VI. ein Bündnis mit den Franzosen, durch Cesares Heirat mit dem Spross einer adeligen Familie, andererseits hat er nicht versäumt, einen Bund mit den Aragonesen zu schließen. Denkt daran, dass es ja gerade Cesare Borgia war, der Friedrich letzten Oktober zum König von Neapel gekrönt hat. Und um den Blick nochmals zu weiten, seine Schwester Lucrezia bereitet sich auf die Hochzeit mit Alfons II. von Aragón vor. Außerdem wurde ihre Ehe mit Giovanni Sforza annulliert, was sie und der Herzog von Urbino bestätigt haben. Nun, mio Signore, es missfällt mir, es sagen zu müssen, aber die Sforza sind inzwischen wirklich nur noch ein kleines Licht und in diesem Konflikt von internationalen Ausmaßen nebensächlich.«

»Caterina behält jedoch ihre Unabhängigkeit in Forlì.«

»Sicher, mio Signore. Es ist allerdings nicht ausgeschlossen, dass der Papst früher oder später alles dafür tun wird, die Ländereien der Romagna unter seine Herrschaft zurückzubringen.«

»Ihr zeichnet ein düsteres Bild, Messer Condulmer.«

»Ohne Zweifel, Eure Durchlaucht, aber andere Farben stehen mir nicht zur Verfügung.«

»Natürlich.«

»Lasst mich ergänzen, dass ich dafür sorgen werde, dass die Serenissima von diesen Angriffen verschont bleibt.«

»Wie gedenkt Ihr in dieser Hinsicht vorzugehen?«

»Einerseits glaube ich, dass der Pontifex naturgemäß keinerlei Interesse daran hat, gegen uns zu ziehen. Wir repräsentieren für ihn schon immer eine Art von anderer Wirklichkeit, die einer seltsamen Republik, die er nicht versteht und die er aus genau diesem Grund ihrem eigenen Schicksal überlassen will.«

»Glaubt mir, es gibt nichts Besseres.«

»Das denke auch ich. Andererseits sind die Beziehungen zu Frankreich hervorragend. Wie ich bereits sagte, das heißt nicht, dass sie es ewig bleiben werden, aber es stimmt auch, sollte Ludwig XII. die Borgia zu seinen italienischen Verbündeten machen, wonach es aussieht, dann glaube ich, dass Venedig ruhig schlafen kann. Und überhaupt, wenn ich es mir erlauben darf, so ist es im Moment nicht die Unabhängigkeit unserer geliebten Republik, die mich beunruhigt, da wir sie mit einer Politik der Neutralität erhalten können, während die Gegner sich gegenseitig umbringen ...«

»Sehr weise. Und was beunruhigt Euch stattdessen?«

Antonio Condulmer seufzte. »Seht, mio Signore, niemand scheint sich für das Thema zu interessieren, über das ich jetzt mit Euch sprechen möchte, obwohl das, meiner Ansicht nach, die Hauptsorge der bekannten Welt sein sollte.«

»Werdet deutlicher.«

»Vielleicht habt Ihr gehört, dass Cesare Borgia, eben bei seinem Aufenthalt in Neapel, sich mit der Franzosenkrankheit angesteckt hat.«

»Um ehrlich zu sein, überrascht mich das nicht.«

»Da kann ich nur schwer widersprechen. Aber das Verhalten des Kardinals, der nicht mehr lange Kardinal sein wird, zeigt eine unwiderlegbare Tatsache: Für die Unzucht zahlt man einen hohen Preis. Dabei ist es wohl das am weitesten verbreitete Laster. Und genau deswegen auch das tödlichste.«

»Wie Ihr wisst, haben wir deswegen strengste Maßnahmen ergriffen. Ihr selbst habt sie nach Eurer Unterredung mit Mastro Alessandro Benedetti vorgeschlagen.«

»Daran erinnere ich mich sehr wohl.«

»Und? Habt Ihr weitere Vorschläge?«

»Nun, ich weiß, wie schwierig es ist, die Gebräuche zu ändern, mio Signore, und doch glaube ich, dass man noch strengere Maßnahmen gegenüber der Hauptquelle der Verbreitung dieser Krankheit ergreifen muss.«

»Ihr sprecht von den Dirnen?«

»Ganz genau. Und ich tue es für ihre Sicherheit und die Sicherheit aller, die mit ihnen in Kontakt kommen.«

»Einverstanden. Doch was können wir noch tun, was nicht bereits geschehen ist?«

»Ich kann Eure Frage nicht beantworten, aber es ist meine Absicht, noch einmal Mastro Benedetti zu konsultieren, um mit ihm eine Reihe von Hilfsmitteln zu ersinnen, die nützlich sein könnten. Ich denke daran, einige Verhaltensregeln zu erarbeiten, die so schnell wie möglich umgesetzt werden sollten, um der grassierenden Krankheit Einhalt zu gebieten.«

»Nun, mein Freund, dann begebt Euch sofort nach Padua und kehrt mit den Verhaltensregeln zurück.«

»Das werde ich tun«, sagte Antonio Condulmer schließlich, »aber ehrlich gesagt, würde ich gern noch etwas anderes versuchen, wenn ich darf.«

»Ich höre.«

»Ich möchte nach Mailand reisen.«

»Um was zu tun?«

»Um mit Il Moro zu sprechen und ihm das Drama der Franzosenkrankheit zu erklären. Auch die Este haben dazu diskutieren und forschen lassen. Wenn ich ehrlich bin, glaube ich nicht, dass wir uns von einer solchen Krankheit befreien können, ohne unsere Kräfte zu vereinen.«

»Und was hat Il Moro, das wir nicht haben?«

»Leonardo da Vinci, mio Signore.«

»Ah«, sagte der Doge, »da muss ich Euch zustimmen.«

»Ich würde Mastro Benedetti gern mitnehmen, damit er mit dem toskanischen Genie sprechen kann. Ich vermute, dass zwei Geister wie ihre zusammen in der Lage sind, wenn keine Heilung, so doch wenigstens diesen Katalog wirksamer Maßnahmen zu entwickeln. Um da Vinci treffen zu können, brauche ich jedoch die Zustimmung von Il Moro, daher würde ich gern ein Abkommen mit Mailand ansprechen.«

»Müssten wir uns dann daran halten?«

»Gar nicht. Es würde mir reichen, die Möglichkeit anzudeuten.«

»Ich erlaube es Euch, Messer Condulmer«, stimmte der Doge nickend zu. »Aber achtet darauf, Euch nicht zu weit hinauszulehnen. Schließlich bleibt Leonardo da Vinci, selbst wenn er Il Moro Dankbarkeit schuldet, in seinem Urteil und seinen Entscheidungen unabhängig.«

»Das bezweifle ich nicht, mio Signore, aber da ich Mailand betreten werde und zwar mit einem Maestro der Medizin und der Anatomie, wäre ich froh, wenn ich mich in dem Bewusstsein frei bewegen könnte, dass ich alles sagen kann, was unserer Sache dienlich ist.«

»Das verstehe ich, und billige es, wie gesagt.«

»Nun denn, Eure Durchlaucht, ich verabschiede mich«, schloss der Herr der Spione. Er verbeugte sich vor dem Dogen und ging.

55. Beratungen

Herzogtum Mailand, Castello di Vigevano

Ludovico liebte dieses Schloss. Seine Mutter Bianca Maria Visconti war hier aufgewachsen. Und in den schwierigsten Momenten, wenn alles sich zum Schlechten zu wenden schien, dann liebte er den Rückzug in diese kleine, quadratische Festung mit den vier stämmigen und beeindruckenden Türmen, die sie unbezwingbar machten. Dieser Bau hatte eine Strenge und Klarheit, die er als wohltuend empfand.

Manchmal zog er die kleinen Räume den großen Sälen des Castello Sforzesco vor, angesichts deren schierer Pracht er sich oft auch verloren fühlte. Und das war das Allerletzte, was er gebrauchen konnte. Denn nach allem, was die Botschafter berichteten, war einerseits der Tod Karls VIII., gelinde gesagt, günstig gewesen, doch andererseits hatte der Aufstieg von Ludwig XII. sofort jegliche Begeisterung im Keim erstickt. Frankreich hatte tatsächlich eine Reihe von Friedensverträgen unterzeichnet, zuletzt den mit Spanien, allein mit dem Ziel, sich auf eine neue Invasion konzentrieren zu können.

Um das zu bestätigen, war nun der Herr der Spione der Serenissima hier. Er war mit einem Mann im schwarzen Samttalar gekommen, höchstwahrscheinlich ein Akademiker. Aber bevor er mehr über ihn erfuhr, wollte Il Moro hören, welche Nachrichten der Gesandte des Dogen brachte.

»Mio Signore«, sagte Antonio Condulmer, »der französische König hat im Hass, den Gian Giacomo Trivulzio für Euch nährt, seinen besten Verbündeten gefunden. Er bereitet sich also auf einen neuen Einfall vor. Nach allem, was mir meine Männer berichten, stellt er sogar eine neue Armee zusammen, um sich damit zurückzuholen, was ihm, seiner Ansicht nach, widerrechtlich genommen wurde.«

Ludovico nahm die Neuigkeiten auf die denkbar schlechteste Weise auf. Sicher, er wusste es ja selbst. Es war die anspielungsreiche Art, wie sich Condulmer ausdrückte, die ihn ärgerte. Aber da Mailand Venedig brauchte, biss er sich auf die Zunge. Nur aus diesem einzigen Grund behielt er die Ruhe. »Messer Condulmer«, sagte er und schaute seinen eigenen Berater Bartolomeo Calco an, der nickte, »es ist vollkommen offensichtlich, sollten sich Mailand und Venedig auch dieses Mal uneins zeigen, so darf keiner von uns hoffen.«

Der Herr der Spione hustete. »Ich denke, ich muss Euch nicht daran erinnern, wer zuerst zum Verräter geworden ist. Sicherlich nicht Venedig, das sich niemals mit Karl VIII. verbündet hat. Und wenn Ihr heute ein Bündnis mit der Serenissima verlangt, so lasst mich betonen, dass die Schlacht von Fornovo unter der Ägide Venedigs mit einem Sieg geendet ist. Daher sagt mir nicht, was wir tun dürfen oder nicht. Andererseits«, fuhr Condulmer fort, um jeglichem Widerspruch des Herzogs zuvorzukommen, »ist Mailands

Anteil an dieser Schlacht wohlbekannt. Seht daher, dass ich heute nicht nur mit Euch übereinstimme, sondern sogar die Möglichkeit eines Bündnisses mitbringe. Sicherlich, alles wäre einfacher, wenn Ihr entgegen der vorherrschenden Gerüchte bereit wärt, zusammen mit uns die Rebellion Pisas gegen Florenz zu unterstützen.«

Il Moro schien von dieser Andeutung nicht sonderlich beeindruckt.»Sollte ich diesen Eindruck erweckt haben, so lasst mich nun klarstellen, dass es absolut nicht meine Absicht ist, Venedig aufzugeben. Andererseits ist es offensichtlich, dass Florenz langsam einen neuen Führer finden wird. Wartet nur, bis sie Savonarola auf dem Scheiterhaufen verbrennen, ich bezweifle, dass Pisa dann noch darauf hoffen kann, sich vom florentinischen Joch zu befreien. Im Übrigen«, bemerkte der Herzog von Mailand,»habt Ihr mir Euren Begleiter noch nicht vorgestellt.«

Condulmer lächelte. Der Herzog von Mailand wechselte das Thema. Umso besser. Und er konnte dessen Neugierde natürlich befriedigen, schließlich war er nur aus diesem Grund nach Vigevano gekommen. Er lüftete das Geheimnis.

»Mio Signore, mein Begleiter ist einer der Professoren der Universität von Padua: Messer Alessandro Benedetti.«

»Ah!«, rief der Herzog erstaunt aus.

»Der Professor war der Hauptarzt der verbündeten Armee bei der Schlacht von Fornovo.«

»Niemand Geringeres!«, rief Il Moro aus, der von diesen Enthüllungen immer beeindruckter war.»Und wieso habt Ihr ihn zu mir gebracht?«

»Seht Ihr, mio Signore, während Frankreich damit droht, erneut in Italien einzumarschieren, in starkem Bündnis mit Trivulzio, so dezimiert ein viel schlimmerer Feind gerade die Bevölkerung der Serenissima und, soweit ich weiß, auch die des Herzogtums Mailand.«

»Wirklich? Und von welchem Feind sprecht Ihr?«

»Der Franzosenkrankheit«, warf Calco ein.

Antonio Condulmer nickte. »Ganz genau! Es liegt mir fern, die Gefahr, die von Ludwig XII. ausgeht, kleinzureden, aber wenn wir nichts tun, um die Epidemie einzudämmen, so befürchte ich, wird keiner von uns mehr da sein, wenn der französische König in Italien einfällt.«

Ludovico seufzte. Es war offensichtlich, dass diese Krankheit ein Problem darstellte. Umso mehr, da sie keinerlei Unterschiede machte: Sie traf die Reichen genau wie die Armen, die Männer genau wie die Frauen, und sie traf sie während und wegen Momenten des Genusses. Er hatte die Folgen der Krankheit gesehen und war aufrichtig betroffen.

»Eure Meinung dazu, Professor?«, fragte er daher Alessandro Benedetti, der bis jetzt geschwiegen hatte.

»Ich teile die Sorgen der anderen, mio Signore, ganz abgesehen davon habe ich die Möglichkeit gehabt, die Leichen der Opfer dieser Krankheit zu untersuchen, und Ihr könnt mir glauben, dass ich nie zuvor etwas Ähnliches gesehen habe. Ich fürchte, wenn wir nicht so schnell wie möglich nach einem präzisen, strategischen Plan handeln und alle Fälle in sämtlichen Republiken, Herzogtümern und Reichen der Halbinsel isolieren, schaffen wir es nicht bis ins nächste Jahr. Zu diesem Zweck gibt es einen Mann, der besser als jeder andere dazu beitragen könnte, eine Brücke zwischen Mailand und Venedig zu bauen.«

»Ich denke, ich habe verstanden, mit wem Ihr sprechen wollt«, antwortete er schließlich, »aber um die Gedanken von Leonardo da Vinci zu erfahren, werdet Ihr nach Mailand zurückkehren müssen.«

»Wo können wir ihn finden?«, wollte Antonio Condulmer wissen.

Il Moro lachte auf. »Eine großartige Frage!«, rief er aus. »Oft weiß nicht mal ich, wo er sich befindet: Eigentlich beendet er gerade das *Letzte Abendmahl* im Kloster Santa Maria delle Grazie, aber er kümmert sich auch um die Kanäle der Stadt, für die er eine Reihe von Schleusen entwirft. Außerdem begibt er sich gern zum Bergsteigen nach Como. Aber der Ort, an dem er am wahrscheinlichsten anzutreffen ist, ist wohl Corte Vecchia, beim Dom.«

Diese Antwort schien den Herrn der Spione teilweise zu überraschen.

Il Moro bemerkte es. »Nun, Messer Condulmer, Ihr werdet bald feststellen, dass Leonardo da Vinci ein recht sonderbarer Mensch ist. Und misstrauisch, möchte ich ergänzen.«

»Könntet Ihr uns einen Empfehlungsbrief ausstellen, sodass er sofort den Grund unseres Besuchs erfasst?«

»Natürlich. Messer Calco wird eine so einfache Aufgabe sehr gern übernehmen, nicht wahr?«, sagte der Herzog an seinen Berater gewandt.

»Unbedingt, mio Signore.«

»Sehr gut, dann ist auch das erledigt. Gibt es noch etwas? Ach, ja, ich werde meine Rechtsgelehrten anweisen, einen Vorschlag für ein Abkommen zwischen Mailand und Venedig vorzubereiten, um es dem Dogen vorzulegen. Ihr werdet Euch um dessen Zustellung kümmern, Messer Condulmer.«

»Mit Vergnügen«, erwiderte dieser.

»Gut, gut. Dann lasst uns hoffen, dass unser zukünftiges Bündnis der Anfang vom Ende dieses verfluchten neuen Königs der Franzosen ist.«

Doch während er dies sagte, hatte Il Moro das Gefühl, dass diese Aussicht so zerbrechlich war, dass sie dazu bestimmt schien, jeden Augenblick in die Brüche zu gehen.

56. Der Scheiterhaufen

Republik Florenz, Piazza della Signoria

Die Piazza brüllte ihren Blutdurst hinaus. Innerhalb eines guten Monats hatte sich Florenz vollkommen verändert. Compagnacci, Palleschi und Arrabbiati hatten sie auf den Kopf gestellt. Es hieß, dass alle Piagnoni niedergemetzelt worden waren. Ihre Leichen füllten die Ladeflächen der Karren und die Gruben der Friedhöfe. Überall, wo weitere gefunden wurden, wurden sie erschlagen und enthauptet. Sie hingen scharenweise aus den Fenstern der Häuser. Sie schwankten erhängt an Bäumen.

In der Menge brodelte der Hass. Dasselbe, was die Medici erlebt hatten, als sie aus der Stadt gejagt worden waren, hatte sich jetzt gegen Girolamo Savonarola und seine Anhänger gewandt.

Der Mönch schüttelte den Kopf, während sich der Karren vorwärts bewegte. Savonarola kniete, mit einer Kutte bekleidet, den Rücken gebeugt und das Gesicht von blauen Flecken und Spucke bedeckt. Seine Hände sahen aus wie Krallen eines Raubvogels, er war an Beinen und Armen gefesselt.

Kaum, dass er auf der Piazza erschienen war, hatte es unter Männern und Frauen einen Aufschrei gegeben, als erleichtere es sie, ihn auf dem Weg zum Scheiterhaufen zu sehen, als befreie es sie von den schweigend erlittenen Qualen dieser wahnsinnigen Jahre, in denen ein Mann es geschafft hatte, einen kalten, unbarmherzigen Schrecken zu verbreiten und alles mit der Peitsche der Moral zu bestrafen, was in seinen Augen nicht rein war.

Die Augen des Pöbels, des Volks und der Adeligen waren blutunterlaufen. Darin, wenn in nichts anderem, hatte Girolamo sie alle gleich gemacht, alle gleich versessen auf seinen Tod als Ende ihres Elends.

Wie weit weg waren jetzt die ruhmreichen Tage der Predigten in Santa Maria del Fiore.

Doch worunter der Mönch am meisten litt, war nicht, dass sich so viele gegen ihn gewandt hatten, die ihn vorher unterstützt hatten. Ein solcher Gesinnungswechsel hatte ihn weder enttäuscht noch überrascht, überhaupt nicht, er kannte die menschliche Seele nur zu gut und wusste, wozu sie fähig war. Was ihn quälte, war, feststellen zu müssen, dass die Menschheit wieder einmal nicht gerettet werden wollte, sondern direkt auf den eigenen Untergang zusteuerte. Denn er wusste, dass früher oder später etwas Verhängnisvolles geschehen würde. Zuerst hatte Karl VIII. alle Reiche, Republiken und Herzogtümer der Halbinsel verwüstet. Dann war die Seuche der Franzosenkrankheit gekommen. Und jetzt tauchte am Horizont eine neue Bedrohung auf: die Rückkehr eines anderen französischen Königs.

Aber Girolamo war sich sicher, dass auch das nicht das letzte Ereignis wäre. In den Nächten voller Schmerzen, als er in seiner von eisigem Schweiß durchtränkten Kutte in der Torre di Arnolfo im Alberghetto eingesperrt war, hatte er apokalyptische Visionen gehabt. Monströse Kreaturen waren ihm im Schlaf oder Halbschlaf erschienen und hatten ihn den absoluten Schrecken spüren lassen. Menschen, die eher Bestien glichen, mit Eisen bedeckt, die eine unverständliche Sprache redeten, barbarisch und grausam wie das Gekläff eines Hundes, eingehüllt in Blut und Flammen, marschierten nach Rom. Das Volk der Raben schien sie zu begleiten, als wüssten diese Vögel, dass es ihnen nie an Leichen zum Fressen fehlen würde, wenn sie diesen Kriegern folgten.

Es war nicht das erste Mal, dass er von apokalyptischen Visionen heimgesucht wurde, sicher, auch früher schon waren ihm Bilder voller Entsetzen und Vorahnung erschienen, hatten ihn gequält und ihm das gezeigt, was geschehen würde. Zeigte ihm also der Teufel die Zukunft? Girolamo Savonarola glaubte das nicht. Es waren Warnungen, es waren die Engel des Herrn, die sich seiner als einfaches Werkzeug bedienten, um die Menschheit zu warnen.

Und jetzt wäre er bald tot und überließ diese Menschen sich selbst: unwissend, unfähig, sich zu retten, von ihrer Wut betäubt, blind und eitel gemacht von einer Welt, die ausgerechnet die Kirche, die eigentlich ihre Führung hätte sein sollen, korrumpiert und verfälscht hatte.

Es lag eine bittere Ironie in dieser Geschichte.

Verdorbenes Gemüse und Spucke trafen ihn weiterhin. Aber Girolamo war es egal. Sie wollten ihn natürlich bei lebendigem Leib verbrennen, ihn wie einen Ketzer behandeln, wie bereits geschehen, sie hatten ihn verurteilt, obwohl er nur die Worte Gottes gepredigt hatte, aber auch dadurch konnten die Florentiner und mit ihnen die Mailänder, die Venezianer, die Römer, die Pisaner, die Neapolitaner den Kelch der Reinigung nicht von ihren Häuptern entfernen. Gott hatte schon viel zu viel Geduld mit den Menschen gehabt.

Am Schafott blieb der Karren stehen. Die Gehilfen des Henkers holten ihn herunter und führten ihn dann über eine enge Holzstiege zum Galgen. Hier, in der Mitte, war ein Mast aus Kastanienholz errichtet, circa zwanzig *braccia* hoch, an dessen oberem Ende ein waagerechter Balken angebracht war, groß genug, um drei Männer zu hängen.

Bruder Domenico da Pescia und Bruder Silvestro da Firenze waren bereits dorthin gebracht worden. Sie sahen ihn resigniert und wortlos an. Girolamo schwieg, denn sie hatten alle drei schon immer gewusst, was sie erwartete.

Die Menge pfiff und brüllte weiter. Vor allem die Frauen schienen wie wild geworden.

Der Henker packte Bruder Silvestro an der Schulter, er steckte seinen Hals in die Schlinge und zurrte den Knoten fest. Dann gab er das Signal. Seine Männer zogen am Seil, bis sie den Bruder vom Boden hochhoben. Dieser trat in der Luft, die Beine trampelten verzweifelt in Todeszuckungen. Dann, nach einer Weile, wurden sie steif. Die Menge auf der Piazza, die zunächst stumm geblieben war, brüllte vor Begeisterung, kaum dass Bruder Silvestro tot war.

Domenico da Pescia war der Nächste. Girolamo sah zu, wie er starb.

Bis er selbst an der Reihe war.

Guido Antonio Vespucci beobachtete, wie der Henker diesen verfluchten Mönch an der Schulter packte. Er empfand Genugtuung. Florenz wurde an diesem Tag befreit. Er hatte sich unters Volk gemischt, weil er die Stimmung erspüren wollte. Und es war klar, wie stark der Hass auf den Mönch aus Ferrara in diesen Jahren geworden war. Wie sehr sie auch bekämpft wurden, die Medici fehlten in Florenz. Sicherlich nicht ein Schwachkopf wie Piero, der die Stadt den Eroberern geöffnet hatte, aber der Prächtige fehlte. Auch wenn das in diesem Augenblick niemand offen hätte zugeben wollen. Innerhalb von sechs Jahren schien die Stadt direkt in der Hölle gelandet zu sein. Verheert von den Auseinandersetzungen zwischen den Parteien, blutbeschmiert von den ewigen Fehden, aufgefressen vom Machtkampf zwischen den Arrabbiati, Palleschi und Compagnacci, erlebte Florenz gerade seine dunkelsten Stunden. Und der Mann, der sie in diesen Zustand gebracht hatte, war jetzt in den Händen des Henkers.

Guido Antonio sah, wie er dem Mönch die Schlinge umlegte und an dem Seil zog, das über eine Rolle lief und Savonarola hochhievte. Der legte die Hände an das Hanfseil, das ihm den Hals fast durchschnitt. Ein erstickter Schrei entwich ihm, während seine Beine wild in der Frühlingsluft strampelten.

Als sie ihn endlich am Galgen baumeln sahen, schien die Menge von einer wilden Freude übermannt zu werden. Die Florentiner hatten darauf gewartet. Der Lärm, der die Piazza erfüllte, war wie eine gigantische Welle, die sich majestätisch und furchtbar erhob und sich dann an einem Felsen brach. Als Savonarola schließlich in der kalten Umarmung des Todes erstarrt war, legten ihm die Gehilfen des Henkers einen Eisenring um den Hals, an dem eine am Balken befestigte Kette hing, wie sie es auch schon bei den anderen beiden Mönchen gemacht hatten.

Die drei Leichen hingen am Galgen wie obszöne Früchte aus Fleisch an einem Baum.

Jetzt griff der Henker nach einer teergetränkten Fackel, hielt sie in ein Kohlebecken und entzündete sie. Dann setzte er mit der Fackel die Holzscheite in Flammen, die vorher auf das Schafott, unter die Füße der drei Gehängten gestapelt worden waren.

Das Holz entflammte praktisch sofort, und schon bald erhoben sich lange scharlachrote Flammen gen Himmel und umhüllten die getöteten Mönche mit glühenden Zungen. Kurz darauf verbreitete sich der Geruch von verbranntem Fleisch. Die Menge verstummte plötzlich, als wäre ihr zum ersten Mal bewusst geworden, dass der inzwischen so verhasste Mönch weg war. An seiner Stelle verblieb nur noch eine Fleischhülle, die zusammen mit denen seiner beiden Kameraden vom unbarmherzigen Feuer schwarz gefärbt wurde.

Guido Antonio Vespucci blieb und sah zu, und bei diesem apokalyptischen Szenario hatte er das Gefühl, eine Zukunft vorauszusehen, die so schwarz war wie die verbrannten Beine von Girolamo Savonarola.

57. Regeln für eine Epidemie

Herzogtum Mailand, Corte Vecchia

L eonardo überflog das Empfehlungsschreiben, das Antonio Condulmer ihm übergeben hatte. Beim Eintreffen der Botschaft mit dem Siegel des Herzogs von Mailand hatte er sofort seinen Helfer Salaj, der die beiden Neuankömmlinge zunächst finster angesehen hatte, hinausgeschickt.

Nachdem Ludovico die beiden Besucher vorgestellt hatte, bat er da Vinci, sie als Gäste des Herzogs zu empfangen, und ließ ihn wissen, dass sie seine Meinung hören wollten zu einem extrem wichtigen Problem, das die gesamte Halbinsel betraf und drohte, schwerwiegender als jeder Krieg oder jede Hungersnot zu werden.

Leonardo begriff sofort, worum es ging, und freute sich außerordentlich darüber. Er führte seine Gäste in den großen Raum, in dem er sich so gerne aufhielt, zwischen Regalen voller Bücher und Tischen, auf denen sich Zeichnungen, seltsame Geräte und Prototypen stapelten, die auch die Wände bedeckten, was seine Gesprächspartner in Staunen versetzte.

Der Größere begann: »Messer da Vinci, mein Name ist Antonio Condulmer, und ich habe das Glück, den Titel des Bevollmächtigten der Serenissima Repubblica von Venedig zu tragen. Bei mir ist Alessandro Benedetti, Mediziner und Anatom der Universität Padua.«

»Lasst mich Euch sagen, dass es ein großes Vergnügen ist, Euch kennenzulernen, Messer da Vinci«, sagte Letzterer.

»Ah«, erwiderte Leonardo, »großartig, wirklich großartig«, und warf Benedetti einen Blick voller Neugier und gleichzeitig Überraschung zu. »Ich gebe zu, dass ich auf ein solches Glück nicht zu hoffen wagte.«

»Das geht mir genauso«, antwortete Benedetti.

»Ich muss zugeben«, sprach Condulmer weiter, »dass die Umstände, die uns zu Euch führen, nicht die glücklichsten sind. Seht, der Grund ist schnell genannt: Ihr habt sicher von der Verbreitung der Franzosenkrankheit gehört, und dass sie sich als sehr schwere Krankheit herausstellt, die Tausende Menschen tötet.«

Leonardo riss die Augen auf. »Dann lag ich mit meiner Vermutung also richtig«, sagte er. »Aber sicher! Ich habe nicht nur davon gehört, sondern habe auch gesehen, was diese Krankheit anrichten kann, und ich versichere Euch, dass ich niemals zuvor Ähnliches gesehen habe. Ich weiß auch, dass in nicht wenigen Universitäten und Akademien sehr interessante Debatten begonnen haben, wenngleich manchmal etwas zu dünn.«

»Denkt Ihr an den Streit von Ferrara?«, fragte Benedetti.

»Ganz genau.«

»Ich teile Eure Ratlosigkeit.«

»Um ganz ehrlich zu sein, so war es weniger der Streit selbst, der ein Problem darstellte, als die endlose Debatte, die darauf folgte, als wäre am Ende die Klassifizierung der Krankheit das Problem und nicht die Bestimmung ihrer Ursache, ihrer Charakteristika und Konsequenzen.«

»Ich hätte es nicht besser ausdrücken können«, stimmte Benedetti zu, »aber seht, Messer da Vinci, der Grund, aus dem wir Euch besuchen, ist, wenn ich mir erlauben darf, auf keinen Fall spekulativ.«

»Daran zweifle ich nicht. Ich kenne das Institut für Medizin und Anatomie der Universität von Padua und glaube behaupten zu können, dass es bei Weitem das bedeutendste der Welt ist.«

»Messer da Vinci, ich danke Euch für diese Worte«, sagte Benedetti. »Ich hatte sozusagen das Glück, vor drei Jahren an der Schlacht von Fornovo teilzunehmen, dabei begegnete ich zum ersten Mal der Franzosenkrankheit. Die Soldaten von Karl VIII. waren davon schwer getroffen. Natürlich nicht alle, aber viel mehr, als ich mir je vorgestellt hatte.«

»Sie stellen sicher den ersten Ausbruchsherd der Krankheit dar. Nachdem sie Neapel besetzt hatten und dann die Halbinsel wieder hinaufmarschierten, haben sie die Krankheit überall verbreitet.«

»Exakt. Als ich sie später an Leichen erforscht habe, was mir die Republik ermöglicht hat ...«

»Tatsächlich? Diese Möglichkeit ist Euch also gegeben? Hier kann ich so etwas nur tun dank meiner Freundschaft zu Marcantonio della Torre, dem Lehrstuhlinhaber für Anatomie an der Universität von Pavia.«

»Ich verstehe Eure Verwunderung, aber in Anbetracht der Situation sah es die Serenissima als ihre Pflicht an, der Anatomieschule von Padua diese Möglichkeit zu geben«, bemerkte Condulmer.

»Nun«, nahm Benedetti den Faden wieder auf, »durch Erforschen der Krankheit an Erkrankten wie an Leichen habe ich erkannt, dass die Franzosenkrankheit ...«

»… sich in drei Phasen entwickelt«, vervollständigte Leonardo den Satz, ungeduldig wie ein Kind, endlich seine Entdeckung teilen zu können und sie mit dem Meister aus Padua zu diskutieren und zu überprüfen.

Benedetti war verblüfft, als hätte er eine solche Bestätigung nicht erwartet. Aber schließlich war das der Mann, den Florenz und Mailand ohne zu zögern als authentisches Genie bezeichneten, daher fing sich der Anatomiegelehrte sofort wieder und nickte. »Ganz richtig.«

»Was ich habe beobachten können, Maestro«, sagte Leonardo und strich über seinen langen Bart, »ist, dass die Individuen, die nach dem Koitus betroffen sind, eine Anfangsphase erleben, in der sich ein Geschwür an der Kontaktstelle bildet, die im Allgemeinen das Geschlechtsorgan ist. Dieses zeigt sich innerhalb von wenigen Wochen nach dem Kontakt, durchschnittlich würde ich sagen, in zwei bis vier Wochen. Danach verändert es sich im Laufe von ungefähr einem Monat nach und nach in eine eitrige Läsion. Wenn diese erste Phase beendet ist, kommt es nach einigen Monaten zu einer weiteren Verschlimmerung: Zu diesem Zeitpunkt sind die oberen und unteren Gliedmaßen und sogar der Rumpf mit roten Pusteln bedeckt. Jahre später kommt es schließlich zur dritten und letzten Phase, in der sich echte Knoten oder Blasen bilden, die …«

»… die Haut, die Knochen oder die inneren Organe befallen, wie ich überprüfen konnte. Bei denjenigen, die an der Krankheit gestorben sind, habe ich Organe gefunden, die so zerstört waren, als habe die Krankheit sie aufgebläht und … platzen lassen«, schloss Benedetti, der vom selben ungebremsten Wunsch beherrscht schien, seine Entdeckungen und Schlüsse mit Leonardo zu teilen.

»Maestro«, sagte Letzterer, »darf ich Euch etwas zeigen?«

»Natürlich«, erwiderte Benedetti.

»Nun«, sagte da Vinci zu seinen Gästen, »dann folgt mir.«

Und ohne ein weiteres Wort gingen sie in einen anderen Saal der Corte Vecchia.

Hinter einem Korridor betraten sie einen weiteren großen Raum, den Leonardo offensichtlich in sein persönliches Atelier verwandelt hatte. Anders als die Unmengen an teilweise bizarren Objekten, die den vorigen Raum zu beherrschen schienen, wirkte hier alles perfekt geordnet. Eine Reihe ledergebundene Kodizes und Notizbücher waren sorgfältig auf einigen Schreib- oder Zeichentischen aufgereiht.

»Kommt«, forderte Leonardo sie auf, »ich möchte Euch etwas zeigen. Hier«, er ergriff eine große Ledermappe, »sagt mir, was Ihr davon haltet.« Damit überreichte er die Mappe Alessandro Benedetti.

Der Paduaner löste den Knoten der Schnur, die Mappe öffnete sich und enthüllte etwas Umwerfendes. Der große Anatom riss die Augen auf: Blatt um Blatt konnte er unglaubliche Zeichnungen bewundern, welche die Muskeln zeigten, die Knochen, einzelne Querschnitte, Maße und Proportionen der menschlichen Gesichtszüge und ihrer Beziehungen und in einer feinen und perfekten Handschrift Notizen wie die folgenden: »Es ist notwendig zu verstehen, wie die Muskeln in den verschiedensten Körperhaltungen funktionieren, da sie je nach der auszuführenden Operation und Bewegung mal verborgen sind, mal offen vor unseren Augen liegen.«

»Überwältigend«, sagte der Anatom. »Stellt Euch nur mal vor, was wir mit so vielen großartigen Bildern machen könnten ... Wieso kommt Ihr nicht nach Venedig, Messer da Vinci?« Alessandro Benedetti stellte diese Frage praktisch ohne zu überlegen. »Ich weiß nicht, ob Ihr diese Zeichnungen für Euch behalten wollt, doch wenn nicht und Ihr sie drucken lassen wollt, nun, dann glaube ich, dass Ihr in der Serenissima die besten Handwerker dafür finden werdet. Ich würde sogar sagen, dass Ihr dort den König der Drucker treffen könnt: Aldo Manuzio. Er unterhält Beziehungen zu den besten Kupferstechern der Welt. Ihr wisst sicher, dass er gerade in diesen Monaten die *Hypnerotomachia Poliphili* mit einhundertneunundsechzig Illustrationen nach Holzschnitten in Druck gibt.«

Leonardo war von dem überraschenden Vorschlag beeindruckt. So etwas passierte ihm wirklich nicht oft, und an diesem Tag geschah es bereits zum zweiten Mal. Der Professor aus Padua weckte immer stärker seine Neugier. »Das wäre zweifellos wunderbar«, entwich es ihm.

»Und dabei könnten wir nicht nur zusammen an Maßnahmen zur Eindämmung der Franzosenkrankheit arbeiten, sondern ich könnte Euch auch meinen letzten Einfall vorstellen.«

»Was wäre das?«

»Das Projekt des Baus eines anatomischen Theaters.«

»Wirklich?« Zum dritten Mal an diesem Tag hob sich Leonardos Augenbraue.

»Absolut«, erwiderte Alessandro Benedetti und betrachtete weiter diese unglaublichen Zeichnungen, als wolle er sie in seinem Gedächtnis verankern, um sich in all ihren Details von heute an für immer an sie zu erinnern.

»Ich gebe zu, dass mich das reizt«, räumte Leonardo ein.

»Nun, dann kommt!«, rief Antonio Condulmer begeistert, der auf ein solches Glück sicher nicht zu hoffen gewagt hatte. »Die Serenissima ist bereit, Euch mit offenen Armen zu empfangen.«

»Ich denke darüber nach, versprochen.«

»Großartig«, sagte der Paduaner. »Und nun«, fuhr er an beide gewandt fort, »kehren wir zum Hauptgrund unseres Treffens zurück: die Franzosenkrankheit.«

Dritter Teil

1500
58. Belagerung

Kirchenstaat, Forlì, Rocca di Ravaldino

Der Schnee fiel dicht in großen Flocken, während der
Wind von den Türmen der Rocca heulte. Der Himmel
schien zu einer silbrigen Paste erstarrt. Der Winter war gekommen und hatte eine Kälte mitgebracht, die durch die
Belagerung, die sich Tag um Tag endlos hinzog, nur noch
schneidender wirkte.

Immer wieder ertönten Kanonenschüsse. Von beiden Seiten. Es war ein Krach, der die Erde erzittern ließ.

Als Gast im Haus von Luffo Numai, einem der Höchsten
der Stadt Forlì, ein Glas Glühwein in der Hand, fragte sich
Cesare Borgia, ob er diese verfluchte Hexe Caterina Sforza
eventuell unterschätzt hatte. Sie hatte sich den Spitznamen
Tigerin von Forlì redlich verdient, man hätte es also erwarten können. Nach seinem triumphalen Marsch durch die
Romagna, bei dem er einen Ort nach dem anderen hatte
fallen oder sich ergeben sehen, angefangen bei Imola, hätte
er nie gedacht, dass ausgerechnet eine Frau ihm die Stirn
bieten würde. War das also Schicksal? So wie sein Bruder
Juan in einer ganz ähnlichen Situation von Bartolomea Orsini gedemütigt worden war, würde er jetzt von Caterina
vernichtet?

Nein, verflucht! Er hatte nicht verraten und gemordet, um vor diesen Mauern zu fallen. Vor knapp einem Jahr hatte er seinen Kardinalsumhang abgelegt und sich nach Frankreich begeben, an den Hof von Ludwig XII., um dort um die Hand von Carlotta von Aragón anzuhalten. Sechs Monate war er dort geblieben, wie der letzte Höfling hatte er auf ein Wort des Königs gewartet, auf ein Zeichen, ein zustimmendes Nicken, nachdem sein Vater dem König den päpstlichen Dispens und die Annullierung seiner Ehe mit Jeanne de Valois bewilligt hatte, damit er die Frau heiraten konnte, die er wollte: Anne de Bretagne. Durch sie konnte Ludwig Anspruch auf den Thron von Mailand erheben und musste vor allem nicht mehr an der Seite einer buckligen und missgestalteten Frau bleiben, die ihm in zwanzig Jahren Ehe nicht mal einen Sohn geschenkt hatte.

In der Zwischenzeit hatte er gewartet, sich auf die Lippen gebissen, hatte gelächelt, wo er plündern und töten wollte, er, der Sohn des Papstes! Er musste bittere Pillen schlucken, und das alles nur, weil diese Dirne Carlotta von Aragón sich weigerte, ihn zu heiraten! Und dann, nachdem er mit einem fürstlichen Gefolge aufgetaucht war, das die Franzosen kaltgelassen hatte, nach endlosem Warten, die Tage voller Langeweile, nachdem er gegen seinen Willen in diesem barbarischen Land geblieben war, hatte ihm der König von Frankreich schließlich Charlotte d'Albret als Ehefrau vorgeschlagen. Zum Glück war sie schön und reich und besaß Eigentum, Titel und Ländereien. Er hatte sie in Blois geheiratet, während Ludwig XII. ihm durch ein päpstliches Konkordat den Titel des Herzogs von Valentinois verlieh.

Das hatte natürlich die Bündnisse umgestürzt. Nachdem er von der Tochter Friedrichs I. von Neapel abgewiesen worden war, hatte Cesare erlebt, wie sein Vater in der Lage war, die Seiten zu wechseln, wenn es nötig war. Um den Handel mit dem französischen König zu besiegeln – der im Übrigen schon seit seiner Ankunft in Chinon angebahnt worden war –, überließ er das Haus Aragón seinem Schicksal und suchte ein Abkommen mit Venedig, das es der neuen Liga ermöglichte, Italien und insbesondere Mailand anzugreifen.

Tatsächlich hatte Ludwig XII. keine Zeit verloren. Nur wenige Monate hatte er ihn die süßen Früchte der Ehe mit Charlotte genießen lassen, dann ließ er ihn zu sich rufen, vertraute ihm eine Arme an, dreihundert Lanzen und viertausend Gaskogner und Schweizer unter dem Kommando von Anton Baissay und machte ihn zum Statthalter in Mittelitalien. Zusammen hatten der König von Frankreich und der Sohn des Papstes die Alpen überquert, und während Ludwig Ludovico il Moro vernichtete, der nach Innsbruck fliehen musste, zog Cesare mit seinen Männern weiter in Richtung Romagna. Auf dem Weg hatte er es wenigstens geschafft, weitere zweitausend Soldaten zusammenzubringen, zu denen dann noch die kleine päpstliche Armee hinzugestoßen war, die weitere zweitausend zählte, sodass er insgesamt ungefähr zehntausend Mann zur Verfügung hatte.

Jetzt in Forlí, in der Kälte dieses Hauses von Adeligen, dachte er darüber nach, wie weit Caterina gegangen war. Erst vor zwei Tagen, am 17. November, war er gezwungen gewesen, im Geheimen nach Rom zu reisen: Jemand hatte versucht, seinen Vater, den Papst, zu vergiften. Und der teuflische Geist hinter dieser Verschwörung schien tatsächlich Caterina Sforza zu sein. Laut den Gerüchten hatte die

Herrin von Forlì einem ihrer Männer, dem päpstlichen Kammerherrn Tommasino, aufgetragen, dem Papst einen Brief zu überreichen, der, wie man entdeckt hatte, lange am Körper eines Pestkranken gewesen war und sicher das ideale Mittel gewesen wäre, um den Pontifex krank zu machen. Aber Tommasino hatte sich hinsichtlich dieses Auftrags verplappert, sodass das Spionagenetz von Alexander VI. die Verschwörung vereiteln konnte. Nachdem er sich in Rom der Gesundheit des Papstes versichert hatte, reiste Cesare rasch wieder in die Romagna, wo seine Armee auf ihn wartete. Er schüttelte den Kopf, stellte das Glas ab und zog seinen mit Wolfspelz gefütterten Umhang fester um sich. Er musste wie ein Wilder aussehen, dachte er: Seine Haare und seinen Bart trug er lang, um die Wunden der Krankheit, die ihm das Gesicht zerfraß, zu verbergen. An manchen Tagen taten sie höllisch weh. An anderen ließ ihn der Schmerz unerklärlicherweise ganz in Ruhe. Alles Silber der Welt und das Gold, mit dem seine Samtkleidung bestickt und seine eisernen Rüstungen geschmückt waren, reichten nicht, um ihn vor dieser finsteren und tiefgehenden Krankheit zu retten, die sich wie eine Schlange in ihm ausgebreitet hatte, nein, schlimmer noch, wie ein Unkraut, das ihn überwucherte, als wäre er ein Weizenfeld, und ihn innerlich verfaulen ließ.

Die Krankheit war vor wenigen Tagen zurückgekehrt, nachdem sie über ein Jahr lang scheinbar abgeklungen war. Aber offensichtlich war das eine neue Krankheitsphase.

Er seufzte. Genau in diesem Augenblick trat Michelotto ein. Er trug eine Lederrüstung, kniehohe Stiefel und einen weiten, dunklen Umhang. An seinem Gürtel hing ein großes Schwert.

»Mio Signore«, sagte er, »Caterina Sforza macht keinerlei Anzeichen, sich zu ergeben.«

»Diese Belagerung macht mich wahnsinnig, mein Freund«, brach es aus Cesare Borgia heraus. »Dennoch ist es unumgänglich, die Festung von Forlì, die sich bereits mehrfach als uneinnehmbar erwiesen hat, dem Erdboden gleichzumachen. Caterina ist eine Symbolfigur, und gleichzeitig der Schlüssel zu meinem Projekt. Wenn sie gestürzt ist, haben wir die Romagna, die dann unter die direkte Kontrolle der Kirche zurückfällt. Wir werden daraus ein Lehen machen, das vom Vater auf den Sohn übergeht. Wenn das erledigt ist, wird es ein Kinderspiel, Neapel zu erobern, und danach beherrschen wir die gesamte Halbinsel südlich von Ferrara. Ercole d'Este ist bereits unser Verbündeter.«

»Und Florenz?«

»Da ist nicht mehr viel. Sie vertrauen tatsächlich auf Caterinas Sieg, um eine Ahnung von Unabhängigkeit zu erhalten, aber wenn wir die Tigerin von Forlì bezwingen können, ist nichts mehr ausgeschlossen.«

»Ich verstehe, mio Signore. Ich frage mich aber, wie.«

»Richtig. Was sagt Baissay?«

»Er zögert.«

»Aha! Dabei hatte er mir geschworen, dass seine Gaskogner ihre Seele dafür geben würden, Italien zu erobern. Und die Schweizer ebenso. Dann hat er mir also einen Haufen Weichlinge als Krieger verkauft ...«

»Er meint, dass die Rocca gut verteidigt wird und man nicht viel tun kann. Außer zu warten.«

»Warten, sagt er? Wie kann er es wagen? Wir haben nicht so viel Zeit! Der Winter entkräftet die Soldaten. Die Kälte lässt uns keine Ruhe, und die Männer sind weniger entschlossen, das ist das Problem. Dann vergewaltigen und plündern sie. Und die Bevölkerung dieser Stadt wird uns hassen. Erst heute Morgen hat mir Luffo Numai berichtet, dass sich der Hass wie Lepra in der Stadt ausbreitet. Es wird nichts nützen, die Romagna zu erobern, wenn ihre Menschen bereit sind, in den Tod zu gehen, um uns loszuwerden! Verflucht! Gibt es denn wirklich keine Schwachstelle, so wie schon in Imola? Indem wir dort die Hauptbrücke und das Außenwerk mit Kanonen beschossen haben, konnten wir eine Bresche öffnen!«

»Wie wahr«, stimmte Michelotto zu, »aber dabei war ein Schreiner nützlich, wenn Ihr Euch erinnert, der am Bau der Befestigungen der Burg beteiligt war.«

»Und hier haben wir niemanden, der Ähnliches tun könnte?«

»Nicht, dass ich wüsste«, antwortete Michelotto. »Ich habe Messer Numai und andere örtliche Adelige befragt, jedoch vergeblich. Mio Signore …«, setzte er zögerlich hinzu, »darf ich mir etwas Wein nehmen? Mir ist eiskalt.«

Cesare lachte höhnisch. »Aber sicher, greift zu. Und wärmt doch auch Eure Hände an diesem kräftigen Feuer«, sagte er schließlich und deutete auf den großen Kamin hinter ihm. Doch sein Tonfall war fast spöttisch.

Während sich sein Scherge zu trinken einschenkte, hatte der Papstsohn eine Idee. »Dann versuchen wir es mal so.« Michelotto trank ein paar Schlucke. »Lasst verbreiten, dass ich demjenigen fünftausend Dukaten bezahlen werde, der mir den Kopf von Caterina Sforza bringt.«

Als er dieses Versprechen hörte, verschluckte Michelotto sich fast am heißen Wein. »Fünftausend …«

»... Dukaten«, vervollständigte Cesare.

»Für eine solche Summe klettere ich persönlich die Mauern hoch.«

»Dann tut es!«, rief Cesare verärgert. »Und wenn nicht Ihr, dann jemand anderes! Ich will Ergebnisse, keine Worte! Habe ich mich klar ausgedrückt? Schauen wir doch mal, ob ich bei einem solchen Kopfgeld der Dirne nicht Herr werde! Sagt es allen! Den Schweizern, den Gaskognern, den Franzosen, den Päpstlichen, dem Rest! Ich will nicht mehr warten. Bringt mir den Kopf der Tigerin von Forlì!«

»So sei es, mio Signore.«

»Ja, so sei es! Und jetzt raus!«, donnerte Cesare. »Und kehrt nicht ohne das zurück, worum ich Euch gebeten habe, ansonsten biete ich Euch beim nächsten Mal keinen gewürzten Wein, sondern zwei Eisenklingen in die Brust an, habe ich mich klar ausgedrückt?«

»Absolut«, erwiderte Michelotto. Ohne ein weiteres Wort verließ er das Zimmer und konnte einen Schauder kaum zurückhalten.

59. Widerstand um jeden Preis

Kirchenstaat, Forlì, Rocca di Ravaldino

Sie würde nicht aufgeben. Nie. Auf gewisse Weise hatte sie sogar ihr ganzes Leben auf diesen Moment gewartet. Sie wusste, wenn sie diesen Kampf gewonnen hätte, wäre sie endlich frei. Für immer. Dann müsste sie niemanden mehr fürchten. Sie kannte den düsteren Ruhm von Cesare Borgia: falscher Kardinal, blutrünstiger Mörder, Vergewaltiger von Jungfrauen, Verräter, Eidbrecher. Ein Monster, von der Franzosenkrankheit entstellt.

Und etwas Undefinierbares zog sie in diesem Wirbel aus Schrecken und Laster, so schändlich und abstoßend, fatal an: vielleicht die Tatsache, dass Cesare Borgia den Gipfel der Niedertracht repräsentierte, vielleicht, dass sie persönlich gesehen hatte, dass dieser starke Mann mit den langen Haaren und dem dunklen Bart gar nicht hässlich war. Vielleicht war es auch sein Ruf als siegreicher Fürst und furchterregender Gegner.

Und war schließlich nicht auch Girolamo, der sie als Erster besessen hatte, ein brutaler Mann mit blutrünstigem Temperament gewesen? Und hatte sie es nicht trotzdem geschafft, ihn zu lieben, wenn auch mit einer merkwürdigen und teilweise kranken Liebe?

Welche Freude wäre es, dem Borgia eine schwere Niederlage zu bereiten! Aber würde das, was sie getan hatte, dafür reichen? Sie hoffte es aus tiefstem Herzen. Sie konnte sich jedenfalls nichts vorwerfen. Als ihr klar geworden war, dass sie nicht über genügend Männer verfügte, um die Stadt zu verteidigen, hatte sie sich mit zweitausend Knappen in die Rocca di Ravaldino geflüchtet, hatte Ottaviano, Cesare und Bianca nach Florenz geschickt, zusammen mit dem kleinen Vanni – dem Sohn, den sie im vorigen Jahr von Giovanni de' Medici bekommen hatte –, damit sie in Sicherheit waren. Dann hatte sie Lebensmittel gesammelt, um ein Jahr auszuhalten, und hatte bis zur Erschöpfung Kanonenkugeln gießen lassen. Jede Menge Rüstungen, Helme und Lanzen waren verteilt worden, Wälle und Strebepfeiler errichtet, um die Festung noch uneinnehmbarer zu machen. Und als Ercole Bentivoglio, Achille Tiberti und Bernardino di Ghia von Cesare Borgia geschickt worden waren, um die Rocca einzunehmen, hatte sie sich als einzige Antwort geweigert, sie zu empfangen, und nicht gezögert, Forlì mit Kanonen zu beschießen, sodass einige Schüsse große Löcher in die Torre del Popolo gerissen hatten. Und während die Waffen donnerten, hatte sie geweint, sich die Lippen blutig gebissen und ihre verwundete Stadt betrachtet, die sie doch so sehr liebte.

Und es schmerzte sie, als sie erfuhr, dass die französischen Soldaten die Läden der Händler plünderten und dass der Kopf des Edelmannes Giorgio Folfi auf einer Pike aufgestellt worden war, die violette Zunge heraushängend, zur Mahnung an alle, die es wagten, sich gegen den Borgia zu erheben.

Als es auf Weihnachten zuging, hatte der Besatzer über der Kirche San Giovanni Battista eine Batterie von sieben

Kanonen und zehn Falkonetten aufstellen lassen, um von diesem Punkt aus die Festung am Rivellino del Paradiso unter Beschuss zu nehmen. Die Kanonen hatten von dem Moment an, als der Befehl gegeben wurde, nie geschwiegen, aber es war ihr gelungen, Costantino da Bologna, ihrem ersten Artilleristen, zu raten, seine Kanonen anzuheben, um den Chefkanonier der päpstlichen Batterie zu töten. Danach hatten Cesare Borgia und seine Männer einige Tage Ruhe gegeben.

Doch dann, in den ersten Stunden des neuen Jahres, hatte Caterina erneut die gegnerischen Kanonen gehört, die die Mauern der Rocca so sehr beschossen, dass sie große Teile davon pulverisierten, die dann als Wolken aus Steinstaub und Gesteinsbrocken in dem mit Eis und Schnee bedeckten Graben landeten. Die Soldaten von Cesare Borgia hatten es am darauffolgenden Tag nicht versäumt, Äste und Holzbündel hineinzuwerfen, um das Niveau anzuheben und so den möglichen Aufstieg zu den Terrassen zu verkürzen.

Und nun sah Caterina vom Bergfried aus entsetzt auf die schneebedeckte Stadt und den nun gefüllten Graben. Die kalte Luft hob ihr rotbraunes Haar, und sie schaute nach unten wie eine Löwin, einsam und unbezwingbar, ungeachtet des Frosts und des wirbelnden Schnees, den umherschweifenden Blick voller Wut und Kampfesmut.

Sie wusste, dass sie morgen bis zum bitteren Ende kämpfen würde, dass sie sich niemals dem Borgia ergeben würde, und wenn sie besiegt würde, würde sie den Freitod wählen, denn sie könnte es nicht ertragen, in Ketten der Gnade dieses Mannes ausgeliefert zu sein, der sie in seinem unersättlichen Durst nach Macht und Ruhm zu sehr an sie selbst erinnerte. Oder vielleicht, dachte sie schließlich, würde sie sich genau deswegen ergeben, wie eine endlich eroberte Stadt? Wie Jericho, gefallen unter der Sonne, die Gott angehalten hat, der mitten im schlimmsten Kampf Josuas Gebet erhört hatte?

Blut und Tod, Leidenschaft und Qual, Caterina hatte das Gefühl, nur das zu sein und nichts anderes, und sie war geflohen, endlos, mit dem einzigen Ergebnis, sich erneut in Sklaverei zu begeben. War das also ihr Schicksal? Oh, klägliches Schicksal! Doch sie schwor sich, dass sie den Angreifer bezahlen lassen würde. Morgen, wenn die Päpstlichen in die Rocca eindringen würden, würde ihr Schwert Blut trinken.

So blickte sie ein letztes Mal vom Bergfried auf die weißen Flocken, die vom silbrigen Himmel fielen, betrachtete die Dächer der Häuser, die verwüsteten Piazze von Forlì, den müden Glanz der gegnerischen Rüstungen.

Und war begierig darauf, ihr eigenes Eisen im letzten Kampf gegen das des Feindes zu schleudern.

60. Bis zum Ende

Kirchenstaat, Forlì, Rocca di Ravaldino

Es roch nach Eisen und Blut. Ihre Haare hatten die Farbe von Rotgold und loderten im Wind. Sie erhob das Schwert und beschrieb in der kalten Luft einen unsichtbaren Bogen. Die glänzende, perfekte Klinge schnitt glatt den Kopf des Soldaten ab, der vor ihr stand. Schwarzes Blut schoss heraus und spritzte in ihr Gesicht. Der Kopf fiel mit einem dumpfen Aufprall in den schmutzigen Schnee.

Caterina war im Rausch und wollte mehr. Rund um sie herum verwandelten die Schreie den Hof der Festung in eine Arena der Wahnsinnigen.

Eisen auf Eisen trafen die Klingen aufeinander, Arkebusenschüsse erklangen düster in einem Chaos aus zerberstenden Rüstungen, abgeschossenen Pfeilen, Eisenharnischen, die von Äxten und Hämmern getroffen wurden, von verstümmelten Pferden, Wiehern und letzten Atemzügen im Tod, der alles ohne Ausnahme niedermähte.

Caterina sah einen Armbrustschützen auf sich zukommen, der Bolzen zielte genau auf den Punkt zwischen ihren Augen. Sie empfand ein merkwürdiges Gefühl der Erleichterung: Vielleicht war das Ende doch noch gekommen, der Schlaf, der alles verzeiht und vergessen lässt. Doch instinktiv, ohne nachzudenken, zog sie einen Dolch aus einer Tasche in ihrem Stiefel und schleuderte ihn blitzschnell. Als die Klinge in seine Kehle eindrang, gurgelte der Soldat erstickt. Er legte die Hände an den Hals und sank auf dem Schnee im Hof auf die Knie.

Caterina ging mit großen Schritten auf ihn zu. Sie zog den Dolch heraus, wobei ein roter Schwall ihre Hand färbte, und der Mann fiel mit dem Gesicht nach vorn.

Die Tigerin von Forlì hob den Blick und erspähte in diesem Meer aus Eisen und Leder Cesare Borgia. Der Valentino, wie er inzwischen genannt wurde, seit er zum Herzog von Valentinois ernannt worden war, kam auf sie zu und erstach oder erschlug jeden Soldaten, der sich ihm in den Weg stellte.

Caterina entschloss sich zum Rückzug. Nicht aus Angst. Ganz im Gegenteil. Sie musste eine präzise Aufgabe zu Ende bringen und würde sie um nichts auf der Welt vernachlässigen. Daher zog sie sich auf die Treppe zurück, und als sie die Tür zum Turm erreicht hatte, schloss sie diese hinter sich. Sie legte die Eisenschranke vor, was sie fast völlig erschöpfte, doch mithilfe ihres großen Willens und ihrer Wut schaffte sie es. Sie stieg die Stufen hinauf.

Nachdem sie vier Treppen hochgelaufen war, betrat sie das innere Zimmer. Dort sah sie die Frauen mit Schwertern und Dolchen in den Händen. Sie hatten sich an diesen Ort geflüchtet und würden ihre Haut teuer verkaufen. Und sie mit ihnen.

Sie blieben still.

Warteten.

Cesare konnte es kaum glauben. Er hatte gerade gesehen, wie Caterina zwei seiner Männer getötet hatte. Sie hatte es ohne zu zögern getan, das hübsche Gesicht leuchtete kalt und gnadenlos, ließ keinerlei Zweifel an ihren Absichten.

Es würde ein langer Tag werden, dachte er.

Er sah sich um: Überall breiteten sich seine Leute aus, aber der Feind war noch nicht besiegt. Eine Handvoll Knappen leistete Widerstand, sie kämpften mit Zähnen und Klauen, als würde ihr Seelenheil davon abhängen, wie sie starben. Er sah, wie sich ein Soldat eine Lanze aus der Brust zog und mit letzter Kraft die Flagge mit der gekrönten Schlange schwenkte: das Wappen der Sforza. Unwillkürlich grinste er: Dieses Wappen war jetzt nichts mehr wert.

Wie um seine Überzeugung zu bestätigen, fiel der Mann nach vorn, Opfer seiner tödlichen Wunde, und die Standarte landete in Schlamm und Schnee.

Cesare schien aus diesem Sturz Kraft zu tanken, als hätte er in der Banalität des Krieges eine symbolische Bedeutung. »Männer!«, brüllte er, »ihre Standarte ist gefallen! Nur Mut, zu mir, zu mir! Gebt nicht auf, vernichten wir den Feind!« Die Antwort war ein Aufschrei seiner Männer, die ihm folgten und sich wie ein einziger Eisenkeil in die letzten Widerstandsnester der Sforza stürzten, die immer noch stur die Treppe, die zum Turm führte, hielten.

Dort kam es zu einem heftigen Handgemenge.

Und mittendrin Cesare Borgia, der sein Schwert herumwirbelte und den Tod brachte. Seine Klinge war eine Sichel, eine Geißel, die die Gegner zerschmetterte. In diesem Durcheinander aus Fleisch und Eisen parierte Cesare die Schläge, er erkannte genau den Augenblick, in dem sich in der Verteidigung des Gegners auch nur die kleinste Öffnung zeigte, und stach mit seinem Schwert unnachgiebig genau dorthin, erwischte den Feind unvorbereitet und durchdrang ihn komplett. Seine Männer blieben dicht hinter ihm und schafften es schließlich, das Heer der Sforza zu einem sterbenden Haufen zu reduzieren, der einem Baum glich, dessen Äste abgebrochen und dessen Stamm tief eingeschnitten worden waren, sodass er nur noch ein Stück zerhacktes Holz war. So trennte Cesare Gliedmaßen ab, zerschlug Knochen und bedeckte sich mit Blut und Ruhm, und in der kalten Umarmung des Lebens, das aus den geschlagenen Körpern entwich, spürte er, dass er dafür geboren worden war, dass er schon lange von einem solchen Moment geträumt und dass er ihn sich verdient hatte, durch seine Ausdauer und die unnachgiebige Entschlossenheit, mit der er seinen Traum, ein Krieger und Heerführer zu werden, verfolgt hatte. Und genau das war er jetzt.

Während die Männer fielen und der Hof um ihn herum sich lichtete, erfüllte ihn das Blut der Erschlagenen mit Leben, der Hass der Toten mit Hass und das Bedauern über die Erschlagenen mit Groll.

Bedeckt mit dampfenden Eingeweiden, Schnee und Matsch stand er schließlich vor der Tür, die zum Turm führte. »Schnell!«, schrie er, »nehmt einen Baumstamm oder einen Toten oder was immer Ihr wollt und reißt diese Tür ein, denn wir müssen hoch auf diesen verfluchten Turm! Ich will, dass die Tigerin von Forlì zur Sklavin wird, zu meinen Füßen kriecht und mich anfleht, Erbarmen mit ihr und ihren Frauen zu haben!«

Sie hörte, wie die unterste Tür unter den Schlägen der Ramme erbebte. Dumpfes Dröhnen erklang von der Treppe, als wäre ein mythologisches Ungeheuer aus den Schluchten der Hölle aufgetaucht. Der Donner wiederholte sich. Wieder und wieder.

Bis sie plötzlich deutlich hörte, dass geschah, was geschehen musste: Die Tür gab unter dem Aufprall nach. Schwere Schritte erklangen auf den Stufen, als käme eine Armee der Toten auf sie zu. Caterina blickte zu den Frauen hinter ihr. Sie sah, dass sie Schwerter und Dolche gezückt hielten, die Augen glänzend, voller stolzem Willen und in dem Wissen, dass von diesen Klingen abhing, wie sie sterben würden.

Sie schwiegen. Den Blick auf die Tür gerichtet, die sie von der Horde der Dämonen trennte, die die Treppe des Turms hinaufstiegen.

Sie gaben keinen Laut von sich. Nicht einmal, als die Holzbalken erzitterten und die Angeln vibrierten unter den wahnsinnigen, wilden, heftigen Schlägen.

Schließlich fiel auch die letzte Barriere. Dem ersten Mann, der eintrat, schlitzte Caterina ohne zu zögern die Kehle auf. Ein roter Springbrunnen sprudelte, verspritzte Blut. Der Mann röchelte in einem erstickten, gurgelnden Schrei und stürzte zu Boden, als wären seine Beine aus Butter. Doch die, die nun wie hungrige Hunde auf Beutesuche hinter ihm eindrangen, trampelten über seinen leblosen Körper. Während die Frauen sich auf diese mut- und ehrenlosen Soldaten warfen, sah Caterina schließlich Cesare Borgia ins Zimmer eintreten. Er war voller Blut, und ein tiefer Schnitt verlief über seine Wange. In dem dunklen Gesicht, das vom Schmerz der anderen wie gemeißelt schien, glitzerten die weißen Zähne wie auf einem Jahrmarkt. Sein Blick fiel endlich auf sie, unwillkürlich überlief sie ein Schauer, ein Schauer, der Vergnügen und Schmerz zu vereinen schien, in einem für sie so unverständlichen wie beunruhigenden Gemisch der Empfindungen.

»Halt!«, brüllte der Sohn des Pontifex. »Halt, verflucht, sonst reiße ich Euch mit meinen Händen den Bauch auf, so wahr mir Gott helfe!«

Als hätten sie die Stimme ihres Schöpfers gehört, erstarrten die Männer. Die Szene schien stillzustehen, in einer anderen Dimension, eingefroren in Zeit und Raum.

»Ihr!«, rief Cesare Borgia und zeigte auf Caterina, »endlich seid Ihr in meinen Händen.«

»Ich habe Euch erwartet, Papstsohn«, sagte die Tigerin von Forlì, dabei sprach sie dieses Wort aus, als wäre es die schlimmste Beleidigung.

»Ergebt Ihr Euch und legt die Waffen nieder, oder muss ich Euch in Ketten legen?«, erwiderte Cesare.

»Wenn Ihr mich in Ketten legt, springe ich Euch an die Kehle und lasse Euch ausbluten.«

Der Sohn des Pontifex riss die Augen auf. »Werft sie mir zu Füßen«, wies er seine Männer an.

Zwei Soldaten näherten sich Caterina, die mit einem überraschenden Ausfall ihr Schwert quer durch den ersten stach. Doch der zweite und dann der dritte und vierte überwältigten sie. Irgendetwas traf sie am Kopf, und sie sah, wie ihr eigenes Blut in einem roten Regen fiel und ihre langen rotgoldenen Haare verklebte.

Und in diesem Augenblick begriff sie, dass sie nie wieder dieselbe sein würde.

Schließlich sah sie nichts mehr und ergab sich der Leere.

61. Der Stand der Dinge

Kirchenstaat, Rom, Palazzo Borgia

Nach langem Leid hatte Lucrezia endlich die Liebe gefunden. Und jetzt stand sie vor ihm: Alfons von Aragón, Prinz von Salerno, Herzog von Bisceglie war der hübscheste und freundlichste junge Mann, den sie sich je erträumt hatte. Sein Lächeln, die langen schwarzen Haare und diese Augen wie glühende Kohlen hatten die Macht, sie zu verzaubern. Ganz zu schweigen davon, dass er Sanchas Bruder war und diese Tatsache viele der Wunden geheilt hatte, die sie erlitten hatte, bevor er nach Rom kam.

Sie durfte ihren Sohn Giovanni nicht sehen, er war ihr direkt aus dem Schoß gerissen worden, und eine solche Strafe quälte sie zwangsläufig noch immer, aber sie wusste immerhin, dass ihr Vater ihn einer Familie übergeben hatte, die sich um ihn kümmerte. Und auch wenn dieses Wissen, ohne ihn sehen zu können, nur ein kleiner Trost war, war es doch besser als nichts. Aber in den letzten zwei Jahren war nicht alles Schmerz und Ungerechtigkeit gewesen: Alfons hatte gezeigt, dass er sie wahnsinnig liebte. Er war immer an ihrer Seite gewesen, auch als sie eine Fehlgeburt erlitten hatte. Lucrezia hatte Angst gehabt, dass diese Tragödie sie ruiniert hätte. Für immer. Doch bald darauf, dank der Liebe, die sie mit ihrem Mann verband und von der sie beide nie genug zu bekommen schienen, war sie wieder schwanger geworden und hatte Rodrigo zur Welt gebracht.

Jetzt widmete sie ihr Leben ganz ihm und Alfons. Auf diese Weise schützte sie sich vor dem vergangenen Schmerz, und die Angst schien in eine dunkle Ecke ihres Herzens verbannt.

Zu ihrem Glück kämpfte Cesare in der Romagna, sodass der Schrecken, den er ihr inzwischen einflößte, etwas besänftigt war, gemildert von der Gewissheit, dass sie die Schönheit der Ewigen Stadt und die Süße der Früchte der Liebe genießen konnte, solange er weit weg war.

Ihr Bruder war inzwischen schon anderthalb Jahre fort. Nach der langen französischen Episode war er nur wenige Tage zurückgekommen, weil ihr Vater in Gefahr zu sein schien, doch dann war er spornstreichs wieder abgereist und nicht zurückgekehrt.

Dafür dankte Lucrezia Gott.

Es war Ironie des Schicksals, dass ausgerechnet Cesare für die Heirat mit Alfons gewesen war, doch das Glück, das sie Vorsehung nannte, den jungen Prinzen von Salerno kennengelernt zu haben, hatte nichts mit dem Willen ihres Bruders zu tun, der berauscht von seinen militärischen Erfolgen und blind vor Machtgier noch gnadenloser und egoistischer geworden war, wie es hieß.

Wie dem auch sei, Lucrezia hielt an diesem Winternachmittag Alfons' Hand, während Sonnenstrahlen wie glitzerndes Quecksilber zwischen den Säulen in den Hof fielen. Seine Hand war warm, sein Griff fest, und sie fühlte sich endlich verstanden und glücklich.

»Seht«, sagte sie zu ihm, »dieser Tag ist so wundervoll

strahlend, nicht einmal im Sommer kann man so eine intensive und tiefe Helligkeit bewundern.«

Der Prinz von Salerno schaute ihr in die Augen. »Dasselbe sehe ich in Euren Augen, Lucrezia.«

»Sprechen in Neapel alle wie Ihr?«, fragte sie, gerührt von seinen Worten.

»Das weiß ich nicht. Aber ich bezweifle, dass ein Mann, der wirklich sehen kann, eine so offensichtliche Wahrheit nicht erkennt. Und nun bitte ich Euch, lasst mich Euch umarmen.« Mit diesen Worten drückte er sie an sich.

Lucrezia empfand unbändige Freude, weil sie zum ersten Mal in ihrem Leben die Süße und die unbezwingbare Kraft der Güte erfuhr. Noch nie zuvor hatte sie solch ein Glück empfunden, sie ertrank in der Umarmung, genoss jeden Augenblick. Sie schloss die Augen und gab sich ganz ihrem Mann hin.

Bis plötzlich ein Geräusch, ein Getrappel von Schritten, wie ein schleichendes, heimtückisches Tier in diese Wolke des Glücks kroch und sie in Stücke riss. Als sie die Augen wieder öffnete und aufschaute, begriff sie sofort, was geschehen war: Ein mit Schlamm bedeckter Bote war im Palazzo angekommen. Er kniete sich hin und hielt ihr ein zusammengefaltetes Papier entgegen.

Lucrezia löste sich widerwillig aus der Umarmung und wusste in derselben Sekunde, dass etwas Finsteres und Böses geschehen würde. Wie um ihre düstere Vorahnung zu bestätigen, verdunkelte sich der Himmel: Das Sonnenlicht, das zuvor in funkelndem Schimmern erstrahlt war, schien zu versickern, als hätte der Schatten es geschmolzen.

»Was ist passiert?«, wollte Alfons wissen, denn er spürte die Sorge, die sich im Herzen seiner Frau ausbreitete.

»Von Eurem Bruder«, sagte der Bote seiner Herrin.
Lucrezia entließ ihn, ohne Alfons zu antworten. Sie brach
das Siegel und öffnete den Brief. Ihr Blick glitt über die
Worte, die an sie gerichtet waren, und sie erkannte den boshaften und zwielichtigen Tonfall ihres Bruders.

*... nach einem heftigen Kampf habe ich endlich die Ti-
gerin von Forlì unterworfen. Diese Hexe Caterina
Sforza liegt jetzt in Ketten in meiner Hand. Ich habe
vor, sie als Kriegsbeute nach Rom mitzubringen. Ich
schreibe Euch, weil ich darauf vertraue, dass meine
Worte Euch froh und glücklich über meine bevorste-
hende Rückkehr finden. Ich weiß, dass der Mann, dem
Ihr nicht versprochen werden wolltet, sich als bester
Liebhaber überhaupt herausgestellt hat. Ich hatte also
recht, als Ihr mir an diesem Tag in San Sisto vorgeworfen habt, Euch das Leben aus dem Herz zu reißen!
Ach, Lucrezia, meine Geliebte, seht Ihr, dass das Leben
immer voller Überraschungen steckt, dass es fließend
und unergründlich ist? Ja, ich wage sogar zu behaupten, hättet Ihr nicht wegen Giovanni gelitten, wegen
der Annullierung der Hochzeit und weil Ihr Euer Kind
anderen – die es ebenfalls lieben – überlassen habt,
wärt Ihr jetzt nicht so glücklich und lebensfroh.
Heute seid Ihr eine echte Prinzessin, dessen bin ich mir
sicher und kann es kaum erwarten, Euch in die Arme
zu schließen. Ich bringe eine großartige Beute mit und
bin voller Ungeduld beim Gedanken daran, mit Euch
und unserem Vater zusammen zu sein und auch mit
Jofré, Sancha und Alfons, um Euch von diesem Feldzug zu erzählen, der mir erlauben wird, Italien als*

Ganzes zu unterwerfen. Und je mehr ich mich diesem Ziel nähere, umso mehr begreife ich, dass ich es schon immer gewollt habe.

Ich bedauere einzig, nicht in der Lage gewesen zu sein, den Tod unseres Bruders zu verhindern. Ob Ihr es glaubt oder nicht, er fehlt mir, auch wenn wir nie einer Meinung waren. Ich bin überzeugt, dass er zufrieden gewesen wäre, hätte er gesehen, wie viel Ehre die Borgia heute genießen. Jetzt, da die Romagna bezwungen ist, Florenz von unserer Gnade abhängt und Rom fest in unserer Hand ist, rückt die Eroberung des Königreichs Neapel immer näher. Ich weiß, dass ich im Augenblick der Statthalter von Ludwig XII. von Frankreich bin und dass diese Eroberungen formal ihm gehören, aber sobald ich Fürstprotektor von Italien bin, selbst wenn ich das Land in seinem Namen regiere, so müssen sie doch unserer Familie gehorchen und Rechenschaft ablegen.

Aber warum langweile ich Euch mit meinen Eroberungsplänen? Verzeiht meinen Enthusiasmus, wenn Ihr könnt, und genießt diese Wintertage mit Alfons. Bald werden wir uns wiedersehen, und ich werde Euch berichten können, was ich gesehen habe und was ich im Namen der Borgia erreicht habe.

Mit all meiner Zuneigung und Liebe.

Euer Bruder Cesare

Nachdem sie den Brief gelesen hatte, fühlte Lucrezia sich schlecht. Ihr Bruder sah sich tatsächlich als »Fürst«, es passte zu seinem Größenwahn, an dem er schon immer gelitten hatte. Sein Ehrgeiz schien keine Grenzen zu kennen, seine Überlegungen zur Eroberung der gesamten Halbinsel bestätigten das. Was sie am meisten ärgerte, waren diese unehrlichen Bemerkungen über Juan. Niemand hatte einen größeren Vorteil und mehr Befriedigung aus dem Tod ihres Bruders gezogen als Cesare, und auch wenn sie es nicht beweisen konnte, so war sie sich doch sicher, dass er selbst hinter diesem Mord steckte.

Die Worte, mit denen Cesare seine Rückkehr ankündigte, klangen für sie wie die unheilvollste Drohung.

Alfons nahm ihre Hand zwischen seine. »Bedrückt Euch etwas, mia Signora?«, fragte er in einem beschützenden und teilnehmenden Tonfall.

»Mein Bruder Cesare kehrt nach Hause zurück«, antwortete sie.

»Großartig. Ihr solltet Euch freuen, wieso tut Ihr das nicht?«

»Alfons, Ihr kennt Cesare nicht, das ist Euer Glück.«

»Nun, ich habe ihn getroffen ...«

»Glaubt mir, Ihr kennt ihn nicht. Aber versprecht mir genau deswegen etwas.«

»Alles«, erwiderte Alfons.

»Seid ab jetzt wachsam.«

»Wirklich? Und wieso?«

»Weil man bei Cesare jeden Fehler mit dem Leben bezahlt«, entgegnete Lucrezia lapidar.

62. Bittere Hoffnung

Heiliges Römisches Reich, Innsbruck

Schnee bedeckte die Stadt.
Ludovico Sforza atmete keuchend die eisige Luft, dabei entstanden kleine, warme Wölkchen. Er war in ein fremdes Land verbannt, und beim Gedanken an sein Mailand in den Händen der Franzosen kamen ihm die Tränen. Wut und Frustration wurden zu einer giftigen Mischung, die ihm den Schlaf und den Lebenswillen raubte. Doch er sagte sich immer wieder, dass er diesen undankbaren Auslandsaufenthalt nutzen musste, um sich zu erholen, um sein Ziel, das zurückzuholen, was man ihm genommen hatte, zu erreichen. In diesen eiskalten, bitteren Tagen voller Groll gab es keinen anderen Gedanken für ihn.

Er dachte an Leonardo und an das *Letzte Abendmahl*. Wie kurz er dieses umwerfende Gemälde hatte genießen können, auf das er so lange gewartet hatte, und auf das er verzichten musste, weil er gezwungen war zu fliehen, um sich vor der Belagerung des französischen Königs zu retten. Eben jener Messer da Vinci war ebenfalls gegangen. Soweit er wusste, war er nach Venedig, um dort diesen Drucker zu treffen, von dem man so viel Gutes hörte, Aldo Manuzio, und auch Alessandro Benedetti, den Leiter der Schule für

Anatomie an der Universität von Padua. Wenn er daran dachte, dass er selbst den brillanten Akademiker Leonardo empfohlen hatte, als dieser große Intrigant Antonio Condulmer ihm ein Bündnis zwischen Venedig und Mailand in Aussicht gestellt hatte, aus dem nie etwas geworden war ...

Man hatte ihn reingelegt wie einen Jüngling, dachte er. Dabei hatte er den Preis für sein skrupelloses Vorgehen einige Jahre zuvor noch nicht ganz bezahlt, als er den Einmarsch von Karl VIII. gefürchtet und ihn sich vorausschauend zum Verbündeten gemacht hatte. Eigentlich war das die ideale Lösung gewesen, wenn man bedachte, wie es danach mit Ludwig XII. gelaufen war. Wäre er ihm nicht entgegengetreten, sondern hätte auch ihn mit offenen Armen empfangen, vielleicht hätte er dann seine Stadt nicht aufgeben müssen. Aber im Grunde wusste er, dass er sich selbst belog, denn eben dieser Karl, der zunächst ein Verbündeter gewesen war, hatte beschlossen, Mailand zu erobern, und war nur durch die Niederlage bei Fornovo dank des Eingreifens von Venedig daran gehindert worden. Doch war das wirklich ein Sieg für die italienischen Reiche gewesen? Eigentlich nicht, wenn man bedenkt, wo sie sich heute befanden. Nämlich in der exakt gleichen Situation wie sechs Jahre zuvor.

Nachdem er Mailand eingenommen hatte, hatte Ludwig XII. den verhassten Gian Giacomo Trivulzio als Vizekönig eingesetzt und den herzoglichen Rat durch einen Senat ersetzt, dem ein französischer Kanzler vorstand: Pierre de Sacierges, Bischof von Luçon. Ein paar Wochen nachdem er sie erobert hatte, war er weitergezogen und hatte die Stadt in den Händen der Soldaten gelassen, die Vergewaltigungen, Diebstahl und Gewalttaten begangen und sich dadurch das Volk sofort zum Feind gemacht hatten, das bereits begonnen hatte, den gnadenlosen Hass zu empfinden, den man nur gegenüber einem Unterdrücker fühlt.

Ludovicos Informanten hatten ihm mitgeteilt, dass die Mailänder verzweifelt seine Rückkehr erwarteten. Der französische Kanzler hatte sogar ein Edikt erlassen, das die Konfiszierung des Eigentums und die Verbannung aller Personen vorsah, die es wagten, den Namen des ehemaligen Herrn von Mailand zu nennen.

Nun grübelte er über sein Pech nach, in diesem kleinen Hof eines noch kleineren Schlosses – eigentlich nur ein befestigtes Haus, um ehrlich zu sein – im Herzen Tirols, in der kaiserlichen Provinz. Bislang hatte dieser feige Maximilian von Habsburg, der in zweiter Ehe sogar seine Nichte Bianca Maria Sforza geheiratet hatte, ihm abgesehen von dieser bescheidenen Unterkunft vor den Toren von Innsbruck keinerlei Unterstützung gewährt. Nachdem er ihn im kaiserlichen Palast empfangen hatte, hatte er sich beeilt, ihn höflich in einer der vielen Residenzen seiner Höflinge unterzubringen, die für diesen Anlass vorbereitet waren.

Daher war Il Moro sehr erleichtert, als er endlich Bartolomeo Calco kommen sah, der von seinen Besuchen zurückkehrte, die ein Abkommen erwirken sollten, das ihn wieder nach Mailand zurückbrachte.

Der Berater war kaum aus der Kutsche gestiegen – einer Konstruktion, wie man noch keine gesehen hatte, eine Art Vierspänner, der von ungarischen Handwerkern gebaut worden war und mit dem Maximilian seine Hauptstadt für Fahrten ausgestattet hatte –, da eilte Ludovico ihm schon entgegen.

»Mio Signore«, sagte der alte Berater, offensichtlich erschöpft von den ständigen Ausfahrten dieser Tage, »wie geht es Euch? Ich bringe endlich gute Neuigkeiten.«

Il Moro wandte den Blick zum Himmel. »Wunderbar! Dann lasst sic uns mit einem heißen Getränk vor einem schönen Feuer feiern.« Damit ging er zur großen Treppe, die zum Piano nobile führte.

»Ah!«, seufzte Calco, endlich wieder gestärkt. »Das hat gutgetan!« Er stellte das Glas Glühwein auf den Tisch. Dann stand er auf, ging zum Kamin, streckte die Hände aus und genoss dankbar die Wärme.

»Aber jetzt, mein Freund«, drängte ihn Il Moro, »erzählt mir die Neuigkeiten. Maximilian unterstützt endlich unsere Ansprüche auf das Herzogtum?«

Der Berater lächelte bitter. »Nein, mio Signore, ich würde sogar sagen, er hütet sich davor.«

»Verdammt!«, rief Ludovico aus und schlug mit der Faust auf den Tisch.

»Dennoch«, beeilte Calco sich zu ergänzen, »glaube ich, ich kann sagen, dass ich eine Lösung gefunden habe.«

»Ich höre«, sagte Il Moro auffordernd.

»Nun, seit ein paar Tagen hatte ich Grund zu der Annahme, dass unsere Bitten in die falsche Richtung gingen, Euer Gnaden. Der Grund ist schnell erläutert: Der Kaiser hat keinerlei Interesse an Mailand und noch weniger daran, sich die Franzosen zum Feind zu machen, daher habe ich gedacht, dass ich vielleicht mehr Glück habe, wenn ich mich an jemanden wende, der bereit ist, mir zuzuhören.«

»Von wem sprecht Ihr?«

»Von den Schweizern, mio Signore.«

Diese Neuigkeit überraschte und erstaunte Il Moro.

»Aber das sind unzuverlässige und blutrünstige Männer!«

»Bei der Unzuverlässigkeit gebe ich euch recht, aber die wird durch den Sold verbessert. Und was ihre Blutrünstigkeit angeht, so erlaubt mir zu sagen, dass wir genau das brauchen.«

»Ich verstehe Euch völlig. Ich befürchte nur, dass es ein Risiko ist, unser Schicksal solchen Männern anzuvertrauen.«

»Ihr habt selbstverständlich recht, und das, was ich Euch vorschlage, ist tatsächlich ein Risiko. Andererseits verfügen wir über nichts Besseres. Ich sage Euch noch mehr: Die Gelegenheit ist günstig. Gian Giacomo Trivulzio ist über das feindliche Klima, das sich in Mailand nach der französischen Besatzung ausgebreitet hat, so beunruhigt, dass er sich mit seiner Familie nach Grigioni zurückgezogen hat. Im Moment halten ein paar Gauner Mailand in ihrer Gewalt, und wenn wir uns jetzt Söldnern anvertrauen, können wir sicher schnell in die Stadt zurückkehren. Von dort aus wird es viel leichter sein, Männer einzuberufen, die Euch loyal sind, auch wenn die Rückeroberung Mailands sicher nur ein erster Schritt ist. Dann müssen wir Ludwig angreifen, der gewiss zurückkommen wird, um zu versuchen, die Stadt erneut zu erobern.«

»Aber dieses Mal werden wir vorbereitet sein«, entgegnete Il Moro. »Wir warten nicht auf ihn, wir kämpfen gegen ihn, wir treten ihm außerhalb des Herzogtums entgegen, überraschen ihn. Ihr habt recht: Die Schnelligkeit des Handelns wird unsere Waffe sein.«

»Ganz genau, mio Signore. Dafür engagieren wir viertausend Schweizer Söldner. Das sind unbeugsame und, wie

Ihr richtig gesagt habt, blutrünstige Krieger, und zwar so sehr, dass sie sogar für eine Macht wie die kaiserliche einen Stachel im Fleisch darstellen: Ihre Siege gegen Soldaten der Habsburger sind nicht mehr zu zählen.«

»Und wann können wir nach Mailand marschieren?«, fragte Il Moro ungeduldig.

»Ich vertraue darauf, dass wir, wenn Euer Gnaden mir gestatten, die Verhandlungen über den, nennen wir ihn mal so, Söldnervertrag abzuschließen, innerhalb einer Woche von hier abreisen können.«

»Großartig. Dann lasst uns keine Zeit mehr verlieren. Jeder weitere Tag, den ich an diesem gottverlassenen Ort verbringen muss, schadet meiner Moral. Je früher wir abreisen, umso früher ziehen wir in Mailand ein.«

»Natürlich. Aber Ihr könntet einige Briefe schreiben, während ich mich um die Einberufung kümmere.«

»Ich hatte bereits die Absicht, meinem Bruder Ascanio zu schreiben und ihn von unseren Plänen in Kenntnis zu setzen.«

»Kardinal Sforza wäre uns eine große Hilfe.«

»Das wird er sein«, bestätigte Il Moro.

63. Den Tiger bändigen

Kirchenstaat, Forlì

Zum Teufel mit den Kriegsregeln! Aus keinem Grund der Welt würde er Caterina Sforza ihm überlassen, doch der gaskognische Hauptmann bestand darauf: Breite Schultern, eine Mähne auf dem Kopf, blonder Vollbart, der vor Wein troff, dieser französische Hund wagte es, seinen Besitz der Herrin von Forlì anzufechten. Wie zur Hölle konnte er auch nur daran denken, ihm die Bedingungen zu diktieren?

»Laut den Kriegsregeln könnt Ihr Caterina Sforza nicht in Ketten legen, und überhaupt wird Monsieur de Rastignac, der Vogt von Dijon, den ich vertrete, das nicht erlauben! Frauen können keine Kriegsgefangenen sein!«

»Ihr! Ihr erlaubt es mir nicht, Signore? Und wer seid Ihr? Was den Vogt angeht, so kann ich Euch nur sagen, dass Caterina Sforza meine Kriegsbeute ist und mir die französischen Gesetze egal sind!«, brüllte Cesare außer sich: Er befand sich auf der Piazza Maggiore und sollte sich ernsthaft den bizarren Forderungen dieses Schlägers beugen, der Rechte einforderte, die er mit Sicherheit nicht besaß?

»Die dürfen Euch aber nicht egal sein«, fuhr der gaskognische Hauptmann unverschämt fort. »Die einzige Möglichkeit ist, sie zu kaufen«, schrie er in einem miserablen

Italienisch, voller gutturaler Schweizer Laute und im französischen Tonfall, dabei legte er die Hand auf den Griff des Schwertes, das an seinem Gürtel hing, kurz davor, es zu zücken.

Cesare lachte laut auf. »Sie kaufen? Und wie viel soll ich Euch zahlen für eine Frau, die mir rechtmäßig zusteht?«

Die Situation geriet für die beiden Fraktionen, die sich infolge dieses Streits gebildet hatten, außer Kontrolle, und nun begannen die päpstlichen Truppen und die Franzosen, die in der Mehrheit waren, sich feindselig zu beäugen. Von den Schweizern ganz zu schweigen, die anfingen zu fluchen und zu beleidigen wie eine Meute Wachhunde. Aber Cesare beachtete sie gar nicht. Wenn nötig, würde er sie alle umbringen, einen nach dem anderen. Er hatte für diese Frau Blut vergossen, und jetzt wollte ein verdammter Gaskogner, der nicht mal die Erde wert war, auf der er stand, sie ihm wegnehmen!

»Zehntausend Dukaten«, erwiderte er, ohne mit der Wimper zu zucken.

Cesare wurde rot. Die Wut fraß ihn auf. »Ihr bekommt nicht mehr als zweitausend, und das auch nur, weil ich ein Edelmann bin und den Streit beenden möchte«, rief er empört.

Der Hauptmann schüttelte den Kopf. »Mon cher, so billig kommt Ihr nicht davon, da könnt Ihr sicher sein.«

»Nun, dann zu den Waffen«, platzte Cesare Borgia heraus, »schauen wir mal, ob dieses Schwert an Eurem Gürtel zu etwas nützt.« Damit zückte er seine Klinge.

Vom Balkon des Palazzo di Luffo Numai aus, wohin man sie gebracht hatte, beobachtete Caterina, was vor sich ging.

Sie hatte gesehen, wie Cesare Borgia mit einem französischen Hauptmann Beleidigungen ausgetauscht hatte. Dann war ihr klar geworden, dass sie selbst das Thema des Streits war.

Bestürzt und ungläubig hatte sie dies zur Kenntnis genommen. Ein seltsames Gefühl überkam sie, während sie die beiden Männer beobachtete, die sich jetzt aufeinander stürzen wollten. Offen gesagt war es ein Gefühl, vor dem sie fast Angst hatte, denn so verführerisch es war, so erschreckend war es auch.

Cesare Borgia hatte das Schwert gezückt und beleidigte den Gegner. Er war außer sich vor Wut. Einen Augenblick später tat der Franzose es ihm nach.

Sie sah, wie sie die Klingen kreuzten. Um sie herum hatten Soldaten einen Kreis gebildet, und in dessen Mitte waren die beiden nun bereit, sich zu duellieren.

Für sie.

Das geschah zum ersten Mal seit Langem, und Caterina empfand etwas, das sie vielleicht in einen verborgenen Teil von sich verschoben hatte. Sie fühlte sich begehrt, und so absurd es auch in diesem Augenblick schien, sie beschloss, sich dieser Empfindung ganz hinzugeben. Um ehrlich zu sein, hatte Cesare Borgia, wenn auch auf eine gnadenlose und grausame Art, genau das getan. Er hatte sie begehrt und genommen. Dafür hatte er nichts ausgelassen, hatte die Stadt zerstört, die Rocca mit Kanonen beschossen, hatte bis zum letzten Blutstropfen gekämpft, wenn nötig, aber hatte sich dabei bemüht, den kriegerischen Pöbel, der immer zum schlimmsten Verhalten bereit war, zurückzuhalten.

Aber jetzt, halb Beschützer, halb Schurke, kämpfte er zum wiederholten Mal darum, sie zu erringen. Eine so unbeugsame Beharrlichkeit konnte sie nicht kaltlassen. So falsch und verrückt dieses überwältigende Gefühl auch sein mochte.

Der erste Angriff ging ins Leere. Die Klinge schnellte schrecklich und nah vor, doch Cesare spürte nur den Luftzug. Beim Gegenangriff parierte er leicht, wehrte sich so vehement, dass er seinen Gegner zurückschlug, um ihn dann mit einem gefährlichen Hieb anzugreifen. Jetzt war es am gaskognischen Hauptmann zu parieren. Cesare ließ ihn nicht zu Atem kommen und holte zum doppelten Schlag aus, während der andere keuchend zurückwich. Doch auch so konnte er den Angriff abwehren und sich damit als großartiger Schwertkämpfer erweisen.

Nun ging der Hauptmann mit einer Reihe von Stößen auf die Brust zum Gegenangriff über. Cesare verteidigte sich mit Ordnung und Maß, es schien, als könne er die Schläge des anderen vorhersehen. Die Klingen trafen aufeinander, um wieder auseinanderzusausen, wenn einer der beiden Gegner den Abstand vergrößerte. Nach dem x-ten Angriff parierte Cesare in tiefer Deckung, drehte schließlich, des Zweikampfes müde, eine Pirouette um sich selbst und überraschte seinen Gegner mit einem blitzschnellen Schlag, der ihm eine blutige Wunde durch sein Wams riss.

Dann, als der Hauptmann, ungläubig und rot vor Wut, sich in eine verrückte und verzweifelte Attacke stürzte, machte er eine Finte, sodass dieser ins Leere traf, und mit einem plötzlichen Zucken entwaffnete er ihn. Das Schwert fiel düster klirrend zu Boden.

Cesare lächelte. Dann zielte er mit seiner Klinge auf die Kehle des Gegners. »Und damit, Hauptmann, sehe ich die

Frage als geklärt an. Beim nächsten Mal werde ich keine Milde walten lassen«, fügte er hinzu, um ihn endgültig zu erniedrigen.

Der andere sah ihn mit blutunterlaufenen Augen an und verzog den Mund vor Schmerz. Wenn auch nur oberflächlich, so war es eine schmerzhafte Wunde. Zwischen den Zähnen presste er hervor: »Macht, was Ihr wollt.«

Ohne Zeit zu verlieren, steckte Cesare sein Schwert wieder ein und schritt durch den Kreis derer, die sich um sie herum versammelt hatten. Als er in Richtung des Hauses von Luffo Numai ging, sah er, dass Caterina Sforza ihn vom Balkon aus merkwürdig anschaute.

Er wusste, dass sie das Duell von Anfang an verfolgt hatte. Und wohl schon vorher zugesehen hatte, denn er hatte bemerkt, wie sie auf den großen Balkon getreten war, der zu Piazza Maggiore blickte.

Umso besser, dachte er: Jetzt gehörte sie ihm.

Er wusste, dass er damit zwar nicht ihr Herz gewonnen hatte, aber es geschafft haben musste, die Sinne der Tigerin von Forlì anzusprechen.

Und sie sah ihn jetzt mit feurigen Augen an.

64. Überlegungen
zum Anatomieunterricht

Republik Venedig, Padua

Seht, Messer da Vinci, früher erlaubte der König im Interesse der öffentlichen Gesundheit die Obduktion lebender Menschen, Krimineller natürlich, um das Studium der Anatomie zu ermöglichen. Wir wissen das sicher von Plinius und Celsus, die das in ihren Werken erwähnen, wenn es um die Studien von Herophilos und Erasistratos geht. Auch wenn so etwas uns heute barbarisch und unerträglich erscheint, so hatte es eine sehr wichtige Funktion: Man konnte die Geheimnisse und Rätsel des Körpers in Anwesenheit des Lebensgeistes untersuchen, um so die verborgensten Mechanismen zu enthüllen. Damit konnten die Meister der Anatomie mit Sicherheit die Form, die Position, die Anordnung, die Eigenschaften und die Größe der Gliedmaßen und Organe feststellen, die einen menschlichen Körper ausmachen. Eine solche Handlungsfreiheit war umso wertvoller, da sie erlaubte zu erkennen, welche anatomischen Eigenschaften sich unweigerlich im Kadaver verändern, und darüber hinaus zu erfahren, was im Körper unversehrt bleibt oder, im Gegenteil, von unterschiedlichen Verletzungen beschädigt wird.«

Leonardo dachte über diese Worte nach. »Es lag darin eine erbarmungslose Weisheit, auch wenn, da stimmt Ihr mir sicher zu, eine solche Barbarei heute nicht mehr zu tolerieren wäre, bloß weil ein Mensch durch ein Verbrechen, und sei es auch noch so abscheulich, beschmutzt ist.«

»Selbstverständlich«, sagte Alessandro Benedetti, »es ist klar, dass ich Euch zustimmen muss. Ganz abgesehen davon, dass unsere Religion uns eine solche Praktik verbietet. Lasst dieses Verhalten daher in der Vergangenheit. Dennoch, wir verschonen die Lebenden, aber uns ist es erlaubt, die Geheimnisse und dunklen Wahrheiten der Natur an Leichen von Verbrechern zu erforschen. Nicht nur das, wir dürfen auch die Lehren der Meister nicht vergessen: Die Ersten unter uns erforschten die Gründe für unbekannte Krankheiten, um daraus zu lernen und Heilmethoden zu finden. So hat es Galen gemacht und an seinem Affen die unbekannten Gründe für den Tod erforscht, und wir haben dasselbe, ich würde sagen, in seinen Fußspuren getan, um zu verstehen, was die Franzosenkrankheit auslöst und sich verbreiten lässt. Ich sage Euch noch mehr: Dank des Eingreifens der Serenissima sind es nun dieselben Straftäter, die, während sie noch lebendig im Gefängnis sitzen, darum bitten, eher mir als dem Henker übergeben zu werden, um nicht öffentlich am Galgen getötet zu werden.«

»Und selbst diese Körper dürfen ohne ausdrückliche Genehmigung des Pontifex nicht angerührt werden.«

»Richtig. Dank des Einsatzes von Venedig, das schon seit einiger Zeit die Arbeit des Studium Patavinum fördert, wurde vereinbart, dass rechtmäßig die Leichen von Menschen bescheidener Herkunft erbeten werden können, noch besser ist es, wenn sie unbekannt sind oder von weit entfernten Orten stammen, sodass man ihre Familien nicht leicht ausfindig machen kann und so auf jeden Fall vermieden wird, die Verwandten in Verlegenheit zu bringen oder sie zu beschämen.«

»In Pavia geschieht mehr oder weniger dasselbe«, fuhr Leonardo fort, »und dann sind da natürlich noch die Kriegsopfer.«

»Ganz genau: Ich habe innerhalb weniger Tage nach der Schlacht von Fornovo mehr über die Franzosenkrankheit gelernt als während Jahren der Forschung. Aber erlaubt mir, weiterzugehen und Euch, soweit es mir möglich ist, das zu zeigen, was ich mir für den Anatomieunterricht vorstelle. Sagt mir, was Ihr davon haltet und ob Ihr eventuell ein paar Zeichnungen für das, was ich vorhabe, anfertigen könntet«, fügte Mastro Benedetti ergeben hinzu. »Nun«, fuhr er fort, »stellt Euch einen so großen Raum wie diesen vor«, dabei deutete er mit ausgestreckten Armen auf den prächtigen Hof, in dem sie gingen, »der gut belüftet ist, da es ein offener Ort ist, sodass es kein Problem mit dem Luftaustausch gibt, und in dem es so viel Platz gibt, dass ein echtes Holztheater gebaut, oder vielmehr, vorübergehend errichtet werden kann. Etwas in dieser Art«, bei diesen Worten nahm Alessandro Benedetti einige Kohlezeichnungen aus einer Ledermappe, die eine Holzstruktur zeigten, die von der Form her an ein Amphitheater erinnerte. Die Struktur war nur grob, aber klar wiedergegeben, und Leonardo faszinierte dieses einfache System von Bänken und Sitzen. »Seht«, begann Benedetti erneut, »die Sitze verteilen sich in einem Kreis oder, noch besser, einem Halbkreis. Durch ein einfaches Baugerüst wäre es möglich, ein mehrstufiges Parkett zu schaffen, um verschiedene Sitzreihen zu erhalten. Natürlich müsste diese so gebaute Struktur so viele Zuschauer wie möglich aufnehmen können. Dadurch entstünde in der Mitte eine Art Schüssel, wenn Ihr mir diesen Ausdruck erlaubt, in der sich der Anatomiegelehrte mit seinen Chirurgen aufhält.«

»Es wirkt wie ein echtes Amphitheater oder eine römische Arena«, bemerkte Leonardo, nachdenklich nickend, »dadurch wird das Publikum daran gehindert, den Chirurgen zu stören.«

»So muss es sein«, entgegnete Benedetti, »diese Form ist funktional am besten für diesen Zweck geeignet. Aber zurück zum Publikum. Die Plätze werden auf der Grundlage von Rang und Vermögen vergeben: Daher halte ich die Anwesenheit einer Aufsicht, die auf die Einhaltung der Ordnung achtet, für notwendig. Zusätzlich wäre es wichtig, einige Wärter damit zu beauftragen, vor den Türen darauf zu achten, dass keine Unbefugten sich Eintritt verschaffen. Der Anatom muss Messer zu Verfügung haben, Haken, Rasiermesser zum Aufschneiden und Sezieren, Bohrer und Nagelbohrer und auch Schwämme, um das Blut, das während der Lektion reichlich fließen wird, aufzunehmen, und auch noch Schüsseln und Scheren. All diese Instrumente müssen sorgfältig angeordnet sein, und zwar über dem Seziertisch, der in der Mitte des Theaters steht, in diesem elliptischen Platz, der Arena, die in der Antike für die Gladiatoren bestimmt war.«

»Faszinierend, mein Freund«, sagte Leonardo, zunehmend beeindruckt und gepackt von dem Projekt, das Benedetti ihm anhand vieler Skizzen und Zeichnungen präsentierte, »auf diese Weise erhält man eine authentische Verbreitung von Erkenntnissen und Entdeckungen, und es wäre möglich, ganz konkret und nachgewiesen die körperlichen Auswirkungen dieser Krankheit auf eine Person darzustellen.«

»Exakt. Und wie ich Euch gesagt habe, zeigen die Knochen und inneren Organe einer Person mit der Franzosenkrankheit im letzten Stadium so unglaubliche und schreckliche Deformationen, dass es einen erschüttert. Doch solange wir darüber sprechen, ist die Wahrnehmung unendlich viel weniger dramatisch, als wenn man mit eigenen Augen sieht, wie eben diese Knochen und diese Organe einer Leiche direkt vor uns entnommen werden. Ganz abgesehen davon, dass auf diese Weise dieser Eindruck auch dazu führt, dass nicht mehr nur die Chirurgen und Anatomen, sondern auch die Herzöge, die Herrscher und die Adeligen alle den Ernst der Lage zur Kenntnis nehmen müssen.«

»Ich verstehe Euren Gedankengang vollkommen, Messer Benedetti, und ich muss gestehen, dass Euer Projekt gelinde gesagt einfallsreich ist. Und ich biete mich ab sofort an, sozusagen die von Euch erdachte Struktur zu vervollkommnen. Ihr habt recht, wenn Ihr sagt, dass meine Erfahrungen mit Gerüsten in Zusammenhang mit der Malerei bei der Struktur, die Euch vorschwebt, sehr nützlich sein können. Nun liegt mir jedoch noch ein anderes Thema auf dem Herzen, über das ich mit Euch sprechen will. Ich würde gern wissen, was Ihr von Aldo Manuzio haltet, dem venezianischen Drucker. Ich weiß, dass Ihr vorhabt, ihn zu bitten, Euer Buch zu drucken, und ich habe von verschiedenen Personen begeisterte Kommentare über seine Arbeit gehört«, bemerkte Leonardo.

Alessandro Benedetti lächelte. »Gut, dass Ihr mich daran erinnert«, sagte er. »Folgt mir.« Vom Hof gingen sie bis zu den doppelten Säulen, passierten sie und gelangten zu einer Tür. Der Maestro der Anatomie nahm einen Schlüssel, steckte ihn ins Schlüsselloch und öffnete, um Leonardo dann in eine scheinbar unendlich große Aula zu führen, deren Wände komplett mit Bücherregalen aus dunklem Holz bedeckt waren. Er ging zu einem an der rechten Wand. Es reichte bis zur Decke und war voller Inkunabeln, Kodizes und anderen Werken, die mit ihrem Gewicht die Regalbretter so sehr nach unten bogen, dass es aussah, als würden sie bald brechen. Der Maestro zog einige kleine, kompakte Bücher heraus und reichte sie Leonardo. Dieser nahm sie in die Hand und war sofort von der Raffinesse des Einbands und der Buchstaben beeindruckt. Ein Detail weckte seine Aufmerksamkeit: Es war eine herausragende Zeichnung, die jedes dieser Bücher, die ein so besonderes Format hatten, wie eine Unterschrift prägte.

Auf dem Bild war ein Delfin zu sehen, der sich um einen Anker wand. Es war wunderbar gezeichnet und stand über einem Schriftzug oder besser einem Spruch. »*Festina lente*«, las Leonardo mit klarer Stimme, er bemühte sich gar nicht, seine Bewunderung zu verbergen, »was für ein großartiges Motto«, gab er zu.

»Nicht wahr? Eile mit Weile. Wie schon Sueton sagte, soll es heißen ›denke nach und handle dann unverzüglich‹. Das ist das Motto des Druckers. Und habt Ihr die Sauberkeit des Drucks bemerkt? Die Buchstaben? Den eleganten, leicht zu lesenden Stil? Die Zeichensetzung? Schaut nur in Ruhe, Messer da Vinci, denn die Werke von Aldo Manuzio sind wahre Schätze. Niemand kann es mit ihm aufnehmen. Mit seiner Druckerei hat er das Vermögen von Venedig gemacht, und nicht nur für sich, sondern auch für all die anderen Handwerker, die aus der Serenissima die Stadt des Drucks und der Kultur machen.«

Leonardo streichelte diese Seiten. Er schien bei der Berührung ein körperliches Vergnügen zu empfinden. Und der Maestro wusste, dass die Aldinen, die kompakten Bände von Manuzio, genau dieses Gefühl vermittelten.

»Prachtvolle Werke. Sie verschlagen mir den Atem. Und doch frage ich Euch: Glaubt Ihr nicht, dass ihre Ausmaße die Gefahr bergen, Eure Arbeit zu erniedrigen?«

»Wie das?«

»So schön wie Eure Skizzen sind, hätten sie vielleicht ein größeres Format verdient.«

»Ah, sicher, ich verstehe, was Ihr meint. Ihr habt recht. Und doch ist es meine Absicht, einen Text zu schreiben, der, ohne auf die Illustrationen zu verzichten, in einem guten Latein verfasst ist und gleichzeitig leicht verständlich, so hoffe ich jedenfalls, und von allen, die die Grundlagen der Anatomie erlernen wollen, direkt genutzt werden kann, um die erlernten Erkenntnisse umzusetzen. Ich glaube nämlich, dass dieses kompakte Format zusammen mit einer nüchternen und präzisen Sprache und wenigen, aber nützlichen Illustrationen, die sich als Stiche drucken lassen, eine Art perfekte Formel für ein schnell zu nutzendes Handbuch wäre. Auch der Chirurg könnte es immer in seiner Tasche bei sich führen, ohne sich je davon trennen zu müssen und im Vertrauen auf die Möglichkeit, es je nach Bedarf jederzeit herausnehmen und konsultieren zu können. Es wäre also eine Chance, die Theorie und die chirurgische Praxis zu verbinden, was nämlich mein wichtigstes Ziel ist.«

»Ah«, sagte Leonardo, »jetzt verstehe ich. Ihr seid wirklich ein wertvoller Mann, mein Freund. Auf diese Weise leistet Ihr der Menschheit tatsächlich einen Dienst.«

»Ihr seid zu gut, Messer da Vinci, und es ist so fesselnd,

mit Euch zu diskutieren, dass ich allzu oft vergesse, dass wir nur hier sind, weil mir eine sehr präzise Aufgabe übertragen wurde.«

»Ich könnte dasselbe sagen, Messer Benedetti«, sagte Leonardo lächelnd.

»Überlegen wir also, wie man die Verhaltensregeln, die eine echte Hilfe gegen die Franzosenkrankheit darstellen, wo möglich, umsetzen kann.«

»Glaubt Ihr nicht, dass die Möglichkeit, von der Ihr eben gesprochen habt, die Folgen einer solchen Krankheit allen, die zu einer Eurer Anatomiestunden kommen, zu zeigen, von großem Nutzen wäre, wenn auch nur, um eine Debatte anzustoßen und selbst die größten Skeptiker mit der erbarmungslosen Grausamkeit dieser Krankheit zu konfrontieren?«

»Das stimmt.«

»Ich glaube, dass Euer Traktat es verdient, gedruckt zu werden, nicht nur, weil es, soweit ich es verstehen kann, von großem Wert ist, sondern auch, weil es zusammen mit der Leichensektion zu einer sehr nützlichen Methode wird, um die Schwere und Intensität einer Krankheit aufzuzeigen, die den Körper zerstört und tötet.«

»Messer Leonardo, was Ihr sagt, ehrt mich sehr.«

»Nicht doch, Maestro, die Ehre ist ganz meinerseits. Und nun, wenn Ihr erlaubt, würde ich gern einige der Skizzen, die Ihr gezeichnet habt, mitnehmen, um zu versuchen, sie in den Räumen, die ich gerade in Venedig gemietet habe, zu etwas weiterzuentwickeln, das Eurem Anliegen noch dienlicher ist. Der Kupferstecher könnte dann die für den Druck nötige Kopie anfertigen.«

»Ich wäre begeistert«, schloss Alessandro Benedetti.

65. Das Gewicht der Fehler

Kirchenstaat, Apostolischer Palast

Ihr Vater war wirklich müde. Seit Juans Tod schien er täglich unsicherer zu werden, weniger beeindruckend, als höhle ihn die Zeit nach und nach aus, wie das Wasser den Stein. Lucrezia war zwiegespalten. Einerseits empfand sie die Zuneigung und Trauer einer Tochter, ihren Vater so erschöpft zu sehen, andererseits hatte sie nicht vergessen, dass er bei ihren Leiden eine nicht unerhebliche Rolle gespielt hatte. Sie erinnerte sich, dass sie dasselbe gedacht hatte, als er ihr damals verkündet hatte, dass es nötig war, Giovanni Sforza für impotent zu erklären, um die Ehe annullieren zu können.

Sie ließ sich daher nicht beeindrucken, auch wenn ihr vollkommen klar war, dass Alexander VI. über die Monate stetig schwächer wurde, nicht nur körperlich, sondern auch in seiner Seele. Und Lucrezia hatte das Gefühl, dass ihr Vater sich immer mehr Cesares anmaßender Vision unterwarf.

Der Papst befand sich an diesem Tag in seinen Gemächern. In der Sala dei Santi, dem Saal der Heiligen, erwartete er seine Tochter. Er bereitete sich darauf vor, Cesare zu empfangen, der schon bald triumphierend aus der

Romagna zurückkehren würde. Lucrezia wusste außerdem, dass diese vermutete Schwäche ihren Vater nicht davon abgehalten hatte, den edlen Caetani das Landgut von Sermoneta zu rauben und ausgerechnet sie zur Herrin über diese Ländereien zu ernennen. Es verstand sich von selbst, dass sie nicht gut aufgenommen worden war, als sie die Burg besucht hatte, und diese Rolle als Spielfigur in den Machtspielen ihres Vaters und Bruders ärgerte sie weiterhin, ja schlimmer noch, sie bereitete ihr Unbehagen. Nicht einmal die intensiven und überwältigenden Farben des *Disputs der heiligen Katharina von Alexandrien* von Pinturicchio konnten sie besänftigen, was auch daran lag, dass sie sich selbst und ihren Bruder darin sah, und dieses Gefühl der Verfolgung, der Symbiose, des latenten Inzests überkam sie, noch bevor sie sich an ihren Vater wandte.

»Cesare ist zurückgekehrt«, sagte sie schließlich, »er wird wie ein Held durch die Porta del Popolo einziehen. Er führt die Herrin von Forlì an seiner Kette und wird Euch die Romagna wie eine geschlagene Beute zu Füßen legen.«

Der Pontifex sah seine Tochter an, als wäre er überrascht.

»Lucrezia«, sagte er und hielt ihr die Hand zum Kuss hin, dabei blieb er auf dem Sessel sitzen, »ich warne Euch, heute habe ich nicht die Kraft, mit Euch zu streiten.« Dann seufzte er, als hätten diese Worte ihn die letzte noch verbliebene Energie gekostet.

»Das will ich auch nicht. Aber ich fürchte seine Rückkehr. Ich habe vor wenigen Tagen einen Brief erhalten, in dem er sich seiner Eroberungen brüstet. Ich freue mich darüber, das versteht sich, ich erkenne, dass er gefunden hat, was er gesucht hat, aber genau aus diesem Grund bin ich heute zu Euch gekommen, um Euch um etwas zu bitten.«

»Um mich zu bitten?«, fragte der Pontifex ungläubig. »Und worum, liebe Lucrezia?« Seine Stimme wurde sanfter. »Dass Alfons nicht in Gefahr gerät. Ich liebe ihn, Vater, und es ist ganz offensichtlich, dass das Bündnis mit dem Haus Aragón, das Ihr mit meiner Heirat besiegelt habt, gerade in Ungnade fällt. Wie es auch schon mit den Sforza geschehen ist. Doch dieses Mal hoffe ich, dass nicht wieder dasselbe geschehen wird wie bei Giovanni. Denn heute wie damals spüre ich, dass das Abkommen mit dem französischen König noch stärker geworden ist, durch die Erfolge, die Cesare als sein Stellvertreter in Italien erzielt hat. Heute ist mein Bruder der Herzog von Valentinois, er hat eine französische Adelige geheiratet und hat keinerlei Interesse daran, mit dem Prinzen von Salerno befreundet zu sein, denn nach der Romagna könnte Neapel das nächste Ziel der Borgia sein. Oder täusche ich mich?«

Nachdem er das gehört hatte, schwieg der Papst. Er antwortete nicht sofort, und diese Stille schien sich mit einer Fatalität aufzuladen, die sich wie eine Faust um das Herz der Papsttochter legte.

Lucrezia wollte sich nicht mit ihm streiten, aber dieses andauernde Schweigen beunruhigte sie. »Die Borgia machen sich sehr viele Feinde. Die Caetani hassen uns nun, nachdem ihnen die Ländereien genommen wurden. Wie auch die Colonna, die tatsächlich die Aragonesen und Friedrich von Neapel unterstützen.« Sie atmete tief ein. »Cesare hat mir in seinem Brief deutlich geschrieben, dass die Romagna bloß das erste einer Reihe von Zielen ist. Das nächste ist Neapel. Das ist es für Ludwig XII., und man kann darauf schwören, dass sich der Hauptmann der päpstlichen Armee nicht davon abhalten lassen wird, an der Seite des französischen Königs zu kämpfen, denkt Ihr nicht?«, beharrte sie und hoffte auf eine Antwort.

»Es war Friedrich von Neapel, der dagegen war, dass Cesare Carlotta von Aragón heiratet. Das ist weder meine Schuld noch die Eures Bruders. Das war sein Dank, nachdem Cesare ihn als neapolitanischen König anerkannt hatte.«

»Und aus diesem Grund muss mein Mann also um sein Leben bangen? Wollt Ihr mir das sagen?«

»Ich habe sicherlich nichts dergleichen gesagt! Ihr könnt ganz ruhig sein. Eurem Mann droht keine Gefahr.«

»Aber Euch ist bewusst, dass Friedrich sein Onkel ist?«

»Sicher! Doch wenn er hier in Rom bleibt, bei Euch, und Euch so liebt, wie er es tut, werde ich über ihn wachen. Seht, Lucrezia, ich weiß, dass ich hart mit Euch gewesen bin, und ich weiß auch, dass Cesare nicht immer gut oder nett war – wenn er bestimmte Ziele verfolgte, hat er sicherlich, sagen wir, fragwürdige Taten begangen. Aber nun hat sich diese Ehe, die Ihr zunächst so abgelehnt habt, als das Beste herausgestellt, das Euch geschehen konnte. Ich will mich nicht mit fremden Federn schmücken, denn wenn Ihr Frieden und Heiterkeit gefunden habt, dann ist das zweifellos Alfons' Verdienst. Doch nun bitte ich Euch darum, nicht sofort einen Krieg mit Cesare vom Zaun zu brechen, denn das würde niemandem helfen. Wir haben viele Feinde, die nur davon träumen, mich tot zu sehen, und mir ist vollkommen bewusst, dass ich nicht mehr lange leben werde …«

Als sie das hörte, begriff Lucrezia, dass ihrem Vater seine Umstände viel klarer waren, als sie gedacht hatte. Zwei Tränen flossen über ihre Wangen.

»Nur Mut«, fuhr der Pontifex fort, »weint nicht, dafür gibt es keinen Grund. Freut Euch stattdessen. Schließlich kehrt Euer Bruder als Sieger nach Rom zurück, und trotz all der Trauer und Qualen, die wir in den letzten Jahren ertragen mussten, sind wir immer noch da. Und solange ich Papst bin, habt Ihr nichts zu fürchten. Ich bin müde, Lucrezia, das gebe ich zu. Juans Tod hat mir das Herz gebrochen, und heute lebe ich wie ein Gespenst, obwohl ich alles tue, um meine gewohnte Autorität zu bewahren. Es mag nicht danach aussehen, aber all das ...«, sagte er und deutete auf den Saal und die Decke und den Palast und den gesamten Vatikan, »zehrt stark an einem Mann, mein Kind.«

In diesen Worten spürte Lucrezia ein enormes Gewicht, einen durchdringenden Schmerz, sie merkte, wie die ganze Erschöpfung ihres Vaters sie mit einem Mal überkam, sie begriff, dass es ein täglicher Kampf war, den Papstthron zu erobern und zu halten, ein Kampf, der auch den entschlossensten, ehrgeizigsten und zynischsten Mann brechen kann. Sie näherte sich Rodrigo und umarmte ihn. »Verzeiht mir, Vater, sollte ich Euch mit meinen Bitten gequält haben, sollte ich Euch angegriffen haben, ohne dass mir bewusst war, was Ihr gerade durchmacht.«

»Nicht doch, Lucrezia, nicht doch, Ihr müsst mir verzeihen«, sagte der Papst und zog seine Tochter an sich, »weil ich Cesare nicht habe aufhalten können und sein wachsender Ehrgeiz alles verändert. Aber ich schwöre Euch, dass sich von heute an alles regeln wird.«

66. Die Rückkehr

Kirchenstaat, Rom

Der Triumphzug schien die gesamte Stadt zu füllen. Lucrezia und Sancha beobachteten, wie er sich von der Porta del Popolo über die Via Lata näherte. Sie stellten sich vor, dass nicht einmal Julius Cäsar nach seinem Sieg über die Gallier eine solche Pracht entfaltet hatte.

Sie sahen die Kardinäle zu Pferd: Sie trugen Rot und Hermelin, jeder mit seinem eigenen Gefolge, in jeweils einem anderen Wappenrock. Hinter ihnen kamen die Funktionäre der vatikanischen Kurie, auch sie in prachtvollen Gewändern aus Samt und Seide, dann die Würdenträger der Stadt, denen gaskognische und Schweizer Söldner folgten, die unter Missachtung der strengen Regeln, die der päpstliche Zeremonienmeister Burckard für die Prozession aufgestellt hatte, schmutzig und verdreckt mit Cesares Insignien aufmarschierten.

Hinter diesen fünf Kompagnien, die, um der Wahrheit die Ehre zu geben, recht pittoresk und kriegerisch anzusehen waren, kamen zwei Herolde, einer mit den Farben und dem Wappen Frankreichs, der andere in Cesares Wappenrock. Diese beiden gingen einigen geschmückten Kutschen voraus, gezogen von Maultieren mit Zaumzeug im Karmin und Gold der Borgia und mit Silber verziertem Geschirr und Sattel. Die Kutschen enthielten Cesares Gepäck und einen Teil seiner enormen Kriegsbeute. Ihnen folgten dann tausend Knappen zu Fuß und hundert der besten Ritter, auf deren Gewändern der Name Cesare Borgia in Silber auf die Brust gestickt war. Dann zogen weitere fünfzig Männer der persönlichen Wache vorbei und schließlich die Kavallerie, angeführt von Vitellozzo Vitelli.

Ganz am Ende schließlich, zum Abschluss des Zugs, Cesare selbst, einfach in schwarzem Samt, die langen Haare und der Bart verliehen ihm etwas Wildes, sodass er wirkte wie der Inbegriff eines Kriegsfürsten.

Sancha legte eine Hand vor den Mund: »Mein Gott, er ist wunderschön, Lucrezia«, sagte sie zu ihrer Freundin und warf dem Helden der Romagna, der auf einem riesigen Neapolitanerhengst, schwarz wie die Sünde, heranritt, einen bewundernden Blick zu. Cesare trug eine Goldkette um den Hals, als einziges Zeichen der Eitelkeit, er schien ein völlig anderer Mann zu sein als der, der vor knapp anderthalb Jahren nach Frankreich abgereist war, um eine Frau zu suchen.

Es war, als habe er den Ruhm als einzig möglichen Schmuck gewählt. Neben ihm befanden sich die Kardinäle Orsini und Farnese und direkt hinter ihm, auf einem Schimmel, ritt eine Frau von kriegerischer Schönheit, gekleidet wie eine Königin. Es war nicht nur ihre kämpferische Attraktivität, die sie einzigartig machte, sondern ein unerschütterlicher Stolz, der vom Weiß ihrer Kleider und ihres Pferdes noch verstärkt wurde und im offenen Kontrast zu Cesares Schwarz stand: Als stellten die beiden den Tag und die Nacht dar, das Alpha und das Omega dieses Zuges.

»Wer ist diese Frau?«, fragte Sancha, und ihre Stimme schien vor Eifersucht und einem so plötzlichen wie heftigen Groll zu brechen.

»Das muss Caterina Sforza sein, die Tigerin von Forlì«, antwortete Lucrezia ungläubig. »Mein Bruder stellt sie aus wie eine Kriegsbeute. Was für ein Skandal! Jetzt wird die ganze Welt darüber reden.« Sie schüttelte missbilligend den Kopf.

»Die Tigerin von Forlì?«

»Sie wird wegen ihrer Fähigkeiten als Kriegerin so genannt, weil sie sich auf dem Schlachtfeld als gefährliche Gegnerin gezeigt hat.«

»Tatsächlich?«, fragte Sancha verärgert und zog eine Augenbraue hoch.

»Mein Bruder hat bis aufs Äußerste kämpfen müssen, um über sie Herr zu werden. Sie führt das Schwert wie ein Mann und mit außerordentlicher Kühnheit«, bestätigte Lucrezia.

»Das mag ja sein, aber sie ist wie eine Dirne angezogen, auch wenn sie sich wie eine Königin gibt«, beharrte Sancha und biss sich auf die Lippe.

»Seid Ihr eifersüchtig? Aber dafür habt Ihr keinen Grund!«

»Ich befürchte vielmehr, dass diese Frau uns allen Unglück bringt.« Sancha wirkte, als habe sie ein Gespenst gesehen.

Alfons, Prinz von Salerno und Herzog von Bisceglie, schritt elegant voran in einer prachtvollen Paraderüstung, genau wie Jofré Borgia neben ihm.

Die Menge schrie wie verrückt, während der Zug sich langsam und feierlich fortbewegte und dabei den Applaus und die Liebeserklärungen der römischen Adelsfrauen entgegennahm. Die Ritter versäumten es nicht, wohlgefällige Blicke zu werfen, in dem Bestreben, jedes noch so kleine Fünkchen Ruhm zu ergattern, um zumindest für einige Tage die Gunst ihrer Favoritinnen zu gewinnen – und auch derjenigen, die noch keine Favoritinnen waren, es aber bald sein würden.

An der Engelsbrücke, vor der Burg, donnerten die Kanonen als Salut und zur Feier: Cesare Borgia richtete sich in den Steigbügeln auf und grüßte mit königlicher Kühle.

»Los«, sagte Lucrezia, »weg von hier, gehen wir zu meinem Vater in die Sala del Pappagallo. Dort erwartet er Cesare, um ihm die Ehre zu erweisen.«

Der Papageiensaal war mit Goldbrokat geschmückt. Der Papst saß in seinen heiligen Pontifikalien auf einem Thron und wartete darauf, seinen Sohn umarmen zu können. Zu seinen Füßen, skandalös auf Kissen gebettet wie Hofdamen eines liederlichen Kupplers, wirkten Lucrezia rechts und Sancha links wie Katzen, bereit, für den Triumphator von Forlì zu schnurren.

Als Cesare angekündigt wurde und dann eintrat, war er von dem Anblick gleichzeitig erstaunt und angetan. Er wechselte zuerst einen Blick mit seiner Schwester, dann mit seiner Geliebten. Kaum, dass er den Pantoffel des Papstes geküsst hatte, ließ dieser ihn aufstehen und umarmte ihn, er vergoss Tränen wegen der großen Rührung, ihn als Sieger zurückkehren zu sehen. Lucrezia und vor allem Sancha bemerkten, dass die stolze und schöne Frau, die Cesare begleitete, von diesem bewundert und begehrt wurde, trotz ihrer beider Anwesenheit hatte er nur Augen für sie.

Daher spuckte die Prinzessin von Squillace Gift und Galle und scheute sich nicht, ihre Enttäuschung zu zeigen, und das, obwohl ihr Bruder und ihr Mann anwesend waren und ein anderes Verhalten von Sancha erwarteten. Damit nicht genug, sogar der Pontifex, von Cesares Ruhm ganz beeindruckt, war so unverschämt, diese Frau mit allen Ehren und aller Höflichkeit zu empfangen und dabei zu vergessen, dass laut einiger Gerüchte ausgerechnet sie hinter dem Versuch steckte, vor einigen Monaten den Papst zu vergiften.

»Verfluchte Dirne«, zischte Sancha zwischen den Zähnen.

»Ich bitte Euch, Schwester« – so nannte Lucrezia ihre Freundin, der sie so sehr verbunden war –, »reißt Euch zusammen! Ihr dürft Euren verletzten Stolz als Geliebte nicht so offensichtlich zeigen. Wenn Ihr das nicht für Jofré tun wollt, dann tut es wenigstens für mich. Oder für Euren Bruder Alfons.«

»Ich höre auf Euch!«, erwiderte Sancha. »Aber ich warne Euch: Diese Frau wird diesen Affront mir gegenüber teuer bezahlen. Sie mag eine Tigerin sein, aber ich bin eine neapolitanische Löwin und habe nicht die Absicht, Cesare den Armen einer viertklassigen Hofdame zu überlassen.«

Als sie das hörte, begriff Lucrezia, wie gefährlich die Situation war, die nun entstehen würde. Wie immer brachte die Ankunft ihres Bruders Zwist und Durcheinander an den päpstlichen Hof.

Und sie wusste, dass das nur der Anfang einer tragischen Zukunft war.

67. Novara

Herzogtum Mailand, Burg von Novara

E s war alles auf die schlechteste Weise geendet. Nie wieder würde er sich den Schweizern anvertrauen. Verfluchte Söldner, bereit, für Geld unter jeder Flagge zu kämpfen, dachte Ludovico il Moro. Das ging so weit, dass sie sich auf beiden Seiten aufgestellt hatten: seiner und der der Franzosen.

Und statt eines Kampfes wurde der Ausgang der Konfrontation nun einer Verhandlung überlassen. Sehr merkwürdig, da die Schweizer doch den Ruf hatten, die unbeugsamsten Krieger der Welt zu sein.

Ludwig XII., der nun mit seinen Männern die Stadt Novara belagerte, in der sich Ludovico mit seinen Leuten verbarrikadiert hatte, hatte den Schweizern, die in Il Moros Sold standen, gewährt, sicher in ihre Kantone zurückkehren zu können, unter der Bedingung, dass dieser sich in Gefangenschaft begab.

Ludovico hatte es also gar nichts genutzt, dass er vor einigen Wochen nach Mailand zurückgekehrt war und das Volk, das die Franzosen hasste, ihm zugejubelt und ihm die Schlüssel der Stadt übergeben hatte. Denn sofort darauf war Il Moro mit den Söldnern und einer Handvoll treuer

Mailänder aus der Stadt auf Novara marschiert, im Wissen, dass es dort um Freiheit oder Sklaverei ging.

Denn sie wussten alle – er, Bartolomeo Calco und seine Getreuen –, dass Novara die letzte Chance war. Hier zu verlieren, bedeutete alles zu verlieren. Für immer. Und als Hans Turmann, der Hauptmann der Schweizer in seinem Sold, beim ersten Kanonendonner stehen geblieben war, den Kopf geschüttelt und sich geweigert hatte, die Brüder anzugreifen, die auf Seite der Franzosen kämpften, hatten die Soldaten wie Feiglinge um Frieden gefleht. Il Moro konnte sagen, was er wollte, sie waren nicht zu überzeugen gewesen.

Und nun, mit der Aussicht, sich in Ketten dem verhassten Feind ergeben zu müssen, stand Turmann vor ihm, dieser Hauptmann, groß wie eine Bastion, mit langem, hängendem Schnurrbart und einer rotblonden Mähne, die an einen Löwen erinnerte. Er war der Architekt dieser Kapitulation und der Einleitung von Verhandlungen, die mit dem schlimmstmöglichen Ergebnis enden sollten.

»Hauptmann«, sagte Il Moro, der sich noch nicht mit einer Niederlage abgefunden hatte, »ich werde das, was Ihr getan habt, nicht noch einmal kommentieren, Ihr wisst bereits, was ich denke. Andererseits seid Ihr gut bezahlt worden, daher befehle ich Euch zu tun, was ich verlange, da Ihr Euch in Verzug befindet.«

Hans Turmann knurrte irgendetwas Unverständliches. Bartolomeo Calco, der die Sprache der Söldner perfekt beherrschte, übersetzte, was Il Moro gesagt hatte. Er räusperte sich, weil die Angst ihm die Kehle zuschnürte: Er war es gewesen, der vorgeschlagen hatte, die Schweizer als Söldner anzuheuern, und diese Entscheidung war angesichts des

Ergebnisses offensichtlich keine gute gewesen.«Der Hauptmann sagt, dass Euer Gnaden wissen, dass er niemals gegen seine Brüder auf dem Schlachtfeld kämpft. Das Schweizer Kriegsrecht verbietet dies ausdrücklich.« Il Moro zuckte wütend.»Nun denn! Ich streite deswegen nicht mehr. Ihr hättet uns früher darüber in Kenntnis setzen sollen, dann hätten wir uns an die Landsknechte gewandt. Aber jetzt ist es egal, jetzt geht es darum herauszufinden, wie Ihr mich wohlbehalten aus dieser Situation bringt, in der ich nur wegen Euch gelandet bin!«, brach es voller Wut aus Ludovico heraus.»Messer Calco, übersetzt Wort für Wort«, sagte er schließlich an seinen Berater gewandt.

Als dieser den Wunsch des Herzogs übersetzt hatte, nickte der Hauptmann. Schließlich wurde man nicht Hauptmann eines Söldnerheers, ohne Fluchtmöglichkeiten aus solchen Situationen zu erarbeiten. Weit davon entfernt, nach den Regeln zu kämpfen, von ihren eigenen abgesehen, waren die Schweizer die größten Opportunisten und Diebe der Geschichte. Turmann nickte und erläuterte seinen Plan, den Calco seinem Herrn übersetzte:»Er sagt, dass er Ludwigs Angebot annehmen und mit seinen Männern an den französischen Truppen vorbeiziehen wird, um in ihr Land zurückzukehren. Er schlägt vor, Euch als Schweizer Soldaten zu verkleiden, sodass Ihr unter den Soldaten unerkannt die Stadt verlassen könnt.« Während er dolmetschte, wurde Calcos Gesicht, das blass war, weil ihn der Schrecken fest im Griff hatte, langsam rötlicher, was ganz ohne Worte zeigte, dass er diesem vagen Plan nicht nur zustimmte, sondern ihn sogar großartig fand.

Il Moro schien den Vorschlag zu überdenken. Er ging zum Kamin und betrachtete lange die darin züngelnden

Flammen. Der rötliche Schein blitzte in seinen dunklen Pupillen. Er schüttelte den Kopf. Langsam zeichnete sich um seine Lippen ein Grinsen ab. »Das könnte funktionieren«, sagte er mit steigender Überzeugung, »der Plan birgt Risiken, aber angesichts der Situation, in der wir uns befinden, sehe ich keine bessere Lösung.«

Ludovico hatte keine Ahnung, wie man in diesen Kleidern kämpfen sollte. Die Jahre waren vergangen, und obwohl er sich bemühte, in Form zu bleiben – mit einer gewissen Nachlässigkeit, wenn man ehrlich war –, trugen seine fünfzig Jahre sicher nicht dazu bei, sich gut in diese Rolle einzufinden. Die engen Wollhosen, eigentlich Strumpfhosen, und die ochsenblutroten Kniebundhosen voller Schleifen schienen ihm Folterwerkzeuge.

Dabei war das der einfache Teil. Seine Brustmuskeln schienen zu brennen unter dem weiß gefärbten Lederwams, das durch Riemen so stramm wie eine zweite Haut saß. Ganz zu schweigen davon, dass die Polsterung aus Rosshaar, die notwendig war, um die Soldaten vor Schwerthieben zu schützen, es noch schwerer machte. Auf dem Kopf trug er einen großen Filzhut, der mit Metallstücken verstärkt war und unter dem er trotz der eisigen Luft stark schwitzte. Schließlich die Pike: ein Ding, das dreimal so lang wie eine normale Lanze war, mindestens zehn *braccia*. Er hielt sie gerade und folgte so natürlich wie möglich dem Soldaten vor ihm.

Sie waren durch das Fallgitter geschritten, in einer bunten Kolonne aus Rot und Weiß mit den Wappen des *Ewigen Bundes der Drei Waldstätter*, dem Zusammenschluss der drei Forstkantone Uri, Schwyz und Unterwalden, und den

Bannern des Kantons, dem der Urner Hauptmann Hans Turmann angehörte, mit der Schnauze eines schwarzen wilden Stiers auf gelbem Feld.

Die Pfeifen spielten ein fröhliches Lied, die Trommeln ergänzten einen martialischen Rhythmus, viele Söldner sangen aus vollem Hals eine ihrer lauten und vulgären Balladen, und der Zug marschierte voran. Ludovico hoffte, nicht erkannt zu werden. Er ging an der Spitze des Kriegerzuges, nahe beim Hauptmann. Leider hatte er keinen Schnurrbart, aber in der Aufregung der letzten Monate waren seine Haare lang geworden, und er hoffte, dass diese Maskerade reichte, um die Franzosen zu täuschen. Die restliche Truppe ging eng nebeneinander, und in diesem dichten Durcheinander aus Gesängen, Gesichtern, Grimassen, tief in die Stirn gezogenen Hüten und Piken, die im fahlen Wintersonnenlicht glitzerten, schien es sehr unwahrscheinlich, dass der Feind sich einen Weg bahnen konnte.

Die Kolonne zog weiter. Die Straße bog sich in einer Kurve, an der ein Trupp Franzosen auf sie zu warten schien, wobei es ehrlicherweise so aussah, als täten sie nichts, außer zuzusehen, wie die Soldaten marschierten, frei in ihre Kantone zurückkehrten. Wie abgemacht.

Il Moro betete. Der schicksalhafte Moment kam näher. Schließlich war er da.

Er schritt unter der Nase des französischen Hauptmannes vorbei, und nichts geschah. Innerlich atmete er erleichtert auf. Sein Herz, das wie verrückt im Takt der endlosen Trommeln schlug, schien endlich etwas langsamer zu werden. Die Pike wurde ihm leichter, der Hut weniger unangenehm, die Hose bequemer, das Wams fast auf Maß passend.

Il Moro empfand etwas, das er seit Jahren unterdrückt zu

haben schien. Sicher, er hatte alles verloren, aber nicht die Freiheit, und damit konnte er schließlich noch viel tun.

In genau diesem Augenblick ergriffen ihn gierige Hände an den Schultern. Das geschah so plötzlich, dass Ludovico völlig überrumpelt war, sodass er zunächst nicht einmal Widerstand leistete. Erst nach der ersten Verwirrung, als er sich bereits außerhalb der Kolonne befand, versuchte er zu reagieren, doch jemand riss ihm die Pike aus der Hand und schleuderte ihn auf die braune, eisige Erde des Feldes. Er lag bäuchlings auf dem Boden, als sich Schritte näherten.

Er drehte sich auf den Rücken und sah den Hauptmann Hans Turmann über sich stehen. Instinktiv rutschte Ludovico auf die Ellbogen gestützt zurück. Zwei weitere Schweizer sahen ihn verstohlen an. Einer spuckte nach ihm, der andere bellte etwas Unverständliches, dann trennten sie sich und ließen einen französischen Hauptmann durch. Dieser näherte sich Il Moro mit einem brutalen Grinsen. Er zog sein Schwert und hielt die Klinge an Ludovicos Kehle. »Exzellenz«, sagte er, »ich bin Hauptmann Jules Lafere der Armee von Ludwig XII., dem großen König der Franzosen. Ihr steht unter Arrest. Ich habe den Befehl, Euch gefangen zu nehmen und nach Frankreich ins Schloss Pierre-Scize zu bringen.«

Jetzt, dachte der Herzog von Mailand, war es wirklich vorbei.

68. Gift und Liebe

Kirchenstaat, Trastevere

Sancha spürte, wie ihre Macht von Tag zu Tag schwand. So war es noch nie gewesen, doch seit Caterina Sforza in Rom angekommen war, war ihr Einfluss auf Cesare komplett verschwunden. Er fühlte sich von der Hexe von Forlì, so nannte sie sie insgeheim, auf eine völlig unvernünftige Art und Weise angezogen. Da sie genug von seinen Ausreden hatte, einem Treffen mit ihr aus dem Weg zu gehen, hatte sie sich in seinen Palazzo in Trastevere begeben, damit er sich ihr stellen musste.

Ihre Verbitterung über sein Verhalten war so groß, dass sie sich eigentlich hätte weigern sollen, überhaupt zu ihm zu gehen: Wo war ihre Würde, ihr Stolz, dieser Zauber, der es ihr noch vor einem Jahr oder wenig mehr erlaubt hatte, ihn um den Finger zu wickeln?

Cesare hatte geheiratet, er hatte in Frankreich gelebt, natürlich hatte er sich verändert, sagte sie sich. Aber sie wollte nicht aufgeben. Sie wusste sehr wohl, dass sie ohne ihn im Rom der Borgia verloren wäre. Sie war von Juan verlassen worden, der von Gott weiß wem umgebracht worden war. War es Cesare gewesen? Dessen war sie sich fast sicher. Schon immer. Und es war klar, dass sie, wenn sie sich nicht damit abfinden konnte, dass er sie vielleicht nicht mehr wollte, wahrscheinlich ihr eigenes Leben aufs Spiel setzte. Was sollte den Sohn des Papstes daran hindern, ihr die Kehle durchzuschneiden und sie in den Tiber zu werfen? War so nicht auch Pedro Calderon gestorben? Und Pentesilea? Michelotto verließ ihn nicht und war ihm treu bis in den Tod. Sancha hatte nicht viel mit Cesares Leibwächter zu tun gehabt, aber wenn sie mit ihm gesprochen hatte, war er stets kalt wie eine Messerklinge gewesen. Und wer solche Leute bewaffnete, musste noch schlimmer sein als sie.

Und jetzt befand sie sich im Haus eines solchen Monsters. Dennoch begehrte sie ihn wie noch nie zuvor. Vielleicht eben deswegen. Weil Cesare abgrundtief böse war, und das machte ihn zum Sinnbild dieser verdorbenen Zeit, die von dem Egoismus unter den Menschen und von ihrer Machtgier zugrunde gerichtet wurde. Die Menschen hatten aus dieser Stadt ein Schlangennest gemacht und herrschten nun über sie. Doch unter ihnen allen war Cesare der Hüter der Pforte des Hades, derjenige, der das schwarze Geheimnis einer Zeit des Elends in der menschlichen Seele hütete, bis ihn diese Krankheit befallen hatte, die ihn wie ein Bandwurm von innen auffraß und ihn selbst in seiner schamlosen Schönheit der Jugend verfaulen ließ. Diese Schönheit, die jetzt Stück für Stück zerstört wurde, trotz der tausend Kunstgriffe, mit denen er die Sünde verbarg, die er in sich trug.

Wie zur Bestätigung dieser Gedanken, die ihr Herz zerrissen, erschien Cesare schließlich mit einer schwarzen Samtmaske. Seine Augen waren Schlitze zu der brodelnden Hölle, die in seiner gebrochenen Seele wohnte.

Sancha wurde eiskalt, als hätte er einen plötzlichen Winter mitgebracht. Dieser Stoffschild stieß sie unmerklich ab, er nahm ihr den Blick auf seine Lippen, und durch die Kälte, mit der er sie behandelte, fühlte sie sich noch verlorener.

»Mia Signora«, sagte er, »was führt Euch zu mir?«

Cesare erschien ihr so distanziert, gefühllos, dass Sancha für einen Moment den Saal verlassen wollte. Doch dann mobilisierte sie Kräfte, von denen sie selbst nicht wusste, dass sie sie besaß, und wappnete sich für das Aufeinandertreffen. Sie hoffte, dass ihre Stimme in seinen Ohren nicht bittend klang, als sie sich zu ihrer beachtlichen Größe aufrichtete und ihn anherrschte: »Mehr habt Ihr mir also nicht zu sagen? Habt Ihr vergessen, wie sehr Ihr noch vor einem Jahr nach meinem Mund verlangt habt? Und ich war doch dieselbe wie heute. Und ich habe mich Euch hingegeben, obwohl ich wusste, was Euch verzehrte und immer noch verzehrt. Ich habe es nur für Eure Liebe getan.«

»Diese Zeiten sind vorbei«, erwiderte Cesare lakonisch.

»Das sehe ich«, antwortete sie und bleckte die Zähne, wie sie es immer tat, wenn sie sich nicht schwach zeigen wollte. »Und das alles wegen dieser Dirne, die mit Euch macht, was sie will.«

Die Augen des Valentino glänzten vor schierem Hass.

»Sagt, was Ihr wollt, aber seid vorsichtig, Prinzessin, denn das hier ist Rom, meine Stadt, und ob Ihr es glaubt oder nicht, ich habe inzwischen gelernt, ihre Stimmung, ihre Wünsche und Begierden zu beherrschen.«

»Ist das eine Drohung?«, wollte Sancha wissen und hob eine Augenbraue.

»Eine Tatsache.«

»Mir scheint, Ihr überschätzt Eure Fähigkeiten.«

»Mag sein. Ich hoffe für Euch, dass es so ist, denn glaubt mir, die Worte, die Ihr über Caterina gesagt habt, verdienten es, mit Blut ausgewaschen zu werden.«

»Wirklich?«, fragte sie höhnisch. »Dann ist es also genauso, wie ich befürchtet habe. Ihr seid ein Opfer dieser Frau! Sie befiehlt Euch wie dem kleinen Soldaten, der Ihr seid, und wenn jemand es wagt, sie infrage zu stellen, so verteidigt Ihr sie mit gezücktem Schwert. Sie, die der Papst, Euer Vater, gerade erst in die Engelsburg gesperrt hat, sie, die versucht hat, ihn zu vergiften, herrscht über den großen Sieger von Forlì. Dann stimmt es also, der Mann, den ich früher begehrt habe, ist für immer verschwunden.« Damit begann Sancha zu lachen, aber etwas an diesem Lachen stimmte nicht. Es war eher ein pathetisches Eingeständnis ihrer Niederlage.

»Ich schulde Euch keine Erklärung, ich benehme mich, wie ich möchte, wie ich es schon immer getan habe!«, verkündete Cesare. Dann trat er plötzlich auf sie zu, legte seine Hände um ihren Hals, presste sie an die Wand, als wäre sie ein Insekt, und hob sie hoch. »Passt lieber auf Euch selbst auf und auf Euren Bruder, denn nichts und niemand wird Euch von heute an vor meinem Zorn schützen.«

Dann verschwand diese blinde und jähe Wut so, wie sie gekommen war, und er ließ sie los, während Sancha hustend die Hände an ihren Hals legte. »Zum Teufel!«, zischte sie mit erstickter Stimme. »Das war das letzte Mal, dass ich Euch erlaube, mich zu berühren. Ich muss mich vor Euch vorsehen, das ist mir klar! Nun, ich werde bereit sein. Und ich werde Euch für Eure Arroganz zahlen lassen, ich werde sie Euch heimzahlen, wenn Ihr es am wenigsten erwartet.«

»Ich kann es kaum erwarten, dass Ihr es versucht«, sagte Cesare. »Ihr habt recht: Ihr tut gut daran, vorsichtig zu sein, denn ich habe nicht die Absicht, Eure Unverschämtheit zu tolerieren. Ihr, die Ihr ins Bett meines Bruders gekrochen seid, und Alfons, der dasselbe bei meiner geliebten Lucrezia getan hat.«

»Geliebten? Ihr ahnt nicht, wie sehr Ihr Euch täuscht, Cesare. Ihr liebt nur Euch selbst, und Eure Schwester weiß das nur allzu gut. Bei Euch hat sich viel verändert, aber Ihr könnt mir glauben, dass Lucrezia und ich unsere Freundschaft während Eurer Abwesenheit noch vertieft haben. Sie wird nie auf Eurer Seite stehen, das kann ich Euch schwören, von nun an und in der Zukunft. Sie gegen Euch aufzubringen wird meine Mission sein, verlasst Euch darauf. Und solltet Ihr mich eines Tages töten wollen, so wisst, dass Ihr Euch ihren Hass zuziehen werdet. Seid Ihr dazu bereit? Denn das erwartet Euch. Versucht, es herauszufinden, wenn Ihr Euch traut. Ich verfluche Euch, Cesare, möge sich Euer heutiger Ruhm in Ruin verwandeln, die Siege in Niederlagen, die Freude in Verzweiflung ...«

»Schweigt!«, schrie er sie an. »Geht, verfluchte Liebesvergifterin.«

»Ihr werdet diesen Tag bereuen, Cesare, das schwöre ich Euch.« Sanchas Körper streckte sich ihm entgegen, als ob sie unsichtbare Pfeile auf ihn abschießen würde. Nach dieser letzten Schmähung wandte sie sich um und ging.

69. Asolo

Republik Venedig, Asolo

Sie hatten die Pferde ohne Pause galoppieren lassen. Als sie an einem Brunnentrog haltmachten, schaute sich Leonardo die Landschaft an, er war begeistert von den sich schroff und steil erhebenden Hügeln. Die Straße war nicht mehr eben und übersichtlich, sondern kurvenreich und steil, doch das saftige Grün, das die ersten Frühlingslüfte zum Strahlen brachten, die süßen Düfte und das kristallklare Brunnenwasser, alles schien ihm wie von Gott geküsst.

»Wenn wir so weitermachen, werden wir am frühen Nachmittag Asolo erreichen«, sagte Antonio Condulmer, der die Aufgabe hatte, sich einige Tage um den illustren Gast der Serenissima zu kümmern, auf direkten Befehl des Dogen.

Dafür hatte der Herr der Spione in seiner ersten ruhigen Phase, seit er denken konnte, beschlossen, Messer da Vinci an den Hof von Caterina Cornaro zu führen.

»Ich werde heute also eine Königin treffen«, bemerkte Leonardo.

»Ganz genau. Ihr müsst wissen, dass ihr Hof in Asolo zwar klein ist, aber zu den kultiviertesten dieser Zeit gehört, auch dank eines ausgewählten Kreises von Künstlern, deren Bekanntschaft Ihr hoffentlich machen werdet.«

»Mehr verlange ich nicht«, erwiderte Leonardo.

»Sehr gut«, sagte Antonio, »dann ist es wohl besser, wenn wir uns wieder auf den Weg machen. Wir haben noch einige Meilen vor uns.«

Mit diesen Worten stieg der Venezianer in den Sattel, Messer da Vinci tat es ihm sofort nach. Sobald sie wieder auf der Straße waren, folgte ihnen die kleine Eskorte, die sie begleitete.

Der große Turm ragte majestätisch auf dem Hügel auf, eine Gruppe hoher Zypressen beschatteten dessen Zinnen wie stolze grüne Säulen. Auf den Laufgräben sah Leonardo die Wachen in glänzenden Helmen und mit langen Hellebarden, an deren Klingen sich für einen Augenblick die Sonnenstrahlen fingen. Zu Füßen der Burg lag das Dorf hinter einer prächtigen Stadtmauer. Es war ein beeindruckender Anblick, denn in ihrer ausgezeichneten Defensivarchitektur hatte die Burg eine lebendige Plastizität ungewöhnlicher Formen, umso mehr, da sie auf einem Felsvorsprung lag, was ihr noch mehr Eleganz verlieh und wodurch sie gleichzeitig das nahe Tal beherrschte.

Dieser Anblick erfreute Leonardo und machte ihn umso neugieriger auf das, was er dort antreffen würde. Er überquerte die Fallbrücke, schritt übermütig unter dem Fallgitter hindurch und betrat hinter dem Bevollmächtigten des Dogen den Burghof.

Hier kamen eifrig und aufmerksam zwei Stallburschen angelaufen, die sich sofort um die Pferde kümmerten, während Antonio Condulmer von einem Höfling ehrerbietig über eine monumentale Treppe zu den Räumen im Mittelteil der Burg geführt wurde.

»Meine Herrin hat saubere Kleidung für Euch vorbereiten lassen und bittet Euch, sie heute Abend zu tragen. Bis zur Vesper könnt Ihr Euch ausruhen. Dann werdet Ihr mit Königin Caterina zu Abend essen«, erklärte der Höfling.

»Wir danken für die Fürsorge und die Höflichkeit«, erwiderte Condulmer.

Leonardo verabschiedete sich von dem Venezianer und betrat sein Zimmer. Es war prächtig eingerichtet, mit einem schönen Kamin, einem bequemen Bett und weichen Teppichen. Er stellte seine Reisetasche ab und zog sein Wams aus, dann ging er zur eisernen Waschgarnitur. Er nahm den Krug und füllte die Waschschüssel mit angenehm lauwarmem Wasser. Ein Stück Alepposeife kam gerade recht, und so wusch er sich, genoss das Gefühl des Wassers auf der Haut. Viele hielten es für eine Quelle der Krankheiten, aber soweit er wusste, stimmte das nicht, und wann immer es möglich war, so säuberte und wusch er seinen Körper mit aller Energie.

Nachdem er sich ausgiebig den Körper gewaschen hatte, säuberte er sich das Gesicht, dann wickelte er sich in ein Leinentuch, das jemand zu genau diesem Zweck dort gelassen hatte.

Er fand auf dem Bett ein großartiges Wams aus lila Samt und zog es an. Das Futter war aus Batist, sehr weich auf der Haut. Er genoss dessen Zartheit.

Sauber und gut gekleidet beschloss Leonardo auszugehen. Der Tag war schön, und er wollte gern die letzten Sonnenstrahlen ausnutzen. Er schloss die Tür hinter sich, ging durch einen langen Korridor und erreichte einen Salon mit einer majestätischen Kassettendecke, schmiedeeisernen Lampen und Möbeln mit feinen Intarsien. Das Sonnenlicht des Nachmittags fiel zart hinein und ließ den Raum in frühlingshaftem Glanz erstrahlen.

Er wollte gerade gehen, da rief ihn jemand.

»Messer da Vinci«, sagte die Stimme. Leonardo blickte sich um und sah einen jungen, auffallend schönen Mann, der zeichnete. Als dieser aufstand, sah Leonardo sich einem Riesen gegenüber, obwohl er selbst auch nicht klein war. Wie er trug auch dieser junge Mann seine Haare überschulterlang. Er war einfach gekleidet, sein Blick war direkt und aufrichtig und zeugte von einem festen Willen.

Als er vor ihm stand, streckte er die Hand aus. »Giorgio Barbatelli«, sagte er, »aus Castelfranco. Aber jeder nennt mich bloß Giorgione.«

»Ich kann mir gut denken, warum«, erwiderte Leonardo und betrachtete ihn in voller Größe. »Ich würde gern sehen, woran Ihr arbeitet«, sagte er dann.

»Es ist mir eine Ehre«, antwortete Giorgione und führte ihn zum Tisch. Hier, auf Papier gezeichnet, sah Leonardo Linien von vollendeter Schönheit. Perfekte, doch zarte Züge, fast zerbrechlich, wäre da nicht die Sicherheit, die sie ausstrahlten. Trotz der Leichtigkeit stellten sie das süße und nachdenkliche Gesicht eines Jungen dar. Es war offensichtlich eine Studie, eine Zeichnung, die ein Gemälde vorbereiten sollte, aber so sorgfältig und empfindsam, dass Leonardo zustimmend nickte, was für ihn zumal beim ersten Hinsehen alles andere als selbstverständlich war.

»Wirklich vielversprechend«, bemerkte Leonardo, und das nicht etwa, weil dieser junge Mann von ihm inspiriert war, sondern weil er erkannte, dass dieser Stil seiner eigenen Herangehensweise an das Zeichnen und vielleicht auch an die Malerei verwandt war.

»Maestro«, sagte Giorgione, »ich danke Euch. Ob Ihr es glaubt oder nicht, von Euren Gemälden habe ich viel über die Malerei gelernt ... Und ich frage Euch, kann ich Euch andere Werke von mir zeigen? Meine Herrin, Caterina Cornaro, erweist mir die Ehre, mir einen Raum zur Verfügung zu stellen, den ich als Atelier eingerichtet habe. Ich würde Euch gern dorthin führen.«

»Auch wenn Ihr meine Arbeit studiert habt, mein junger Freund, so lasst mich Euch sagen, dass Euer Talent so rein wie ein Gebirgsbach ist. Ich folge Euch, geht nur voran.«

Das ließ sich Giorgione nicht zweimal sagen, er nahm Papier und Stifte und führte Leonardo in sein Atelier.

Als er die Werke des jungen Malers sah, war Leonardo begeistert. Er fand in ihnen seinen Stil wieder und was er am meisten liebte, die leuchtende Ölfarbe auf der Leinwand, die formale Schönheit der Personen, die verträumten Blicke. Ein Gefühl der unendlichen Zerbrechlichkeit schien den Figuren eigen.

Unter allen fiel ihm besonders ein Junge im halben Brustporträt mit einem Pfeil in der Hand auf. Alles an diesem Gemälde erinnerte ihn an seine eigene Arbeit: die Melancholie und die Zartheit, durch die das Gesicht des Jungen zu leuchten schien, die weichen Locken, so üppig und füllig, dass man glaubte, sie berühren zu können, und die sich im schwarzen Hintergrund aufzulösen schienen, als wären sie aus dem Dunkel entstanden, schließlich das rätselhafte, nur angedeutete Lächeln.

»Bitte, das meinte ich«, sagte Giorgione. »Ich habe diesen Jungen gemalt und dabei an Euch und Eure Arbeit gedacht, an dieses strahlende und glänzende Inkarnat, das in Euren Gemälden fast blendet, an die flüssigen, zarten Blicke, im perfekten Gleichgewicht zwischen verhaltener Freude und Melancholie. Ich liebe Eure Art, Ungreifbares nuanciert darzustellen, die Frauengesichter, die sich fast auflösen oder von der Leinwand entschwinden.«

»Ihr seid sehr gütig, mein Freund.«

Giorgione fuhr unbeirrt fort: »Maestro, mich beeindruckt Euer Einsatz von Farben, wie schafft Ihr es, sie so strahlend zu malen? Eure Grün- und Blautöne sind so zart, dass sie nie deutlich hervortreten, sondern vielmehr die gesamte Szene zu sublimieren und einzuhüllen scheinen. Bearbeitet Ihr sie mit einer bestimmten Paste? Mit Lack?«

»Ja, manchmal benutze ich glänzenden Lack«, erwiderte Leonardo ohne zu zögern, »aber das wahre Geheimnis liegt in den Kontrasten und mehrfachen Lasuren.«

»Lasuren?«, fragte Giorgione verblüfft.

»Exakt.«

»Was meint Ihr, wenn ich fragen darf?«

»Ich erkläre es Euch. Man beginnt mit dem Teil des Gemäldes, der in einem dunkleren Farbton gehalten ist – in Eurem Porträt ist dies zweifellos der Hintergrund – und hellt ihn nach und nach durch die Verwendung von Zwischentönen und Schattierungen auf, um zu vermeiden, dass die Farben in starkem Kontrast nebeneinanderstehen. In diesem Sinn sind zum Beispiel die Locken Eures Jungen perfekt, da sie nach und nach aus der Dunkelheit hinter ihm herauszutreten scheinen. Nach demselben Prinzip müssen sich die hellen Bereiche schrittweise aus den Schatten herausbilden, und zwar mithilfe von dünnen, transparenten Schichten aus Ölfarben, die man sehr sorgfältig mischen muss, um eine echte Überlagerung der Lasuren zu erhalten«, schloss Leonardo.

Während Messer da Vinci sprach, staunte Giorgione mit offenem Mund. Seine Augen, verzaubert vom träumenden Blick des großen Malers, schienen das Unendliche zu sehen, und er starrte entrückt vor sich hin, sodass Leonardo silberhell und amüsiert auflachte.

»Ich muss sehr lustig sein«, bemerkte der junge Künstler aus Castelfranco.

»Nicht doch, mein Freund. Und selbst wenn, so sage ich Euch, dass im Staunen und im Wunder die große Seele eines Künstlers wohnt. Daher sage ich Euch eine großartige Zukunft in der Malerei voraus.«

Als er das hörte, erlaubte sich Giorgione zu lächeln.

»Und nun?«, fragte Leonardo. »Was meint Ihr, würdet Ihr mich Eurer Herrin, der Königin von Zypern, Caterina Cornaro vorstellen? Ich gebe zu, dass die Neugier mich auffrisst.«

»Das werde ich tun, Maestro«, antwortete Giorgione begeistert.

70. Stillleben

Kirchenstaat, auf dem Land bei Rom

Cesare roch Blut. Genau wie die kläffenden Hunde, die sabbernd nach der Beute bellten. Er trieb sein Pferd zu hemmungslosem Galopp an, sodass sich die Lücke zwischen ihnen und den Windhunden und Mastiffs schloss. Das bebende Leben unter sich zu spüren und den Blutfluss in den Adern dieses prächtigen Tieres, das er mit dem Stolz und der Arroganz eines Anführers ritt, versetzte ihn in einen Rausch, wie es nicht einmal Sex oder Krieg vermochte.

Er hörte einen der Hunde jaulen. Hinter ihm kamen die anderen Teilnehmer der Jagd, aber er war sich sicher, sie abgehängt zu haben. Er brüllte seine Diener an, hinter ihm zu bleiben, weil sie ihm bald eine Saufeder reichen müssten, die er dem Wildschwein in die Brust stoßen würde.

Aus der Lichtung, die kurz vor ihm lag, erklang ein wütendes Grunzen. Als Cesare näher kam, sah er das Tier mit dichtem schwarzem Fell, das mit seinen Hauern einen Hund ausweidete. Es warf den Kadaver hoch, der leblos aufs Moos fiel. Schon bald war der Boden mit rotem Blut getränkt, als sich ein riesiger Mastiff auf die Beute stürzte und versuchte, sie anzugreifen. Im Gegenzug erhielt er jedoch einen tödlichen Schulterschlag, der ihm die Knochen gebrochen haben musste, angesichts des Schwungs, mit dem sich das Wildschwein auf ihn stürzte. Der große schwarze Hund brach zusammen, die Gewalt des Aufpralls warf ihn um, und die anderen Mastiffs zogen sich nun verängstigt zurück – sie, die eigentlich die Beute mit rücksichtslosen Angriffen schwächen sollten, zögerten.

»Schnell!«, brüllte Cesare. »Männer zu mir! Eine Saufeder, eine Saufeder! Sofort, oder ich lasse Euch aufspießen!« Und während er wie ein Verrückter brüllte, tänzelte sein Pferd im Kreis, gab sich ganz der Nervosität hin, die durch die direkte Gefahr noch stärker geworden war. Cesare zog an den Zügeln, beherrschte die Angst des Rosses. In der Zwischenzeit hatte ihm ein Diener eine Saufeder gereicht. Der Valentino hatte ihm nicht mal die Zeit gelassen, näher zu kommen, da riss er sie ihm auch schon mit seiner ganzen Wut aus der Hand.

Er wendete das Pferd und stieß mehrfach mit dem Spieß zu, der sich in die Kehle des Tieres bohrte und die Halsschlagader zerschnitt. Trotzdem ergab sich die Beute noch nicht. Sie schwankte auf den gedrungenen Beinen, dabei schoss eine Blutfontäne aus der Wunde und besprizte alle in der Nähe.

»Noch eine Saufeder, noch eine, schnell, sonst werdet Ihr aufgespießt, Herrgott!«, brüllte Cesare mit hervortretenden Augen weiter.

Er bekam eine gereicht und ritt im nächsten Moment auf das große schwarze Wildschwein zu. Der Papstsohn hob die Saufeder an, um sie in das Tier zu stoßen. Die Klinge schnitt durch die Flanke und bis zum Boden, wodurch die Beute auf der Erde festgenagelt wurde.

Das Wildschwein stieß einen letzten verzweifelten Schrei aus. Dann schwieg es, die zweite Saufeder hatte es getötet. Einen Augenblick später stieg Cesare vom Pferd, trat auf den Tierkadaver und zog erst einen Spieß, dann den anderen heraus. Schließlich stützte er sich auf die beiden Saufedern und sah zu, wie das Wildschwein vor seinen Augen ausblutete.

Der Tag war ergiebig gewesen. Cesare hatte viele Tiere erlegt. Und jetzt saß er mit Alfons von Aragón, dem treuen Michele Corella und den Cousins Colonna an einem Tisch. Der Valentino würdigte diese beiden finsteren Intriganten, die in letzter Zeit den Prinzen von Salerno überallhin begleiteten, keines Blickes.

Die Dienerschaft hatte den Tisch mitten in der Blumenwiese gedeckt. Die Luft duftete süß nach Frühling, während die Diener das Fleisch aufschnitten und Wein einschenkten.

Cesare kostete einen Weißwein aus Frascati. Er schnalzte anerkennend mit den Lippen. Er hatte die schwarze Samtmaske vom Gesicht genommen und zeigte Alfons und den anderen Tischgästen die furchtbaren Narben, die ihm die Franzosenkrankheit beschert hatte.

»Das ist das letzte Geschenk von Neapel«, sprach Cesare den Prinzen von Salerno an und berührte die Läsionen auf seiner Haut. »Seitdem hat mich die Krankheit nicht mehr verlassen.« Er sprach diese Worte mit einem gewissen Fatalismus.

»Das tut mir leid, mio Signore«, antwortete Alfons fast zerknirscht.

»Es tut Euch leid, sagt Ihr?« Und ohne auf eine Antwort

zu warten, lachte Cesare laut und ausgelassen auf, es war die Art von Lachen, die das Blut erstarren ließ.

»Ja«, beharrte Alfons, »denn wären die Franzosen nie nach Neapel gekommen, hättet Ihr Euch nie angesteckt.«

Es war eine logische Argumentation, dachte der Sohn des Papstes. Aber an diesem Tag wollte er einen Streit provozieren. Also im Grunde wie immer. Aber in diesem Moment vielleicht noch mehr: Vor ihm saß der Bruder der Frau, die ihn erst vor wenigen Tagen beleidigt hatte. Ganz abgesehen davon, dass er zu dem Haus gehörte, das auf dem neapolitanischen Thron saß und das den Weg für Ludwig XII. und damit für ihn frei machen sollte, damit der legitime König über die Stadt herrschen konnte.

»Was wollt Ihr damit sagen?«

Alfons schien nicht zu verstehen. »Was meint Ihr? Das, was ich gesagt habe. Es erscheint mir eine unwiderlegbare Tatsache zu sein, stimmt Ihr mir nicht zu?«

»Keineswegs! Mir scheint eher, dass Eure letzte Behauptung darauf abzielt, dass das Haus Valois keinerlei legitimen Anspruch auf den Thron von Neapel hätte.«

»So ist es ja auch.« In Alfons' Stimme konnte man klar den Stolz hören, als hätte diese letzte Aussage etwas völlig Offensichtliches bestätigt. Zur weiteren Bekräftigung seiner Überzeugung wechselte der junge Spross des Hauses von Aragón einen verschwörerischen Blick mit den Cousins Colonna.

»Aha! So denkt Ihr also«, erwiderte Cesare. »Habt Ihr gehört, Michelotto? Der Prinz von Salerno bestätigt, dass das Haus Valois keinen legitimen Anspruch auf den Thron von Neapel hat, keinen königlichen Anspruch erheben darf. Doch wo liegt dieser Gedankengang falsch, mein Freund?«

Michelotto, der sich ohne jegliche Manieren mit gebratener Gans vollstopfte, schluckte und spülte mit dem hervorragenden Lacrima Christi nach. Dann sagte er: »Mio Signore, der Thron von Neapel gehört nicht den Valois und auch nicht dem Haus Aragón, da es ein Lehen der römischen Kirche ist, daher muss jeder König vom Papst anerkannt und eingesetzt werden, bevor er sich Herrscher nennen darf. Und deswegen könnte der Thron im Prinzip auch an das Haus Valois gehen, vorausgesetzt, der Papst legitimiert dessen Anspruch.«

»Gut gesagt, mein Freund!«, schloss Cesare Borgia triumphierend. »Begreift Ihr nun, wieso es überhaupt nicht offensichtlich ist, dass das Haus Valois keinen Thronanspruch auf Neapel hat?«, platzte Cesare hochmütig gegenüber Alfons heraus. »Ihr solltet nämlich bedenken, dass es der Pontifex war, der den Thronanspruch Eures Onkels Friedrich anerkannt und legitimiert hat, indem er mir die Investitur übertrug. Und genauso war es, als vor inzwischen einem halben Jahrhundert Alfons V. René d'Anjou besiegt hat! Ohne die Erlaubnis des Papstes hätte er nie über Neapel regieren können. Ist Euch das jetzt klar?« Und mit dieser Aussage zeigte Cesare eine so heftige Genugtuung, als wolle er das Schwert ziehen und den jungen Prinzen von Salerno zum Ruhm der Borgia aufschlitzen.

Doch Alfons war weniger bereit, diese Erniedrigung zu ertragen, als erwartet. »Ich verstehe Eure offenen Drohungen gegen meinen Onkel und meine Familie nicht. Sogar Euer Vater hat uns als Verbündete ausgewählt! Daran gibt es keinen Zweifel, davon abgesehen erlaube ich Euch nicht, so mit mir zu sprechen.«

»Wir sollten die Gemüter nicht umsonst erhitzen, mein

Prinz«, warf Prospero Colonna ein. »Cesare Borgia hat recht, natürlich, doch es stimmt, dass das Haus Aragón seit langer Zeit die Voraussetzungen erobert hat, um über Neapel zu herrschen. Es war Johanna II., die Alfons V. die neapolitanische Krone versprochen hat, und seitdem ist sie immer auf dem Kopf eines Mitglieds dieser Dynastie geblieben. Es gibt daher keinen Grund, diese Tradition zu ändern.«

Cesare Borgia konnte nicht anders, als sich zu ärgern. »Das habt Ihr gut gesagt, Messer Colonna, es ist eine Tradition, sicher, aber auf keinen Fall ein erworbenes Recht. Ohne päpstliche Erlaubnis kann kein Mitglied des Hauses Aragón den Titel des Herrschers von Neapel tragen.«

»Ich stimme zu, mio Signore.«

»Gut. Dann solltet Ihr lieber Euren Schützling darüber in Kenntnis setzen, dass ich gewisse Aussagen nicht tolerieren kann, und zwar aus einem sehr einfachen Grund: Sie enthalten den Keim des Umsturzes! In einer Situation wie dieser, in der Ludwig XII. von Frankreich gerade erst Mailand und die Romagna erobert hat und ich sein Stellvertreter in Italien geworden bin, erhalten bestimmte Positionen unweigerlich einen riskanten Beigeschmack.«

»Natürlich.«

»Sehr wohl. Dann sagt ihm, er soll schweigen und auf seinem Posten bleiben!«

»All das ist unerträglich«, platzte Alfons heraus, der sich nicht mehr zurückhalten konnte. Dann stand er vom Tisch auf und ging.

»Ich habe Euch nicht entlassen!«, donnerte Cesare verärgert.

Er erhielt keine Antwort.

»Alfons!«, rief er noch einmal. Doch der Prinz von Salerno überquerte die Wiese in Richtung des Waldes, ohne sich auch nur umzudrehen. »Alfons!«, brüllte Cesare noch einmal. Umsonst.

»Mio Signore«, sagte Prospero Colonna, »ich denke, Ihr müsst dem Prinzen sein Ungestüm verzeihen, es ist typisch für sein junges Alter. Das müsstet Ihr besser wissen als jeder andere«, endete er mit einem Lächeln.

»Messer Colonna, Ihr redet gut«, gab Cesare zu, »zu gut für meinen Geschmack. Aber ich erlaube es Euch und Eurem Cousin, Euch zu entfernen, um nachzusehen, wo Euer Schützling ist.«

Und ohne ein weiteres Wort schenkte sich der Valentino etwas zu trinken ein.

71. Die Königin von Zypern

Republik Venedig, Burg von Asolo

Es war eine Festtafel. Gefüllte Nudeln, Wildpasteten, geschmortes Gemüse, gebratenes Fleisch, Pudding und kandierter Ingwer und tausend andere Köstlichkeiten hätten auch noch den skeptischsten Gourmet zum Staunen gebracht. Sicher, ein Großteil der Gäste waren Künstler und Literaten: Männer, die vielleicht eher dazu neigten, über Maltechniken und Grammatik zu sprechen, und weniger bereit waren, den Tisch zu ehren. Ganz zu schweigen davon, dass in diesem Moment alle, ohne Ausnahme, auf die Ankunft von Caterina Cornaro, der Burgherrin warteten. Und das taten sie in religiöser Stille, als hinge ihr restliches Leben von diesem Verhalten ab.

Leonardo amüsierte es. Er imitierte seine Mitabenteurer, blieb ruhig und betrachtete die Schönheit der Tafel und des großen Salons, der von zahlreichen Kerzen in schmiedeeisernen Haltern beleuchtet wurde.

Sie mussten nicht lange warten. Kurz darauf kam Caterina, ohne sich auch nur ankündigen zu lassen. Sie trug ein umwerfendes Kleid aus violettem Samt mit Perlenknöpfen und ein Überkleid im türkischen Stil, das üppig verziert und mit smaragdbesetzten Borten eingefasst war, es erinnerte an die Uniformen der Wachen des Sultans. Das dunkelblonde Haar war zu einem Zopf geflochten. Auf dem Kopf trug sie eine goldene, mit Juwelen besetzte Krone und einen zarten Schleier, der der Kopfbedeckung der Janitscharen ähnelte und von einem Rubin, so groß wie ein Medaillon, gekrönt wurde. Durch ihr Gesicht mit den markanten Zügen, die helle Haut mit ausdrucksvollen Falten, die grauen Augen, die gerade Nase und die schmalen Lippen gehörte sie zu den Frauen, die zwar nicht wirklich schön waren, aber trotzdem sehr faszinierend. Caterina gehörte zweifellos zu den charismatischsten Adeligen der Republik Venedig, obwohl sie nicht mehr jung war, bereits über vierzig. Was die Macht anging, unnötig zu erwähnen, dass sie unter all den Damen der Serenissima die Allererste war, schließlich trug sie den Titel einer Königin, und ihr gebührte der Ehrenplatz neben dem Dogen.

Leonardo war beeindruckt. Kaum, dass sie erschienen war, überboten sich Giorgione und die anderen Künstler mit Verbeugungen und Würdigungen. Genauso verhielt sich Antonio Condulmer, der für den Abend besonders elegant gekleidet war.

Schließlich konnte auch Leonardo ihr Ehre erweisen.

»Eure Hoheit«, sagte er, »ich bin von Eurer Schönheit verzaubert und dankbar für Eure wunderbare Gastfreundschaft. Euch kennenzulernen ist eine wahre Ehre.«

»Ich bitte Euch, Messer da Vinci, ich bin keine Königin von irgendwas mehr«, sagte sie einfach und mit leicht amüsierter Ironie. »Ich bin es, die sich freut, dass Ihr heute Abend bei uns seid. Antonio Condulmer hat mir so viel von Euch erzählt, und, ob Ihr es glaubt oder nicht, Euer Ruhm hat auch diese unwirtlichen Ländereien erreicht.«

»Das freut mich, Eure Majestät«, erwiderte Leonardo.
»Ich bitte Euch, folgt mir, ich möchte Euch einige meiner
guten Freunde vorstellen. Wie Ihr vielleicht wisst, gefällt es
mir, die Liebe zur Literatur und zu den Künsten zu pflegen,
daher trefft Ihr heute einige der wichtigsten Vertreter beider
Künste, auch wenn jeder von ihnen Euch Maestro nennt.«

»Ich bitte Euch, Majestät, nennt mich nur Leonardo.
›Maestro‹ ist auf jeden Fall zu viel, und bei ›Messer da
Vinci‹ drehe ich mich um und suche meinen Vater.«

»Nur, wenn Ihr versprecht, mich Caterina zu nennen«,
entgegnete sie lächelnd. Sie hatte eine etwas heisere Stimme,
die auf gewisse Weise perfekt zu ihrer blühenden Figur
passte. Außerdem schien sie ein heiteres Temperament zu
haben und zu guter Laune zu neigen, was sie sofort und
ganz natürlich sympathisch machte.

»Einverstanden.«

»Sehr schön. Und nun kommt«, fuhr die Königin fort,
»ich stelle Euch Giorgio …«

»Wir kennen uns bereits, mia Signora«, bemerkte Giorgione.

»Ah! Dann ist die Vorstellung also ganz überflüssig?«

»Überhaupt nicht«, sagte Leonardo, »Giorgione und ich
haben uns heute Nachmittag über die Malerei unterhalten,
aber ich kann nicht sagen, dass ich das Glück habe, Eure
anderen Gäste zu kennen.«

»Nun denn, das ist Messer Pietro Bembo, Humanist und
Gelehrter, der in Padua studiert hat, mit Ludovico Ariosto
und Niccolò Leoniceno korrespondiert und Berater von
Aldo Manuzio ist.«

»Maestro«, sagte dieser, »Euer Besuch ehrt uns und ist
ein großer Trost für uns. Die Wunder Eurer Malerei und

Eure unerschöpflichen Kenntnisse der Ingenieurskunst und Architektur erstaunen mich jeden Tag aufs Neue.«

»Ich danke Euch«, erwiderte Leonardo, der an all diese Komplimente nicht gewöhnt war.

»Das ist Messer Giovanni Battista Cima, ein eleganter und kultivierter Maler.«

»Aber alle nennen mich bloß Cima da Conegliano, Messer da Vinci«, sagte dieser.

Leonardo begrüßte ihn.

Als die Vorstellungen schließlich beendet waren, setzten sich alle an den Tisch und genossen die wunderbaren Gerichte.

»Dann stimmt es also, was gemunkelt wurde, dass Messer Condulmer Euch aus Mailand geholt hat, um Euch nach Venedig zu bringen«, sagte Caterina und nickte in Richtung des obersten Anführers der Spione der Serenissima. »Ich frage mich, was er Euch versprochen hat, um Euch zu überzeugen.«

»Mia Signora, tatsächlich hat es mich überzeugt, dass er nichts versprochen hat. In der Vergangenheit habe ich gelernt, Versprechen zu misstrauen, weil ich immer enttäuscht wurde. Was Mailand angeht, so gebe ich zu, dass das Auftauchen von Ludwig von Frankreich mich sicher nicht zum Bleiben inspiriert hat. Im letzten Jahr habe ich Cesare Borgia getroffen, der sich an meinen Fähigkeiten als militärischer Ingenieur interessiert zeigte, aber meine Aktivitäten in dieser Phase meines Lebens sind ganz andere. Wenigstens in der allernächsten Zeit. Seht, ich habe verstanden, dass mir das Leben nur erträglich ist, wenn ich meinen Wünschen nachgehe. Als ich daher, dank Messer Condulmer, Alessandro Benedetti, Maestro der Anatomie und Medizin in Padua, getroffen und von seinen Plänen für den Bau anatomischer Theater erfahren habe und von seinen Forschungen zur französischen Krankheit und möglichen Behandlungen, nun, da habe ich nicht gezögert, nach Venedig zu reisen.«

»Natürlich, die französische Krankheit«, bemerkte die Königin.»Ich weiß, dass Messer Benedetti bald sein Werk *Historia corporis humani sive anatomice* veröffentlichen wird.«

»Und ich kann Euch sagen, dass es wirklich brillant ist.«

»Das bezweifle ich nicht. Aber, wenn ich Euch das fragen darf, was fasziniert Euch am menschlichen Körper?«

Leonardo schien darüber nachzudenken, als wolle er bei seiner Antwort ganz sicher sein.»Zunächst habe ich begonnen, den menschlichen Körper und allgemeiner die Anatomie zu erforschen, damit dessen Abbildung in meiner Malerei perfekt oder wenigstens so nah der Wirklichkeit wie möglich ist. Die Naturbeobachtung liegt schon immer allem, was ich tue und tun werde, zugrunde, eine genaue Kenntnis der ›Karte‹ des Körpers ist daher für mich eine absolute Notwendigkeit. Bei seinem Studium habe ich verstanden, dass der Mensch eine perfekte Maschine geschenkt bekommen hat, bei der jedes Organ und jedes Glied eine präzise Funktion hat, auch in Beziehung zu den anderen, und diese komplexe Harmonie zeigt sich auch in meiner Malerei. Und es ist natürlich nicht nur das, es ist der Versuch, die Seele von jedem von uns einzufangen: Deswegen haben alle Frauen, die ich porträtiere, verwischte Konturen, denn in allen, die ich kennengelernt habe, auch bei Euch, meine Königin, gibt es etwas Unsagbares, Ungreifbares und daher Höheres, das unsere überirdische Herkunft aufzeigt, die daher auch die Gesetze des Körpers, von denen ich gerade sprach, überragt.«

Caterina seufzte. »Das, was ich verstehe, mein lieber Leonardo, ist, dass Eure Art, so zu sprechen, unweigerlich dazu führt, dass die Frauen Euch zu Füßen liegen. Zumal sie, neben Euren wunderbaren Sätzen, auch noch herausragende Gemälde erhalten. Man spricht von nichts anderem als Eurem *Abendmahl* und den Porträts, die Ihr in Mailand angefertigt habt, angefangen mit dem von Cecilia Gallerani.«

»Mia Signora, zu viel der Ehre«, wehrte Leonardo ab.

»Nicht doch«, sagte Messer Condulmer, »Ihre Hoheit übertreibt gar nicht. Ich hätte allerdings nicht erwartet, dass Ihr religiös seid!«

»Das bin ich auch nicht im Geringsten«, erwiderte Messer da Vinci, »ja, ich glaube, dass es in den Frauen sozusagen sehr viel mehr ›Göttliches‹ gibt als in dem Gott, den die Kirche propagiert, aus dem einfachen Grund, dass sie Leben geben.«

»Gewagte Worte«, entgegnete Messer Condulmer.

»Mag sein, aber das glaube ich tatsächlich.«

»Und jetzt, Messer da Vinci, darf ich auf diese Eure Worte anstoßen?«, wollte Caterina wissen.

»Mia Signora, ich bitte Euch darum«, antwortete Leonardo.

»Nun denn, meine Herren«, sagte die Königin von Zypern und erhob Ihren Kelch, »ich trinke mit Euch auf die Gedankenfreiheit und die Künste.«

Alle taten es ihr nach und stießen voller Begeisterung mit ihr an, darunter auch Messer Condulmer.

Antonio war besonders froh darüber, dass die Königin von Zypern vom ersten Augenblick an eine Schwäche für seinen Gast gezeigt hatte. Leonardo war ein Mann von unermesslichem Wissen und großer Höflichkeit.

Es war schwierig, sich nicht in ihn zu verlieben, da er zu Sanftmut und stiller Nachdenklichkeit neigte. Condulmer wusste ganz genau, dass Messer da Vinci sich bei Bedarf in einen Mann der Tat und des Mutes verwandeln konnte, aber sein Charakter war der eines aufmerksamen Beobachters, darüber hinaus war er, trotz seines fortgeschrittenen Alters, immer noch attraktiv, mit seinen langen, wenn auch etwas spärlichen, glatt nach hinten gekämmten Haaren, dem schönen, üppigen Bart, den klaren, wachen Augen, und er war fähig, die Geheimnisse jedes Rätsels in seiner Nähe zu verstehen.

Caterina hatte den Besuch also genossen, und der Blick, den sie ihm zuwarf, bestätigte es. Antonio atmete erleichtert auf. Venedig legte großen Wert darauf, dass Caterina keinerlei Grund hatte, sich über ihre Behandlung zu beschweren, denn es war nun mal so, dass man ihr ein Königreich genommen hatte, was sie alles in allem bereitwillig akzeptiert hatte. Doch natürlich hätte sie jeden Grund gehabt zu verlangen, dass die zyprische Krone an ihre Familie geht, nachdem Jakob II. von Zypern sie zur legitimen Herrscherin ernannt hatte. Um zu verhindern, dass sie unvernünftige Forderungen stellte, bemühte sich Venedig, ihr jeden Komfort und jegliche Unterhaltung und auch diesen angesichts des Ruhmes von Messer da Vinci besonders prestigereichen Besuch zu ermöglichen, man musste ihn als ein präzises politisches Manöver verstehen, damit die Königin von Zypern immer an ihrem Platz blieb. Daher verpasste Antonio Condulmer, eben wegen seiner Rolle, nie solche Besuche und freute sich darüber, dass die Arbeiten am Schiff von Altivole beendet waren und die Residenz, die Caterina hatte bauen lassen, die prächtigste seit langer Zeit war.

Das Abendessen verlief ohne Zwischenfälle: Leonardo und Caterina tauschten Meinungen und Ansichten aus, Pietro Bembo lobte das Werk Aldo Manuzios, den Leonardo in Venedig kennengelernt und dessen großartige Druckerei er besucht hatte, Giorgione und Cima diskutierten mit dem Maestro aus Vinci über die modernsten Techniken der Malerei: von der Lasur bis zur Perspektive.

Condulmer dachte, dass dieses Abendessen auf gewisse Weise die gesamte Philosophie von Venedig repräsentierte: Unzugänglich und neutral, wollte die Serenissima zur Hauptstadt der Kultur auf der Halbinsel werden, in dem Versuch, Florenz das Zepter des Zentrums des Wissens zu entreißen, zumal der französische Einmarsch es zusammen mit den anderen Herzogtümern und Republiken schwächte und die Serenissima von den heranreifenden Abkommen nicht betroffen war oder sogar begünstigt wurde.

Seit einiger Zeit liefen geheime Verhandlungen zwischen Ludwig XII. von Frankreich und Ferdinand II. von Aragón, an denen auch Venedig teilnahm. Das Ziel war die Aufteilung der italischen Halbinsel, ohne Wissen des Papstes, Cesare Borgias und des Königs von Neapel, Friedrich.

Deswegen lächelte Antonio. Die Serenissima würde sich im Mittelmeer und auf dem Festland weiter ausdehnen. Während die anderen über Farben und Maschinen diskutierten, über Chiaroscuro und Drucke, über Ölmalerei auf Leinwand und als Fresko, beschäftigte er sich mit der

Vermessung von Beziehungsgeometrien und der Veränderung von Grenzen und Begrenzungen.

Wie die Spinne schweigend ihr Netz spinnt, so überließ Antonio Condulmer den Tischgästen die Debatten, festigte im Verborgenen Positionen und überlegte, wie sich der Einflussbereich der Republik erweitern ließ.

72. Überleben

Kirchenstaat, Palazzo Borgia

Seit einigen Wochen war Alfons nicht mehr derselbe. Und Sancha ebenfalls nicht. Ja, der Unmut der beiden schien sich in einem merkwürdigen Wechselspiel noch hochzuschaukeln, als entstünde zwischen Bruder und Schwester ein Gefühl des Argwohns und des Hasses gegenüber Rom und der Familie Borgia. Lucrezia war sich sicher, dass diese plötzliche Veränderung unvermeidlich mit Cesares Rückkehr zusammenhing. Der war im Übrigen wieder in die Romagna gereist, wo er die neuesten Eroberungen stabilisieren wollte. Er würde natürlich zurückkommen, aber bis dahin könnte sie vielleicht ein kleines bisschen Heiterkeit wiedergewinnen. Erst gestern hatte sie hinter der Tür gehört, wie Alfons die beiden Colonna-Cousins gebeten hatte, ihn nicht im Stich zu lassen. Doch Prospero und Fabrizio hatten keine Wahl. Sie mussten zurück nach Neapel. Die Gerüchte, dass Ludwig XII. bereit war, nach Süden zu ziehen, um die neapolitanische Hauptstadt zu erobern, verdichteten sich immer mehr, und König Friedrich wollte, ob zu Recht oder Unrecht, seine beiden besten Männer am Hof haben.

Daher hatte sie beschlossen, Sancha in die Mangel zu nehmen. Wenn Cesare sie verlassen hatte, wie sie annahm, so war sie im Übrigen nun die einzige Person, die der Prinzessin von Squillace freundlich gesinnt war. Und wenn sie mit ihr sprach, würde sie vielleicht auch etwas über Alfons erfahren, der ihr aus irgendeinem Grund immer aus dem Weg ging.

Es war ein Albtraum. Es war ihr, als erlebe sie erneut die Tage mit Giovanni: als er nach Pesaro geflohen war und sie in Rom allein zurückgelassen hatte.

Der einzige Mensch, der ihr Freude bereitete, war ihr Sohn Rodrigo.

Als Sancha zu ihr kam, sah Lucrezia, dass sie besorgt war. Ihre schönen schwarzen Augen waren verschattet, als schliefe sie seit Tagen nicht. Ihr Gesicht war abgemagert, und die sonst so perfekt frisierten Haare waren voller Knoten und zerzaust, eine struppige dunkle Masse. Lucrezia begriff diese Veränderung nicht. Sie hatte Sancha nur wenige Tage nicht gesehen, doch es schien, als wäre ein Jahr vergangen.

»Seht Ihr, was aus mir geworden ist?«, fragte die Freundin mit gebrochener Stimme. Anscheinend war sie kurz vorm Weinen.

»Was ist geschehen? Sprecht!«

»Oh, Lucrezia, Ihr wisst nicht, wie sehr mein Herz gebrochen ist.«

»Umso wichtiger, dass Ihr Euch mir als Freundin öffnet.«

»Ihr habt natürlich recht. Wie immer. Nun, versprecht mir, dass das, was ich Euch sagen werde, in diesem Zimmer bleibt.«

»Das müsst Ihr mir gar nicht erst sagen.«

Sancha seufzte. »Gut. Wenn ich gezögert habe, dann weil ich befürchte, dass Euch etwas Schlimmes geschehen könnte, und dass es für Euch besser wäre, nichts von alldem zu wissen ...«

»Sagt mir so etwas nicht mal im Scherz«, beharrte Lucrezia. »Nur Mut, Sancha, vertraut Euch mir an. Ihr werdet sehen, danach geht es Euch besser.«

»Nun gut. Cesare ist hoffnungslos verliebt in diese dumme Dirne Caterina Sforza.«

»Und doch lässt er es zu, dass mein Vater sie in der Engelsburg gefangen hält. Eine sehr merkwürdige Liebe.«

»Ich weiß nicht, was ich sagen soll. Vielleicht konnte sich nicht einmal er gegen einen solchen Willen auflehnen. Aber er ist krankhaft von ihr angezogen. Als könnte sich zwischen dem Sieger und der Kriegsbeute eine Beziehung entwickeln, die gleichzeitig auf Anziehung und Verderbtheit basiert. Ich kann es nicht erklären. Aber mich verletzt nicht nur die Tatsache, dass er keinerlei Begierde mehr mir gegenüber empfindet ... Tatsächlich hat er mich offen bedroht! Und wir wissen alle, wozu Euer Bruder imstande ist ...«

»Wie konnte er es wagen?«, fragte Lucrezia mit unterdrückter Wut. »Ihr seid die Prinzessin von Squillace, die Tochter eines Königs! Die Ehefrau seines Bruders und wie meine Schwester! Welch eine Unverschämtheit!«

»Doch Ihr müsst mir glauben, Lucrezia, ihm ist alles egal. Cesare ist inzwischen völlig skrupellos. Er verkündet, was er will, und ist sich sicher, es zu erreichen. Erst vor wenigen Tagen hat er bei der Jagd Alfons beleidigt.«

»Wirklich?«

»Er hat es mir selbst gesagt.«

»Und warum hat er es mir nicht erzählt? Vertraut er mir nicht? Was habe ich ihm denn getan?«

Nun war es an Sancha, die Tochter des Papstes zu beruhigen. »Liebste Lucrezia, sagt so etwas nicht. Den Grund dafür habe ich Euch schon genannt: Er wollte nicht, dass Ihr es wisst, weil er Euch damit nur in Gefahr bringt. Was ich gerade getan habe, indem ich Euch mein Herz ausgeschüttet habe. Das war egoistisch, ich weiß.«

»Sancha, Ihr könnt und müsst mir alles sagen!«, antwortete Lucrezia mit gramerfüllter Stimme. »Lasst uns von nun an und für immer alles teilen. Schließlich habe ich Euren Bruder geheiratet und Ihr meinen. Wir sind mehr als Schwestern, versteht Ihr das nicht? Unsere Kraft hängt vor allem davon ab, dass wir stets an der Seite der anderen sind. Erinnert Ihr Euch? Das hatten wir uns vor drei Jahren versprochen, hier in diesem Palazzo!«

»Ich werde diese Eure Worte nie mehr vergessen. Es ist wahr. Wir hatten es uns bereits versprochen, und ich hatte es für einen Augenblick vergessen. Ich bitte Euch um Verzeihung. Und ich danke Euch, Schwester.« Sancha war gerührt.

Lucrezia umarmte sie. In diesem Moment spürte sie, dass die Freundschaft zur Prinzessin von Squillace wie ein Gelübde war, ein Versprechen, das wieder erneuert worden war. Und diese Tatsache erfüllte sie mit Freude und Dankbarkeit, denn trotz all ihrer Schwächen war Sancha immer aufrichtig zu ihr gewesen. Und wer in dieser Stadt war schon ohne Sünde?

»Jetzt gehe ich«, sagte Lucrezia schließlich, »ich muss mit Alfons sprechen.«

73. Indiskretionen

Republik Venedig, Kirche Santa Maria dei Miracoli

Die Sonne stand schon hoch. Es war ein heißer, gnadenloser Sommer. Trotz der brütenden Hitze liebte Antonio Condulmer diesen Ort, weil er wenig frequentiert wurde und still war. Ein Ort der absoluten Abgeschiedenheit. Er schätzte den einzigartigen Gegensatz zwischen der Einfachheit dieses kleinen Platzes und der einzigartigen und prachtvollen Architektur von Santa Maria dei Miracoli.

Die erst vor gut zehn Jahren errichtete Kirche war komplett von Messer Pietro Lombardo geplant und gebaut worden. Er hatte sich eine immens effektvolle Fassade ausgedacht, die wirkte, als wolle sie mit ihrer Imposanz den leeren Platz ausfüllen. Ganz abgesehen davon, dass die gegenüberliegende Wand bündig mit dem Kanal erbaut worden war, sodass sie direkt aus dem grünen Wasser der Lagune aufzutauchen schien, als wäre sie aus ihr gewachsen.

Antonio wusste, dass er dort die Person treffen würde, mit der er sprechen wollte, wie es auch früher schon geschehen war. Als oberster Anführer der Spione der Serenissima schätzte er die Diskretion vor allen anderen Tugenden, und der Campo dei Miracoli war neben dem passenden und vielversprechenden Namen die beste Garantie dafür. Als er sich dem Portal näherte, war er kurz von der Schönheit des Tympanons und des unglaublichen, halbrunden Giebels überwältigt: die große Mittelrosette, die drei Augen im gleichen Abstand, die zarten Marmorverzierungen.

Dann trat er ein.

Kaum, dass er den einschiffigen Kirchenraum betreten hatte, spürte er die angenehme Kühle.

Dann entdeckte er praktisch sofort die Person, auf die er wartete. Sie kniete auf einer der Holzbänke in den ersten Reihen, direkt vor der Treppe, die zum Presbyterium führte.

Seine Schritte hallten im weiten Kirchenschiff, als er auf sie zuging.

Er kniete sich neben sie und blickte kurz darauf in ein wunderschönes Gesicht. Die wie eine einfache Bürgerin gekleidete Frau sah ihn an und lächelte schelmisch. »Ihr habt auf Euch warten lassen, Exzellenz«, sagte sie amüsiert.

»Verzeiht mir, Madonna«, antwortete Antonio.

»Werden wir hier nicht gestört?«, fragte sie.

»Der Priester ist gut bezahlt worden.«

»Ihr denkt wirklich an alles, nicht wahr?«

»Natürlich.«

Die Frau seufzte. »Fragt Ihr nicht, wie es mir geht?«

»Trotz der einfachen Kleidung erkenne ich an der Schönheit Eurer blauen Augen und der Klarheit Eurer Stimme, dass es niemandem besser geht als Euch«, erwiderte der Herr der Spione.

»Nun gut. Ihr wollt, dass ich direkt zum Punkt komme, ich verstehe.«

»Wenn es möglich ist … Es wird andere Gelegenheiten und Momente geben, um uns etwas netter zu unterhalten.

Und ich muss zugeben, dass es mir nicht missfallen würde, Euch in einem Eurem Rang angemessenen Kleid zu sehen, Marquise. Das hier verdeckt, zusammen mit dem leichten Umhang, zu viel Eurer reizenden Person.«

Die Frau blickte vorwurfsvoll. »Ihr seid ganz schön unverschämt!« Dann nickte sie. »Doch was das Treffen angeht, so nehme ich es als ein Versprechen. Und was Spanien und Frankreich angeht, so kann ich sagen, was ich herausgefunden habe.«

»Ich höre.«

»Wir wissen ja beide, dass Friedrich von Neapel Ferdinand II. um Hilfe gebeten hat. Das ist auch nicht verwunderlich, da es ja dieser war, der Ferrantino die Wiedereroberung des an den Onkel gegangenen Reiches garantiert hatte. Auch dieses Mal, wie Ihr sicherlich wisst, hat Ferdinand II. der Bitte stattgegeben.«

»Genau. Ich gebe zu, angesichts unserer früheren Abkommen mit Frankreich und Spanien erschien es mir ein riskanter Zug.«

»Und doch …«

»Und doch?«, fragte Messer Condulmer und ermunterte seine schöne Spionin mit einem Blick, ohne jedoch Ungeduld zu zeigen.

»Die Annahme der Bitte ist nichts anderes als ein Manöver, um jeglichen Verdacht in die Irre zu führen. Ferdinand II. hat ganz sicher nicht die Absicht, Friedrich zu helfen.«

»Aha!«

»Nach allem, was ich herausfinden konnte, bereitet sich der Mann des spanischen Königs darauf vor, an einem geheimen Ort den Spion von Ludwig XII. von Frankreich zu treffen, um …«

»… das Reich Neapel zwischen Spanien und Frankreich aufzuteilen?«

»In der Tat«, bestätigte die Frau.

»Seid Ihr sicher?«

Die Marquise nickte.

»Ihr wollt mir nicht sagen, wie Ihr den Beweis für diese Überzeugung erhalten habt?«

»Wie ich zu meinen Sicherheiten komme, ist nicht Eure Sache«, entgegnete sie eisig.

Condulmer hob die Hände zum Himmel. Dann stimmte er leise zu: »Das ist richtig. Verzeiht mir. Also, ausgehend von dem, was Ihr mir gesagt habt … könnte sich Folgendes ergeben.«

»Ich lausche«, sagte die Marquise, denn ihr war bewusst, wie wichtig es dem obersten Anführer der Spione war, zukünftige Szenarien auszumalen.

»Spanien und Frankreich werden ihre besten Generäle schicken: Gonzalo de Córdoba, *El Gran Capitán*, auf der einen Seite und Louis d'Armagnac, Herzog von Nemours, auf der anderen. Aller Wahrscheinlichkeit nach werden die Spanier das falsche Abkommen mit Friedrich ausnutzen, um nach Kalabrien hinaufzuziehen, wie sie es vor einigen Jahren mit Karl VIII. getan haben, und die Festungen durch Täuschung besetzen. Sie werden ihn verraten, und wenn der König von Neapel es bemerkt, wird es schon zu spät sein. Auf der anderen Seite werden die Franzosen bis nach Rom ziehen, und das neapolitanische Reich wird zwischen zwei Löwen aufgerieben. Und es muss fallen, weil es keinen möglichen Verbündeten hat: den Papst nicht, dessen Sohn für Ludwig XII. kämpft, Mailand nicht, weil es Letzterem schon gehört. Und nicht mal die Romagna, die vom Borgia unterworfen wurde. Was uns angeht ... wir haben bereits zugestimmt, untätig zu bleiben und die Ghiara d'Adda zu erhalten.«

»Für Neapel ist es also hoffnungslos«, sagte die Marquise.

»Ganz genau, Maria Consuelo«, sagte Antonio, dabei rutschte ihm der echte Name der Frau heraus.

»Also seid auch Ihr manchmal unkonzentriert«, stellte sie fest.

»Wie sollte ich einer Frau wie Euch widerstehen?«

»Wann werde ich Euch wiedersehen?«, wollte sie wissen.

»Früher als Ihr glaubt. Jetzt werde ich das, was Ihr mir erzählt habt, dem Dogen mitteilen.« Dann sah er sie an, und seine Augen leuchteten brennend. »Ich erwarte Euch morgen in meinem Palazzo.«

»Und?«

»Und Ihr werdet Euch über das freuen, was Euch erwartet.« Damit stand Condulmer von den Knien auf und ging zum Ausgang.

74. Die Freitreppe

Kirchenstaat, Petersplatz

E s war ein großartiges Abendessen gewesen, und die Furcht vor Cesares Hass schien sich gelegt zu haben. Der Sohn des Papstes war seit Kurzem aus der Romagna zurückgekehrt, durch neue Siege erstarkt, aber er war heute Abend nicht aufgetaucht. Umso besser, dachte Alfons.

Die Hitze nahm ihm den Atem. In dieser Nacht, feucht wie die Sünde, troff der Prinz von Salerno vor Schweiß.

Da Prospero und Fabrizio Colonna nach Neapel zurückgekehrt waren, ließ sich Alfons von Tommaso Albanese, seinem Kammerherrn, und von Zeno, einem seiner Reitknechte, begleiten. Nur, damit er ein paar Klingen auf seiner Seite hatte, für den Fall hässlicher Begegnungen.

Sie gingen unter der Loggia hindurch, von der aus der Pontifex segnete, und über die Freitreppe, die zum Petersplatz führte. Sie hatten erst wenige Stufen genommen, als wie aus dem Nichts ein paar Räuber vor ihnen auftauchten.

Sie sagten nichts, forderten nichts: Sie waren zu sechst, die Schwerter gezogen. Jeder von ihnen trug eine Fackel, die die Treppe erhellte.

Alfons hatte seine eigene Klinge aus Toledo noch nicht

gezückt, als sich schon ein Gauner auf ihn stürzte. Der Prinz von Salerno konnte fast vollständig ausweichen, doch der Stahl traf ihn, wenn auch nur oberflächlich, an der rechten Schulter, und er fluchte vor Schmerz.

Er zückte sein Schwert und Tommaso ebenfalls.

»Messer Albanese«, sagte Alfons an seinen Kammerherrn gerichtet, »kämpfen wir bis zum Ende und verkaufen wie unsere Haut teuer, denn diese Räuber sind gekommen, um uns zu ermorden.«

Als sein Gegner zurückkam, konnte er eine Finte anwenden und ihn damit aus dem Gleichgewicht bringen. In diesem Moment durchbrach er seine Deckung und versetzte seinem Gegner einen Schlag, der ihn tief in der Brust verletzt haben musste. Das gegnerische Schwert fiel mit einem düsteren, metallischen Klang auf die Freitreppe. Alfons nutzte die Gelegenheit, riss dem verblüfften Gegner die Fackel aus der Hand und verpasste ihm einen Schlag mit dem Ellbogen, sodass er die Treppe hinunterstürzte. Jetzt führte er die Fackel in einem leuchtenden Bogen durch die Luft. Er sah Schatten, ahnte aber, dass die Räuber schwarz gekleidet waren und Masken trugen.

»Pah! Ihr habt nicht mal den Mut, Euch zu zeigen«, sagte er angewidert. Dann zeichnete er mit unausweichlicher Fatalität mit der Klinge ein Kreuz in die Luft. »Zeno!«, rief er. »Kehrt zurück in den Vatikan und holt Hilfe. Mit etwas Glück sind wir noch nicht tot, wenn Ihr zurückkommt …« Aber er konnte den Satz nicht beenden, weil mindestens drei Klingen vor ihm aufblitzten und ihn angriffen. Er parierte den ersten Hieb und ließ den zweiten durch eine Pirouette ins Leere laufen. Der dritte traf ihn an der linken Schulter und fügte ihm eine weitere Wunde zu.

Er parierte noch einmal einen seiner Angreifer. Er warf seinen Hut beiseite, weil er ihn störte. Direkt neben sich vernahm er, wie Tommasos Klinge gegen die des Gegners prallte, er hörte Metall auf Metall. Er wich einem Schlag aus, der ihn seitlich von rechts anvisierte, parierte zum zweiten Mal und streckte dann die Fackel seinem Feind ins Gesicht, der daraufhin wie ein verletztes Tier aufheulte.

In der Zwischenzeit spürte er eine Klinge an seiner Seite. Er beugte sich vor, und jemand versetzte ihm mit der Glocke der Parierstange einen Kopfstoß. Er hielt sich weiter auf den Beinen, trotz einer Kopfwunde, die heftig blutete.

Er parierte einen dritten, dann einen vierten, versuchte einen Hieb, aber ohne Erfolg, da er wegen der blutenden Wunde an seinem Kopf nicht erkennen konnte, wo sich sein Gegner befand. Er sah einen roten, pulsierenden Schleier vor sich. Die Fackel war wer weiß wo gelandet.

»Tommaso!«, rief er, aber erhielt keine Antwort.

Er spürte einen weiteren Treffer am Brustkorb.

An diesem Punkt begriff er, dass er nicht mehr lange durchhalten würde. Er machte einen Schritt nach hinten, versuchte verzweifelt, die Freitreppe hinaufzusteigen, aber er schwankte stark und fiel ein paarmal fast.

Er hustete Blut, legte die Hand an die Lippen und sah, dass sie rot wurde. Er versuchte zu sprechen, aber es kam nur ein dumpfer Ton heraus, der einen metallischen Geschmack im Mund hinterließ.

Dann spürte er abermals ein Schwert, das sich ihm in die Brust bohrte.

Jetzt gaben seine Knie nach. Er sackte zusammen. Mit letzter Kraft schaffte er es, nicht nach vorn, sondern zur Seite zu fallen, ein schwerer Schlag traf ihn an der Flanke.

Während seine Augen zufielen, hörte er eine Frauenstimme. Er sah Schatten vor sich, die verschwanden. Das Trampeln von Stiefeln drang an sein Ohr.

Dann nichts mehr.

75. Das Prokrustesbett

Kirchenstaat, Apostolischer Palast

Sagt mir, ob er es schaffen wird.«
»Er hat viel Blut verloren, Signora. Doch der Prinz
ist sehr robust. Er muss liegen, aber wenn er meinen Anweisungen folgt, wird er schon bald außer Gefahr sein. Ich
werde in ein paar Stunden zurückkommen, um die Ver-
bände zu wechseln.«

Das hörte Alfons von Aragón, als er wieder erwachte.
Die Stimmen klangen wie weit entferntes Flüstern, als befände er sich unter Wasser, aber nach und nach schien er
aufzutauchen, sodass er die Töne wieder ganz normal
wahrnahm.

Er verstand, dass er im Bett lag.

Er schlug die Augen auf und stellte fest, dass er sich in
der Sala delle Sibille befand, dem Saal der Sibyllen. Er sah
Lucrezia. Sie war wunderschön, auch mit diesem traurigen
Blick, der sofort erstrahlte, als sie merkte, dass er wieder bei
Bewusstsein war. Ihre Anmut blendete ihn, und in diesem
Moment begriff Alfons, wie sehr sie ihn liebte. Es war eine
Offenbarung, das Wunder, etwas zu erkennen, das er immer
gewusst hatte, das sich jetzt aber in ihren Augen zeigte. Er
hätte alles gegeben, um dieses Gefühl wieder zu erleben.

Sie kam näher. »Alfons«, sagte sie, »Amore mio ... Wie geht es Euch?« Dann küsste sie ihn. Er hatte das Gefühl, im Paradies zu sein. Dann kam der Schmerz. Sein gesamter Körper tat ihm unerträglich weh, als würden ihn Hunderte Nadeln stechen.

»Bewegt Euch nicht, Alfons«, wies ihn Lucrezia an, »wenn irgendetwas ist, bin ich da.«

»Mein Bruder.« Es war Sancha. Auch sie hatte einen sanften, aber traurigen Blick. Besiegt. Das tat ihm fast mehr weh als die Schmerzen, die er empfand: Noch nie hatte er in den Augen seiner Schwester Resignation gesehen, doch genau das erblickte er jetzt dort. Waren sie also wirklich verloren?

Plötzlich erinnerte sich Alfons an das, was geschehen war: der Angriff, die Verteidigung, die Hiebe, die Schmerzen durch die Klingen.

»Tommaso?«, fragte Alfons leise.

»Er schafft es, keine Sorge«, antwortete Sancha.

»Er hat sich gut geschlagen«, ergänzte der Prinz von Salerno.

»Aber jetzt dürft Ihr nur daran denken, Euch zu erholen.«

»Ich habe höllische Schmerzen«, sagte Alfons, der ganz langsam, Wort für Wort ein Minimum an Energie wiederzugewinnen schien.

»Als wir Euch gefunden haben, wart Ihr blutüberströmt. Messer Torella, der Arzt des Papstes und meines Bruders Cesare, hat sich um Euch gekümmert. Ihm verdanken wir es, wenn es Euch besser geht. Zwei Tage lang habt Ihr zwischen Leben und Tod geschwebt, aber jetzt seid Ihr wieder da, und ich schwöre Euch, Ihr bleibt bei mir. Für immer.«

Lucrezias Stimme zitterte vor Emotion. »Ich werde Euch nie verlassen, Alfons.«

Während die Tochter des Papstes sprach, weinte Sancha. Lucrezia bemerkte es. »Meine Schwester ...«

»Keine Sorge«, antwortete diese. »Jetzt weine ich vor Freude.«

»Amore mio«, sagte Alfons, »kommt zu mir.« Und er umarmte sie.

Der Prinz von Salerno spürte, wie er wiedergeboren wurde. Es war, als gäbe ihm Lucrezias Nähe die verlorene Energie zurück. »Ich fühle mich schon besser«, verkündete er.

Als er es nicht mehr schaffte, sie festzuhalten, löste Alfons sich aus der Umarmung.

Sancha sah ihn an. »Cesare«, sagte sie lapidar, »steckt hinter alldem.«

»Glaubt Ihr?«, fragte Alfons.

»Ohne Zweifel.«

Lucrezia schüttelte den Kopf, sie hatte Tränen in den Augen. »Ich befürchte, Sancha hat recht. Ich habe bis zuletzt gehofft, aber ...«

»Es gibt keinen Zweifel!«, entgegnete die Prinzessin von Squillace. »Wieso war er zuletzt nicht zum Essen bei uns?«

»Weil ich ihm schon seit Längerem keine angenehme Gesellschaft mehr bin«, antwortete Alfons.

»Stimmt. Aber ich glaube nicht, dass das der einzige Grund war. Sein Fehlen ist ein Schuldeingeständnis. So hat er den Hinterhalt besser vorbereiten können. Und auch in diesen zwei Tagen ist er nicht aufgetaucht, was ebenfalls darauf hindeutet, dass es so gelaufen ist, wie ich meine.«

»Ich hasse es, es zuzugeben. Aber ich glaube, dass es genauso gewesen ist«, sagte Lucrezia.

Mit einer, wie ihm schien, übermenschlichen Kraftanstrengung stützte sich der Prinz von Salerno auf die Ellbogen und richtete sich auf.

»Was tut Ihr?«, fragte Lucrezia, »Ihr müsst Euch erholen. Ihr dürft Euch nicht anstrengen.«

»Oh, mir geht's gut«, unterbrach Alfons sie. »Ihr dürft nicht an mich denken, Lucrezia, wie lange habt Ihr nicht mehr geschlafen?«

»Glaubt Ihr wirklich, ich bekäme auch nur ein Auge zu, wenn ich weiß, dass jemand Euch ermorden will? Es kommt noch die Zeit zum Schlafen. Aber nicht jetzt«, schloss sie bestimmt. »Ein Wind des Hasses und des Grolls weht auf diesen Ort zu. Ich werde an Euren Onkel Friedrich schreiben und ihm mitteilen, dass Ihr, sobald Ihr reisen könnt, Euch auf den Weg nach Neapel macht. Und wir«, sagte Lucrezia mit Blick auf Sancha, »kommen mit Euch. Ich nehme auch den kleinen Rodrigo mit. Im Moment sind wir in Sicherheit, mein Vater hat einen ganzen Wachkorps abgestellt, der das Zimmer bewacht. Aber wir wissen nicht, wie lange. Wir können nicht hierbleiben und warten. Worauf auch?«

»Ganz genau!«, stimmte Sancha ihr zu. »Ihr habt recht, Lucrezia, so machen wir es. Und ich sage Euch noch mehr: Wir sind heute ein Hindernis für Cesare. Und auch für Euren Vater. Die Borgia haben sich seit einiger Zeit auf die französische Seite geschlagen und bereiten sich auf die Eroberung von Neapel vor. Wir müssen abreisen, bevor es zu spät ist.«

»Ihr habt bereits entschieden ...«, sagte Alfons. Er wollte noch etwas sagen, war aber zu müde. Außerdem hatte

Lucrezia wahrscheinlich recht. Daher ließ er sich ohne ein weiteres Wort aufs Bett sinken, er konnte sich nicht mehr auf den Ellbogen halten. Die Sibyllen sahen ihn von den Wänden an.

Könnten sie ihm doch nur die Zukunft voraussagen, dachte er.

76. Dunkelheit

Kirchenstaat, Engelsburg

Sie war am Ende ihrer Kräfte. Wie lange war sie schon hier? Wie lange würde man sie in dieser Festung gefangen halten? Mit welchem Recht behandelten sie sie wie eine Gefangene? Der Dunkelheit ausgeliefert, in der sie durch die Sommerhitze in ihrem zerrissenen und schmutzigen Kleid schwitzte, während sie versuchten, sie auszulöschen, sie vergessen zu lassen, was sie gewesen war? Eingesperrt in diese stinkende Zelle, in schwarzer Finsternis. Nur, wenn man ihr Wasser zu trinken oder altes und steinhartes Brot zu essen brachte, nur dann sah sie das Licht des kleinen Fensters. Sie hörte, wie die Wachen die Tür entriegelten und eine leuchtende Wunde sich in dieser verfluchten Tür öffnete, ein Siegel aus Eisen und Holz, das ihr die Freiheit stahl.

Die Zelle zeigte zum Hof. Für wenige Augenblick erahnte sie sein Ausmaß. Aber sie hatte keinen blassen Schimmer, wie sie herauskommen sollte.

Sie wusste, dass der Pontifex wollte, dass sie auf die Ländereien verzichtete, die ihr rechtmäßig zustanden. Niemals würde sie nachgeben. Sie könnten ihren Körper quälen, ihr alle Tränen nehmen, ihr die Knochen einen nach dem anderen brechen. Sie würde nicht nachgeben. Denn sie war

Caterina Sforza, und in diesem Namen lag ein Erbe, das in der Erinnerung bewahrt werden würde: das der Herren von Mailand, der Heerführer und Herzöge, von Gold und Eisen, von Ruhm und Wut.

Cesare hatte sie kurz nach ihrer Ankunft in Rom verraten. Das wusste sie. Sie hatte gewusst, dass es geschehen würde, als er sie zur Kriegsbeute erklärt hatte. Es war nicht von Bedeutung, dass er danach um sie gekämpft hatte, dass er sie geliebt hatte, denn er hatte sie geliebt, dessen war sie sich sicher: Sie wusste, dass sie von diesem Mann, der inmitten von Verrat und Korruption aufgewachsen war, nichts erwarten konnte. Es hatte ihr genügt, diese Stadt vor einigen Monaten zu sehen, als sie durch die Via Alessandrina zogen, zu Jubelrufen für Cesare, während das Volk in den Gässchen Fleisch grillte und sich über die Freigetränke eines Monarchen freute, an dem nur das Kreuz auf seinem heiligen Gewand christlich war. Ein Pontifex, der die Ewige Stadt mit Bastarden angefüllt hatte, er, der doch als Erster das Gebot der Keuschheit hätte einhalten müssen; ein Pontifex, der denjenigen das Paradies versprach, die genug Dukaten hatten, um es sich zu kaufen; ein Pontifex, der die exkommunizierte, die es wagten, ihm das vorzuwerfen, was jeder gottesfürchtige Mann oder jede gottesfürchtige Frau ihm hätte vorwerfen wollen. Und während sie durch diese Straße ging, die der Papst von der Engelsburg zum Apostolischen Palast hatte bauen lassen, verstand sie, dass diese gerade Straße eine Narbe in der Ewigen Stadt war, eine einzige weiße Linie, die Rom schändete wie die letzte der Dirnen und die Basilika zu einem Ort des Verfalls, der Geister machte, der die weltliche Macht zum einzigen Götzen erhob.

Der Petersdom war eine Höhle der wandernden Geister.

Wie sie. Aber sie würde nicht nachgeben. Nicht jetzt und niemals, schwor sie sich.

Alexander VI.! Oh, wie teuer er eines Tages bezahlen würde. Er würde hinweggefegt werden: er selbst und seinesgleichen. Männer, die es genossen, die Herzen der Gerechten zu quälen und zu verletzen, weil sie in der Verderbnis aufblühten und im Betrug die einzige Dimension des Lebens erkannten. Und auch jetzt, nachdem er sie zum Schweigen gebracht hatte, ihr fälschlicherweise einen Giftanschlag vorwarf, mit dem sie nichts zu tun hatte, bloß, um sie anklagen und verurteilen zu können, auch jetzt fürchtete und erniedrigte er sie noch, aus Furcht, sie könne den Kopf wieder erheben.

Cesare.

Zu Anfang war er zu ihr gekommen, um sie zu beruhigen. Dann war er nicht mehr aufgetaucht. Er langweilte sich schnell, der Sohn des Papstes. Aber wie sie im Kopf – im köstlichen Labyrinth des Wahnsinns – wiederholte, es überraschte sie nicht. Sie hatte es geschafft, einige Wochen in einem merkwürdigen Schwebezustand aus Leidenschaft und Verderben zu verharren, in dem sie sich verloren und wiedergefunden und vor allem überlebt hatte, während sie von Forlì nach Rom gereist waren. Sie, die Beute des Siegers über die Romagna, des Herzogs von Valentinois.

Widerstand leisten. Das würde sie tun. Man würde versuchen, sie auf jede Weise zu brechen, aber sie würde nicht nachgeben. Früher oder später würde die beschämende Ungerechtigkeit ihrer Gefangenschaft bekannt werden, dessen war sie sich sicher.

Es würde hart werden, denn sie hatte nur einen dünnen Faden Hoffnung. Die Sforza waren in Ungnade gefallen. In diesem Moment dachte sie darüber nach, dass, während sie in der Engelsburg gefangen war, Ludovico il Moro in Pierre-Scize gefangen war.

Es schien, als gäbe es keine Gnade für ihre Dynastie, die ja sogar einmal die Halbinsel beherrscht hatte und nun in den Kerkern, in den Eingeweiden einer Welt ausgelöscht wurde, die alle, die diesen Namen trugen, abzulehnen schien.

Auch Giovanni war schließlich missachtet, erniedrigt und für impotent erklärt worden, vor allen Leuten, die jetzt sicher über ihn lachten, ihn als Missgeburt und als unfähig bezeichneten. Und es war eine Lüge. Auch das. Die Lügen hatten ihre Familie in den Abgrund gestürzt: Besser als die Klinge eines Schwertes hatten sie das Glück der Sforza zerstören können.

In der Dunkelheit grübelte sie über Schicksalsschläge nach, dachte an die Medici, wie sie aus Florenz gejagt worden waren, an den entfesselten Hass auf sie, dann an die Aragonesen, die kurz davorstanden, in Neapel vernichtet zu werden, und an die Colonna, die aus Rom verstoßen worden und gezwungen waren, wie Hunde für die Knochen zu kämpfen, die sie von denen erhielten, die sie mit dem Krieg beauftragten.

Sie betete, dass die französische Krankheit Borgia umbrachte.

Sie hatte gesehen, wie die Wunden Cesare auffraßen. Sie hoffte, dass er gezwungen war, sich das Gesicht mit einer schwarzen Samtmaske zu bedecken, um sich vor dem Tod zu verstecken, der ihn früher oder später holen würde. Ihn und seinen Vater: Sie flehte Gott an, dass er ihnen die Apokalypse bescherte, um sie für das Böse zu bestrafen, mit dem sie die Welt korrumpiert hatten.

77. Versprechen

Königreich Neapel, Castel Nuovo

B estätigt das Lehen! Mehr erbitte ich nicht von Euch«, flehte Isabella von Aragón ihren Onkel Friedrich I. König von Neapel an. »Ich bin so lange, wie ich konnte, in Mailand geblieben. Aber Ihr wisst besser als ich, was geschehen ist. Ich habe Ludwig XII. gebeten, meinen Sohn Francesco als legitimen Herzog von Mailand anzuerkennen, und ...«

»Und was Ihr erreicht habt, ist, dass der Junge nach Frankreich gebracht wurde, um ausgebildet zu werden und die Tochter dieses faulen und feigen Königs zu heiraten, und stattdessen wurde er jetzt in einem Kloster eingesperrt!«, unterbrach Friedrich sie ungeduldig.

»Und was hätte ich sonst tun können, Onkel? Auf Euch konnte ich sicher nicht zählen, oder etwa doch? Ich allein im Unglück, gezwungen, wie eine Ausgestoßene zu leben, zuzusehen, wie mein Mann Gian Galeazzo, rechtmäßiger Herzog von Mailand, stirbt, umgebracht vom Gift dieses verrückten Astrologen, der bei Il Moro im Sold steht!«

»Von wem sprecht Ihr?«, fragte Friedrich, der immer weniger begriff.

»Von Ambrogio da Rosate! Er selbst hat es mir gebeichtet, als Mailand in die Hände der Franzosen fiel, kurz vor seiner Übergabe an Trivulzio, der ihn für all das büßen lassen wollte, was er Il Moro hatte antun wollen, ohne dass es ihm gelungen wäre. Ambrogio benutzte ein von ihm selbst zubereitetes Gift …« Ihre Stimme brach, und sie weinte.

Als er so viel Verzweiflung sah, trat der König zu seiner Nichte, die urplötzlich vor ihm stand, nachdem er fast zwanzig Jahre nichts von ihr gehört hatte, und umarmte sie. »Es tut mir sehr leid.« Mehr sagte er nicht.

Doch Isabella war hart wie Stahl. Sie hatte schon viel Schlimmeres ertragen. Nach wenigen Augenblicken löste sie sich aus der sanften Umarmung des Onkels. Ihr Blick wurde wieder stolz, glühend, und die Stimme sicher. »Ich danke Euch. Aber jetzt ist das Beste für mich, über mein Lehen verfügen zu können. Bestätigt dieses Lehen.«

»Ich habe Euch gesagt, dass ich das nicht kann, selbst wenn ich es wollte.«

»Aber warum?«, fragte sie ungeduldig.

»Weil Bari Francesco Sforza, Ludovicos Sohn, verliehen wurde, nicht Euch. Abgesehen davon, dass Il Moro gar kein Recht dazu hatte! Vor allem, weil er nicht der rechtmäßige Herzog war, und auch, weil er diese Ländereien nur im Nießbrauch hatte.«

»Selbst wenn! Seid Ihr nicht der König von Neapel? Lasst mich wenigstens ein Lehen verwalten, während ich auf die Rückkehr meines Sohnes warte.«

Friedrich schüttelte den Kopf. »Wirklich? Er kommt zurück, sagt Ihr?«

»Ich habe die Absicht, Kaiser Maximilian von Habsburg um Fürsprache zu bitten.«

Friedrichs Miene verfinsterte sich. »Eben den Kaiser, der Il Moro bei der Wiedereroberung von Mailand nicht helfen wollte und zuließ, dass er von einer Handvoll Schweizer Söldner verraten wurde? Glaubt Ihr wirklich, dass man in einen solchen Mann Hoffnungen setzen kann?«

»Das wäre immer noch besser, als hierzubleiben und darauf zu warten, dass die Franzosen kommen.«

»Die schicken wir nach Hause«, erwiderte Friedrich, »Ferdinand hat mir seinen Beistand garantiert.«

»Umso besser. Und jetzt frage ich mich: Was hindert den König von Neapel daran, dieses Lehen an die rechtmäßige Tochter der aragonesischen Dynastie zu geben? An wen sollte die Herrschaft über das Lehen Bari gehen, wenn nicht an mich?«

»Aber könnt Ihr nicht hierbleiben?«

»Bis wann? Bis zu dem Tag, an dem diese Stadt durch das Eisen und Feuer der Kanonenschüsse verwüstet wird?«

»Nun gut!«, sagte Friedrich schließlich. »Ich werde tun, worum Ihr mich bittet. Ich werde dieses verfluchte Dokument vorbereiten lassen. In der Zwischenzeit übergebe ich es Euch in Ermanglung eines Rivalen mündlich, garantiere Euch eine Eskorte unter der Führung von Prospero Colonna und verspreche Euch, dass Ihr ohne Probleme die Stadt betreten werdet.«

Zum ersten Mal, seit sie zu sprechen begonnen hatte, erhellte sich Isabellas Gesicht. »Onkel, ich danke Euch, Ihr wisst nicht, wie viel mir das bedeutet.«

»Ihr braucht viel Glück, damit Euer Plan gelingt, aber ich kann Euch auch nicht einfach der Gunst des Schicksals überlassen. Da habt Ihr recht«, räumte Friedrich ein. »Ferdinand und seine Armee werden bald hier sein, und wenn

Ihr dann Euer Lehen Bari übernommen habt, seid Ihr wenigstens weit weg von Neapel und seinen nahen Festungen wie Capua, die im Zentrum der Auseinandersetzungen liegen werden. Und ich wüsste Euch hinter dicken Mauern, wie denen der Burg von Bari, in Sicherheit.«

Friedrich nickte, als wollte er sich von seiner eigenen Entscheidung überzeugen. Dann bestätigte er sie noch einmal: »So machen wir es. Es ist entschieden.«

78. Im Abgrund

Kirchenstaat, Apostolischer Palast

Alfons war noch schwach, aber auf dem Weg der Besserung. Dafür konnte er sich bei einigen der Männer bedanken, die sich zusammen mit ihm in diesem Zimmer befanden. Vor allem die beiden Herren in Schwarz mit weißen Krägen und Samtumhängen, die auf die Namen Galiano de Anna und Clemente Gactula hörten. Der Erste war ein berühmter neapolitanischer Chirurg, der Zweite ein ebenso geschätzter Arzt und Physiker. De Anna war immer aufmunternd, hatte eine sanfte Stimme und war selbst die Gesundheit in Person. Gactula, dünner und nervöser, war stets aufmerksam und misstrauisch.

Tommaso Albanese, der nicht von seiner Seite wich, fragte ihn oft, eigentlich ständig, nach seinem Wohlbefinden, doch Alfons verzieh ihm, weil er sich ihm zu sehr verbunden fühlte, nachdem er mit ihm zusammen die schreckliche Nacht auf der Freitreppe vor dem Petersdom erlebt hatte.

Doch so vernünftig und intelligent sie waren, schien keiner von ihnen die Situation verstehen zu wollen: »Ich sage Euch, dass wir so bald wie möglich abreisen müssen«, bekräftigte Alfons. »Hierzubleiben ist Wahnsinn«, beharrte er, »sobald meine Frau und meine Schwester kommen, die einzigen Personen, denen ich in diesem Vipernnest vertraue, könnt Ihr von ihnen selbst hören, wie gefährlich es ist, noch zu zögern.«

De Anna seufzte. Dann sprach er langsam, mit bewussten Pausen, als hätte er es mit einem bockigen Kind zu tun, dem er zum x-ten Mal erklären musste, wie es wirklich war. »Eure Hoheit, wir verstehen absolut, was Ihr sagt, aber Ihr müsst bedenken, dass Ihr noch nicht geheilt seid, und sich jetzt auf eine Reise zu begeben wäre absolut verrückt. Ihr würdet praktisch sicher einen Rückfall riskieren. Ihr seid zu schwach und könntet alles Gute, was erreicht wurde, ruinieren. Geduldet Euch noch ein paar Tage, dann sehen wir weiter. Mit ein bisschen Glück können wir in einer Woche an eine Abreise denken. Ich bin mir sicher, dass Mastro Gactula mir da zustimmt.«

Dieser warf de Anna einen gelinde gesagt besorgten Blick zu. Er wirkte wie ein Rabe, bereit für den Kampf um einen Kadaver. Dann wandte er sich an den Prinzen von Salerno. »Majestät, was mein Kollege sagt, stimmt. Ich wäre auch gern woanders. Dieser Ort lässt mich schaudern. Aber wir können es nicht erlauben, dass die Umstände unser klares Urteil beeinträchtigen, und es ist unmöglich, dass Ihr in Eurem Zustand auf Reisen geht.«

Alfons hob resigniert die Hände. »Auch wenn ich mich perfekt in Form fühlte? Oh, na gut, na gut, Signori, ganz wie Ihr meint.« Dann wandte er sich an Tommaso. »Unmöglich, ihre Meinung zu ändern. Und Ihr, mein Freund, seid Ihr wenigstens auf meiner Seite?«

»Natürlich, Eure Majestät«, erwiderte Messer Albanese, »und genau deswegen kann ich diesen beiden Männern der

Wissenschaft, zwei wahren Größen der Universität von Neapel, nicht widersprechen.«

Der Chirurg nickte zustimmend. Einen Augenblick lang schien er befürchtet zu haben, dass der Kammerherr des Prinzen von Salerno sich zu unpassenden Zusagen hinreißen lassen würde. Daher freute er sich, als er diese Worte hörte, und sein Lächeln reichte über beide Wangen und zeigte seine Erleichterung. »Gut gesagt, mein Freund ...« Doch er hatte nicht mehr die Zeit, den Satz zu beenden, denn während er sprach, tauchte ein Mann mit wildem Blick und lautem Säbelgerassel in der Tür auf, gefolgt von einigen Wachen.

Michelotto war wirklich verärgert. Er bekam immer die schlimmsten Aufträge. Es war eine Sache, die Leute nachts umzubringen, sie vielleicht in den Tiber zu werfen, aber sie am helllichten Tag zu ermorden, war etwas ganz anderes. Andererseits waren das die Befehle, die er erhalten hatte, und er hatte nicht vor, sie infrage zu stellen. Außerdem hasste er den Prinzen von Salerno. Arrogant, verwöhnt, mit einer Fechttechnik, die zweifellos raffiniert war, ja sogar fast effeminiert. Nicht, dass sie nicht wirksam wäre, schließlich war er dem Attentat entkommen und hatte mindestens zwei Schergen verletzt, aber seiner Meinung nach sollte ein Schwert nicht wie eine Nadel eingesetzt, sondern wie ein Hackbeil geschwungen werden.

Jedenfalls war er jetzt hier, um das zu erledigen, was ihm befohlen worden war, also wollte er es schnell hinter sich bringen. »Signori, Sie sind verhaftet«, sagte er klipp und klar zu Galiano de Anna und Clemente Gactula. »Er auch«, ergänzte er und verwies die Wachen auf Tommaso Albanese.

»Wie könnt Ihr es wagen?«, fragte Alfons, der über Michelottos unverschämte Dreistigkeit fast erstaunt schien. »Wie lautet die Anschuldigung?«

Der schnaubte. »Los! Verliert keine Zeit«, brüllte er die Wachen an. Einen Augenblick später legten seine Männer den Ärzten und Tommaso Albanese Ketten an.

»Ich will die Anschuldigung hören!«, zeterte der Prinz von Salerno.

Michelotto hätte ihm am liebsten sofort eine Klinge in den Hals gestochen. Er war kurz davor, als er einen Schrei hinter sich hörte. Er drehte sich um und begriff, dass dieser Tag schlecht begonnen hatte.

Denn vor ihm standen Lucrezia und Sancha. Erstere war rot vor Wut, mit blutunterlaufenen Augen: »Wie könnt Ihr es wagen, Elender, so einzutreten! Mein Mann hat Euch eine Frage gestellt, und Ihr seid ihm eine Antwort schuldig! Im Übrigen könnt Ihr sicherlich nicht so mit zwei Männern der Wissenschaft und dem ersten Kammerherrn des Prinzen von Salerno umgehen!«

Jetzt wird es kompliziert, dachte Michelotto. Wie bekam er nun wieder freies Feld? Er verlor bereits zu viel Zeit, und sein Plan könnte wegen dieser zwei dummen Frauen scheitern. Er nahm all seine Geduld zusammen, was nicht viel war, aber er wusste, dass er sich etwas einfallen lassen musste. Er wollte nicht noch einmal herkommen müssen.

»Madonna«, sagte er mit einer tiefen Verbeugung, »wie Ihr sicher wisst, habe ich keine Wahl, wenn mir ein Befehl erteilt wird. Die Verhaftung wurde mir vom Pontifex persönlich aufgetragen, dem ich, wie Ihr sehr wohl wisst, gehorchen muss.«

»Das ist mein Vater«, Lucrezia sprach dieses Wort mit größtmöglicher Vehemenz aus, »hat er Euch keinen Grund genannt? Eine Anklage? Ich bezweifle sehr, dass es sich so verhält, wie Ihr behauptet.«

Michelotto breitete die Arme aus. Dann ließ er sie an die Seiten fallen. Schließlich legte er eine Hand vor die Augen, weil er Lucrezias Anblick nicht ertrug.

»Es kann nicht sein, dass Ihr meinen Bruder so unverschämt behandelt«, rief die Prinzessin von Squillace.

Das war zu viel! Michelotto hätte am liebsten alle beide an Ort und Stelle umgebracht. Aber noch einmal zwang er sich mit extremer Mühe zur Ruhe. »Ich kann die Wachen nicht aufhalten, bevor ich einen Befehl in diese Richtung erhalten habe!«, fuhr er fort und ermutigte seine Männer, sich von diesen beiden Spielverderberinnen nicht von ihrer Aufgabe abbringen zu lassen. Was er sagte, klang sogar in seinen eigenen Ohren idiotisch, aber es war ihm völlig egal, weil er keine Alternative hatte. »Was ich Euch raten kann, wenn Ihr mir erlaubt, ist, Euch direkt an den Heiligen Vater zu wenden. Ihr, Madonna Lucrezia, könnt das sicher tun, und wenn Ihr mit präzisen Anweisungen zur Freilassung zurückkehrt, werde ich nicht zögern, diese umzusetzen«, sagte er schließlich.

Lucrezia sah ihn wutentbrannt an. »So machen wir es, und zwar sofort. Wagt es nicht, vor unserer Rückkehr etwas zu unternehmen.«

Schließlich lief sie zusammen mit Sancha zu ihrem Vater.

79. Michelotto

Kirchenstaat, Apostolischer Palast

Endlich war er sie losgeworden. Er lächelte. Nun konnte er da weitermachen, wo man ihn unterbrochen hatte. Michelotto ermahnte die Wachen noch einmal. »Und? Worauf zum Teufel wartet Ihr? Bringt sie weg! Es ist immer noch Zeit, sie freizulassen, sollten sie für unschuldig befunden werden!«

Die Soldaten begleiteten die beiden Ärzte hinaus. Mit Tommaso Albanese gestaltete sich das schwieriger, da er seinen Herrn nicht verlassen wollte, aber zu dritt hielten sie ihn fest, und ein Vierter legte ihm Ketten an.

So wurden Michelottos Befehle schließlich umgesetzt, und schon bald stand er Alfons gegenüber. Wie lange hatte er sich das gewünscht! Und jetzt würde dieses Thema endlich beendet. Ein für alle Mal.

»Was habt Ihr vor?«, fragte der Prinz von Salerno. Er trug ein elegantes Wams und keine Waffen am Gürtel. Wieso hätte er auch welche haben sollen? Er war noch nicht gesund, und es schien ein Wunder, dass er aufstehen konnte. Aber ohne ein Schwert war dieser Mann nichts wert, das wusste Michelotto.

Er näherte sich ihm, öffnete die Hand, groß wie ein Mühlenflügel, und legte sie ihm an den Hals, drückte zu. Alfons war weder besonders groß noch besonders robust. Michele Corella dagegen war groß und stark. Er schloss die Finger um den Hals, hob den Prinzen hoch. Dann presste er ihn gegen die Wand, schüttelte ihn fast.

Er spürte das Blut, das unter seinen Fingern durch die Halsschlagader pulsierte, und sah, wie Alfons' Augen weiß wurden.

»So«, sagte Cesare Borgias Scherge, »jetzt sterbt Ihr. Endlich.«

Der Prinz von Salerno wollte sprechen, aber er konnte nicht. Er wurde an die Mauer gepresst und schnappte nach Luft wie ein Fisch an der Angel. Die Beine zuckten verzweifelt durch die schmerzhaften Krämpfe, die die Atemnot auslöste.

Michelotto lächelte, während er Alfons beim Sterben zusah. Er fühlte sich gut. Endlich allein. Er und das Opfer. Niemand dazwischen. Zu töten war für ihn wie ein Ritt auf einem Pferd. Er empfand keine Reue, kein Schuldgefühl, er tat einfach das, was er am besten konnte. Denn er musste nicht denken. Er handelte und genoss das Gefühl der Unbesiegbarkeit, das er dabei empfand.

»Das ist dafür, dass Ihr die Colonna unterstützt habt!«, zischte er.

Alfons streckte die Arme aus, im verzweifelten Versuch, sich zu befreien. Die Finger wedelten in der Luft, die Lunge rasselte.

Michelotto drückte noch fester zu. Dann warf er den Prinzen aufs Bett. Im nächsten Augenblick war er über ihm und würgte ihn mit beiden Händen, so fest, dass ihm fast die Augen aus den Höhlen quollen.

Alfons' Beine bewegten sich, strampelten in einem letzten verzweifelten Bemühen. Dann, kurz darauf, erstarrten sie, und der Prinz von Salerno riss die Augen auf.

Er war tot.

Michelotto ließ ihn an Ort und Stelle liegen. Dann ging er zur Tür, wo er auf den Hauptmann der Wache traf. Als er die Tür hinter sich schloss, fiel ihm ein, dass Lucrezia und Sancha sicher zurückkehren würden. »Hauptmann«, sagte er, »falls die Tochter des Papstes und die Prinzessin von Squillace Euch befehlen sollten, die Tür zu öffnen, erlaubt ihnen nicht, einzutreten. Hört Ihr! Ansonsten mache ich Euch persönlich dafür verantwortlich und werde Euch aufsuchen, ist das klar?«

»Absolut«, erwiderte der Hauptmann. »Und falls Madonna Borgia und die Prinzessin von Squillace mich nach Alfons von Aragón fragen?«

»Nun, dann werdet Ihr mir die Höflichkeit erweisen und ihnen sagen, dass er tot ist. Eine unerwartete Tragödie. Er ist ausgerutscht, wegen seiner Schwäche, und hat sich den Kopf gestoßen. Es war nichts mehr zu machen«, behauptete Michelotto.

Damit ging er und ließ den Hauptmann und seine Wachen vor der Tür der Sala delle Sibille.

»Ich kann Euch die Gefangenen nicht übergeben, Lucrezia, aus einem ganz einfachen Grund. Neueste Untersuchungen haben ergeben, dass sie unsere Familie gefährden. Es tut mir leid, dies vor Sancha, die ich immer geliebt habe, sagen zu müssen, aber es ist kein Geheimnis, dass sie sich mit den Colonna, unseren Erzfeinden, verschworen haben.« Der Papst war unerbittlich.

Lucrezia wollte sich jedoch nicht geschlagen geben. »Auf welcher Grundlage basieren diese Kenntnisse denn? Seit ich Alfons kenne, hat er noch nie jemandem nach dem Leben getrachtet!«

Alexander VI. stand auf. »Lucrezia, ich habe nichts mehr zu sagen. Wenn die Höflinge Eures Mannes sich von den Wachen aus dem Palast führen lassen, wird ihnen kein Haar gekrümmt. Auch wenn wir das könnten, oh, und wie wir das könnten«, sagte er mit blitzenden Augen.

»Aber was Ihr sagt, ergibt keinen Sinn! Was haben denn die Ärzte damit zu tun? Und Tommaso Albanese, der ihm bei dem Mordanschlag zur Seite gestanden hat?«

»Sie haben damit zu tun! Ich will mit Euch nicht darüber reden. Aber es ist eine Tatsache, dass Friedrich von Aragón, der Onkel von Alfons und Sancha, der von Eurem eigenen Bruder gekrönt wurde, mit Prospero und Fabrizio Colonna Intrigen spinnt, und das nicht erst seit heute! Sie haben Alfons sogar mehrfach begleitet. Und sie bauen die neapolitanischen Truppen auf, um eines Tages gegen uns zu ziehen.«

»Eure Heiligkeit«, sagte Sancha, kniete sich vor den Papst und verneigte sich, »ich flehe Euch an, verschont meinen Bruder, den keinerlei Schuld trifft und der Euren Namen immer geehrt hat.«

»Liebe Sancha«, antwortete der Papst, »Euer Bruder pflegt den Umgang mit Gaunern der schlimmsten Sorte. Wie auch immer, macht Euch keine Sorgen, ich habe nicht den Befehl gegeben, ihn hinzurichten. Was diejenigen in seiner Gesellschaft angeht, so werden sie, wie ich Euch gesagt habe, einfach nur entfernt. Ich bitte Euch nun, mich zu verlassen. Kehrt zu Alfons zurück. Ich bin mir sicher, dass es ihm jetzt besser geht als zuvor.«

Damit entließ der Papst seine Tochter und die Prinzessin von Squillace.

Lucrezia und Sancha verließen die Gemächer des Papstes und kehrten zurück in die Sala delle Sibille. Er war nur wenige Türen von ihnen entfernt, doch sie begriffen sofort, dass die Situation sich zum Schlechtesten gewandt hatte. Der Trupp Wachen, der vor der Tür stand, ließ nichts Gutes ahnen.

Vor der Tür versperrte der Hauptmann der Wache ihren Weg.

»Verzeiht mir, Signora, aber es ist Euch nicht gestattet einzutreten«, sagte dieser in einem Tonfall kalt wie Metall.

Lucrezia glaubte, verrückt zu werden. »Wie könnt Ihr es wagen, mich daran zu hindern, meinen Mann zu sehen? Ich bin die Herzogin von Bisceglie! Die Tochter des Papstes! Verschwindet!«

Doch der Hauptmann rührte sich nicht. »Das kann ich nicht, verzeiht mir.«

»Ich will meinen Mann sehen! Wo ist er? Antwortet!«

Lucrezia sah, dass der Hauptmann bei dieser Frage zögerte. Sie hatte eine schreckliche Vorahnung.

»Signora …«, sagte er.

»Sprecht.«

»Leider …«

Und während sie ihn so sprechen hörte, war Lucrezia schon in Tränen ausgebrochen, weil sie bereits alles begriffen hatte, als sie das Spalier aus Wachen vor der Tür gesehen hatte. »Nein«, sagte sie, »alles, aber nicht das.«

Sancha schrie auf, als hätte man ihr einen Dolch ins Herz gestoßen.

»Der Prinz von Salerno ist tot«, sagte der Hauptmann in einem Atemzug, als wollte er eine Last auf seiner Seele loswerden.

»Tot?«

Lucrezia spürte, wie ihre Knie plötzlich nachgaben, sie sank gegen die Brust des Hauptmanns, der sie auffing und hielt.

»Mia Signora...«, sagte er.

»Wie ist das passiert?«, brüllte Sancha. Dann verzogen sich ihre Lippen vor Wut. »Er wurde umgebracht!«, schrie sie und hinderte den Hauptmann der Wache daran, das Wort zu ergreifen. Sie fuhr sich mit den Händen durch die Haare. Dicke Tränen liefen ihr über die Wangen.

»Er hatte einen Schwächeanfall, wegen seiner schwierigen Genesung, ist gefallen und hat sich den Kopf angeschlagen.«

Lucrezia schüttelte den Kopf. Sie löste sich vom Hauptmann. Die Ungläubigkeit in ihrem Gesicht verwandelte sich in eisigen Zorn, als hätte diese Antwort ihr alles genommen. »Das ist nicht wahr!«, rief sie. »Ihr lügt! Als wir zu meinem Vater gegangen sind, ging es Alfons gut!« Jetzt lag keine Unsicherheit mehr in ihrer Stimme. Sie spürte, wie ihr Herz zu Blei wurde, und das gab ihr paradoxerweise die Kraft weiterzukämpfen: »Ich will eintreten!«

Die Wachen richteten sich vor der Tür auf und kreuzten ihre Lanzen.

»Ich kann Euch nicht durchlassen«, antwortete der Hauptmann.

»Lasst mich eintreten«, beharrte sie, ihr Gesicht inzwischen rot vor Schmerz und Zorn.

»Gehorcht«, befahl Sancha weinend.

Aber es war nichts zu machen.

Noch hundert Mal verlangte Lucrezia einzutreten, aber man antwortete ihr nicht mehr.

Die Prinzessin von Squillace schwieg, konnte nicht aufhören zu weinen.

Doch die Tür der Sala delle Sibille blieb geschlossen.

Und der Turm der Borgia wurde Alfons' Grab.

An diesem Tag erlosch die Liebe, die Lucrezia noch für ihren Vater empfunden hatte, endgültig.

Vierter Teil

1503

80. Cerignola

Königreich Neapel, Apulien

Die Hitze verbrannte die Männer. Gonzalo de Córdoba wusste, dass sich der Ausgang des Krieges auf diesen Ebenen entschied. Zu Beginn war es leicht gewesen, über Neapel zu siegen: Friedrich hatte auf Ferdinand II. wie auf den Retter gewartet, hatte die Festungstore geöffnet und die Zugbrücken hinabgelassen, um ihn zu empfangen. Er wusste nichts vom Geheimbündnis von Granada, in dem Frankreich und Spanien sein Reich unter sich aufgeteilt hatten. Der Papst war darüber informiert. Und auch Venedig wusste Bescheid. So war Kalabrien in kürzester Zeit gefallen, während Cesare Borgia Capua einnahm.

Dann hatte auch Neapel kapituliert. Genauso leicht, wie sich einige Jahre zuvor Karl VIII. ergeben hatte.

Und an diesem Punkt hatten wieder einmal die Probleme angefangen.

Denn trotz des Abkommens von Ludwig XII. von Frankreich und Ferdinand II. von Spanien wollte keiner nachgeben. Sie wollten alles, und sie wollten es sofort. Und um herauszufinden, wer der tatsächliche Sieger war, hatten sie einen Krieg vom Zaun gebrochen, der viel roher, wilder und erbarmungsloser war, als es für die Einnahme von Neapel nötig gewesen wäre.

Gonzalo betrachtete den Sand, der aufgewirbelt wurde. Die Sonne brannte am Himmel wie ein Feuerball. Sein Mund war ausgetrocknet, seine Lippen von der sengenden Hitze und dem Wassermangel aufgeplatzt. Sie mussten sich beeilen, dachte er.

Sie hatten Capitanata verlassen und waren ohne Pause marschiert bis in die Nähe eines kleinen Dorfs: Cerignola. Hier hatten sie eine kleine Anhöhe erklommen, die sich über einer Ebene voller Weingärten erhob. Weiter unten ließen Prospero und Fabrizio Colonna einen bereits bestehenden Graben vertiefen, der als Abflusskanal für Regenwasser diente. Er mochte die beiden Cousins: Nachdem sie Friedrich von Aragón seinem Schicksal überlassen hatten, hatten sie sich ihm erneut angeschlossen und geschworen, dass sie bei einer Feldschlacht nie wieder gegen die Schweizer Pikeniere verlieren würden, wie es ihnen allen zusammen vor einigen Jahren passiert war, als sie bei Seminara unglücklich geschlagen worden waren.

Die Colonna waren auch für den Sieg der italienischen Reiter bei der Schlacht gegen die Franzosen bei Barletta verantwortlich. Sie hatten die dreizehn Krieger ausgewählt, die im Februar die Gegner von jenseits der Alpen bezwungen hatten. Das schien ihm ein gutes Omen, dachte *El Gran Capitán*.

Gonzalo atmete die brütend heiße Luft ein. Die Ebene flirrte in der unerbittlichen Glut dieser heißen Tage. Die Männer weiter unten arbeiteten sich den Rücken mit Spaten und Spitzhacke krumm. Aus der ausgehobenen Erde wurde ein Damm errichtet.

Ehrlich gesagt wurde diese Arbeit vor allem von Landsknechten erledigt, die Gonzalo in seinen Reihen haben wollte, weil sie der Inbegriff der Kriegswut waren, Soldaten, so blutrünstig und gewalttätig, dass sie noch tödlicher waren als die Schweizer. Nach dem Gewaltmarsch, der sie von Barletta dorthin gebracht hatte, waren sie unermüdlich damit beschäftigt gewesen, in der Erde zu buddeln und den kleinen Graben mit überraschender Entschlossenheit und Eifer zu verbreitern.

»Es sind wirklich herausragende Soldaten«, stellte Fabrizio Colonna fest, der auf die Anhöhe gekommen war, um mit Gonzalo zu sprechen. »Wenn sie in diesem Rhythmus weitermachen, ist der Graben bald breit und tief genug, dass die schwere Kavallerie von Louis d'Armagnac ihn nicht überwinden kann.«

»Der Herzog von Nemours wird hier besiegt werden. Das gebe ich Euch schriftlich, wenn Ihr wollt«, sagte Gonzalo.

»Daran zweifle ich nicht«, erwiderte Colonna. »Wie wollt Ihr die Männer aufstellen?«

El Gran Capitán wartete schon lange auf diese Frage. Es gefiel ihm, seinen Plan zu beschreiben. Vielleicht war es seinen Soldaten noch nicht bewusst, aber die Schlacht war durch den strammen Marsch von Barletta bereits gewonnen. Als Erste hier zu sein und die Anhöhe auswählen zu können hatte den Ausgang entschieden. »Wir werden die Artillerie in den Vordergrund stellen: Die Kanonen werden Löcher in die Reihen ihrer Kavallerie reißen, sobald sie angreifen. Weiter unten, zwischen den Weinreben, will ich die Lanzenträger und Arkebusiere. Diese werden den Damm bewachen und können zusammen mit den *coronelías* der

Infanterie die zwischen Graben und Damm eingeschlossenen Franzosen angreifen.«

»Raffiniert«, meinte Fabrizio Colonna, »Spaten, Arkebusen und Schwerter: Es wird ein bisschen wie beim Taubenschießen sein!«

»Bloß, dass die Soldaten nicht fliegen«, bemerkte *El Gran Capitán* trocken.

»Richtig!«, stimmte ihm der römische Adelige lächelnd zu.

»Ganz zu schweigen davon, dass wir lange, spitze Stangen über den Graben legen werden, um den Damm zu schützen. Kommt Ihr damit voran?«

»Natürlich.«

Der Wind wirbelte den Staub um sie herum auf.

»Ich hasse diesen Ort«, bemerkte Colonna.

»Noch ein Grund mehr, sich zu beeilen.«

»Schaut«, sagte Fabrizio schließlich, »der Herzog von Nemours kommt.«

So war es: Am Horizont stieg Staub auf. Frankreich stellte sich endlich dem Kampf.

Kaum, dass die französische Armee die Ebene erreicht hatte, stellte sie sich in Kriegsformation auf. Offensichtlich wollte der Herzog von Nemours so wenig Zeit wie möglich verlieren. Er war in großer Überzahl, und es schien, dass der Eifer, die Rechnung nach dem zweijährigen Scharmützel zu begleichen, überwältigend gewesen sein musste.

Gonzalo hatte damit gerechnet. Prospero Colonna wusste das sehr wohl. Aber er wusste auch, dass diese hervorragend vorbereitete Verteidigung ihr Glück war. Die Männer hatten sich noch nicht an die Arkebusiere gewöhnt.

Ihnen waren diese Soldaten, die den direkten Kampf scheuten und den Feind aus der Ferne zur Strecke brachten, suspekt: Für sie waren es bloß ein Haufen Feiglinge. Als ob eines Tages jemand aufgewacht wäre und beschlossen hätte, die Regeln des Kampfes zu ändern.

Seiner Meinung nach musste man sich nicht dafür schämen. Wenn Kanonen und Arkebusen dabei halfen, die gegnerischen Linien auszudünnen, wieso sollte man sich ihrer nicht bedienen? Das wäre dumm. Er war immer der Überzeugung gewesen, dass hinter einem überwältigenden Sieg stets schmutziges Spiel steckte. Ja, auch hinter einer brillanten Militärkarriere. Man musste strategisch vorgehen und jeden möglichen Trick anwenden. Während des Kampfs in Barletta hatte er unter dem Sand Spieße verstecken lassen, sodass die Italiener sie im passenden Moment herausziehen und so auch in schwierigen Situationen siegen konnten. War das unziemlich? Überhaupt nicht: Am Ende hatten sie nicht gewonnen, sondern triumphiert. Und er war zu müde und zu alt, um gewisse Entscheidungen zu rechtfertigen. Ende. Das war seine Vorstellung von Krieg.

Die Sonne ging unter. Prospero war der Meinung, dass sein Cousin und er gut daran getan hatten, noch einmal die Seiten zu wechseln, zumal sie wieder mit *El Gran Capitán* zusammen waren, mit dem sie sich immer gut verstanden hatten. Um ehrlich zu sein, hatten sie nicht einmal die Seiten gewechselt. Sie waren ja beim Haus Aragón geblieben. Das Wichtigste war, gegen diesen verdammten Valentino vorzugehen.

Hätten sie ihn doch nur umgebracht. Wie viel weniger Probleme hätte seine Dynastie dann gehabt. Stattdessen war sie gezwungen, ihr Glück weit weg von Rom zu suchen und ihr eigenes Haus einer Bande spanischer Vergewaltiger zu überlassen. Das hatte natürlich nichts mit Ferdinand II. von Aragón zu tun. Die Borgia hatten nichts Edles oder Ruhmreiches: Es waren bloß gemeine Mörder, die ihr Schicksal mit Intrigen und Verrat formten. Die sich wie Tiere untereinander paarten.

Er hasste sie.

Doch jetzt musste er an anderes denken.

Die Franzosen hatten sich entschieden. Die Kavallerie marschierte voran, verringerte die Entfernung. Der Herzog von Nemours wollte Spanien wegfegen.

Die Kanonen donnerten los, dass die Erde bebte. Gigantische Wellen aus Erde und Sand spritzten hoch, während die Projektile die erste Reihe der Angreifer niedermähten. Direkt danach trafen die orangenen Blitze der Arkebusen diejenigen, die noch vorankamen.

Doch sobald die französischen Reiter sich vor dem tiefen Graben wiederfanden, stürzten sie unweigerlich hinein. Unter dem roten Himmel der Abenddämmerung verschmolzen das verzweifelte Wiehern der Pferde, die Schreie der aus dem Sattel geworfenen Männer in schwerem Harnisch und das Klirren verbeulter Rüstungen zu einem einzigen Reigen aus dumpfen Geräuschen, einem einzigen Blöken sterbender Kreaturen in einem Gemetzel.

Die Schüsse der Arkebusen und die Klingen der Piken erledigten den Rest und machten aus dem Graben ein Schlachthaus. Er sah Reiter, die versuchten, den Damm hochzuklettern, und auf den spitzen Holzpflöcken endeten, die er mit seinem Cousin Fabrizio zum Schutz der Arkebusiere hatte anbringen lassen. Er hörte die Schreie derjenigen, die unter dem Kugelhagel zurückgedrängt wurden und zurücktaumelten, bis sie in die Grube fielen. Dieser erste Angriff wurde nicht nur zurückgeschlagen, sondern völlig ausgelöscht. Die französischen Ritter wurden vernichtend geschlagen. Sie waren nicht in der Lage, den wilden Ansturm ihrer Pferde auf die Spanier zu stoppen. Sie hatten sich eingebildet, die Männer des Gran Capitán mit einer gewaltigen Attacke überwältigen zu können, und fanden einen grausamen und unerbittlichen Tod.

In gewisser Weise, so dachte Prospero, als er seinen Cousin beobachtete, wie er eine neue Salve von Arkebusen kommandierte, zahlten sie an diesem Tag den Franzosen zurück, was sie in Seminara erlitten hatten, als die spanischen Ritter von den Schweizer Pikenieren vernichtet worden waren.

Doch diese lange Waffe, die Pike, konnte nichts gegen die heftige Wirkung der Arkebuse ausrichten, die den Feind noch stärker auf Abstand hielt. Und diese Tatsache war, gelinde gesagt, frustrierend: Denn die Franzosen konnten nicht mal den Widerstand der Gegner auf die Probe stellen, da sie schon fielen, lange bevor sie die feindlichen Rüstungen auch nur mit einer Klinge berühren konnten.

Er sah einen Ritter im Todeskampf, der auf den Knien lag und sich wie eine Puppe aus Eisen und Lumpen an die scharfen Pfähle klammerte, die in den Boden gerammt waren. Er erblickte einen anderen, der von einer Arkebuse in den Rücken getroffen worden war, sich in die Grube schleppte und dort reglos zwischen den Toten verharrte.

Sie massakrierten sie.

Dennoch wollten die Franzosen anscheinend weiterkämpfen. Trotz allem. Eine Welle Pikeniere war der Kavallerie zur Hilfe gekommen und bemühte sich, den Graben zu überschreiten.

Er wandte den Blick. Da sah er den Herzog von Nemours, der im Schutz seiner Männer versuchte, irgendwie die Barriere der spitzen Pfähle zu überwinden. Fabrizio musste es vor ihm bemerkt haben, denn er gab gerade einigen Arkebusieren den Befehl, genau auf diese Gruppe Reiter ohne Pferde zu zielen. Die Blitze der Schüsse erhellten den Abendhimmel, der vom feurigen Rot zum Schwarz der Schatten wechselte, er legte sich den nächtlichen Umhang um.

Prospero sah den Herzog von Nemours, wie er die Arme zum Himmel erhob, als ihn die Kugel einer Arkebuse traf. Er schrie auf.

Danach folgte das Chaos. Die Franzosen verteilten sich wie verrückt gewordene Ameisen, als sie merkten, dass ihr Kommandant getötet worden war.

Prospero spähte zur Anhöhe und sah Gonzalo de Córdoba, der von oben die verwundete Menge beobachtete, die in einer Blutlache kämpfte, mit gebrochenen Gliedmaßen, aufgeschlitzten Kehlen und dampfenden Gedärmen.

Sie hatten gewonnen.

81. Giovanni

Republik Florenz, Kloster San Vincenzo d'Annalena

A ls sie ihn ansah, fühlte Caterina sich wie neugeboren. Es war so schwierig gewesen, bis hierher zu kommen. Der kleine Giovanni trug eine einfache Tunika. Seine Haare waren kurz geschnitten, und er hatte tiefschwarze Augen, die sie ansahen, als wäre sie die schönste und stärkste Frau der Welt.

Ihr kamen die Tränen. Vor Freude. Noch nicht, sagte sie sich.

»Giovanni«, flüsterte sie, »komm her.«

Der Junge blickte sie ernst an. Dann kam er gehorsam zu ihr. Er schwieg, während er sich mit kleinen Schritten näherte, einer nach dem anderen. Sein Blick war fest auf ihre Augen gerichtet, verschleiert von einer entwaffnenden Ungläubigkeit.

»Erkennst du mich nicht?«, fragte Caterina. »Ich bin deine Mutter.« Als er vor ihr stand, streckte sie die Arme aus, und da er sich nicht zum letzten Schritt entschließen konnte und sie weiter reglos ansah, zog sie ihn an sich.

»Mamma«, murmelte er schließlich, »wie schön Ihr seid.«

Diese vier Worte erfüllten sie mit Glück und Freude.

Dann wollte das Kind mehr wissen. »Warum seid Ihr wie ein Krieger angezogen?«

Caterina trug ein Lederwams mit Metallbeschlägen, eine Strumpfhose und kniehohe Stiefel. Am Gürtel hing ein Kurzschwert. Die rotblonden Haare waren zu einem einfachen Zopf zusammengefasst und mit Silberfäden geschmückt.

»Weil ich einem Kriegergeschlecht angehöre. Und du auch, Giovanni.«

»Seid Ihr es wirklich?«, fragte ihr Sohn noch einmal. Er schien das dringende Bedürfnis zu haben, es von ihr zu hören.

Sie musste lachen, während ihr die Tränen heftig über die Wangen liefen. »Natürlich, Giovanni. Ich bin wegen dir hier.«

»Und bleibt Ihr bei mir?«, fragte er und sah sie feierlich und fragend an.

Caterina nickte.

»Wirklich?«

»Für immer«, sagte sie und nahm das kleine Gesicht zwischen Zeigefinger und Daumen. »Du kannst dir gar nicht vorstellen, wie sehr du mir gefehlt hast.«

»Ihr mir auch«, antwortete Giovanni, und es lag kein Vorwurf in seinen Worten, es war eine reine Feststellung.

Caterina küsste ihn auf die Wangen. »Verzeih mir, mein Kleiner, wenn ich es nicht geschafft habe, früher zu kommen. Deine Mamma musste gegen die Bosheit deines Onkels Lorenzo kämpfen, um dich zu befreien.«

»Ich weiß. Er hat mich hierhergebracht. Vor langer Zeit.«

Ihr Herz zog sich zusammen, als sie ihn mit so einfacher Weisheit reden hörte.

Caterina dachte an die letzten zwei Jahre: Wie sie es

geschafft hatte, dem Gefängnis der Engelsburg zu entkommen, dank des Einsatzes des Generals Yves d'Allègre, Hauptmann der Armee von Ludwig XII., der ins Königreich Neapel marschierte. Papst Borgia hatte für ihre Freilassung darauf bestanden, dass sie eine offizielle Erklärung unterzeichnete, mit der sie ihre Besitzungen und die Ländereien der Romagna an Cesare Borgia überschrieb. Sie hatte schließlich nachgegeben. Müde, erniedrigt, geschlagen hatte sie ihre Titel gegen ein Leben in Frieden getauscht.

Dadurch hatte sie eine Eskorte erhalten, die sie zunächst nach Livorno und dann nach Florenz brachte.

Dort angekommen hatte sie sich auf die verzweifelte Suche nach Giovanni gemacht, hatte jedoch entdeckt, dass Ottaviano, ihr ältester Sohn, der den Kleinen hasste, es Lorenzo de' Medici, dem Bruder ihres letzten Mannes, erlaubt hatte, ihn zu entführen und in einem Kloster einzusperren, weil er befürchtete, dass er Ansprüche auf das Vermögen der Medici geltend machen könnte.

Darüber hinaus hatte Lorenzo mit größter Grausamkeit verhindert, dass sie das Kind sah, er führte als Begründung dafür an, dass sie eine verantwortungslose Frau sei und verrufen wegen der Schande, im Gefängnis gesessen zu haben. Er strengte sogar eine Klage gegen sie an.

Caterina zog dann in die Villa von Castello, die ihr Mann Giovanni ihr vererbt hatte, und bemühte sich sehr, ein positives Urteil des Florentiner Gerichts zu erhalten.

Es hatte zwei Jahre gedauert, bis ihr das Recht zugesprochen wurde, sich ihren Sohn zurückzuholen, der Richter hatte es als erwiesen angesehen, dass es keine Schande war, als Kriegsgefangene eingesessen zu haben, da dem kein Verbrechen vorausgegangen war.

Dann war Lorenzo gestorben.

Und sie, von jedem Vorwurf freigesprochen, hatte endlich herausgefunden, wo sich ihr Sohn befand. Und sie war hingegangen, um ihn zurückzuholen.

Jetzt ging er neben ihr, Hand in Hand.

Sie verließen das Kloster, was die Mönche fast vollkommen gleichgültig hinnahmen.

Als sich das Tor hinter ihnen schloss, standen Caterina und Giovanni vor zwei Soldaten und einem großen Pferd mit glänzendem, zimtfarbenem Fell.

»Wie schön«, rief Giovanni aus, als er das großartige Tier sah.

»Sie heißt Crepuscolo, und wenn du eines Tages mutig genug bist, werdet ihr Freunde«, sagte seine Mutter. Dann nahm sie das Kind auf den Arm und setzte es auf das Pferd. Die Stute blieb ruhig, brav, schlug bloß leicht mit dem Huf auf den Boden.

Caterina saß auf, nahm die Zügel und drückte den Jungen an die Brust. »Halt dich am Sattel fest«, sagte sie.

Dann stieß sie ihre Fersen in die Flanken der schönen Stute, die davongaloppierte.

Die beiden Wachen ihrer kleinen Eskorte folgten ihr.

Zusammen entfernten sie sich von Oltrarno, schnell wie der Wind.

82. Die Burg von Ceri

Kirchenstaat, Burg von Ceri

Dieser Mann war wirklich ein Genie. Ihm verdankte Cesare Borgia die militärischen Fortschritte der letzten Zeit. Er hatte tagelang die Burg von Ceri beschossen, in der Hoffnung, sie dem Erdboden gleichzumachen. Er wollte Giulio Orsini auslöschen, dessen Schuld darin lag, der Familie anzugehören, die erst vor einem Jahr einen Anschlag auf sein Leben ausgeübt und viele seiner Getreuen ermordet hatte.

Doch dieses unaufhörliche Trommelfeuer hatte nur lächerliche Ergebnisse gebracht. Die Burg, die auf einem Felsvorsprung thronte, schien uneinnehmbar, und die Kanonen schossen nicht hoch genug.

»Durch die elastische Energie, die in Holzarmbrüsten gespeichert ist, ist die Reichweite groß genug, um Mauern zu überwinden und schwere Schäden an Verteidigungsanlagen zu verursachen«, sagte Leonardo. »Seht«, fuhr das Genie aus Vinci fort, »auf diese Weise wird der Schuss deutlich verstärkt, es ist nicht mit einem normalen Katapult zu vergleichen. Darüber hinaus können die Projektile Steine von enormer Größe sein oder aus schwerem Eisen.«

Cesare nickte. »Und Ihr habt sie einsatzbereit?«

»Ich warte nur auf Eure Erlaubnis, um sie auszuprobieren, und es würde mich freuen, wenn Ihr beim ersten Schuss dabei wärt.«

»Nur zu gern«, sagte der Valentino. »Gehen wir, ich folge Euch.«

Sie traten aus dem Zelt und durchquerten das Lager. Soldaten putzten ihre Waffen und kontrollierten die Verteidigung. Andere hielten sich fit. Cesare hatte entschieden abzuwarten, aber ihm war bewusst, dass er nicht wenige Söldner unter sich hatte und sich beeilen musste, die Burg zu erstürmen, sonst würde er sich mit seinen Männern auseinandersetzen müssen. Und es waren sicher nicht die päpstlichen Soldaten, die ihm Sorgen machten, sondern diese verfluchten Landsknechte, die jeden Tag Prügeleien im Lager anzettelten. Die Untätigkeit schien schlimmer an diesen deutschen Bestien zu nagen als der Rost am Eisen.

In der Zwischenzeit, während er diesen düsteren Gedanken nachhing, erreichte er, fast ohne es zu bemerken, die Grenzen des Lagers. Er sah Tannen und Pinien am Waldrand, und direkt dort hatte jemand einen Erdwall aufgeschüttet. Auf diesem Wall, der sich in einem großen Bogen recht weit entlang der Baumlinie ausbreitete, standen große Maschinen aus Holz, die an Katapulte erinnerten und doch wegen einiger nicht unbedeutender Details anders wirkten.

Rund um sie herum standen mindestens drei oder vier Soldaten. Die Angriffsmaschinen waren gleichmäßig voneinander entfernt platziert.

Michelotto tauchte wer weiß woher auf und trat zu ihnen. Er hatte einen Gesichtsausdruck, wie er ihn noch nie gesehen hatte, und wirkte wie ein staunendes Kind.

»Mio Signore«, sagte er, »was Ihr nun sehen werdet, ist eine Sensation.«

Cesare hob eine Augenbraue. Es war unmöglich, seinen Gesichtsausdruck zu erkennen, da er die schwarze Samtmaske trug, um die Folgen der französischen Krankheit zu verbergen. Doch Michelotto kannte ihn so gut, dass er es möglicherweise erraten hatte.

»Mio Signore«, sagte Leonardo und ging auf eines dieser seltsamen Katapulte zu, »jetzt demonstriere ich Euch, dass Leichtigkeit und elastische Energie das vermögen, was den klobigen und mächtigen Waffen nicht gelingt. Sind sie nicht wunderschön?«, fragte er mit einer großen Geste, die etwas Theatralisches hatte. »Und auch wenn es nicht so aussehen mag – sie sind tödlich.«

Der Valentino wurde immer neugieriger. All diese Warterei und Vorbereitungen machten ihn ungeduldig, aber er verstand auch, dass es Messer da Vinci wichtig war, den Mechanismus und die Funktionen zu beschreiben und die Bedingungen für den Schuss des Projektils zu erklären, daher ließ er ihn gewähren. »Ich bin ganz Ohr«, sagte er bloß und kam Leonardos Wünschen nach.

»Nun, zunächst einmal seht Ihr, dass das Katapult bereits gespannt ist. Der Arm ist bis zum äußersten Punkt gebracht, wie die Armbrustfedern zeigen, die im Moment die maximale Spannung halten.« Bei diesen Worten zeigte Leonardo auf zwei große und biegsame Holzleisten, die heftig zum Inneren der Maschine gebogen waren. »Die Blattfedern werden von Seilen gezogen, die an deren Enden festgebunden und an einer Trommel befestigt sind, um die sie nach und nach gewickelt werden. Zu diesem Zweck kann ein Soldat bequem die seitliche Kurbel drehen, die sich rechts der Trommel und des Zahnrades befindet.« Leonardo ging näher und deutete auf eine hölzerne Kurbel, die mehr oder weniger die Größe eines Lanzengriffs hatte.

»Wie setzt man den Mechanismus in Gang?«, fragte Borgia. »Und seid Ihr sicher, dass die Projektile aus dieser Entfernung das Ziel treffen können?« Er blickte zur Burg, die relativ weit entfernt schien. Seiner Meinung nach zu weit.

»Diese Frage habe ich erwartet«, erwiderte Leonardo mit blitzenden Augen und einem Lächeln. »Ihr werdet es jetzt sehen.«

Er gab einem der Soldaten, die neben dem Katapult standen, ein Zeichen. Dieser nahm einen Hammer in die Hand.

»Los!«, rief Leonardo.

Der Mann schlug mit seinem Vorschlaghammer auf die Holzstange, die das Zahnrad eines Ratschensystems blockierte, und aktivierte so den Auslösemechanismus. Die Blattfedern bogen sich von innen nach außen und kehrten in eine senkrechte Position zurück. Der lange Arm schnellte nach vorne und schleuderte das eiserne Projektil in den Himmel.

Der Valentino sah, wie der Stein einen langen, weiten und hohen Bogen in der hellblauen Frühlingsluft beschrieb, während der Arm des Katapults seinen Weg nach vorn beendete.

Das Wurfgeschoss krachte in einen der Burgtürme.

Inzwischen wies Leonardo die anderen Soldaten mit einer Armbewegung an, es ihren Waffenbrüdern nachzutun, und bald schleuderten weitere fünfzehn Katapulte schnell hintereinander genauso viele Projektile auf die Burg. Alle trafen in einem geregelten und zerstörerischen Trommelfeuer die Verteidigungsanlagen von Ceri.

Cesare klappte der Mund auf.

Es war umwerfend. Er hatte noch nie ein Katapult gesehen, das so schwere Wurfgeschosse über eine solche Entfernung schoss.

Er sah Leonardo mit aufrichtiger und tiefer Bewunderung an. »Großartig«, sagte er, »es übertrifft alle Erwartungen, Messer da Vinci.«

»Mit dem Blattfedersystem erhöht sich die Startgeschwindigkeit beträchtlich, und dasselbe gilt für die erreichbare Flugbahnkrümmung. Unweigerlich wird die Reichweite exponentiell erhöht«, kommentierte Leonardo. Seine Stimme war ruhig und glatt wie die Oberfläche von ruhendem Wasser, obwohl der Knall der Wurfgeschosse an den entfernten Türmen die schreckliche Zerstörungskraft der Maschine bestätigte. Aus dem Lager hörte man Aufschreie. Die Männer brüllten und hoben die Arme, als hätten sie gerade die Burg erobert.

Und tatsächlich, wenn man sich Ceri ansah, fiel es schwer zu glauben, dass die Stadt einem solchen Bombardement lange standhalten könnte.

»Denkt daran«, fuhr Leonardo fort, »dass die Projektile aus Stein sein können oder, noch besser, explosiv. Überlegt, was passieren würde, wenn wir Griechisches Feuer benutzen.«

»Einfallsreich«, stimmte Cesare zu. Doch in seinem Herzen keimte ein noch teuflischeres Projekt.

Was geschähe wohl, fragte sich der Valentino, wenn man anstelle von Steinen oder Projektilen infizierte Kreaturen schoss? Zum Beispiel Leichenteile von Pestopfern?

83. Der Skorpion

Republik Venedig, Valmareno

Die Wachen hatten die kleine Gruppe sofort entdeckt, als die ins Tal vordrang. Von der Spitze des Bergfrieds aus schaute Gianconte Brandolini wie ein Milan in den Abgrund. Die Fahnen seines Hauses wehten fürchterlich im Aprilwind: rot mit drei silbernen Bändern, bestückt mit neun schwarzen Skorpionen.

Und dieselben furchteinflößenden Symbole trug Gianconte auf der Lederrüstung, während er das Voranschreiten der Gruppe einschätzte. Er wusste, wen er erwartete, und ehrlich gesagt hätte er gut darauf verzichten können, den Mann zu treffen, der gerade zu ihm kam. Andererseits konnte er sich nicht vor seinen Verpflichtungen gegenüber der Serenissima drücken.

Dem Skorpion, so wurde er genannt, gefiel die Vorstellung nicht, seine Besitztümer allein zu lassen: Dieses wilde Tal war zum Lehen seiner Familie geworden, nachdem Gattamelata es endgültig seinem Großvater übergeben hatte, und nach Jahren der gewalttätigen Angriffe und der ständigen Belagerungen herrschte nun endlich der lang ersehnte Frieden. Gianconte Brandolini wollte auf gar keinen Fall von hier fort.

Doch es war eben der Schutz der Serenissima, der ihm auf bestmögliche Art garantierte, die Früchte dieser so lange ersehnten Waffenruhe zu genießen.

Und jetzt war höchstwahrscheinlich der Moment gekommen, wieder auf das Schlachtfeld zurückzukehren. Nicht, dass er Angst hatte, es war seine Arbeit, und auf gewisse Weise war ihm bewusst, dass er zu lange nichts getan hatte. Aber in seinem Alter, mit dreiundvierzig, war er nicht erpicht darauf, sich weit entfernt von zu Hause umbringen zu lassen.

Während er hinter den Schwalbenzinnen oben auf dem großen Zentralturm blieb, schaute er sich um und seufzte. Er blickte auf die steilen Hügel mit ihren Buchenwäldern. Es war ein so intensives Grün, dass es blendete. Er hörte einen Falken schreien und sah, wie er geschickt die Windströme ausnutzte und hoch aufstieg, um dann kopfüber in den Sturzflug zu gehen und irgendwo zu verschwinden. Der Himmel war klar, ohne Wolken, als hätte ihn ein Maler gerade erst mit Azurit und Lapislazuli gemalt.

Was auch immer der Grund für diesen Besuch war, Gianconte hatte viele Gründe, deswegen traurig zu sein.

Es hieß, der Skorpion habe einen schlechten Charakter und ihn zu zwingen sei eine ganz schlechte Idee. Andererseits konnte Venedig nicht einfach nur zusehen, während Cesare Borgia, nachdem er Herzog der Romagna geworden war, die Toskana verwüstete. Der neue Doge Leonardo Loredan war ein unruhiger Geist und hatte diesen Vorstoß in seiner ganzen Gefährlichkeit erkannt. Darüber hinaus klang die Expansion nach Ravenna wie eine Kriegserklärung, deswegen wurde die Region Polesine sofort verstärkt, und seinem

Ruf nach zu urteilen war der Skorpion der richtige Mann im richtigen Moment.

Umso mehr, weil ihn der kürzliche Tod seines Bruders Guido zum Hauptmann über weitere dreihundert Lanzen gemacht hatte, die allein schon die perfekte Verteidigung gegen den weiteren Vormarsch von Borgia darstellten.

Daran dachte Antonio Condulmer, während er den geräumigen, aber dunklen Saal voller Eisen und Rüstungen der Burg betrat. Ihm war sogleich deren uneinnehmbare Lage aufgefallen, ihre Form erinnerte ihn an einen kauernden Drachen, der einen Schatz bewachte.

Er hatte die Festung von Weitem gesehen, schon am frühen Morgen, als er auf dem Feldweg ging, der sich über den Rücken der Hügel schlängelte. Die hoch stehende Sonne und die schon fast sommerliche Frühlingswärme hatten ihm den Atem genommen. Doch als er auf dem Gipfel des steilen Hügels, auf dem die Burg lag, angekommen war, genoss er endlich die angenehme Kühle in der Höhe.

Und jetzt, nachdem er sich gewaschen und saubere Kleidung angezogen hatte, die man für ihn herausgelegt hatte, fühlte er sich fast wohl.

Der Skorpion hatte ihn, vielleicht um seinem düsteren Ruf gerecht zu werden, in den Waffensaal führen lassen. Und nun standen vor Condulmer eine ganze Reihe von Gestellen mit Hellebarden, Piken, Speeren, Partisanen, Hakenspießen sowie Spontonen, Keulen und Rabenschnäbeln: eine Fantasie von Kriegsschrecken, die jeden beeindruckt hätte.

Als Gianconte Brandolini dann endlich auftauchte, wurde Antonio Condulmer klar, wieso er diesen Kampfnamen trug.

Dieser Söldnerhauptmann und Graf von Valmareno war ein groß gewachsener Mann mit braunen, schulterlangen Haaren. Der große, gezwirbelte Schnurrbart ließ sein kantiges Gesicht noch härter wirken, und die durchdringenden blauen Augen erinnerten an einen Wolf. Die breiten Schultern machten ihn zu einem Riesen.

Der Herr der Spione der Serenissima fand, dass Gianconte der perfekte Krieger war, fähig, mit nur einem Blick Furcht und Respekt einzuflößen.

»Mio Signore«, sagte Antonio, »ich komme im Namen und im Auftrag seiner Durchlaucht, des Dogen Leonardo Loredan.«

»Ich weiß, wer Ihr seid, Exzellenz, trotz Eures bescheidenen Benehmens ist niemand in Venedig mächtiger als Ihr, nicht mal der Doge.«

»Ich befürchte, Ihr überschätzt mich.«

»Überhaupt nicht. Ich kenne Euch. Hinter den Worten und Erwägungen versteckt Ihr einen kriegerischen Geist und tödliche Intrigen.«

Antonio hob eine Augenbraue. Dann war der Skorpion also nicht nur ein wagemutiger und starker Hauptmann, sondern auch ein Mann mit der Fähigkeit zur raffinierten Analyse. Umso besser, sagte er sich, dann war es einfacher, ihm den Grund dieses Treffens zu erklären. »Sehr wohl! Seht, mio Signore, es wird Euch nicht entgangen sein, dass Cesare Borgia, heute Herzog der Romagna, einen hegemonialen Eroberungsplan hegt, der in Zukunft für Venedig ein Problem darstellen könnte. Der Kirchenstaat hat Imola, Forlì, Cesena und Rimini unterworfen. Während wir hier sprechen, erobert Borgia Ceri und marschiert in der Toskana ein.«

»Ravenna. Und die Polesine. Diese Ländereien machen Euch Sorgen.«

»Exakt. Zumal, wie Ihr wisst, Lucrezia Borgia Alfonso d'Este geheiratet hat und der alte Ercole jetzt praktisch ein Mann des Pontifex ist.«

»Das verstehe ich.«

»Gut. Dann ist es für mich leichter, Euch im Namen des Dogen zu befehlen, mit Euren Lanzen in die Polesine zu ziehen.«

Der Skorpion seufzte.

Zum zweiten Mal an diesem Tag war Antonio Condulmer überrascht. Von einem Mann wie ihm hätte er bedingungslose Zustimmung erwartet, wenn nicht sogar einen begeisterten Aufschrei. Irgendetwas hatte er übersehen. Auf jeden Fall wollte er klar sehen. »Ihr seid nicht überzeugt?«

»Nein, nein«, erwiderte der Skorpion. »Ich seufze nicht, weil ich zögere, sondern weil ich weiß, dass ich dieses Tal ungeschützt vor eventuellen Angriffen hinterlasse, wenn ich gehe.«

»Was meint Ihr?«

»Mio Signore«, sagte der Skorpion und ging zu einem der Ständer. Er nahm eine Lanze und ließ sie, als wäre es das Natürlichste der Welt, wie einen Mühlenflügel rotieren. Dann hielt er an. »Es ist so, dass wir aus dem Norden Probleme bekommen könnten.«

»Erklärt Euch besser.«

»Es gibt Gerüchte, dass Kaiser Maximilian daran denkt, in Italien einzumarschieren.«

»Ich weiß. Und wenn er es tut, braucht Venedig jeden Mann, und Ihr würdet in diesem Fall sofort wieder auf diese Ländereien beordert.«

»Ich verstehe.«

»Wir können nicht gleichzeitig an zwei Fronten kämpfen, nicht jetzt.«

»Stimmt.«

»Außerdem«, sprach der Herr der Spione weiter, »sagen meine Männer, dass der Kaiser noch einige Zeit dort bleiben wird, wo er jetzt ist. Daher ist unsere Priorität jetzt Borgia und Frankreich mit Ludwig XII. Gehorcht dem Befehl.«

»Natürlich«, sagte der Skorpion nickend. »Über wie viele Männer verfügt Ihr, wenn eine angemessene Verteidigung im Valmareno bleibt?«

»Ich habe auch die Krieger meines Bruders, die die Serenissima mir kürzlich übergeben hat. Wenn wir fünfzig Lanzen in der Garnison im Valmareno lassen, könnte ich hundertfünfzig in die Polesine führen.«

»Also dreihundert Männer?«

»In Wahrheit fast fünfhundert. Eine Lanze besteht aus drei Männern.«

»Ihr zählt die Knappen also mit?«

»Würdet Ihr sie kennen, würde Euch das nicht wundern.«

»Ich vertraue Euch«, sagte Condulmer, »fast fünfhundert Männer.«

»Fast fünfhundert Skorpione«, korrigierte Gianconte Brandolini.

Und sein letztes Wort klang so finster und bedrohlich wie nie.

84. Weibliche Qualen

Herzogtum Ferrara, Palazzo Estense

Seit sie ihren Bruder Alfonso geheiratet hatte, quälte Isabella d'Este sie. Sicher, sie war kultiviert, raffiniert, die führenden Intellektuellen der Zeit huldigten ihr, sie sang wunderschön und begleitete sich auf der Laute, sammelte Kunstobjekte, und vor allem war sie die Marquise von Mantua und Tochter des Herzogs d'Este und von Eleonora von Aragón.

Aber sie war nicht schön. Trotz der blonden Haare mit feuerroten Reflexen, trotz der tiefen schwarzen Augen war sie ansonsten eine normale Frau, mittelgroß und sogar ein bisschen dick. Und das war wohl der Hauptgrund für ihren Hass ihr gegenüber. Lucrezia hatte sich zunächst um die Unterstützung und die Zustimmung von Isabella bemüht, doch bald hatte sie genug davon.

Es war nicht ihre Schuld, wenn das Schicksal sie schön gemacht hatte, auch wenn sie nicht genauso kultiviert und elegant war. Andererseits schauten alle am Hof der Este sie an, und hinter ihren Blicken ahnte die junge Borgia die Begierde.

In den Augen der Marquise von Mantua jedoch war ihre Attraktivität ein unverzeihlicher Fehler und der Grund, der jede Unhöflichkeit und jeden Ärger rechtfertigte. Und noch mehr die Tatsache, dass sie Alfonso geheiratet hatte, nachdem sie ihr Möglichstes getan hatte, um ihren Vater Ercole daran zu hindern, seinen Segen dazu zu geben. Zudem überstrahlte Lucrezia als Herzogin von Ferrara die Schwägerin an Wichtigkeit und Prestige, schließlich war Mantua ein kleines und unbedeutendes Reich, umso mehr im Vergleich zum Herzogtum Este.

Gott allein wusste, wie sehr Isabella sich stetig bemühte, sie ihre ganze Feindseligkeit spüren zu lassen. Sicherlich, sie tat es eher verhalten, aber dafür nicht weniger erbarmungslos.

Trotzdem war Ercole d'Este verrückt nach ihr, er, der Herzog, der Lorenzo den Prächtigen überlebt hatte, der gesehen hatte, wie Ludovico il Moro in Ungnade gefallen war – jetzt saß er in französischen Kerkern –, der sich mit Venedig verbündet hatte, um es dann zu verraten und einen Krieg auszulösen, durch den er die Polesine verloren hatte, und der mit drei Jahren von Sigismund von Luxemburg zum Ritter des Drachenordens geschlagen worden war.

Selbst mit siebzig und einer Vergangenheit als blutrünstiger Krieger und skrupelloser Politiker war Ercole noch ein gut aussehender Mann, groß, königlich, gekleidet immer in Schwarz mit Gold- und Perlenstickereien, mit einem nachdenklicheren Temperament als früher. Ein markantes Gesicht, durchdringende Augen und dünne Lippen machten seine wahren Absichten immer noch unergründlich, doch nachdem sie gezittert und gehofft hatte, ihn nicht als ihr feindlich gesinnt zu erleben, war Lucrezia klar geworden, dass sie einen starken Einfluss auf ihn hatte. Vor allem, weil sie von seinem Sohn Alfonso zwar nicht geliebt wurde, ihm aber sehr gefiel; er fand sie so anziehend, dass er sie immer noch jede Nacht mehrmals nahm, obwohl die Hochzeit bereits über ein Jahr her war. Und dann auch, weil Lucrezia nicht nur den erotischen Überschwang ihres Mannes vollständig befriedigte, sondern auch noch eine religiöse Sensibilität kultivierte, die den Herzog Ercole ziemlich überrascht hatte. Umso mehr, weil diese beiden scheinbar so unvereinbaren Qualitäten offensichtlich die Ambivalenz des Herzogs reizten, der schon immer ein Schürzenjäger gewesen war, der keinem Abenteuer abgeneigt war und gleichzeitig immer seine Frau als Modell der Erziehung und Weiblichkeit vergöttert hatte und es bis heute tat, obwohl sie schon lange verstorben war.

Daher versäumte es Lucrezia nie, zu Ehren von Eleonora von Aragón ihren Schwiegervater bei seinen regelmäßigen Besuchen bei Schwester Lucia, Nonne und Äbtissin des Klosters Santa Maria da Siena in Ferrara, zu begleiten. Sie war für den Herzog seine wichtigste Beraterin, und er unternahm nichts ohne ihr Urteil. Nachdem er die schöne Lucrezia der Nonne und Mystikerin vorgestellt hatte und die Moral und Anmut, die das attraktive Mädchen an diesem Tag an den Tag gelegt hatte, sehr zu schätzen wusste, war Ercole so begeistert gewesen, dass er nach der Rückkehr vom Besuch einen Brief an den Papst geschrieben hatte. Und dieses Schreiben war, gelinde gesagt, voller Komplimente über Lucrezia, der Herzog ging darin sogar so weit, sie als das Teuerste an seinem Hofe zu bezeichnen.

Um sich vor Isabellas Spitzen, den Lästereien und Blicken der vielen Spione, die den Palazzo und die Burg der Este bevölkerten, zu schützen, blieb Lucrezia in ihren eigenen Gemächern. Vom Tag der Hochzeit an hatte Ercole das Gefolge seiner Schwiegertochter entlassen und durch eine Schar adliger Frauen aus Ferrara ersetzt. An Lucrezias Seite waren nur noch zwei ihrer unzertrennlichen Damen geblieben: die schöne Nicola und ihre Cousine Angela Borgia.

Als Alternative zu ihren eigenen Gemächern begleitete Lucrezia ihren Schwiegervater und ihren Mann zum Barco, dem großen Jagdrevier hinter der Burg, in dem sich Alfonso zur Freude seiner Frau amüsierte, sie applaudierte stets ihm und dem Herzog.

Im Barco lag ein großartiger Palazzetto mit prächtigem Badezimmer. Und hier hielt sie sich liebend gern auf, pflegte ihren Körper und plauderte mit Nicola und Angela.

So lag Lucrezia jetzt im Thermalwasser des Marmorbades, der Dampf stieg in dichten weißen Wolken auf, und sie lauschte, während ihre Favoritinnen ihr erzählten, was so geredet wurde.

»Euer Vater scheint Sancha nicht freilassen zu wollen«, sagte Nicola.

»Trotz all meiner Bitten«, stellte Lucrezia bitter fest. Seit sie Alfonso nach Ferrara gefolgt war, war die schöne Tochter von Ferdinand II. von Aragón wegen ihres rebellischen und stolzen Charakters in Ungnade gefallen. Am Ende hatte Sancha recht gehabt, dachte Lucrezia verbittert: In dem Augenblick, in dem sie ihren Einfluss auf Cesare und Juan verloren hatte, war sie zu einem kaputten Spielzeug geworden.

»Jedenfalls …«, murmelte Angela unentschlossen, als wüsste sie nicht, ob sie sprechen konnte oder nicht.

»Jedenfalls?«, wollte Lucrezia hoffnungsvoll wissen.

»Sancha hat Euch geschrieben!«

»Wirklich? Was schreibt sie? Ich will es sofort wissen!«
Lucrezia fiel es schwer, an dieses Glück zu glauben, doch sie
stieg sofort aus dem Bad. Sie war nackt, ihre helle Haut voller transparenter Tropfen, die wie Glasperlen aussahen,
ihre Brustwarzen rosig und fest. Ihr Körper war immer
noch schlank und fest, trotz der Schwangerschaften, sie
hatte die Statur einer Felsengrottenmadonna.

»Sie hat den Brief an mich geschickt, um keinen Verdacht
zu erwecken und Euch keine Schwierigkeiten zu bereiten.«

»Sie war schon immer klug. Aber wie hat sie es geschafft?
Sie ist in der Engelsburg eingesperrt: Wer hat ihn Euch gebracht?«

»Ratet«, sagte Angela, erfreut über Lucrezias Neugier
und die glückliche Energie, mit der sie auf die Neuigkeit reagierte. Sie half ihrer Herrin dabei, sich in weiße Leintücher
zu hüllen, die vorher am Ofen im Badezimmer erwärmt
worden waren.

»Ich weiß nicht.«

»Ippolito d'Este!«

»Ihr Cousin?«, fragte Lucrezia, schlüpfte in warme
Schuhe und machte es sich auf einem Sessel vor dem Ofen
gemütlich, wo sie die milde Wärme genoss.

»Kennt Ihr noch einen anderen?«, wollte Nicola amüsiert wissen.

»Nein, wohl kaum, aber … mein Vater hat ihn zum Erzpriester von Sankt Peter und zum Bischof von Ferrara ernannt.« Als sie das sagte, lachte Lucrezia auf. »Nun, wenn
es so ist, dann bitte, gebt mir den Brief.«

»Natürlich«, erwiderte Angela und reichte ihr ein versiegeltes Kuvert.

85. Bittere Gedanken

Königreich Frankreich, Schloss Lys-Saint-Georges

L udovico glaubte, verrückt zu werden. Nachdem er nach Pierre-Scize entführt und dort eingesperrt worden war, hatten seine Kerkermeister beschlossen, ihn in der Burg von Lys-Saint-Georges gefangen zu halten. Hier wurde er zwar mit allem Respekt behandelt, aber die Vorstellung, sich im winzigsten Dorf Frankreichs zu befinden, von allen vergessen und sich selbst überlassen, gezwungen, über seine Fehler nachzudenken, brachte ihn täglich dazu, sich Geistern zu stellen. Und dadurch lebte er wie ein Gespenst.

Es kam ihm fast vor, als käme jeden Tag ein Adler, um seine Leber zu fressen, wie es Prometheus auf Zeus' Willen hin geschah: die gerechte Strafe dafür, den Göttern das Feuer gestohlen und es den Menschen gegeben zu haben.

So fühlte sich Il Moro: einsam, verlassen, reuezerfressen, sogar ohne seinen treuen Astrologen Ambrogio da Rosate, dem Isabella d'Este vorwarf, der Mörder ihres Mannes Gian Galeazzo Sforza zu sein, der Gnade Gian Giacomo Trivulzios ausgeliefert, ohne seinen wertvollen Berater Bartolomeo.

Der Einzige, der ihm zuhörte, war ein großspuriger Diener namens Julien Berry, der gern seinen verbitterten Erzählungen über die schönen, vergangenen Tage lauschte. Er sorgte für saubere Kleidung und kümmerte sich um sein Essen. Kurz gesagt war er der Gefängniswärter, dem Il Moro anvertraut war. Sicher, es war ein angenehmes Gefängnis, da Ludovico Spaziergänge im Garten genießen konnte, mit der Armbrust spielerisch schießen und gute Bücher lesen konnte, und er würfelte oft mit Berry, genau wie ein einfacher Soldat des niedrigsten Rangs, denn er hatte nichts anderes mehr zu tun, außer sich den Kopf über sein Unglück zu zerbrechen. Und doch nutzte es nichts, denn die unangenehmen Momente waren so zahlreich, dass Il Moro in Körper und Seele immer erschöpfter war.

Über die Monate hatte er bemerkt, dass dieser junge Diener eine gewisse Ambition verfolgte, zu Geld und Ruhm zu kommen, daher hatte er sich während der Würfelpartien und Spaziergänge im Obstgarten bemüht, dessen Gier zu schüren und ihm zuerst verschleiert und dann immer offener die Möglichkeit aufgezeigt, ihn üppig zu belohnen, wenn er ihm dabei half, diesen Ort des Arrests zu verlassen.

Zuerst hatte Berry gezögert, er ließ ihn verstehen, dass er ihn zwar nicht verraten, ihm aber auch nicht helfen würde, dann hatten sie nach und nach begonnen, genauer darüber nachzudenken, bis Il Moro ihm schließlich einen Ring mit einem Smaragd so groß wie eine Haselnuss gegeben hatte. Von da an wurde es ernster.

Seit diesem Tag schafften sie es, trotz der Wachen, sich zu besprechen, ohne belauscht zu werden, und Schritt für Schritt, ohne Hast, hatten sie sogar einen Plan entwickelt. Es fehlten noch viele Details, aber keiner der beiden hatte es eilig. Il Moro wusste sehr wohl, dass das seine einzige Chance war, und er wollte sie nicht ruinieren. Daher klammerte er sich an diese vage Aussicht wie ein Schiffbrüchiger an ein Brett des Wracks.

»Da es im Winter kälter ist und heftig schneit, halte ich den Januar für den perfekten Monat für einen Fluchtversuch«, verkündete der junge Berry, als wäre er ein erfahrener Ausbrecher. »Es wird sicher nicht einfach, aber aus Erfahrung kann ich Euch sagen, dass die Wachen dann weniger diensteifrig und entschlossen sind als im Frühling oder Sommer.«

»Einverstanden, aber es wird dann auch für uns schwieriger«, merkte Il Moro an.

»Das glaube ich keineswegs, mio Signore«, antwortete Julien pikiert, »ich kümmere mich um alles. Es wäre also sinnvoll, den Ausbruch nächsten Januar zu versuchen, wenn Ihr dann noch in dieser Burg seid. Wir haben das Glück, dass das nächste Dorf so klein ist, dass dort in der Nacht niemand wach ist, somit gehen wir nicht das Risiko ein, einem Denunzianten oder Spion über den Weg zu laufen. Stellt Euch mal vor, was geschehen würde, würde man Euch in einen größeren Ort verlegen.«

»Da habt Ihr sicher recht.«

»Ich besorge Kleider für eine passende Verkleidung.«

»Und die Wachen fallen darauf rein?«

»Jeder Fluchtversuch beinhaltet ein Risiko.«

Ludovico seufzte. »Als ich mich das letzte Mal verkleidet habe, ist das schlecht ausgegangen.«

Julien hob ungeduldig die Hände. »Ich weiß nicht, was ich Euch sagen soll. Wollt Ihr lieber für immer hierbleiben?«

»Auf keinen Fall«, sagte Il Moro.

»Nun, dann solltet Ihr mir vertrauen. Ich bin Euer einziger Freund.«

»Ihr habt recht.«

»In den nächsten Monaten sorge ich dafür, dass ich immer einen Mann mitbringe. Ich werde sagen, er kommt, um das Holz für den Kamin zu hacken, um die Kleider zu flicken und tausend andere Dinge, die der Winter nötig macht.«

»Ist es jemand, dem Ihr vertrauen könnt?«

»Mein Cousin.«

»Großartig.«

»Er hat ungefähr Eure Statur. Wenn der Moment gekommen ist, werden wir Euch durch ihn austauschen, während ich Euch von hier fortbringe.«

»Das scheint mir ein einfacher Plan zu sein.«

»Deswegen kann er funktionieren.«

»Doch wann werden sie herausfinden, dass er uns geholfen hat?«

»Das werden sie nicht! Er wird in der Nacht mit einer Strickleiter fliehen.«

»Aber … wenn sie es bemerken?«

»Das wird nicht passieren. Er ist ein geübter Kletterer. Und selbst wenn sie ihn entdecken, wird er sich schon zu helfen wissen: Er ist ein Mann der Tat. Sie werden glauben, er sei Ihr, aber im Gegensatz zu Euch kennt er diese Burg wie seine Westentasche.«

»Einverstanden«, sagte Il Moro abschließend. Wenn Julien sich keine Sorgen um seinen Cousin machte, wieso sollte er es dann, dachte er.

»Warten wir also«, fuhr Julien fort, »und vertraut mir. Aber das Ganze kostet etwas«, schloss er und kam endlich auf den Punkt. Il Moro hatte schon länger verstanden, dass der Franzose um diese Frage kreiste.

»Wie ich Euch gesagt habe, sobald ich in Sicherheit bin …«

»Nichts da!«, schnitt Julien ihm das Wort ab, »ich habe nicht vor, auf die Zukunft zu hoffen. Ich weiß sehr wohl, dass Ihr es geschafft habt, anderen Schmuck zu verstecken, als man Euch verhaftet hat. Den will ich«, sagte er schlicht.

»Aber ich habe Euch doch bereits den Ring ge…«

»Das war nur eine Anzahlung«, unterbrach Julien Il Moro erneut.

»Aber das ist alles, was ich habe!«

»Unsinn. Entweder Ihr gebt mir weitere vier Steine wie diesen, oder wir vergessen das Ganze.«

Il Moro sah dem Franzosen in die Augen und erkannte, dass er nicht scherzte: In seinem Blick war das kalte Leuchten der Gier klar zu sehen.

86. Der Anfang vom Ende

Kirchenstaat, Apostolischer Palast

Kurz nach dem Abendessen hatte er sich schlecht gefühlt. Der Papst war mit Cesare in der Villa des Kardinals Adriano Castellesi di Corneto, dem er erst vor wenigen Monaten das Purpur ermöglicht hatte. Sie waren an die Hügel des Monte Mario gereist, in der vergeblichen Hoffnung, dort der unerträglichen Hitze dieser Augusttage zu entkommen.

Als der Pontifex sich über Schmerzen beklagte, hatte man zunächst gedacht, dass das Essen aus irgendeinem Grund verdorben gewesen war, dann an eine Vergiftung, und als am nächsten Tag dann auch der Valentino Fieber bekommen hatte, dachte man an eine Krankheit, die sich Vater und Sohn eingefangen hatten.

Die Ärzte konnten sich für keine der Möglichkeiten entscheiden, ja sie hielten im Zweifel alle drei für möglich. Schließlich hatte sich auch Kardinal Castellesi schlecht gefühlt und auch ein Großteil der anderen Gäste.

Und doch machte sich Burckard, der päpstliche Zeremonienmeister, in diesem schrecklichen Moment des Wartens keine Sorgen über das, was geschehen war, sondern darüber, was passieren würde, wenn der Papst starb. Ganz abgesehen davon, dass auch Cesare Borgia, Hauptmann der päpstlichen Armee, geschwächt im Bett lag und um sein Leben kämpfte.

Was konnte er tun? Unter seinen Kleidern schwitzte Burckard stark. Es schien, als würde sich der gesamte Palazzo in dieser feuchten, schwülen und drückenden Augusthitze, die einem den Atem nahm, auflösen. Das Wasser des Tibers war faulig und roch nach Tod, als würden sich unter der Oberfläche Kadaver befinden.

Er schnappte nach Luft, fuhr sich noch einmal mit dem Ärmel über die nasse Stirn.

Es war eine verzweifelte Situation.

Als er den persönlichen Arzt Alexanders VI. aus den päpstlichen Gemächern kommen sah, hielt er ihn an.

Ein Blick in sein Gesicht reichte, um zu begreifen, dass es noch keinerlei Verbesserung gab. Dennoch ließ er sich nicht entmutigen und fragte nach dem, was er wissen wollte.

»Wie habt Ihr ihn angetroffen?«

Messer Torella schloss die Augen, wie um Mut zu schöpfen. Als er sie wieder öffnete, war damit schon alles gesagt. »Ich habe ihn zum wiederholten Mal zur Ader gelassen. Aber der Pontifex ist schwach, Burckard, so schwach, dass er wie Espenlaub zittert. Sein Körper wird ständig von Schauern und Krämpfen erschüttert. Gerade hat er sich übergeben. Er hat viel Flüssigkeit verloren. Er wird ständig überwacht. Die Abwesenheit seiner Kinder lässt ihn nicht zur Ruhe kommen. Er hat mich natürlich nach Cesare gefragt.«

»Weiß er, dass er ebenfalls krank ist?«

»Notgedrungen. Ich konnte es ihm doch nicht verschweigen, findet Ihr nicht?«

»Sicher nicht.«

»Er hat geweint, als er es erfahren hat.«

Burckard verschränkte die Hände. »Ich werde bei ihm wachen«, sagte er ohne zu zögern.

Der Arzt nickte. »Achtet darauf, dass niemand sonst eintritt.«

»Ich werde den Hauptmann der Wache rufen.«

»Gut so.«

»Messer Torella«, sagte Burckard. »Ihr dürft niemandem etwas über den Gesundheitszustand seiner Heiligkeit sagen, ist das klar?«

»Absolut.«

»Ich muss Euch wohl nicht sagen, wie die Kardinäle bereits über seinen bevorstehenden Tod tuscheln«, fuhr Burckard fort. »Wenn dieser Fall eintritt, wird eine Zeit der Kämpfe, des Verrats, der Korruption und der Herabsetzung beginnen, alles nur, um auf den Petrusthron gewählt zu werden. Daher bitte ich Euch, absolutes Stillschweigen zu bewahren.«

»Das ist mir bewusst. Und ich tue, was Ihr mir sagt. Jetzt muss ich allerdings gehen«, schloss Torella.

»Ich halte Euch nicht länger auf. Doch tut mir einen Gefallen, wenn Ihr geht.«

»Ich höre.«

»Ruft den Kardinalvikar und sagt ihm, er soll zu mir in die Gemächer des Papstes kommen.«

»Das werde ich.« Damit ging der persönliche Arzt des Pontifex. Seine Schritte klangen düster.

Während er auf Kardinal Raffaele Riario wartete, trat Burckard ein.

87. Generalleutnant

Königreich Neapel, Kastell von Bari

Prospero Colonna stand vor Isabella. Sie wusste, wieso er da war, und in ihrem Herzen dankte sie ihm für diese Aufmerksamkeit. Auch wenn sie denselben Namen trug wie Ferdinand der Katholische, nützte es ihrer Sache nicht, dass sie zum neapolitanischen Zweig des Hauses Aragón gehörte. Doch sie hatte sich ganz formell Ferdinand II. unterworfen und so sich selbst und ihre einzige Tochter Bona gerettet.

Während sich Messer Colonna, Generalleutnant der königlich neapolitanischen Armee, umsah und die Pracht des Salons, in dem er empfangen wurde, würdigte, dachte Isabella, dass er zwar kein junger Mann mehr war, aber sehr faszinierend. Groß, stark, mit langen, welligen, kupferroten Haaren und einem fließenden Bart, dazu eine hohe Stirn und sehr lebhafte Augen. Er trug eine prächtige schwarze Lederrüstung mit silbernen Nieten.

»Welche Neuigkeiten bringt Ihr?«, wollte Isabella schließlich wissen. »Ich weiß, dass Ihr die Truppen von Louis d'Armagnac in Cerignola vernichtet habt und dass Gonzalo de Córdoba, *El Gran Capitán*, als Vizekönig von Neapel in der Stadt eingezogen ist.«

Colonna nickte. »Ganz genau, mia Signora. Ich gestehe, dass ich erleichtert bin, da Eure Entscheidung, Ferdinand dem Katholischen einen Treueeid zu leisten, sich als vollkommen richtig herausgestellt hat.«

»Glaubt Ihr, dass Gonzalo die Verpflichtungen gegenüber dem spanischen Haus, dem ich angehöre, einhalten wird und dass ich in Frieden in dieser Stadt leben darf?«

»Mia Signora«, Colonna verbeugte sich tief, »ich möchte nicht missverstanden werden, aber ich komme zu Euch, um eine solche Verpflichtung zu besiegeln. Der Vizekönig von Neapel ist noch nicht ganz von den Aragonesen vereinnahmt worden, aber das ist nur eine Frage der Zeit. Eine letzte große Schlacht wird kommen, nach der die französischen Ansprüche keinerlei Existenzgrund mehr haben werden. Ich möchte Euch sagen, dass ich Euch persönlich beschützen werde. Seht, mia Signora, ich weiß ganz genau, was es bedeutet, aus dem eigenen Haus vertrieben zu werden«, fuhr Colonna fort, und in seiner Stimme bemerkte Isabella Rührung, »denn ich bin von allerhöchster römischer Abstammung, und doch, wie Ihr sehen könnt, kämpfe ich heute im Exil, in fremdem Land für jemanden, der im Grunde genommen ein Invasor ist. Ganz klar, die beste der vielen Möglichkeiten. Ihr versteht, dass ich mit großer Offenheit spreche.«

»Das verstehe ich«, sagte Isabella, der die Aufrichtigkeit des Generalleutnants gefiel, »und ich weiß es zu schätzen. Es gibt heute nicht viele Männer, die den Mut zur eigenen Meinung haben.«

»Ganz abgesehen davon«, erwiderte Colonna, »ist das, was ich Euch sage, keine Meinung, sondern eine Tatsache. Seht, Madonna, wenn ich mich nicht täusche, seid auch Ihr nach dem Mord an Eurem Mann, dem rechtmäßigen Erben des Herzogtums, aus Mailand vertrieben worden.«

»Das wisst Ihr also?«, fragte Isabella, die kaum glauben konnte, was sie hörte. »Ich habe die Geschichte nie geglaubt, die sich dieser Feigling Ludovico il Moro ausgedacht hat. Sicher, er musste das, was im Grunde ein echter Thronraub war, irgendwie begründen, daher hat er sich eine Krankheit Eures Mannes ausgedacht, doch niemand anderer als er selbst hat ihm das Gift verabreicht, das ihn getötet hat. Nichts kann mich davon überzeugen, dass es anders verlaufen ist.«

Isabella stand auf. »Ihr wisst gar nicht, wie wahr das ist.« In ihren Augen leuchtete eine Flamme auf, und ihr ohnehin schöner Blick wurde feurig.

»Das weiß ich sehr wohl, mia Signora«, sprach Colonna weiter, aufgemuntert durch so viel wohlwollende Aufmerksamkeit. »Und ich weiß auch von den tausend Widrigkeiten, die Euch hierhergeführt haben, und sogar von den kleinen Tricks, die Ihr Euch ausdenken musstet, um in den Besitz dieses kleinen, aber reizvollen Herzogtums und der anderen Lehen zu kommen, die Euch in Kalabrien zustehen. Wir wissen beide, dass das Zugeständnis Eures Onkels heute keinen Wert mehr hat, umso mehr, als es das von Il Moro bestätigen würde, der kein Recht hatte, Euch das zu gewähren, was er Euch zugesprochen hat. Doch keine Sorge«, erläuterte der Generalleutnant, dem aufgefallen war, dass Isabellas Blick kurz flackerte, »ich bin heute nicht hier, um Eure Macht und Eure Titel anzuzweifeln, sondern im Gegenteil, um Euch meine Unterstützung anzubieten und Euch zu versichern, dass es von nun an niemand mehr wagen wird, Eure Position anzutasten.«

Isabella sah ihn bewundernd an. Hatte sie vielleicht endlich einen Mann gefunden, der für sie kämpfen würde? Nach allen, die sich von ihr abgewandt hatten? Es erschien ihr zu schön, um auf so ein Glück zu hoffen. »Und Ihr, Signore, würdet auf mich achtgeben? Warum sollte ich Euch glauben?«

»Weil uns, wie ich Euch gesagt habe, das Schicksal eint. Wir sind Exilanten in der Fremde, wir wurden aus unserem Zuhause vertrieben und haben uns hier getroffen. Vielleicht, um wieder neu anzufangen«, sagte der Generalleutnant mit leichter Anspielung. »Auf jeden Fall«, fuhr er fort, »habe ich noch nie an Worte geglaubt, sondern nur an Taten, und mit ihnen werde ich Euch, Madonna, meine Treue und Hingabe zeigen.«

Isabella war überrascht. Und dem Schicksal dankbar. Sie hatte nicht geglaubt, einen Mann finden zu können, der vorschlagen würde, an ihrer Seite zu bleiben. Wenn Prospero Colonna nicht gerade der größte Halunke der Geschichte und in der Lage war, seine wahren Absichten perfekt zu verbergen, so spürte sie eine aufrichtige Ergriffenheit in seinen Worten und den authentischen Wunsch, sie zu beschützen.

Und sie wusste, so stolz sie auch war, sie brauchte unbedingt einen Mann, der in der Lage war, sie zu verteidigen.

Ganz zu schweigen davon, dass er selbst es war, der die Bedingungen und Maßstäbe diktierte, an denen der Grad seiner Loyalität und Hingabe gemessen werden sollte. Wieso sollte sie ein solches Angebot also ablehnen?

»Messer Colonna«, sagte Isabella schließlich, »ich bitte Euch, steht auf. Ich bin Euch für Euren Besuch dankbar und freue mich sehr über Euren Vorschlag. Wie Ihr ganz richtig gesagt habt, bin ich eine einsame und von allen verlassene Frau. Doch bis heute habe ich mich allein durchgeschlagen. Ich habe die Absicht, Bari zu meinem Zuhause und meinem persönlichen kleinen Paradies zu machen, wenn es mir erlaubt wird. Wenn Ihr mein Beschützer werden wollt, so kann ich mir nichts Besseres wünschen, umso mehr, da ich in Eurem Herzen eine Aufrichtigkeit erkenne, die mich einnimmt.«

Der Generalleutnant stand auf. Er betrachtete Isabella aufmerksam. Ein intensives Leuchten lag in ihren schönen braunen Augen. »Offen gesagt, mia Signora, hatte ich gehofft, dass Ihr mir diese Ehre gewährt. Wegen dem, was uns eint«, sagte er, »und auch wegen Eurer Schönheit, die jeden blendet, der Euch ansieht.«

»Ihr seid also auch galant, Messere?«, fragte Isabella, die, seit sie sich in diesem goldenen Exil befand, nicht mehr an solche Aufmerksamkeiten gewöhnt war und die Schmeicheleien der Männer vergessen hatte.

»Ich weiß nicht, ob das stimmt. Doch ich erkenne Schönheit, wenn ich sie vor mir habe.«

88. Abrechnung

Kirchenstaat, Apostolischer Palast

Rodrigo Borgia fühlte das Ende seines irdischen Daseins nahen. Seit Tagen hatte er tapfer gegen die Schmerzen der Krankheit angekämpft, die ihn schließlich niedergeworfen hatte.

Er lag in einer Pfütze aus eiskaltem Schweiß. Das Nachthemd klebte an seiner Haut, kalte Schauer quälten seinen Körper. Er hatte nicht einmal mehr die Kraft, sich aus dem Sessel zu erheben, in dem er hatte ruhen wollen. Mit aufgerissenen Augen starrte er das Deckenfresko von Pinturicchio an, und diese großartigen Figuren standen in diesem Moment für eine Vergangenheit, die nicht wiederkehren würde. Nie wieder. Und das festzustellen, noch dazu auf diese so schmerzhafte Weise, im vollen Bewusstsein der eigenen Ohnmacht, verstärkte noch sein Leiden an dieser unheilbaren Krankheit, die ihn mit jedem Tag dem Grab näher brachte.

Aber was ihn am meisten betrübte oder was sein Herz am meisten zerriss, als ob ein dunkles Übel seine Krallen ausstreckte, um an seiner Seele zu zerren, war die Tatsache, dass keines seiner Kinder an seinem Bett war.

Juan, sein Juan, war tot. Ermordet von den Orsini oder jemand anderem, es war egal. Er hatte ihn nicht einmal gesehen, hatte sein Sterben nicht einmal mit einem Wort des Trostes begleiten können. Man hatte ihm einfach diesen von Messern durchbohrten und vom trüben Wasser des Tibers aufgedunsenen Körper übergeben. Und Cesare war auch nicht da, er kämpfte gegen dieselbe Krankheit wie er, vielleicht wäre es auch sein Ende. Lucrezia fehlte, die ihm den Tod von Alfons, der mit seiner Zustimmung ermordet worden war, nicht mehr hatte verzeihen können. Und was Jofré anging, so grübelte der wohl irgendwo über sein Unglück nach. Zu spät hatte er die Wahrheit erfahren: dass seine Frau ihn mit seinen beiden Brüdern betrogen hatte.

Das war also das greifbare Maß seines Scheiterns als Mann wie als Vater. Jetzt war er sich dessen klar bewusst. Es war, als kehre all das Böse, das er angerichtet hatte, zu ihm zurück, um den Grund für seine Taten zu verlangen und den Schmerz, den er verursacht hatte, zu verzehnfachen.

Er seufzte. Und sogar diese einfache, minimale Bewegung verursachte ihm Schmerzen. Seine Brust und sein Bauch brannten, wegen der langen Nächte der Übelkeit und des Erbrechens. Und dieser saure, ekelerregende Geschmack in seinem Mund schien ihn nie mehr verlassen zu wollen, als wolle er ihn daran erinnern, wie abstoßend die Welt war, die er erschaffen hatte.

Er wusste, dass außerhalb dieser Gemächer, die er zum eigenen Ruhm und Stolz hatte bauen lassen, bereits die Gier vieler wuchs, die bereit waren, sich wie Geier auf seinen Leichnam zu stürzen. Sie würden sich ohne Pause darauf stürzen, würden alles, was er erschaffen hatte, plündern, verraten und einreißen. Sollte Cesare zufällig die Krankheit überleben, würde er von allen Seiten angegriffen, und dieser

Kirchenstaat, den sie gemeinsam gemäß einer Eroberungsvision mit so viel Mühe und Opfern hatten vergrößern können und der mehr als ein Herz entflammt hatte, würde zunichtegemacht werden.

Kaum, dass er seinen letzten Atemzug getan hätte. Wenigstens wäre Lucrezia in Sicherheit, weit weg von diesem Schlangennest, beschützt von Ercole und Alfonso d'Este, als Herzogin von Ferrara, unerreichbar durch die vielen Höflinge, Spekulanten, sechshundert Adeligen, Prälaten, Bürokraten und Spione, die im Grunde ihres Herzens davon träumten, zu sehen, wie sie ins Elend fiel. Wenn der Preis der Rettung seiner Tochter ihr Groll war, den sie in letzter Zeit gegen ihn hegte, dann war er bereit, ihn zu akzeptieren wie die wertvollste Belohnung.

Er öffnete die Augen.

Burckard trat an sein Bett. Zum x-ten Mal. Unter den Lidern erahnte er dessen ernsten Blick. Der Gesichtsausdruck des Zeremonienmeisters war eine Maske der schmerzlichen Fatalität.

»Burckard«, sagte Rodrigo mit letzter Kraft.

»Heiligkeit«, erwiderte der Zeremonienmeister.

»Ich beneide Euch nicht«, flüsterte der Papst, »ich sterbe. Ihr müsst es zusammen mit dem Kardinalvikar verkünden.«

Burckard seufzte. »Heiligkeit, sagt so etwas nicht.«

»Es ist die Wahrheit.«

»Mio Signore, der Aderlass des Doktors ...«

»Zeigt keinerlei Wirkung«, unterbrach ihn der Pontifex. »Ich sterbe, und meine Kinder sind weit weg. Mein Zimmer ist leer. Und ich übergebe meine sündige Seele Gott. Vielleicht stimmt es doch, dass ich ein schlechter Diener unseres Herrn war.«

»Heiligkeit, quält Euch nicht mit Schuldgefühlen. Ihr habt getan, was Ihr konntet …«, sagte Burckard schließlich, »… innerhalb der Grenzen Eurer Persönlichkeit. Viele von uns können das nicht von sich behaupten.«

Rodrigo Borgia hustete. »Ich danke Euch für Eure frommen Lügen, mein Freund. Ich weiß, dass ich viele Fehler gemacht habe.«

»Sorgt Euch nicht, Heiligkeit, Ihr solltet in Eurem Zustand stattdessen lieber ins Bett gehen.«

»Glaubt Ihr? Nein, mein Freund, keineswegs. Ich werde bis zum letzten Augenblick hierbleiben, umgeben von dieser Pracht«, bei diesen Worten hob Rodrigo langsam den Arm, um auf die Fresken zu deuten. Die großartigen Szenen, die den Ablauf der Jahreszeiten darstellten, beherrscht von der Sonne des Osiris und dem Mond von Isis, die opulenten Verzierungen mit viel Gold und schließlich der *Disput der heiligen Katharina*, der ihn immer mit dem Abbild von Cesare und Lucrezia beschenkte, da sie in dem Werk von Pinturicchio dem Kaiser und der Heiligen ihr Gesicht liehen. Sich an die gemeinsamen Tage zu erinnern half ihm, besonders in einem solchen Moment wie diesem, sich weniger allein zu fühlen.

Außerdem war ihm nichts mehr geblieben, außer der Erinnerung an vergangene Zeiten.

Er seufzte, als er in das Gesicht der Madonna mit dem lesenden Kind blickte, die ihn ruhig vom Rundbogen über der Tür mit diesem heiteren Blick voller Frieden und Sanftmut anzusehen schien.

In diesen Augen fand er die Kraft loszulassen. Er wusste, dass er mit jedem Augenblick schwächer, zerbrechlicher, kränker wurde und dem Tod näher kam. Doch trotz des

Bedauerns, das dieses unvermeidliche Ende mit sich brachte, verstand er, als er die Figur der Jungfrau betrachtete, dass er jetzt bereit war.

Er würde keinen Widerstand mehr leisten. Er würde sich dem Tod hingeben, indem er sich der Umarmung dessen anvertraute, der alle Menschen im höchsten Augenblick des Todes gleichmachte.

Er war müde.

»Burckard«, sagte Rodrigo schließlich, »ich gehe jetzt.«

Der Zeremonienmeister betrachtete den Pontifex.

Er sah, wie sein Blick glasig wurde und die Augen nach und nach das Licht verloren, verblassten, als hätte sie unmerklich ein Schleier getrübt.

Es schauderte ihn. Dann trat er an einen Tisch. Er nahm eine kleine Silberglocke und läutete. Ein zarter, silbriger Klang ertönte.

Kurz darauf öffnete sich die Tür.

Der Kardinalvikar erschien.

»Kardinal«, sagte Burckard, »Papst Alexander VI. ist tot.«

89. Frei

Kirchenstaat, Engelsburg

Prospero Colonna starrte den Wachmann an. Am liebsten hätte er ihn umgebracht. Er wusste jedoch, dass er innerhalb kürzester Zeit die halbe Garnison gegen sich hätte, was ihn davon abhielt, es auch nur zu versuchen.

Sobald er vom Tod des Papstes erfahren hatte, war er nach Rom geeilt. Und jetzt stand er vor der Zelle, in der Sancha von Aragón gefangen gehalten wurde.

»Ich befehle Euch, die Frau, die Ihr in Ketten haltet, freizulassen, sonst legt Ihr Euch mit mir an. Reicht es Euch denn nicht, ihren Bruder niedergemetzelt zu haben? Wollt Ihr jetzt auch ihr Leben? Der Papst ist tot, und Ihr habt keinerlei Recht mehr, sie einzusperren. Wenn Ihr sie nicht freilasst, werdet Ihr Euch vor mir und Ferdinand dem Katholischen, König von Aragón und Herrscher von Neapel, verantworten müssen, habe ich mich klar ausgedrückt?«

»Habt Ihr eine schriftliche Anweisung?«, lautete die Antwort.

Als er das hörte, musste Colonna sich sehr zusammenreißen, um nicht zu platzen. Er zog einen versiegelten Brief aus dem Ärmel seines Wamses. »Hier«, damit donnerte er ihn gegen die Brust des Wachmannes.

»Was ist hier los?«, hörte man es hinten aus dem Flur, an dem sich die Zellen befanden, brüllen.

»Hauptmann!«, rief der Wachmann erleichtert.

Colonna ahnte, dass noch mehr Ärger im Anmarsch war.

»Warum hat mir niemand etwas von Eurem Kommen gesagt?«, sprach die Stimme beim Näherkommen weiter.

Colonna blickte sich um. Der baumlange Hauptmann der Engelsburg, Herbert von Schopf, sprach ihn mit der größtmöglichen Arroganz an. Eine Hand am Griff seines Schwertes, kam er mit großen Schritten durch den Korridor näher. Er war blond, hatte lange Haare und einen hängenden Schnurrbart.

Colonna rührte sich nicht. Er begnügte sich damit, die Hand zu bewegen und den Brief zu überreichen.

Von Schopf brach das Siegel.

Er las schnell die wenigen Zeilen.

»Und Ihr wollt, dass ich Euch deswegen die Gefangene übergebe?«

»Sie ist eine Prinzessin von königlichem Blut!«

»Was Ihr nicht sagt.«

Dieser Tonfall reizte Prospero. »Hauptmann, ich will mich klar ausdrücken«, sagte er, »ich bin Prospero Colonna, Generalleutnant des Königreichs Neapel. Ich habe Euch die schriftliche Order von Gonzalo de Córdoba gegeben, der von Ferdinand dem Katholischen von Aragón, König von Neapel, ernannt wurde. Jetzt übergebt Ihr mir die Prinzessin von Squillace, die unrechtmäßig in dieser widerlichen Zelle gefangen gehalten wird, oder ich komme mit einer Armee zurück, um sie zu holen! Und ich bezweifle, dass Ihr, angesichts dessen, was gerade erst geschehen ist, Lust habt, ein Risiko einzugehen. Rom wird nach dem Tod des Papstes ins Chaos stürzen. Ich denke nicht, dass Ihr die Absicht habt, in dieser ohnehin bereits komplizierten Situation auch noch einen Krieg auszulösen.«

»Und für diese Frau würdet Ihr einen Krieg beginnen?«, fragte von Schopf ungläubig.

»Selbstverständlich. Sie ist die Nichte des Königs von Aragón.«

»Nun, wenn sie Euch so wichtig ist«, schloss von Schopf, »dann nehmt sie nur. Wache!«

»Hauptmann?«

»Öffnet die Zellentür und lasst den Generalleutnant die Gefangene mitnehmen.«

»Zu Befehl.«

Während der Wachmann den Schlüssel ins Schloss steckte und die Tür öffnete, ging der Hauptmann fort. »Nun denn«, sagte er, »dann ist auch das erledigt. Kein böses Blut wegen dem, was und wie Ihr es gesagt habt, aber wenn Ihr es noch einmal wagen solltet, dann könnte das nächste Mal dieser Krieg, von dem ihr geredet habt, tatsächlich ausbrechen.« Und ohne auf eine Antwort zu warten, drehte er sich auf dem Absatz um und ging.

Prospero sah ihm ein letztes Mal hasserfüllt nach. Aber er war alt genug, um gelernt zu haben, dass er bekommen hatte, was er wollte. Wenn dieser Schweizer Bastard das letzte Wort haben wollte, bitte schön. Ihm sollte es recht sein.

»Gebt mir Licht«, sagte er zum Wachmann.

Als er die Zelle im schwachen, zitternden Licht der Fackel betrat, sah er auf einer Pritsche eine dunkle Gestalt.

Er trat näher. »Madonna«, sagte er. »Ich bin gekommen, um Euch auf Befehl des Königs, Eures Onkels, zu befreien.«

Die Gestalt wurde lebendig, im Licht der Fackel wurde sie zu einer Frau mit einem mageren, vor Hunger eingefallenen Gesicht. Und doch wunderschön, wie eine Schmerzensmadonna. Als Sancha im Dunkel der Zelle langsam sichtbar wurde, kam Prospero ein Bild in den Sinn, das er vor langer Zeit gesehen hatte: eine Madonna, eingerahmt von trockenen Zweigen eines Baumes, ihre Eleganz ruhig und zart, im roten Umhang, mit blassem Gesicht und dunklen Haaren, die ihr auf die Schultern fielen.

Sancha schleppte sich auf ihn zu, fiel fast hin. Er stützte sie, nahm sie in die Arme. Er hob sie hoch, und sie kauerte sich an seine Brust, als wäre sie ein verängstigtes Kind.

Prospero trat erneut hinaus in den Korridor.

»Bringt mich weg von hier«, flüsterte Sancha.

Das musste sie dem Generalleutnant des Königreichs Neapel nicht zweimal sagen.

90. Schätze und Forderungen

Kirchenstaat, Apostolischer Palast

Er hatte einen unmissverständlichen Befehl erhalten. Obwohl sein Herr durch die Krankheit, die gerade seinen Vater getötet hatte, noch geschwächt war, hatte er seine Geistesgegenwart nicht verloren und daran gedacht, ihm ins Ohr zu flüstern, was er tun musste.

Und Michelotto hatte nicht gezögert. Auch dieses Mal nicht.

Ohne jegliche Ankündigung ging er zum Kardinalvikar Raffaele Riario.

Um keine Zeit zu verlieren, zog er direkt sein Schwert und hielt es ihm an die Kehle.

»Wie könnt Ihr es wagen?«, fragte der Kardinal.

»Den Schlüssel zur Schatzkammer.«

»Aber Ihr …«, versuchte der Purpurträger zu protestieren.

Ohne ihn einer Antwort zu würdigen, beschränkte sich Michelotto darauf, Druck auf die Schwertspitze auszuüben. Ein Rinnsal aus Blut floss über den Hals. »Ich muss nur etwas fester drücken, Euer Gnaden.«

Der Kardinal hob die Hände. Michelotto entfernte das Schwert.

Im nächsten Augenblick überreichte Raffaele Riario ihm den Schlüssel.

Cesare Borgias Scherge steckte ihn ins Schloss und öffnete die Tür. Hinter ihm folgten weitere Schergen.

Sie stürzten sich wie wilde Tiere auf die Tresore. Sie plünderten alles, was glänzte, steckten Geld, Gold und Silber, Schmuck und wertvolle Vasen in Leinensäcke.

»Ihr dürft nichts zurücklassen«, brummte Michelotto.

Die anderen rafften noch mehr zusammen als ohnehin schon. Als sie den Raum geleert hatten, gingen sie und hinterließen ihn kahl und elend.

»Sprecht«, sagte Cesare. Er saß aufrecht und war angekleidet. Allein das Wams anzuziehen musste ihm heftige Schmerzen bereitet haben.

Burckard stand vor ihm und sah ihn mit blutunterlaufenen Augen an. Er wusste, was Cesare befohlen hatte, konnte aber nichts dagegen tun. Michele Corella hätte ihn abgestochen wie eine Ziege, wenn er auch nur einen Finger gerührt hätte. Leider war dieser geschickte Teufel bestens vorbereitet gewesen, lange bevor er und das Kardinalskollegium seine Absichten auch nur erahnen konnten. Er selbst war damit beschäftigt gewesen, den Körper des Papstes zu waschen und anzuziehen. Wegen der unerträglichen Hitze dieser Tage hatte die Verwesung des Körpers viel zu schnell begonnen. Um den Leichnam im Papageiensaal auf einem mit rotem Samt bedeckten Tisch aufbahren zu lassen, hatte er die Bediensteten bitten müssen, eine, gelinde gesagt, übertriebene Menge Öl, Parfüm und Essenzen zu verwenden.

Doch war sein Sohn, trotz seiner Genesung, nicht aufgetaucht. Er selbst hatte Cesare erst treffen können, als dieser

ihn hatte rufen lassen, nachdem er die päpstliche Schatzkammer geplündert hatte.

Was konnte er ihm sagen? Der Kardinalvikar war allzu
deutlich gewesen. Dann sprach er aus, was alle Kardinäle
lauthals forderten, aber nicht den Mut hatten mitzuteilen.
»Das Kardinalskollegium bittet Euch, Rom sofort zu verlassen und erst zurückzukehren, wenn ein neuer Papst gewählt wurde.«

»Und Ihr glaubt, dass ich einfach so verschwinde? Wie
ein Dieb in der Nacht?«

Burckard hätte gern zustimmend genickt. Cesare war genau das: nichts anderes als ein vulgärer Dieb, ein verfluch-
ter Tyrann. Aber wenn er der Wut nachgegeben hätte, hätte
er nicht das erreicht, was er wollte. »Die Kardinäle bitten
nur darum, ihrer Aufgabe unter den nötigen Friedensbedin-
gungen nachgehen zu können.«

»Sicher, das habe ich mir gedacht«, sagte Cesare amüsiert. »Frieden, der nützlich ist, um ihre weitreichenden
Rachegelüste in der Stille des Konsistoriums zu befriedigen.«

»Die Stadt befindet sich in den Händen von Banden. Orsini und Colonna verwüsten die Stadtviertel. Die Schergen
von Fabio Orsini stehen in Ripetta. Nach Angaben des
Hauptmannes der Engelsburg sind es mindestens zweihun-
dert Ritter und rund tausend Infanteristen. Außerdem hat
sich der Generalleutnant des Königreichs Neapel erst gestern in die Engelsburg begeben, um die Prinzessin von
Squillace mitzunehmen. Seine Armee nimmt im Moment
beim Kapitol Quartier.«

»Aha! Dann hat er sie sich endlich geholt! Nicht schlecht
für einen alten Mann wie Prospero«, kommentierte Cesare

sarkastisch. Offensichtlich hatte ihm die Krankheit nicht den Humor genommen.

»Ich habe sie um dasselbe gebeten wie Euch gerade eben.«

»Wie lautete ihre Antwort?«

»Sie geben der Bitte statt. Sie werden die Stadt morgen früh verlassen.«

»Ich vermute, bevor sie akzeptiert haben zu gehen, haben sie wohl Garantien gefordert.«

Burckard hustete. Jetzt kam der schwierigste Teil. »Das haben sie tatsächlich«, bestätigte er.

»Habt Ihr ihnen die Rückgabe der Lehen versprochen?«

Der Zeremonienmeister war fast froh, dass der Valentino es für ihn aussprach. »Wir hatten keine Wahl.«

Cesare nickte. »Ich verstehe. Nun, wir machen Folgendes«, sagte er. »Ich willige ein, Rom für den Moment zu verlassen ... aber unter zwei Bedingungen.«

»Ich höre.«

»Die erste: die erneute Bestätigung als Bannerträger und Generalkapitän der Kirche. Die zweite: die dauerhafte Bestätigung des Eigentums der Ländereien der Romagna. Wenn auch nur eine dieser beiden Bedingungen nicht akzeptiert wird, werde ich mein Versprechen, abzureisen, nicht umsetzen.«

»Ich werde mich darum bemühen, dass Eure Bedingungen so schnell wie möglich angenommen werden. Dann werdet Ihr Euch aber wie versprochen zurückziehen.«

»Das werde ich. Übrigens steht die Armee Ludwigs XII. vor den Toren Roms, und spanische Heerscharen versammeln sich in Marino. Unnötig zu sagen, dass die Ewige Stadt und das Kardinalskollegium unabhängig von meiner Flucht nicht ruhig schlafen werden.«

»Überlasst diese Entscheidung der Kardinalsversammlung«, sagte Burckard verzweifelt.

»Selbstverständlich«, erwiderte Cesare.

»Wir haben also eine Abmachung?«

»Ja. Aber ich will sie schwarz auf weiß.«

»Ihr werdet sie bekommen.«

»Was denkt Ihr, wie lange das dauert?«

»So lange, bis die Abmachung formuliert und vom Kardinalvikar unterschrieben wurde.«

»Hervorragend.«

»Ich verabschiede mich.«

»Bitte«, sagte Cesare und zeigte dem päpstlichen Zeremonienmeister die Tür.

Und Burckard ging.

91. Weg von der Ewigen Stadt

Kirchenstaat, Rom, Stadtteil Borgo

Der Valentino war nicht in der Lage zu reiten, daher hatte Michelotto ihn gebeten, eine Sänfte zu akzeptieren. Cesare hasste es, sich hinlegen zu müssen, bestenfalls auf die Ellbogen gestützt, aber schließlich sah er ein, dass er keine andere Wahl hatte.

Die Aufgabe seines Transports war zwölf Hellebardieren übertragen worden, gefolgt von Michelotto und anderen besonders Treuen. Es war eine kompakte Truppe. Für alle Fälle hatte Cesare das Schwert in Reichweite. Die Stadt war ein Pulverfass, bereit hochzugehen, und hätte jemand geahnt, dass der Valentino auf einer Bahre liegen musste, hätte er auf merkwürdige Ideen kommen können.

Offiziell hatten Orsini und Colonna die Stadt verlassen, doch Michelotto wusste, dass sich wegen des Todes des Pontifex in diesem Moment niemand sicher fühlen konnte. Das zerbrechliche politische Gleichgewicht, auf das sich der Frieden in der Ewigen Stadt gründete, hatte sich in genau dem Augenblick, in dem Alexander VI. den letzten Atemzug getan hatte, in Luft aufgelöst.

Und jetzt, da der geistliche und befristete Führer der Stadt gestorben war, wollte jeder davon profitieren und

Forderungen stellen. Die Anhänger der römischen Familien hielten sich nicht zurück. Mit ziemlicher Sicherheit hatten sie vor, die Häuser der Borgia zu plündern und die Villen ihrer Verbündeten auszurauben.

Zu ihnen würden sich die Landsknechte gesellen, die noch vor der französischen Armee, die in Viterbo lagerte, angekommen waren. Sie bevölkerten die Stadtviertel wie Heuschreckenschwärme, und jede Ausrede war gut genug, um zu vergewaltigen, einen Diebstahl oder andere Gewalttaten zu begehen. Vom Sommer ausgedörrt schien die Stadt in der feuchten Luft zu zerfließen. Vierhundert Soldaten des päpstlichen Heeres eskortierten die Truppe, die durch die Straßen Roms zog.

Cesare schwitzte heftig. Er hatte die Vorhänge der Sänfte zugezogen, damit ihn niemand sah, wie er die Stadt verließ.

Zunächst hatte er zugestimmt, sich mit Prospero Colonna vor den Stadtmauern zu treffen, doch dann hatte er beschlossen, weiter bis Città di Castello und Nepi zu marschieren. Von dort aus, hinter den sicheren Festungsmauern, würde er versuchen, die Wahl der Kardinäle zu beeinflussen. Er wusste, dass er sich keine großen Hoffnungen machen durfte, aber er musste es wenigstens probieren.

Sein Vater war tot, und er hatte ihn nicht mal ein letztes Mal gesehen.

Aber um ganz ehrlich zu sein: Er vermisste ihn überhaupt nicht.

Vielleicht war sein Herz vor kalter Gleichgültigkeit vereist, weil er zu sehr mit seinem Überleben beschäftigt war: wegen der Krankheit und dem Hass der vielen, die alles versuchen würden, ihn zu vernichten, jetzt, da sein Vater nicht mehr Papst war.

Er wusste, dass er viele offene Rechnungen hatte. Aber das Schlimmste war seine Einsamkeit. Er konnte nur Michelotto vertrauen. Außerdem war er noch lange nicht ganz von diesem verdammten Marschenfieber genesen. Andererseits hatte er wie Cäsar und Alexander der Große Ländereien erobert und Völker unterworfen, und diese Einsamkeit war eben die Kehrseite seiner Erfolge.

Seine Wachen beschützten und verteidigten ihn nun, aber ihm war klar, dass die Probleme nicht damit begannen, dass er Rom verließ, sondern erst später, wenn er die Lehen und die eroberten Ländereien verteidigen müsste. Das Kardinalskollegium hatte seine Bedingungen nur akzeptiert, um ihn loszuwerden, aber diese Abmachung würde nicht ewig halten. Die Kardinäle konnten es ja kaum erwarten, sie zu ignorieren.

Deswegen musste er sich beeilen. Er hatte keine Zeit für die Genesung. Auch nicht fürs Nachdenken. Es musste gehandelt werden. Er hatte keine Freunde, zugegeben, aber er wurde noch sehr gefürchtet. Michelotto würde nicht zögern, seine Gegner zu eliminieren, einen nach dem anderen und vom ersten bis zum letzten, wenn nötig. Und das wussten die Kardinäle.

Er musste es in ihre leeren Köpfe eintrichtern, dass er sie umbringen würde, wenn sie nicht akzeptierten, was er wollte. Und vielleicht war dann die Angst vor dem Tod größer als der Wunsch, sich gegen seine dunkle Macht zu erheben.

Wenn er sein Umfeld betrachtete, wurde ihm bewusst, wie sehr seine Familie von der Zeit und den Fehden dezimiert worden war. Sein Vater war gehasst von allen gestorben. Ihm war zu Ohren gekommen, dass der Leichnam in der Kapelle von Santa Maria delle Febbri lag, von Ratten angefressen, und darauf wartete, beigesetzt zu werden, nachdem er von Burckard hinter dem Hochaltar des Petersdoms versteckt worden war. Er war es, der sechs Träger für den Transport angeheuert hatte.

Lucrezia hielt sich in Ferrara aus der Politik heraus, und Cesare zweifelte, dass sie ihm helfen würde. Er wusste, dass sie ihm den Mord an Alfons von Aragón nie verzeihen würde. Juan war im Tiber gelandet, und seine Überreste lagen nun in der Erde. Jofré wanderte wie eine gequälte Seele durch das Land, wahrscheinlich schrie er Sanchas Namen, die ihn betrogen hatte und die sich jetzt, Dirne, die sie war, wie eine Schlange an das Bein von Prospero Colonna klammerte.

Cesare dachte an sie zurück: Wie konnte er ihr etwas vorwerfen? Allein wie er, krank wie er, immer noch schön wie er. Und er hatte sie wegen Caterina Sforza aufgegeben, die er dann in den Zellen der Engelsburg verrotten ließ. Wo kurz darauf auch Sancha gelandet war. Beide teilten ein tragisches und unglückliches Schicksal.

Soweit er wusste, war auch Ludovico il Moro im Gefängnis gelandet.

Wie tief die Protagonisten der politischen und militärischen Geschichte von vor wenigen Jahren doch gefallen waren! Er hatte das Gefühl, das Ende einer Epoche zu erleben. Das italienische Schachbrett änderte sich rasch.

Ein Grund mehr, nicht zu zögern.

Und so, während er hinter dem Vorhang den frischen Marschschritt der Hellebardiere seiner Eskorte hörte, während Rom schweigend zu einer stummen Prozession wurde, die ihn bis hinter die Stadtmauern begleitete, beschloss Cesare, der sich auf die Ellbogen stützte, das Schwert in der Faust, bereit für alle Eventualitäten, loszulassen, und legte sich auf den Rücken.

Er schloss die Augen und ließ sich von der Sänfte wiegen.

Irgendwie würde er wieder auferstehen.

Und er würde noch grausamer sein als früher.

92. Wie ein Fluch

Königreich Neapel, Cilento

Sie war eine Schönheit mit Makeln. Doch genau deswegen fand Prospero sie umso verführerischer. Er wusste, dass es gefährlich war, sich einer Frau wie ihr zu nähern, noch dazu war es Sancha selbst gewesen, die sich ihm in die Arme geworfen hatte, und durch dieses Verhalten hätte er zusätzlich auf der Hut sein müssen. Es hieß, dass diese Frau alles tötete, das sie berührte, dass eine verfluchte Aura sie zu umgeben schien. Dem Herzog von Gandia hatte sie kein Glück gebracht und dessen Bruder Jofré auch nicht, den hatte sie geheiratet und mit so vielen Männern wie möglich betrogen. Darunter der Valentino, der jetzt nach Nepi geflohen war, in den Schutz der Festung seiner Familie.

Prospero stieg von seinem Pferd ab. Nachdem sie in Neapel angekommen waren, hatte Sancha sich in einem prächtigen Palazzo niedergelassen, den sie von Gonzalo de Córdoba mit allem Stolz einer Prinzessin aus dem Hause Aragón für sich gefordert hatte.

Dann hatte sie zwei ganze Tage voller überwältigender Leidenschaft mit ihm verbracht.

Und Sancha war ihm wie eine Krankheit unter die Haut gegangen.

Prospero konnte seinen Augen kaum glauben. Er war verhext, das war das richtige Wort. Und wie sollte man einem solchen Anblick widerstehen? Sancha trug ein prächtiges violettes Brokatkleid, das mit Silber und Perlen bestickt war. Als sie auf das Meer blickte, zeichnete sich ihre Figur ab wie die einer Göttin. Die Klippen über dem Tyrrhenischen Meer waren übersät mit goldgelben Schlüsselblumen. Die Blüten lugten durch die Risse in den Felsen und über die Kante der Vorsprünge. Die Prinzessin von Squillace schritt träge wie eine Kriegskönigin einher: Die langen Haare wehten wie dunkle Tentakel einer wunderschönen Medusa im Wind. Die Monti Alburni hinter ihr schienen sie anzusehen und sich zu einer Felsenkrone zu formen, um diese umwerfende, in der Seele verletzte und doch atemberaubend faszinierende Frau zu beschützen.

Im stummen Zauber des Cilento bewunderte Prospero sie. In diesem Moment betrachtete er sie von hinten, im Bewusstsein, eine einzigartige und stolze Frau vor sich zu haben. Er freute sich, sie endlich nach Hause zurückgebracht zu haben. Und er wusste auch, dass es nie schöner würde als genau jetzt: das Murmeln der Erde, der Duft des Meeres, diese Frauenfigur, die die wogenden Wellen beobachtete, die Sonne hoch über dem Dorf, als wolle sie es mit einer stillen Leidenschaft entflammen.

Er wusste, dass er sie nur für die Dauer eines Flügelschlags haben konnte. Sancha hatte bereits ein deutliches Interesse an Gonzalo de Córdoba gezeigt, dem Vizekönig von Neapel und Helden der aragonesischen Wiedereroberung.

Doch als tapferer Soldat genoss er diesen temporären Liebeserfolg. Und vielleicht war Liebe auch gar nicht das richtige Wort. Er wusste, dass er eine Art Liebe für Isabella, die Herzogin von Bari, empfand. Er war sich sicher, dass er mit der Zeit sogar mit ihr leben könnte. Er würde nicht immer kämpfen können, und die apulische Hauptstadt schien wirklich der perfekte Ort, um dort seine letzten Jahre zu verbringen. Und doch hatte ihm dieses feurige und ungestüme Zwischenspiel, diese verfluchte Mischung aus Leidenschaft und Tod, so sehr den Atem geraubt, dass er sich ihr nicht entziehen konnte.

Sancha drehte sich um. Ein helles Lächeln ließ ihr hübsches, unperfektes Gesicht, das inzwischen Narben der Franzosenkrankheit zeigte, erstrahlen. Diese Zeichen minderten ihr gutes Aussehen gar nicht, im Gegenteil, sie machten sie noch attraktiver, als ob in der von der Krankheit gezeichneten, fast gebrandmarkten Anmut ein unbekannter Zauber keimte, ein Geheimnis, das sie in falsche Versprechen hüllte, die, kaum, dass sie ausgesprochen waren, verraten werden mussten. Und liebte ein Mann wie er es nicht, sich in der Schönheit und im Verrat zu verlieren? Denn er konnte nicht leugnen, dass diese schwarze Mischung sein Herz mit eisigen Schauern erfüllte und ihm damit das Gefühl gab, lebendiger als je zuvor und zugleich an der Schwelle des Todes zu sein. Wie der Krieg, die unmittelbare Gefahr, die Herausforderung, so ließ auch Sancha sein Herz schneller schlagen, als spränge es ihm jeden Augenblick aus der Brust.

Und in diesem Wechselbad der Gefühle entdeckte er das Lächeln wieder und die Angst. Er fand, um zur Beute einer Frau zu werden, musste ein Mann sie bewundern und fürchten. Ansonsten würde er sie benutzen und bald jede Achtung und jeden Respekt verlieren. Denn Männer, und vor allem solche wie er, waren schlichte Geschöpfe, die von unmittelbaren, einfachen, fast wilden Gefühlen gesteuert wurden.

»Danke«, sagte Sancha, »dass Ihr mich ins Cilento zurückgebracht habt.«

»Das hatte ich Euch versprochen.«

»Und Ihr habt Euer Wort gehalten. Nur wenige Männer können das von sich sagen.«

Prospero deutete eine Verbeugung an.

Er fühlte sich gut. Im Einklang mit dem Tosen der Wellen, die gegen die steilen Klippen schlugen. Sancha trat auf ihn zu und nahm ihn an der Hand. »Lasst das Pferd hier, es wird nicht weglaufen, das verspreche ich.«

Bezirzt folgte Prospero ihr durch die Reihen der Weinstöcke und dann durch die Oliven- und Feigenbäume, mit Blick auf ein Dorf mit einer Festung, die sich an den Hängen des Berges erhob. Er spürte den antiken Atem der Erde, als führe ihn eine Vestalin auf diesem Spaziergang in der Ebene, eine Hüterin der Mythen und Legenden. Er roch den Duft des Ligusters und der Zitronen und dann das unverwechselbare, starke Aroma des Rosmarins und das süße und würzige der Myrrhe. Es waren starke Essenzen, die sich zu einem Duft zusammenschlossen, der einem den Atem raubte.

Als sie an einem Pflaumenbaum ankamen, sah Sancha, die ihn hierhergeführt hatte, ihn an, verschlang ihn mit ihren schwarzen Augen.

»Küsst mich«, sagte sie.

Prospero versiegelte ihre Lippen mit einem Kuss, und sie wollte mehr, biss in seine Lippen. Er reagierte auf diese wilde Forderung, und schon bald lagen sie im Gras auf der Erde, geschützt durch das Gebüsch, während die Sonne in einem orangefarbenen Bogen unterging.

Prospero riss an ihrem Kleid, legte den Busen frei. Sancha schrie auf und bog den Rücken. Er verlor sich in seiner Begierde nach ihr, seine schnellen Hände versuchten verzweifelt, so viel Genuss wie möglich zu rauben.

Dann war es Wonne und Qual.

Sie wussten beide, dass es das letzte Mal wäre.

Während Prospero ihr ein Vergnügen bereitete, wie sie es nicht mehr für möglich gehalten hätte, hatte Sancha ein seltsames, weil tragisches Gefühl. Es schien ihr, als wäre es das letzte Mal von allem. Es war ihr, als ertrinke sie in der geheimen Schönheit des Cilento, und die Gefühle, die Erinnerungen, von denen sie gehofft hatte, dass sie sie vergessen hatte, überschwemmten sie wie ein Fluss. Sie hörte Prosperos Stöhnen und ihr eigenes, doch in einer fließenden, traumartigen Vision erschien ihr Lucrezia in Tränen und dann Cesare, der heftig mit Giovanni stritt, ihr Bruder Alfons voller Messerstiche. Diese Bilder türmten sich in einem wilden Durcheinander auf und zerbrachen, endeten in tausend Stücken, als wären es Splitter eines explodierten Spiegels.

Sie spürte, wie sich der Wind am Boden hob, die Luft kalt wurde und ein Todeshauch sie und ihren Liebhaber in einer jähen, eiskalten Spirale umgab.

An diesem Punkt brach sie in Tränen aus. Während sie spürte, wie sie gemeinsam mit Prospero zum Höhepunkt kam, umarmte sie ihn und flüsterte: »Haltet mich fest, lasst mich nicht gehen, denn ich habe das Gefühl zu sterben.«

Erschöpft nach dem Höhepunkt des Vergnügens, umarmte er sie wie noch nie zuvor.

Und wie er es nie wieder tun würde.

93. Ein ausgeklügelter Plan

Frankreich, Schloss Lys-Saint-Georges

Monate waren vergangen. Die Tage wurden wieder kürzer. Il Moro lernte den Cousin von Julien Berry kennen, er hieß Jean Baptiste. Er war der unscheinbarste Mann, den Ludovico je getroffen hatte: im Aussehen, im Gespräch, im Geschmack.

Niemand würde ihn je bemerken, was ihn natürlich perfekt für Juliens Plan machte.

In der Zwischenzeit folgte Tag auf Tag wie die Karten beim Spiel, bevor man sie auf dem Tisch ablegt.

Schnee fiel. Im Kamin loderte das Feuer. Ludovico und Jean Baptiste waren allein, während Letzterer den Eimer mit den Holzscheiten auf dem Boden abstellte.

»Ihr seid also ein wahrer Mann der Tat«, sagte Ludovico im verzweifelten Versuch, das Eis zu brechen und etwas Beruhigendes zu seiner Flucht zu hören.

Jean Baptiste nickte.

Das genügte Il Moro nicht.

»Wie kommt es? Wenn ich Euch fragen darf?«

Der Mann schien darüber nachzudenken. Ludovico musste sich zurückhalten, um sich nicht auf den Mann zu stürzen, obwohl er es wollte. Aber er durfte sich auf keinen

Fall einen der beiden einzigen Menschen, die ihm helfen konnten, hier herauszukommen, zum Feind machen. »Ich bin in der Dauphiné aufgewachsen«, sagte er schließlich trocken.

Ludovico verstand nicht. Er hakte nach. »Seid etwas klarer.«

Jean Baptiste seufzte, als hätte er es mit einem Kind zu tun. »Meine Wiege stand an den Hängen des Massif du Pelvoux, dem höchsten Gipfel der Dauphiné. Dort habe ich mein ganzes Leben lang geübt, seit ich ein Kind war. Danach bin ich zu Onkel und Tante hier in Lys-Saint-Georges gezogen.«

»Deswegen ...«

»Deswegen kann ich Euch hier herausbringen. Wenn nötig auch, indem ich über Turm und Mauern klettere. Bergwände sind weitaus gefährlicher.«

»Aber das wird nicht nötig sein, oder?«

»Wenn mein Cousin seinen Teil erledigt, dann wohl nicht.«

Il Moro schluckte bitter. Er redete von dieser Möglichkeit, als wäre es keinesfalls eine ausgemachte Sache. »Wie meint Ihr das?«

Jean Baptiste sprach weiter in diesem trägen, leicht verärgerten Tonfall. »Er ist nicht sehr zuverlässig.«

Dieser Satz ließ Ludovico in Panik verfallen, andererseits hatte er keine Wahl. So bizarr und absurd der Plan und die Helfer auch sein mochten, Julien und Jean Baptiste waren alle, die ihm geblieben waren. Nicht, dass die Überwachung sonderlich streng wäre. Die Mauern und Verbindungsgräben wurden regelmäßig bemannt, sicherlich, aber der Hauptmann der kleinen Garnison, Monsieur

Georges de Fronsac, besuchte ihn nur einmal pro Woche, um sich über seinen Zustand zu informieren. Doch Ludovico wusste auch, dass diese Soldaten ihn trotz einer gewissen Nachlässigkeit nicht ungestraft fliehen lassen würden.

Der Gedanke, dass er sein Schicksal diesen recht verschrobenen Cousins anvertraute, machte ihm ziemliche Angst.

Jetzt seufzte er. »Ihr denkt, dass Julien nicht Wort halten wird.« Sein Tonfall klang sehr nach einer einfachen Feststellung.

»Im Gegenteil«, meinte Jean Baptiste, »aber ich kann nicht sagen, ob er seinen Plan auch wirklich ausführen kann.«

»Es klingt aber nach einem guten Plan.«

»Findet Ihr?«

»Na ja …«, sagte Il Moro zögernd.

»Wie oft seid Ihr in Eurem Leben erfolgreich geflohen?«

Ludovico wusste nicht, was er darauf antworten sollte.

»Eben«, fuhr Jean Baptiste fort, der anscheinend alle Schwächen und Unzulänglichkeiten des Projekts schonungslos aufdecken wollte.

»Ich habe nicht viele Alternativen«, erwiderte Ludovico bitter.

Jean Baptiste ging zum Kamin und bewegte ein paar Holzscheite. Die Flammen knisterten bedrohlich. Dann drehte er sich um: »Das ist das Klügste, was Ihr bisher gesagt habt.«

In diesem Moment trat Julien Berry ein.

Auf Ludovico wirkte er gelassen und selbstsicher. Er wusste nicht, wie er dessen offensichtliche Ruhe interpretieren sollte.

»Wir machen es direkt nach Weihnachten«, sagte der Neuangekommene.

Il Moro nickte.

Jean Baptiste sah ihn auf eine Weise an, die ihm keinerlei Sicherheit gab, außer der, sich in den Händen zweier Verrückter zu befinden.

Er betete. Es war das Einzige, was ihm übrig blieb.

94. Florentiner Siege

E r war etwas verärgert. Dieser arrogante Jüngling hatte es nicht verdient, dass sein Bild dem von ihm gegenüberlag. Ein Bildhauer, ein primitiver Steinmetz. Mit welchem Recht hatte Michelangelo Buonarroti es geschafft, die Schlacht von Cascina im Palazzo della Signoria als Fresko malen zu dürfen?

Leonardo konnte es nicht fassen. Darüber hinaus hatte Michelangelo auch noch Gerüchte gestreut. Vor allem eines: dass Leonardo Angst vor ihm hätte!

Also bitte, wenn man ihn gefragt hätte, würde er bestimmt nicht leugnen, dass der *David* eine prächtige Skulptur war. Aber die Malerei war eine noble Kunst, raffiniert. Wie konnte dieser Esel Buonarroti bloß glauben, dass er die Farbbrillanz, die perfekten Formen, die Dynamik der Schlacht wiedergeben könnte? Sicher, man sagte, dass er das Problem gelöst hatte, indem er die Soldaten vor dem bewaffneten Konflikt zeigte. Sie waren halbnackt und wollten baden. Aber was für ein Gedanke!

Es war eindeutig, dass Michelangelo vom männlichen Körper besessen war, dass er in jeglicher Form von ihm träumte. Leonardo lächelte. Vielleicht hätte er seine Instinkte besser ausleben sollen, anstatt sie in der Skulptur zu sublimieren: Dadurch litten seine Werke allzu oft unter einer exzessiven Muskelrhetorik und fast unerträglichen anatomischen Übertreibungen. Gewiss, wenn er es schaffte, sie einzuhegen, entstanden echte Meisterwerke, aber so war es nicht immer.

Leonardo schüttelte den Kopf. Salaj hatte ihn nicht nach Florenz begleitet. Und er fühlte sich in diesen Tagen einsam. Pier Soderini hatte ihm jedoch Räume von Santa Maria Novella als Atelier überlassen, und er hatte die Skizze für das Werk angefertigt: *Die Schlacht von Anghiari*, die Florenz vor Mailand gerettet und die Macht der Medici in der Stadt gestärkt hatte. Es handelte sich um ein sehr symbolträchtiges Aufeinandertreffen. Und Leonardo hatte ein spektakuläres Fresko im Sinn, von mächtigen Dimensionen, das die Schlacht in all ihrer Gewalt und ihrem legendären Furor zeigte. Deswegen ließ er jeden, der es wollte, seine Skizze bewundern. Auch ein paar neugierige Freunde Michelangelos waren gekommen. Nun, vielleicht war das nicht die richtige Bezeichnung: Dieses Tier hatte sicherlich keine Freunde. Buonarroti hatte einen ganz schlechten Charakter. Und zeigte das auch bei jeder Gelegenheit.

Zweifellos war Michelangelo aus einem ganz bestimmten Grund wütend auf ihn. Als man ihn um Rat gebeten hatte, was der beste Ort war, um die Statue des *David* zu zeigen, hatte er den Innenhof zur Loggia della Signoria vorgeschlagen, um sie bestmöglich zu schützen. Dem hatte Filippo Lippi widersprochen und verlangt, dass die Statue vor dem Palazzo aufgestellt wurde. Doch die Gründe für seinen Vorschlag waren völlig verdreht worden: Nicht um Michelangelo zu erniedrigen hatte er einen abgeschiedenen Ort vorgeschlagen, sondern um das Werk zu schützen. Allerdings verbreiteten sich Gerüchte in der Stadt, und der junge Bildhauer hatte sich furchtbar aufgeregt.

Und jetzt hatte er sich wohl in irgendeiner Höhle verkrochen, um auf Rache zu sinnen.

Leonardo war so sicher, diese Herausforderung für sich zu entscheiden, dass er arbeitete wie noch nie zuvor. Er wollte diesen arroganten Jüngling erniedrigen. Er würde ihm zeigen, was er mit Farben, Gesichtern, dem Ausdruck und dem Licht machen konnte.

Es würde eine beispielhafte Lektion werden.

Leonardo war nach Santa Trinita gekommen. Er musste sich geistig erholen. Er dachte daran, dass die Technik zur Sicherung des Freskos, also die Enkaustik, gute Ergebnisse zu liefern schien. Er hatte zur Probe eine Figur auf die Wand der Sala dei Cinquecento gemalt und sie dann mit einem Kohlenbecken, groß wie ein Blumenkorb, getrocknet. Das Resultat war ermutigend.

Während er zur Piazza ging, dachte er an die Monate, die er im Gefolge von Cesare Borgia verbracht hatte. Schlussendlich hatte er sein Brot verdient, aber diese Erfahrung hatte ihm sehr wenig gegeben. Ja, schlimmer noch, es war ihm ein bitteres Gefühl, scharf wie ein Messer geblieben: dass er zum Hass beigetragen hatte. Dem zwischen Männern, die sich wegen eines Lehens umbrachten und dabei Mauern und Burgen zerstörten, ihresgleichen hinmetzelten, Frauen vergewaltigten und Kinder zu Waisen machten.

Vor langer Zeit hatte er Lorenzo de' Medici in die Augen gesehen und ihm gesagt, dass er niemals Kriegsmaschinen zum Angriff und zur Zerstörung bauen würde, sondern ausschließlich zur Verteidigung und zum Schutz. Doch eben wegen der Zerstörungskraft seiner Katapulte hatte der Valentino gesiegt und die Romagna in Schutt und Asche gelegt, Menschen unterworfen und denen die Würde geraubt, die einfach nur ihr Leben leben wollten.

Und jetzt war er wieder in dieser Stadt, die ihm Mutter und Stiefmutter war, die ihn erhoben und verraten hatte, die ihm Werke abforderte, sie aber auch denjenigen gewährte, die es weniger verdient hatten. Auch wenn er im tiefsten Herzen wusste, dass er ungerecht war: Denn selbst in seiner Arroganz, die seiner Jugend geschuldet war, hatten Michelangelo und seine Arbeit eine Kohärenz, eine Strenge, eine manische Aufmerksamkeit für Details, die sprachlos machten.

Diese Tatsache bereitete ihm Schwierigkeiten, als hätte dieser junge Mann bereits gezeigt, dass er besser war als er. Und vielleicht verabscheute er ihn deswegen … und bewunderte ihn. Und weil er es nicht zugeben wollte, verwandelte er das Gefühl der Bewunderung, das ihm seine Werke ins Herz diktierten, in Hass und Spott. Aber er log. Er belog sich und die Welt.

Denn dieser streitsüchtige, rauflustige junge Mann war das Beste, was Florenz zu bieten hatte, und Lorenzo, sein großer Freund, hatte es begriffen, als er ihn das erste Mal gesehen hatte.

Wie sehr ihm der Prächtige fehlte! Leonardo hatte Florenz auf seinen Rat hin verlassen, und Lorenzo war es auch gewesen, der ihn Ludovico Sforza empfohlen hatte, und jetzt, da er durch die Straßen von Florenz ging, sah er in jeder Ecke, in jeder Straße das Gesicht des Freundes, als lebte er in jedem Stein, jeder Loggia, jedem Bogen. Und wenn er darüber nachdachte, dann war es vielleicht genauso.

Am liebsten hätte er die Zeit zurückgedreht und zumindest einige der Dinge, die er zurückgelassen hatte, neu gemacht. Die Tage schienen ihm zwischen den Fingern zu zerrinnen, ohne dass er sie aufhalten konnte. Viele gute Künstler nannten ihn Maestro, doch so fühlte er sich nicht. Dieses Wort klang in seinen Ohren wie eine Täuschung. Wenn ihm jemand wirklich hätte zuhören wollen, dann hätte er zugegeben, dass er vollkommen in die Natur verliebt war und im Versuch lebte, ihre Gesetze, Formen und Wunder nachzubilden.

Er hatte Santa Trinita aus der Via de' Tornabuoni kommend erreicht. Rechts sah er die Basilika mit ihrer nüchternen, einfachen Form. Sie hatte ihm immer gefallen.

Doch plötzlich ruinierte etwas seinen Ausblick.

Es erschien ihm unmöglich, doch aus der gegenüberliegenden Straße trat genau der letzte Mensch, den er zu treffen glaubte und wünschte.

Michelangelo Buonarroti bemerkte es in exakt dem Moment, in dem er auch ihn sah. Und während Leonardo ihm aus dem Weg gehen wollte, kam der junge und heißblütige Bildhauer direkt auf ihn zu.

Anscheinend wollte er ihn angreifen wie ein Stier, der Blut sieht. Als er vor ihm angekommen war, stellte Michelangelo sich breitbeinig hin und sprach ihn in provokantem und triumphierendem Tonfall an. »Ihr wolltet also die Straßenseite wechseln, Messer da Vinci!« Der junge Künstler sprach die letzten zwei Wörter so aus, als wäre es die schlimmstmögliche Beleidigung.

Leonardo duckte sich fast. Er wollte keinen Skandal. Und noch weniger klein beigeben. Aber Michelangelo wollte ihn wirklich angreifen, so wie er ihm gegenübertrat.

»Nun, es liegt nicht an Euch, dass mein *David* am Eingang des Palazzo della Signoria steht! Im Gegenteil! Filippo Lippi hat es mir gesagt. Oder lügt er?«

Er wollte auf jeden Fall vermeiden, dass das Aufeinandertreffen aus dem Ruder lief, daher machte Leonardo einen Witz. »Der Palazzo della Signoria? Ihr solltet auf Eure Ausdrucksweise besser achtgeben, mein junger Freund. Die Signoria ist schon längst Geschichte. Möglicherweise meint Ihr den Palazzo dei Priori?«

»Ja, flüchtet Euch nur in Fragen des Stils und Scherze, da Vinci! Denn in einem Vergleich mit mir kommt Ihr nicht gut weg!«

»Ihr droht mir?«, fragte Leonardo, der sich langsam Sorgen um seine körperliche Unversehrtheit machte, so aggressiv sprach Michelangelo. Und all das war wirklich verrückt, da er ihn um einen Kopf überragte. Gewiss, dieser Junge war stark wie ein Widder, aber er selbst hatte trotz seines Alters einen gut trainierten Körper, der von täglichen Übungen gestählt war, daher hatte er nichts zu fürchten.

Trotzdem schaute er sich um. Ironischerweise war die Piazza verlassen.

»Ich drohe nicht«, fuhr Michelangelo fort, »ich stelle fest. Ich weiß, dass Ihr meine Arbeit nicht schätzt ...«

»Und das raubt Euch den Schlaf!«, unterbrach ihn Leonardo, der sein Gegenüber jetzt offen provozierte. Wenn sie es mit Fäusten austragen sollten, würde er sich nicht wegducken.

Michelangelo wirkte einen Moment wie vor den Kopf gestoßen. Dann lachte er auf. »Aber gewiss doch! Das würde Euch gefallen, stimmt's? Es tut mir leid, Euch enttäuschen zu müssen, aber ich schlafe wunderbar. Der Punkt ist der, Ihr dürft nie wieder behaupten, dass die Bildhauerei eine Kunst der Mechaniker und Schreiner sei. Ganz abgesehen davon wird dieser Steinmetz«, und er zeigte auf sich, »Euch bald zeigen, zu was er in der Malerei fähig ist!« Und ohne ein weiteres Wort hieb er mit der Linken los, die Leonardo ein paar Zähne ausgeschlagen hätte, wenn er sie nicht vorausgesehen hätte und mit einem blitzschnellen Sprung ausgewichen wäre. Leonardo lenkte die auf den Kiefer zielende Faust ab und stürmte sofort nach vorn, während Michelangelo ihm eine Rechte in den Unterleib platzierte, die ihr Ziel erreichte und seine Eingeweide traf.

Doch Leonardo blieb nicht stehen, er erwischte den jungen Bildhauer mit dem Unterarm und schubste ihn gegen die Wand eines Palazzo. Er drückte mit aller Kraft gegen Michelangelos Hals, hoffte, ihn auf den Boden der Tatsachen zurückholen zu können. Der andere versuchte zu reagieren, aber Leonardo machte unverdrossen weiter. Er kassierte ein paar Fausthiebe in die Seite, doch je stärker sein gnadenloser Griff wurde, desto mehr ließ der Eifer seines Gegners nach.

»Und jetzt«, sagte Leonardo, und sein Blick wurde kalt und hart wie Eisen, »hört Ihr auf?« Michelangelo verdrehte die Augen. Schließlich ließ er die Arme an die Seiten sinken.

Leonardo wartete noch einen Augenblick. Dann ließ er ihn los. Er fiel wie ein Sack Zwiebeln zu Boden, hielt sich mit beiden Händen den Hals und spuckte Galle.

»Ihr habt noch einen langen Weg vor Euch, Michelangelo«, sagte der Maestro aus Vinci. »Ihr seid ein großer Künstler, das gebe ich zu, aber Ihr werdet erkennen, dass das, was Ihr hier habt«, und er legte eine Hand an den Kopf, »genauso viel zählt wie das, was Ihr hier habt«, dabei deutete er auf das Herz.

Michelangelo, der auf allen vieren war, blickte ihn von unten nach oben an. Dann grinste er. »Ihr habt Angst vor mir, Leonardo, das spüre ich. Und Ihr habt recht. Und ich kann Euch eins versprechen: Sie wird immer größer werden.«

»Wenn Ihr das sagt.« Ohne ein weiteres Wort betrat Leonardo die Basilika.

95. Garigliano

Königreich Neapel, Fluss Garigliano

Piero de' Medici hatte keine Wahl gehabt. Nachdem er aus Florenz gejagt worden war und einige Zeit unter dem Schutz des Dogen in Venedig verbracht hatte, hatte er auf die Serenissima gebaut, um wieder in seine eigene Stadt zurückzukehren. Mit geringem Erfolg, um ehrlich zu sein. Er hatte auf gewisse Weise den Einmarsch von Ludwig XII. in Italien ausnutzen können. Der französische Herrscher hatte großes Interesse daran, die rebellischen Geister der Halbinsel anzufeuern.

Und rebellisch war Piero sicherlich, die Republik Florenz hatte zweitausend Dukaten auf seinen Kopf ausgesetzt. Daher hatte Ludwig XII. eine Rückeroberung der Stadt durch die Medici, die sie als seine Stellvertreter regieren würden, positiv gesehen. Aus diesem Grund hatte er Piero zu seinem Gouverneur von Cassino ernannt.

Und jetzt, in der wahrscheinlich letzten, verzweifelten Schlacht gegen das Haus von Aragón, das inzwischen Neapel zurückerobert und daraus ein Königreich gemacht hatte, befehligte Piero dreihundert Lanzen, die er von Ludwig XII. erhalten hatte, im Versuch, das Blatt in einem Konflikt zu wenden, dessen Ausgang, wenn nicht sicher, so doch zumindest sehr günstig für Gonzalo de Córdoba schien. *El Gran Capitán* hatte in diesem Konflikt bewiesen, dass er praktisch alle Schlachten gewinnen konnte, mit einer Kriegsformation, mit gemischten Truppen aus Arkebusieren und Pikenieren, was den Einsatz der Kavallerie stark reduzierte, auf die sich die französischen Generäle stattdessen verließen. Jedoch ohne großen Erfolg. Denn die Blüte des transalpinen Adels war in einer Reihe von Schlachten ausgelöscht worden, die sich keineswegs als Feldschlachten, sondern als schmutzige Scharmützel entpuppten, in denen Gonzalos Männer den Feind auf Distanz hielten und ihn mit vielen Schüssen zermürbten, die die Kavallerieattacken in Stücke riss.

Wenn auch nicht überzeugt, stand Piero de' Medici jetzt in Apulien, am Ufer des Garigliano, unter kahlen Bäumen, die ihre trockenen, nackten Äste in den grauen Dezemberhimmel reckten. Er wartete darauf, mit seinen Männern die Lastkähne zu besteigen, um sich den Männern des Marchese di Saluzzo, dem Generalkommandanten der französischen Armee, anzuschließen.

Piero betrachtete den Fluss: Er war von einer bedrohlichen braunen Farbe, wegen des vielen Regens der letzten Tage, deutlich breiter und bei Weitem nicht ruhig und friedlich. Die Strömung erzeugte Wirbel und Strudel. Es würde keine einfache Überfahrt werden.

Jedenfalls beaufsichtigte Piero die Beladung der Kähne. Seine Feldoffiziere gaben den Befehl weiter, und die Pferdeknechte begannen, die Pferde zu führen, wobei sie darauf achteten, dass die Tiere sich so wenig wie möglich aufregten.

Nachdem die Pferde an Bord waren, folgten ihnen die Infanterie und die Kavallerie.

»Der Kahn ist überladen«, sagte Lorenzo Bruni, Waffenbruder von Piero und sein treuer Offizier.

Der Sohn des Prächtigen sah auf den Fluss, die Kahnführer taten ihr Möglichstes, die Boote zu beherrschen, aber es war offensichtlich, dass Lorenzo vollkommen recht hatte. Die Pferde wieherten nervöser denn je, und die Stallknechte hatten große Mühe, sie zu halten. Die Männer schwiegen, aber ihre Blicke waren ausdrucksstärker als jedes Gespräch.

Piero sah zu Lorenzo. »Kehren wir um?«

»Dafür ist es jetzt zu spät«, erwiderte dieser, »wir sind schon bei der Hälfte.«

»Korrekt.«

»Und dann sind wir auf dem ersten Kahn«, fuhr Bruni fort, »wenn wir aufgeben, wie sollen wir dann von den anderen verlangen, uns zu folgen?«

Piero seufzte.

»Ich verstehe Eure Sorge vollkommen, mio Signore, aber mit ein bisschen Glück sind wir schon bald am anderen Ufer«, schloss Bruni.

Doch der Medici schaffte es nicht, genauso kaltblütig zu sein. Der Kahn, kaum mehr als ein Floß, war so überladen, dass Wasser auf ihn floss. Er selbst hatte nasse Füße. Die Strömung zog ihn weiter nach unten, und sie befanden sich jetzt in der Mitte des Flusses, ohne sich auch nur eine Handbreit dem gegenüberliegenden Ufer zu nähern.

»Stoßt Euch mit den Piken ab!«, brüllte Piero, der erkannt hatte, dass die Stangen der Bootsführer den Kahn nicht vorwärts bewegen konnten. »Schnell!«

Einige Soldaten befolgten den Befehl und stakten eifrig mit ihren Piken, im verzweifelten Versuch, das gegenüberliegende Ufer zu erreichen.

In diesem Moment scheute ein Pferd, das der Kontrolle eines Stallburschen entkommen war, lief wie wahnsinnig los und sprang über die niedrige Reling, dabei zerstörte es Waffen und Ausrüstung und warf Soldaten zu Boden. Piero hörte ein schrilles Wiehern und sah, wie das Pferd unter einem gewaltigen Aufspritzen in den dunklen Fluten des Flusses landete. Einen Augenblick später tauchte der Kopf wasserspeiend und mit panisch geweiteten Augen noch einmal auf. Doch Piero musste rasch woandershin sehen. Ein weiteres Pferd stampfte nervös, befreite sich mit einem gewaltigen Tritt von seinem Pferdeknecht und schleuderte ihn gegen die Reling. Der Soldat schlug mit der Seite dagegen, schrie kläglich auf und brach zusammen.

»Haltet es!«, brüllte Piero. Doch jetzt scheute das dritte Pferd und verbreitete Panik. Im folgenden Durcheinander landete ein Kahnführer im Fluss, und der Kahn drehte sich um sich selbst. Dann senkte er sich wegen der abrupten Gewichtsänderung zur Seite, und einige Soldaten fielen ins Wasser. Nun rutschte auch Piero gegen eine Reling. Er schaffte es nicht, sie zu ergreifen, und wurde kurz darauf ins Wasser geschleudert. Der Kontakt mit der flüssigen und schlammigen Oberfläche nahm ihm den Atem. Er tauchte unter. Die Lederrüstung voller Eisennieten machte es ihm fast unmöglich, sich zu bewegen. Ihm war sofort kalt. Mit übermenschlicher Anstrengung schaffte er es, noch einmal aufzutauchen. Er sah den Kahn, der sich entfernte. In einem Augenblick wäre er nicht mehr zu erreichen. Er wurde vom Strom mitgerissen und hörte die Soldaten nach ihm schreien. Er erkannte klar Lorenzo, der seinen Namen rief. Er versuchte, den Helm auszuziehen und sich des Schwertes am Gürtel zu entledigen, das ihn noch weiter hinabzog.

Er war bereits erschöpft.

Um ihn herum Wiehern, Schreie und eiskaltes Wasser. Vor sich sah er einen Strudel näher kommen. Er bemühte sich vehement, der Strömung zu widerstehen, aber es war unmöglich.

Er empfahl seine Seele Gott. In diesen letzten Augenblicken fragte er sich, warum ein Mann wie er, Sohn von Lorenzo dem Prächtigen, der Herrscher von Florenz, der Lieblingsschüler von Poliziano, seine Tage auf eine so unrühmliche und traurige Art beenden musste. Doch dieser dreckige und eisige Fluss erinnerte ihn eindeutig an das Scheitern seiner Dynastie.

Er wurde vom Strudel hinuntergezogen. Seine Beine wurden nach unten gezerrt. Er landete unter Wasser.

Und er ergab sich der Kraft und Wut des Garigliano.

1504

96. Polesine

Republik Venedig, Polesine

Die Kälte machte den Soldaten in ihren Rüstungen zu schaffen. Normalerweise hätte sich der Skorpion mit seinen Männern ins Winterquartier zurückgezogen, aber sein Auftrag lautete, die Polesine von Cesare Borgias Partisanen zu säubern. Diese waren nach der Papstwahl von Giuliano della Rovere, dem Erzfeind von Alexander VI. Borgia, in Ungnade gefallen und terrorisierten nun in Banden die Grenzgebiete der Romagna und stahlen den Bauern ihre Vorräte für die harte Jahreszeit.

Dichter Schnee fiel. Gianconte Brandolini, Herrscher von Valmareno, war auf Anraten von Antonio Condulmer in dieses kleine Dorf gekommen, dessen dichtes Netz von Spionen ihn informiert hatte, dass einer der Anführer dieser Banditenhorden sich im Herzen der Polesine befand.

Die kahlen Felder waren von Eis und Schnee bedeckt, die weit auseinanderliegenden Häuser deuteten auf eine harte, wilde Landschaft, eine Straße durchschnitt die Erde wie eine Wunde und teilte die Ansammlung von Steinhäusern in zwei Teile.

Bis zu diesem Moment hatte sich der Skorpion davor gehütet, das Dorf zu betreten, das von einer Mauer geschützt wurde, die allerdings baufällig und voller Breschen war. Die Banditen hatten sie wohl bombardiert. Dadurch war die Verteidigungsanlage löchrig wie ein Sieb, und das Eindringen stellte kein Problem mehr dar.

Nein, es ging nicht so sehr darum, in das Dorf zu gelangen, sondern es so zu tun, dass sie alle heil wieder herauskamen, denn an manchen Stellen konnten Bombarden sein. Und der beste Moment war das Morgengrauen. Das gerade begonnen hatte und den Himmel perlgrau einfärbte.

Venedig hatte sich die Polesine, das Grenzland schlechthin, vor einigen Jahren im Krieg von Ferrara von Ercole d'Este zurückgeholt. Der Herrscher von Ferrara, inzwischen alt und kränklich, hatte überhaupt kein Interesse mehr gezeigt und nicht mal etwas dagegen unternommen, dass Söldner und Banditen durch sein Herzogtum hindurchzogen. Außerdem, wenn die Banden die Besitztümer der Serenissima heimsuchen wollten, wer war er, um sie aufzuhalten? Wieso sollte er sich die Mühe machen, wo doch sein Sohn sogar die Schwester des Valentino geheiratet hatte?

Der Herrscher von Valmareno betrachtete seine Krieger. Sie waren zu Fuß und nicht mehr als zwei Dutzend. Über ihrer Rüstung aus Eisen und Leder trugen sie den Wappenrock mit den schwarzen Skorpionen auf silbernen und roten Bändern.

Auf sein Zeichen rückten sie vor. Sie trugen Schwerter, Keulen mit Stacheln und Schilde. Sie waren bereit, die Rebellen des Gehängten, die Handlanger des Valentino, in Stücke zu reißen. Der Gehängte! Ein schicksalhafter Name. Sie nannten ihn so, weil er angeblich den Galgen überlebt hatte. Aber höchstwahrscheinlich war das alles nur ein großer Scherz. Gute Lügen für diejenigen, die sie glauben wollten.

Sie drangen über die Mauern ein, die nur noch rauchende Stümpfe waren, sie wussten, dass ihre Feinde zwischen den Feuern und den Häusern kampierten, auf der Suche nach Wärme und Trost.

Die Skorpione hatten keine Angst. Sie dienten der Serenissima und würden ihrem Namen mit der nötigen Erbarmungslosigkeit alle Ehre machen. Sie waren gerufen worden, um die Schmutzarbeit zu erledigen, und bewegten sich wie Raubtiere.

Gianconte schlich im Schnee vorwärts, der so dicht war, dass er die Schritte dämpfte. Er sah zwei Söldner, die ihm den Rücken zuwandten, und näherte sich ihnen vorsichtig und bedächtig. Er zog den Dolch aus dem Gürtel. Die Klinge blitzte silbern auf. Er packte den Ersten an den Haaren und schnitt ihm blitzschnell die Kehle durch. Der andere hatte kaum die Zeit zu sehen, wie sein Kumpan in den rot bespritzten Schnee fiel. Schon hatte auch er eine Klinge unterm Kinn. Das Metall durchschnitt Haut, Fleisch, Knochen. Die Zähne platzten wie weiße Murmeln aus dem Mund. Der Soldat verlor das Gleichgewicht und fiel nach vorn. Der Skorpion hob ihn hoch und legte ihn auf das saubere weiße Schneebett.

Gianconte bedeutete seinen Männern mit einem Handzeichen, vorzumarschieren. Er zeigte auf die Häuser und die Lagerfeuer. Jeder der Skorpione sollte einen Feind auswählen und ihn im Schlaf töten.

Gianconte wollte unbedingt das Risiko für seine Soldaten reduzieren, die voranschritten und die Befehle ausführten.

Wie Diebe drangen sie in die Häuser ein, sie hockten sich lautlos hinter ihre Feinde, und bald war nur noch das Zischen von Dolchen, das Pfeifen von Pfeilen und das Wirbeln von Schwertern und Keulen zu hören.

Die Männer des Gehängten fielen wie stumme Steine im Wald.

Doch schon bald erschreckte das Blutbad die wenigen Überlebenden. Deren Schreie drangen laut zum Himmel, und der Überraschungseffekt war ruiniert.

Der Gehängte befand sich im größten Haus des armseligen Dorfs in der Polesine. Aber so schlecht ging es ihm hier eigentlich nicht. Er hatte großartigen Wein und einen phänomenalen Schmorbraten bekommen. Er hatte sich im Bett zweier verängstigter, aber wohlgeformter Bauernmädchen erholt und beide genommen, indem er die eine bestieg und die andere an den Haaren hielt, die darauf wartete, dass sie an die Reihe kam. Als er befriedigt war, hatte er sie ins Stroh geschleudert und es sich vor dem Feuer gemütlich gemacht und die roten Flammen betrachtet. Vorher hatte er zwei Krüge mit Rotwein geholt und sich darangemacht, sie zügig zu leeren.

Das Leben war in diesen Zeiten elend. Um es in vollem Umfang zu würdigen, musste man sich ihm ohne jegliche Erwartungen nähern. Dabei war es notwendig, alles, was möglich war, mitzunehmen oder besser gesagt an sich zu reißen, bevor es zu spät war. So wie ein Wolfsrudel seiner Beute das Fleisch von den Knochen reißt. Wölfe: Das waren er und seine Männer. Nicht mehr und nicht weniger.

Er schüttelte den Kopf. Er wurde schläfrig und gab dem nach, als wäre es eine Befreiung von der Mühe des Überlebens. Wenigstens für eine Weile.

Als er die Augen wieder öffnete, drückte eine Klinge auf seinen Hals. Derjenige mit dem Dolch musste genauso überrascht sein wie er, denn er riss die Augen auf. Es war nur ein Augenblick. Am Gürtel, unter Stoff, hatte der Gehängte einen Degen. Den stieß er mit einer einzigen, fließenden Bewegung seinem Angreifer in die Leiste, dabei schnitt er ihm die Hoden ab. Eine Blutfontäne spritzte hoch und in sein Gesicht.

Sein Gegner stöhnte etwas mit zitternder Stimme, dann brach er auf dem Holzboden des Hauses zusammen. Die zwei Bauernmädchen im Bett pressten sich mit entsetztem Gesichtsausdruck an die Wand. Der Gehängte grinste. »Macht Euch keine Sorgen um mich«, sagte er und lachte leise über seinen Witz. Ohne weitere Zeit zu verlieren, schnappte er die schwere Schiavona, die unter dem Bett lag. Er zog das dreckige Hemd und die eisenverstärkte Lederjacke an. Er fand seinen Helm nicht. Wo zum Teufel war der? Aber er hatte keine Zeit zu verlieren. Mit dem Dolch, den er dem Toten aus der Hand genommen hatte, durchbrach er die Eisschicht auf dem Wasser in der Schüssel. Er füllte einen Krug und kippte sich das eisige Wasser über den Kopf, im verzweifelten Versuch, sich aus dem Weinrausch zu wecken. Von seinen langen braunen Haaren fielen transparente Tropfen.

Zum Teufel! Wenn er schon krepieren musste, dann nicht in diesem Loch, sondern draußen mit der Waffe in der Hand.

Daher öffnete er die Holztür und schaute hinaus, doch was er sah, gefiel ihm überhaupt nicht.

Gut ausgerüstete Männer marschierten zwischen den Häusern umher und schnitten seinen Kumpanen die Kehle durch. Es war ein echtes Blutbad. Überall sah er Tod. Er erkannte den Wappenrock der Skorpione und verstand, noch bevor er begann, dass es vorbei war.

Daher schrie er nicht, rief seine Männer nicht zu sich, wenn überhaupt noch einer von ihnen lebte. Er ging zum ersten Feind in seiner Nähe. Er wich dem Schlag aus, der ihn direkt ins Gesicht traf, und stieß ihm den Dolch in den Hals, sodass er in der Kehle des unglücklichen Mannes stecken blieb, der tot umfiel. Er ergriff die schwere Schiavona und fällte den nächsten Gegner, als wäre er ein mittelgroßer Baum.

Er wusste, dass er nicht so weitermachen konnte. Ein Pfeil von wer weiß woher verschmierte sein Gesicht mit Blut. Er lächelte bitter. Borgia zählte nichts mehr, sagte er sich. Und sein Leben, wenn es denn überhaupt je einen Wert gehabt hatte, ebenfalls nicht. Er konnte nicht erwarten, zu einem Gefangenen und dann ausgetauscht zu werden. Er hatte kein Geld, er gehörte keiner Familie an, und es gab keinen Herrn, der ihn beschützen könnte. Er war immer eine Spielfigur gewesen, in einem Spiel, das größer war als er. Ein Spiel der Throne und der Macht. Und der Spieler, der ihn als Figur auf dem Schachbrett bewegte, verlor gerade das Spiel. Er war sehr schlecht darin.

Cesare Borgia hatte nur Feinde.

Und keinen Freund.

Während er das dachte, traf ihn ein Pfeil an der Schulter. Er stöhnte nicht mal, stieß vor und rammte dem Bogenschützen die Faust in den Bauch. Die Augen des Bogenschützen weiteten sich, und er spuckte Blut. Der Gehängte legte seine linke Hand an dessen Hals und zog mit der rechten Hand die Klinge darüber. Dann legte er den Leichnam zurück in den Schnee.

Ein letztes Mal blickte er sich um: Er sah die Giebeldächer der Häuser, die vom Rauch geschwärzten Mauern, den weißen Rauch der Lager. Ein Pferd wieherte leise. Der Geruch von Dung und Stroh stieg ihm in die Nase. Dann schaute er nach unten und sah zwei Füße.

Vor ihm stand der Skorpion.

»Euer Weg endet hier«, sagte dieser.

»Schon möglich«, erwiderte der Gehängte, »aber vorher müsst ihr mich töten.«

»Zu Euren Diensten«, war die Antwort. Eine Klinge schoss wie der Blitz hervor.

Der Gehängte wehrte den Schlag mit der Schiavona ab, aber beim Rückzug musste er einen zweiten Hieb abwehren. Und er war bereits müde. Wenigstens hatte er die letzte Nacht das Leben genossen. Mehr als in den letzten zwei Jahren. Warum weitermachen?, fragte er sich. Er verschränkte die Arme, und der nächste Hieb trennte ihm komplett den Kopf ab.

97. Geduldig warten

Königreich Frankreich, auf der Straße nach Loches

Geduldig warten, hatte ihm Julien gesagt. Geduldig warten, hatte Ludovico sich gesagt. Und am Ende hatte er sich durch geduldiges Warten selbst aufgehängt. Nun, nicht richtig. Doch anstatt aus Lys-Saint-Georges zu fliehen, saß er jetzt auf einem Schecken, eskortiert von zwölf leicht bewaffneten Reitern, und ritt auf der Straße, die vom Schloss zum Dorf Loches führte.

Der Weg war lang, und es war sehr kalt an diesem schicksalhaften Tag. Die Hufeisen schlugen auf den überfrorenen Matsch. Am Himmel krächzte ein Rabe, dass einem das Blut gefror.

War der löchrige Plan verraten worden? Ludovico hatte keine Ahnung. Er wusste nur, dass, gerade als er eine Antwort des Pontifex erhalten hatte, der versprach, dass er für seine Befreiung seinen Einfluss auf den König von Frankreich nutzen würde, der Hauptmann der Garnison von Lys-Saint-Georges den Saal betreten und ihm verkündet hatte, dass er am nächsten Tag verlegt werden würde.

Diese Nachricht traf ihn wie ein Blitz aus heiterem Himmel. Nicht nur, weil sie ihm jede Hoffnung auf eine Flucht nahm, sondern auch weil Julien und Jean Baptist, so unzuverlässig sie auch waren, seine einzigen Freunde waren. Und was würde er jetzt tun?

Bevor er abreiste, hatte er seinem Bruder Ascanio noch eine Antwort geschrieben. Der Kardinal Sforza hatte es geschafft, die Gefangenschaft zu überleben und sogar noch stärker zurückzukehren.

Er war ebenfalls eine Weile in Frankreich gefangen gehalten worden, aber dann dank der guten Arbeit eines seiner besten Freunde, des Kardinals d'Amboise, freigelassen worden und nach Rom zurückgekehrt, wo er für die Wahl Pius' III. gewesen war, Nachfolger des Borgia-Papstes. Doch dem neuen Pontifex war kein Glück beschieden gewesen. Er war innerhalb eines Monats gestorben. Und im folgenden Konklave hatte Ascanio, dem bewusst war, dass er nicht gewinnen konnte, die Stimmen, die er kontrollieren konnte, Giuliano della Rovere gegeben. Sie hatten sich für die Wahl auf den Papstthron als entscheidend herausgestellt. Der neue Papst nahm den Namen Julius II. an.

Und aus diesem Grund und mit diesem Wohlwollen engagierte sich sein Bruder nun für seine Freilassung. Tatsächlich war Giuliano della Rovere schon immer ein guter Berater und Freund der Franzosen gewesen, schon zu der Zeit Karls VIII., der hatte ihm zugehört und war sogar so weit gegangen, über die Absetzung Alexanders VI. zu spekulieren. Dazu war es natürlich nicht gekommen, aber die gute Beziehung zwischen della Rovere und Frankreich war geblieben. Ja, sie hatte sich durch die stetige Unterstützung und den Rat des Kardinals auch für Ludwig XII. sogar noch verbessert.

Sicher, Ludovico fühlte sich den Ereignissen ausgeliefert, Gebeten und Windstößen, um es ganz offen zu sagen, er, der er das mächtigste Herzogtum von Italien befehligt hatte, der Bündnisse geschlossen und gebrochen hatte, der lange der gefürchtete Herrscher gewesen war.

Und jetzt war er hier, auf dem Rücken eines gescheckten Pferdes. Weiße Wolken traten aus den Nüstern des Tieres. Die braune Erde war mit weißlichen Stoppeln bedeckt, die unterm Raureif glitzerten.

Geduldig warten, wiederholte er für sich. Aber das wollte er nicht mehr. Es waren inzwischen vier Jahre, die er hinter den Mauern eines fremden und feindlichen Schlosses eingesperrt war. Völlig egal, wo in Frankreich er sich befand, ob es Winter oder Sommer war, Frühling oder Herbst. Die Jahreszeiten folgten einander, und sein Leben blieb auf einer Stelle, in einem Käfig, der ihn verrückt machte.

Sie ritten inzwischen seit zwei Tagen, und er war müde. Er hatte keinerlei Perspektive. Er hoffte, dass wenigstens der Brief ankommen würde. Sein Leben hing davon ab. Und diese Erkenntnis ekelte ihn an, denn sie zeigte, wie wenig seine Person wert war.

Er wollte lachen. Aber nur, um nicht zu weinen, das war ihm bewusst. Daher schluckte er die Gefühle hinunter.

Vor ihm zog weiter die französische Landschaft vorbei: Fachwerkhäuser mit steilen Dächern aus Holz und Stroh. Die Sonne ging rasch unter, und die Dunkelheit übernahm.

Bis Ludovico am Horizont in der rot-goldenen Abenddämmerung die Zinnen des Schlosses von Loches sah.

»Für heute halten wir hier«, sagte Hauptmann Étienne Tilly. Er deutete auf ein Lokal mit einem Holzschild, auf das zwei Wildschweine gemalt waren.

Einen Augenblick später, als sie vor der Tür der Taverne angekommen waren und ohne ein weiteres Wort, stieg er aus dem Sattel, reichte einem seiner Soldaten die Zügel, damit der sie einem Stallburschen übergab. Der Hauptmann hatte ein langes Gesicht und blaue Augen. Er sah Ludovico an. »Messere, wir verbringen die Nacht hier. Probiert keine Scherze, ansonsten werde ich Euer Ableben als einen tragischen Unfall rechtfertigen.«

Als er vom Pferd abstieg, schluckte Ludovico schwer. Er hatte bereits das Gefühl gehabt, aber jetzt war es sicher: Hauptmann Tilly würde sein neuer Gefängniswächter, und er würde sehr viel unfreundlicher sein als dieser Tölpel Julien Berry.

98. Der letzte Brief

Herzogtum Ferrara, Castello Estense

D ann stimmte es also, ihr Bruder war nach Neapel geflohen. Lucrezia hielt einen Brief von Cesare in der Hand. Sie las die Zeilen, die der Valentino ihr geschickt hatte.

Meine geliebte Schwester, alles ist verloren. Dieser treulose Fischer, der das Glück hatte, durch Trug und Täuschung zum Papst gewählt zu werden und der mich in der Engelsburg eingesperrt hatte, hat zugestimmt, mir einen weniger überwachten Aufenthaltsort zu garantieren, nachdem ich versprochen habe, auf meinen Titel Herzog der Romagna zu verzichten. Und nicht allein das, ich habe auch die Festungen von Cesena, Forlimpopoli und Bertinoro aufgegeben und den Kommandanten meiner Garnisonen befohlen, sich zu ergeben. Ich weiß, dass ich sie damit dem sicheren Tod übergeben habe. Der Ehrgeiz und die Arroganz Julius' II. kennt keine Grenzen. Daher versinkt die Romagna, wie Ihr sicher wisst, heute im absoluten Chaos, und die letzten meiner Partisanen haben sich in die nahe Polesine aufgemacht, im verzweifelten Versuch, der Vernichtung durch die Venezianer zu entgehen. Diese Condottieri mit finsteren und düsteren Namen – wie der Skorpion – metzeln einige meiner treuesten Männer nieder. Abrechnungen und Fehden sind an der Tagesordnung. Die einzige gute Nachricht, die ich Euch schicken kann, ist, dass ich es nach meinem Umzug nach Ostia, wo der Kardinal Bernardino López Carvajal di Santa Croce mich hätte bewachen sollen, es waghalsig auf ein Boot geschafft habe und nach Neapel gesegelt bin.

Hier, am Hof von Gonzalo de Córdoba, dem Vizekönig der Krone von Aragón, habe ich Prospero Colonna wiedergetroffen, der mich kürzlich mit seiner Freundschaft beehrt hatte. Ich kann nicht behaupten, dass ich sehr warm empfangen wurde. Sancha wird mir das, was ich getan habe, nie verzeihen, und Ihr auch nicht, ich weiß, aber ich kann mich wenigstens darum kümmern, dass Euer Sohn, der kleine Rodrigo, geliebt und so gut wie möglich versorgt wird. Von hier aus werde ich versuchen, meine Kräfte neu zu ordnen und zu verstehen, wie ich eventuell das zurückholen kann, was mir unrechtmäßig genommen wurde.

Ich umarme Euch, Lucrezia, in der Hoffnung, dass Ihr mir eines Tages meine Fehler werdet verzeihen können, für die ich von nun an bis zuletzt werde bezahlen müssen. Ich sage nicht, dass ich es nicht verdient hätte. Ich habe vielen Menschen Leid zugefügt, zu vielen, Euch zuallererst, aber Ihr müsst mir glauben, auch wenn es Euch verrückt erscheint, so tat ich es doch nur aus zu großer Liebe zu Euch. Ich weiß, dass Euch diese Worte seltsam und vielleicht sogar falsch erscheinen werden, *aber sie sind nicht falsch, ja sie haben sich sogar noch nie so sehr wie heute als wahr herausgestellt, und ich bereue, dass ich Euch nie gestanden habe, wie sehr ich Euch liebe und wie sehr dieses verbotene und verfluchte Gefühl, das in meiner Brust brannte, mich zu dieser Hölle verurteilt hat, in der ich nun leben werde.*

Wenn ich Sancha geliebt habe, dann nicht nur wegen ihrer Schönheit, sondern weil ich wusste, dass ich dadurch Euch nah sein konnte und weil Ihr sie liebt. Als ich Euch zur Trennung von Giovanni Sforza zwang, war meine Absicht, Euch einen besseren Ehemann zu geben, mutiger, fähig, Euch bis zu seinem letzten Blutstropfen zu begehren. So wie ich Euch begehrte. Alfons war darin ehrlich, das muss ich ihm zugestehen, aber zu sehen, wie Ihr von ihm verzaubert wart, war unerträglich, es war ein Schmerz, der mir das Herz zerriss und meinen Himmel verdunkelte. Daher habe ich etwas Unverzeihliches getan, und Eure Gleichgültigkeit mir gegenüber ist wohlverdient, das weiß ich.

Ich bitte Euch um Verzeihung, Lucrezia, liebste Schwester, oder vielleicht sollte ich sagen, meine Liebste, weil ich schon immer so für Euch empfinde. Ihr könnt nicht verstehen, wie es ist, jeden Morgen aufzuwachen im Wissen, egal wie viele Frauen ich im Bett haben kann, egal, wie viele sich mir auf ein Fingerschnipsen hingeben, so gibt es doch nur eine, die ich mehr begehre als mein eigenes Leben, und die kann ich nicht haben und werde sie nie haben. Euch, Lucrezia.

So verabschiede ich mich, denn ich glaube nicht, dass ich noch einmal an Euch werde schreiben können, weil es mir zu wehtut. Ich werde bleiben, um mich den Schicksalsschlägen zu stellen, die sich wie ein dunkles Gewitter ankündigen, ich höre den Donner und sehe die Blitze, die mich von nun an treffen werden.

Doch ich habe keine Angst, die hatte ich nie, ich werde dem, was als Nächstes kommt, jedenfalls mit erhobenem Haupt entgegensehen, dabei weiß ich wenigstens, dass ich endlich den Schmerz gebeichtet habe, der mich schon immer quälte, diese Liebe, die ich im tiefsten Herzen verborgen habe und die mich nach und nach verzehrt hat, wie heute diese Krankheit, die mich zwingt, mich hinter Masken zu verstecken.

Mir ist bewusst, dass ich in meinem Leben zu viele Masken getragen habe. Die des Kardinals, als ich nichts sein wollte als ein Hauptmann und Krieger, die des Bruders, obwohl ich Liebhaber sein wollte, die, um mein von der französischen Krankheit zerstörtes Gesicht zu verbergen.

Jetzt zeige ich mich wenigstens als der, der ich bin, und es wird geschehen, was geschehen wird.

Ich küsse Euch, Lucrezia, das ist der letzte Brief, den Ihr von Cesare Borgia erhalten werdet, dem Mann, der alles und nichts war, der Nacht und Tag war, Kreuz und Schwert, aber nie, niemals der, der er wirklich sein wollte.

Addio

Nachdem Lucrezia diese Zeilen gelesen hatte, brach sie in Tränen aus. Es war ein brutales Weinen, das sie erschütterte. Sie wusste, dass sie es zu lange hinuntergeschluckt hatte, und jetzt begriff sie zum allerersten Mal, dass das, was Cesare ihr gebeichtet hatte, sie auf gewisse Art ebenfalls empfunden, aber nie zuzugeben gewagt hatte: Aus Angst, aus Furcht, von diesem falschen Gefühl überwältigt zu werden, das nur nach den Gesetzen der Menschen falsch war, nur, weil Cesare unglücklicherweise als ihr Bruder geboren worden war.

Eine Leere verschlang sie, und ihr wurde schwindelig. Sie wollte aufstehen, doch ihr drehte sich der Kopf. Sie taumelte. Sie lehnte sich mit dem Rücken an die Wand, legte die Hände vors Gesicht und weinte weiter, und es schien nie genug zu sein. Die Tränen liefen, und jede einzelne befreite sie ein Stückchen mehr. Als müsse sie ein Gift loswerden, die Lügen, die sie über all die Jahre kultiviert hatte.

Und es gab keine neue Möglichkeit, keine zweite Chance für dieses Gefühl, das sie jetzt überfiel und sich mit einer Kraft zeigte, die ihr unbeherrschbar schien, daher gab sie sich ihm widerstandslos hin. Sie ging zum Bett, legte die Hände auf die Kissen im verzweifelten Versuch, das Gleichgewicht zu halten, während ihr Körper von Schluchzern geschüttelt wurde.

Sie begriff, dass sie von Geburt an betrogen worden war: vom Leben, das sie als Erstes betrogen hatte, von einem Vater, dem sie alles verdankte, der ihr und ihren Brüdern aber auch jegliche Möglichkeit genommen hatte, die eigenen Wünsche zu entdecken, die vielleicht einfacher oder bescheidener gewesen wären, oder zumindest wahrer. Sie stellte fest, ein geliehenes Leben geführt zu haben, als hätte sie, anstatt sie selbst zu sein, sich in den Bemühungen erschöpft, die Erwartungen ihrer Familie nicht zu enttäuschen, das, was die Dynastie von ihr verlangte und ihr befahl. Ihr Vater hatte es immer wiederholt, und das Ergebnis war, dass Lucrezia sich selbst verloren hatte. Und nun spiegelte dieser Brief, der wie zufällig angekommen war, das düstere Bild von dem, was sie war: eine gebrochene Frau.

99. Bitterer Kelch

Königreich Neapel, Palazzo von Sancha von Aragón

Sie wartete schon länger auf ihren alten Feind. Auf den Mann, der ihr Geliebter gewesen war und der ihr dann alles genommen hatte, sie erniedrigt und in der Engelsburg hatte einsperren lassen. Sie wusste auch, dass sie beide am Ende ihres irdischen Abenteuers angekommen waren.

Cesare war offensichtlich von allen verlassen worden. Er hatte Hass gesät und geerntet, und zwar mit aller Freude nach einem langen Warten. Viele wünschten seinen Sturz, und wenn er jetzt glaubte, dass ihm diejenigen helfen würden, denen er Alfons genommen hatte, dann musste er wirklich verzweifelt sein.

Was sie anging, so gab es nicht viel, auf das sie stolz sein konnte. Wenn es jemanden gab, der des Verrats fähig war, dann war sie es. Dass sie es getan hatte, um ihr Leben zu retten, war sicherlich keine Entschuldigung. Es gab immer eine Wahl. Aber sie hatte entschieden, andere leiden zu lassen, und konnte jetzt gewiss nicht um Nachsicht bitten. Ihre Schönheit, die laut Prospero Colonna immer noch existierte, ja durch die Makel der Narben sogar noch verstärkt wurde – was anscheinend auch Gonzalo so sah, der ihr Geliebter geworden war –, war nicht nur verblüht, sondern zerstört. Natürlich pflegte sie jeden Tag, was davon übrig war, aber sie wusste, dass sie eine verdammte Frau war. Vor allem, weil die französische Krankheit sie Stück um Stück auffraß, sie zwang sie dazu, zu häufig eine schwarze Spitzenmaske zu tragen, die zwar einerseits die Fantasie der Männer erregte, sie aber andererseits daran erinnerte, wie wenig Zeit ihr noch blieb, was jegliche Lebensfreude auslöschte. Sie hatte immer wieder Schmerzen: Sie waren so heftig und intensiv, dass sie sie für ganze Tage ins Bett zwangen.

Sie trat auf die Terrasse, blickte auf den Golf von Neapel. Das Meer glitzerte unter den Sonnenstrahlen. Sie sah das Castel dell'Ovo: Die robusten und starken Türme reckten und streckten sich in den Himmel, als kämen sie aus dem Wasser. Sie roch den durchdringenden Geruch des Salzes, gemildert vom süßen Duft der Oleander und der Orangen. Schließlich hörte sie Schritte hinter sich.

»Er ist angekommen«, sagte eine Stimme.

»Lasst ihn eintreten«, antwortete Sancha.

Die Prinzessin von Squillace seufzte.

Und dann erkannte sie Cesares Gang, auch wenn er ihr unmerklich weniger kühn, weniger furchtlos vorkam, als ob Angst und Niederlage ein subtiles, winziges, aber beständiges Werk verrichteten und das Unmögliche erreichten: den Valentino unsicher zu machen.

Als sie sich umdrehte, sah sie, dass er eine schwarze Samtmaske trug, und Sancha empfand etwas, das sie für unmöglich gehalten hatte: Mitleid. Sie hasste sich dafür, weil sie nicht mal über den Stolz verfügte, ihn zu erniedrigen, gerade sie, die jeden Grund dafür hatte. Stattdessen war sie überrascht, wie schmerzhaft und bitter die Abrechnung war.

Sie tat etwas, das sie nicht erwartet hatte. »Nehmt sie

ab«, sagte sie, »wenn ich den Mut habe, mich Euch so zu zeigen, wie ich geworden bin, so denke ich, dass Ihr denselben Mut habt.«

Der Valentino sah ihr in die Augen. Dann öffnete er langsam den Knoten im Nacken und enthüllte sein Gesicht.

Als sie ihn sah, fiel es Sancha schwer, die Tränen zurückzuhalten. »Cesare«, flüsterte sie. Sie war nicht bereit für das, was sie jetzt sah.

»Das habe ich noch nie getan«, sagte er.

»Ich denke, ich verdiene diese Ausnahme«, erwiderte Sancha und biss sich auf die Lippen, um nicht zu weinen. »Ihr seht schlimm aus.«

»Die Krankheit lässt mir keine Ruhe«, sagte Cesare mit belegter Stimme.

Die Prinzessin von Squillace seufzte, und ihr Blick hatte etwas Fatalistisches. »Ihr habt meinen Bruder umgebracht.«

Der Valentino schwieg. Es stimmte, und er wusste nicht, was er antworten sollte.

»Und doch«, sprach sie weiter, »kann ich Euch nicht hassen.«

»Sancha …«, sagte er und trat näher.

Das weckte den Stolz der Prinzessin von Squillace. »Bleibt, wo Ihr seid!«, schrie sie und zeigte mit dem Finger auf ihn. »Glaubt nicht mal für einen Augenblick, dass ich Euch wegen meiner Schwäche vergeben würde. Mein Herz blutet, seit Ihr den Mord an Alfons befohlen habt. Und es ist noch nicht vorbei. Ihr habt mir alles genommen. Und wenn ich Euch heute empfange, dann nur, um Euch Adieu zu sagen, denkt daran.«

»Ich … bitte um Entschuldigung.«

Sancha ballte die Fäuste. So durfte es nicht laufen. Und

doch war es das, was sie sich die ganze Nacht zuvor versprochen hatte. Die Rache war nicht süß und verblasste in einer Melancholie voller Schmerz und Bedauern über all das, was nicht gewesen war und nie würde sein können. Nie wieder. Bei dieser Erkenntnis übermannte Sancha ein so intensiver, scharfer Schmerz, als spürte sie eine Klinge aus kaltem Metall an ihrem Herzen.

Sie glaubte, ohnmächtig zu werden, doch es war nur ein Augenblick. Sofort zwang sie sich dazu, stark zu sein. Sie schaute einem Mann in die Augen, den sie einmal geliebt hatte. Sie riss sich zusammen, um sich ihm nicht in die Arme zu werfen. Es wäre unendlich süß gewesen, aber es hätte seine Schande entschuldigt. Und das konnte sie nicht zulassen.

»Ich kann Eure Entschuldigung nicht annehmen«, sagte sie schließlich, »nicht nach dem, was Ihr getan habt. Was wolltet Ihr mir denn sagen?«

Cesare schien sich Zeit zu lassen. Ausnahmsweise schienen ihn die Gefühle zu übermannen. Er, der immer die Kunst des Betrugs und der Täuschung gemeistert hatte, war jetzt echten Gefühlen ausgeliefert. Das war für ihn sicher etwas Neues, etwas unangenehm Neues.

»Ich …«, begann er zögernd, »bin gekommen, um Euch zu fragen, ob Ihr irgendwie meine Bitte an Gonzalo de Córdoba unterstützen könnt, aber, Sancha, die Wahrheit ist, dass ich Euch wenigstens noch einmal wiedersehen wollte. Wenn auch nur, um Euren Hass zu verdienen, aber jetzt habe ich gesehen, dass Ihr über Mitleid verfügt, was ich nie erwartet hätte, nicht für einen Mann wie mich. Das macht Euch zu einer noch außergewöhnlicheren Frau, als ich je geglaubt hatte.«

Als sie das hörte, hätte die Prinzessin von Squillace gern nachgegeben, sie war kurz davor, doch ein Rest an Stolz und Groll half ihr, diesen letzten Moment mit aller Würde zu meistern, die einer Kriegerkönigin, wie sie eine war, gebührte.

Sie hob den Blick zu dem Mann, der für sie ihr Ein und Alles gewesen war, Sonne und Mond, Meer und Himmel, dieser Prinz, der sie auf den Altar des Ruhmes gehoben hatte, um sie dann in den Staub zu werfen. Sie faltete die Hände, und die nächsten Worte auszusprechen fühlte sich an, als würde sie sich einen Dolch aus der Brust ziehen.

»Ihr habt mich gesehen. Jetzt bitte ich Euch zu gehen.«

»Sancha, ich flehe Euch an, verzeiht mir! Ich bin krank, diese Krankheit zerfrisst mir das Gesicht, nimmt mir das Augenlicht und lässt meinen Geist in Stücke brechen. Ich glaube, ich werde bald wahnsinnig!«, brüllte er.

»Ihr vergesst, dass ich dieselbe Krankheit habe. Wieso glaubt Ihr, dass ich weniger leide als Ihr?«

»Eben!«, sagte Cesare ernst. »Deswegen hatte ich gehofft, dass Ihr Mitleid mit mir habt.«

»Ich habe mich von Euch verabschiedet!«, erwiderte Sancha und drehte sich ohne ein weiteres Wort um und kehrte ihm den Rücken zu.

Diese Worte waren hart und sauer wie Eisen und Salz zusammen.

»Ich bitte Euch …«, flehte Cesare sie an und schluckte seinen Stolz hinunter.

Doch Sancha drehte sich nicht mehr um.

Bis sie hörte, dass ihr früherer Geliebter den Saal verlassen hatte.

Bis sie keine Tränen mehr hatte.

100. Bitten

Königreich Neapel, Castel Nuovo

In manchen Augenblicken der Krise war es so schlimm, dass er sich nicht mal bewegen konnte, wie er wollte. Einfach, weil der Körper nicht mehr seinem Willen zu gehorchen schien. Nachdem er Sancha gesehen hatte, fühlte er sich gebrochen. Er lag im Bett und versuchte, die Schmerzen auszuhalten, dann hatten Spasmen seine Muskeln wie Seile angespannt. Er hatte auf die Laken gesabbert, und der Kopf schien verschlossen, eingequetscht in einen Eisenhelm und kurz vorm Platzen.

Eine Weile hatte ihn das Augenlicht verlassen, wie es schon einmal geschehen war.

Er starb jeden Tag.

Und er wusste es.

Und er wusste, dass er Sancha zum selben Schicksal verurteilt hatte, denn er war es, der sie mit dieser schrecklichen und unheilbaren Krankheit angesteckt hatte. Wie hatte er von ihr Vergebung fordern können? Nur die Arroganz und der Wahnsinn, die ihm inzwischen den Verstand raubten, hatten ihn dazu treiben können. Oder vielmehr wusste Cesare tief in seinem Herzen, dass es Verzweiflung war. Sicher, auch das Marschenfieber hatte seinen Tribut gefordert und ihn zu einem Wurm gemacht. Es war ein Leidensweg, von dem er sich nach und nach erholt hatte. Aber jetzt, durch die Freundschaft von Prospero Colonna, der sich, anders als viele andere, nicht von ihm abgewandt hatte, war er zu Gonzalo de Córdoba vorgelassen worden.

Als er den großen Saal betrat, sah er zuerst Prospero. Er trug die schwarze Uniform des Generalleutnants des Königreichs von Neapel. Obwohl er nicht mehr jung war, trug er sein Haar lang. Seine hellen Augen schienen ihn anzulächeln. Cesare deutete das als ein gutes Zeichen. Seinen Cousin Fabrizio, der Gran Connestabile geworden war, sah er nicht, obwohl die beiden eigentlich unzertrennlich waren. Vielleicht war er auf irgendeiner Mission, oder möglicherweise wollte er ihn einfach nicht sehen.

El Gran Capitán wandte ihm den Rücken zu. Gekleidet in roten Samt, mit langen, dunklen Haaren, war er ein außergewöhnlicher Mann. Und das musste er auch sein, da er in praktisch allen Schlachten gegen die Franzosen siegreich gewesen war, zuletzt bei der am Garigliano, die für ihn den endgültigen Sieg gebracht hatte, durch den er die komplette Kontrolle über die Terra di Lavoro, Neapel, Apulien und Sizilien gewonnen hatte. Auf diesem großen Gebiet, das fast der Hälfte der Halbinsel entsprach, übte Gonzalo seine Macht im Namen Ferdinands des Katholischen, des Königs von Aragón, und vieler anderer Regionen und Lehen aus.

Daher näherte Cesare sich ihm mit einer gewissen Ehrerbietung, als Eroberer der Romagna und früherer Generalkapitän der Kirche kannte er die Tücken und extremen Schwierigkeiten einer Militärkarriere.

Auch deswegen war seine Bewunderung für Gonzalo aufrichtig. Er wusste ganz genau, was ihn der Titel des Vizekönigs gekostet hatte, und er stellte sich vor, dass ihn mindestens ein Dutzend neapolitanische Barone beneideten.

In der Vergangenheit hatten die neapolitanischen Adeligen schon für viel weniger Verschwörungen angezettelt, mit dem einzigen Ziel, sich von jemandem, den sie als Besetzer ihrer Ländereien ansahen, zu befreien, und es war verflucht schwierig, Gonzalo im Moment als etwas anderes zu sehen als das, was er war: ein Eindringling, nicht mehr und nicht weniger.

Und doch hatte Gonzalo die schwierige Aufgabe gemeistert, von den Neapolitanern respektiert, wenn nicht gar geliebt zu werden.

Noch ein Grund mehr, ihm Ehre und Respekt zu erweisen.

Wackelig kniete sich Cesare auf ein Bein. Er sah, dass Prospero erfreut nickte, wie um die Klugheit dieser Geste zu unterstreichen. »Majestät«, sagte Cesare und biss sich beim Sprechen auf die Lippen, »ich bin gekommen, um mit aller Bescheidenheit um Eure Hilfe zu bitten.«

Die Wörter schienen lange in der Luft zu hängen. Wenn er gekonnt hätte, hätte Cesare sich im selben Augenblick die Kehle durchgeschnitten. Er konnte die Nebenrolle, auf die er reduziert worden war, nicht ertragen. Doch er hatte keine Wahl. Wenn er auf Hilfe hoffen wollte, musste er demjenigen, der im Moment weit über ihm stand, die Ehre erweisen.

Und als Gonzalo sich umdrehte, überragte er ihn deutlich. Er war zwar ein paar Jahre älter, aber robust, mit einem großen Brustkorb und breiten Schultern, und vor allem mit lebhaften Augen, einem strahlenden, ungetrübten

Blick, einem kecken, ja draufgängerischen Gesichtsausdruck. Er sah ihn mit seinen blauen Augen an, als wolle er ihn bei lebendigem Leib fressen. Cesare dachte daran, dass er noch vor wenigen Jahren an der Stelle von Gonzalo gestanden hatte. Doch jetzt nicht mehr.

»Das freut mich, Herzog.« Der Vizekönig nannte ihn bei seinem richtigen Titel, und Cesare atmete erleichtert auf. »Ich weiß, dass es das Schicksal in letzter Zeit nicht gut mit Euch gemeint hat. Doch man soll mir nicht nachsagen, dass ich einen Freund von Prospero fallenlasse«, er nickte in Richtung seines Generalleutnants, »ganz davon abgesehen, dass wir alle das Los hatten, uns in dieselbe Frau zu verlieben.«

»Majestät …«, sagte Prospero und machte deutlich, dass er bereit war zu sterben, wenn Gonzalo es wollte.

»Nicht doch, mein Freund, ich mache Euch keinen Vorwurf, hättet Ihr sie nicht befreit, hätte ich sie nie kennengelernt, daher bin ich Euch ausschließlich dankbar. Ich kann Euch sicherlich keine Schuld geben, weil Ihr dem unwiderstehlichen Charme dieser Frau erlegen seid, noch bevor ich sie auch nur kennengelernt hatte. Keine Sorge. Aber es lässt sich nicht leugnen, dass wir alle die Prinzessin von Squillace lieben oder geliebt haben. Und ich glaube, dass ich Euch allein deswegen helfen muss. Abgesehen von der Verwandtschaft natürlich. Die Herzensbindungen sind oft viel stärker als die des Blutes, insbesondere, wenn Letztere durch politische Überlegungen bestimmt werden. Doch das, was Ihr für Sancha empfunden habt, war sogar ein Gefühl, das Euren Bruder verletzt hat, oder irre ich mich?«

Cesare hatte eine solche Frage nicht erwartet. Aber was nützte eine Lüge an diesem Punkt?

»Ihr irrt nicht.«

Gonzalo schlug mit der Faust in die offene Hand. »Madre de Dios!«, rief er ungläubig aus. »Dann hatte sie so sehr von Eurem Geist Besitz ergriffen, dass sie Euch so weit brachte.«

»Ganz genau.«

»Was für eine außergewöhnliche Frau«, schloss *El Gran Capitán.* »Sanchas Macht übersteigt die jeder Armada und jeder Armee. Kälter als eine Klinge und heißer als ein loderndes Feuer. Wer auch immer ihren Weg kreuzt, bemerkt es. Und hättet Ihr nicht den Fehler gemacht, sie gehen zu lassen, wäre sie nie die Meine geworden, und ich entschuldige mich für diese Aussage, Messer Colonna«, sagte Gonzalo mit einem bösen Lächeln in Prosperos Richtung. »Euch etwas von meiner Dankbarkeit und Gunst zukommen zu lassen, ist das Mindeste, was ich tun kann, meint Ihr nicht?«, fragte der Vizekönig ironisch.

Die Frage war auf eine rätselhafte und merkwürdige Art gestellt und schien nichts Gutes zu verheißen, andererseits hatte Cesare keinen blassen Schimmer, was Gonzalo im Sinn hatte, daher beschränkte er sich darauf zu nicken.

»Also«, fuhr *El Gran Capitán* fort, »wie kann ich Euch helfen, das zurückzuerobern, was Euch unrechtmäßigerweise genommen wurde?«

Cesare traute seinen Ohren kaum. Dann würde ihm der Vizekönig von Neapel tatsächlich helfen? Das hätte er nie gedacht, wenn man ihn gefragt hätte. Er war als Flüchtling in der Stadt angekommen und war schon froh, nicht umgebracht worden zu sein. Umso mehr, da er seine früheren Freunde verloren hatte. Und das machte seine Stellung noch schwächer. Sogar Michelotto war verschwunden, allerdings nicht aus bösem Willen, sondern weil er gefangen genommen und eingesperrt worden war. Gewiss, ihm war das Wohlwollen von Prospero Colonna geblieben, der in ihm wohl einen möglichen Bündnispartner sah, besonders, da sein sonst unzertrennlicher Cousin weiß der Himmel wo abgeblieben war.

Angesichts dieses unerwarteten Hilfsangebots beschloss Cesare, etwas zu wagen. »Eure Majestät«, sagte er, sodass es ehrerbietig, aber nicht schmeichlerisch klang, »wenn Ihr mir zu meiner Verfügung …«

»Ihr werdet einen Schutzbrief bis nach Piombino erhalten, von mir unterzeichnet«, unterbrach ihn Gonzalo. »Ich werde euch zehn Galeeren, fünfhundert Lanzen, Kanonen und Munition zur Verfügung stellen. Auf diese Weise werdet Ihr die Romagna zurückerobern und ein Verbündeter von mir und der Krone von Aragón sein. Glaubt Ihr, dass Ihr Euch dazu verpflichten könnt?«

Cesare konnte dieses Versprechen kaum glauben. »Majestät«, sagte er und verbarg seine Ungläubigkeit, »heute habt Ihr mich wieder zum Leben erweckt.«

Gonzalo lachte laut auf, dann setzte er sich auf seinen Thron. »Nun«, verkündete er, »dann ist auch das erledigt«, und mit einer Handbewegung verabschiedete er Cesare.

Der Valentino wartete nicht. Das Treffen hatte seine optimistischsten Erwartungen übertroffen. Dann hatte Sancha ihn also nicht nur nicht verurteilt, sondern war auf gewisse Weise sogar die Wegbereiterin seines Erfolgs gewesen.

Er verbeugte sich und ging.

101. Enkaustik

Republik Florenz, Palazzo della Signoria

Leonardo hoffte, dass seine vorher ausgeführten Versuche eine Erfolgsgarantie waren. Das Gemälde hatte ihm nicht allzu viel Mühe gemacht. Die Skizze, die er vorbereitet hatte, war so detailliert gewesen, dass die Arbeit dann unglaublich schnell gegangen war. Er hatte es noch nicht beendet, doch ungefähr die Hälfte war fertig. Er hatte die Schriften von Plinius und Vitruv bis zur Erschöpfung studiert. Alles, um sich nicht der verhassten klassischen Freskotechnik zu bedienen. Und wie in Mailand hatte er eine passende Lösung gefunden: die Enkaustik. In der Tat hatten die laufenden Tests ermutigende Ergebnisse gebracht. Er wiederholte sich dies immer wieder, in der Hoffnung, dass es dadurch wahr würde. Es war ein irrationaler Gedanke, aber jetzt war es an der Zeit, an alles zu appellieren, was nichts mit Vernunft zu tun hatte.

Er sah sich um. Die Sala del Gran Consiglio schien in ihrer Leere auf das Endergebnis seiner Arbeit zu warten. Pier Soderini und ganz Florenz hatten höchste Erwartungen, nachdem sie die Skizze zum achten Weltwunder erklärt hatten. Zudem hatte er sich geschworen, Michelangelo zu erniedrigen, besonders nach ihrem letzten Zusammentreffen.

All dieser Druck war nicht dazu angetan, einen klaren Kopf zu behalten.

Doch er war sich sicher, dass die Enkaustik für das, was er im Sinn hatte, die richtige Technik war.

Wie in Santa Maria delle Grazie hatte er auch in Florenz überlegt und dann eine spezielle Mischung hergestellt. In den letzten Jahren hatte er oft mit neuen Mischungen experimentiert. Zu den Farbpigmenten gab er Ochsenleim, punisches Wachs, also in Meerwasser gekochtes Bienenwachs, und gelöschten Kalk.

Das Ergebnis war ein dickflüssiges, pastoses Amalgam, das er mit Wasser verdünnte und auf der Wand verteilte. Er hatte weiteres punisches Wachs und Öl aufgetragen, damit die Verschmelzung der Elemente perfekt war.

Jetzt ging es darum, die Farben zu fixieren. Und das war das Schwierigste. In gewisser Weise musste der gesamte Prozess, um erfolgreich zu sein, diesen Schritt durchlaufen, der sofort den Erfolg oder die Zerstörung von allem besiegeln konnte.

Leonardo war unruhig. Er betrachtete die zur Hälfte bemalte Wand, sah die Figuren, die sich im Kampf und im Duell verrenkten, die sich aufbäumenden Pferde, die Klingen, die durch die Luft glitten, die Standarten, die im Wind flatterten, die Gesichtsausdrücke der Soldaten, verzerrt vor Wut, Schreien und Schmerzen, den Kriegsruhm: Alles war großartig gelungen. So sehr, dass er fand, dass es von all seinen Werken bisher das beste war. Und zwar bei Weitem. Er hatte seine ihm wohlbekannten Grenzen überschreiten können. Hatte seine Malerei ihn bis dahin als absoluten Meister des Porträts und der Landschaft gezeigt, so warf dieses Gemälde alle Überzeugungen über den Haufen, weil die Dynamik der gesamten großen Szene so erstaunlich war. Seine Schüler hatten ihre Bewunderung zum Ausdruck gebracht.

Und er hatte das Gefühl, dass es ihm bei dieser Gelegenheit tatsächlich gelungen war, das Beste aus sich herauszuholen, indem er sich auf ein für ihn nicht so leichtes, figürliches Terrain begeben hatte.

Und jetzt war der Moment der Wahrheit gekommen.

Er ließ riesige Feuerschalen unten an die Wand stellen. Er wollte sie in regelmäßigen Abständen anbringen, damit sich die freigesetzte Wärme gleichmäßig über den bemalten Teil der Wand verteilte.

Das Holz begann zu brennen.

Die Flammen erhoben sich. Leonardo betete, dass seine Berechnungen stimmten. Er wusste, dass er ein Risiko einging, denn trotz seiner Versuche hatte er es noch nie an einer so großen Fläche, die es zu trocknen galt, probiert. Darüber hinaus lag die Herausforderung auch darin, das Gemälde so gleichmäßig wie möglich zu trocknen. Und bei diesen Dimensionen würde das sicher nicht einfach.

Doch er hoffte, dass er auf diese Weise die Oberfläche mit einem lauwarmen Tuch polieren und so den gewünschten Effekt erzielen könnte.

Das Warten verzehrte ihn.

Er schloss die Augen. Er wusste, dass er mit dieser Wette alles aufs Spiel setzte. Denn so war es. Plinius hatte ausführlich über das Enkaustikverfahren geschrieben, aber die Theorie war das eine, die Praxis das andere, und obwohl er alle dort aufgeführten und erforderlichen Schritte studiert und genauestens beachtet hatte, verfügte er über keinerlei Erfahrung in der Anwendung dieser Technik.

Eine Zeit lang sah er nur die sich schlängelnden Flammen. Er hörte das Knistern der Glut. Und schaute zu. Seine Augen schienen die züngelnde Hitze zu durchdringen.

Was dann geschah, führte zu tiefster Bestürzung.

Es begann mit einigen Tropfen. Bis ganze Rinnsale von Farben flossen. Die Farben trockneten nicht. Stattdessen schmolzen sie und liefen über den Putz, verwandelten das Gemälde in eine bunte Pfütze aus tropfenden Farbbändern.

Nicht nur das, an manchen Stellen blichen die Farben aus, wurden fast durchsichtig.

»Nein«, murmelte Leonardo kopfschüttelnd.

»Raus!«, brüllte er plötzlich die Helfer an, die noch bei ihm geblieben waren. »Wagt es nicht, von dem, was Ihr gesehen habt, zu erzählen!«

Doch auch als er allein war, veränderte sich das Desaster nicht. Die Farbe tropfte unerbittlich weiter, sammelte sich auf dem Boden in Pfützen. Das Gemälde wurde bald fleckig: Einige Stellen waren stärker verblasst als andere.

Es war schrecklich.

Leonardo konnte die Tränen nicht mehr zurückhalten. Tage, Monate voller Versuche, Zeichnungen, Studien verschwanden zusammen mit diesen verdammten Tropfen auf der Wand.

Und mit ihnen verschwand auch sein Ruhm. Und sein Lohn. Wie sollte er sein Scheitern erklären? Er hatte die völlig falsche Technik angewandt! Und er wusste nicht, wie er das Problem lösen sollte. Trotz der hohen Temperatur bei den Feuerschalen stand ihm kalter Schweiß auf der Stirn.

Er senkte den Kopf, die langen grauen Haare fielen nach vorn. Er legte die Hände vor die Augen, um diese Verwüstung nicht zu sehen.

Und nun? Was sollte er tun?

Mit welchem Mut sollte er sich dem Urteil von Florenz stellen? Und wie konnte er hoffen, die Werke Michelangelos zu übertreffen? Wäre der auch verrückt genug, Farben verschwimmen zu lassen und das Werk in ein unübersichtliches Durcheinander zu verwandeln?

Leonardo riskierte noch einen Blick.

Die Farben lösten sich weiter auf, verliefen, als würden sie nicht trocknen, weil der Gips sie abstieß. Es sah aus, als würde die Wand weinen. Genau wie er.

Er seufzte. Dann löschte er das Feuer in den Schalen mit ein paar Krügen Wasser. Beißender Rauch stieg auf, und dieser scharfe Geruch erinnerte ihn an den bitteren Geschmack der Niederlage. Jetzt müsste er irgendwie die Erniedrigung verhindern.

Er würde gehen.

Er hatte keine andere Wahl.

102. Der Markuslöwe

Republik Venedig, Piazzetta San Marco

Antonio Condulmer wartete zwischen den Säulen. Vor ihm lag das Wasser des Bacino di San Marco. Es war ein milder Frühling, und leichte Windböen streichelten sein Gesicht. Der unverwechselbare Geruch der Lagune war weniger stark als üblich. Zwischen diesen beiden Säulen, der des Heiligen Theodors und der des Heiligen Markus wurden die Feinde der Republik verurteilt. Hier war Francesco Bussone, genannt Carmagnola, geköpft worden, der Condottiere, der die Serenissima an Filippo Maria Visconti verraten hatte. Diese Geschichte erzählte man sich oft in den Häusern der Venezianer, um sich daran zu erinnern, dass es dem Dogen ganz besonders missfiel, wenn jemand sein Wort brach.

Der Herr der Spione hatte Giovanni Benedetti vertraut, und das war richtig gewesen. Seine lobenswerte Arbeit zur Prävention der Verbreitung der Franzosenkrankheit hatte die Ausbreitung derselben stark eingedämmt, und die nach den von ihm festgelegten Regeln durchgeführten Eindämmungsmaßnahmen hatten ausgezeichnete Ergebnisse erzielt. Doch heute, an diesem strahlenden Tag, wartete Antonio auf einen anderen Mann. Er war es gewesen, der ihm gesagt hatte, er solle gehen, und nun wartete er auf die Früchte seiner Arbeit.

Er sah ihn aus der Peata steigen. Er trug eine Lederrüstung, eine Hose und kniehohe Stiefel. Der Skorpion schien immun gegen den Krieg zu sein. Es war ein Jahr vergangen, seit er ihn das letzte Mal gesehen hatte, doch Schlachten und Duelle schienen seinen stolzen und furchtlosen Gang kein bisschen beeinträchtigt zu haben.

Antonio Condulmer freute sich. Wieder einmal hatte er eine gute Wahl getroffen. Und das war für einen Herrn der Spione der beste Lohn. Aber bevor er den Sieg feierte, wollte er hören, was der Hauptmann zu sagen hatte.

Der Skorpion nickte ihm zum Gruß zu.

»Eure Pünktlichkeit ist vorbildlich«, sagte Condulmer.

»Und? Was gibt es Neues?«

Der Soldat räusperte sich. »Ich habe meine Pflicht getan. Wie erbeten.«

»Das heißt?«

»Die Polesine wurde gesäubert.«

»Der Gehängte?«

»Weniger sauber.«

Der oberste Anführer der Spione zog eine Augenbraue hoch. »Was meint Ihr?«

Der Skorpion erlaubte sich ein kurzes Lachen. »Sagen wir, im Krieg ist alles erlaubt. Und falls Ihr glaubt, dass ich meine Absichten umsetze, indem ich ritterlich kämpfe, so irrt Ihr Euch.«

»Aha!«, rief Condulmer lächelnd aus, als bereiteten ihm diese Worte Freude.

»Hinterhalt und durchtrennte Kehlen. Das ist meine Politik.«

»Und auch meine«, bestätigte der Herr der Spione.

»Das vermutete ich. Venedig wird nicht verärgert sein?«

»Wieso denn? Schließlich hat doch die Serenissima uns im Schatten und der Zweideutigkeit des Wassers aufwachsen lassen.«

»Das stimmt.«

»Kann man die Ländereien, die an das Herzogtum von Ercole d'Este grenzen, jetzt als sicher bezeichnen?«

»Gewiss.«

»Gut. Das ist wichtig. Der Doge wird glücklich sein.«

»Das freut mich. Und ich hoffe, dass man mir nicht nur die Condotta erneuert, sondern mir auch das Recht gibt, wieder ins Valmareno zurückzukehren.«

»Zweifelt nicht daran«, erwiderte Condulmer. »Das gilt umso mehr, da der Kaiser, wie Ihr vermutet hattet, sich vorbereitet, uns anzugreifen.«

»Das heißt, ich kehre nur aus einem Krieg zurück, um einen anderen zu beginnen«, sagte der Skorpion leicht verbittert.

»Ich würde Euch gern das Gegenteil sagen, aber leider habt Ihr recht.«

Der Hauptmann lächelte den obersten Anführer der Spione an. »Ich hätte mir einen anderen Beruf aussuchen können. Aber das ist, was ich bin«, sagte er und legte eine Hand auf den Griff seines Schwertes. »Und im Grunde meines Herzens spüre ich, dass ich nichts anderes tun könnte.«

»Ich verstehe Euch«, antwortete Condulmer und zeigte, dass er absolut nachvollziehen konnte, was der Skorpion sagte. »Zunächst macht man diese Arbeit, weil niemand anderer sie tun will. Dann jedoch, mit der Zeit, kann man nicht mehr ohne. Ich gestehe Euch, wenn Ihr mir sagen würdet, ich solle aufhören, wüsste ich nicht, wohin ich mich wenden sollte. Intrigen und Tod sind die Zutaten meines Lebens. Und ich kann nicht ohne sie: für nichts auf der Welt.«

»Genauso«, bestätigte der Skorpion trocken.

»Nun, kann ich Euch wenigstens in eine Taverne entführen, um einen Malvasia zu probieren?«

Einen Augenblick überlegte Gianconte.

»Danach bringe ich Euch natürlich zum Dogen«, ergänzte Condulmer.

»Einverstanden«, sagte der Skorpion schließlich, »zu einem Malvasia sagt man nie Nein.«

»Und ein Spaziergang durch die Gassen ist immer nett.«

»In einer Stadt wie dieser auf jeden Fall«, sagte Gianconte, »hier ist es fast ein Muss, Herr der Spione zu werden.«

»Da kann ich Euch nicht widersprechen«, stimmte Antonio zu und ging los. Er dachte über das nach, was er gesagt hatte, dass Intrigen und Ränke das Wesen seines Lebens waren. Vielleicht hätte er sich verdorben und fies fühlen müssen, aber das tat er nicht. Ganz im Gegenteil! Das Schlachtfeld, den Ruhm des Krieges und das Blut der Kämpfe überließ er gern anderen. Für ihn war es viel lukrativer und faszinierender, die Rolle einer verdammten Seele zu spielen, ungesehen die Ränke der Macht zu schmieden, die Geister in den dunklen Nischen zu wecken, in geheimen Gängen zu verschwinden, um unter den Lichtern der Kronleuchter in Gegenwart von Dogen und Päpsten wieder aufzutauchen.

Während die Zeit verging, Throne umstürzte und Leben zerstörte, blieb er immer auf seinem Posten: flüchtig, geheimnisvoll, erhaben.

Genau wie seine geliebte Stadt.

103. Schicksalsschläge

Königreich Neapel, Castel Nuovo

Cesare fühlte sich besser. Nach Tagen voller Leid hatte die Krankheit schließlich einen Waffenstillstand angeboten. Wie schon früher war sie verschwunden, genau wie sie gekommen war, und er spürte wieder Energie. Er konnte zwar nicht behaupten, dass es die volle Kraft war, aber es war auf jeden Fall schon lange her, dass er sich so gefühlt hatte.

Es war schön. Umso mehr, da sich zu dieser Verbesserung auch noch die Vorbereitungen für die Flotte gesellten, die morgen nach Piombino segeln würde.

Gonzalo de Córdoba hatte Wort gehalten und ihn mit Galeeren und Männern für die Wiedereroberung der Romagna ausgestattet.

Der Valentino konnte es kaum glauben. Er hatte Prospero gedankt, hatte ihn sogar auf ein paar Jagden begleitet. Der Generalleutnant des Königreichs Neapel war mit ihm bis nach Apulien gereist, wo er die Gunst Isabellas von Aragón, Herrscherin von Bari, genoss. Er hatte ein paar friedliche Tage verbracht, und dann war Cesare zurückgekehrt, um sich den Vorbereitungen zu widmen.

Er lag bequem in einem Sessel, genoss die Wärme des Kamins und dachte ausnahmsweise mal an nichts. Kurz zuvor hatte er wie ein Kind Tagträumen über seine Reise nach Piombino nachgehangen, aber jetzt war er wohl gesättigt von all diesem unerwarteten Glück und betrachtete mit freiem Kopf die Flammen. Daher war er sehr überrascht, als es an die Tür des Zimmers klopfte, das ihm von Gonzalo de Córdoba zugewiesen worden war.

Er hatte nicht mal die Zeit, darauf zu antworten, da trat der Hauptmann der Palastwachen schon mit zwei seiner Männer ein.

»Cesare Borgia, Ihr steht unter Arrest«, sagte Messer Juan de Mendoza, ergebener Diener des Vizekönigs von Neapel.

Dem Valentino blieb der Mund offen stehen. Dann fragte er geistesgegenwärtig: »Und warum?«

»Das ist der Wille seiner Majestät, des Vizekönigs von Neapel, Gonzalo de Córdoba.«

»Aber das ist unmöglich!«, rief Cesare ungläubig aus. »Wie lautet die Anklage?«

»Hochverrat.«

Das ergab für den Valentino keinerlei Sinn.

»Ich glaube, ich verstehe nicht.«

»Wir legen Euch jetzt die Fesseln an. Folgt mir, ohne eine Szene zu machen, und ich verspreche Euch, dass alles klar wird.«

Cesare betrachtete den Hauptmann verstohlen. Sein Blick verriet keinerlei Emotion. Und auch in den Augen der beiden Wachen hinter ihm sah er dieselbe erbarmungslose Kälte.

Er verstand, dass er keine Wahl hatte. Ein Teil von ihm nährte jedoch die Hoffnung und Überzeugung, dass es sich um einen Fehler handelte. »Einverstanden«, sagte er schließlich, »aber ich will den Vizekönig sehen.«

»Er erwartet Euch.«

Gitter hatten ihm nie gefallen. Und da waren die in dieser Zelle keine Ausnahme. Wenigstens hatte man ihm die Handschellen abgenommen.

Gonzalo sah ihn mit einem seltsamen Lächeln an. Er saß vor ihm und schien keinerlei Scham über das, was er getan hatte, zu empfinden. »Ich hoffe, Ihr versteht, dass ich nichts gegen Euch persönlich habe.«

Cesare seufzte. »Es fällt mir schwer, das zu glauben, Majestät«, sagte er schließlich leise. Dann war es also wahr. Am Ende hatten sie ihn verraten.

»Seht, Messer Borgia, ich konnte meinen König Ferdinand nicht verleugnen.«

»Das verstehe ich.«

»Ihr stimmt mir sicher zu, dass Ihr ihm über die Jahre keine Freundschaft gezeigt habt.«

»Richtig. Manchmal frage ich mich, wie ich in eine solche Falle tappen konnte.«

»Weil Ihr mit ganzem Herzen daran glauben wolltet«, erwiderte der Vizekönig.

»Meint Ihr?«, fragte Cesare, der nicht fassen konnte, wie Gonzalo es schaffte, in seiner Seele zu lesen.

»Wieso hättet Ihr mir sonst vertrauen sollen? Weil Ihr keine Alternative hattet.«

»Und das gibt Euch das Recht, mich zu verraten?«

»Ich hatte nie vor, mich an meine Versprechen zu halten.«

»Aha!«

»Daher habe ich Euch nicht verraten. Ich habe höchstens Eure Aufmerksamkeit in die Irre geleitet.«

»Und deswegen erkennt Ihr nicht einmal meinen rechtmäßigen Titel an?«

»Warum sagt Ihr das? Trotz Eurer Eroberungen seid Ihr heute nicht mehr der Herzog der Romagna. Wenn Ihr das überhaupt je wart. Es war Euer Vater, der Euch den Titel verliehen hat, ohne dass er das Recht dazu hatte. Und selbst wenn, hat der aktuelle Pontifex Giuliano della Rovere Euch den Titel des Herzogs aberkannt.«

Cesare warf dem Vizekönig einen entrüsteten Blick zu.

»Aber ich bleibe immer noch der Herzog von Valentinois.«

»Ihr habt recht. Entschuldigt«, sagte Gonzalo grinsend.

»Was erwartet mich?«, fragte der Valentino, der begriffen hatte, dass er jetzt der Gnade des Gran Capitán ausgeliefert war.

»Für den Augenblick bleibt Ihr hier. In den nächsten Tagen wird Eure Überstellung nach Spanien vorbereitet.«

»Nach Spanien?«

»Ganz genau«, bestätigte Gonzalo ohne zu zögern.

Cesare schüttelte den Kopf. »Ihr übergebt mich also dem Feind.«

»Wie gesagt, es ist nichts Persönliches. Ich gehorche meinem König. Wie Ihr es bei Eurem getan habt.«

Nach diesen Worten stand Gonzalo auf.

»Wo ist Messer Colonna?«

»In Bari.«

»Dann hat auch er mich verlassen.«

Der Vizekönig seufzte. »Ihr versteht es immer noch nicht: Kann sich der Generalleutnant Eurer Meinung nach dem Willen des Vizekönigs widersetzen?«

Cesare hob geschlagen die Hände. Er war dieser Rechtfertigungen so müde. »Na«, sagte er, »er hätte wenigstens den Mut haben können, es mir ins Gesicht zu sagen.«

»Denkt darüber, wie Ihr wollt«, entgegnete Gonzalo. »Ich habe schon mehr gesagt, als Ihr verdient. Ihr werdet jedoch mit aller gebotenen Achtung behandelt werden, jedenfalls solange Ihr in meinem Haus seid. Seht Euch um: Ihr habt ein bequemes Bett, Bücher, drei Mahlzeiten am Tag, sogar ein Kartenspiel, das Ihr befragen könnt, wenn Ihr wollt. Einmal pro Woche dürft Ihr ins Badezimmer. Mit Eskorte, versteht sich. Mehr kann ich nicht tun. Ich wünsche Euch einen guten Aufenthalt.«

Damit drehte sich der Vizekönig um. Einen Augenblick später verschwand er, und die Tür aus Holz und Eisen schloss sich hinter ihm.

Cesare blieb mit seiner Verbitterung und Enttäuschung allein.

1506–1507
104. Erkundungen

Republik Venedig, Friaul

Noch ein ruheloser Winter. Nach der Polesine war jetzt das Friaul an der Reihe. Der Skorpion fragte sich, ob Venedig diesem endlosen Konflikt würde standhalten können. Ganz abgesehen davon, dass Condulmer sehr deutlich gewesen war: Julius II. verlangte die Rückgabe der Ländereien in der Romagna, die dem Valentino und damit der Kirche entrissen worden waren. Er forderte es so sehr, dass er geheime Verhandlungen führte, die allerdings für den obersten Anführer der Spione klar und offensichtlich waren. Der Papst und Kaiser Maximilian waren die Beteiligten eines Abkommens mit dem Ziel der Invasion, der Niederschlagung und der daraus resultierenden Aufteilung von Venedig. Um es für seine Arroganz zu bestrafen.

Wenn es wirklich so war, dann mussten die Skorpione die Grenze zum Kaiserreich sichern und das Friaul so überwachen, dass nicht mal der kleinste Trupp Landsknechte oder österreichischer Söldner, vielleicht mit seltsamen Ideen zum Eindringen auf das Gebiet der Serenissima, sich zeigen konnte.

Einfacher gesagt als getan, um ehrlich zu sein. Denn das zerklüftete, unwirtliche Land war eine einzige karge, schneebedeckte Ebene, übersät mit gleichförmigen Dörfern, die alles Mögliche vor seinen Männern verbergen konnten. Es war ein undankbarer Job, die Arbeit von niederen Schergen. Und so einer war er nicht. Er hatte nicht einmal den Scharfsinn eines Spions, um ehrlich zu sein.

Daher ging der Versuch unendlich langsam voran, Geständnisse von armen Bauern einzuholen, deren einzige Schuld war, in einem Grenzgebiet zu wohnen. Gianconte musste seine Soldaten sehr sorgfältig überwachen. Sie waren nervös vom ständigen Umherziehen, abgestumpft durch den Mangel an Ruhe in den Winterlagern und schreckten nicht davor zurück, Unschuldigen Gewalt anzutun: An einem Tag war es der Diebstahl von Bier, an einem anderen die Vergewaltigung wehrloser Frauen, wieder an einem anderen wurde jemand bei einer Schlägerei versehentlich verwundet.

Kurz, es war ein elendes Leben in der Kälte, ein ständiges Herumreisen durch Dörfer mit Namen wie Gonars, Spilimbergo, Chions und vielen anderen, oft unter dem Patriarchat von Aquileia.

Inzwischen konzentrierte sich die Suche auf die Dörfer an den Berghängen. Der Skorpion ritt auf einem Karrenweg, kaum größer als ein Pfad, der einen Kiefernwald durchquerte. Die Morgenluft war kalt. Die Gipfel der immergrünen Bäume waren weiß vom Schnee, der letzte Nacht gefallen war. Während er die dichte Vegetation durchquerte, fielen einige duftende Nadeln auf sein langes Haar. Die Straße führte direkt auf eine große Lichtung, die von Kiefern und Tannen umstanden war.

Gianconte ritt weiter und gab den Männern, die ihm folgten, ein Zeichen, sie sollten wachsam sein, denn dieser vollkommen stille Ort, voller trockenem Reisig und Schnee-flecken, erschien ihm perfekt für einen Hinterhalt.

Der Soldatentrupp hinter ihm war nicht sehr groß. Für diese Art von Operation, zu der eine flächendeckende Suche gehörte, hatte der Skorpion seine Truppe teilen müssen, und während er die größte Anzahl Männer bei sich behalten hatte, war er gezwungen gewesen, die Truppe auf die Größe einer Räubergruppe zu reduzieren, insgesamt etwa fünfzig Soldaten. Ungefähr zehn von ihnen beritten. Der Rest waren Pikeniere, Armbrustschützen und Infanteristen.

Gianconte ritt weiter voran. Man hörte keinen Mucks, abgesehen von einem Raben, der am klaren Himmel krächzte. Der Skorpion hatte über die Hälfte der Lichtung überquert, als er einen Pfiff hörte.

Einen Augenblick darauf traf der Bolzen einer Armbrust die Flanke eines Pferdes. Das Tier wieherte laut vor Schmerz und bäumte sich auf.

»Schnell!«, brüllte Gianconte. »Alle in die Mitte der Lichtung.«

Während ein Pfeilhagel auf seine Männer niederprasselte, ritt der Skorpion auf seinem Pferd in die Mitte der großen Lichtung und stieg ab. Innerhalb weniger Augenblicke taten seine Männer es ihm nach, während der Sturm von Pfeilen weiterging. Er ordnete die Pikeniere im äußeren Umkreis an, sodass sie mit ihren langen Stöcken die Ritter schützten, die mit gezogenen Schwertern abgestiegen waren. Die Infanteristen und Armbrustschützen warteten.

Es gab erst zwei Tote auf dem Feld.

Einen Augenblick später hallte der Wald von Rufen wider, und von der linken Baumreihe kam eine Handvoll Lanzenreiter wie wild herangeritten.

Vielleicht hatten sie ihre Gegner unterschätzt oder waren überzeugt, dass die Überraschung ihnen mehr brachte, als ihnen tatsächlich gelungen war. Das Ergebnis war, dass die Skorpione den Angriff abwehren konnten. Der Schwung der Feinde war zwar beträchtlich, da sie den Abhang, von dem sie kamen, ausnutzten, aber das stachelige Meer der Piken machte Hackfleisch aus ihnen.

Dennoch gelang es einigen, sich mit großem Geschick durch die Lücken zu zwängen und das Innere der Lichtung zu erreichen. Hier wurden sie jedoch von Armbrustschützen und Fußsoldaten niedergemetzelt.

»Bleibt zusammen!«, brüllte Gianconte.

Weitere Kämpfer brachen aus dem Wald, und bald taten sich einige Lücken zwischen den Pikenieren auf. Doch als die Linie nachgab und der Kampf in einem heftigen Handgemenge endete, hatten die Landsknechte längst aufgehört anzurennen und viele Tote am Boden zurückgelassen, sodass die Skorpione ihren Gegnern zahlenmäßig ebenbürtig waren.

Gianconte stieß einem Gegner das Schwert in die Seite. Dann zog er die Klinge heraus und suchte nach dem nächsten, wich einem verirrten Pfeil aus, der in der schneebedeckten Erde landete. Er folgte der Flugbahn, entdeckte den Mann, der den Pfeil abgefeuert hatte, und ging auf ihn zu. Dieser warf seine Armbrust weg und zog seinen schweren Katzbalger, das typische Schwert der Landsknechte. Er schwang ihn mit beiden Händen und führte, sobald der Skorpion in Reichweite war, einen Hieb aus, der durch die Luft zischte. Gianconte duckte sich schnell, wodurch der Schlag ins Leere ging. Er nutzte die Gelegenheit, um mit seiner Schiavona in die Deckung seines Gegners einzudringen und ihm tief in die Kehle zu schneiden. Das Blut drang heraus, spritzte wie eine Fontäne. Der Mann sah den Herrn von Valmareno an und ließ das Schwert fallen. Er legte seine Hand an den Hals, im verzweifelten Versuch, das Blut, das weiter floss, aufzuhalten. Dann sank er auf die Knie und fiel mit dem Gesicht in den Schnee.

Der Skorpion blickte sich um. Das Scharmützel, als das es sich herausstellte, ging zum Besten aus.

Fast all seine Männer behielten in den Duellen die Oberhand.

Mit etwas Glück könnte er jemanden zur Befragung bekommen. »Lasst einen am Leben!«, brüllte er.

Dann suchte er vorsichtshalber den Landsknecht, der ihm am gefährlichsten erschien. Er war vielleicht nicht der Anführer, aber er war sicherlich einer der stärksten Krieger. Er nahm es mit ihm auf. Als der versuchte, ihn mit einer Finte zu überraschen, ging der Skorpion nicht auf den Köder ein, und sobald es ihm gelang, ihn mit ein paar besonders kniffligen Ausfallschritten aus dem Gleichgewicht zu bringen, genoss er es, einen nicht endgültigen Schlag auszuführen, der das Schwert seines Gegners durch die Luft schleuderte.

Daraufhin versetzte er ihm erst einen Schnitt und dann einen Ellbogenstoß ins Gesicht.

Der Landsknecht fiel um wie ein Sack.

Jetzt hatte er seinen Informanten.

105. Bargello

Republik Florenz, Palazzo del Bargello

Michelotto ging die Dokumente durch.

»Mio Signore?«, sagte eine Stimme.

Corella machte keinerlei Anzeichen, den Blick von den Blättern zu wenden.

»Exzellenz?«, hieß es noch einmal.

Jetzt hob er den Blick zur Wache, die ihn ansprach. Er konnte ein Lächeln nicht verbergen. Auch nach Jahren begriff er immer noch nicht, wie die Republik Florenz ihm den Posten des Bargello, des Büttels, hatte übertragen können. Wenn man so darüber nachdachte, war es überraschend. So sehr, dass er immer noch einen Moment brauchte, um zu verstehen, dass tatsächlich er gemeint war, wenn seine Männer ihn wie eben ansprachen.

Er war gewohnt, Cesare Borgias Scherge zu sein, im Auftrag des Papstsohnes zu morden und zu stehlen, es erschien ihm kurios, dass er jetzt die Person sein sollte, die in der Republik Florenz die höchste Autorität in Sicherheitsfragen war.

Aber so war es.

Es war umso merkwürdiger, weil er vor noch nicht mal drei Jahren für mindestens zehn Monate in einer Zelle der

Engelsburg gesessen hatte, wo er gefoltert und geschunden worden war, um die Verbrechen zu gestehen, die er für Cesare Borgia begangen hatte. Er hatte kein einziges Wort gesagt.

Kurz, wäre Michelotto nicht der gewesen, der er war, hätte er sich vielleicht vorgestellt, dass irgendwo, im Himmel oder auf Erden, eine höhere Macht ein gutes Wort für ihn eingelegt hatte.

Doch da Michele Corella schon immer auf seine Kraft und diesen grausamen Zynismus, den er für seine beste Eigenschaft hielt, vertraut hatte, war er zu einem einfacheren, logischeren und menschlicheren Schluss gekommen. Niccolò Machiavelli musste auf ihn gekommen sein.

Und so war es auch gewesen.

Er war ein Politiker von großen Fähigkeiten, der gerade in diesen Jahren immer mehr an Ansehen und Macht in der florentinischen Republik gewann. Vor seinem Aufstieg war er eine Weile Cesare Borgia auf seinem Feldzug in die Romagna gefolgt. Damals hatten sie sich kennengelernt.

Seitdem hatte Messer Machiavelli, der den Valentino sehr schätzte, auch ihm gegenüber eine gewisse Achtung gezeigt.

Und sobald er von seiner waghalsigen Flucht aus Rom erfahren hatte, hatte er alle Hebel in Bewegung gesetzt, um sich seine Dienste zu sichern, indem er in Florenz mit dem Rat der Achtzig zusammenarbeitete, um ihm einen Posten zu verschaffen. Als er es endlich geschafft und sich mit ihm getroffen hatte, um ihn unter seinem Schutz in die Stadt zu bringen, hatte Machiavelli ihm gestanden, dass sein Ruf als erbarmungs- und skrupelloser Mann die Florentiner überzeugt hatte, seine Bewerbung als Bargello anzunehmen, denn alle fanden es notwendig, dass an der Spitze der Sicherheit ein Mann mit eiserner Hand stand, in der Lage, in einer Stadt, die kurz vorm Explodieren zu stehen schien, Ordnung durchzusetzen.

Und es stimmte. Die jüngste Erfahrung mit der Republik von Savonarola, die blutig geendet hatte, und das Fehlen eines konkreten politischen Zentrums, nachdem die Medici davongejagt worden waren, hatten Florenz an den Rand der Katastrophe gebracht.

Nach dem Tod des teuflischen Mönches hatte sich die Bevölkerung jeglichem Vergnügen und der Gewalt hingegeben, als wollten sie die Opfer, die sie unter dem Moralismus von Savonarola hatten bringen müssen, kompensieren.

Die Reaktion war so heftig gewesen, dass Raub, Vergewaltigung, Schlägereien und Duelle alltäglich geworden waren und toleriert wurden, und Florenz war wieder zum Vorzimmer der Hölle geworden. Jeder, egal welcher Klasse, hatte Angst, auf die Straße zu gehen, so oft verdunkelten Bluttaten die Tage.

Daher war Michelotto zur höchsten Freude Niccolò Machiavellis wie der richtige und nötige Mann für die Arbeit des Bargello erschienen.

Und jetzt war er hier. Er saß an seinem Schreibtisch, wo er gerade ein von der Balia, der Regierung, erlassenes Gesetz las, das ihn ausdrücklich beauftragte, wegen der in jüngster Zeit zunehmenden Gewalt gegen Frauen eine Razzia in den Tavernen und Bordellen durchzuführen.

In letzter Zeit waren mindestens zehn Prostituierte aus gelinde gesagt nichtigen Gründen ermordet worden. Die Bordellwirte waren wegen des finanziellen Schadens auf dem Kriegspfad, und es konnte nicht angehen, dass diese unglücklichen Frauen, egal wie niedrig sie auf der sozialen Leiter standen, ohne Gnade umgebracht wurden.

»Mio Signore«, wiederholte die Wache.

»Was gibt's?«, fragte Michelotto schließlich verärgert.

»Der Staatssekretär, seine Exzellenz Messer Machiavelli, ist hier.«

»Führt ihn sofort herein«, sagte Corella, der diesem Mann alles verdankte.

Einen Augenblick später betrat Machiavelli das Zimmer des Bargello. Er trug einen langen, schweren schwarzen Umhang über einer roten Kutte. Sein lebhafter Blick schoss von einer Zimmerecke in die andere. Michelotto, der sich inzwischen vom Schreibtisch erhoben hatte, ging ihm entgegen. »Exzellenz, ich grüße und lausche Euch«, sagte er schlicht, ganz ohne überflüssige Lobhudeleien, und doch machte er klar, dass er sich vollkommen bewusst war, wem er seine Rettung verdankte.

»Mein Freund«, sagte der Staatssekretär, »ich sehe, Ihr habt zu tun.«

»Nicht doch. Ich schaue mir nur die letzten Entscheidungen der Balia an.«

»Sie bitten Euch, die armseligen Hütten und Verschläge unserer unglücklichen Stadt zu durchsuchen, wenn ich mich recht erinnere.«

»Dann wisst Ihr es bereits… Aber sicher, wer, wenn nicht Ihr?«

»Nun, Messer Corella, wenn ich nicht alles im Voraus wüsste, würde mein Kopf wohl an einer hübschen Schlinge hängen, befürchte ich.«

»Erlaubt mir, das anzuzweifeln.«

»Wie dem auch sei, ich habe Neuigkeiten.«

»Wenn Ihr persönlich kommt, um mich darüber zu informieren, müssen sie wichtig sein.«

»Das sind sie.«

»Nun, dann setzen wir uns vor den Kamin.«

»Großartig.«

Kaum hatte Messer Machiavelli Platz genommen und den Wein abgelehnt, den Michelotto ihm anbot, bat dieser ihn, weiterzusprechen. »Mio Signore ... die Neuigkeiten ...«

»Natürlich.«

»Worum geht es?«

»Das ist schnell gesagt. Zunächst sage ich Euch, dass es meine Absicht ist, den Bannerträger darum zu bitten, Euch mehr Kämpfer zu stellen. Ihr bekommt fünf weitere Armbrustschützen.«

»Mio Signore, ich danke Euch, aber ich brauche sie nicht zwingend ...«

»Überlasst lieber mir diese Entscheidung. Messer Corella, Ihr versteht nicht ... Euch einige zusätzliche Männer zu verschaffen ist der erste Schritt, um Euch einen anderen Titel zu besorgen, anders und auf gewisse Weise wichtiger als der, den ihr im Moment tragt.«

»Aha«, rief Michelotto überrascht aus.

»Seht, ich habe die Absicht, Euch für den Posten des Hauptmanns der Wache von Florenz vorzuschlagen. Auf diese Weise steigen Eure Ressourcen, was Männer angeht, deutlich. Ihr werdet dann dreißig berittene Armbrustschützen haben und fünfzig Soldaten.«

Michelotto zeigte sich erstaunt. Was Machiavelli ihm da vorschlug, war praktisch das Kommando über eine kleine Armee.

»Ihr versteht, dass die Beschaffung einiger weiterer Armbrustschützen ein notwendiger Schritt auf dem Weg zu einer neuen Position ist.«

»Ich verstehe.« Michelotto hütete sich davor nachzufragen, wieso. Über die Jahre hatte er gelernt, dass unerwünschte Fragen zu stellen die beste Art war, die Dinge zu verkomplizieren, und das wollte er ganz sicher nicht. Wenn Niccolò Machiavelli ihn fördern wollte, dann gab es dafür einen bestimmten Grund, und früher oder später würde er ihn im Gegenzug um einen Gefallen bitten.

»Sehr schön«, stimmte der Staatssekretär zu. »Außerdem kündige ich Euch an, dass Pier Soderini mich höchstwahrscheinlich auf eine sehr heikle Mission nach Bozen schicken wird.«

»Bozen?«

»Ganz genau.«

Das war also der Grund für seine Beförderung. Michelotto begriff, dass die Tatsache, dass Machiavelli die Stadt zeitweise verlassen würde, hinter seiner Ernennung steckte. Wenn der Staatssekretär nach Tirol reisen müsste, dann zog er es natürlich vor, dass einer seiner Vertrauten die militärische Kontrolle über die Stadt innehatte. Und was seine Treue zu Machiavelli anging, musste man nicht viel sagen: Er verdankte ihm sein Leben. Er würde ihn nie verraten. Und der Staatssekretär wusste es.

»Kaiser Maximilian scheint die Absicht zu haben, in Italien einzumarschieren.«

»Und man schickt Euch zum Verhandeln.«

»So ist es.«

»Venedig verfügt über einen außergewöhnlich guten Hauptmann.«

»Ihr kennt ihn?«

»Ich habe von ihm gehört. Man nennt ihn den Skorpion.«

»Ein einschüchternder Name.«

»Ich habe gelernt, dass Namen nicht viel bedeuten, wenn kein Schwert ihre Schicksalhaftigkeit beweist.«

»Gut gesagt. Wann reist Ihr?«

»Nächsten Herbst. Bis dahin wird Eure Ernennung erfolgt sein. Wir haben also noch viel Zeit vor uns. Aber ich ziehe es vor, mich frühzeitig zu bewegen.«

»Mio Signore, ich weiß nicht, wie ich Euch danken soll.«

»Doch, das wisst Ihr schon.«

»Indem ich Euch meine Treue und meine Dankbarkeit beweise.«

»Exakt. Und indem Ihr die Stadt an meiner Stelle bewacht.«

»Das werde ich«, sagte der Bargello, »zweifelt nicht daran.«

Bei diesen Worten wurde Michelotto bewusst, dass sich sein Leben vielleicht gar nicht so sehr verändert hatte. Er war immer ein Wachhund gewesen und würde es auch bleiben.

Er hatte nur den Herrn gewechselt.

106. Flucht

Königreich Spanien, Burg La Mota in Medina

C esare bekam endlich seine Chance. Er würde sie nicht verstreichen lassen, und wenn er dafür seinen Hals riskieren musste. Nach zwei Jahren im Kerker hing sein Leben am seidenen Faden oder besser gesagt, einem seidenen Seil. Die Burg La Mota, in der er eingesperrt worden war, hatte einen hundert *braccia* hohen Turm, und seine Zelle befand sich ganz oben.

Er nahm das Seil aus der Hand seines Beichtvaters, der es sich unter seiner Kutte um den Bauch gewickelt hatte. Als Padre Alfonso sich verabschiedete und die Wache die Eisentür schloss, war Cesare ganz ruhig und wartete auf den passenden Moment.

Er hatte während dieser verfluchten zwei Jahre oft daran gedacht. So verrückt es auch war: Der Plan, sich vom Turm abzuseilen, war der einzig mögliche. Er stand immer unter strikter Beobachtung, sodass sich ihm trotz der erlaubten Spaziergänge oder den Würfelspielen nie die Chance für eine Flucht geboten hatte. Erst die Freundschaft zu Alfonso Pimentel, Graf von Benavente und ärgster Feind von Ferdinand von Aragón, hatte es erlaubt, diesen Fluchtversuch zu organisieren. Es waren denn auch dessen Männer, die ihn in der Nähe des Burggrabens mit einem Pferd erwarteten, um ihn zur Festung des Grafen zu bringen.

Als das Nachtgebet vorbei war, fasste Cesare einen Entschluss: Er befestigte das eine Ende des Seils an einem Fensterrahmen.

Er überprüfte, soweit möglich, dass das Seil robust genug und ordentlich gesichert war. Er zog daran. Es schien zu halten. Würde das reichen? Er hatte keine Ahnung. Es gab nur eine Möglichkeit, es herauszufinden.

Zum Glück waren die Fenster nicht vergittert. Der Grund dafür war einfach: Der Turm war so hoch, dass kein Gefangener verrückt genug war, um einen Fluchtversuch zu wagen.

Cesare war jedoch fest entschlossen, aufs Ganze zu gehen. Auf gar keinen Fall würde er noch einen Tag an diesem Ort verbringen. Wenn er sterben würde, umso besser: So oder so wäre er befreit.

Immerhin war das Fenster groß genug, dass er hindurchpasste. Wenigstens das war ein Vorteil.

Kurz darauf hing er gefährlich in der kalten Oktobernacht. Ein leichter, schräg fallender Regen befeuchtete sein Gesicht. Das seidene Seil schien gut zu halten.

Er begann langsam abzusteigen, legte dabei einen Arm unter den anderen und half bisweilen mit den Beinen, indem er das Seil darumwickelte. Auf diese Weise konnte er kurz zu Atem kommen und zumindest einen Teil seines Gewichts darauf verlagern. Er tat dies, wann immer er konnte. Er durfte nicht zu schnell absteigen, denn dann riskierte er, sich die Handflächen zu verbrennen. Er machte weiter, bis seine Muskeln unerträglich schmerzten.

Er schaute nach oben und sah nur Dunkelheit.

Er blickte nach unten und erkannte gar nichts.

Er holte tief Luft.

Dann seilte er sich weiter ab.

Es kam ihm endlos vor. Der Regen ließ nicht nach. Er sah die Laternen der Wachmänner auf den Zinnen. Sie leuchteten im Dunkeln wie die Augen eines Drachen. Seine Muskeln brannten.

Zum Regen gesellte sich ein fieser Wind, durch den das Seil zu schwingen begann. Cesare wartete, bis es sich wieder stabilisiert hatte. Sobald es ruhiger war, stieg er weiter ab.

Nach einem weiteren großen Stück, das ihm den Atem nahm, merkte er, dass seine Beine den Kontakt zum Seil verloren. Das erschien ihm merkwürdig. Es sei denn, ... wer ihm bei der Ausführung des Plans geholfen hatte, hatte ihm ein zu kurzes Seil gegeben.

Wie weit war der Burggraben noch weg? Seine Beine traten in der Luft.

Er hatte nicht viele Alternativen, doch gerade als er darüber nachdachte, wie er einen Sturz am besten abfangen könnte, hörte er einen Schrei.

War seine Flucht bemerkt worden?

Nun gab das Fenster, an dem er das Seil befestigt hatte, schlagartig nach. Er hatte keine Zeit zu begreifen, was geschah.

Er fiel ins Leere.

Er spürte die eisige Luft, der Regen schlug ihm ins Gesicht. Er fiel nur kurz, aber es erschien ihm unendlich lang. Als ihm bewusst wurde, dass er vollkommen die Kontrolle über seinen Körper verloren hatte, traf er seitlich auf den harten Matsch des Burggrabens auf.

Der Schmerz stellte sich einen Augenblick später ein: stechend, metallisch. Er breitete sich wie brennendes Eis von der Seite in die Beine und bis zur Schulter aus. Es war, als ob sich eisige Flammen verlängerten und ein Leiden ausstrahlten, das von Moment zu Moment größer wurde.

Er keuchte wie ein Tier auf dem Weg zur Schlachtbank. Von oben hörte er die Wachen brüllen. Sie bereiteten sich vor, ihn zu verfolgen.

Er stand so gut es ihm möglich war auf. Er glaubte, durch die Schmerzen das Bewusstsein zu verlieren.

»Herzog«, sagte eine Stimme in der Nähe, »wir sind hier.«

Trotz der heftigen Schmerzen kletterte Cesare so gut es ging den matschigen Abhang hoch. Er machte einen Schritt vor und zwei zurück, klammerte sich an die nasse Erde und spannte seine Beine an. Es war eine Quälerei, aber schließlich sah er eine schwankende Laterne und vier Arme, die sich ihm entgegenreckten.

»Hier entlang«, beharrte die Stimme.

Cesare streckte eine Hand aus, und jemand ergriff sie. Einen Augenblick später wurde an ihm gezogen, und seine Füße berührten endlich die Erde. Er fiel völlig erschöpft nach vorn und wurde aufgerichtet.

»Schnell, Exzellenz«, forderte ihn der Mann auf, »wir haben keine Zeit zu verlieren.«

»Danke«, murmelte der Valentino.

Wer auch immer da mit ihm sprach, hatte verdammt recht. Die Betriebsamkeit auf den Zinnen hatte zugenommen, wie man an der wachsenden Zahl von Laternenlichtern erkennen konnte. Das unheimliche Knarren der Ketten, als sich die Zugbrücke zu senken begann, beseitigte schließlich alle Zweifel.

»Nur Mut, gehen wir!«, fordert ihn der Mann auf. »Hier entlang, hier entlang.«

In der völligen Dunkelheit zog der Unbekannte ihn hinter sich her. Cesare begriff nicht viel. Er folgte ihm fast verzweifelt und fluchte wegen der Schmerzen, bis sie zu einer Art Wäldchen kamen. Hier sah er schwarze Reiter mit Fackeln in den Händen.

»Aufs Pferd«, sagte einer von ihnen und zeigte auf ein Pferd mit starken Muskeln.

Mit Mühe stieg Cesare in den Sattel. Er hatte nicht mal die Zeit, mit den Männern zu sprechen, die bereits davongaloppierten.

Er folgte ihnen.

107. Albträume

Königreich Frankreich, Schloss von Loches

Die Nacht war voller Albträume. Seit er ins Schloss von Loches verbracht worden war, hatte Ludovico jede Hoffnung verloren. Vielleicht hatte der Hauptmann Étienne Tilly etwas von seinem, wenngleich nie ausgeführten, Fluchtplan erfahren. Oder vielleicht fand er einfach nur, dass er ihm gegenüber härter sein müsste, als es Julien Berry je gewesen war.

Auf jeden Fall war Il Moro in den Burgturm gesperrt worden. Hier hatten ihm die Gefängniswärter saubere Kleidung und zwei Mahlzeiten pro Tag gebracht. Aber das war's. Er konnte mit niemandem sprechen, und auch die Briefe, die er seinem Bruder Ascanio schickte, der ihm immer geantwortet hatte, er sollte Vertrauen haben, waren ihm inzwischen verhasst, weil sie ihn auf Dauer doch nur daran erinnerten, wie unnötig es war, auf eine Rückkehr nach Italien zu hoffen.

Schließlich hatte er erfahren, dass sein Bruder gestorben war.

Und an diesem Punkt hatte er verstanden, dass er keine Chance mehr auf Freiheit hatte.

So war er nach und nach verrückt geworden. Das Einzige, das ihm Trost schenkte, waren die Pinsel und Farben, die Hauptmann Tilly ihm erlaubte.

Er hatte begonnen, auf die kalten Mauern der Zelle zu malen. Nun, vielleicht war malen nicht der korrekte Begriff. Er skizzierte Figuren, die ihm dabei halfen, ein Schloss der Erinnerungen zu bauen, und in dieser Fantasiearchitektur verlor er sich. Sein Leben gab es nur noch in dieser Projektion seines Geistes.

Es war ein langsamer Prozess der schrittweise fortschreitenden Auflösung. Obwohl er jeden Tag etwas mehr in den Wahnsinn abrutschte, war Ludovico sich seines Zusammenbruchs vollkommen bewusst, hatte aber beschlossen aufzugeben, nicht mehr dagegen anzukämpfen und sich dem Abgrund, der ihn nach und nach verschlang, auszuliefern.

Er schrieb und zeichnete. Inzwischen sogar mit leeren Händen. Es hätte ihm gefallen, die Farben selbst herzustellen, aber das war ihm nicht erlaubt. Also benutzte er, was er bekam. Er fantasierte: ein blauer Turm, der ihn an den der Filarete im Castello Sforzesco erinnerte, hellgoldene Flecken, die irgendwie die wunderschönen Haare von Beatrice darstellen sollten. Das Rot der Hausdächer, die weißen Pferde seiner Stallungen. Und während er sich in diesen Abbildungen verlor, weinte Ludovico, dachte an alles, was er verloren hatte, und an das Elend, in dem er sich befand.

Seit über fünf Jahren hatte er kein Ziel mehr. Sein Leben war ein Käfig, und er hätte sich nur noch umbringen wollen.

Er begann, sich neben dem Kübel zu erleichtern, sodass die Wächter Brechreiz bekamen, wenn sie mit dem Essen zu ihm kamen. Dann schlugen sie ihn und zwangen ihn, die Exkremente aufzusammeln und in einen Eiseneimer zu tun.

Er entdeckte, dass diese Fantasiewelt, die er sich Tag um Tag erschaffen und in die er sich eingeschlossen hatte, ihm erlaubte, im Geiste zu reisen. Er saß ganze Tage lang mit dem Rücken zur Mauer und betrachtete den schmalen Lichtstreifen, der durch die Schießscharte fiel und sich zu einem dünnen Strahl verlängerte, in dem Staubkörner tanzten.

Er beobachtete lange diese merkwürdigen Teilchen, gab sich dem wachsenden Wahnsinn hin, der ihn darin neue Figuren erkennen ließ: Beatrice und er, die im mit der Radia Magna geschmückten Salone delle Colombine tanzten, die Formen galoppierender Pferde, wenn er in seinen wunderbaren Landgütern auf die Jagd ging, die Gesichter seiner vielen und wunderschönen Geliebten. Nach und nach konnte er das sehen, was sonst niemand erkennen konnte.

Er lachte und schrie, schrie und lachte.

Eines Tages besuchte ihn der Hauptmann Étienne Tilly. Ludovico bemühte sich nicht, den Wahnsinn, dem er sich ganz klar ergeben hatte, zu verbergen.

»Wie geht es Euch, Messere?«, fragte der französische Offizier.

Ludovico antwortete zunächst nicht. Er saß auf seinem Nachtlager. Er stand auf, ging zu den Eimern mit Farbe. Steckte die Hände hinein.

Dann, plötzlich, schleuderte er die Farbe auf den Hauptmann, beschmutzte dessen Gesicht und die schöne Kleidung.

»*Parbleu!*«, rief Tilly aus. »Was zum Teufel tut Ihr?«

Ludovico lachte laut auf. Dann, von der Reaktion des Hauptmanns angestachelt, nahm er einen der Eimer und warf ihn auf den Offizier.

Tilly wich diesem improvisierten Projektil aus, das an der Wand zerbrach und überall Rot verteilte.

»Es reicht, verflucht! Wachen!«, brüllte er. »Bringt die Knüppel!«

Er zog inzwischen das Schwert und hielt Ludovico auf Abstand.

Doch Il Moro hatte keinerlei Absicht, noch etwas zu tun. Er blieb auf dem Boden sitzen, und als die Wachen kamen, ertrug er die Knüppelschläge. Die Stöcke brachen ihm den Rücken und die Rippen, während der Hauptmann gegen ihn wetterte. Er nahm unter den Schlägen, die ohne Unterlass auf ihn niederprasselten, die Embryonalhaltung ein. Er urinierte auf sich.

Als Étienne Tilly fand, dass es reiche, befahl er seinen Männern aufzuhören.

»Ich weiß nicht mehr, was ich mit Euch machen soll«, sagte er wie zur Rechtfertigung. »Seht nur, was aus Euch geworden ist«, rief er schließlich kopfschüttelnd aus.

Ohne ein weiteres Wort öffnete er die Tür und ging, gefolgt von den Wachen.

Ludovico lag ausgestreckt in einer Pfütze aus Urin und Farben am Boden und dachte über das nach, was der Hauptmann gerade gesagt hatte.

Er, der Herzog von Mailand gewesen war, der einen eigenen Hof voller Geliebter und Scharen von Bettelkünstlern gehabt hatte, er, der mit einem König verbündet gewesen war und andere italienische Reiche und Herrscher in Schrecken versetzt hatte und der beim Genie dieses Jahrhunderts, bei Leonardo da Vinci, ein Werk in Auftrag gegeben hatte, von dem man weltweit sprach, befand sich hier, in einer kleinen und stinkenden Zelle, allein und vergessen, blutig geprügelt und am Ende seines Lebens, verlacht von seinen Gefängniswärtern.

Da fing er an zu weinen.

108. Facetten des Hasses

Herzogtum Ferrara, Castello Estense

Ihr müsst aufhören, Euch den Festen und dem Amüsement hinzugeben ... Ich habe genug von Eurer Verantwortungslosigkeit. Ich glaube nicht, dass ich Euch dieses Mal einfach vergebe!«, brüllte Alfonso. »Ihr und Eure Gelüste!« Er war wirklich außer sich.

»Es tut mir leid«, murmelte Lucrezia.

»Das reicht nicht!«, fuhr ihr Mann fort. »Es ist das dritte Mal, dass Ihr darin versagt, mir einen Erben zu schenken.«

Diese Worte taten ihr weh. Die Herzogin von Ferrara schluckte die Tränen hinunter, aber es schnürte ihr den Hals zu.

Alfonso war jedoch noch nicht fertig. »Während Ihr Euch mit Euren Gästen aus Rom vergnügt, bringt meine Schwester den dritten Sohn zur Welt. Ihr solltet Euch ein Beispiel an ihr nehmen.«

Lucrezia spürte, wie sie bei diesen Worten rot anlief. Obwohl sie so tat, als habe sie eine große Zuneigung für sie, hasste sie Isabella mit einem subtilen und scharfen Hass. Was natürlich auf Gegenseitigkeit beruhte. Und jetzt zu hören, wie ihr Mann sie als Vorbild nannte, wie es früher schon geschehen war, war ihr unerträglich. »Glaubt Ihr vielleicht, dass ich nicht unter dem Verlust meines Kindes leide?«

»Ich muss zugeben, Lucrezia, ich weiß es nicht mehr. Vielleicht schon, aber Euer Verhalten bezeugt das Gegenteil.«

»Denkt Ihr vielleicht, ich hätte keine Gefühle? Dass mich das, was Ihr sagt, nicht verletzt?«

Alfonso hob die Arme. »Was soll ich sagen? Zeigt mir, dass Euch wirklich etwas daran liegt, mir einen Erben zu schenken! Lucrezia, mein Vater ist tot, und Ihr könnt ihn nicht mehr bitten, Euch zu verteidigen. Ihr seid die Herzogin von Ferrara und habt eine ganz konkrete Verantwortung. Wenn Ihr Euch weiterhin so verhalten wollt, als wäret Ihr noch in Rom am Hof Eures Vaters, dann macht nur. Aber Ihr könnt nicht von mir erwarten, damit zufrieden zu sein. Und glaubt nicht, dass Euer Benehmen keine Konsequenzen hätte.«

»Ihr verstoßt mich?«, fragte sie entsetzt.

»Nein. Aber es könnte sein, dass ich Euch damit noch drohen werde, das schon.«

Lucrezia riss die Augen auf. Sie hätte nie geglaubt, dass Alfonso so weit gehen würde.

»Ich reise morgen jedenfalls nach Genua«, fuhr er fort. »Der französische König will mich an seiner Seite. Wir sehen uns bei meiner Rückkehr. Ich lasse das Herzogtum in Euren Händen: Bemüht Euch wenigstens, Euch der Ehre, die ich Euch damit erweise, würdig zu zeigen.«

»Ich schwöre, bei Eurer Rückkehr werde ich Euch einen Sohn schenken«, sagte sie mit aller ihr zur Verfügung stehenden Entschlossenheit.

»Das solltet Ihr auch besser«, sagte Alfonso. »Auf Wiedersehen, Madonna«, damit küsste Alfonso sie auf die Wange, drehte sich auf dem Absatz um und ging.

Verfluchte Hexe! Wie sehr sie Isabella hasste! Sie war sich sicher, dass diese Frau unendliches Vergnügen an ihrem Unglück fand. Sie steckte gewiss hinter dem, was gerade geschehen war. Zu oft hatte sie wie ein tollwütiger Hund Alfonso gegen sie aufgehetzt.

Aber sie wusste, wie sie sich rächen könnte.

Sie rief sofort ihre Cousine, ihre erste Hofdame, die immer im kleinen Salon, der als Vorzimmer diente, zu ihrer Verfügung stand. Isabella war intelligent, kultiviert, tat immer das Richtige, doch ihr großer Makel, die fehlende Schönheit, war ihr größter Kummer. Und sie gab nur einer Sünde nach: der Völlerei. Und Lucrezia wusste, wie sie aus diesem Laster ihren Vorteil ziehen konnte.

»Angela«, sagte sie, »Ihr müsst etwas für mich tun. Ich bitte Euch darum, weil ich niemandem sonst vertraue.«

»Alles, mia Signora.«

»Ihr müsst zu Vincenzo gehen, dem Gewürzhändler.«

»Gewiss.«

»Weist ihn an, Ingwer zu schicken, kandierte Zitronen und die Süßigkeiten, die ich für Isabella habe vorbereiten lassen. Ihr bezahlt hiermit«, während sie das sagte, zog Lucrezia einen Lederbeutel hervor. Darin klingelten hell Dukaten.

»Seht es als erledigt an, mia Signora.«

»Gut. Dann geht nun.«

»Ich eile.« Und mit einer Verbeugung ging Angela hinaus.

Lucrezia trat vor einen großen Spiegel. Sie sah das Spiegelbild ihres immer noch schönen Gesichts, die frische

Haut, die goldfarbenen Haare, die himmelblauen Augen.

»Und jetzt zu uns, Verfluchte«, sagte sie, »ich hoffe, Ihr erstickt an den Süßigkeiten, die ich Euch schicken lassen. Damit Ihr noch fetter, weißer und unförmiger werdet, sodass kein Mann Euch mehr sehen will. Stopft Euch mit Süßem voll, bis es Euch zu den Ohren herauskommt und der Bauch zum Platzen dick wird. Durch die Schwangerschaft werdet Ihr noch aufgeblähter, gieriger und hungriger sein, verfluchte Schlange.«

Dann ballte sie die kleine Hand zur Faust und schlug auf die glänzende Oberfläche. Der Spiegel zerbrach, und ein Splitter schnitt in ihren Zeigefinger.

Blut tropfte aus der Wunde.

Lucrezia führte den Finger an die Lippen und färbte ihren Mund rot.

»Ich verspreche Euch, dass Euch das teuer zu stehen kommt«, sagte sie schließlich.

109. Die Belagerung

Königreich Navarra, Festung Viana

Um diese Stadt zurückzuerobern, hatte Jean d'Albret, König von Navarra, ihm gern seine Armee anvertraut. Cesares Ruf war über die Grenzen Italiens hinaus gedrungen und hatte sich mit seiner spektakulären Flucht aus der Festung von La Mota noch verstärkt. Viele nannten ihn nun El Diablo. Und dank dieses Spitznamens, der dem Volk einen Schrecken einjagte, genau wie auch dem Adel, dem spanischen König und dem Papst, hatte Cesare einen x-ten Neuanfang geschafft.

Als er nach einer langen Reise Jean, dem Bruder seiner Ehefrau Charlotte d'Albret, gegenüberstand, war der nicht nur froh gewesen, seinen Schwager umarmen zu können, sondern auch begeistert, einen Helden zur Verfügung zu haben, dem er das Kommando seiner Armee übertragen konnte. So hatten die beiden ein für alle vorteilhaftes Bündnis geschlossen: Jean konnte die Ordnung in seinem Königreich wiederherstellen, das ins Chaos gestürzt worden war durch die Ansprüche von Louis de Beaumont, Graf von Lerin, der gerade die Stadt Viana erobert hatte, und Cesare stand damit wieder an der Spitze einer Armee.

Auf gewisse Weise war es die perfekte Lösung. Und jetzt

in diesem Teil der Region mit einem auch im Winter milden Klima, in einer vom Ebro zerfurchten Ebene, hatte Cesare das Gefühl, er könne warten. Er vertraute darauf, dass die Stadt sich wegen Hungers ergeben würde.

Er hatte jedenfalls nicht die Absicht, Leben zu verschwenden bei dem Versuch, diesen befestigten Ort, der von einer gigantischen Mauer mit Stützpfeilern und Wällen geschützt wurde, zu erobern.

Es war ihm schon mehrmals gelungen, uneinnehmbare Städte durch einfaches Warten zu bezwingen. Und auch dieses Mal würde er warten. Außerdem hatte er Leonardo nicht mehr an seiner Seite und konnte nicht auf dessen geniale Kriegsmaschinen zählen, die mehrfach eine Belagerung zu seinen Gunsten entschieden hatten. Und er war nicht mehr allzu jung. Er fühlte sich viel älter, als er mit zweiunddreißig tatsächlich war. Die französische Krankheit und das Marschenfieber hatten ihn zwar nicht niedergestreckt, aber er litt dadurch unter Müdigkeit und Schmerzen, auf die er gern verzichtet hätte. Er sah auch nicht mehr so gut wie früher. Und nachts spürte er allzu oft stechende Schmerzen in der Brust, er erwachte in eiskalten Schweiß gebadet, und manchmal fiel er im Wachzustand ins Delirium.

Er schüttelte den Kopf und hielt sein Gesicht in die Wasserschüssel. Die Kälte tat ihm gut. Er stellte sich sein von Narben entstelltes Gesicht vor. Ohne sich anzusehen, trocknete er sich mit einem weichen Leintuch ab. Dann legte er sorgfältig die schwarze Samtmaske an.

Er verließ sein Zelt mitten in der Nacht. Er sah den Feuerschein, ein paar helle Rauchwolken, die aus den Feuerschalen aufstiegen, erahnte die Umrisse der Karren und

Kanonen. Nicht weit entfernt bastelte ein Soldat an einer Rüstung herum. Die Zelte hoben sich dunkel vom Schein der Lagerfeuer ab, und Cesare wusste, dass er bei Tagesanbruch die geraden Linien der gewaltigen Mauern von Viana würde ausmachen können.

Er streckte seine Beine aus. Er hatte Durst. Er dachte gerade daran, ins Zelt zurückzugehen, um sich einen Krug Wein zu holen, als sich ein Schatten näherte. Sobald das flackernde Licht der Fackeln das Gesicht erhellte, erkannte der Valentino den treuen Giovanni Grasica, seinen Burschen.

Dieser kniete nieder: »Mio Signore«, sagte er, »unsere Kundschafter sind zurückgekommen.«

»Und was haben sie entdeckt?«

»Ein Konvoi mit Lebensmitteln und Vorräten nähert sich der Stadt. Sie wollen die Nachtruhe ausnutzen, um Essen und Munition hineinzubringen, die Luis de Beaumont dazu befähigen sollen, seinen Widerstand zu verlängern.«

»Wird der Konvoi von einer Eskorte begleitet?«

»Ja, aber die Kundschafter schätzen, dass eine Hundertschaft entschlossener Männer es leicht mit ihr aufnehmen könnte.«

»Sehr gut. Dann greifen wir an. Gebt den Befehl weiter, und bereiten wir uns darauf vor loszureiten.«

»Wird erledigt, mio Signore.«

Sobald Giovanni Grasica gegangen war, betrat Cesare das Zelt. Er nahm den Weinkrug und trank ein paar Schlucke. Dann wischte er sich mit dem Handrücken den Mund ab. Er war bereits perfekt gekleidet. Er setzte den Helm auf, das Visier geöffnet, und schnappte sich das Schwert und den Schild.

Es hatte zu regnen begonnen. Die dunkle und nasse Nacht schien die perfekte Verbündete für seine Gegner. Doch der Valentino verlor nicht den Mut. Er war mit fünfzig Reitern, ebenso vielen Armbrustschützen und mindestens hundert Fußsoldaten zur Straße gekommen, die von Barranca Salada nach Viana führte. In ihrem ersten Abschnitt führte die Straße einen Hügel hinauf, erreichte dann eine Anhöhe und verlief von dort aus über eine ebene Strecke, an deren Ende sich die Stadt befand.

Cesare plante, an der Stelle, an der die Straße steiler wurde, auf den Konvoi zu warten. Von den Höhen herab und frontal auf sie zukommend, mit dem Schwung der Kavallerie und dem Überraschungseffekt auf seiner Seite, würde er den Konvoi und seine Eskorte leicht überwältigen können.

Als seine Spione ihm mitteilten, dass sich der Feind dem Aufstieg näherte, befahl der Valentino seinen Männern, ihm zu folgen, und gab den Befehl zum Angriff.

Auf seinem eigenen Schlachtross reitend stürzte er wie der Teufel in Richtung des Feindes. Seine Männer folgten ihm schweigend, und bald kam die Truppe in Sichtweite des Konvois, angekündigt durch die Fackeln der Vorhut, die den Weg erhellten.

Cesare durchbrach die erste Reihe der Waffenträger und riss dann die Reiter aus dem Sattel, schlug ihnen die Köpfe ein und schnitt ihnen die Kehlen durch. In wenigen Augenblicken teilte sich der Konvoi durch diesen Eisenkeil in zwei Hälften. Die Fuhrleute verloren die Kontrolle über ihre Pferde, und die meisten der für den Transport von Lebensmitteln und Vorräten verwendeten Fahrzeuge kamen von der Straße ab und stürzten um. Für die Armbrustschützen des Valentino, die sich am Straßenrand postiert hatten, war es ein leichtes Spiel, alles, was sich vor ihnen bewegte, zu beschießen.

Die Mitte der Aufstellung bot eine bessere Verteidigung, indem sie die Reihen schloss, woraufhin ein schreckliches Handgemenge ausbrach, das für einige Zeit keine der beiden Seiten zu begünstigen schien.

Die Bemühungen der Armbrustschützen an den Seiten begannen jedoch allmählich ihre Wirkung zu zeigen. Die Pfeile töteten und stürzten die Männer des Konvois in ein Chaos, das vom Wiehern der verletzten Pferde begleitet wurde.

Es regnete weiter. Cesare schlug in der Menge um sich. Er amputierte Gliedmaßen und durchbohrte Kehlen, und in diesem Karussell des Todes begann sich sein Verstand zu verlieren. Das passierte ihm damals oft, eine eindeutige Folge der Krankheit, die ihn nie verließ, selbst wenn sie scheinbar verschwunden war. Er sah, wie Menschen die Gestalt uralter Ungeheuer annahmen. Er schien Schlangen und Basilisken zu begegnen und dann schleimigen Reptilien, die im Schlamm der regenüberfluteten Straße herumkrochen. Er schrie und schlug zu, bis er glaubte, ein Monster zu erspähen, das größer war als alle anderen.

Er sah, wie es auf einem Pferd heranritt und ein Grunzen ausstieß. In seinem schrecklichen Äußeren glaubte er, Louis de Beaumont wiederzuerkennen. Danach verschwand der Reiter im Galopp, gefolgt von einigen seiner Männer, in Richtung Barranca Salada.

Cesare, der sich die Gelegenheit, den Feind endgültig auszulöschen, nicht entgehen lassen wollte, sprang auf das erstbeste Pferd ohne Reiter, das er sah, und schrie den

Rittern von Navarra zu: »Zehn von Euch, zu mir! Folgt mir! Wir werden den Grafen von Lerin töten!«

Ohne zu zögern machte er sich dann an die Verfolgung des gegnerischen Trupps.

110. Umzingelt

Königreich Navarra, auf der Straße nach Barranca Salada

Die Nacht machte dem Morgengrauen Platz. Der Himmel wurde heller. Trotzdem sah Cesare, als er sich umschaute, keinen seiner Männer. Als er sich einer Mühle näherte und der Himmel silbrig wurde, als wäre er aus flüssigem Quecksilber, begriff er, dass er hereingelegt worden war. Er befand sich im Sattel seines Pferdes, vollkommen allein und von zahlreichen Feinden umzingelt.

Er begriff, dass er genau das getan hatte, was Louis de Beaumont wollte, der, nachdem er ihn getäuscht hatte, verschwunden war. Oder vielleicht war er nie auf dem Schlachtfeld gewesen, und durch das Delirium seiner Krankheit hatte er dessen Bild in die Wirklichkeit projiziert.

Ob diese Vermutung nun wahr oder falsch war, jetzt befand er sich in der Nähe einer Mühle. Die Flügel drehten sich in einem langsamen und uralten Rhythmus.

Cesare sah kurz auf seine Gegner. Sie waren zu Pferd, rund um ihn herum. Sie schwiegen. Es waren mindestens dreißig.

Dann war dies also das Tribunal, das über seine irdischen Taten urteilten sollte, dachte er. Nun, dann sei es so! Wenn er schon sterben müsste, dann wenigstens mit dem Schwert in der Hand.

»Na los!«, brüllte er. »Worauf wartet ihr?«

Er senkte das Visier und wartete.

Durch die schmalen Sehschlitze sah er, wie sich ein Reiter aus dem Kreis löste. Er galoppierte wie eine Furie auf ihn zu und erhob dabei ein langes Schwert mit glänzender Klinge über seinen Kopf.

Cesare wartete auf ihn. Und als er an seiner Seite ankam und einen großen Schlag von oben führte, parierte er den Hieb, hob seinen Schild und stieß seine Klinge in die Achselhöhle seines Feindes, er traf ihn dort, wo die Rüstung am nachgiebigsten und am schlechtesten gearbeitet war. Der Gegner krümmte sich, verwirrt durch diesen plötzlichen und blitzartigen Angriff. So konnte Cesare erneut zuschlagen, wobei er nach oben hieb und seinen Hals erreichte. An der Kehle seines Widersachers öffnete sich ein Riss, und rotes Blut tropfte üppig. Der Mann ließ Schwert und Schild fallen und legte die Hände an seinen Hals. Einen Augenblick später fiel er vom Pferd.

Der Valentino holte tief Luft.

Beflügelt von der Meisterleistung, die er vollbracht hatte, griff er seine Feinde mit verächtlichen Worten an. »Und? Ist das alles, was Ihr könnt?«

Einen Moment lang schien die Szene wie in der Zeit erstarrt. Die Reiter schienen sich anzuschauen, ohne zu wissen, was sie tun sollten.

Dieses Bravourstück hatte ihnen die Sprache verschlagen. Doch dann, kurz darauf, lösten sich weitere drei Ritter aus dem Kreis und ritten auf den Valentino zu.

Cesare rührte sich nicht. Er wartete wie schon zuvor.

Als die drei ihn erreichten, wich er dem ersten Schlag aus, den zweiten parierte er mit dem Schild und den dritten mit seinem Schwert, doch einen Augenblick später hob einer der Gegner seinen Schild und traf ihn so heftig am Kinn, dass er zu Boden stürzte.

Der Valentino stand sofort wieder auf, und da die drei ihm nicht einmal den Respekt vor den Regeln gewährten und abstiegen, warf er seinen Schild weg, nahm seinen Helm ab und packte sein Schwert mit beiden Händen.

Es war an der Zeit. Er musste einen erneuten Angriff abwehren, aber da sein Gegner nicht vorhatte, vom Pferd abzusteigen, während er ihn wieder angriff, wich er zur Seite und schnitt dem Tier die Kehle durch. Das Pferd machte noch ein paar Schritte, wie aus Gewohnheit, während das Blut spritzte und die Erde benetzte. Dann brach das Tier zusammen.

Cesare verschwendete keine Zeit und warf seinen Feind mit einem Sprung zu Boden, wo er unter dem Gewicht des Pferdes kämpfte und verzweifelt versuchte, sich zu befreien. Doch während er seinen Gegner erledigte, stürmte ein anderer Reiter auf ihn zu und traf ihn mit der Lanze in die Schulter, sodass er zu Boden stürzte.

Als er aufstand, stellte Cesare fest, dass er seinen linken Arm kaum noch benutzen konnte. Er vermied es, sich seinen Zustand genauer anzusehen, denn das Wissen um seine Verletzungen würde ihm nicht helfen, am Leben zu bleiben.

In der Zwischenzeit war der Mann, der ihn verletzt hatte, aus dem Sattel gestiegen, drei weitere Reiter folgten ihm.

Den ersten Gegner wurde der Valentino leicht los: Er holte mit dem linken Bein aus, parierte von oben und schlitzte einen Moment später dem Franzosen die Kehle auf. In der Zwischenzeit wurde er jedoch von einer Klinge an der Schläfe getroffen und von einer weiteren an der Seite.

Die Rüstung hielt dem Schlag teilweise stand, aber eine neue Wunde öffnete sich. Cesare zog einen Dolch aus seinem Gürtel und stieß ihn in das Genick eines anderen Feindes, der einige Schritte entfernt zu Boden sank und starb.

Doch nun waren es zu viele Gegner.

Der Valentino spürte deutlich, wie eine Schwertklinge durch ihn hindurchglitt, dann einen Knüppelschlag auf die Seite, schließlich einen weiteren Schwerthieb auf die Brust.

Er landete auf den Knien.

Und die Männer des Grafen von Lerin kannten keine Gnade: Sie schlugen einmal, zweimal, fünfmal, zehnmal zu, bis der Körper von Cesare Borgia nicht mehr wiederzuerkennen war.

Während sie gegen ihn wüteten, breitete der Mann, der der Valentino gewesen war, die Arme aus.

Der Schmerz war immer ein Teil von ihm gewesen, und jetzt, da er körperlich und schrecklich war, empfing er ihn wie einen Segen.

Während das Leben aus ihm wich, dachte Cesare an Lucrezia und an Sancha, er wusste, dass er sie geliebt und verraten hatte. Die Tage in Rom fielen ihm ein, als die Ewige Stadt ihn als einen großen, siegreichen General gefeiert hatte, und die Belagerung der Festung von Ravaldino und die Frau, die er besiegt und geliebt hatte, um sie dann in den Verliesen der Engelsburg aufzugeben: Caterina Sforza.

Er begriff, dass Liebe und Verrat für ihn so unzertrennlich verbunden waren, dass diese beiden Gefühle seine innerste Natur am besten abbildeten.

In diesem Bewusstsein endlich zur Ruhe gekommen, überließ er sich der Wut der Gegner.

Und bereute nichts.

111. Ein klärendes Treffen

Heiliges Römisches Reich, Schloss Tirol

Der Augenblick der Konfrontation war nun da. Antonio Condulmer sah Andrea Borgo direkt in die Augen: Er wusste, dass der ein geschickter Politiker war, ein Mann, der zu jeder Schandtat fähig war. Da er Berater von Il Moro gewesen war, als dieser in Frankreich eingekerkert wurde, hatte er das Kaiserreich als sein Exil gewählt. Hier war er dank seiner zweifellosen Qualitäten sehr schnell zu einem Vertrauten des Kaisers Maximilian geworden. Sodass er jetzt sogar in dessen Namen sprach.

Antonio hatte allerdings keineswegs vor, all die Geschichten, die Messer Borgo ihm auftischte, zu schlucken. Er begann, ohne ein Blatt vor den Mund zu nehmen: »Messer Borgo, wir wissen ganz genau, dass der Kaiser vorhat, Venedig zu zerstören. Kürzlich hat er ein Abkommen mit Ludwig XII. und Papst Julius II. unterzeichnet, daher bitte ich Euch, meine Intelligenz und die meiner Männer nicht mit Lügen zu beleidigen. Alles ist vollkommen offensichtlich.«

Sollten diese Worte Andrea Borgo überrascht haben, so zeigte er es nicht. »Tatsächlich, Messer Condulmer? Ich bitte Euch, erhellt mich.«

Der oberste Anführer der Spione seufzte. »Venedig hat bereits zugunsten des Papstes auf die Romagna verzichtet.«

»Venedig hat auf nichts verzichtet, sondern zurückgegeben, was ihr nicht gehörte!«, betonte Messer Borgo. »Abgesehen davon ist die Serenissima, soweit ich weiß, noch im Besitz von Rimini und Faenza.«

»Venedig hat nicht die Absicht, diese beiden Städte zurückzugeben, wie Ihr es nennt. Sagt daher dem Papst und dem Kaiser, dass sie sich damit abfinden sollen.«

»Darüber werden sie nicht glücklich sein.«

Antonio lächelte. »Ich versichere Euch, dass die Venezianer deswegen nicht schlechter schlafen.«

Borgo schüttelte den Kopf. »Vielleicht werden sie etwas schlechter schlafen, wenn sie erfahren, dass der Kaiser seine Armee gegen sie marschieren lassen könnte.«

»Sie werden schon zurechtkommen, vertraut mir. Sagt mir lieber, was Ihr wollt.«

Der kaiserliche Bote sah ihm in die Augen.

»Maximilian von Habsburg wartet schon lange, zu lange, darauf, vom Papst gekrönt zu werden. Dafür muss er nach Rom reisen können.«

»Der Kaiser bittet Venedig also darum, ihm eine sichere Passage bis zur Ewigen Stadt zu garantieren?«

»Exakt.«

Condulmer tat so, als dächte er darüber nach. Dann antwortete er. »Vergesst es.«

»Was heißt das?«

»Ich wiederhole es. Vergesst es!«

»Ich denke, Eure letzte Aussage ist nicht gerade hilfreich, um ein Einverständnis zwischen dem Kaiser und Venedig zu erzielen.«

668

»Korrekt«, bestätigte Condulmer. »Schließlich ist Maximilian von Habsburg bereits in Venedigs Festlandsbesitzungen eingedrungen.«

»Wie könnt Ihr so eine Unwahrheit behaupten?«

Der Herr der Spione hob die Hände. »Ich korrigiere mich, Ihr habt recht. Es war nicht der Kaiser, der in die Republik eingedrungen ist …, sondern seine Soldaten.«

»Das ist nicht wahr.«

»Seid Ihr sicher?«

»Absolut.«

»Nun …«, sagte Condulmer. Dann wandte er sich an seinen Diener. »Ruft den Herrn von Valmareno.«

Dieser gehorchte und verschwand.

»Wen?«, fragte nun Messer Borgo.

»Das werdet Ihr gleich sehen«, erwiderte der Herr der Spione.

Kurz darauf betrat Gianconte Brandolini den Saal. Er trug einen Leinensack voller Flecken, dem ein gelinde gesagt widerlicher Geruch entströmte.

Der Skorpion blieb vor dem kaiserlichen Boten stehen. Heute trug er ein Lederwams mit Eisennieten in Rot, Silber und Schwarz mit seinem eigenen Wappen. Eine enge Hose und kniehohe Stiefel vervollständigten seine Kleidung. Der lange Schnurrbart und die zerzausten schwarzen Haare verliehen ihm ein so barbarisches Aussehen, dass Andrea Borgo fassungslos war.

»Darf ich Euch Gianconte Brandolini vorstellen, besser bekannt als der Skorpion«, sagte Antonio Condulmer grinsend. »Wie Ihr selbst feststellen könnt, sind Männer des Kaiserreichs auf venezianischem Gebiet gefunden worden. Der hier anwesende Herr von Valmareno wird Euch jetzt einen unwiderlegbaren Beweis für diese Unverschämtheit liefern.«

Ohne ein Wort nahm der Skorpion den Sack, drehte ihn um und schüttelte ihn heftig. Andrea Borgo erkannte zunächst nicht, was daraus zu Boden fiel. Doch als es auf ihn zurollte und liegen blieb, wurde ihm bewusst, dass das, was er gerade gesehen hatte, ihn anschaute.

Es war ein menschlicher Kopf.

Der kaiserliche Bote legte erstaunt eine Hand vor den Mund.

»Erkennt Ihr ihn?«, fragte Antonio Condulmer. Seine Stimme klang wie Eis und Schnee.

Andrea Borgo schüttelte den Kopf. »N-nicht, dass ich …«

»Messer Brandolini, helft der Erinnerung seiner Exzellenz auf die Sprünge«, sagte der oberste Anführer der Spione in einem leicht höhnischen Tonfall.

Der Skorpion ließ sich nicht lange bitten. »Das ist Jakob von Kleve, Hauptmann im Dienst von Georg von Frundsberg, der vor wenigen Jahren im Namen des Kaisers im Engadiner Krieg gegen die Schweizer Söldner gekämpft hat.«

»Ihr glaubt doch nicht, dass ich eine solche Behauptung akzeptieren kann! Nehmt diese makabre Trophäe weg!«, krächzte der kaiserliche Bote entrüstet.

»Ihr müsst nichts akzeptieren. Es ist eine Tatsache. Um noch sicherer zu sein, zeigen wir Euch einen Brief, den wir in seinem Beutel gefunden haben.«

Wortlos reichte der Skorpion Andrea Borgo einen Brief mit gebrochenem Siegel.

»Ich denke, Ihr erkennt das Wappen. Und auch die Unterschrift und die Namen.«

Der kaiserliche Bote seufzte. Er schüttelte den Kopf. »Was soll ich sagen?«

»Teilt Maximilian I. von Habsburg mit, da er mit seinen Soldaten in die venezianischen Festlandbesitzungen eingedrungen ist, verbietet die Serenissima ihm die Durchreise.« Andrea Borgo fluchte mit zusammengebissenen Zähnen. »Mio Signore, ich danke Euch für Euren Besuch«, sagte er schließlich. »Nun bitte ich Euch zu gehen, wenn es genehm ist. Währenddessen kümmere ich mich darum, dass diese widerlichen Reste entfernt werden.«

Ohne zu zögern verbeugten der Herr der Spione und der Skorpion sich und gingen hinaus.

Die Tiroler Landschaft erwachte aus dem winterlichen Eis. Der Schnee begann zu schmelzen. Die Sonne schien in silbernen Strahlen durch eine schwache Wolkendecke.

»Nun?«, fragte Antonio Condulmer. »Was denkt Ihr?«

Gianconte Brandolini grinste zufrieden. »Ich würde sagen, heute habt Ihr die Schlacht gewonnen.«

Der Herr der Spione nickte. »Das denke ich auch. Jedenfalls haben wir jetzt alle Zweifel ausgeräumt. Sie dachten, sie könnten ungestraft passieren und uns dann vielleicht von hinten überraschen. Aber das werden sie nicht.«

»Ich kann nicht sagen, dass ich darüber glücklich bin.«

»Das merke ich. Ich bin jedoch bereit, eine Wette einzugehen, dass, wenn die Zeit gekommen ist, Ihr es sein werdet, der die Kräfte des Kaiserreiches besiegen wird.«

»Ich danke Euch für das Vertrauen, auch wenn ich mir da nicht so sicher bin.«

»Nun gut. Was meint Ihr, sollen wir die Pferde galoppieren lassen? Ich glaube, nach allem, was wir heute erreicht haben, werden die Tiroler uns nicht mehr lange freundlich gesonnen sein.«

»Wann immer Ihr wollt.«

»Dann ... los.« Mit diesen Worten gab der oberste Anführer der Spione der Eskorte ein Zeichen. Dann trieb er sein eigenes Pferd zum Galopp an, was die Skorpione ihm nachtaten.

112. Das Ende

Herzogtum Ferrara, Barco Estense

Es war ein frischer Tag, und Lucrezia genoss die fast frühlingshafte Brise. Alfonso war weit weg und sicherte sich das Wohlwollen des französischen Königs, und Isabella schmiedete wahrscheinlich ein Komplott gegen sie. Aber sie hatte keinerlei Lust, sich Sorgen zu machen. Heute nicht.

Sie hatte beschlossen, sich zusammen mit Angela und Nicola zu erholen und war daher zum Faulenzen nach Barco gekommen. Bis vor wenigen Tagen hatte in Ferrara der Karneval getobt, mit Bällen und Festen, die Lucrezia auch besucht hatte. Doch dann hatte sie sich ihrem Beichtvater anvertraut, von dem sie sich inzwischen nicht mehr trennen konnte, um zu büßen und sich im Gebet zu sammeln.

Bruder Raffaele aus Varese war für sie unverzichtbar geworden und half ihr, Anstand und Maß zu bewahren und bei Festen und Trinkgelagen nicht zu übertreiben. Einerseits wollte sie Alfonso und seinen ungerechten Anschuldigungen nicht nachgeben, andererseits wollte sie den Dämon nicht ermutigen, der schon immer in ihr lauerte und der sie in der Vergangenheit dazu gebracht hatte, mit Vergnügungen zu experimentieren, und zwar auf eine ungezügelte Art.

Und Bruder Raffaele schaffte es, diesen Dämon im Zaum zu halten.

Sicher, sie musste aufpassen, nicht zu streng zu werden und übertrieben strikte Regeln zu verhängen. Sie beriet sich mit ihren beiden engsten Vertrauten. »Angela«, wollte sie wissen, »was haltet Ihr von meinem Plan, die Verwendung von kostbaren Stoffen und Schminke im Gesicht einzuschränken? Bruder Raffaele ermuntert mich dazu, aber ich will mir die Frauen von Ferrara nicht zu Feindinnen machen ...«

»Mia Signora, darf ich frei sprechen?«, fragte Angela zurück.

»Das sollt Ihr. Eben deswegen frage ich Euch«, antwortete die Herzogin von Ferrara gereizt.

»Dann tue ich das. Seit Tagen wird am Hof über Euer Projekt gesprochen, das von dem guten Ordensbruder vorgeschlagen wurde. Mia Signora, lasst mich Euch sagen, dass diese Veränderungen an den Kleidern von den Adeligen aus Ferrara nicht gut aufgenommen werden. Ich habe mit meinen eigenen Ohren gehört, wie sich Giovanna Malatesta und Eleonora della Penna über die Verrücktheiten beschwert haben, die jetzt bei Hofe Einzug halten.«

»Wirklich?«

»Genau so. Und ich sage Euch noch mehr, da Ihr mich gebeten habt, ganz aufrichtig zu sein. Ich glaube nicht, dass es zum jetzigen Zeitpunkt, da Isabella d'Este es gar nicht erwarten kann, Euch in schlechtem Licht erscheinen zu lassen, klug ist, sich die Damen von Ferrara zu Feindinnen zu machen.«

Lucrezia seufzte. »Wahrscheinlich habt Ihr recht.«

Nicola ergriff nun das Wort. »Auch Euren Plan, das Dekolleté zu verbieten, hat man ausgelacht.«

»Wie bitte?«, fragte die Herzogin von Ferrara ungläubig.

»Ich habe genau gehört, wie sich Elisabetta dall'Ara über diese Eure ›unbedachte Entscheidung‹, wie sie es nannte, beschwert hat.«

»Ich verstehe vollkommen Euren Wunsch, bestimmte Exzesse einzudämmen, mia Signora«, warf Angela ein, »aber ich glaube nicht, dass Eure Entscheidungen Euch bei den Damen Ferraras beliebt machen werden, und im Moment habt Ihr Unterstützung und Zustimmung nötiger denn je.«

»Ihr habt nicht unrecht. Im Gegenteil. Und was ratet Ihr mir also? Sollte ich alles wieder zurücknehmen?«, fragte Lucrezia ungeduldig.

»Nicht doch«, erwiderte Angela, »habt es bloß nicht so eilig mit der Umsetzung der moralisierenden Pläne von Bruder Raffaele.«

Die Herzogin von Ferrara dachte nach. »So sei es«, sagte sie schließlich, »ich folge Eurem Rat.«

In diesem Augenblick tauchte der Bruder auf und kündigte sich mit einem verärgerten Husten an.

»Madonna Lucrezia!«, rief er überschwänglich und verbeugte sich tief. »Es gibt etwas, über das ich sofort mit Euch sprechen muss.« Bei diesen Worten würdigte er die zwei Damen keines Blickes.

Hatte er also gehört, worüber sie gerade gesprochen hatten? Lucrezia wusste es nicht, verabschiedete Angela und Nicola jedoch mit einem Nicken. Die beiden gingen und kicherten heimlich über den Geistlichen.

»Nun?«, fragte Lucrezia. »Was ist so dringend, dass Ihr mich unterbrecht, während ich mich mit meinen Vertrauten über Themen unterhalte, die mir am Herzen liegen?«

»Mia Signora«, sagte Bruder Raffaele, »leider muss ich Euch eine Nachricht überbringen, die mir nicht leichtfällt.« Während er dies sagte, schaute er sie mit einer solchen Bitterkeit an, dass Lucrezia sich Sorgen machte.

»Was ist geschehen?«, fragte sie und stand auf. »Sprecht!«

»Heute früh ist Giovanni Grasica im Schloss angekommen.«

»Der Reitknecht von …«

»… Eurem Bruder.«

»Ist Cesare etwas zugestoßen?«

Bruder Raffaele schien nicht sprechen zu können.

»Sagt mir alles!«, rief Lucrezia, die langsam Angst vor dem bekam, was er sagen würde.

Der Mann der Kirche seufzte. Dann schüttelte er den Kopf. »Unter dem Kommando der Armee seines Schwagers, des Prinzen von Navarra, nahm Cesare an der Belagerung der Festung von Viana teil. In der Nacht hatte er von einem eigenen Späher von einem Konvoi mit Lebensmitteln und Proviant für die Belagerten erfahren und beschlossen, ihn anzugreifen. Nachdem er die Eskorte überwältigt hatte, machte er sich daran, eine Schar gegnerischer Ritter zu verfolgen. Er war so schnell, dass er bald nicht mehr zu sehen war.« Bruder Raffaele machte eine Pause, als wolle er Zeit schinden, aber Lucrezias Blick drängte ihn weiterzusprechen. »Niemand hat ihn mehr gesehen, bis zum nächsten Morgen. Ausgerechnet Giovanni Grasica hat ihn gefunden. Er war tot. Angesichts der Menge an Wunden war klar, dass der Valentino einer überwältigenden Zahl Feinde gegenübergetreten war. Vollkommen allein. Er ist wie ein Held gestorben.«

Lucrezia brach in Tränen aus.

Sie waren also am Ende angelangt.

»Mia Signora!«, sagte Bruder Raffaele leise.

»Wieso?«, fragte sie schluchzend. »Wieso?«

»Mia Signora … ich weiß nicht, was ich auf Eure Frage antworten soll«, gestand der Beichtvater, »aber nach allem, was Giovanni mir erzählt hat, wollte Euer Bruder sich dem Schicksal ergeben. Wie er das Lager verlassen hat, um den Feind zu verfolgen, war für seine Soldaten völlig unverständlich. Vielen war es nicht gleich bewusst, aber im Nachhinein verfestigt sich der Eindruck, dass Cesare es auf gewisse Weise hinter sich bringen wollte. Oder, das ist eine weitere Hypothese, vielleicht hat die Krankheit, die ihn zerfraß, dazu geführt, dass er das ohne eigenen Willen tat.«

»Das werde ich nie glauben!«, sagte die Herzogin von Ferrara.

»Ich glaube es auch nicht. Und Giovanni behauptet auch, dass, egal wie falsch, Euer Bruder dem Tod trotzen wollte.«

»Zum letzten Mal«, murmelte Lucrezia.

»Ganz genau.«

»Wieso ist Giovanni nicht selbst gekommen, sondern hat Euch geschickt?«

»Weil er es nicht übers Herz brachte, Euch eine solche Nachricht zu überbringen.«

»Das verstehe ich. Ich bitte Euch nun zu gehen. Ich möchte allein sein.«

»Ganz wie Ihr wollt, mia Signora.«

Und ohne ein weiteres Wort ging Bruder Raffaele.

Wie bitter die Wahrheit ist, wenn man sie zu spät erfährt. Und doch war es klar, dass das früher oder später geschehen musste. Nur die Einsamkeit und die Entfernung hatten sie vom Gegenteil überzeugen können.

Als sie von Cesares waghalsiger Flucht aus der Burg von La Mota erfahren hatte, hatte Lucrezia zunächst geglaubt, ihr Bruder wollte noch einmal sein Schicksal wenden. Er hatte es früher bereits geschafft, wieso also nicht noch einmal?

Aber vielleicht erschien ihr das, was geschehen war, jetzt in einem anderen Licht.

Denn Giovanni, der sicherlich alles verstanden hatte und ihm wie kein anderer außer Michelotto treu geblieben war, sagte die Wahrheit.

Cesare war von allen verlassen worden. Wie musste er sich fühlen, in einem fremden Reich, unter dem Kommando von Männern, die nicht die seinen waren, in einer Schlacht zu kämpfen, die ihn sicherlich nichts anging? Seine Feinde hatten alles versucht, um ihn auszulöschen, hatten ihn eingesperrt, ihm Ländereien und Titel genommen, seine Eroberungen zunichtegemacht, ihm Ehren und Vermögen geraubt, doch er hatte ihnen die Befriedigung verwehrt, in einer Zelle zu sterben wie ein Kriegsgefangener, wie ein besiegter Feind, dem man sogar die Würde genommen hatte. Unter Einsatz seines Lebens hatte er es geschafft zu fliehen, und sich dabei fast den Hals gebrochen. Er hatte es geschafft, sich mit dem König von Navarra zu verbünden und seinen Gegnern noch einmal Angst einzujagen.

Und in diesem tollkühnen, fast selbstmörderischen Kampf lag vielleicht seine ganze Verachtung des Feindes und all seine Kriegerehre. Sie konnten ihn nicht brechen und würden ihn niemals verbiegen.

Er hatte entschieden, wann und wie er sterben würde.

Sicher war es so. Jetzt war es ihr vollkommen klar. Und in diesem Bewusstsein lag die Freude, noch einmal die Größe eines unbeugsamen und brennenden Geistes zu erkennen, und die Trauer, den Mann verloren zu haben, der immer in ihrem Herzen gewesen war. Wie schon in der Vergangenheit verstand Lucrezia in diesem Moment erneut, dass die Eifersucht und die Gewalt ihres Bruders für ihn die einzige Möglichkeit gewesen waren, ihr zu zeigen, wie sehr er sie liebte. Eifersucht und Gewalt gegenüber denen, die ihr nicht das geben konnten, das er ihr jeden Tag hätte schenken können. Wenn er doch nur nicht ihr Bruder gewesen wäre! Vielleicht hatte nur Alfons von Aragón sie mit einem reinen Gefühl geliebt, und das hatte Cesare ihm nie verziehen. Aus diesem Grund hatte er ihn ermorden lassen. Ihre Gedanken waren der pure Schrecken, und der Schmerz, den sie wegen des Todes des Prinzen von Salerno empfunden hatte, war durchdringend gewesen, und doch hatte sie mit der Zeit und mit Abstand Cesare nicht nur vergeben können, sondern hatte auch die tragische, brutale Größe daran geliebt.

Sie hob seinen letzten Brief noch immer auf, trug ihn am Herzen wie den wertvollsten Schatz.

Aber jetzt war sie am Ende. Endgültig. Alle, die sie aufrichtig geliebt hatte, waren nicht mehr da, hatten sie zurückgelassen. Wie sollte sie weiterleben? Sie wusste, dass nur der Glaube sie vor dem Wahnsinn bewahren würde.

Sie würde sich dem Herzogtum und einer Gelassenheit widmen, die ihr vielleicht nie wirklich zu eigen gewesen war, die sie aber jetzt dringend benötigte. Sie würde den Rest ihres Lebens damit verbringen, die Erinnerung an diejenigen, die sie geliebt hatte, mit einem untadeligen Benehmen zu ehren.

Die politischen Angelegenheiten des Herzogtums warteten darauf, geprüft zu werden, ihr Ehemann hatte ihr wieder mal die dafür notwendige Autorität übertragen. Sie würde ihre Untertanen nicht mehr enttäuschen.

Die Augen voller Tränen, dachte sie, dass sie noch Zeit hatte, um Gutes zu tun, damit sie in guter Erinnerung bliebe.

Sie würde sich dieser Aufgabe widmen und zeigen, wer sie wirklich war.

113. Frühling

D er Tag war frisch. Der Frühling ging fast in den Sommer über. Die Wedel der Zypressen waren so intensiv grün, dass sie einen verzauberten, sie bogen sich brav unter den Liebkosungen des Windes. Caterina spazierte in der Loggia.

Nachdem sie ihre Ländereien in der Romagna verloren hatte, hatte die Tigerin von Forlì sich entschlossen, sich an diesen Ort, der Schutz und Diskretion bot, zurückzuziehen.

Hier kümmerte sie sich um die Kinder, besonders um Giovanni, der schon immer ihr Liebling gewesen war. Sie liebte dieses respektlose, rebellische Wesen in ihm, von dem sie schon immer wusste, dass es ihr Markenzeichen war. Sie erkannte in dem Jungen, in seinem Charakter also etwas von sich selbst. An diesem Morgen hielt sie sich länger als üblich vor einem außergewöhnlichen Gemälde auf.

Ihr Mann Lorenzo hatte es bei einem Maler in Auftrag gegeben, der vor einigen Jahren der Favorit des Prächtigen gewesen war und einer der herausragendsten Künstler seiner Zeit: Sandro Botticelli.

Caterina wusste nicht, wo er sich im Moment aufhielt. Es hieß, er lebte irgendwo in Florenz, von allen vergessen und in Armut. Es fiel schwer zu glauben, dass es so viel Undankbarkeit in der Welt gab, um eine solche Schande zuzulassen. Deswegen hatte sie nach ihm suchen lassen, doch Botticelli schien unauffindbar.

Manche behaupteten, dass Schicksalsschläge ihn dazu gebracht hatten, sich zu verstecken. Erst vor einem Jahr war ihm Sodomie vorgeworfen worden, ein Verbrechen, das, sollte es nachgewiesen werden, eine so furchtbare Strafe wie die Kastration nach sich ziehen konnte.

Doch es war nicht diese Anklage, die sich in einem Nebel aus Gerüchten aufgelöst hatte, die zu seinem Untergang führte, sondern die Anwesenheit zweier Meister wie Leonardo da Vinci und, noch mehr, dem jungen Michelangelo Buonarroti, dessen aufsteigender Stern alle anderen zu überstrahlen schien.

Müde und alt befand sich Botticelli also irgendwo in Florenz, doch niemand wusste, wo. Und schließlich hatte Caterina ihn gefunden: Er war hier, vor ihren Augen, in diesem Gemälde von umwerfender Schönheit, dem *Frühling*.

Denn machte nicht die Kunst ihren Schöpfer unsterblich?

Und um ein solches Meisterwerk zu erschaffen, brauchte man ein Talent, das nicht bloß selten, sondern einzigartig war.

Beim Betrachten der raffinierten Frauenfiguren verlor Caterina das Gefühl für Zeit und Raum. Es hieß, dass alle abgebildeten Frauen – von Flora über Venus bis zu den drei Grazien – die große Liebe des Künstlers darstellten, Simonetta Vespucci, die Botticelli mal als »die Unvergleichliche« bezeichnet habe. Sie war früh und wunderschön gestorben, in der Blüte ihres Lebens, von der Pest ausgelöscht. Alle hatten um sie geweint: von Lorenzo dem Prächtigen bis zu ihren unendlich vielen Bewunderern.

Aber nur ein Mann hatte sie unsterblich gemacht.

Seitdem gab es die Legende, dass Botticellis Stil, auch wenn er sich über die Zeit veränderte, immer eine Charakteristik beibehalten hatte: die ewige Besessenheit, für immer das Gesicht der Geliebten auf der Leinwand abzubilden. Simonetta war Venus, Pallas, Judith, und sie war die Madonna. Und Caterina fand es wunderbar, die Schönheit der Liebe durch die große Gabe der Kunst zu feiern.

Wie dem auch sei, durch dieses Gesicht sprach Sandro Botticelli zu ihr von der unendlichen Leidenschaft, die er für diese Frau empfunden hatte. Wo auch immer er sich in diesem Moment befand.

Der Blick der Göttin fesselte sie: melancholisch und träumerisch, fähig, sie in eine Welt zu entführen, die sie nie gekannt hatte und die sie in ihrer unergründlichen Tiefe verstörte. Sie fühlte sich von einem so großen Gefühl überwältigt, es schien ihr, als habe sie nie wirklich gelebt, da sie nie eine solche Liebe erlebt hatte.

Und das Wissen, dass das Schicksal sie zerbrochen hatte, rührte sie.

Sie bewunderte wieder die Linien und Farben, die langen, blonden Haare, die helle Haut und die zarten Schleier der drei Grazien. Oder waren es Horen bei ihrem Tanz? Wer auch immer sie waren, jede von ihnen war doch immer dieselbe Frau: Simonetta. Ihr Blick fiel auf die Blumenkrone, die ihr Haupt schmückte: Sie erkannte Ranunkeln und Kornblumen, Mohn, Margeriten, Veilchen und Jasmin.

Es kam ihr vor, als ob sie vor einem Spiegelspiel stand.

In dem Moment fiel ihr die Geschichte der Tigerin wieder

ein. Die kleinen runden, spiegelnden Kugeln verleiteten sie dazu, sich selbst zu betrachten und zu glauben, dass sie ihre eigenen Jungen vor sich hatte, und indem sie vor diesen Schmuckstücken verweilte, erlaubte sie den Jägern, ihren Nachwuchs zu rauben.

Plötzlich erinnerte sie sich an Giovanni. Wie lange war sie vor diesem Gemälde stehen geblieben, das sie mit seiner Magie so verzaubert hatte, dass sie ihre Gedanken vergessen hatte?

Caterina ging zur großen Marmortreppe.

»Giovanni?«, rief sie.

»Giovanni?«, wiederholte sie.

Nach einer Weile hörte sie Getrappel auf den Stufen.

Kurz darauf tauchte Giovanni auf.

Er trug ein Wams und eine zweifarbige Hose. Am Gürtel hing ein kurzes Schwert. Er hatte lange braune Locken, und in seinen sanften dunklen Augen blitzte etwas Rebellisches auf.

»Wo warst du denn?«, fragte seine Mutter.

»Ich habe geübt!«, antwortete der Junge feierlich.

»Aber hattest du für heute nicht Schluss?«

»Gar nicht«, sagte Giovanni mit einer Entschlossenheit, die, wäre es nicht die eines Kindes, im Gegenüber sogar Besorgnis hätte hervorrufen können.

»Und mit wem hast du geübt?«

»Nun, ich habe die Bewegungen geübt: die Ausfallschritte und die Paraden.«

»Allein?«

»Aber sicher, Mamma!«, erwiderte der Kleine.

»Und wenn ich in den Garten komme und es mit dir probiere?«

»Nun, um ehrlich zu sein, ist das wohl nicht angebracht …«

»Und wieso?«

»Na ja, weil Ihr …«

»… eine Frau seid?«

»Ganz genau«, sagte er.

»Aha! Nun, es tut mir leid, dir eine schlechte Nachricht überbringen zu müssen, aber ich glaube, diese Frau könnte dir heute einen Strich durch die Rechnung machen.«

Giovanni sah sie mit großen Augen an. »Na dann«, sagte er und lachte laut, »wenigstens werdet Ihr der beste Gegner sein, auf den ich je treffen werde.«

»Ach ja? Und warum?«

»Weil Ihr so schön seid, Mamma.«

Caterina war einen Augenblick lang sprachlos. Dann lachte sie laut auf. »Du kleiner Unverschämter, habe ich dich dazu erzogen? Glaubst du wirklich, du kannst mich mit Komplimenten schlagen? Ha, das werden wir ja sehen!«

Damit eilte Giovanni vor ihr die Stufen hinunter. »Ich warte auf Euch, Ritterin!«, rief er im schnellen Lauf.

Caterina lächelte. Dann folgte sie ihrem Sohn langsam in den Garten.

Anmerkungen des Autors

Das *Erbe der sieben Familien* ist der zweite Band über die sieben Dynastien. Dies ist die Saga, die mich in vielerlei Hinsicht am meisten beschäftigt hat, da sie das goldene Zeitalter der Renaissance in Romanform erzählen will. Um dies auf eine originelle, ich würde sagen, noch nie dagewesene Weise zu tun, wollte ich dem Leser sechs große Protagonisten jener Zeit – Mailand, Venedig, Rom, Florenz, Ferrara und Neapel – anhand der Geschichte ihrer Dynastien vorstellen.

Auch in diesem Roman, wie bereits im vorangegangenen, finden sich unglaubliche Persönlichkeiten wie Ludovico il Moro, Papst Alexander VI., Leonardo da Vinci, Cesare und Lucrezia Borgia, Caterina Sforza, Michelangelo Buonarroti, Ercole d'Este, Antonio Condulmer, Prospero und Fabrizio Colonna und viele andere.

Auch dieses Mal habe ich bei Jacob Burckhardt und seinem maßgeblichen Text *Die Kultur der Renaissance in Italien* begonnen. Daneben habe ich natürlich ein absolutes Meisterwerk noch einmal gelesen: Niccolò Machiavellis *Der Fürst*.

Dann habe ich mehrere Bücher erneut gelesen, die mir geholfen haben, mich in den Geist dieser gleichzeitig großartigen und schrecklichen Zeit zu versetzen.

Ich denke an Maria Bellonci und ihre Romane: *Segreti dei Gonzaga*, (Mailand 1986), *Lucrezia Borgia* (Mailand

1988), *Tu vipera gentile* (Mailand 1988). Außerdem habe ich mit großer Aufmerksamkeit gelesen: Antonio Scuratis *Il rumore sordo della battaglia* (Mailand 2002).

Um die Aromen und Farben der Renaissance wiederzuentdecken, mir ihre Pracht und ihre Massaker in Erinnerung zu rufen, habe ich mich bemüht, die Recherchen zu vertiefen, die ich, ehrlich gesagt, in den letzten sieben Jahren meiner Arbeit als Romanautor nie habe ruhen lassen.

War Mailand schon im ersten Band dieser Saga einer der großen Protagonisten, so ist es das auch in diesem zweiten Roman. Ich möchte noch einmal einige Texte erwähnen, die ich als Referenz für eine korrekte Annäherung an das Mailand von Ludovico il Moro und Leonardo da Vinci betrachte. Darunter: Siro Attilio Nulli, *Ludovico il Moro* (Mailand 1929); Guido Lopez, *I signori di Milano: Dai Visconti agli Sforza. Storia e segreti* (Rom 2016); Carlo Maria Lomartire, *Gli Sforza. Il racconto della dinastia che fece grande Milano* (Mailand 2018); Carlo Maria Lomartire, *Il Moro: Gli Sforza nella Milano di Leonardo* (Mailand 2019); Franco Catalano, *Francesco Sforza* (Mailand 1983); Caterina Santoro, *Gli Sforza. La casata nobiliare che resse il Ducato Milano dal 1450 al 1535* (Mailand 2000). Was Leonardos Mailänder Periode angeht, möchte ich wenigstens die folgenden Bücher nennen: Ross King, *L'enigma del cenacolo. L'avventura di un genio nel Rinascimento e dell'affresco che lo rese immortale* (Mailand 2013); Marina Migliavacca, *Leonardo: Il genio che inventò Milano* (Mailand 2015); Guido Lopez, *Leonardo e Ludovico il Moro: La roba e la libertà* (Mailand 2015); Antonio Forcellino, *Leonardo. Genio senza pace* (Rom-Bari 2017).

Caterina Sforza verdient eine eigene Erwähnung. Um eine so komplexe und faszinierende Persönlichkeit zu verstehen, empfehle ich Paolo Bonoli, *Storia di Forlì* (Forlì 1826); Angelo Braschi, *Caterina Sforza* (Bologna 1965); Marco Viroli, *Caterina Sforza. Leonessa di Romagna* (Florenz 2008); Pierluigi Moressa, *Gli alberi del paradiso. Amore e potere alla corte di Caterina Sforza* (Forlì 2011); Elizabeth Lev, *The Tigress of Forlì* (London 2019).

Neben Mailand ist diesmal Rom der andere große Protagonist, und das muss auch so sein, denn ein großer Teil des Romans erzählt von den Wechselfällen der Familie Borgia. In dieser Hinsicht ist die konsultierte Bibliografie wirklich umfangreich. Ich werde daher nur einige der Texte erwähnen. Hier sind also ein paar Titel, die sich der Dynastie in ihrer Gesamtheit nähern: Alexandre Dumas, *I Borgia* (Palermo 2004); G. J. Meyer, *I Borgia* (Gorizia 2015); Paul Strathern, *The Borgias* (London 2019). Dann habe ich mich diesen Monografien über einzelne Mitglieder der Familie zugewandt: Sarah Bradford, *Lucrezia Borgia* (Mailand 2006); Michele Bordin und Paolo Trovato (Hrsg.), *Lucrezia Borgia. Storia e mito* (Florenz 2006); Geneviève Chastenet, *Lucrezia Borgia. La perfida innocente* (Mailand 2017); Mariangela Melotti, *Lucrezia Borgia. Fascino e astuzia alla corte di Ferrara* (Mailand 2018); Carlo Beuf, *Cesare Borgia* (Florenz 1971); Andrea Santangelo, *Cesare Borgia: Le campagne militari del cardinale che divenne principe* (Rom 2017); Andrea Antonioli, *Cesare Borgia. Il principe in maschera nera* (Rom 2018).

Da immer mehr Stimmen dazukommen, habe ich auch viel über die Geschichte anderer Städte gelesen. Für Neapel und die Dynastie der Aragonesen: Ernesto Pontieri, *Per la storia del regno di Ferrante I d'Aragona re di Napoli* (Neapel 1946); Francesco Senatore und Francesco Storti, *Poteri, relazioni, guerra nel regno di Ferrante d'Aragona* (Neapel 2011); Guido Cappelli, *Maiestas. Politica e pensiero politico nella Napoli aragonese* (Rom 2009); Ivan Parisi (Hrsg.), *La corrispondenza italiana di Joan Ram Escrivà ambasciatore di Ferdinand il Cattolico (3 maggio 1484–11 agosto 1499)* (Salerno 2014).

Für Venedig empfehle ich folgende Lektüre: Alvise Zorzi, *La repubblica del Leone. Storia di Venezia* (Mailand 2001); Riccardo Calimani, *Storia della repubblica di Venezia: La Serenissima dalle origini alla caduta* (Mailand 2019); Frederic C. Lane, *Storia di Venezia* (Torino 2015); Alvise Zorzi, *Venedig. Eine Stadt, eine Republik, ein Weltreich. 697–1797* (Cittadella 2016); Francesco Ferracin, *Storie segrete della storia di Venezia* (Rom 2017). Was Alessandro Benedetti angeht, empfehle ich sein eigenes Werk, besonders: Alessandro Benedetti, *Historia corporis humani sive anatomice* (Florenz 1998).

Für Ferrara und die Familie Este: Werner L. Gundersheimer, *Ferrara estense: lo stile del potere* (Modena 2005); Riccardo Rimondi, *Estensi. Storia e leggende, personaggi e luoghi di una dinastia millenaria* (Ferrara 2005); Trevor Dean, *Land and power in late medieval Ferrara: The rule of the Este 1350–1450* (Cambridge 2002); Thomas Tuohy, *Herculean Ferrara: Ercole d'Este (1471–1505) and the invention of a ducal capital* (Cambridge 2002); Maria Teresa Sambin de Norcen, *Le ville di Leonello d'Este. Ferrara e le sue campagne agli albori dell'età moderna* (Venedig 2013).

Das Studium der Medici-Dynastie für meine vorangegangene Tetralogie kam mir bei den Ereignissen im

Zusammenhang mit Florenz sehr gelegen. In diesem Zusammenhang empfehle ich immer die Lektüre von Niccolò Machiavellis *Geschichte von Florenz* und Francesco Guicciardinis *Geschichte Italiens*, echte Grundlagenwerke. Hinzu kommen: Curt Gutkind, *Cosimo de' Medici il vecchio* (Florenz 1982); Giulio Busi, *Lorenzo de' Medici. Una vita da Magnifico* (Mailand 2016); Ivan Cloulas, *Lorenzo il Magnifico* (Rom 1988); Jack Lang, *Il Magnifico, vita di Lorenzo de' Medici* (Mailand 2003); Marcello Vannucci, *I Medici. Una famiglia al potere* (Rom 2018); Umberto Dorini, *I Medici. Storia di una famiglia* (Bologna 2016); George Frederick Young, *I Medici. Luci e ombre della dinastia medicea sullo sfondo di quattro secoli di storia fiorentina* (Mailand 2016); Volker Reinhardt, *Die Medici. Florenz im Zeitalter der Renaissance* (München 1998); Jean Lucas-Dubreton, *La vita quotidiana a Firenze ai tempi dei Medici: Mestieri, amori, vizi nella città splendente* (Mailand 2017). Darüber hinaus erscheinen mir noch folgende Werke für die Person Girolamo Savonarolas wichtig: Pasquale Villari und Eugenio Casanova (Hrsg.), *Scelta di prediche e scritti di Fra Girolamo Savonarola. Con nuovi documenti intorno alla sua vita* (Florenz 1898); Adriano Prosperi, *1498. Savonarola dal falò delle vanità al rogo* (Rom-Bari 2011); Paul Strathern, *Death in Florence: The Medici, Savonarola and the battle for the soul of the Renaissance City* (New York 2016); Donald Weinstein, *Savonarola. Ascesa e caduta di un profeta del Rinascimento* (Bologna 2013).

Was die Familie Colonna angeht: Jacques Heers, *La vita quotidiana nella Roma Pontificia ai tempi dei Borgia e dei Medici* (Mailand 2017); Fabrizio Falconi, *Roma segreta e misteriosa. Il lato occulto, maledetto, oscuro della capitale* (Rom 2015); Claudio Rendina, *Le grandi famiglie di Roma* (Rom 2007); Alessandro Serio, *Una gloriosa sconfitta. I Colonna tra papato e impero nella prima età moderna* (Rom 2008).

Dazu habe ich Künstlerbiografien gelesen und denjenigen den Vorzug gegeben, die mindestens einen Auftritt in der Handlung hatten, ohne diejenigen zu vergessen, die nur erwähnt wurden oder die nützlich waren, um eine Atmosphäre in meinem Kopf zu erschaffen, um eine Art Träumerei zu wecken, die für mich notwendig ist, wenn ich über die italienische Renaissance schreibe. Beginnen wir also mit Giorgio Vasari, *Lebensläufe der berühmtesten Maler, Bildhauer und Architekten* (Zürich 2020); Chiara Basta (Hrsg.), *Botticelli. La vita e l'arte. I capolavori* (Mailand 2003); Aby Warburg, *Botticelli* (Mailand 2016); Giulio Cornini, *Botticelli* (Florenz 2017); Simona Bertocchi, *L'ultima rosa d'aprile. Simonetta Cattaneo Vespucci, la Venere di Botticelli* (Viareggio 2016); Franco I. Nucciarelli, *Studi sul Pinturicchio. Dalle prime prove alla Cappella Sistina* (Perugia 1998); Domenico Ciampoli, *Il Pinturicchio* (Lanciano 2006); Charles de Tolnay, Umberto Baldini, Roberto Salvini, Guglielmo de Angelis d'Ossat, Luciano Berti, Eugenio Garin, Enzo Noè Girardi, Giovanni Nencioni, Francesco de Feo, Peter Meller: *Michelangelo. Artista, pensatore, scrittore* (Novara 1965); Michael Hirst und Antonio Forcellino, *Michelangelo, una vita inquieta* (Bari-Rom 2005); Frank Zöllner, *Michelangelo. Das vollständige Werk*, illustriert (Köln 2013); Bruno Nardini, *Michelangelo. Biografia di un genio* (Florenz 2013); Giulio Busi, *Michelangelo: Mito e solitudine del Rinascimento* (Mailand 2017); Maryan W.

Ainsworth, *Petrus Christus: Renaissance master of Bruges* (New York 1994).

Über die Hauptmänner und Söldner: Ghimel Adar, *Storie di mercenari e di capitani di ventura* (Genf 1972); Reinhard Baumann, *Landsknechte. Ihre Geschichte und Kultur vom späten Mittelalter bis zum Dreißigjährigen Krieg* (München 1994); Carlo Montella, *Grandi capitani di ventura* (Mailand 1966); Claudio Rendina, *I capitani di ventura. Storia e segreti* (Rom 2011); Michael E. Mallett, *Signori e mercenari. La guerra nell'Italia del Rinascimento* (Bologna 2013).

Wie immer bei meinen Büchern waren für die Duellszenen die Handbücher zum historischen Fechten unentbehrlich: Giacomo di Grassi, *Ragione di adoprar sicuramente l'Arme si' da offesa, come da difesa; con un Trattato dell'inganno, et con un modo di esercitarsi da se stesso, per acquistare forsa, giudizio, et prestezza* (Venedig 1570); Francesco di Sandro Altoni (hrsg. von Alessandro Battistini, Marco Rubboli, Iacopo Venni), *Monomachia. Trattato dell'arte di scherma* (San Marino 2007).

Padua, 15. Juli 2020

Dank

Ich danke meinem Verlag Newton Compton.

Danke an Dottor Vittorio Avanzini für sein umfassendes Wissen zur Geschichte Italiens und der Renaissance und dafür, dass er es in leidenschaftlichen Unterhaltungen mit mir geteilt hat. Danke, Maria Grazia Avanzini, für die Zuneigung und Freundlichkeit.

Raffaello Avanzini ist ein unersetzlicher Führer: Sich mit ihm auf die Reise in die Literatur und das Verlagswesen zu begeben, ist das schönste Abenteuer. Ich wünsche allen angehenden Autoren, dass sie ein solches Glück haben.

Meinen Agenten einen großen Dank: Monica Malatesta und Simone Marchi für ihre stetige Mühe, ihre Hingabe, ihren Ansporn und die vielen gemeinsam gemeisterten Herausforderungen.

Alessandra Penna, meine Lektorin, ein Mensch, mit dem ich über alles reden kann. Auch dieses Mal war sie präsent und wachte wie ein Schutzengel über den Text.

Dank an Giuseppe D'Antonio für die Sorgfalt, die Pünktlichkeit und die Aufmerksamkeit während der Textbearbeitung dieses Romans.

Dank an Martina Donati für ihre sensible Intelligenz. An Roberto Galofaro für die aufmerksame Sorgfalt und die tadellose Präzision.

Dank an Antonella Sarandrea, weil sie meine Bücher während der Werbephase in der italienischen Presse mit Energie, Kompetenz und Enthusiasmus begleitet.

Dank an Clelia Frasca und Gabriele Anniballi.

Ich danke dem gesamten Team von Newton Compton Editori für ihre außergewöhnliche Professionalität.

Dank an die Übersetzer meiner Romane im Ausland. Ich nenne diejenigen, die ich persönlich kennengelernt habe, wenn auch nur über Korrespondenz. Dank an Gabriela Lungu für die rumänische Ausgabe, Maria Stefankova für die slowakische, Eszter Sermann für die ungarische, Bozena Topolska für die polnische, Richard McKenna für die englische, Ekaterina Panteleeva für die russische. An alle anderen: Wann immer ihr wollt, meldet euch!

Ich danke Sugarpulp: Giacomo Brunoro, Valeria Finozzi, Andrea Andreetta, Isa Bagnasco, Massimo Zammataro, Chiara Testa, Matteo Bernardi, Piero Maggioni, Marilena Piran, Martina Paduan, Carlo »Charlie Brown« Odorizzi.

Dank an Lucia und Giorgio Strukul und an Leonardo, Chiara, Alice und Greta Strukul: Weil ihr immer an meiner Seite seid!

Danke dem Gorgi-Clan: Anna und Odino, Lorenzo, Marta, Alessandro und Federico.

Dank an Marisa, Margherita und Andrea »il Bull« Camporese.

Danke an Caterina und Luciano, Oddone und Teresa und an Silvia und Angelica.

Dank an Andrea Mutti, Francesco Ferracin, Livia Sambrotta, Francesco Fantoni, Enrico Lando, Marilù Oliva, Romano de Marco, Nicolai Lilin, Tito Faraci, Sabina

Piperno, Francesca Bertuzzi, Marcello Bernardi, Valentina Bertuzzi, Tim Willocks, Diego Loreggian, Andrea Fabris, Francesco Invernizzi, Barbara Baraldi, Marcello Simoni, Alessandro Barbaglia, Alessio Romano, Mirko Zilahi de Gyurgyokaı. Ihr wisst, wieso.

Unendlichen Dank an Paola Ranzato und Davide Gianella. An Paola Ergi und Marcello Pozza.

Zum Schluss: Großen Dank an Jacopo Masini, Alex Connor, Victor Gischler, Jason Starr, Allan Guthrie, Gabriele Macchietto, Elisabetta Zaramella, Alessandro und dem Tarantola-Clan, Lyda Patitucci, Mary Laino, Leonardo Nicoletti, Andrea Kais Alibardi, Rossella Scarso, Federica Bellon, Gianluca Marinelli, Alessandro Zangrando, Francesca Visentin, Anna Sandri, Leandro Barsotti, Paolo Navarro Dina, Claudia Onisto, Massimo Zilio, Chiara Ermolli, Giulio Nicolazzi, Giuliano Ramazzina, Giampietro Spigolon, Erika Vanuzzo, Thomas Javier Buratti, Marco Accordi Rickards, Raoul Carbone, Francesca Noto, Micaela Romanini, Guglielmo De Gregori, Daniele Cutali, Stefania Baracco, Piero Ferrante, Tatjana Giorcelli, Giulia Ghirardello, Gabriella Ziraldo, Marco Piva alias il Gran Balivo, Paolo Donorà, Massimo Boni, Alessia Padula, Enrico Barison, Federica Fanzago, Nausica Scarparo, Luca Finzi Contini, Anna Mantovani, Laura Ester Ruffino, Renato Umberto Ruffino, Livia Frigiotti, Claudia Julia Catalano, Piero Melati, Cecilia Serafini, Sara Ziraldo, Sara Boero, Laura Campion Zagato, Elena Rama, Gianluca Morozzi, Alessandra Costa, Và Twin, Eleonora Forno, Maria Grazia Paduan, Davide De Felicis, Simone Martinello, Attilio Bruno, Chicca Rosa Casalini, Fabio Migneco, Stefano Zattera, Andrea Giuseppe Castriotta, Patrizia Seghezzi, Eleonora Aracri, Federica

Belleri, Monica Conserotti, Roberta Camerlengo, Agnese Meneghel, Marco Tavanti, Pasquale Ruju, Marisa Negrato, Martina De Rossi, Silvana Battaglioli, Fabio Chiesa, Andrea Tralli, Susy Valpreda Micelli, Tiziana Battaiuoli, Erika Gardin, Walter Ocule, Lucia Garaio, Chiara Calò, Anna Piva, Enrico »Ozzy« Rossi, Cristina Cecchini, Iaia Bruni, Marco »Killer Mantovano« Piva, Buddy Giovinazzo, Gesine Giovinazzo Todt, Carlo Scarabello, Elena Crescentini, Simone Piva & i Viola Velluto, Anna Cavaliere, AnnCleire Pi, Franci Karou Cat, Paola Rambaldi, Alessandro Berselli, Danilo Villani, Marco Busatta, Irene Lodi, Matteo Bianchi, Patrizia Oliva, Margherita Corradin, Alberto Botton, Alberto Amorelli, Carlo Vanin, Valentina Gambarini, Alexandra Fischer, Thomas Tono, Martina Sartor, Giorgio Picarone, Cormac Cor, Laura Mura, Giovanni Cagnoni, Gilberto Moretti, Beatrice Biondi, Fabio Niciarelli, Jakub Walczak, Diana Severati, Marta Ricci, Anna Lorefice, Carla VMar, Davide Avanzo, Sachi Alexandra Osti, Emanuela Maria Quinto Ferro, Vèramones Cooper, Alberto Vedovato, Diana Albertin, Elisabetta Convento, Mauro Ratti, Mauro Biasi, Nicola Giraldi, Alessia Menin, Michele di Marco, Sara Tagliente, Vy Lydia Andersen, Elena Bigoni, Corrado Artale, Marco Guglielmi, Martina Mezzadri.

Ich habe sicher jemanden vergessen ... Wie ich seit einiger Zeit immer sage: Im nächsten Buch bist du drin, versprochen!

Eine Umarmung und ein riesiger Dank an alle Leserinnen und Leser, Buchhändlerinnen und Buchhändler, die Fördererinnen und Förderer, die meiner neuen literarischen Arbeit voller Liebe, Leidenschaft, Intrigen und Kämpfe ihr Vertrauen schenken.

Ich widme diesen Roman meiner Frau Silvia: Denn die Jahre vergehen, aber unsere Liebe wird mit jedem Tag unendlich viel stärker.

Glossar

Arkebuse auch: Hakenbüchse, ein im 15. und 16. Jahrhundert gebräuchliches Vorderladergewehr mit Luntenschloss

Balia Regierung des Stadtstaates Florenz

Bargello Büttel, sozusagen der Polizeichef der Renaissance

Braccia (Pl.) Maßeinheit (Elle), regional abweichend, etwa 60 Zentimeter

Calzebrache Trikothosen

Coronelía von Gonzalo Fernández de Córdoba entwickelte militärische Formation

Fiale Architekturelement der Gotik, gemeißeltes, spitz zulaufendes Türmchen

Gendarmerie Française französische Militäreinheit

Giornata (Pl. Giornate) das Tagwerk: Fläche, die in der Freskomalerei zu bewältigen war, solange der Putz noch feucht war

Intonaco noch frischer, feuchter Kalkputz für die Freskenmalerei

Jinetes spanisch: »Reiter«, leichte Kavallerie

Lanze kleinste organisatorische Einheit in den Ritterheeren des Mittelalters

Leviathan biblisch-mythologisches Seeungeheuer

Paramente liturgische Gewandstücke

Patriarchat von Aquileia damaliger kirchlicher Staat und gleichzeitig eine Erzdiözese der katholischen Kirche in der Region Friaul

Provveditori della Sanità Beamte der Republik Venedig, Gesundheitsaufsicht

Ravelin Wallschild (auch Außenwerk), Teil einer Festung, schützt den Wall zwischen zwei Bastionen

Rodelero Schwertkämpfer mit Rundschwert; speziell gegen Pikeniere und Hellebardieren waren die *rodeleros* sehr effektiv, da sie mühelos den dichtgedrängten Stangenwaffen ausweichen und unter feindlichen Waffen abtauchen konnten.

Serenissima Beiname der Republik Venedig

Signori della Notte spezielle Justizbeamte der Republik Venedig mit polizeiähnlichen Aufgaben

Wappenrock auch: Waffenkleid, ein über der Rüstung getragenes Kleidungsstück mit dem Wappen oder in den Farben des jeweiligen Herrn

Wimperg gotischer Ziergiebel über Portalen und Fenstern, häufig flankiert von Fialen

Autor

Matteo Strukul wurde 1973 in Padua geboren. Er hat Jura studiert und in Europäischem Recht promoviert. Seine Romane wurden für die wichtigen italienischen Literaturpreise nominiert. Strukul lebt mit seiner Frau Silvia abwechselnd in Padua, Berlin und Transsilvanien.

Matteo Strukul im Goldmann Verlag

Medici. Die Macht des Geldes. Historischer Roman
Medici. Die Kunst der Intrige. Historischer Roman
Medici. Das Blut der Königin. Historischer Roman
Medici. Der Niedergang einer Familie. Historischer Roman
Das Geheimnis des Michelangelo. Historischer Roman
Die Macht der sieben Familien. Historischer Roman
Das Erbe der sieben Familien. Historischer Roman

(📖 Alle auch als E-Book erhältlich)

Unsere Leseempfehlung

448 Seiten
Auch als Hörbuch erhältlich

416 Seiten
Auch als Hörbuch erhältlich

Königsberg und Masuren Ende des 19. und Anfang des 20. Jahrhunderts: Drei Familien verwickeln sich in Intrigen, Liebesaffären und verhängnisvollen Entscheidungen. Eine Welt im Wandel bestimmt ihr Schicksal.

Unsere Leseempfehlung

672 Seiten
Band 1
Auch als E-Book erhältlich

704 Seiten
Band 2
Auch als E-Book erhältlich

736 Seiten
Band3
Auch als E-Book erhältlich

London 1904: Lady Celia Lytton betört die englische Society mit ihrer Intelligenz und Schönheit zugleich. Sie ist die perfekte Gastgeberin, veröffentlicht im eigenen Verlag einen Bestseller nach dem anderen und genießt ihr junges Familienglück – ein privilegiertes Leben. Doch dramatische Ereignisse kündigen sich an, und als ihr Mann Oliver in den Krieg eingezogen wird, können die Lyttons nicht mehr die Augen vor der Realität verschließen. Die makellose Fassade bekommt erste Risse, und Celia beginnt zu verstehen, dass sie einen Preis zahlen muss, für die Entscheidungen, die sie getroffen hat, und die Geheimnisse, die sie bewahrt ...

goldmann-verlag.de

GOLDMANN